Douglas Preston
Lincoln Child

Ice Ship

Douglas Preston
Lincoln Child

Ice Ship

Roman

Aus dem Amerikanischen übersetzt
von Klaus Fröba

DROEMER

Originaltitel: The Ice Limit
Originalverlag: Warner Books, New York

Die Folie des Schutzumschlags sowie die Einschweißfolie sind
PE-Folien und biologisch abbaubar.
Dieses Buch wurde auf chlor- und säurefreiem Papier gedruckt.

Besuchen Sie uns im Internet:
www.droemer-weltbild.de

Umschlaggestaltung: ZERO Werbeagentur, München
Satz: Ventura Publisher im Verlag
Druck und Bindung: Ebner & Spiegel, Ulm
Printed in Germany
ISBN 3-426-19569-0

2 4 5 3

Lincoln Child widmet dieses Buch
seiner Tochter Veronica

Douglas Preston widmet es Walter Winings Nelson –
Maler, Fotograf und Gefährte vieler Abenteuer

Ein paar Worte des Dankes

Dank sagen möchten die Autoren Commander Stephen Littfin von der US Naval Reserve für seine wertvolle Beratung in marinespezifischen Fragen, Michael Tusiani, der das Manuskript an all den Stellen, wo es um Tankerschifffahrt geht, durchgesehen und korrigiert hat, Tim Tiernan für seinen Rat zu metallurgischen und physikalischen Passagen und dem Meteoritenjäger Charlie Snell aus Santa Fe, der ihnen erklärt hat, wie Meteoritenjäger arbeiten. Und sie wollen auch nicht versäumen, den ungenannten Ingenieuren zu danken, die ihnen ihre Fachkenntnisse über die Bergung extrem schwerer Objekte vermittelt haben.

Lincoln Child möchte seiner Frau Luchie danken – schlichtweg für alles, Sonny Baula für die Übersetzungen aus dem Tagalog, Greg Tear für seine kompetente Kritik und seiner Tochter Veronica, die jeden Tag zu etwas Besonderem macht. Sein Dank gilt ebenso Denis Kelly, Malou Baula und Juanito »Boyet« Nepomuceno, die immer für ihn da waren, sowie Liz Ciner, Roger Lasley und vor allem George Soule, auf deren Rat er nun schon ein Vierteljahrhundert zählen kann. Möge die Sonne der Erleuchtung stets über dem Carleton College scheinen.

Douglas Preston möchte seiner Frau Christine und seinen drei Kindern Selene, Aletheia und Isaac für all ihre Hilfe und Liebe danken.

Und zu guter Letzt sind die Autoren Betsy Mitchell und Jaime Levine von Warner Books, Eric Simonoff von der Sozietät Janklow & Nesbit und Metthew Snyder von der Aufsichtsbehörde für zivile Luftfahrt zu Dank verpflichtet.

Isla Desolación

16. Januar, 13.15 Uhr

Das namenlose Tal verlief zwischen kahlen Hügeln, eine lang gestreckte, mit spirrigem Moos, Flechten und Trockengräsern bedeckte grau-grüne Fläche. Es war Mitte Januar, der Höhepunkt des Sommers, das Fettkraut in den Spalten und Kerben der Felsformationen stand in voller Blüte. Im Osten erstrahlte die Wand eines Schneefelds in unergründlich tiefem Blau, Kriebelmücken und Moskitos schwirrten durch die Luft. Der Sommernebel, der die Isla Desolación gewöhnlich einhüllt, war aufgerissen, das Tal badete eine Weile im wässrigen Sonnenlicht.

Ein Mann kam langsam über das steinige Flachland, blieb stehen, ging weiter, blieb abermals stehen. Er folgte keinem Pfad – auf den Inseln am Kap Hoorn, im äußersten Süden von Südamerika, gibt es keine Pfade.

Nestor Masangkay trug abgewetztes Ölzeug und einen speckigen Lederhut. Sein schütterer Bart war so vom Meersalz verklebt, dass er ihm in einzelnen Strähnen herunterhing, die bei jedem Schritt wie Lämmerschwänze wackelten. Niemand hörte, wie er die beiden Maulesel verfluchte – ihrer Herkunft, ihres Charakters, ja sogar ihrer bloßen Existenz wegen – und das Ganze von Zeit zu Zeit durch einen Hieb mit dem Knotenstock unterstrich. Er mochte Maulesel nicht, gemietete schon gar nicht. Aber seine Flüche klangen nicht ärgerlich, und die Hiebe fielen nicht sonderlich derb aus.

Masangkays innere Erregung wuchs. Sein Blick schweifte über die Landschaft und sog alle Details in sich auf: den Basaltabbruch, der knapp zwei Kilometer vor ihm wie eine mächtige Säule aufragte, den Vulkanpfropf mit seinen zwei Schloten und das Schichtgestein, das ungewöhnlich offen zu Tage lag. Die Geologie war wirklich vielversprechend.

Er folgte, den Blick auf den Boden gerichtet, weiter dem Verlauf des Tals. Hin und wieder trat er mit den Nagelstiefeln einen kleinen Felsbrocken los. Dann zitterte sein schütterer Bart ein wenig mehr, ein aufgeregter Grunzlaut drang aus seiner Kehle, doch die Tragtierkolonne zog stetig weiter.
Etwa in der Mitte des Tals trat er wieder einen Stein los. Diesmal blieb er jedoch stehen und hob ihn auf. Er inspizierte ihn gewissenhaft. Das Gestein war so weich, dass winzige Partikeln an seiner Haut haften blieben, wenn er mit dem Daumen daran rieb. Er hielt sich den Brocken vors Gesicht, um ihn mit einer Juwelierlupe zu untersuchen: ein mürbes, grünliches Mineral mit weißen Einschlüssen. Er erkannte sofort, dass es Coesit sein musste. Zwölftausend Meilen weit war er gereist, um diesen hässlichen, wertlosen Stein zu finden.
Sein Gesicht zerfloss zu einem breiten Grinsen, er riss die Arme gen Himmel und stieß ein frenetisches Freudengeheul aus. Die Hügel warfen das Echo zurück, es schien hin und her zu irren, bis es schließlich verhallte.
Sein Blick suchte die Erhebungen ab, nahm das Schwemmmuster der Erosion wahr, kehrte zum vulkanischen Schichtgestein zurück, um sich dann wieder auf den Boden zu richten. Er führte die Maulesel ein Stück weiter, so etwa einen Meter, trat noch einmal einen Stein los und drehte ihn mit der Stiefelspitze um, tat dasselbe mit einem zweiten, einem dritten und einem vierten – alles Coesit, das Tal war praktisch damit gepflastert.
Am Rand des Schneefelds ragte ein großer, glatt geschliffener erratischer Gletscherfindling aus der Tundra, dorthin führte er nun die Maulesel und band sie fest. Dann ging er bedächtigen, erwartungsvollen Schrittes zurück in die Ebene, riffelte mit den genagelten Sohlen der Stiefel den Boden, sammelte Steine ein und entwarf im Geiste eine Karte von der Ausdehnung des Coesit-Vorkommens. Es war unglaublich, seine kühnsten Hoffnungen wurden übertroffen.
Masangkay war mit recht realistischen Erwartungen auf diese

Insel gekommen, wusste er doch aus Erfahrung, dass Legenden, die man sich in abgelegenen Gegenden erzählt, selten halten, was sie versprechen. Er erinnerte sich an die verstaubte Museumsbibliothek, in der er zum ersten Mal auf die Legende von Hanuxa gestoßen war, glaubte, den Modergeruch der zerfledderten anthropologischen Monografie noch in der Nase zu haben und die verblassten Abbildungen von längst ausgestorbenen Indianern und ihren Gerätschaften vor sich zu sehen. Anfangs hatte ihn das kaum beeindruckt. Von New York City nach Kap Hoorn war es ein verdammt weiter Weg. Und sein Instinkt hatte sich in der Vergangenheit oft als trügerisch erwiesen. Aber nun war er eben doch hier. Um den Lohn für sein Lebenswerk einzustreichen.
Masangkay atmete tief durch. Jetzt bloß nicht verrückt spielen. Er ging zu dem Findling zurück, fingerte unter dem Bauch des ersten Maulesels herum und förderte das Hanfseil und die Diamantenschlinge zu Tage. Dann öffnete er einen der Tragekästen, zog den wasserdichten Sack heraus und entnahm ihm sechs Aluminiumzylinder, das Keybord und den Monitor eines Computers, einen Lederriemen, zwei Metallkugeln und eine Nickel-Kadmium-Batterie. Er setzte sich im Schneidersitz auf den Boden und fing an, seine Ausrüstung an einer fünf Meter langen, links und rechts mit kugelförmigen Enden versehenen Aluminiumstange zu befestigen. Den Bildschirm hängte er, nachdem er die Batterie eingelegt hatte, in der Mitte auf. Und damit konnte er sich dem Glanzstück seiner Ausrüstung zuwenden: Hightech vom Feinsten, das in dieser Einöde wie ein Anachronismus wirkte. Es war ein elektromagnetisches Spektrometer zur tomographischen Aufzeichnung von Messwerten – über fünfzigtausend Dollar wert, zehntausend bar auf die Hand, den Rest in Raten. Womit er sich angesichts seiner anderen Schulden und Verbindlichkeiten schwer genug tat. Falls das Projekt allerdings so viel Gewinn abwarf, wie er hoffte, konnte er alle Schulden begleichen, sogar die bei seinem alten Partner.

Er schaltete das Messgerät ein, wartete, bis es warm war, rückte den Bildschirm zurecht, fasste den Aluminiumstab am Griff, hob ihn hoch und legte ihn sich wie ein Hochseilartist die Balancierstange in den Nacken, weil er so die Last am besten verteilen konnte. Mit der freien Hand überprüfte er die Anordnung der Geräte, kalibrierte sie, stellte alle Anzeigen auf null und ging, den Blick auf den Monitor gerichtet, mit ruhigen, stetigen Schritten los. Nebel kam auf, am Himmel ballten sich dunkle Wolken.

Etwa in der Mitte der Ebene machte er abrupt Halt und starrte verblüfft auf die Anzeige. Er verstellte ein paar Justierknöpfe. Dann ging er weiter, um aber gleich wieder stehen zu bleiben. Er zog die Stirn kraus. Fluchend schaltete er das Gerät ab, kehrte zum Ausgangspunkt zurück, stellte noch einmal sämtliche Geräte auf null und startete – diesmal im rechten Winkel zur bisherigen Bewegungsrichtung – den nächsten Versuch. Es dauerte freilich nicht lange, bis er abermals anhielt. Aus seiner Verblüffung war ungläubiges Staunen geworden. Er markierte die Stelle durch zwei übereinander gelegte Steine, durchquerte die Ebene der Breite nach und machte, nun sichtlich von Ungeduld getrieben, kehrt. Weicher Regen lief ihm über Gesicht und Schultern, doch das scherte ihn nicht. Er betätigte die Druckertaste, aus dem Computer kroch langsam ein schmaler Papierstreifen. Masangkay hielt ihn sich dicht vors Gesicht, der Nieselregen verwischte schon die Tinte. Sein Atem ging schneller. Zunächst glaubte er an einen Messfehler, aber er sah es ja schwarz auf weiß vor sich: drei Messungen mit identischen Werten. Er wiederholte die letzte Messung, druckte das Ergebnis aus, überprüfte es, zerknüllte den Ausdruck und steckte ihn in die Jackentasche.

Nach der vierten Messung fing er an, unzusammenhängendes Zeug vor sich hin zu brabbeln, hastig und monoton. Er rannte zu den Mauleseln, setzte das Spektrometer auf dem wasserdichten Sack ab und öffnete mit fliegenden Fingern das Packzeug des zweiten Esels. In seiner Hast riss er einen der beiden Tragekästen herunter, der Deckel klappte auf, Spitzhacken, Schaufeln, Probenhämmer, ein großer Bohrer und ein Bündel Dynamitstangen fielen heraus. Er griff zur Spitzhacke, brach mit kräftigen Hieben den steinigen Boden auf und schaufelte das lose Gestein beiseite. Er arbeitete wie ein Berserker. Die Maulesel verfolgten sein hektisches Treiben mit schläfrigem Blick.

Der Regen wurde stärker, an tiefer gelegenen Stellen sammelte sich das Wasser zu flachen Pfützen. Der kalte Wind, der vom Franklin-Kanal herunterwehte, roch nach Eis. In der Ferne grollte Donner. Möwen kreisten schreiend über Masangkay und beäugten ihn neugierig.

Bald war das Loch drei Handbreit tief, kurz darauf schon gut einen halben Meter. Unter der harten Gesteinsschicht stieß er auf angeschwemmten Sand, die Arbeit wurde leichter, er brauchte nur noch die Schaufel. Ein dichter Schleier aus Regen und Dunst verhüllte nun die Hügel. Er gönnte sich keine Pause, riss sich die Jacke vom Leib, wenig später das Hemd und zuletzt sogar das Unterhemd. Schlamm und Wasser vermischten sich mit dem Schweiß, der ihm über Brust und Rücken strömte; seine Rippen und die Muskulatur zeichneten sich wie ein Relief auf seinem nackten Oberkörper ab, der strähnige Bart sog sich mit Wasser voll.

Plötzlich stieß er einen lauten Schrei aus. Er kauerte sich in das Loch, schaufelte mit bloßen Händen Sand und Schlamm beiseite, starrte auf das feste Gestein, das er soeben freigelegt hatte, und ließ es vom Regen vollends freiwaschen.

Vor Staunen und Bestürzung wie betäubt fiel er auf die Knie, als wolle er beten, und legte in einer ehrfürchtigen Geste die verschwitzten, schmutzigen Hände auf das Gestein. Sein Atem ging keuchend, er verdrehte verblüfft die Augen, sein Herz schlug vor Anstrengung, Aufregung und einem unbeschreiblichen Glücksgefühl wie ein Schlaghammer.

In diesem Moment brach eine Schockwelle gleißend hellen

Lichts aus dem frisch geschaufelten Loch, gefolgt von ohrenbetäubendem Lärm, der durch das ganze Tal hallte, bis die fernen Hügel ihn verschluckten.
Die beiden angebundenen Maulesel hoben den Kopf. Sie sahen eine Rauchwolke aufsteigen, die sich aber bald zerfaserte und im Regen verlor. Gleichgültig wandten sie sich ab, und bald darauf senkte sich die Nacht über die Isla Desolación.

Isla Desolación

22. Februar, 11.00 Uhr

Von der einsetzenden Flut getrieben, glitt das lange Borkenkanu rasch durch den Kanal. Ein Mann kniete darin und trieb es, das Paddel in der Hand und weit nach vorn gebeugt, mit erfahrenem Schlag durch das schäumende Wasser. Es zog eine Rauchfahne hinter sich her – von dem Feuer, das in der Mitte des Kanus auf einem feuchten Lehmklumpen schwelte.

Das Kanu machte einen weiten Bogen um die schwarzen Klippen der Isla Desolación, bog in das ruhigere Wasser einer kleinen Bucht ein und setzte knirschend auf dem steinigen Strand auf. Der Mann sprang heraus und zog das Kanu so weit an Land, dass es oberhalb der höchsten Gezeitenmarke lag.

Die Kunde war zufällig zu ihm gedrungen, einer der nomadisierenden Fischer, die ihr einsames Dasein am Ufer dieses kalten Meeres fristeten, hatte ihm davon erzählt. Dass jemand, der wie ein Fremder aussah, diese abgelegene, unwirtliche Insel aufgesucht hatte, war in der Tat bemerkenswert. Aber noch bemerkenswerter war, dass er die Insel allem Anschein nach nicht wieder verlassen hatte, obwohl seit seiner Ankunft schon ein Monat vergangen war.

Der Mann blieb stehen, ein Stück zerbrochenes Fiberglas war ihm aufgefallen. Er bückte sich und hob es auf, fand noch ein zweites, befreite die Bruchstücke von angeschwemmtem Gras und Moos und inspizierte sie sorgfältig: die Überreste eines vor nicht allzu langer Zeit hier gestrandeten Bootes. Aber sicher gab es eine simple Erklärung dafür.

Er war seiner Erscheinung nach ein seltsamer alter Kauz – irgendwie unheimlich, mit langem grauem Haar und einem dünnen Ziegenbärtchen, das ihm wie ein dicht gewobenes Spinnennetz vom Kinn hing. Trotz der eisigen Temperaturen trug er lediglich ein schmutziges T-Shirt und ausgebeulte Shorts. Er führte den Zeigefinger zur Nase, hielt sich ein Nasenloch zu, schnäuzte sich und nahm sich dann das andere vor – nicht gerade anmutig, aber routiniert. Dann kletterte er auf die Klippe am Ende der Bucht, wo er ganz oben Halt machte.

Seine wachen dunklen Augen suchten den Boden der steinigen Ebene ab. So kurz nach der Eisschmelze war sie matschig, daher zeichneten sich alle Spuren noch deutlich ab – Fußspuren und Hufspuren.

Er folgte dem Zickzackkurs, den die kleine Kolonne eingeschlagen hatte, zunächst bis an den Rand des Schneefelds, dann hinunter ins Tal. Auf einem Buckel, von dem aus man das ganze Tal überblicken konnte, endeten die Spuren dann; oder vielmehr: Sie verloren sich in einem ziellosen Hin und Her.

Der Alte blieb stehen und betrachtete das wirre Muster. Irgendetwas dort unten irritierte ihn – ein paar verhuschte Farbflecken, und das Sonnenlicht brach sich an einem Stück poliertem Metall. Er hastete den Buckel hinunter.

Zuerst stieß er auf die Maulesel. Sie waren an einem Findling festgebunden und seit geraumer Zeit tot. Seine Augen suchten das Tal ab und fingen begehrlich zu glitzern an, als er die teuren Ausrüstungsstücke entdeckte.

Dann sah er den Toten.

Er näherte sich ihm mit großer Vorsicht. Der Leichnam lag auf dem Rücken, dreißig Meter neben einem erst kürzlich ausgehobenen Erdloch. Er war praktisch nackt, nur ein paar Fetzen verbrannter Kleidungsstücke klebten noch an dem verkohlten Körper. Die schwarz verbrannten Hände waren nach oben gereckt, die bizarr verrenkten Beine bis dicht an den zerschmetterten Brustkorb gezogen. In den leeren Augenhöhlen hatte sich Regenwasser gesammelt – zwei winzige Seen, in denen sich das Licht des Himmels und die Wolken spiegelten.

Der Alte setzte, als er langsam ein paar Schritte zurückwich, wie eine Katze einen Fuß hinter den anderen. Schließlich blieb er abrupt stehen, starrte auf das Szenario vor sich und verwandte lange Zeit auf den Versuch zu begreifen, was hier eigentlich geschehen war. Dann riss er sich los und konzentrierte sich – ohne freilich dem verkohlten Leichnam den Rücken zuzukehren – ganz darauf, die verstreut herumliegenden wertvollen Geräte und Werkzeuge zu inspizieren.

New York City

20. Mai, 14.00 Uhr

Der Verkaufsraum von Christie machte mit seinen fahlbraun getäfelten Wänden und den nüchternen, rechteckig angeordneten Deckenleuchten auf den ersten Blick nicht viel her. Und von dem wunderschön im Fischgrätmuster verlegten Parkett war so gut wie nichts zu sehen, so eng waren die bis auf den letzten Platz besetzten Stuhlreihen gestellt, ganz zu schweigen von dem schmalen Streifen dahinter, auf dem sich Reporter, zu spät Gekommene und Neugierige drängten.
Als der Chefauktionator das Podium erklomm, trat erwartungsvolle Stille ein. Die große cremefarbene Tafel hinter ihm, an der bei normalen Versteigerungen gewöhnlich Gemälde oder Kupferstiche hingen, war leer.
Der Auktionator klopfte mit dem Hammer aufs Pult, ließ die Augen über die Anwesenden schweifen, zog ein Kärtchen aus der Reverstasche, überflog es, legte es aufs Pult und wandte sich an sein Auditorium: »Ich könnte mir vorstellen …« – er lauschte verwundert den Vokalen nach, die wegen des leichten Halleffekts ein wenig breiig klangen – »… dass einigen von Ihnen bereits zu Ohren gekommen ist, was wir heute anbieten.«
Die Zuhörer reagierten mit amüsiertem Lächeln.
»Ich bedaure, dass wir das Objekt nicht hier vor Ihnen aufstellen konnten. Dafür war es eine Spur zu groß.«
Leises Lachen. Der Auktionator wollte offenbar die knisternde Spannung bis zur Neige auskosten.
»Aber ich habe einen kleinen Teil davon mitgebracht – ein Beweisstück sozusagen, um Ihnen die Gewissheit zu geben, dass der Artikel, auf den Sie Ihre Gebote abgeben, auch wirklich echt ist.« Er nickte einem schlanken jungen Mann zu, der, eine kleine Samtschatulle in den Händen, mit ein wenig

manierierter Gewandtheit aufs Podium trat. Er hakte den Verschluss auf, öffnete den Deckel und zeigte den Inhalt so im Halbkreis herum, dass die Interessenten ihn in Augenschein nehmen konnten. Ein gedämpftes Murmeln lief durch die Stuhlreihen, verstummte aber bald wieder.

In der Schatulle lag, in weißen Satin gebettet, ein knapp zwanzig Zentimeter langer, an der Innenseite mit tückischen Zacken versehener brauner Zahn.

Der Auktionator räusperte sich. »Los Nummer eins – heute unser einziges – wurde hinterlegt von der Navajo Nation, die als Treuhänder für die Regierung der Vereinigten Staaten agiert.« Er ließ den Blick über die Stuhlreihen gleiten. »Es handelt sich um ein Fossil. Ein *bemerkenswertes* Fossil.«

Er zog kurz sein Kärtchen zu Rate. »1996 verlor ein Navajo, ein Schafhirte namens Wilson Atcitty, in den Lukachukai Mountains an der Grenze von Arizona und New Mexico einige Tiere. Auf der Suche nach ihnen stieß er auf einen großen Knochen, der aus einem Sandsteinflöz in einem abgelegenen Canyon ragte. Geologen nennen diese Verwerfung die Hell Creek Formation, sie datiert aus der Kreidezeit. Schließlich hörte das Museum of Natural History in Albuquerque davon und begann in Abstimmung mit der Navajo Nation mit der Bergung des Skeletts. Während der Arbeiten wurde bald klar, dass es sich um zwei Skelette handelte: einen *Tyrannosaurus rex* und einen *Triceratops*. Der Tyrannosaurus hatte dem Triceratops die Fänge dicht unter dem Schädel in den Nacken geschlagen, er wollte das Tier also buchstäblich mit einem Todesbiss enthaupten. Der Triceratops hatte jedoch seinerseits dem Tyrannosaurus das Mittelhorn in die Brust gerammt, und so sind beide Tiere, sozusagen in tödlicher Umarmung, gemeinsam verendet.«

Wieder ein Räuspern. »Ich kann den Film aus Hollywood kaum abwarten.«

Die Bemerkung wurde von seinen Zuhörern mit einem geradezu befreiten Lachen honoriert.

»Der Zweikampf war so heftig, dass Paläontologen unter dem Triceratops fünf Zähne des Tyrannosaurus fanden, die dieser offensichtlich im Eifer des Gefechts verloren hatte. Hier haben wir einen davon.« Er nickte dem Assistenten zu, worauf der die Schatulle schloss.

»Der Steinblock, in dem man die beiden Dinosaurier fand – immerhin ein Koloss von an die dreihundert Tonnen Gewicht –, wurde aus dem Bergmassiv in das Museum in Albuquerque transportiert, von wo man ihn zur weiteren Präparation in das Museum of National History nach New York gebracht hat. Beide Dinosaurier sind nach wie vor im Gestein eingeschlossen.« Er warf kurz einen Blick auf sein Kärtchen.

»Nach Auskunft der von unserem Haus befragten Wissenschaftler handelt es sich um die besterhaltenen Dinosaurierskelette, die je entdeckt wurden. Der Chefpaläontologe des New Yorker Museums geht sogar so weit, sie als den bedeutendsten fossilen Fund aller Zeiten zu bezeichnen.«

Er legte sein Kärtchen weg und griff zum Hammer, was für die drei Beobachter des Hauses Christie das Zeichen war, das Podium zu betreten. Weitere Angestellte warteten im Hintergrund mit dem Telefonhörer in der Hand auf die ersten Anrufe.

»Wir haben auf dieses Los eine Schätzung von zwölf Millionen Dollar und eröffnen mit einem Mindestgebot von fünf Millionen.« Der Auktionator tippte mit dem Hammer sanft aufs Pult.

Im Hintergrund läuteten die Telefone, die ersten Paddles wurden gereckt. Die drei Beobachter verrenkten sich den Hals, um ja kein Zeichen zu verpassen, und gaben jedes Gebot sofort an den Chefauktionator weiter.

»Ich habe fünf Millionen. Sechs. Danke, ich habe sieben.« Das gedämpfte Gemurmel im Saal wurde lauter. »Ich habe acht Millionen.«

Applaus brandete auf, acht Millionen waren bisher für ein Dinosaurierfossil noch nie erzielt worden.

»Zehn Millionen. Elf. Zwölf. Danke, ich habe dreizehn. Vierzehn habe ich. Fünfzehn.«
Die Zahl der nach oben gereckten ovalen Schildchen schrumpfte, nur die Telefonbieter zeigten weiter lebhaftes Interesse. Auf der elektronischen Anzeigentafel neben dem Auktionator kletterten die Zahlen in schwindelnde Höhen.
»Achtzehn Millionen. Achtzehn. Neunzehn – danke.«
Das Stimmengewirr wurde lauter, der Auktionator mahnte durch einen Hammerschlag zur Ruhe.
»Fünfundzwanzig Millionen. Ich habe sechsundzwanzig. Siebenundzwanzig für den Herrn auf der rechten Seite.«
Wieder schwoll das Stimmengewirr an, diesmal beanstandete der Chefauktionator es nicht.
»Ich habe zweiunddreißig Millionen. Zweiunddreißigeinhalb per Telefon. Danke, ich habe dreiunddreißigeinhalb. Vierunddreißig für die Dame ganz vorn.«
Die Atmosphäre im Saal knisterte wie elektrisch geladen. Die Gebote übertrafen die kühnsten Vorhersagen.
»Fünfunddreißig telefonisch. Fündunddreißigeinhalb für die Dame. Sechsunddreißig.«
Dann kam auf einmal leichte Unruhe auf, die allgemeine Aufmerksamkeit wandte sich der Tür zu, die zur großen Galerie führte. Auf den halbmondförmig geschwungenen Stufen stand ein Mann um die sechzig. Eine hünenhafte, wahrhaft eindrucksvolle Erscheinung mit rasiertem Schädel und einem Van-Dyck-Bart. Sein Valentino-Anzug aus dunkelblauer Seide schimmerte bei jeder Bewegung im Licht, das blütenweiße Turnbull & Asser-Hemd ragte drei Fingerbreit über das Revers hinaus, die schmale Krawatte wurde von einem faustgroßen Stück Bernstein gehalten, in dem die einzige je gefundene Archäopteryx-Feder eingeschlossen war.
»Sechsunddreißig Millionen«, wiederholte der Auktionator. Aber seine Augen ruhten – wie aller Augen – auf dem Neuankömmling, der immer noch unter der Tür stand. Seine blauen

Augen funkelten vor Vitalität und verstohlenem Amüsement. Langsam hob er sein Schildchen.

Stille, alle hielten den Atem an. Hätte es im Saal jemanden gegeben, der den Mann nicht kannte, so wäre zumindest das Schildchen ein untrüglicher Fingerzeig gewesen: Es trug die Ziffern 001, die einzige Ziffernfolge, die das Haus Christie je fest an einen Klienten vergeben hatte.

Der Auktionator blickte erwartungsvoll zu ihm hinüber.

»Einhundert«, sagte der Mann schließlich leise, aber deutlich vernehmbar.

Man hätte eine Stecknadel fallen hören können. Bis der Auktionator mit heiserer Stimme fragte: »Wie bitte?«

»Einhundert Millionen Dollar«, sagte der Mann.

Erst als die Stille sich nahezu unerträglich dehnte, sagte der Auktionator mit brüchiger Stimme: »Ich habe ein Gebot von einhundert Millionen Dollar.«

Die Zeit schien still zu stehen. Irgendwo im Haus klingelte ein Telefon, Lichtjahre entfernt.

Endlich machte ein kurzer Schlag mit dem Hammer dem Spuk ein Ende. »Los Nummer eins – für einhundert Millionen Dollar verkauft an Palmer Lloyd.«

Die Anspannung entlud sich in einem Tumult, alle sprangen von ihren Stühlen auf. Frenetischer Beifall, Glückwünsche und Bravorufe brandeten durch den Raum. Doch nicht alle waren vom Ausgang der Auktion begeistert, in den Applaus mischte sich missbilligendes Zischen, begleitet von leisen Buhrufen. Nie zuvor hatte es das Haus Christie erlebt, dass ein Publikum sich derart hysterisch gebärdete und so eindeutig in zwei Lager gespalten war. Nur in einem Punkt schienen sich alle einig zu sein: Sie waren soeben Zeugen eines historischen Augenblicks geworden.

Der Platz unter der Tür war leer, sie konnten dem Mann, der die Emotionen so aufgeheizt hatte, nicht einmal mehr nachstarren. Er hatte das Haus bereits durch die große Galerie verlassen.

Kalahari-Wüste

1. Juni, 18.45 Uhr

Sam McFarlane saß mit gekreuzten Beinen auf dem staubigen Boden. Das Abendfeuer aus dürren Zweigen warf tanzende Schatten auf das Dornengestrüpp rings um das Lager. Die nächste menschliche Siedlung lag hundertfünfzig Kilometer weit weg – irgendwo hinter ihm.

Sein Blick wanderte über die kleinwüchsigen Gestalten, die auf den Hacken, nackt bis auf die verstaubten kurzen Hosen, mit wachen, glänzenden Augen rings um das Feuer kauerten. San-Buschmänner – es dauerte lange, bis man ihr Vertrauen gewonnen hatte, aber dann besaß man es für immer und ewig. Ganz anders als bei uns zu Hause, dachte McFarlane.

Vor jedem San lag ein gebrauchter Detektor. Die Männer blieben in der Hocke sitzen, als McFarlane aufstand und in ihrer seltsamen Schnalzsprache langsam und ein wenig umständlich zu ihnen sprach. Anfangs gab es unterdrücktes Kichern, wenn er sich mit dem einen oder anderen Wort verhedderte, aber McFarlane besaß ein natürliches Gefühl für fremde Sprachen, und so lauschten ihm die Männer bald wieder mit respektvollem Schweigen.

Am Ende glättete McFarlane den Boden zu seinen Füßen, nahm einen Stock und zeichnete eine Karte in den Sand. Die San reckten den Hals und sahen zu, wie die Karte langsam Form und Gestalt annahm. Und als McFarlane schließlich auf einige markante Punkte deutete, nickten sie verstehend. Die Skizze zeigte die Makgadikgadi-Senke nördlich des Lagers: ein über zweieinhalbtausend Quadratkilometer großes Gebiet aus ausgetrockneten Seen, Sanddünen und Salzpfannen, unbesiedelt und menschenleer. Er zog mit dem Stock einen kleinen Kreis um das Zentrum der Senke, bohrte den Stecken dann in der Mitte in den Boden und sah mit breitem Grinsen auf. Einen Augenblick lang herrschte Schweigen, nur in der Ferne erklang der einsame Ruf eines Ruoru-Vogels. Dann begannen die San leise aufeinander einzureden, die Klick- und Schnalzlaute ihrer Sprache hörten sich an, als kullerten Kieselsteine durch einen Bach. Ein knorriger alter Mann, der Anführer der Gruppe, deutete auf die Karte. McFarlane hatte Mühe zu verstehen, was der Alte sagte, weil er so schnell sprach. Ja, entnahm er seinen Worten, die Gegend sei ihnen bekannt. Er beschrieb McFarlane, wo die Pfade verliefen, die nur die San kannten, und markierte mit kleinen Steinen die Stellen, an denen Sickerwasser, Wild und essbare Wurzeln und Pflanzen zu finden waren. McFarlane hörte ihm geduldig zu.

Dann trat einen Moment Stille ein, und als der alte Mann fortfuhr, bemühte er sich, langsamer zu sprechen. Ja, sie seien bereit zu tun, was der weiße Mann wolle. Aber die kleinen Maschinen, die er ihnen gegeben hatte, machten ihnen Angst. Und sie hätten nicht verstanden, wonach der weiße Mann eigentlich suche.

McFarlane stand abermals auf, zog den Stecken aus dem Sand, kramte aus der Hosentasche ein kleines Stück Eisen, nicht größer als eine Murmel. Er legte es in das Loch, das der Stock im Sand hinterlassen hatte, drückte es in den Boden und bedeckte es mit Sand. Dann nahm er seinen Metalldetektor und schaltete ihn ein. Das Gerät heulte kurz schrill auf. Die San verfolgten die Prozedur stumm, aber sichtlich nervös. McFarlane trat ein paar Schritte zurück, drehte sich um, ging wieder auf die Karte zu und ließ den Detektor dabei dicht über dem Boden kreisen. Über dem im Sand verborgenen Stück Eisen reagierte der Detektor mit einem lauten Heulton. Die San sprangen erschrocken auf, wichen zurück und begannen aufgeregt zu palavern.

McFarlane redete beruhigend auf sie ein, sie krochen wieder an ihre alten Plätze zurück. Er hielt den Metalldetektor dem Alten hin, der ihn schließlich zögernd nahm. McFarlane zeigte ihm, wie er das Gerät einschalten und es langsam kreisend über den Boden führen musste. Wieder das schrille Heulen, der Alte zuckte zusammen, doch dann grinste er. Er wiederholte die Prozedur mehrmals, das Grinsen wurde breiter, bis sein Gesicht vor Lachfältchen ganz zerknittert aussah. *»Sun'a ai, Ma!gad'i!gadi !iaad'mi«*, sagte er und deutete auf seine Leute.

Mit McFarlanes geduldiger Hilfe griff ein Buschmann nach dem anderen nach seinem Detektor, um ihn über dem im Sand vergrabenen Metallstück auszuprobieren. Schon bald hatten sie ihre Scheu verloren und lachten und spornten sich gegenseitig an. Zu guter Letzt machte McFarlane ihnen ein Zeichen, die San kauerten sich wieder hin, ließen aber den Detektor auf dem Schoß. Sie waren bereit, mit der Suche zu beginnen.

McFarlane zog einen Lederbeutel aus der Tasche, schüttelte ein Dutzend goldene Krügerrands heraus und drückte jedem San feierlich eine Münze in die Hand. Das letzte Licht des Tages verlosch, der Ruoru ließ wieder seinen klagenden Ruf hören. Die Männer nahmen die Goldmünzen ehrerbietig, mit gesenktem Kopf und ausgestreckten Händen entgegen.

Der Anführer stand auf und sagte McFarlane, sie würden morgen ihr Lager abbrechen und mit den Maschinen, die der weiße Mann ihnen gegeben hatte, die Wanderung ins Zentrum der Makgadikgadi-Senke antreten, um dort nach dem großen Ding zu suchen, das der weiße Mann haben wolle. Und sobald sie es gefunden hätten, kämen sie zurück, um ihm zu erzählen, wo es läge.

Plötzlich richtete der Alte die Augen erschrocken zum Himmel. Alle San taten es ihm nach, und auch McFarlane blickte stirnrunzelnd nach oben. Irgendwo weit in der Ferne lag ein rhythmisches, dröhnendes Knattern in der Luft. Die Buschmänner schnellten auf wie verstörte Vögel und flüsterten besorgt miteinander. Am Himmel zeichnete sich ein

helles Licht ab, das rasch näher kam. Das Knattern wurde lauter. Der scharf gebündelte Strahl eines Suchscheinwerfers huschte über das Gestrüpp.
Mit einem leisen Schreckensschrei ließ der Alte seine Krügerrand-Münze fallen und verschwand in der Dunkelheit, die anderen San folgten ihm sofort. McFarlane, plötzlich allein gelassen, starrte wütend auf das Lichtbündel, das immer heller wurde und geradewegs auf das Lager zukam. Er konnte den Hubschrauber inzwischen erkennen, es war ein großer Blackhawk, mit eingeschalteten Positionsleuchten, die ihn von oben höhnisch anzublinzeln schienen. Und dann erfasste ihn der Suchscheinwerfer.
McFarlane warf sich hinter einem Dornbusch in den Sand, irgendwie fühlte er sich dem gleißenden Licht und den scharfen Rotoren wehrlos ausgeliefert. Er tastete nach der Waffe in seinem Stiefelschacht. Staub wurde aufgewirbelt, losgerissene Zweige stachen ihm in die Augen. Der Hubschrauber schwebte mit gedrosselter Geschwindigkeit über ihm, bevor er auf einer freien Fläche neben dem Lager zur Landung ansetzte. Ein wahrer Funkenregen flog auf, als der Sog das Lagerfeuer erfasste. Der Helikopter setzte auf, ein Dachscheinwerfer ging an, plötzlich war die ganze Umgebung in grelles Licht getaucht. Die Drehbewegung der Rotoren verebbte, McFarlane stemmte sich hoch und wischte sich den Staub aus dem Gesicht. Er wartete, den Blick auf die Ausstiegsluke gerichtet, die Pistole griffbereit. Kurz darauf wurde die Luke aufgestoßen, ein groß gewachsener, stämmiger Mann trat heraus. Er allein.
McFarlane, hinter dem Dornbusch versteckt, musterte ihn. Der Mann trug Khakishorts, ein Buschhemd und einen Tilley-Hut. Als er auf McFarlane zukam, bemerkte der, dass in einer der Hosentaschen des Fremden etwas Schweres steckte, das bei jeder Bewegung hin und her rutschte.
McFarlane kam langsam auf die Beine, achtete aber darauf, den Busch zwischen sich und dem Hubschrauber zu haben,

und richtete die Pistole auf den Fremden. Den schien das nicht zu beeindrucken. Obwohl er sich vor dem Lichtkegel des Landescheinwerfers lediglich als eine Art Schattenriss abzeichnete, glaubte McFarlane, seine zu einem Lächeln entblößten Zähne zu sehen. Als er fünf Schritte entfernt war, blieb der Mann stehen. Er musste gut und gern zwei Meter groß sein, McFarlane hatte noch nie einen solchen Hünen gesehen.

»Sie sind verflixt schwer zu finden«, sagte der Mann.

In der tiefen, wohlklingenden Stimme machte McFarlane Spuren des nasalen Ostküstenakzents aus. »Wer, zum Teufel, sind Sie?«, fragte er, ohne den Lauf der Pistole zu senken.

»Ich finde es wesentlich kultivierter, wenn Schusswaffen weggelegt werden, bevor man sich bekannt macht.«

»Nehmen Sie Ihre Waffe aus der Hosentasche und werfen Sie sie auf den Boden«, verlangte McFarlane.

Der Mann ließ ein glucksendes Lachen hören und brachte das Ding zum Vorschein, das ihm die Tasche ausbeulte. Es war keine Waffe, sondern eine kleine Thermosflasche. »Hilft gegen die Kälte«, meinte er und hielt die Flasche hoch. »Möchten Sie einen Schluck probieren?«

McFarlane starrte angestrengt zu dem Hubschrauber hinüber, aber bis auf den Piloten schien niemand an Bord zu sein. »Ich habe einen Monat gebraucht, um das Vertrauen meiner Buschmänner zu gewinnen«, sagte er vorwurfsvoll, »und nun kommen Sie daher und vertreiben sie in alle Winde. Ich möchte wissen, wer Sie sind und was Sie hier wollen. Und ich kann in Ihrem Interesse nur hoffen, dass es etwas Gutes ist.«

»Ich fürchte, es ist nichts Gutes. Ihr Partner, Nestor Masangkay, ist tot.«

McFarlane fühlte eine jähe innere Leere. Er ließ die Hand mitsamt der Waffe sinken. »Tot?«

Der Mann nickte. »Als er getan hat, was Sie jetzt auch tun. Genaueres wissen wir noch nicht.« Er deutete aufs Feuer.

»Wollen wir uns dorthin setzen? Ich war nicht darauf gefasst, dass es in der Kalahari nachts so lausig kalt ist.«

McFarlane ging mit gesenkter Waffe voraus. Von der Feuerstelle war nicht viel übrig geblieben, auch die Zeichnung im Sand hatte der Hubschrauber durch den Rotorensog ausgelöscht. Ihm war unbehaglich zumute, wie immer, wenn er mit zwiespältigen Gefühlen fertig werden musste. »Was hatten Sie mit Nestor zu schaffen?«, fragte er.

Der Mann antwortete nicht sofort. Stattdessen sah er sich um, registrierte die achtlos weggeworfenen Detektoren und die Goldmünzen, die verstreut im Sand lagen. Er hob das kleine braune Eisenstück auf, hielt es hoch und schielte zu McFarlane hinüber. »Wieder mal auf der Suche nach dem Okawango-Meteoriten?«, sagte er.

McFarlane sagte nichts, seine Hand schloss sich nur fester um den Griff der Pistole.

»Sie kennen Masangkay besser als irgendwer sonst. Ich brauche Ihre Hilfe, damit ich sein Projekt zu Ende führen kann.«

»Und was für ein Projekt war das?«, fragte McFarlane.

»Tut mir Leid, ich habe alles gesagt, was ich darüber sagen kann.«

»Dann tut's mir ebenfalls Leid. Ich habe gehört, was ich hören wollte. Und im Übrigen helfe ich nur noch mir selbst und sonst keinem.«

»Das ist mir bekannt.« McFarlane fühlte wieder Wut aufwallen, er trat rasch auf den anderen zu.

Der hob besänftigend die Hand. »Sie könnten mir doch zumindest bis zu Ende zuhören.«

»Bis jetzt habe ich nicht mal Ihren Namen gehört, und ehrlich gesagt, ich lege auch keinen Wert mehr darauf. Danke, dass Sie mir die Nachricht übermittelt haben, auch wenn es eine schlechte war. Und nun sollten Sie sich in Ihren Helikopter setzen und schleunigst von hier verschwinden.«

»Entschuldigen Sie, dass ich mich nicht vorgestellt habe. Ich bin Palmer Lloyd.«

McFarlane lachte trocken. »Ja. Und ich Bill Gates.«
Aber der Hüne lachte nicht mit, er lächelte allenfalls. McFarlane sah sich sein Gesicht genauer an, er sezierte es geradezu, dann flüsterte er: »Großer Gott.«
»Es ist Ihnen vielleicht zu Ohren gekommen, dass ich dabei bin, ein neues Museum zu bauen.«
McFarlane schüttelte den Kopf. »Hat Nestor für Sie gearbeitet?«
»Nein. Aber ich habe kürzlich zufällig von seinen Aktivitäten erfahren. Und nun möchte ich zu Ende führen, was er begonnen hat.«
»Hören Sie ...« McFarlane schob die Pistole in den Hosenbund. »Ich bin nicht interessiert. Nestor Masangkay und ich haben uns schon vor langer Zeit getrennt. Aber ich bin sicher, dass Ihnen das alles bekannt ist.«
Lloyd hielt ihm lächelnd die Thermosflasche hin. »Wollen wir einen zur Brust nehmen, während wir darüber reden?« Ohne die Antwort abzuwarten, setzte er sich ans Feuer – so wie Weiße sich in der Wüste hinsetzen, auf den Hintern nämlich –, schraubte die Kappe ab, schüttete etwas dampfend Heißes hinein und bot das Getränk McFarlane an. Der schüttelte unwillig den Kopf.
»Macht Ihnen die Meteoritenjagd Spaß?«, fragte Lloyd.
»An manchen Tagen schon.«
»Und Sie glauben tatsächlich, dass Sie den Okawango finden werden?«
»Nun, zumindest habe ich's geglaubt, bevor Sie von oben hier reingeschneit sind.« McFarlane kauerte sich neben ihn. »Hören Sie, ich würde liebend gern weiter mit Ihnen plaudern, aber solange Sie hier sitzen und Ihr Hubschrauber dort drüben steht, werden meine Buschmänner sich mit jeder Minute weiter von hier davonmachen. Darum sage ich's noch mal: Ich bin nicht an einem Job interessiert, weder in Ihrem noch in sonst einem Museum.« Er zögerte. »Ganz davon abgesehen, dass Sie mir nicht annähernd das zah-

len können, was ich bei dem Okawango-Projekt verdienen werde.«

»Um wie viel handelt es sich denn?«, wollte Lloyd wissen und nahm einen Schluck von seinem Getränk.

»Um eine Viertelmillion. Mindestens.«

Lloyd nickte. »Nehmen wir an, Sie finden ihn. Nach Abzug der Schulden, die Sie noch von dem Tornassuk-Fiasko auf dem Buckel haben, wird das für Sie ein Plus/minus-null-Geschäft.«

McFarlane lachte rau. »Jeder hat das Recht, sich zu irren. Mir bleibt jedenfalls genug, um mir den nächsten Felsbrocken vorzunehmen. Da draußen liegen noch jede Menge Meteoriten herum. Da kommt mehr zusammen als das Gehalt eines Museumsdirektors.«

»Ich rede nicht von dem Posten eines Museumskurators.«

»Wovon dann?«

»Ich bin sicher, dass Sie das bereits ahnen. Über Einzelheiten kann ich nicht sprechen, solange ich nicht weiß, ob Sie an Bord sind oder nicht.« Er schenkte nach und hielt McFarlane die Verschlusskappe hin. »Trinken Sie einen auf das Andenken Ihres alten Partners.«

»Alten Expartners.«

Lloyd seufzte. »Sie haben Recht, ich weiß alles über Sie und Masangkay. Es war nicht Ihre Schuld, dass der Tornassuk-Felsen auf diese Weise verloren ging. Wenn jemand dafür verantwortlich ist, dann diese Bürokraten am New York Museum.«

»Warum geben Sie nicht auf? Ich habe kein Interesse.«

»Lassen Sie uns davon sprechen, was ich Ihnen als Gegenleistung anbiete: Ich werde Ihre Viertelmillion Schulden zurückzahlen, damit haben Sie die Gläubiger vom Hals. Wenn Sie das Projekt erfolgreich abschließen, bekommen Sie eine weitere Viertelmillion. Wenn nicht, müssen Sie sich damit begnügen, zumindest die Schulden loszuhaben. So oder so, Sie können jederzeit als Direktor der Planetarischen Abteilung in meinem Museum unterkommen. Ich stelle Ihnen ein Labor auf dem neuesten technischen und wissenschaftlichen Stand zur Verfügung. Sie haben eine Sekretärin, Assistenten, ein sechsstelliges Gehalt – und eine interessante Arbeit.«

McFarlane lachte. »Wunderbar. Und wie lange soll ich dafür an dem Projekt arbeiten?«

»Sechs Monate. In der Einöde.«

McFarlane lachte nicht mehr. »Eine halbe Million für ein halbes Jahr Arbeit?«

»Vorausgesetzt, dass wir Erfolg haben.«

»Wo ist der Haken?«

»Es gibt keinen.«

»Warum ich?«

»Sie haben Masangkay gekannt. Seine Kniffe, seine Art vorzugehen, seine Denkweise. Auf seinem letzten Projekt lastet ein Geheimnis, und Sie sind der Mann, der es ergründen kann. Außerdem sind Sie einer der erfolgreichsten Meteoritenjäger der Welt. Sie haben einen siebten Sinn für diese Dinger. Es heißt, Sie könnten sie riechen.«

So viel Lob machte McFarlane misstrauisch, das roch nach Köder. »Ich bin nicht der Einzige hier draußen.«

Lloyd hielt ihm mit angewinkeltem Ringfinger die Hand hin, ganz kurz blitzte Edelmetall auf.

»Tut mir Leid«, sagte McFarlane, »den Ring küsse ich nur dem Papst.«

Lloyd gluckste amüsiert. »Sehen Sie sich den Stein an.«

McFarlane beugte sich vor. Ein milchfarbener, in Platin gefasster Halbedelstein. Er erkannte ihn sofort. »Hübsches Stück. Die Dinger hätten Sie bei mir en gros kaufen können.«

»Zweifellos. Schließlich haben Sie und Masangkay es geschafft, Atakamite aus Chile rauszuschaffen.«

»Richtig. Deswegen werde ich in der Gegend auch noch immer gesucht.«

»Wir bieten Ihnen angemessenen Schutz.«

»Aha, es ist also Chile, wie? Nun, da muss ich zu meinem Bedauern passen. Ich weiß, wie's dort im Knast aussieht.«
Lloyd sagte zunächst nichts. Er scharrte mit einem Stecken die halb verwehte Glut zusammen und warf das Holz dann dazu. Das Feuer flammte auf und tauchte den Lagerplatz kurz in helles Licht. »Wenn Sie wüssten, was ich vorhabe, würden Sie gratis für mich arbeiten, Dr. McFarlane. Mit meiner Hilfe werden Sie der gefeiertste Wissenschaftler des Jahrhunderts.«
McFarlane schüttelte den Kopf. »Damit habe ich nichts am Hut. Staubige Labors und bürokratische Korinthenkackerei in Museen reizen mich nicht.«
Lloyd seufzte und stand auf. »Nun, es sieht so aus, als hätte ich meine Zeit verplempert. Ich schätze, wir müssen auf unsere zweite Wahl zurückgreifen.«
McFarlane stutzte. »Und wer wäre das?«
»Hugo Breitling wird mit Freuden bei uns einsteigen.«
»Breitling? Der findet einen Meteoriten nicht mal, wenn er ihm auf den Kopf fällt.«
»Den Thule-Meteoriten hat er immerhin gefunden.« Lloyd klopfte sich den Staub von der Hose. Mit einem Seitenblick auf McFarlane fügte er hinzu: »Und der ist größer als alles, was Sie bislang gefunden haben.«
»Aber sonst hat er nichts entdeckt. Und der Thule-Meteorit war reine Glückssache.«
»Glück ist genau das, was ich für mein Projekt brauche.« Lloyd schraubte die Kappe wieder auf die Thermosflasche und warf sie McFarlane hin. »Hier – feiern Sie eine Ein-Mann-Party. Ich muss wieder los.«
Er ging langsam auf den Hubschrauber zu. Während McFarlane ihm nachsah, wurde der Motor angelassen, die Rotoren drehten sich zunehmend schneller; ihr Sog wirbelte Staub auf und zeichnete abstrakte Muster in den Sand.
Plötzlich wurde McFarlane klar, dass er, wenn der Hubschrauber abhob, nie erfahren würde, wie Masangkay ge-

storben war und womit er sich vor seinem Tod beschäftigt hatte. Und neugierig war er eben doch geworden, selbst wenn er es nicht wollte. Er warf rasch einen Blick in die Runde – auf die achtlos liegen gelassenen Detektoren, das trostlose kleine Lager, die ausgedörrte, öde Landschaft.

Lloyd blieb an der Einstiegsluke des Hubschraubers stehen und wandte sich um.

»Dann runden Sie wenigstens auf eine Million auf!«, rief McFarlane ihm nach.

Lloyd zog, als wär's ihm um seinen heiß geliebten Hut zu tun, den Kopf ein und setzte einen Fuß in die Maschine.

»Also gut, dann eben siebenhundertfünfzigtausend!«

Einen Augenblick lang schien Palmer Lloyd zu zögern, dann drehte er sich mit breitem Lächeln langsam um.

Tal des Hudson

3. Juni, 10.45 Uhr

Palmer Lloyd hegte eine tiefe Liebe zu seltenen und wertvollen Dingen, aber das liebste von allen war ihm Thomas Coles Gemälde »Ein sonniger Morgen am Hudson«. Während seines durch ein Stipendium finanzierten Studiums in Boston war er oft ins Museum of Fine Arts gegangen, wo er dann, als wolle er sich durch nichts ablenken lassen, mit gesenktem Blick durch die Galerien geeilt war, bis er vor dem prächtigen Gemälde stand.

Wann immer es ging, wollte er das, was er liebte, auch besitzen. Da aber das Thomas-Cole-Gemälde um keinen Preis der Welt zu haben war, hatte er den denkbar besten Ersatz erworben. Und so saß er nun an diesem sonnigen Morgen in seinem Büro am Oberlauf des Hudson und blickte durch das Fenster, das genau jenen Flussabschnitt einrahmte, den Coles Bild darstellte. Das Licht am Horizont war an diesem Vormittag ausnehmend klar und schön, die Felder sahen im aufsteigenden Dunst besonders frisch und grün aus, die von der aufsteigenden Sonne angestrahlten Berge im Vordergrund schienen Funken zu sprühen. In der Schlucht hatte sich seit 1827 – dem Jahr, in dem Coles Gemälde entstanden war – nicht viel verändert. Und Lloyd hatte durch umfangreiche Käufe von Land dafür gesorgt, dass es so blieb.

Er schwang seinen Stuhl herum und richtete den Blick über die Marmorplatte des Schreibtischs hinweg auf das Bild, das ihm das gegenüberliegende Fenster zeigte. Die Hügel ringsum nahmen sich neben dem grandiosen Mosaik aus Stahl und Glas, das dort entstand, winzig und unbedeutend aus. Die Hände hinter dem Kopf verschränkt, verfolgte Lloyd zufrieden den Fortgang der Arbeiten. Eine kleine Armee von Arbeitern wieselte durch das Gelände, um eine Vision

Wirklichkeit werden zu lassen, die in der Welt ihresgleichen suchte – *seine* Vision. »Ein Wunder menschlichen Erfindergeistes«, murmelte er vor sich hin.
Im Zentrum der Aktivitäten wölbte sich – im strahlenden Licht des jungen Tages grün schimmernd – eine gewaltige Kuppel: die überdimensionale Replik des Londoner Kristallpalasts, der zu seiner Zeit die erste komplette Glaskonstruktion gewesen war und nach der Fertigstellung im Jahr 1851 als schönstes Bauwerk der Welt gegolten hatte. Leider brannte es 1936 ab. Die Reste wurden später entfernt, damit sie die Nazibomber nicht magisch anzogen.
Hinter der Kuppel aus Glas und Stahl wurden die ersten Steinblöcke der Khefret-II-Pyramide verlegt, einer kleinen Pyramide aus den frühen Pharaonen-Dynastien. Er lächelte etwas wehmütig bei der Erinnerung an seine Reise nach Ägypten: das orientalische Feilschen mit Regierungsvertretern, der Jubel über den Koffer voller Gold, den dann niemand anzuheben vermochte, und all die anderen melodramatischen kleinen Episoden. Die Pyramide war Lloyd teurer zu stehen gekommen, als ihm lieb sein konnte. Aber sie war, wenn auch keine Cheopspyramide, so doch ein eindrucksvolles Bauwerk.
Gerahmte Zeitungsartikel und Titelblätter verschiedener Magazine erinnerten an den Wirbel, den er mit dem Kauf der Pyramide in der Welt der Archäologie ausgelöst hatte. »Wohin wurden all diese Kunstwerke verschleppt?«, titelte eine Zeitschrift provokant und druckte daneben eine Karikatur von ihm ab, wie er sich, den Schlapphut in die Stirn gezogen, mit verschlagenem Blick eine kleine Pyramide unter den Mantel schob. »Der Hitler unter den Sammlern?«, fragte eine andere Schlagzeile. Und auch sein neuester Kauf hatte einen Aufschrei der Empörung ausgelöst: »Der Zahn des Anstoßes: Paläontologen empört über den Verkauf.« Oder die Titelseite von *Newsweek*, die in großen Lettern fragte: »Was macht man mit dreißig Milliarden?« Um natürlich

gleich die Antwort hinzuzufügen: »Ganz einfach, man kauft den Planeten Erde.« Und so war die mit Protesten seiner Neider und selbst ernannter Hüter der kulturellen Moral gepflasterte Wand neben dem Schreibtisch für Lloyd zur Quelle genüsslicher Erheiterung geworden.

In einer Vertiefung in der Schreibtischplatte schlug leise ein Glockenspiel an, in den letzten Ton hinein flötete seine Sekretärin: »Mr. Glinn ist jetzt da, Sir.«

»Bitten Sie ihn herein.« Lloyd konnte die Genugtuung in seiner Stimme nicht verbergen. Es war ein erstaunlich hartes Stück Arbeit gewesen, Eli Glinn dazu zu bewegen, ihn hier in seinem Büro aufzusuchen – vielleicht, weil Glinn und er sich bisher nie persönlich kennen gelernt hatten.

Als Glinn eintrat – sonnengebräunt, mit ausdrucksloser Miene und ohne jegliche Unterlagen –, begann Lloyd automatisch mit seiner gewohnt gründlichen Taxierung. Er hatte in vielen erfolgreichen Jahren als Geschäftsmann die Erfahrung gemacht, dass – sorgfältige Beobachtung vorausgesetzt – schon der erste Eindruck umfassende Erkenntnisse über einen Menschen bringen konnte. Dunkelblondes, kurz gestutztes Haar, kantige Wangenpartie, schmale Lippen. Auf den ersten Blick war dieser Glinn unergründlich wie eine Sphinx. Nichts, was ihm Individualität verlieh oder etwas von seinen Gefühlen oder Gedanken preisgab. Sogar die grauen, Ruhe ausstrahlenden Augen wirkten wie verschleiert. Alles an ihm war durchschnittlich, sogar Größe und Körperbau. Er sah gut aus, ohne wie ein Beau zu erscheinen, war gut, aber nicht betont elegant gekleidet. Das einzig Auffallende an ihm war die Art, sich zu bewegen. Seine Schritte waren lautlos, seine Kleidung raschelte nicht, er bewegte sich leichtfüssig wie das Wild im Wald.

Und es gab noch etwas, das man keineswegs als durchschnittlich bezeichnen konnte: seinen Lebenslauf.

»Mr. Glinn«, begrüßte ihn Lloyd, ging auf ihn zu und streckte ihm die Hand hin. »Danke, dass Sie sich herbemüht haben.«

Glinn nickte stumm, sein Händedruck war weder zu kurz, noch dauerte er zu lange, er war weder schlaff noch der machohafte Griff eines Knochenbrechers.
Lloyd fühlte sich etwas verunsichert, weil es ihm partout nicht gelang, den ihm so wichtigen ersten Eindruck zu gewinnen. Er deutete auf das Fenster, durch das der Blick auf die Bauarbeiten fiel. »Was halten Sie von meinem neuen Museum?«
»Recht groß«, antwortete Glinn, ohne dass auch nur das leiseste Lächeln um seine Lippen spielte.
Lloyd lachte. »Das Getty unter den naturgeschichtlichen Museen. Zumindest wird es das bald sein. Allerdings mit dem dreifachen Budget ausgestattet.«
»Interessant, dass Sie beschlossen haben, es hier zu errichten, hundertfünfzig Kilometer von der nächsten Großstadt entfernt.«
»Was Sie offenbar für einen Anflug von Hybris halten? In Wahrheit tue ich damit dem New Yorker Museum of Natural History einen Gefallen. Wenn ich mein Museum dort gebaut hätte, wären die Jungs ganz aus dem Rennen gewesen. So bleiben ihnen wenigstens noch die Schulklassen und ein paar Reisegruppen.« Lloyd gluckste hämisch in sich hinein. »Kommen Sie, Sam McFarlane erwartet uns. Ich zeige Ihnen unterwegs noch das eine oder andere.«
»Sam McFarlane?«
»Mein Meteoritenexperte. Nun, wenn ich *meiner* sage, greife ich ein wenig vor. Aber ich werde ihn schon rumkriegen, der Tag ist ja noch jung.«
Lloyd fasste Glinn am Ellbogen – wobei er feststellte, dass das Tuch feiner war, als er gedacht hatte – und geleitete ihn den in weit geschwungenen Serpentinen nach unten führenden Gang entlang und schließlich durch einen Flur, der zum neuen Kristallpalast führte. Von der Baustelle schwappte Lärm zu ihnen herüber, laute Rufe, der scharfe Knall von Nagelpistolen und das Dröhnen der Presslufthammer.
Mit kaum verhohlenem Stolz wies er auf den einen oder ande-

ren Bauabschnitt hin. »Das dort wird die Diamantenhalle.« Er zeigte auf einen großen, in geheimnisvoll violettes Licht getauchten Erdaushub. »Wir haben herausgefunden, dass es in den Hügeln alte Schürfstellen gibt, und so lag es nahe, die Halle dort zu errichten, sozusagen in natürlicher Umgebung. Übrigens der einzige Ausstellungsraum in einem größeren Museum, der ausschließlich Diamanten gewidmet ist. Aber schließlich haben wir die drei größten Exemplare der Welt erworben. Haben Sie davon gehört, dass wir den Japanern den Blauen Mandarin vor der Nase wegschnappen konnten?« Er gluckste boshaft.
»Ich lese Zeitung«, erwiderte Glinn trocken.
»Und dort ...« Ein feierliches Tremolo schwang in Lloyds Stimme mit. »Dort werden wir die Galerie der ausgestorbenen Lebewesen unterbringen. Wandermöwen, einen Dodo von der Insel Mauritius, sogar ein Mammut, das in gefrorenem Zustand aus dem sibirischen Eis geborgen wurde. Man hat in seinem Maul zermalmte Butterblumen gefunden – Überreste der letzten Mahlzeit.« Er zwinkerte Glinn zu. »Es ist verblüffend, wie bereitwillig manche Länder ihr so genanntes kulturelles Erbe veräußern, wenn entsprechend hohe Summen geboten werden. Hier kann ich Ihnen ein Beispiel dafür zeigen, was ich meine.« Er winkte seinen Gast durch einen halbfertigen, von zwei Männern mit Schutzhelmen bewachten Torgang, der in eine dunkle, mehrere hundert Meter lange Halle führte. Lloyd schaltete das Licht ein und drehte sich mit triumphierendem Grinsen um.
Vor ihnen erstreckte sich eine täuschend echt nachgeahmte, dem Anschein nach erst vor kurzem fest gewordene Schlammfläche, in der sich die Spuren zweier kleiner Füße abzeichneten. Man hätte meinen können, jemand sei versehentlich über noch frischen Zement spaziert.
»Die Laetoli-Fußspuren«, erklärte Lloyd ergriffen.
Glinn sagte nichts.
»Die ältesten je gefundenen Fußspuren von Hominiden. Stel-

len Sie sich das vor: Vor dreieinhalb Millionen Jahren haben unsere Vorfahren zum ersten Mal auf zwei Füßen eine Schicht feuchter vulkanischer Asche überquert und dabei diese Spuren hinterlassen. Das ist einzigartig. Bis zu diesem Fund wusste niemand, dass der *Australopithecus afarensis* aufrecht gehen konnte. Die frühesten Spuren der Menschheit, Mr. Glinn.«

»Das Getty-Institut für Naturschutz wird diesen Erwerb mit Interesse registriert haben«, meinte Glinn.

Lloyd musterte ihn mit einem Anflug von Misstrauen. Glinn war ein außergewöhnlich undurchsichtiger Mann. »Ich sehe, Sie haben Ihre Hausaufgaben gemacht. Die Leute von Getty wollten die Spuren am Fundort belassen, unausgegraben. Wie lange, glauben Sie, wäre es bei den gegenwärtigen Verhältnissen in Tansania dabei geblieben?« Er schüttelte den Kopf. »Das Getty hat eine Million Dollar dafür hingeblättert, sie wieder zuzuschütten. Ich habe zwanzig Millionen dafür gezahlt, sie hierher bringen zu dürfen, wo Gelehrte, Studenten und unzählige Museumsbesucher etwas davon haben.«

Glenn sah sich in der im Bau befindlichen Konstruktion um. »Da wir gerade von Gelehrten sprechen: Wo sind Ihre wissenschaftlichen Berater? Ich sehe eine Menge Leute in blauen Arbeitsanzügen, aber sehr wenige in weißen Kitteln.«

Lloyd winkte ab. »Die hole ich mir, wenn ich sie brauche. Solange es um den Ankauf geht, weiß ich selbst, was ich haben will. Später werde ich natürlich einen Stab wissenschaftlicher Mitarbeiter aufbauen. Dazu kämme ich die Kuratorien in ländlichen Gegenden ebenso durch wie die großen Museen. Die Jungs in New York ahnen noch nicht, was ihnen blüht.«

Als sie weitergingen, legte Lloyd einen Schritt zu. Er führte seinen Gast zu einer Art Fußgängerkreisel, von dem mehrere Wege abzweigten, über die man dann tiefer in den Kristallpalast gelangte. Am Ende einer dieser Abzweigungen machten sie vor einer Tür mit dem Schild KONFERENZRAUM A Halt, dort wartete McFarlane auf sie. Jeder Zoll von ihm verriet den Abenteurer: blaue, von der Sonne gebleichte Augen, eine rundum verlaufende Delle im strohblonden Haar – vermutlich die Folge, wenn man jahrelang ständig einen breitkrempigen Hut trug. Ein Blick genügte, um zu verstehen, warum dieser Mann sich nie theoretischer Forschungsarbeit verschrieben hatte; er wäre im Neonlicht eintönig grauer Labors so wenig heimisch geworden wie die San-Buschmänner, mit denen er noch vor wenigen Tagen zusammen gewesen war. Und müde sah er aus, wahrscheinlich hatte er während der beiden letzten Tage sehr wenig Schlaf abbekommen.

Lloyd zog einen Schlüssel aus der Tasche und sperrte die Tür auf. Er ahnte, dass der Raum, den sie nun betraten, auf Glinn überwältigend wirken musste, das ging beim ersten Mal jedem so. Die auf drei Seiten gläsernen, von außen verspiegelten Wände gaben den Blick auf die Eingangshalle des Museums frei: ein riesiges, derzeit noch leeres Achteck als Herzstück des Kristallpalasts. Lloyd wartete gespannt auf eine Reaktion, aber Glinns Miene war wie immer ein Buch mit sieben Siegeln.

Monatelang hatte sich Lloyd den Kopf darüber zerbrochen, mit welchem Aufsehen erregenden Objekt er den gigantischen Raum angemessen ausschmücken könnte. Seit der Auktion bei Christie schien die Antwort klar zu sein. Die kämpfenden Dinosaurier – der in Agonie endende, verzweifelte Überlebenskampf zweier urzeitlicher Riesen –, das gab den perfekten Blickfang ab.

Wenn aber der Traum, den er mit den auf dem Konferenztisch ausgebreiteten Karten, Ausdrucken und Luftaufnahmen verband, Wirklichkeit wurde, dann waren die Dinosaurier zweite Wahl, gemessen an dem, was Lloyd in dem Fall als krönendes Glanzstück des Museums vorschwebte. Er fieberte jetzt schon dem stolzen Tag entgegen, an dem er seinen wahr gewordenen Traum im Zentrum des Kristallpalasts aufstellen konnte.

Er riss sich von seinen Träumereien los und wandte sich

an Glinn. »Darf ich Sie mit Dr. Sam McFarlane bekannt machen, der sich bereit erklärt hat, dem Museum bis zum Abschluss eines bestimmten Projekts zur Verfügung zu stehen.« Während McFarlane und Glinn sich die Hand schüttelten, fügte er hinzu: »Noch letzte Woche ist Sam durch die Kalahari-Wüste gezogen und hat, wenn Sie mich fragen, seine unschätzbaren Talente mit der Suche nach dem Okawango-Meteoriten vergeudet. Ich denke, Sie werden mir Recht geben, wenn ich sage, dass wir eine faszinierendere Aufgabe für ihn gefunden haben. Sam, das ist Mr. Eli Glinn, Präsident der Effective Engineering Solutions Inc., kurz EES. Lassen Sie sich durch den nüchternen Firmennamen nicht irritieren, die EES ist spezialisiert auf die Lösung kniffeliger Probleme – von der Hebung mit Gold beladener versenkter deutscher U-Boote bis zur Fehleranalyse nach der Explosion eines Space-Shuttles.«

»Hört sich interessant an«, sagte McFarlane.

Lloyd nickte. »Und dabei kommt die EES gewöhnlich erst nachträglich ins Spiel – nachdem nämlich etwas *in die Hose gegangen* ist.« Die derbe Formulierung wirkte umso irritierender, als Lloyd sie geradezu genüsslich auszukosten schien. »Ich dagegen habe sie mir geholt, weil sie dafür sorgen soll, dass bei einem bestimmten Projekt *nichts* in die Hose geht. Und deswegen sind wir heute hier zusammengekommen, Gentlemen.« Er deutete auf den Konferenztisch. »Sam, würden Sie Mr. Glinn bitte erzählen, was Sie bei der Auswertung dieser Daten herausgefunden haben?«

McFarlane zuckte zusammen, er machte einen ungewohnt nervösen Eindruck. »Jetzt gleich?«

»Wann sonst?«, fragte Lloyd zurück.

McFarlane ließ den Blick unentschlossen über den Tisch wandern, dann gab er sich einen Ruck. »Bei diesen Unterlagen handelt es sich um geophysikalische Daten, die auf einer der chilenischen Kap-Hoorn-Inseln gewonnen wurden. Mr. Lloyd hat mich gebeten, sie zu analysieren. Zunächst

schienen die Daten … nun, solche Daten kann es überhaupt nicht geben. Beispielsweise bei diesem Ausdruck eines tomographischen Messgeräts …« Er griff nach dem Papier, warf kurz einen Blick darauf und ließ es dann, anscheinend völlig konsterniert, wie eine heiße Kartoffel fallen.
Lloyd merkte, dass er eingreifen musste. »Ich denke, ich werde am besten die Vorgeschichte kurz zusammenfassen. Einer unserer professionellen Scouts ist im chilenischen Punta Arenas zufällig auf einen Mann aufmerksam geworden, der mit elektronischen Geräten handelt. Unter anderem wollte er ein verrostetes Messgerät zur Aufzeichnung tomographischer Echo-Daten verscherbeln. Es handelt sich um ein Gerät der amerikanischen Firma DeWitter Industries, mit dem gewöhnlich fossile Ablagerungen aufgespürt und deren Abbauwürdigkeit geprüft wird. Es war zusammen mit einem Beutel voller Steine und einigen Unterlagen auf einer abgelegenen Insel nahe Kap Hoorn gefunden worden, nicht weit von den sterblichen Überresten eines Prospektors entfernt. Unser Scout hatte instinktiv den richtigen Riecher und hat kurzerhand alles aufgekauft. Bei näherer Durchsicht der Unterlagen – soweit sie noch zu entziffern waren – stellte sich heraus, dass die Geräte einem Mann namens Nestor Masangkay gehört haben.«
Lloyds Blick schweifte zu dem Tisch mit den Unterlagen hinüber. »Bis zu seinem Tod auf dieser einsamen Insel hat der Geologe Masangkay als Spezialist für die Auffindung von planetarischem Gestein gearbeitet. Griffiger gesagt: Er war Meteoritenjäger. Und zwar bis vor etwa zwei Jahren als Partner von Mr. McFarlane.«
McFarlanes Schultern verspannten sich.
»Nachdem unser Scout das in Erfahrung gebracht hatte, schickte er seine gesamte Ausbeute zur Analyse hierher. Im Laufwerk des tomographischen Echolots befand sich eine verrostete, festgebackene Floppy Disk. Einem unserer Techniker ist es gelungen, die Daten zu extrahieren. Unsere Infor-

matiker haben sie analysiert, aber sie wichen so weit von jeder bekannten Norm ab, dass sich kein Sinn ergab. Darum haben wir Sam ins Boot geholt.«

McFarlane hatte sich wieder gefangen. »Zuerst habe ich gedacht, Nestor müsse vergessen haben, das Gerät zu kalibrieren. Doch dann habe ich mir die übrigen Daten angesehen.« Er suchte in den Unterlagen nach dem richtigen Blatt.

Lloyd überbrückte die Pause mit der Anmerkung: »Wir haben keine Expedition zur Bodenuntersuchung losgeschickt, weil wir auf keinen Fall Aufsehen erregen wollten. Stattdessen haben wir bei Low Orbit Geosurvey einen Überflug des Satelliten LOG II geordert.«

Schließlich hatte McFarlane das Blatt mit den Daten gefunden. »Ich wollte das zuerst nicht glauben. Ich habe die Daten immer wieder geprüft, mindestens ein Dutzend Mal. Und nun meine ich zu wissen, was Nestor auf der kleinen Insel gesucht hat.«

»Ach ja?« Glinns Stimme verriet keine drängende Neugier, allenfalls höfliches Interesse.

»Wir haben es zweifellos mit dem größten Meteoriten auf diesem Planeten zu tun«, erklärte McFarlane.

Lloyds Miene verzerrte sich zu einem breiten Grinsen. »Bitte, Sam, sagen Sie Mr. Glinn, wie groß.«

McFarlane hüstelte gegen den Kloß an, den er plötzlich in der Kehle spürte. »Der bislang größte bekannte Meteorit ist der Ahnighito im New Yorker Museum. Er wiegt einundsechzig Tonnen. Der, mit dem wir es hier zu tun haben … wiegt, vorsichtig geschätzt, viertausend Tonnen.«

»Danke«, sagte Lloyd mit strahlendem Lächeln und wandte sich triumphierend zu Glinn um, der aber weiterhin keine Miene verzog. Lloyd schluckte ein paar Sekunden, dann fügte er mit heiserer Stimme hinzu: »Ich will diesen Meteoriten haben. Und Ihre Aufgabe, Mr. Glinn, ist dafür zu sorgen, dass ich ihn auch kriege.«

New York City

4. Juni, 11.45 Uhr

Der Landrover holperte die West Street hinunter, am Hudson und an den heruntergekommenen Piers vorbei. Der Mittagshimmel hing wie ein verlaufener Farbklecks über Jersey. McFarlane bremste scharf, als ein Taxi quer über drei Spuren preschte, um einen Fahrgast aufzulesen. Aber sonst war es ein geschmeidiges, mechanisches Dahingleiten, er konnte ungestört seinen Gedanken nachhängen. Genauer gesagt: den Erinnerungen an den Nachmittag, an dem der Saragossa-Meteorit auf die Erde gestürzt war.

Er hatte damals gerade die Highschool hinter sich und wanderte – ohne Job und berufliche Pläne, Carlos Castaneda in der Gesäßtasche – durch die mexikanische Wüste. Die Sonne stand tief, es wurde Zeit, nach einem Platz Ausschau zu halten, an dem er seinen Schlafsack ausrollen konnte. Plötzlich ergoss sich helles Licht über die Landschaft, als wäre eine dunkle Wolkendecke aufgerissen. Aber der Himmel war klar, es gab keine Wolken. Im nächsten Augenblick blieb er wie angewurzelt stehen, denn vor dem Schatten, den er auf den sandigen Boden warf, geisterte auf einmal ein *zweiter* herum – anfangs zerzaust und längenverzerrt, aber er wurde schnell kompakt. Ein seltsames Singen lag in der Luft, gefolgt von einer heftigen Explosion. Er ließ sich auf den Boden fallen, dachte an ein Erdbeben, an eine nukleare Druckwelle, an den Weltuntergang. Dann ging prasselnder Regen nieder. Nur, es waren keine Tropfen, die rings um ihn aufschlugen, sondern tausende winzige Gesteinsbrocken. Er las einen auf – ein kleines, graues, stellenweise schwarz verkrustetes Stück Stein. Es fühlte sich so kalt an, dass McFarlane den Atem des Alls zu spüren glaubte. Und tatsächlich glitzerten Eiskristalle auf dem Stein, der beim

Eintauchen in die Atmosphäre eigentlich glühend heiß hätte werden müssen.
Und als er so da gelegen und auf den Gesteinssplitter gestarrt hatte, war ihm plötzlich klar geworden, was er mit dem Rest seines Lebens anfangen wollte.
Nur, das war viele Jahre her. Heute versuchte er, so selten wie möglich an all die Ideale zu denken, die er damals gehabt hatte. Sein Blick glitt über den Beifahrersitz und den kleinen Lederkoffer, der Nestor Masangkays zerfleddertes Tagebuch enthielt. Auch etwas, woran er so selten wie möglich denken wollte.
Die Ampel sprang auf Grün, er bog in eine schmale Einbahnstraße ein – in das Viertel am unteren Ende von West Village, das Eldorado des Fleischhandels. Überall in den weitläufigen Docks schleppten stämmige Gestalten tiefgefrorene Schweine- und Rinderhälften von irgendeinem Truck zu einem Frachter und umgekehrt. Auf der gegenüberliegenden Straßenseite, quasi an der Quelle, warteten Restaurants mit fantasievollen Namen wie »The Hog Pit« oder »Uncle Billy's Backyard« auf Kundschaft. Krasser hätte der Kontrast zu der mit Glas und Chrom protzenden Zentrale der Lloyd Holdings an der Park Avenue, von der er gerade kam, gar nicht sein können. Er überprüfte noch einmal die Adresse, die er sich notiert hatte. Ja, sie stimmte.
Er brachte den Landrover an einem verfallenen Ladedock zum Stehen und stellte den Motor ab. Als er ausstieg, schlug ihm schwüle, mit penetrantem Fleischgeruch und irgendeinem undefinierbaren Gestank geschwängerte Luft entgegen. Weiter vorn zockelte ein Müllwagen die Straße hinunter, von der hinteren Stoßstange tröpfelte eine giftgrüne Brühe – der unverwechselbare Gestank der New Yorker Müllabfuhr.
Er atmete tief durch. Die Besprechung hatte noch nicht einmal begonnen, und trotzdem hatte er innerlich bereits auf Ablehnung geschaltet. Was mochte Lloyd diesem Mr. Glinn alles über ihn und Masangkay erzählt haben? Nun, es war

eigentlich egal, Glinn hätte es sowieso bald erfahren. Gerüchte breiten sich mit der Geschwindigkeit von Buschfeuern aus.

Er wuchtete eine schwere Aktenmappe aus dem Stauraum des Landrovers, schloss den Wagen ab und ging auf ein ausladendes Fin-de-Siècle-Gebäude zu, auf dessen schmuddeliger Backsteinfassade der verblasste Schriftzug PRICE & PRICE – FLEISCHHANDEL auszumachen war. Die Fenster der unteren Stockwerke waren zugemauert, die oberen hatten teure neue Chromrahmen bekommen.

Nach einem Eingang, der zu einem modernen Bürogebäude gepasst hätte, hielt McFarlane vergeblich Ausschau, er musste es wohl oder übel an der breiten Stahltür der ehemaligen Verladerampe probieren. Er klingelte, das Tor glitt auf offensichtlich frisch geölten Schienen nahezu lautlos zur Seite und gab den Weg in einen spärlich beleuchteten Gang frei, der zu einigen weiteren Stahltüren führte. Sicherheitsschlösser und Überwachungskameras deuteten darauf hin, dass hinter diesen Türen der neu gestaltete Bürotrakt lag.

Und richtig – eine der Türen flog auf, ein etwas kurz geratener, muskulöser Mann kam mit athletisch federndem Schritt auf ihn zu. Er trug – etwas ungewöhnlich in einem Büro – einen legeren Trainingsanzug mit dem Aufdruck MASSACHUSETTS INSTITUTE OF TECHNOLOGY, was – abgesehen von den intelligenten dunklen Augen – das einzige Indiz dafür war, dass er etwas mit Hightech zu tun hatte. »Dr. McFarlane?«, fragte er in warmem Bariton und streckte ihm die behaarte Hand hin. »Ich bin Manuel Garza von der Konstruktionsabteilung der EES.« Sein Händedruck fiel erstaunlich sanft aus.

McFarlane machte aus seiner Verblüffung keinen Hehl. »Bin ich hier richtig bei der Geschäftsleitung?«

»Wir legen Wert auf Anonymität«, erklärte Garza sibyllinisch und deutete einladend auf die offene Tür.

McFarlane folgte ihm in einen großen, von Halogenstrahlern ausgeleuchteten Raum, der in ganzer Breite und über mehrere Reihen mit Stahltischen möbliert war. Auf den Tischen lagen verbeulte Metallteile, geschmolzene Düsentriebwerke oder auch nur ein Sandhaufen oder ein Felsbrocken. Jedes Objekt war mit kleinen Schildchen gekennzeichnet. Techniker in weißen Laborkitteln eilten zielstrebig durch den Raum, einer balancierte – die Hände in weißen Handschuhen – ein Stück Asphalt vor sich her, als wäre es eine kostbare Ming-Vase.

Garza warf einen Blick auf die Uhr. »Ein paar Minuten bleiben uns noch. Wie wär's mit einer Führung?«

»Warum nicht? Ich hatte schon immer eine Schwäche für Trödelmärkte.«

Garza bahnte sich einen Weg durch die Reihen, nickte da und dort einem Kollegen zu und blieb schließlich an einem Tisch stehen, auf dem einige bizarr geformte schwarze Felsstücke lagen. »Kommt Ihnen das bekannt vor?«

»Erstarrte Lava und vulkanische Auswürfe aus einem aktiven Krater. Wollt ihr Jungs einen Vulkan basteln?«

»Nein«, erwiderte Garza, »wir mussten einen sprengen.« Er deutete mit einem Kopfnicken auf das maßstabsgerechte Modell einer vulkanischen Insel, samt Stadt, tief eingeschnittenen Schluchten, Wäldern und Bergen, und drückte einen Knopf unter der Tischplatte. Ein kurzes Surren, dumpfes Grollen, und dann spuckte der Vulkan Lava, die in mehreren Strömen an den Berghängen entlangfloss und sich unaufhaltsam auf die Modellstadt zu bewegte. »Bei der Lava handelt es sich um speziell von uns entwickelte Methylzellulose.«

»Toll«, sagte McFarlane. »So was habe ich mir immer für meine Modelleisenbahn gewünscht.«

»Die Regierung eines Dritte-Welt-Staates benötigte unsere Hilfe. Auf einer ihrer Inseln war ein schlafender Vulkan ausgebrochen. Die Lava hatte sich im offenen Trichter des Vulkans zu einem See gestaut, der überzulaufen drohte. Das wäre den sechzigtausend Einwohnern der Stadt zum Verhängnis geworden. Unser Auftrag lautete, die Stadt zu retten.«

»Komisch, davon habe ich nie was gelesen oder gehört.«
»Aus gutem Grund. Die Regierung hatte nicht vor, die Stadt zu evakuieren – weil es sich nämlich um einen kleinen, aber hochkarätigen Bankenstandort handelte. Hauptsächlich Drogengelder. Praktisch, wenn man da eine vorgelagerte Insel zur Hand hat.«
»Wäre vielleicht besser gewesen, das Nest in Feuer und Schwefel untergehen zu lassen wie Sodom und Gomorrha.«
»Wir beschäftigen uns mit technischen Problemen, nicht mit der Moral unserer Klienten.«
McFarlane lachte, er spürte, wie er sich allmählich entkrampfte. »Und wie haben Sie die Katastrophe verhindert?«
»Wir haben diese beiden Schluchten durch Erdrutsche blockiert, zwei Abflusskanäle in die von der Stadt abgewandte Seite des Vulkans gesprengt und dann den Vulkan mit Hilfe eines Sprengsatzes angebohrt. Übrigens eine Aktion, die vorübergehend zu einem weltweiten Engpass bei der Versorgung mit Plastiksprengstoff geführt hat. Da die Lava ins Meer geflossen ist, konnte sich der Auftraggeber über eine Vergrößerung seines Staatsgebiets um vierzigtausend Hektar freuen. Angesichts der Höhe unseres Honorars wenigstens ein kleines Trostpflaster.«
Schließlich hatten sie den Raum durchquert, Garza öffnete eine Tür, und McFarlane blieb verdutzt stehen. Der Raum war noch größer als der, aus dem sie kamen, und musste sich der Höhe nach über mehrere Stockwerke erstrecken. Überall an den Wänden waren Digitalkameras installiert, riesige Bildschirme vermittelten täuschend echt die Illusion, mitten in einem ausgedehnten Waldgebiet zu sein. Nahe dieser Waldkulisse parkte ein halbes Dutzend Lincoln-Kabrios, Modelle aus den frühen Sechzigern mit Kotflügeln wie Haifischflossen. In jedem Wagen saßen vier korrekt gekleidete Dummys, zwei vorn, zwei auf den Rücksitzen.
In der Mitte des gigantisch wirkenden Raums war das Modell einer Großstadtkreuzung aufgebaut, einschließlich asphaltier-

ter Straßen, Häuserfassaden in unterschiedlicher Höhe und einer funktionsfähigen Ampelanlage. In einer Auskerbung im Asphalt verlief, auf den ersten Blick unsichtbar, eine Zugvorrichtung, an der ebenfalls ein Lincoln hing, mit vier Dummys als Insassen. Der parallel zur Straße verlegte Kunststoffrasen täuschte lebensecht eine leicht ansteigende, mit Büschen bestückte Grünanlage vor. Die Straße endete unter einer Brücke, auf der Eli Glinn stand, mit einem Megaphon in der Hand. Irgendwie kam das Szenario McFarlane bekannt vor.

»Dreißig Sekunden!«, rief Glinn ins Megaphon.

Von irgendwoher ordnete eine Geisterstimme an: »Absolute Ruhe! Kameras einschalten!«

»Alle Anzeigen auf Grün«, meldete eine andere Stimme.

Dann war Glinn wieder dran. »Alles klar, wir fangen an. System aktivieren.«

Der Raum schien zum Leben zu erwachen. Ein leises Brummen, die Zugvorrichtung bewegte sich nach vorn und zog den Lincoln hinter sich her. Die Digitalkameras zeichneten das Geschehen aus verschiedenen Blickwinkeln auf.

Irgendwo in der Nähe ein gedämpfter Explosionsknall, dann in schneller Folge zwei weitere. McFarlane duckte sich instinktiv, er wusste, wie sich Gewehrfeuer anhört. Da außer ihm niemand beunruhigt zu sein schien, nahm er den Kopf wieder hoch und suchte das Gebüsch zu seiner Rechten ab, aus dem die Schüsse offenbar gekommen waren. Und tatsächlich, er entdeckte im dichten Blattwerk zwei auf Dreiecksständern montierte Gewehre; bei beiden war die Schulterstütze abgesägt, vom Abzug führte ein dünnes Kabel nach unten – offensichtlich eine Art Fernsteuerung. Plötzlich wusste er, wo er war. »Dealay Plaza«, murmelte er vor sich hin.

Garza schmunzelte.

McFarlane ging über den Kunstrasen der Grünanlage bis zu dem Gebüsch, in dem die beiden Gewehre versteckt montiert waren. Beim Blick über Kimme und Korn stellte er fest, dass der Dummy auf dem rechten Rücksitz seitlich weggekippt

war und mit zerschmettertem Schädel in den Wagenpolstern hing.
Glinn näherte sich dem Wagen, nahm die Szene in Augenschein und besprach etwas mit einem Techniker; den Gesten nach ging es um die Flugbahn des Geschosses. Dann kam er zu McFarlane herüber. »Willkommen in *meinem* Museum, Dr. McFarlane. Interessant, nicht wahr? Trotzdem muss ich Sie bitten, ein Stück beiseite zu treten, beide Waffen sind noch immer scharf geladen.« Garza war dazu gekommen, Glinn wandte sich an ihn. »Ein überzeugendes Ergebnis. Ich denke, wir können auf weitere Kontrollversuche verzichten.«
»Dann verbirgt sich also hinter diesem Versuch tatsächlich das, was ich vermute?«, fragte McFarlane, als sie wieder allein waren.
Glinn nickte. »Es ging darum, die Plausibilität kürzlich aufgetauchter neuer Indizien zu untersuchen.«
»Und was haben Sie festgestellt?«
Glinn sah ihn kühl an. »Vielleicht können Sie eines Tages in der *New York Times* etwas darüber lesen. Was ich allerdings bezweifle. Im Augenblick möchte ich nur so viel sagen: Ich nehme gewisse Verschwörungstheorien heute ernster als noch vor einem Monat.«
»Diese Versuchsreihe muss ein Vermögen gekostet haben. Wer bezahlt das?«, wollte McFarlane wissen.
Beredtes Schweigen.
»Und was hat das überhaupt mit Technik und Ingenieurwesen zu tun?«, hakte McFarlane nach.
»Ach, sehr viel. Die EES gilt als einer der Pioniere auf dem Gebiet der Fehleranalyse, die Hälfte unserer Aufträge lässt sich immer noch unter diesem Aspekt einordnen. Herauszufinden, warum manche Dinge nicht funktionieren, ist der wichtigste Beitrag zur Lösung technischer Probleme.«
»Aber das hier …« McFarlanes weit ausholende Geste schloss das ganze Modellszenario ein.
Glinn lächelte vieldeutig. »Nun, die Ermordung eines Präsi-

denten legt den Verdacht nahe, dass kapitale Fehler begangen wurden, finden Sie nicht? Ganz zu schweigen von der Pfuscharbeit bei den anschließenden Ermittlungen. Abgesehen davon festigen solche Fehleranalysen unseren Ruf, bei der Lösung technischer Probleme unschlagbar zu sein.«

»Unschlagbar?«

»Ganz recht. Die EES hat sich nie einen Misserfolg geleistet. *Nie*. Das ist zu unserem Markenzeichen geworden.« Er winkte Garza heran, und als sie zu dritt zur Tür gingen, fügte er hinzu: »Es genügt nicht zu berechnen, wie man ein Problem lösen kann, man muss darüber hinaus alle denkbaren Fehlerquellen analysieren, nur dann kann man sich des Erfolgs absolut sicher sein. Das erklärt, warum wir nie versagt haben. Wir unterschreiben keinen Vertrag, bevor wir mit Bestimmtheit wissen, dass wir den Auftrag erfolgreich durchführen können. Und dann geben wir unseren Klienten eine Erfolgsgarantie. Vorbehaltsklauseln gibt es in unseren Verträgen nicht.«

»Ist das der Grund, warum Sie den Vertrag mit dem Lloyd Museum noch nicht unterschrieben haben?«

»Ja. Und der Grund dafür, dass Sie heute hier sind.« Glinn zog eine schwere, wunderschön gearbeitete goldene Uhr aus der Westentasche, warf einen Blick darauf und steckte sie wieder weg. »Kommen Sie, die anderen warten schon auf uns.«

Chefetage der EES

13.00 Uhr

Eine kurze Fahrt im Lastenaufzug, ein längerer Fußmarsch durch weiße Flure, dann waren sie in einem Konferenzraum angekommen, der mit seiner niedrigen Decke und der sachlich nüchternen Einrichtung einen wohltuenden Kontrast zu dem übertriebenen Aufwand in Palmer Lloyds Museum setzte. Es gab keinen Wandschmuck, nicht einmal Fenster, lediglich einen großen runden Tisch und einen – einstweilen dunklen – Bildschirm an der Stirnwand. Am Tisch saßen eine junge Frau und ein Mann, die McFarlane so ungeniert musterten, dass er den Eindruck hatte, zwei Augenpaare nähmen Maß an ihm.

Die Frau trug, obwohl sie dem Teenager-Alter eindeutig entwachsen war, einen neckischen Schürzenlatz-Overall. McFarlane hätte sie nicht unbedingt als hübsch bezeichnet, aber der Goldstaub, der in den Tiefen ihrer braunen Augen glitzerte, wirkte irgendwie anziehend. Das heißt, er hätte so wirken können, wenn da nicht dieses irritierende belustigte Funkeln in ihrem Blick gewesen wäre. Sie war schlank, mittelgroß, mit sonnengebräuntem Teint und sehr schmalen Fingern, die gerade damit beschäftigt waren, über einem großen Aschenbecher eine Erdnuss aus der Schale zu pellen.

Der Mann neben ihr trug einen weißen Laborkittel. Er war bleistiftdünn und der zerschundenen Gesichtshaut nach Nassrasierer. Eines seiner Augenlider hing etwas durch, als wolle es jeden Moment zu einem lustigen Zwinkern ansetzen. Aber seine Leichenbittermiene, die stocksteife Haltung und das ununterbrochene nervöse Herumgespiele mit einem Druckbleistift erstickten jeglichen Gedanken an Humor im Keim.

Glinn deutete mit einem Kopfnicken auf ihn. »Das ist Eugene Rochefort, unser Mann für die Entwicklung technischer Vor-

richtungen, bei denen wir uns nicht an Erprobtem orientieren können, sondern absolutes Neuland beschreiten müssen.«
Rochefort reagierte auf dieses Lob dadurch, dass er die Lippen zusammenpresste, bis sie blutlos weiß aussahen.
»Neben ihm sitzt Dr. Rachel Amira. Sie hat als Physikerin bei uns angefangen, aber wir sind bald dahinter gekommen, dass sie eine begnadete Mathematikerin ist. Wenn Sie irgendein Problem haben, präsentiert sie Ihnen im Handumdrehen die passende mathematische Gleichung, mit der Sie es lösen können. Rachel und Gene – ich hoffe, Sie werden sich gut mit Dr. McFarlane verstehen, er ist Meteoritenjäger.«
Alle nickten sich kurz zu. McFarlane öffnete seine Aktentasche, entnahm ihr einige Mappen und verteilte sie. Er merkte, dass er sich wieder innerlich verkrampfte, was wohl etwas damit zu tun haben musste, dass er instinktiv Amiras und Rocheforts Vorbehalte spürte.
Glinn nahm die für ihn bestimmte Mappe entgegen, legte sie jedoch einstweilen beiseite. »Ich möchte das Problem, vor dem wir stehen, zunächst in groben Zügen beschreiben und dann um Ihre Diskussionsbeiträge bitten.«
Er zog ein paar Notizen aus der Innentasche seines Jacketts. »Lassen Sie mich mit einigen allgemeinen Informationen beginnen. Das Zielgebiet ist die Isla Desolación. Sie gehört zur Gruppe der Kap-Hoorn-Inseln südöstlich vom chilenischen Festlands und misst ungefähr zwölf Kilometer in der Länge und viereinhalb in der Breite.«
Er machte eine Pause und sah kurz in die Runde. Die grauen Augen verrieten nichts von dem, was hinter seiner Stirn vorgehen mochte. »Palmer Lloyd, unser Klient, drängt auf schnellstmöglichen Beginn der Arbeiten. Er ist besorgt, andere Museen könnten Wind von seinem Vorhaben bekommen und sich ebenfalls engagieren. Das bedeutet, dass wir die Sache im tiefsten südamerikanischen Winter angehen müssen. Die Temperaturen liegen dann auf den Kap-Hoorn-Inseln zwischen minus zwanzig und minus fünfunddreißig Grad Celsius. Die

Inselgruppe ist – abgesehen von der Antarktis – die südlichste größere Landmasse der Erde, tausendfünfhundert Kilometer näher am Südpol als das Kap der Guten Hoffnung. In dem Monat, in dem wir dort unten arbeiten, können wir mit fünf Stunden Tageslicht rechnen. Die Insel ist ein unwirtlicher Flecken – trocken, von Winden gepeitscht, überwiegend vulkanisch mit einigen tertiären Gesteinsbecken. Sie wird von einem großen Schneefeld zweigeteilt, im Norden gibt es eine vulkanische Bergkuppe. Bei Flut steigt der Meeresspiegel zwischen neun und zehneinhalb Metern an, bei Ebbe fließt das Wasser mit einer Geschwindigkeit von sechs Knoten ab.«

»Ideale Bedingungen für ein Picknick«, murmelte Garza.

»Die nächstgelegene menschliche Ansiedlung befindet sich auf der Navarino-Insel im Beagle-Kanal, etwa sechzig Kilometer nördlich der Kap-Hoorn-Inseln. Es handelt sich um die chilenische Marinebasis Puerto Williams und eine daran angelehnte kleine Mestizensiedlung.«

»Puerto *Williams?«*, fragte Garza. »Ich dachte, wir reden über *chilenisches* Territorium?«

»Das Gebiet wurde von den Engländern vermessen und kartographiert.« Glinn legte seine Notizen weg. »Dr. McFarlane, Sie waren, wenn ich recht unterrichtet bin, bereits in Chile?«

McFarlane nickte.

»Was können Sie uns über die chilenische Marine sagen?«

»Reizende Burschen …«

Die Tür ging auf, ein Kellner brachte Kaffee und Sandwiches. Sie warteten stumm, bis er fertig war. Rochefort untermalte das Schweigen mit dem hektischen Stakkato seines Druckbleistifts auf der Tischplatte.

»Sie patrouillieren ständig gefechtsbereit in den Küstengewässern«, fuhr McFarlane fort, »speziell im Süden, entlang der Grenze zu Argentinien. Wie Sie vermutlich wissen, gibt es zwischen beiden Ländern seit langem Grenzstreitigkeiten.«

»Können Sie meinen Anmerkungen über das Klima noch etwas hinzufügen?«

»Ich habe mich einmal im Spätherbst eine Weile in Punta Arenas aufgehalten. Dort gehören Schnee- und Graupelstürme ebenso zur Tagesordnung wie Nebel. Ganz zu schweigen von *Williwaws.*«

»*Williwaws?*«, fragte Rochefort mit einem Tremolo in der Piepsstimme.

»Eigentlich nur eine starke Windböe von ein, zwei Minuten Dauer, aber der Wind kann Geschwindigkeiten von bis zu hundertfünfzig Knoten entwickeln.«

»Wie sieht's mit sicheren Ankerplätzen aus?«, wollte Garza wissen.

»Die soll es angeblich überhaupt nicht geben. Nach allem, was ich gehört habe, finden Schiffsanker im Meeresboden nirgendwo festen Halt.«

»Wir lieben Herausforderungen«, erging sich Garza in Galgenhumor.

Glinn sammelte seine Notizen ein, faltete sie sorgfältig und ließ sie wieder in der Innentasche seines Jacketts verschwinden. McFarlane hatte irgendwie das Gefühl, dass der EES-Präsident mit den Kap-Hoorn-Inseln bestens vertraut war und die Antworten auf alle Fragen ohnehin schon gekannt hatte.

»Es liegt auf der Hand, dass wir es mit einer Fülle von Problemen zu tun haben. Dabei haben wir bis jetzt noch gar nicht über den Meteoriten gesprochen«, sagte Glinn schließlich. »Ich denke, das sollten wir jetzt nachholen. Rachel, Sie haben, glaube ich, einige Fragen wegen der Daten?«

»Ich habe eine *Anmerkung* zu den Daten«, sagte Dr. Amira. Ihr Blick streifte die von McFarlane verteilte Mappe, dann sah sie auf und bedachte den Meteoritenjäger mit einem so arroganten Lächeln, dass McFarlane innerlich kochte.

»Ja?«, ermunterte er sie.

»Ich glaube kein Wort von dem, was hier drinsteht.« Ihre wegwerfende Geste galt offensichtlich der Mappe. »Sie sind doch Meteoritenexperte, nicht wahr? Dann wissen Sie sicher, warum nie ein Meteor in einer Größenordnung von mehr als rund sechzig Tonnen gefunden wurde. Wäre er schwerer, dann wäre er beim Aufschlag zerschmettert – oder bei einem Gewicht über zweihundert Tonnen verdampft. Wie soll also ein Monster, wie Sie es beschreiben, unverändert intakt sein?«

»Nun«, begann McFarlane, »ich kann nicht …«

Aber Amira fiel ihm ins Wort: »Der andere Punkt ist, dass eisenhaltige Meteoriten rosten. Spätestens nach fünftausend Jahren setzt bei jeder eisenhaltigen Masse, auch wenn sie noch so groß ist, die Korrosion ein. Selbst wenn Ihr Meteorit den Aufprall also auf wunderbare Weise überstanden hat, wieso gibt es ihn dann noch? Wie erklären Sie die Behauptungen in diesem geologischen Bericht, dass er vor dreißig Millionen Jahren auf die Erde gestürzt ist, von Schichtgestein zugedeckt war und erst jetzt der Erosion ausgesetzt ist?«

McFarlane lehnte sich zurück, brachte ein Lächeln zustande und fragte: »Haben Sie mal Sherlock Holmes gelesen?«

Amira verdrehte die Augen. »Sie wollen sich doch hoffentlich nicht auf die These dieses alten Knaben berufen, dass nach Eliminierung des Unmöglichen all das, was übrig bleibt, dem Bereich der Wahrheit zuzurechnen ist, wie unwahrscheinlich es auch sein mag – oder doch?«

McFarlane blinzelte sie überrascht an. »Nun, ist das etwa nicht richtig?«

Rochefort schüttelte nur den Kopf, Dr. Amira konnte sich dagegen ein abfälliges Grinsen nicht verkneifen. »Sie stützen also Ihre Autorität als Wissenschaftler auf Sir Arthur Conan Doyle, Dr. McFarlane?«

McFarlane atmete bedächtig durch. »Ich kann für die Daten nicht die Hand ins Feuer legen, sie wurden von jemand anderem ermittelt. Aber so viel kann ich sagen: Wenn die Daten stimmen, handelt es sich um einen Meteoriten.«

Langes Schweigen, Amira knackte eine Erdnuss. Dann fragte sie: »Von jemand anderem? Könnte das zufällig Dr. Masangkay gewesen sein?«

»Ja.«
»Ich glaube, Sie kannten sich?«
»Wir waren Partner.«
»Aha.« Amira nickte, als wäre ihr das ganz neu. »Wenn also Dr. Masangkay die Daten ermittelt hat, halten Sie sie für verlässlich. Sie vertrauen ihm?«
»Unbedingt.«
»Ich frage mich, ob er das auch von ihnen gesagt hätte«, warf Rochefort mit hoher Piepsstimme ein.
McFarlane sah ihn stumm an, bis Glinn die Kontrahenten ermahnte: »Fahren wir fort.«
McFarlane nickte. »Es gibt auf der Insel eine Stelle, an der man auf eine enorme, kreisrunde Ablagerung von zerkleinertem, geschmolzenem Coesit trifft. Und genau in der Mitte befindet sich eine Masse aus eisenmagnetischem Material von hoher Dichte.«
»Eine natürliche Eisenerzablagerung«, spielte Rochefort die Information herunter.
»Die Überflug-Erkundung lässt vermuten, dass rings um die erwähnte Stelle die ursprüngliche Gesteinsschicht nach oben geschleudert wurde.«
Amira sah ihn verblüfft an. »Nach oben geschleudert?«
Rochefort seufzte gequält. »Und was wollen Sie daraus ableiten?«
»Wenn ein großer Meteorit auf Schichtgestein trifft, wird dieses nach oben gedrückt.«
Rochefort nahm wieder sein enervierendes Spiel mit dem Druckbleistift auf. »Wie denn? Durch Zauberei?«
McFarlane sah ihn abermals durchdringend an, diesmal noch länger. »Vielleicht ist Mr. Rochefort ja an einer kleinen Demonstration interessiert?«
»Bin ich«, erwiderte Rochefort spitz.
McFarlane nahm ein Sandwich vom Teller, schnupperte daran und zog eine Grimasse. »Erdnussbutter und Marmelade?«

»Dürfte ich um die Demonstration bitten?«, drängte ihn Rochefort gereizt.
»Gern.« McFarlane legte das Sandwich zwischen sich und Rochefort auf den Tisch. Dann nahm er seinen Kaffeebecher, hielt ihn schräg und tröpfelte etwas Flüssigkeit auf das Brot.
»Sehen Sie sich das an!«, beschwerte sich Rochefort bei Glinn. »Ich hab's geahnt, dass er uns mit einem Taschenspielertrick kommt. Wer wischt die Schweinerei nun wieder weg?«
McFarlane hob die Hand. »Haben Sie etwas Geduld. Wir simulieren hier gerade unser Schichtgestein.« Er langte nach einem zweiten Sandwich, legte es auf das erste und tränkte es ebenfalls mit Kaffee. »So. Dieses Sandwich ist die Gesteinsablagerung – Brot, Erdnussbutter und Marmelade, und zwar in mehreren Schichten. Und meine Faust –« er reckte den Arm hoch – »… ist der Meteorit.«
McFarlanes Faust schlug mit solcher Wucht zu, dass die beiden Sandwiches zu einer breiigen Masse zermalmt wurden.
»Gott im Himmel!«, schrie Rochefort entsetzt, sprang auf und versuchte sich in Sicherheit zu bringen. Zu spät, sein Hemd war mit Erdnussbutter bekleckert, an beiden Ärmeln klebten aufgeweichte Brotklumpen.
Garza, der etwas weiter weg saß, guckte verdutzt. Glinn verzog keine Miene.
»Und nun wollen wir mal die Sandwichreste in Augenschein nehmen«, sagte McFarlane im ruhigen, sachlichen Ton eines Dozenten. »Bitte beachten Sie, dass die Bestandteile nun in umgekehrter Reihenfolge angeordnet sind. Die ursprünglich unterste Brotscheibe liegt jetzt oben, die oberste unten. Dasselbe passiert, wenn ein Meteorit auf eine Ablagerung aus Schichtgestein trifft: Er pulverisiert die Schichten und schleudert sie hoch, danach sinken sie in umgekehrter Reihenfolge wieder ab.« Er sah Rochefort gespannt an. »Noch Fragen oder Anmerkungen?«
»Das ist eine Unverschämtheit«, schimpfte Rochefort, während er an seinen Brillengläsern herumputzte.

»Bitte setzen Sie sich wieder, Mr. Rochefort«, forderte Glinn ihn ruhig auf.
Zu McFarlanes Überraschung fing Amira plötzlich an zu lachen – ein tiefes, gurrendes Lachen. »Das war sehr hübsch, Dr. McFarlane. Ein bisschen Auflockerung tut bei Besprechungen immer gut.« Sie wandte sich an Rochefort. »Wenn Sie auf meinen Vorschlag eingegangen wären, Klub-Sandwiches zu bestellen, hätten Sie erheblich weniger abgekriegt.«
Rochefort warf ihr, als er sich setzte, einen finsteren Blick zu.
»Wie auch immer«, sagte McFarlane, »die Umkehr von Gesteinsschichten kann nur eines bedeuten: Es muss einen riesigen Krater geben. Daher lässt alles auf den Einschlag eines Meteoriten schließen. Wenn Sie allerdings eine bessere Erklärung haben, höre ich sie mir natürlich gern an.« Er wartete.
Garza fragte halbherzig: »Was halten Sie von der Theorie: extraterristisches Raumschiff?«
»Das haben wir schon durchgekaut, Manuel«, ließ Amira ihn trocken abblitzen.
»Und?«
»So wahrscheinlich wie ein viereckiges Ei.«
Rochefort war immer noch mit der Reinigung seines Kittels und der Brillengläser beschäftigt. »Spekulationen bringen nichts. Warum schicken wir nicht ein paar Geologen los, die den Boden untersuchen und uns bessere Daten liefern?«
Glinn, der bisher mit halb geschlossenen Lidern zugehört hatte, erklärte: »Mr. Lloyd und ich halten die vorliegenden Daten für verlässlich. Und er möchte aus gutem Grund nicht noch mehr Aufmerksamkeit auf den Fundort lenken.«
Garza räusperte sich. »Ja. Und das wirft eine Frage auf, die wir noch nicht erörtert haben. Was immer wir dort finden – wie bringen wir's aus Chile raus?« Er sah McFarlane an. »Ich nehme an, Sie haben Erfahrung mit solchen – nun, nennen wir's: Operationen.«
Nett, dass du nicht Schmuggel sagst, dachte McFarlane. »Mehr oder weniger.«

»Und was schwebt Ihnen vor?«

»Es handelt sich um Metall, im Grunde nur um einen Klumpen Erz. Damit fällt die Aktion nicht unter das Gesetz zum Schutz nationaler Kulturgüter. Auf meine Empfehlung hat Lloyd eine Firma gegründet, die sich zurzeit um die Schürfrechte auf dieser Insel bemüht. Ich habe vorgeschlagen, dass wir dort unten als Mitarbeiter der Abbaugesellschaft auftreten, das Ding ausgraben und per Schiff nach Hause bringen. Die Anwälte versichern uns, das sei nicht illegal.«

Amira lächelte. »Aber wenn die chilenische Regierung dahinter kommt, dass es nicht um normalen Erzabbau, sondern den größten je gefundenen Meteoriten geht, sehen sie die Operation möglicherweise in einem anderen Licht.«

»Das dürfte eine euphemistische Untertreibung sein. Es könnte sein, dass wir alle erschossen werden.«

»Ein Schicksal, dem Sie bei dem Atakamit-Schmuggel nur um Haaresbreite entgangen sind, nicht wahr?«, fragte Garza.

McFarlane merkte, dass ihm das Blut in die Wangen schoss. Garza war ihm bisher sachlich und aufgeschlossen begegnet, er hatte sich nicht von Rocheforts offenkundiger Feindseligkeit und Amiras spitzen Bemerkungen anstecken lassen. »Das Risiko mussten wir eingehen. Das gehört bei so einer Arbeit mit dazu.«

»Den Eindruck habe ich auch.« Garza blätterte lachend in McFarlanes Unterlagen. »Ich frage mich, wieso Sie überhaupt in Erwägung ziehen, noch mal dorthin zurückzukehren. Das Projekt könnte zu internationalen Verwicklungen führen.«

»Sobald Lloyd den Meteoriten in seinem Museum enthüllt, wird es *mit Sicherheit* dazu führen«, korrigierte ihn McFarlane.

»Der entscheidende Punkt ist Geheimhaltung«, griff Glinn vermittelnd ein. »Was sich hinterher, nach Abschluss unserer Arbeit, daraus entwickelt, ist Mr. Lloyds Sache.« Da sich niemand zu Wort meldete, fuhr er fort: »Ich hätte noch eine Frage, und zwar bezüglich Ihres Expartners, Dr. Masangkay.«

Jetzt kommt's, dachte McFarlane. Er war auf das Schlimmste gefasst.
»Haben Sie irgendeine Vorstellung, was zu seinem Tod geführt haben könnte?«
Das war nicht die Frage, die McFarlane erwartet hatte. Er zögerte. »Nein, der Leichnam ist nicht geborgen worden. Es könnte Erschöpfung gewesen sein. Oder er ist schlichtweg verhungert. Die Lebensbedingungen sind dort nicht gerade rosig.«
»Aber es gab keine schweren Krankheiten? Auch keine, bei denen erst jetzt mit Spätfolgen zu rechnen war?«
»Mangelernährung in früher Jugend, sonst nichts. Mir ist jedenfalls nichts bekannt. Auch in seinem Tagebuch steht nichts von einer Erkrankung oder unzureichender Ernährung.«
McFarlane hatte den Eindruck, dass Glinns letzte Frage so etwas wie den Schlusspunkt der Besprechung darstellte, und hielt es daher für angebracht, an den Grund seiner Anwesenheit zu erinnern. »Mr. Lloyd möchte, dass ich mit einer Antwort zurückkomme.«
Glinn legte McFarlanes Mappe weg. »Die Kosten werden sich auf eine Million Dollar belaufen.«
McFarlane verschlug es für einen Augenblick die Sprache. Die Summe lag weit unter dem, was er erwartet hatte. Was ihn jedoch noch mehr überraschte, war, dass Glinn sie so einfach aus dem Ärmel schütteln konnte. »Ohne Mr. Lloyd vorgreifen zu wollen, würde ich sagen, dass das eine durchaus angemessene …«
Glinn hob die Hand. »Ich fürchte, Sie haben mich missverstanden. Mit der einen Million habe ich die Kosten beziffert, die bis zu unserer Entscheidung über die Durchführbarkeit des Projekts anfallen.«
McFarlane starrte ihn an. »Heißt das, dass Sie allein für die Kalkulation eine Million berechnen?«
Glinn nickte. »Und im Extremfall danach möglicherweise den Auftrag zurückgeben.«

»Da wird bei Mr. Lloyd sicher helle Freude aufkommen«, murmelte McFarlane.

»Es gibt viele Unbekannte bei diesem Projekt, nicht zuletzt die Frage, was wir an Ort und Stelle vorfinden werden. Dazu kommen politische, technische und geologische Probleme. Um all das zu analysieren, müssen wir Simulationsmodelle entwickeln. Das bedeutet viele Stunden Computerarbeit. Außerdem müssen wir unter Wahrung der Vertraulichkeit den Rat von Experten einholen – von Physikern, Statikern, Anwälten für internationales Recht, sogar von Historikern und Politologen. Mr. Lloyds Wunsch, all das beschleunigt abzuwickeln, treibt die Kosten zusätzlich in die Höhe.«

»Okay, okay. Wann können wir mit der Antwort rechnen?«

»Innerhalb von zweiundsiebzig Stunden nach Eingang des Orderschecks.«

McFarlane fuhr sich mit der Zunge über die Lippen. Allmählich dämmerte ihm, dass er unterbezahlt war. »Und wenn die Antwort ein Nein ist?«

»Dann bleibt Mr. Lloyd zumindest die Gewissheit, dass das Vorhaben undurchführbar ist. Falls es nämlich einen Weg gibt, den Meteoriten zu bergen, werden wir ihn finden.«

»Haben Sie schon mal abgelehnt?«

»Mehrmals.«

»Ach, wirklich? Wann zum Beispiel?«

Glinn hüstelte. »Erst letzten Monat wollte ein osteuropäischer Staat, dass wir einen stillgelegten Atomreaktor mit Beton ummanteln und zur Nutzung in einem Nachbarstaat über die Grenze transportieren.«

»Das soll wohl ein Scherz sein?«

»Absolut nicht. Wir mussten ihnen natürlich eine Absage erteilen.«

Garza, die ehrliche Haut, fügte hinzu: »Zumal unsere Forderung ihr Budget überstiegen hätte.«

McFarlane ließ kopfschüttelnd seine Aktentasche zuschnap-

pen. »Wenn ich irgendwo ein Telefon benutzen darf, übermittle ich Mr. Lloyd Ihr Angebot.«
Auf Glinns Wink ging Garza zur Tür und hielt sie McFarlane auf. »Wenn Sie mir bitte folgen wollen …«

Rochefort stieß einen erleichterten Seufzer aus, als sie allein waren. »Wir müssen doch nicht tatsächlich mit diesem Mann zusammenarbeiten, oder?« Er schnippte sich einen Klecks Marmelade vom Kittel. »So benehmen sich Müllkutscher, aber keine Wissenschaftler.«
»Er hat in planetarischer Geologie promoviert«, erinnerte ihn Glinn.
»Er hat sich seines Doktortitels als nicht würdig erwiesen und ihn daher verwirkt«, parierte Rochefort. »Aber bitte, ich will gar nicht von seiner Berufsauffassung reden, ich spreche davon, was er seinem Partner angetan hat.« Er deutete auf sein Hemd. »Dieser Mann ist eine wandelnde Zeitbombe. Völlig unberechenbar.«
»Es gibt keine unberechenbaren Menschen«, widersprach Glinn, »nur Leute die wir falsch einschätzen.« Er ließ den Blick über das Chaos gleiten, das McFarlane auf der Akazienholzplatte seines Fünfzigtausend-Dollar-Tisches angerichtet hatte. »Und es versteht sich von selbst, dass wir alles daransetzen werden, Dr. McFarlane richtig einzuschätzen.« Sein Blick blieb an Amira hängen. »Rachel, ich habe vor, Ihnen eine sehr heikle Aufgabe zu übertragen.«
Amira warf Rochefort einen triumphierenden Blick zu. »Selbstverständlich.«
»Sie werden Dr. McFarlanes Assistentin.«
Das Lächeln um ihre Lippen erlosch schlagartig.
Glinn ließ ihr keine Zeit, sich Gründe auszudenken, sein Ansinnen abzulehnen.
»Sie haben ein Auge auf ihn und fertigen regelmäßig Berichte über ihn an. Zur Vorlage an mich.«
Ein Zucken lief über Rocheforts Gesicht. Wenn er nicht gar

so sauertöpfisch gewesen wäre, hätte vielleicht ein Grinsen daraus werden können, aber die Muskeln, die er dazu gebraucht hätte, waren vermutlich längst verkümmert.

»Ich schrecke so schnell vor nichts zurück«, rief Amira empört aus, »aber den Spitzel spiele ich nicht!«

»Ihre Berichte enthalten lediglich die sachliche Wiedergabe Ihrer Beobachtungen«, sagte Glinn, »die Auswertung obliegt einem Psychiater. Rachel, Sie sind geübt in messerscharfen Analysen. Was Sie bei mathematischen Problemen können, dürfte Ihnen auch bei Menschen nicht schwer fallen. McFarlanes Assistentin sind Sie natürlich nur pro forma. Und was das Bespitzeln angeht: Sie wissen, dass McFarlane eine schillernde Vergangenheit hat. Da er der Einzige ist, der uns als Teilnehmer an dieser Operation aufgenötigt wird, müssen wir ihn im Auge behalten.«

»Ist das eine Aufforderung, ihm nachzuspionieren?«

»Sagen wir: Ich bitte Sie nicht ausdrücklich darum, aber wenn Sie ihn bei irgendetwas erwischen, das die Durchführung unseres Auftrags gefährden könnte, haben Sie mir das selbstverständlich unverzüglich mitzuteilen. Wobei Sie lediglich auf die geeignete Form achten sollten.«

Dr. Rachel Amira lief rot an und verschanzte sich hinter eisigem Schweigen.

Glinn sammelte seine Unterlagen ein. »All das könnte Hypothese bleiben, falls wir zu dem Schluss kommen, dass das Projekt undurchführbar ist. Außerdem gibt es da noch eine Kleinigkeit, um die ich mich zuvor kümmern muss.«

Lloyd-Museum

7. Juni, 15.15 Uhr

McFarlane tigerte wie ein gefangenes Raubtier in seinem Büro auf und ab. Der großzügig bemessene Raum im gerade erst fertig gestellten Verwaltungsgebäude des Museums war zur Hälfte mit ungeöffneten Kartons voll gestellt, auf dem Schreibtisch lagen Memos, Blaupausen, Computerausdrucke und Karten. Er hatte lediglich bei einem Sessel den Plastiküberzug entfernt, alle anderen Möbel steckten noch in ihren Packhüllen. Es roch durchdringend nach frisch verlegtem Teppichboden und Farbe. Draußen vor den Fenstern kamen die Bauarbeiten in atemberaubendem Tempo voran. Der Gedanke, wie viel Geld hier in wenigen Tagen und Wochen ausgegeben wurde, machte ihn kribbelig. Aber wenn sich einer das leisten konnte, dann Lloyd. Die einzelnen Produktionsbereiche der Lloyd Holdings – Luft- und Raumfahrttechnik, Waffentechnik, Entwicklung von Supercomputern und elektronische Datensysteme – warfen genug Gewinn ab, um ihn zu einem der reichsten Männer der Welt zu machen. Schließlich zwang er sich, am Schreibtisch Platz zu nehmen. Er schob die verstreut herumliegenden Papiere beiseite, zog die unterste Schublade auf und entnahm ihr Masangkays mittlerweile moderiges Tagebuch. Schon der erste Blick auf die Eintragungen in Tagalog hatte eine Fülle von Erinnerungen in ihm wach gerufen, die meisten schön und bitter zugleich. Und alle hatten die Patina alter, gelbstichig gewordener Fotos angesetzt.

Er zog das Buch aus der Schutzhülle, schlug die letzte Seite auf und starrte wieder auf den kaum leserlich hingekritzelten Text der letzten Eintragung. Masangkays eigensinnige Gewohnheit, nur ganz selten einmal ein Datum zu vermerken, machte es unmöglich festzustellen, wie viele Stunden oder

Tage zwischen der letzten Eintragung und seinem Tod gelegen hatten.

> *Nakaupo ako at nakpapausok para umalis ang mga lintik na lamok. Akala ko masama na ang Süd-Grönland, mas grabe pala dito sa Isla Desolación …*

McFarlanes Blick rutschte ein Stück tiefer, zu der Übersetzung, die er für Lloyd angefertigt hatte.

> Ich sitze am Feuer im Rauch und versuche, mir die verdammten Moskitos vom Leib zu halten. Dabei hatte ich gedacht, in Süd-Grönland wäre es schon schlimm gewesen. Isla Desolación: der Name trifft es haargenau. Ich habe mich immer gefragt, wie das Ende der Welt wohl aussieht. Jetzt weiß ich es.
> Es sieht viel versprechend aus: die umgeschichteten Strati, der bizarre Vulkanismus, die Anomalien im Umfeld.
> Alles stimmt mit den Yaghan-Legenden überein. Aber es ergibt keinen Sinn. Er muss verdammt schnell runtergekommen sein, viel zu schnell für eine elliptische Umlaufbahn. Ich muss immer wieder an McFarlanes verrückte Theorie denken.
> Verdammt, manchmal ertappe ich mich bei dem Wunsch, der alte Bastard wäre hier und könnte sich das ansehen. Aber wenn er hier wäre, würde er sich bestimmt was einfallen lassen, um mir alles zu vermasseln.
> Morgen werde ich zu einer quantitativen Begutachtung des Tals aufbrechen. Wenn er da ist, finde ich ihn, egal, wie tief er liegt. Morgen wird sich alles entscheiden.

Und das war's. Danach war er einsam und allein gestorben, am entlegensten Ort der Erde.
McFarlane lehnte sich zurück. *McFarlanes verrückte Theorie …* In diesem Punkt war seine Übersetzung nicht korrekt, *walang*

kabalbalan hatte eine viel drastischere Bedeutung als »verrückt«. Aber Lloyd musste ja nicht alles wissen.
Nur, darum ging es gar nicht. Es ging vielmehr darum, dass seine Theorie tatsächlich verrückt gewesen war. Nachträglich fragte er sich, warum er so verbiestert daran festgehalten hatte. So lange und mit so schrecklichen Konsequenzen.
Alle bekannten Meteoriten waren aus unserem Sonnensystem gekommen. Nachträglich erschien ihm die Theorie von interstellaren Meteoriten direkt lachhaft. Wie hatte er glauben können, dass ein Felsbrocken aus anderen Sternensystemen seinen Weg durch die Leere des Raums nehmen und zufällig auf der Erde aufschlagen könnte? Die mathematische Wahrscheinlichkeit dafür lag bei eins zu einer Trillion. Zu glauben, dass eines Tages irgendjemand – möglichst er, versteht sich – einen interstellaren Meteoriten finden könnte, war reines Wunschdenken gewesen, einfältig und arrogant. Es hatte seine Urteilskraft getrübt und aus seinem Leben einen Scherbenhaufen gemacht.
Schon seltsam, in Masangkays Tagebuch auf einmal wieder auf diese Theorie zu stoßen. Das mit den umgeschichteten Strati war normal. Aber was hatte aus Masangkays Sicht keinen Sinn ergeben? Woran hatte er herumgerätselt?
McFarlane klappte das Tagebuch zu, stand auf und ging zum Fenster. Er sah Masangkays rundes Gesicht vor sich, das volle, schmuddelige Haar, das sarkastische Grinsen und die tanzenden Augen, aus denen Humor, Lebensfreude und Intelligenz sprachen. Er wusste noch, wie er an jenem von quälend grellem Sonnenlicht durchfluteten Tag vor dem New York Museum auf Masangkay gewartet hatte. Und wie er plötzlich – im Sturmschritt, die Brille schief auf der Nase – die Stufen heruntergerannt kam und ihm zurief: »Sam! Sie haben uns grünes Licht gegeben! Wir sind auf dem Weg nach Grönland!« Schmerzlicher war die Erinnerung an den Abend des Tages, an dem sie den Tornarssuk-Meteoriten tatsächlich gefunden hatten. Masangkay hatte seine wie einen Schatz

gehütete Flasche Whiskey geöffnet, und dann hatten sie am Feuer gesessen, in die bernsteinfarben flackernden Flammen gestarrt und sich voll laufen lassen. O Gott, der entsetzliche Kater am nächsten Morgen! Aber sie hatten ihn gefunden. Er lag einfach da, aufrecht, als habe ihn jemand für sie hingestellt, damit sie ihn bloß nicht übersahen. Sie hatten im Laufe der Jahre schon viele Meteoriten aufgespürt, aber keinen wie diesen. Er war in spitzem Winkel in die Atmosphäre eingetaucht, hatte das Eisschild durchschlagen und war taumelnd abgestürzt. Ein wunderschönes Meteorgestein, wie ein überdimensionales Seepferd geformt.

Und nun stand er im Garten eines Industriellen in Tokio. Eine Transaktion, die McFarlane die Freundschaft mit Masangkay und seinen guten Ruf gekostet hatte.

Den Blick starr nach draußen gerichtet, tastete er sich zurück in die Gegenwart. Über den mächtigen Ahornbäumen und weißen Eichen strebte ein Bauwerk nach oben, das am Oberlauf des Hudson wie ein bizarrer Fremdkörper wirkte: eine aus sonnengebleichten Quadern gefügte altägyptische Pyramide. Während er hinübersah, hob der Kran gerade wieder einen Kalksteinquader über die Baumwipfel und setzte ihn vorsichtig auf dem halb fertigen Bau ab. Eine dünne Sandspur rieselte herab, die der Wind verwehte. Er sah Lloyd auf der Lichtung stehen, an der Baustelle, heute mit einem breitkrempigen Safarihut auf dem Kopf. Der Mann hatte eben eine Schwäche für extravagante Kopfbedeckungen.

Es klopfte, Glinn kam herein, einen Aktendeckel unter dem Arm. Er schlängelte sich zwischen den Kartons zu McFarlane durch, trat neben ihn und warf einen Blick auf die Lichtung.

»Hat er die passende Mumie gleich mit erworben?«, fragte er.

McFarlane lachte kehlig. »Allerdings, das hat er wohl. Nicht das Original, das ist vor langer Zeit das Opfer von Grabräubern geworden, aber eine andere. Irgendeine arme Seele, der nicht an der Wiege gesungen wurde, dass sie die Ewigkeit am Hudson verbringen würde. Außerdem hat er Repliken von

König Tuts Grabschatz für die hiesige Grabkammer anfertigen lassen. Die Originale waren anscheinend unverkäuflich.«
»Selbst dreißig Milliarden sind Grenzen gesetzt«, sinnierte Glinn. »Wollen wir?«
Sie nahmen den Kiesweg durch den Waldgürtel zur Lichtung, auf deren sandigem Boden die Pyramide direkt über ihnen aufragte. Vor dem tiefblauen Himmel sah der gelbe Sandstein beinahe schäbig aus.
Lloyd kam mit ausgebreiteten Armen auf sie zu. »Eli!«, dröhnte er leutselig, »Sie haben sich aber Zeit gelassen. Man könnte meinen, es ginge um den Abtransport des Mount Everest und nicht nur um einen Klumpen Eisen.« Er fasste Glinn am Ellbogen und steuerte mit ihm auf eine Gruppe von Steinbänken zu. McFarlane setzte sich Lloyd und Glinn gegenüber auf eine Bank im Schatten der Pyramide, wo es angenehm kühl war.
Lloyd schielte auf Glinns dünnen Aktendeckel. »Ist das alles, was ich für meine Million kriege?«
Statt zu antworten, stellte ihm Glinn die Gegenfrage: »Wie hoch wird die fertige Pyramide sein?«
»Dreiundzwanzigeinhalb Meter«, erwiderte Lloyd stolz. »Mit einer Basis von vier mal dreiundvierzig Metern. Knapp dreiundvierzig, um korrekt zu sein.«
Glinn sah ihn mit einem rätselhaften Blick an. »Ein merkwürdiger Zufall.«
»Was für ein Zufall?«
»Wir haben die Daten unseres Meteoriten noch einmal analysiert und sind zu dem Ergebnis gekommen, dass das Gewicht eher bei zehntausend Tonnen liegen dürfte. Genau wie bei Ihrer Pyramide. Mit einem Durchmesser von etwas über zwölf Metern, wenn wir davon ausgehen, dass es sich um einen der üblichen Nickel-Eisen-Meteoriten handelt.«
»Wunderbar! Je größer, desto besser.«
»Man kann also den Transport des Meteoriten mit dem Ihrer Pyramide vergleichen. Mit dem Unterschied, dass wir ihn nicht in Quader zerlegen können.«

»Na und?«
»Mit etwas anderem hätten wir's leichter. Mit dem Eiffel-Turm, zum Beispiel«, sagte Glinn.
»Das hässliche Ding will ich nicht.«
»Der Eiffel-Turm wiegt nur etwa fünftausend Tonnen. Die Saturn-V-Rakete – das schwerste landgestützte Objekt, das je von Menschen bewegt wurde – wiegt dreitausend Tonnen. Ihren Meteoriten zu bewegen lässt sich mit dem Transport von drei Eiffel-Türmen vergleichen, Mr. Lloyd. Oder von fünf Saturn-V-Raketen.«
»Worauf wollen Sie hinaus?«
»Darauf, dass zehntausend Tonnen ein Gewicht sind, bei dem einem der Atem stocken kann. Zehn Millionen Kilo! Und wir reden davon, dass wir es um die halbe Welt schaffen müssen.«
Lloyd grinste. »Das größte Gewicht, das je von Menschen bewegt wurde – das gefällt mir. Mehr Publicity kann man sich gar nicht wünschen. Aber ich verstehe nicht, wo das Problem liegt. Sobald Sie den Felsbrocken an Bord haben, können Sie ihn praktisch bis vor meine Haustür schippern – einfach den Hudson rauf.«
»Ihn an Bord zu kriegen, darin liegt ja genau das Problem. Insbesondere auf den letzten fünfzehn Metern von der Küste bis in den Laderaum. Der größte Kran der Welt kann gerade mal knapp tausend Tonnen heben.«
»Dann müssen Sie eben eine Rampe bauen und ihn auf den Kahn rutschen lassen.«
»Sieben Meter vor der Küste der Isla Desolación fällt der Meeresboden auf eine Tiefe von etwa sechzig Metern ab. Eine feste Rampe kommt also nicht in Frage. Und eine schwimmende würde der Meteorit versenken.«
»Dann suchen Sie sich eine flachere Stelle.«
»Wir haben das geprüft. Es gibt nur eine geeignete Verladestelle, und die befindet sich an der Ost-Küste der Insel. Nur, zwischen ihr und dem Meteoriten gibt es ein Schneefeld, in dessen Zentrum der Schnee dreißig Meter hoch liegt. Und

das bedeutet, dass wir Ihren Felsbrocken um das Schneefeld herum transportieren müssen.«
»Langsam wird mir das Problem klar«, knurrte Lloyd. »Warum manövriert ihr nicht einfach einen großen Frachter mit dem Heck dicht an die Küste heran und rollt das verdammte Ding in den Stauraum? Die großen Supertanker nehmen eine halbe Million Tonnen Rohöl auf. Da bleibt noch eine Menge Spielraum.«
»Wenn man versuchen würde, diesen Meteoriten in den Bauch eines Schiffes zu rollen, würde er glatt den Schiffsboden durchschlagen. Wir haben es hier nicht mit Rohöl zu tun, das sich bei der Beladung gleichmäßig verteilt.«
»Was soll dieses Herumgerede um den heißen Brei?«, fragte Lloyd scharf. »Wollen Sie mich schonend auf eine Ablehnung vorbereiten?«
Glinn schüttelte den Kopf. »Im Gegenteil, wir sind bereit, den Auftrag zu übernehmen.«
Lloyd strahlte. »Großartig! Und weshalb haben Sie mich so lange auf die Folter gespannt?«
»Ich wollte Sie auf die enormen Schwierigkeiten hinweisen, vor die wir bei der Durchführung des Auftrags gestellt werden. Und darauf vorbereiten, dass enorme Schwierigkeiten zwangsläufig zu enormen Kosten führen.«
Lloyds Augen verengten sich. »Und die wären?«
»Einhundertfünfzig Millionen Dollar. Inklusive Charterkosten für das Schiff und Lieferung frei Haus.«
Lloyd wurde bleich. »Mein Gott, hundertfünfzig Millionen – für zehntausend Tonnen Gestein! Das wären ja …«
»Fünfzehn Dollar pro Kilo«, nahm ihm Glinn die Mühe des Kopfrechnens ab.
»Nicht schlecht«, warf McFarlane ein, »wenn man bedenkt, dass der gängige Preis für einen ansehnlichen Meteoriten bei fünfzig Dollar pro Kilo liegt.«
Lloyd musterte ihn argwöhnisch. »Ist das so?«
McFarlane nickte.

Glinn räusperte sich. »Bleibt anzumerken, dass unsere Zusage in Anbetracht der geschilderten Probleme an zwei Bedingungen gebunden ist.«
»Ja – ich höre?«
»Die erste Bedingung ist eine Sicherheitsabtretung von nochmals hundertfünfzig Millionen. Wir konnten keine Kostenschätzung der herkömmlichen Art erstellen, es bleiben einige Unwägbarkeiten. Daher muss das Budget vorsorglich mit einem Aufschlag von hundert Prozent kalkuliert werden.«
»Im Klartext: Der Spaß kostet mich unterm Strich dreihundert Millionen Dollar.«
»Nein. Wir glauben, dass die Durchführung des Auftrags einhundertfünfzig Millionen kosten wird, sonst hätten wir Ihnen diese Summe nicht genannt. Aber in Anbetracht der bereits genannten Probleme ist ein gewisser Spielraum erforderlich.«
»Spielraum nennen Sie das?« Lloyd schüttelte den Kopf. »Und die zweite Bedingung?«
»Eine Notwurfvorrichtung.«
»Was ist das?«
»Eine spezielle Falltür im Schiffsboden, so dass der Meteorit im äußersten Notfall abgeworfen werden kann.«
Lloyd starrte ihn verständnislos an. »Sie wollen meinen Meteoriten abwerfen?«
»Wenn er sich aus seiner Vertäuung löst, könnte er das Schiff zum Sinken bringen. Für so einen Fall müssen wir Vorsorge treffen, damit wir ihn schnell loswerden.«
Lloyds eben noch blasses Gesicht färbte sich zornrot. »Wenn Sie damit sagen wollen, dass Sie meinen Meteoriten über Bord kippen wollen, sobald das Schiff in schwere See gerät, dann vergessen Sie das Ganze.«
»Nach den Berechnungen von Dr. Amira, unserer Mathematikerin, liegt die Wahrscheinlichkeit, dass ein derartiger Notfall eintritt, bei eins zu fünftausend.«
»Nun«, warf McFarlane ein, »ich dachte, er blättert ihnen die Millionen hin, weil Sie ihm eine Erfolgsgarantie geben. Der

Abwurf des Meteoriten hört sich für mich eher nach einem Misserfolg an.«

Glinn sah ihn mit schief gelegtem Kopf an. »Unsere Garantie besteht in der Zusage, dass die EES bei *ihrer* Arbeit nie versagt. Und davon streichen wir kein Jota ab. Aber eine Garantie gegen unvorhersehbare Naturgewalten können wir nicht geben. Wenn plötzlich ein heftiger Sturm aufkommt und das Schiff zu kentern droht, wird man uns das kaum als Versagen ankreiden können.«

Lloyd sprang mit einem Ruck auf. »Und wenn sich Himmel und Hölle gegen uns verschwören, ich werde nie dulden, dass mein Meteorit auf dem Meeresboden landet. Also sehe ich auch keinen Grund, diese Notwurfvorrichtung einzubauen.« Er ging ein paar Schritte erregt auf und ab, blieb stehen, verschränkte die Arme und heftete den Blick auf die Pyramide.

»Jedes Spiel hat seinen Einsatz«, erklärte Glinn in ruhigem, aber umso entschiedenerem Ton.

Eine Zeit lang verharrte Lloyd in seiner trotzigen Pose, offensichtlich rang er mit sich selbst. Dann drehte er sich um und sagte: »Also gut. Wann fangen wir an?«

»Heute noch, wenn es Ihnen recht ist.« Glinn stand ebenfalls auf und legte Lloyd den Aktendeckel auf die Steinbank. »Diese Mappe enthält einen Überblick über die Vorbereitungen, die wir treffen müssen, und die damit verbundenen Kosten. Wir brauchen von Ihnen lediglich das Okay und fünfzig Millionen Vorschuss, um alles andere kümmern wir uns.«

Lloyd nahm den Aktendeckel an sich. »Ich werd's vor dem Lunch lesen.«

»Ich denke, Sie werden es recht interessant finden. Für mich wird es Zeit, nach New York zurückzukehren.« Glinn nickte erst Lloyd, dann McFarlane zu. »Viel Spaß mit Ihrer Pyramide.«

Er wandte sich um, ging raschen Schritts über die Lichtung und war kurz darauf im Halbdunkel unter dem dichten Laubwerk der Ahornbäume verschwunden.

Millburn, New Jersey

9. Juni, 14.45 Uhr

Glinn saß reglos am Steuer einer unauffälligen viertürigen Limousine. Aus alter Gewohnheit hatte er das Auto so geparkt, dass die Sonne sich in der Windschutzscheibe spiegelte und Passanten nicht ins Wageninnere sehen konnten. Gelassen nahm er all das in sich auf, was den Scharm dieser typischen Kleinstadtsiedlung an der Ost-Küste ausmachte: den gepflegten Rasen der Vorgärten, den alten Baumbestand, die hübschen georgianischen Häuser.

Die Tür eines der Häuser wurde geöffnet, eine Frau trat heraus. Glinn richtete sich fast unmerklich ein wenig auf und verfolgte, wie sie hoch erhobenen Hauptes, mit straffen Schultern, näher kam. Ihr hellblondes Haar leuchtete in der Nachmittagssonne.

Glinn öffnete den Aktenordner, der neben ihm lag, und verglich das beigefügte Foto mit ihrem Aussehen. Ja, sie war es. Er legte den Ordner auf dem Rücksitz ab und richtete den Blick wieder auf die junge Frau. Sie musste keine Uniform tragen, um Autorität, Kompetenz und Selbstsicherheit auszustrahlen. Nichts an ihrer Erscheinung verriet, wie schwer die letzten achtzehn Monate für sie gewesen sein mussten. Das gefiel ihm, sehr sogar. Als sie auf Rufweite heran war, ließ er das Seitenfenster herunter. Die von ihm in Auftrag gegebene Charakterstudie besagte, dass Überrumpelung bei ihr am ehesten zum Ziel führen würde.

»Captain Britton?«, rief er sie an. »Ich bin Eli Glinn. Hätten Sie einen Augenblick Zeit für mich?«

Sie blieb stehen. Sie war überrascht, aber er glaubte, erwachende Neugier in ihrem Gesicht zu lesen. Kein Erschrecken und erst recht keine Angst, dazu war ihr Selbstvertrauen wohl zu groß.

Sie trat an den Wagen. »Ja?«
Glinn registrierte automatisch, dass sie kein Parfum trug und die kleine Handtasche vorsorglich fester an sich drückte. Sie war groß, ihr Körperbau verriet Geschmeidigkeit. Auch wenn sie relativ blass war, so legten die winzigen Fältchen um die grünen Augen und die Sommersprossen auf den Wangen doch beredtes Zeugnis davon ab, dass sie viele Jahre in Sonne und Wind verbracht hatte. Ihre Stimme klang angenehm tief.
»Was ich Ihnen zu sagen habe, wird etwas mehr Zeit in Anspruch nehmen. Kann ich Sie irgendwohin mitnehmen?«
»Danke, das ist nicht nötig. Ich hab's nicht weit bis zum Bahnhof.«
Glinn nickte. »Geht es heim nach New Rochelle? Das wiederholte Umsteigen ist ziemlich lästig. Es wäre mir ein Vergnügen, Sie hinzufahren.«
Diesmal hielt die Überraschung etwas länger an, dann sah sie ihn nachdenklich an. »Meine Mutter hat mir immer eingeschärft, nie zu Fremden ins Auto zu steigen.«
»Das war ein weiser Rat. Aber ich denke, was ich Ihnen zu sagen habe, wird Sie interessieren.«
Sie überlegte einen Moment, dann öffnete sie die Beifahrertür und rutschte neben ihn. Sie legte sich die Handtasche auf den Schoß und hielt sie mit der linken Hand fest, die rechte ruhte demonstrativ auf dem Türgriff.
Dass sie einstieg, überraschte ihn nicht, damit hatte Glinn gerechnet. Aber ihre Fähigkeit, eine Situation abzuschätzen, Optionen abzuwägen und rasch zu einer Entscheidung zu kommen, beeindruckte ihn. Sie war durchaus bereit, ein Risiko einzugehen, aber keines, das an Dummheit grenzte. Genauso stand es in ihrem Dossier.
»Sie müssen mir den Weg weisen«, bat er, als sie losfuhren, »ich kenne mich in dieser Ecke von New Jersey nicht aus.«
Was nicht viel mit der Wahrheit gemein hatte; er kannte mehrere Strecken, die ins Westchester County führten. Aber

er wollte ihre Führungsqualitäten testen, und sei's auch nur an dieser winzig kleinen Aufgabe.
Britton bestand die Prüfung mit Bravour. Die Art, wie sie ihre knappen Anweisungen gab, verriet Routine. Sie war es gewohnt, dass ihre Befehle befolgt wurden. Eine wirklich sehr beeindruckende Frau. Und vielleicht gerade deshalb, weil sie einmal so katastrophal versagt hatte.
»Eines möchte ich gleich am Anfang klarstellen«, sagte Glinn. »Ich bin über Ihre Vorgeschichte unterrichtet. Aber dieses Wissen hat keinen Einfluss auf das, was ich Ihnen jetzt sagen werde.«
Aus den Augenwinkeln bekam er mit, dass sie sich ein wenig verkrampfte. Doch ihre Stimme hörte sich unverändert ruhig an. »Ich nehme an, eine Lady würde jetzt sagen: Sie haben mich in eine missliche Lage gebracht, Sir.«
»Ich kann zwar noch nicht auf Details eingehen, aber ich biete Ihnen die Kapitänsstelle auf einem Öltanker an.«
Minutenlang saßen sie stumm nebeneinander. Dann schielte sie zu ihm hinüber und sagte: »Ich bezweifle, dass Sie mir dieses Angebot machen würden, wenn Sie wirklich so gut über meine Vorgeschichte unterrichtet wären.«
Ein kurzer Seitenblick genügte Glinn, um den Gemütswirrwarr zu erfassen, den ihr Gesicht widerspiegelte: Neugier, Stolz, Argwohn, vorsichtig keimende Hoffnung. »Sie irren sich, Captain Britton. Ich weiß, dass Sie eine der wenigen Frauen sind, die je auf der Kommandobrücke eines Tankers gestanden haben. Und sogar geradezu dafür verschrien waren, sich speziell um die nicht so beliebten Routen zu reißen, selbst wenn eine jede Fahrt eine immense innere Anspannung bedeutet hat.« Er ließ ein paar Sekunden verstreichen. »Mir ist auch bekannt, dass Sie bei Ihrem letzten Kommando im Zustand akuter Vergiftung auf der Brücke angetroffen wurden. Die Diagnose ergab Alkoholabhängigkeit. Sie haben sich in einem Rehabilitationszentrum einer Entziehungskur unterzogen und nach erfolgreichem Kurverlauf Ihr Kapitäns-

patent zurückerhalten. Das war vor über einem Jahr, nur, neue Aufgaben sind Ihnen seither nicht angeboten worden. Habe ich etwas vergessen?« Er wartete gespannt auf ihre Reaktion.

»Nein. Jedenfalls nichts Wesentliches.«

»Ich will offen zu Ihnen sein, Captain. Es geht um eine in jeder Beziehung ungewöhnliche Aufgabe. Ich habe eine kleine Namensliste von Kapitänen, an die ich mich wenden könnte, aber ich vermute, sie würden das Kommando ablehnen.«

Britton hatte den Blick starr auf die Windschutzscheibe gerichtet. »Ich dagegen bin in einer verzweifelten Lage, nicht wahr?«, sagte sie leise.

»Wenn Sie in einer verzweifelten Lage wären, hätten Sie im November letzten Jahres das Kommando über diesen verlotterten panamesischen Dampfer übernommen. Oder auf dem Frachter angeheuert, der unter liberischer Flagge mit so brisanter Ladung unterwegs war, dass die Wachen mit scharfen Waffen herumliefen.« Glinn sah, dass ihre Augen sich leicht verengten. »Wissen Sie, Captain Britton, in meiner speziellen Tätigkeit habe ich mir angewöhnt, immer die Ursache für ein Versagen zu analysieren.«

»Und um welche Tätigkeit handelt es sich genau, Mr. Glinn?«

»Um die Lösung technischer Probleme. Aufgrund einer unserer Analysen wissen wir, dass bei Menschen, die einmal versagt haben, die Wahrscheinlichkeit eines erneuten Versagens um neunzig Prozent abnimmt.« Und ich bin quasi der lebende Beweis für die Richtigkeit dieser Theorie.

Den letzten Satz verschluckte er, obwohl er ihm schon auf der Zunge gelegen hatte. Was mochte ihn dazu verleitet haben, um ein Haar das Geheimnis preiszugeben, das er gewöhnlich wie seinen Augapfel hütete? Eine Frage, über die er irgendwann später noch einmal gründlich nachdenken musste.

»Wir haben alles, was für oder gegen Sie spricht, sehr sorgfältig gegeneinander abgewogen. Sie waren einmal eine hervorragende Schiffsführerin mit einem Alkoholproblem. Nun sind Sie einfach eine hervorragende Schiffsführerin. Und zwar eine, auf deren Diskretion ich mich verlassen kann.«

»Diskretion?«, wiederholte sie, wobei ihr Tonfall eine Spur Sarkasmus ahnen ließ.

»Wenn Sie den Posten annehmen, werde ich Ihnen mehr sagen. Fürs Erste will ich mich auf folgende Informationen beschränken: Es wird eine lange Fahrt werden, möglicherweise bis zu drei Monate. Sie muss unter absoluter Geheimhaltung durchgeführt werden. Das Ziel liegt in den südlichen Breitengraden, einer Gegend, in der Sie sich gut auskennen. Der finanzielle Hintergrund ist absolut solide, Sie können sich eine handverlesene Crew zusammensuchen, vorausgesetzt, dass die Männer bei unserem Sicherheitscheck nicht durchfallen. Alle Offiziere und die Mannschaft erhalten das Dreifache der normalen Heuer.«

Britton runzelte die Stirn. »Wenn Sie wissen, dass ich bei den Liberianern abgelehnt habe, dann ist Ihnen auch bekannt, dass ich keine Drogen schmuggle, keine Kriegswaffen oder Guerillas lade und auch sonst nichts Gesetzwidriges tue, Mr. Glinn.«

»Bei dieser Mission ist alles legal, dennoch stellt sie eine einmalige Herausforderung dar, deshalb brauchen wir eine motivierte Crew. Und da ist noch etwas: Wenn die Mission erfolgreich verläuft – oder sagen wir lieber: *sobald* sie erfolgreich beendet ist, denn dafür trage ich Sorge –, wird sie in den Medien Furore machen. Mir liegt nichts an Publicity, aber für Sie könnte sie sich in mehrfacher Hinsicht als nützlich erweisen. Sie kommen wieder ins Geschäft. Und das Ganze fällt sicher auch beim Sorgerechtsverfahren für Ihr Kind ins Gewicht. Vielleicht erübrigen sich dann die leidigen Wochenendbesuche.«

Mit der letzten Bemerkung erreichte Glinn genau das, was er sich erhofft hatte. Britton wandte sich halb um, als wolle sie rasch noch einen Blick auf das kleine georgianische Haus werfen, das nun schon viele Meilen hinter ihnen lag.

Dann sah sie Glinn an und sagte: »Heute Morgen bin ich im Zug auf das Gedicht ›Atlantis‹ von W. H. Auden gestoßen. Die letzte Strophe lautet ungefähr so:

Und all die guten Geister meines Hauses,
Sie rufen Ach und Weh
Und machen mir am Ende dennoch Mut:
Fass Mut, leb wohl und stich in See.«

Sie lächelte. Wenn Glinn kurz zu ihr hingesehen hätte, wäre ihm aufgefallen, dass es ein ausnehmend reizendes Lächeln war.

Port Elizabeth

17. Juni, 10.00 Uhr

Palmer Lloyd blieb vor der Tür der riesigen aluminiumverkleideten Werkhalle stehen. Ein paar Meter entfernt lehnte sein Fahrer, in ein Boulevardblatt vertieft, an der Wagentür. Über die trocken gelegten Sümpfe und die alten Lagerhallen hinweg drang das unablässige Dröhnen und Rauschen des Verkehrs auf der New-Jersey-Schnellstraße heran. Vor ihm, direkt hinter der Marsh Street, flimmerten die Hafendocks im heißen Sommerlicht. An den Kais hatten die Stahlkolosse von Öl- und Gastankern festgemacht, die unzähligen kleinen Fischerboote waren längst auf Liegeplätze weiter oben ausgewichen. Nicht weit von ihm wurde ein Container-Schiff beladen, der Kranausleger schien mit seinem matronenhaften Nicken beruhigend auf die winzig kleinen Gestalten tief unter ihm einzureden. Im Hafenbecken bugsierten Schlepper einen mehrstöckig mit Autos beladenen Leichter zu seinem Ziel. Im Hintergrund, hinter den rußgeschwärzten Fassaden von Bayonne, ragte – in der Sonne funkelnd, als sei sie mit Diamanten besetzt – die Skyline von Manhattan auf.

Nostalgische Wehmut wehte Lloyd an. Er war seit Jahren nicht hier gewesen, aber vergessen hatte er nichts. Nicht die ärmlichen Verhältnisse, in denen er im verrufenen Rahway aufgewachsen war, und nicht, wie oft er sich den ganzen Tag hier im Hafen von Elizabeth herumgetrieben hatte.

Er atmete in tiefen Zügen den vertrauten Geruch der Industriebetriebe ein, der sich mit dem der Salzmarschen und dem Teer- und Schwefelgestank mischte. Eine stille Liebe zu diesem Ort hegte er noch immer: zu den Schuppen, deren Schornsteine Dampf und Rauch spuckten, zu den silbern glänzenden Raffinerien und dem Gewirr aus Rohren und Versorgungsleitungen. Das nackte Antlitz eines Industrie-

bezirks besaß eine ganz eigene Schönheit. Wenn die braven Bürger in den Vororten und die bunten Paradiesvögel in den Künstler- und Boutiquenvierteln die Nase über so viel Hässlichkeit rümpfen, um sich mit noch größerem Behagen in ihre vier Wände zurückzuziehen, so verdankten sie dieses Wohlgefühl Orten wie Elizabeth mit ihrer Kombination aus Kommerz und Fleiß.
Merkwürdig, dass er seinen Kindertagen immer noch nachtrauerte, obwohl doch inzwischen all seine Träume wahr geworden waren. Und noch merkwürdiger, dass nun ausgerechnet hier, wo seine Wurzeln lagen, die Voraussetzungen für ein Projekt geschaffen wurden, von dem er sich die Erfüllung seines größten Wunsches versprach.
Er war schon als Kind ein Sammler gewesen. Da er kein Geld hatte, musste er für sein kleines naturkundliches Museum all das zusammentragen, was irgendwo herumlag: eine Speerspitze, die bei Ebbe aus einer Uferbank ragte, Muscheln, die das Meer an den schmutzigen Strand geschwemmt hatte, und – sooft sich eine Gelegenheit bot, in stillgelegten Minen herumzustromern – Steine und Minerale. In den urzeitlichen Ablagerungen ganz in der Nähe bei Hackensack konnte er nach Fossilien graben und nur ein Stück weiter, in den Marschen, Dutzende von Schmetterlingen fangen. Er sammelte Frösche, Schlangen, Eidechsen – alles, was kreuchte und fleuchte, und konservierte es in heimlich bei seinem Vater gemopstem Gin. Und so brachte er es im Lauf der Zeit zu einer ansehnlichen Sammlung.
Bis dann, an seinem fünfzehnten Geburtstag, sein Elternhaus abbrannte und alle Schätze ein Raub der Flammen wurden. Da hatte er das Sammeln aufgegeben, sich nach dem College als Geschäftsmann versucht und von Erfolg zu Erfolg nach oben gehangelt. Und eines Tages war ihm klar geworden, dass er den erlittenen Verlust spielend wettmachen und sich alles leisten konnte, was es auf der Welt an Schönem und Seltenem gab. Was als Hobby begonnen hatte, wurde zur

Leidenschaft, der Traum vom Lloyd Museum war geboren. Und nun war er wieder hier auf den Docks von Jersey angelangt, wo alles begonnen hatte, und fest entschlossen, den größten Schatz bergen zu lassen, von dem er je geträumt hatte.
Der Kitzel freudiger Erwartung durchrieselte ihn, er atmete tief ein und fasste nach dem Türknauf. Glinns schmale Akte hatte sich als Meisterstück erwiesen, allemal die Million wert, die Lloyd dafür hingeblättert hatte. Die skizzierte Planung war brillant. Alle Abhängigkeiten waren bedacht, alle potenziellen Schwierigkeiten berücksichtigt. Noch ehe er die Seiten zu Ende gelesen hatte, war sein Ärger über den Preis vergessen gewesen. Und heute, nach zehn Tagen ungeduldigen Wartens, würde er endlich mit eigenen Augen sehen, wie weit die Arbeiten schon gediehen waren. *Der schwerste Gegenstand, den Menschen je bewegt hatten.* Er drehte den Türknauf und betrat die Werkhalle.
Von außen hatte sie, so groß sie auch wirkte, nicht annähernd ahnen lassen, wie viel Platz sie innen bot. Ein derart riesiger Raum ohne Zwischenwände und -decken irritierte das Auge im ersten Moment so, dass man die Entfernungen kaum abschätzen konnte, aber der Länge nach musste die Halle mindestens vierhundert Meter messen. Über ihm, in schwindelnder Höhe, hing ein Irrgarten aus Laufstegen. Kreischende Schneidbrenner, ratternde Niethämmer, klirrender Stahl – eine betäubende Kakophonie.
Und in der Mitte der Halle lag er – der gewaltige, auf Stützpfeilern aufgedockte Schiffsrumpf. Gemessen an den gängigen Öltankern war er keiner von den ganz großen, aber im Trockendock kam er Lloyd gigantisch vor. Auf der Backbordseite stand in weißer Schrift der Name *Rolvaag*. Überall wimmelte es von Arbeitern und Maschinen – ein Anblick, der sein Herz schneller schlagen ließ. Nichts erregte ihn mehr, als zu sehen, wie irgendwo viel Geld ausgegeben wurde – selbst wenn es sein eigenes war.

Plötzlich tauchte Glinn auf, mit zusammengerollten Blaupausen in der Hand. Lloyd sah ihn strahlend an und nickte anerkennend. Glinn hielt ihm einen Schutzhelm hin. »Von den Laufstegen aus hat man einen besseren Überblick«, sagte er. »Dort treffen wir auch Captain Britton.«
Lloyd setzte sich den Helm auf und folgte Glinn in einen engen Lift, der sie etwa dreißig Meter nach oben transportierte zu einem Laufsteg, der einmal rund um das Schiff führte, an allen vier Wänden des Trockendocks entlang. Lloyd war von dem Anblick hin und her gerissen. *Sein* Schiff.
»Es wurde vor einem halben Jahr in Stavanger in Norwegen gebaut«, erzählte ihm Glinn. »Da wir etliche Umbauten vornehmen wollen, konnten wir es nicht chartern. Also haben wir's kurzerhand gekauft.«
»Was die Kosten vermutlich noch mal in die Höhe treibt«, murmelte Lloyd.
»Nun, wir wollen es später selbstverständlich wieder verkaufen und so die Ausgaben nahezu hereinholen. Ich glaube, Sie werden selbst sehen, dass sich der Kauf gelohnt hat. Ein hochmodernes Schiff mit dreifach verstärktem Rumpf, extrem tief ausgelegtem Kiel für schwere See und einem Fassungsvermögen von einhundertfünfzigtausend Tonnen. Zugegeben, verglichen mit den Großtankern, die bis zu einer halben Million Ladung aufnehmen können, ist unser *Ice Ship* ein Winzling.«
»Mir gefällt es. Ich gäbe sonst was darum mitzufahren, aber das lassen meine geschäftlichen Verpflichtungen nicht zu.«
»Wir werden natürlich alles dokumentieren und Sie durch tägliche Lagebesprechungen via Satellit auf dem Laufenden halten. So können Sie praktisch alles hautnah miterleben. Und werden dabei nicht mal seekrank.«
Als sie ein Stück weit gegangen waren und die gesamte Backbordseite voll in ihrem Blickfeld lag, blieb Lloyd abrupt stehen und starrte fassungslos nach unten.
»Was ist?«, fragte Glinn.

»Ich ...« Lloyd schien es einen Moment lang die Sprache verschlagen zu haben. »Ich hätte nie gedacht, dass das so echt aussehen kann. So ... so glaubhaft.«
In Glinns Augen glitzerte ein belustigtes Lächeln. »Die Hollywood-Masche. Künstliches Licht und Illusion vollbringen wahre Wunder. Warum hätten wir das Rad neu erfinden sollen? Die Jungs verstehen was von optischer Täuschung. Und sie sind verschwiegen.«
Lloyd sagte nichts, er stand nur, aufs Geländer gestützt, stumm da und verfolgte, wie sich der moderne, schnittige Öltanker vor seinen Augen in einen schrottreifen Seelenverkäufer verwandelte, dem eigentlich nur noch die letzte Fahrt zum Schiffsfriedhof bevorstehen konnte. Das Vorschiff präsentierte sich noch in dem Glanz, den man bei einem gerade einmal sechs Monate alten Öltanker erwarten durfte, aber von mittschiffs bis zum Heck bot die *Rolvaag* ein Bild des Jammers. Der Rumpf sah aus, als sei er Gott weiß wie oft überpinselt worden, noch dazu in unterschiedlich dicken Schichten, zudem wich jeder neue Anstrich eine Farbnuance vom alten ab. Trotzdem fraß sich an vielen Stellen schon wieder Rost durch. Eine Seite der Kommandobrücke war offenbar eingedrückt und ziemlich stümperhaft wieder zusammengeschweißt worden. Auch die Reling sah nicht sehr Vertrauen erweckend aus, überall gähnten Lücken, die fehlenden Stücke waren provisorisch durch angeschweißte Rohre und Gitterstäbe ersetzt worden.
Lloyd rieb sich die Hände. »Die perfekte Tarnung. Passt genau zu der Geschichte vom angeblich geplanten Erzabbau.«
Glinn grinste. »Besonders gut gefallen mir das Peildeck und der Radarmast.« Er deutete auf den kantig plumpen Aufbau, an dem es auf den ersten Blick nichts als blätternde Farbe, Rost, heraushängende Kabel mit blanken Polen und gebrochene Antennen zu sehen gab. »Innen finden Sie natürlich alles, was gut und teuer ist: P-Code und verschiedene GPS, Spizz-64, FLIR, LN-66, die neueste Radartechnik einschließlich Passivradar, INMARSAT und abhörsichere Kommuni-

kationseinrichtungen. Und falls wir in eine brenzlige Situation kommen, haben wir noch weitere, per Knopfdruck zu aktivierende elektronische Asse in der Trickkiste.«

Ein Kran schwenkte aus und schlug mit einer riesigen Abrissbirne an drei Stellen Dellen ins Oberdeck. Sofort schwärmte eine Malerkolonne aus und besudelte das bisher blitzblanke Deck mit Öl, Schmierfett und Teer.

Glinn seufzte. »Die Hauptarbeit wird sein, das alles wieder in Ordnung zu bringen. Ich meine, wenn wir erst mal so weit sind, dass wir den Meteoriten abgeliefert haben und unser *Ice Ship* verkaufen wollen.«

Lloyds Augen bekamen einen verträumten Glanz. Wenn wir erst mal so weit sind ... In nicht ganz zwei Wochen sollte das Schiff auslaufen, und wenn es zurück war und er endlich den Preis für alle Mühen und Anstrengungen präsentieren konnte, würde die ganze Welt über die großartige Leistung staunen, die hier vollbracht worden war.

»Bei den Kabinen gibt es nicht viel zu tun«, fuhr Glinn fort. »Sie sind geräumig und luxuriös ausgestattet.«

Weiter kam er nicht. Plötzlich röhrten schwere Dieselmotoren, eine ganze Armada aus Bulldozern, Raupenschleppern, Frontladern und sonstigem schwerem Gerät fuhr in die Halle und wartete nur auf einen Wink des Lademeisters, um durch die geöffnete Heckklappe im Bauch des Schiffes zu verschwinden.

»Das Loch haben wir eigens ins Heck geschnitten«, schrie Glinn gegen den Lärm an. »Das Verladen geht so einfacher, als wenn wir das schwere Gerät Stück für Stück per Kran in den Laderaum hieven müssten. Die *Rolvaag* ist eben als Tanker konzipiert, der größte Teil des Laderaums ist für die Aufnahme von Rohöl vorgesehen. Wir haben da einiges für unsere speziellen Bedürfnisse umbauen müssen.«

»Und wozu brauchen wir diese Kästen?«, fragte Lloyd und deutete auf ein paar Container auf dem Deck.

»Darin sind Speziallabors für hydrologische, kristallographische, biologische und radiologische Untersuchungen untergebracht. Außerdem das zentrale Rechenzentrum, der Tiefkühlraum für wissenschaftliche Proben, die Kammer für die Taucherausrüstung und so weiter. Wir haben uns gedacht, dass Container am unverdächtigsten sind. Da meint jeder, die *Rolvaag* solle durch Beifracht ein paar zusätzliche Kröten verdienen.«

Lloyd schüttelte den Kopf. »Allmählich verstehe ich, wofür Sie mein schönes Geld brauchen. Aber vergessen Sie nicht, Eli, dass ich in erster Linie für die Bergung des Meteoriten zahle, die wissenschaftlichen Erkenntnisse können Sie später sammeln und aufbereiten.«

»Ich habe das nicht vergessen. Nur, wegen der vielen Unbekannten bei dieser Expedition und der Tatsache, dass wir beim Bergungsversuch nur eine einzige Chance haben, müssen wir auf alle Eventualitäten vorbereitet sein.«

»Natürlich, deshalb schicke ich ja Sam McFarlane mit. Aber solange alles nach Plan läuft, hat er sich in seiner Beraterfunktion ebenfalls auf die Lösung technischer Probleme zu konzentrieren. Ich möchte nicht, dass wir mit langwierigen Untersuchungen Zeit verlieren. Sehen Sie zu, dass Sie das Ding so schnell wie möglich aus Chile rausbringen. Für wissenschaftlichen Firlefanz bleibt uns später alle Zeit der Welt.«

»Ja – Sam McFarlane«, wiederholte Glinn nachdenklich. »Interessant, Ihre Wahl. Ein merkwürdiger Bursche.«

»Jetzt fangen Sie nicht auch noch an, mir einen Missgriff vorzuhalten.«

»Ich habe nichts dergleichen gesagt. Ich wundere mich nur, warum Sie ausgerechnet auf einen Experten für planetarische Geologie gekommen sind.«

»Weil er der beste Mann für den Job ist. Ich kann da unten kein Team von verweichlichten Wissenschaftlern gebrauchen. Sam hat sowohl im Labor wie auch vor Ort gearbeitet. Er ist zäh. Und er kennt Chile. Der Bursche, der den Meteoriten auf der Insel gefunden hat, war sein Expartner, und McFarlanes Datenanalyse war brillant.« Er senkte die Stimme. »Gut, er hat vor ein paar Jahren eine Situation falsch beurteilt und einen Fehler begangen. Sogar einen schweren. Aber heißt das etwa, dass man ihm bis ans Ende seiner Tage nicht mehr trauen kann? Außerdem ...« – er legte Glinn die Hand auf die Schulter – »... sind Sie ja da, um ihn im Auge zu behalten. Nur für den Fall, dass er in Versuchung gerät.« Er zog die Hand weg und wandte sich wieder dem Schiff zu. »Und da wir gerade von Versuchungen sprechen: Wo wollen Sie den Meteoriten unterbringen?«

»Kommen Sie, ich zeig's Ihnen.«

Sie stiegen einige Stufen hinunter und folgten einem Laufsteg, der quer über das Schiff führte. Unterwegs stießen sie auf jemanden, der in Kapitänsuniform am Geländer stand – völlig allein, still in sich gekehrt, in kerzengerader Haltung. Als sie näher kamen, wandte die Gestalt sich ihnen zu.

»Captain Britton – Mr. Lloyd«, machte Glinn bekannt.

Lloyd hatte die Hand schon halb ausgestreckt, als er plötzlich zurückzuckte. »Eine Frau?«, rutschte es ihm heraus.

Sie nahm seine Hand und schüttelte sie kurz. »Scharf beobachtet, Mr. Lloyd. Sally Britton.«

»Aha ...« Lloyds Blick glitt über die durchtrainierte Figur und blieb an der blonden Locke hängen, die unter der Mütze hervorlugte. »Ich war nur nicht darauf gefasst ...« Herrgott noch mal, warum hatte Glinn ihm das nicht vorher gesagt?

»Schön, dass Sie kommen konnten«, wandte sich Glinn an Britton. »Ich wollte, dass Sie unser *Ice Ship* in Augenschein nehmen, ehe wir's vollends verschandelt haben.«

»Danke, Mr. Glinn. Ich glaube, ich habe noch nie einen so hässlichen Pott gesehen.« Ihr Lächeln war nur zu ahnen.

»Reine Kosmetik.«

»Ich habe vor, ein paar Tage hier zu bleiben, um mich davon zu überzeugen, dass es auch dabei bleibt.«

Lloyd musterte sie neugierig. »Eli hat mir nichts von Ihnen gesagt. Erzählen Sie mir ein bisschen über sich?«

»Ich bin fünf Jahre als Erster Offizier und drei Jahre als Kapitän gefahren.«
Die Vergangenheitsform ließ Lloyd aufhorchen. »Auf was für Schiffen?«
»Tanker und VLCCs.« Als sie Lloyds fragenden Blick sah, ergänzte sie: »Tankschiffe mit über zweihundertfünfzigtausend Tonnen Ladekapazität. So genannte Supertanker.«
»Sie ist etliche Male ums Kap Hoorn gefahren«, fügte Lloyd hinzu.
»Ums Hoorn? Ich wusste gar nicht, dass die Route noch benutzt wird.«
»Die VLCCs können den Panama-Kanal nicht passieren«, antwortete Britton. »Im Allgemeinen wählen sie die Route um das Kap der Guten Hoffnung, aber manchmal zwingt der Zeitdruck dazu, die Hoorn-Passage zu nehmen.«
»Das ist einer der Gründe, warum wir sie verpflichtet haben«, erklärte Glinn. »Das Meer kann dort unten tückisch sein.«
Lloyd sah Britton prüfend an. »Sie sind über unsere etwas ungewöhnliche Fracht unterrichtet?«
Sie nickte.
»Haben Sie Probleme damit?«
Sie erwiderte seinen Blick fest und ungerührt. »Ich habe keine Probleme damit.«
Lloyd wurde das Gefühl nicht los, in ihren grünen Augen eine Geschichte zu lesen, die ihre Worte Lügen strafte. Er wollte nachhaken, aber Glinn zog ihn sanft weiter. »Kommen Sie, werfen wir einen Blick auf den Stapelschlitten.«
Sie gingen bis zu einer Stelle, an der die Stahlplatten der Deckverkleidung entfernt worden waren, so dass direkt unter ihnen ein gewaltiges Loch gähnte, durch das man bis in den Bauch des Schiffes sehen konnte. Manuel Garza, der Chefingenieur der EES, stand – in einer Hand ein Funkgerät, mit der anderen heftig gestikulierend – am Rand. Als er sie auf dem Laufsteg entdeckte, winkte er ihnen zu.
Lloyd starrte angestrengt nach unten, konnte aber, vom grel-

len Licht der Natriumlampen geblendet, nur die Umrisse einer mächtigen, elegant geschwungenen Konstruktion ausmachen. »Ist das der Laderaum?«

»Der Tank«, korrigierte ihn Glinn. »Der Zentraltank drei, genau mittschiffs gelegen. Dort werden wir den Meteoriten lagern, direkt über dem Kiel, um die größtmögliche Stabilität zu erzielen. Wir haben eigens unter dem Hauptdeck einen Zugang geschaffen, damit wir im Bedarfsfall schneller hinkommen. Sehen Sie die Schotten, die wir beiderseits der Tanköffnung installiert haben?«

Lloyd blinzelte gegen das Licht an. Der Tank und die eingebaute Vorrichtung waren sehr weit weg, aber nach einer Weile glaubte er doch etwas auszumachen. »Verdammt«, schnaufte er verblüfft, »dieser Stapelschlitten – oder wie das Ding da heißt – ist ja aus Holz. Fangen Sie schon an, jeden Cent zweimal umzudrehen?«

Um Glinns Mundwinkel zuckte ein Lächeln. »Holz, Mr. Lloyd, ist das ultimative Material für technische Konstruktionen, sogar bei einer Fracht von zehntausend Tonnen. Es gibt geschmeidig nach, ohne sich zu verformen. Es verkeilt sich geradezu in das Objekt, das es sichern soll. Die mit Exposiden beschichtete Grünholzeiche, die wir verwenden, hat eine geringere Abnutzung als Stahl. Sie wetzt sich nicht an der Stahlummantelung ab und zeigt keinerlei Materialermüdung.«

»Aber warum so eine komplizierte Konstruktion?«

»Wir mussten ein kleines Problem lösen«, erwiderte Glinn. »Ein Meteorit mit einem Gewicht von zehntausend Tonnen darf auf keinen Fall verrutschen, er muss absolut fest in der Halterung sitzen. Falls die *Rolvaag* auf dem Rückweg nach New York in schwere See geraten und der Meteorit auch nur um wenige Zentimeter abrutschen sollte, würde das zu einer höchst gefährlichen Destabilisierung des Schiffes führen. Unsere Balkenkonstruktion hält den Meteoriten nicht nur fest, sondern gleicht auch – ähnlich wie Rohöl – vorübergehende Gewichtsverlagerungen aus.«

»Beeindruckend«, sagte Britton. »Haben Sie dabei auch die Gewichtsverlagerung des Schiffsrumpfes und der Innenwände berücksichtigt?«
»Ja, Dr. Amira ist ein Rechengenie. Sie hat geschlagene zehn Stunden vor einem Cray-T3D-Supercomputer verbracht, dann hatten wir das Ergebnis. Wir mussten uns natürlich auf die Überflugdaten stützen, die Berechnung bedarf also der Nachbesserung, sobald wir die Dimensionen des Steinbrockens genau kennen. Aber wenn wir den Meteoriten erst aus dem Boden geholt haben, bauen wir sowieso einen zweiten Stapelschlitten um ihn herum, und den müssen wir dann nur noch in den dort unten integrieren.«
Lloyd nickte. »Und was machen die Männer dort hinten?« Er deutete auf eine nicht mehr im Lichtkegel der Natriumlampen liegende Stelle am hinteren Ende des Laderaums, wo eine Gruppe Arbeiter mit Schneidbrennern den Schiffsboden auftrennte.
»Das wird der Notabwurf«, erklärte Glinn ungerührt.
Lloyd sah ihn irritiert an. »Sie glauben doch nicht im Ernst, dass Sie das durchsetzen können?«
»Wir haben das bereits diskutiert.«
Lloyd suchte nach vernünftigen Gegenargumenten. »Schauen Sie, wenn Sie mitten in einem Sturm den Schiffsboden öffnen, um den Meteoriten abzuwerfen, wird der verdammte Kahn erst recht sinken. Das muss doch jedem Idioten einleuchten.«
Glinns graue, unergründliche Augen fixierten Lloyd. »Wenn der Schalter umgelegt ist, dauert es nicht einmal sechzig Sekunden, um den Tank zu öffnen, das Felsstück abzuwerfen und den Schiffsboden wieder hermetisch abzuschließen. In so kurzer Zeit sinkt der Tanker nicht, ganz egal, wie schwer die See ist. Im Gegenteil, das eindringende Wasser gleicht den plötzlichen Ballastverlust aus.«
Lloyd starrte ihn an. Dieser Mann hatte tatsächlich nichts anderes im Sinn, als seine verdammten technischen Probleme

zu lösen. Der unersetzliche Verlust des Meteoriten ließ ihn anscheinend völlig kalt. »Hören Sie«, sagte er mit bebender Stimme, »falls es jemand wagt, diesen Schalter umzulegen und meinen Meteoriten auf dem Meeresboden zu versenken, landet er ebenfalls dort, das verspreche ich Ihnen.«

Captain Brittons helles Lachen übertönte sogar den Lärm auf der Baustelle tief unter ihnen. »Vorläufig gehört der Meteorit niemandem, Mr. Lloyd, vergessen Sie das nicht«, sagte sie schmunzelnd. »Und bevor er *Ihr* Meteorit werden kann, müssen wir noch eine Menge Wasser hinter uns lassen.«

An Bord der *Rolvaag*

26. Juni, 0.35 Uhr

McFarlane schlüpfte durch das schmale Schott, zog es sorgsam hinter sich zu und trat aufs Peildeck. Es war der höchste Punkt der Schiffsaufbauten: ein Gefühl wie auf dem Dach der Welt. Der Atlantik lag gut dreißig Meter unter ihm, ruhig und friedlich, im Sternenlicht wie mit Silber bestäubt. Eine sanfte Brise trug den würzigen Geruch des Meeres und ferne Möwenschreie zu ihm heran.

Er trat an die vordere Reling und hielt sie mit beiden Händen umklammert. Dieses Schiff sollte also während der kommenden Monate sein Zuhause sein. Direkt unter ihm befand sich die Brücke, zwei Stockwerke darunter, im A-Deck, kamen die Kabinen, und noch einmal sechs Stockwerke tiefer erstreckte sich das Hauptdeck. Das Bootsdeck, achtern unter dem A-Deck gelegen, hatte Glinn aus rätselhaften Gründen völlig frei gehalten.

In wenigen Minuten wurde er beim Mitternachts-Lunch erwartet, dem ersten formellen Essen an Bord. Aber vorher hatte er unbedingt noch hier oben stehen wollen, um sich mit eigenen Augen davon zu überzeugen, dass sie tatsächlich in See gestochen waren.

Er atmete tief ein, um nach den hektischen letzten Tagen, in denen sie die Labors eingerichtet und die Geräte für die Beta-Tests justiert hatten, wieder einen klaren Kopf zu bekommen. Er umfasste die Reling fester, ein Glücksgefühl durchrieselte ihn. Gar nicht so schlecht, dachte er. Sogar chilenische Gefängniszellen verloren ein wenig von ihrem Schrecken, wenn Lloyd mit all seinem Einfluss hinter einem stand. Egal, was Nestor Masangkay auf der Insel gefunden hatte und ob sie am Ende der Reise mit vollen oder leeren Hände zurückkamen, Hauptsache, sie waren unterwegs.

McFarlane drehte sich um und machte sich auf zum Heck. Das schwere Stampfen der Maschinen drang nur ganz schwach bis zu ihm, von der Vibration spürte er nichts. In der Ferne blinkte das Leuchtfeuer von Cape May – einmal kurz, einmal lang. Nachdem Glinn – weiß der Himmel wie – die Aushändigung der Schiffspapiere erreicht hatte, waren sie im Schutz der Dunkelheit aus Port Elizabeth ausgelaufen – heimlich und verstohlen wie üblich bei dieser Expedition. Bald würden sie die Hauptschifffahrtsstraßen erreichen und dann, sobald der kontinentale Küstensockel hinter ihnen lag, Richtung Süden abdrehen. Und wenn alles wie geplant klappte, würden sie in fünf Wochen das Leuchtfeuer von Cape May wiedersehen. Er versuchte sich vorzustellen, was sie erwartete, wenn – nein, *falls* sie die Reise erfolgreich abschließen konnten: wütende Proteste, Jubel über den gelungenen Coup und vielleicht seine persönliche Rehabilitierung.

Doch dann lächelte er zynisch. Im Leben endeten Geschichten anders als in Märchen. Er sah sich viel eher – mit mehr Geld in den Taschen und ein wenig dicklich nach der Bordkost – wieder durch die Kalahari ziehen, um die verscheuchten Buschmänner aufzuspüren und die Suche nach dem Okawango-Meteoriten fortzusetzen. Und nichts von dem, was er Masangkay angetan hatte, war vergeben und vergessen. Jetzt, nach dem Tod seines alten Freundes und Partners, erst recht nicht.

Als er so am Heck stand und den Blick in die Ferne schweifen ließ, nahm er plötzlich einen würzigen Geruch wahr, der mit der Meeresluft zu ihm herüberwehte: Tabak. Und als er sich umdrehte, sah er, dass er nicht allein war. Am anderen Ende des Peildecks machte er einen kleinen roten Punkt aus. Schau an, noch jemand, der die Sternennacht genießen wollte.

Dann kam der rote Fleck näher und entpuppte sich zu McFarlanes Überraschung als Rachel Amira, Glinns mathematischem Wunderkind und neuerdings angeblich McFarlanes Assistentin. Zwischen Zeige- und Mittelfinger klemmten die letzten Zentimeter einer bauchigen Zigarre. McFarlane seufzte im Stillen. Sogar bis hierhin spionierte ihm das arrogante Weibsstück nach.

»Ciao, Boss. Irgendwelche Aufträge für mich?«

McFarlane schluckte seinen Ärger stumm hinunter. »Boss«, sagte sie zu ihm – der reinste Spott und Hohn. Dabei schien ihr die Abkommandierung selber nicht zu passen. Was hatte Glinn sich bloß dabei gedacht?

»Drei Stunden auf See, und mir langt's schon.« Sie wedelte mit der Zigarre. »Wollen Sie eine?«

»Nein, danke. Ich will mir den Appetit aufs Dinner nicht verderben.«

»Obwohl es aus der Kombüse kommt? Sie müssen Masochist sein.« Sie lehnte sich neben ihm an die Reling und schnaufte gelangweilt. »Dieses Schiff macht mich rammdösig.«

»Warum das?«

»Es ist einfach roboterhaft kalt. Bei einem Schiff denke ich an muskulöse Burschen, die an barsche Befehle und hartes Zupacken gewohnt sind. Aber hier?« Sie deutete mit dem Daumen über die Schulter ins Leere. »Ein Zweihundertfünfzig-Meter-Deck, und absolut nichts rührt sich. *Nichts.* Ein Geisterschiff, auf dem alles von Computern erledigt wird.«

Wo sie Recht hat, hat sie Recht, dachte McFarlane. Die *Rolvaag* konnte zwar nicht mit Supertankern mithalten, aber riesig war sie schon. Und trotzdem kam sie mit einer Crew von höchstens hundert Leuten aus, die Spezialisten der EES schon mitgerechnet. Auf gerade einmal halb so großen Kreuzfahrtschiffen waren es zweitausend.

»Und es ist so verdammt groß«, hörte er sie sagen, als habe sie seine Gedanken gelesen.

»Das müssen Sie Glinn erzählen. Lloyd wäre bestimmt froh gewesen, für weniger Schiff weniger Geld auszugeben.«

»Wussten Sie, dass diese Tanker die ersten von Menschenhand geschaffenen Schiffe sind, die wegen ihrer Größe von der Erdrotation beeinflusst werden?«

»Nein, keine Ahnung.« Rachel Amira war offenbar eine Frau, die sich gern reden hörte.
»Ja, es ist aber so. Die Schubkraft der Motoren muss leicht erhöht werden, um den Coriolis-Effekt auszugleichen. Und ehe Sie so einen Koloss zum Stoppen bringen, sind Sie schon gut und gern drei Seemeilen weiter.«
»Sie sind wohl ein wandelndes Lehrbuch der Tankertechnik.«
Amira blies einen Rauchkringel ins Dunkel. »Cocktail-Geplauder ist meine Stärke.«
»Aha. Haben Sie noch andere Stärken?«
Sie lachte. »Man sagt mir eine gewisse mathematische Begabung nach.«
»Ja, das habe ich schon gehört.« Er wandte sich ab und hoffte, dass sie den Wink verstand.
Ein Moment lang herrschte tatsächlich wohltuende Stille, dann rief sie: »Hey, wissen Sie was, Boss?«
»Ich würde es sehr schätzen, wenn Sie mich nicht mit Boss anreden.«
»Aber das sind Sie doch, oder?«
McFarlane drehte sich zu ihr um. »Ich habe nicht um eine Assistentin gebeten, ich brauche keine. Mir behagt dieses Arrangement genauso wenig wie Ihnen.«
Ihre Augen glitzerten spöttisch, während sie arrogant lächelnd Rauchwölkchen vor sich hinblies.
»Mir kommt da eine Idee«, sagte McFarlane.
»Nämlich?«
»Tun wir dennoch einfach so, als wären Sie nicht meine Assistentin.«
»Was, wollen Sie mich schon feuern?«
McFarlane verkniff sich die Antwort, die ihm auf der Zunge lag. »Hören Sie, wir werden viel miteinander zu tun haben. Arbeiten wir einfach als gleichberechtigte Partner zusammen. Ich glaube, das ist uns beiden lieber, und Glinn muss es ja nicht unbedingt erfahren.«
Amira warf den Zigarrenstummel ins Meer. Und auf einmal

schlug sie einen viel freundlicheren Ton an. »Ihre Show mit dem Sandwich war klasse. Rochefort ist ein pedantischer Ordnungsfanatiker, es hat ihm mächtig gestunken, dass er plötzlich mit Marmelade bekleckert dastand. Aber ich fand's toll.«

»Zumindest hat es gewirkt.«

Sie kicherte, und als McFarlane sie ansah, nahm er zum ersten Mal wahr, wie lustig ihre Augen funkeln konnten und wie apart sich ihr dunkles Haar vor dem Samtvorhang der Nacht ausnahm. Auf einmal entdeckte er hinter dem burschikosen Kumpel, den sie so gern herauskehrte, die hübsche junge Frau. Er wandte sich rasch ab und sagte: »Na ja, Rocheforts bester Freund werde ich bestimmt nie.«

»Das schafft keiner. Dazu ist er zu wenig Mensch.«

»Genau wie Glinn. Ich glaube, der würde nicht mal pinkeln gehen, ohne vorher den Strahlwinkel zu analysieren.«

Schweigen. Offenbar war sein Scherz nicht gut angekommen.

»Ich will Ihnen mal etwas über Glinn erzählen«, sagte sie nach einer Weile. »Er hatte in seinem Leben zwei Jobs. Den bei der EES – und vorher beim Militär.«

Der Tonfall, in dem sie das sagte, machte ihn stutzig. Er drehte sich zu ihr um.

»Bevor er die EES gegründet hat, war er bei den Special Forces. Feindaufklärung – Gefangenenbefragung, Luftaufklärung, Brückensprengungen und so weiter. Ist von der Airborne Division über die Rangers zu den Special Forces gekommen. Hat sich beim Phoenix-Programm während des Vietnam-Kriegs seine ersten Sporen verdient.«

»Interessant.«

»Das können Sie laut sagen. Sein A-Team wurde vorzugsweise bei Himmelfahrtskommandos eingesetzt. Und hatte, wie ich von Garza weiß, eine entsprechend hohe Gefallenenrate.«

»Garza?«

»Ja, er war Spezialist für Pionieraufgaben in Glinns Team. Hat damals, statt was zu bauen, fertige Bauten in die Luft gesprengt.«

»Und das wissen Sie alles von Garza?«
Sie zögerte. »Zum Teil hat's mir Eli selbst erzählt. An der Grenze zu Kambodscha wurde sein Trupp schließlich aufgerieben. Die Männer sollten eine Brücke sichern, aber die Feindaufklärung hat versagt. Eli hat bis auf Garza seine ganzen Leute verloren. Darum ist er jetzt bei der EES so versessen auf absolut zuverlässige Daten.« Sie langte in die Tasche, holte eine Erdnuss heraus und pellte sie auf. »Und nachdem Sie das nun alles wissen, würde ich sagen: Sie tun ihm Unrecht, Sam.«
»Sie wissen offenbar gut über ihn Bescheid.«
Sie zuckte die Achseln, ein Schleier schien sich über ihre Augen zu legen. Dann lächelte sie und deutete mit dem Kopf auf das Leuchtfeuer am Cape May, das samtweich über dem Meer flimmerte. »Ein wunderschöner Anblick.«
»Ja, wirklich«, gab ihr McFarlane Recht. Und dachte: Der letzte Blick auf Nordamerika.
»Wollen wir wetten, wie viele Kilometer es weg ist?«
McFarlane runzelte die Stirn. »Ich mache mir nichts aus Wetten. Außerdem haben Sie sich wahrscheinlich eine Geheimformel auf die Handflächen geschrieben.«
Amira lachte. »Sie haben mich ertappt.« Sie knackte noch ein paar Erdnüsse auf, warf sie sich in den Mund und sah McFarlane groß an. »Da sind wir nun unterwegs zum Ende der Welt, um uns den größten Felsen seit Menschengedenken unter den Nagel zu reißen. Mal ganz ehrlich – was meinen Sie, wie die Sache ausgeht?«
»Also, ich glaube …«, begann McFarlane. Dann brach er ab. Ihm wurde auf einmal klar, dass er kein Recht hatte, Optimismus um jeden Preis zu verbreiten. »Ich glaube«, sagte er dann forsch, »wir sollten uns jetzt auf den Weg zum Speiseraum machen. Unser Captain bringt's glatt fertig, uns kielholen zu lassen, wenn wir zu spät kommen. Und das ist bei einem Tanker kein reines Vergnügen.«

Rolvaag

0.55 Uhr

Mit dem Lift erreichten sie das Vordeck. Hier, fünf Decks näher an den Maschinen, spürte McFarlane, wenn auch nur ganz schwach, das tiefe, regelmäßige Vibrieren.

»Hier lang«, winkte ihn Amira in einen in Blau und Weiß gehaltenen Flur.

McFarlane konnte nur staunen. Im Trockendock hatte er den ganzen Tag und oft genug auch die Nacht in den Container-Labors verbracht, dies war sein erster Ausflug ins Schiffsinnere. Nach seiner Erfahrung war es in Schiffen bedrückend eng, überall musste man einen Bogen um irgendein Hindernis schlagen. Aber auf der *Rolvaag* war alles groß und geräumig, die Kabinen wie auch die Gemeinschaftsräume, und der Boden war mit Teppich ausgelegt, sogar auf den Fluren.

Amira stieß eine Tür auf, sie betraten den Speisesaal.

McFarlane blieb verblüfft stehen. Hier erinnerte nichts an die spartanischen Verhältnisse auf kleinen Frachtern. Die Offiziersmesse erstreckte sich über das halbe Vordeck bis zum Heck, direkt hinter den breiten Fenstern gischtete brodelnd das Kielwasser. Ein Dutzend runder Tische war mit blütenweißem Leinen und Porzellan gedeckt, jeweils für acht Personen, nicht einmal frische Blumen fehlten. Bordstewards in gestärkten weißen Uniformen standen bereit. McFarlane kam sich irgendwie underdressed vor.

Einige ganz Hungrige steuerten bereits ihre Plätze an. McFarlane wusste, dass die Sitzordnung an Bord einem strengen Reglement unterlag. Als er Glinn an einem Fenstertisch, vermutlich dem Kapitänstisch, stehen sah, gesellte er sich zu ihm.

Glinn ließ ein schmales Buch, in dem er bisher gelesen hatte, rasch in der Jackett-Tasche verschwinden, allerdings nicht so schnell, dass McFarlane nicht noch einen Blick auf den Titel hätte erhaschen können: »Ausgewählte Poesie von W. H. Auden.« Wieder etwas, das nicht in sein bisheriges Bild von Glinn passte. Offenbar hatte er ihn tatsächlich falsch eingeschätzt.

»Luxuriös«, sagte er mit einem anerkennenden Blick in die Runde. »Besonders für einen Tanker.«

»Das ist heute Standard«, erwiderte Glinn. »Die Schiffe sind so groß, dass Geräumigkeit kein Luxus mehr ist. Zudem ist der Unterhalt solcher Schiffe derart teuer, dass sie praktisch keine Liegezeiten mehr haben. Die Mannschaft kommt also viele Monate lang so gut wie nie von Bord. Und wenn man sie da ein bisschen bei Laune hält, zahlt sich das aus.«

Der Geräuschpegel war angeschwollen, die meisten hatten inzwischen hinter einem Stuhl Aufstellung genommen: Schiffsoffiziere, Techniker und die Mitarbeiter der EES, insgesamt etwas über siebzig Leute, wie McFarlane schätzte.

Plötzlich wurde es still, Captain Britton betrat den Speiseraum und steuerte den Kapitänstisch an. Dass sie einen weiblichen Kapitän hatten, war McFarlane bekannt, aber dass sie so jung war, überraschte ihn doch; er gab ihr nicht mehr als fünfunddreißig Jahre. Die Uniform – marineblauer Blazer mit Goldknöpfen und goldenen Achselklappen, dazu ein weißer Rock – stand ihr ausnehmend gut. Was ihn besonders beeindruckte, war die natürliche Würde, mit der sie sich bewegte. Sie strahlte Kompetenz aus. Und noch etwas – aber was nur? McFarlane tippte auf den sprichwörtlichen eisernen Willen.

Sie nahm Platz – allgemeines Füßescharren, als die anderen ihrem Beispiel folgten –, setzte die Kappe ab und legte sie auf ein Beistelltischchen, das anscheinend eigens zu diesem Zweck neben ihrem Platz bereit stand.

Etwas verspätet stieß ein Mann in Offiziersuniform zur Tischrunde – ein etwas älteres Semester, leicht angegraut, aber mit auffallend geschmeidigem Raubtiergang. Er flüsterte Britton etwas zu, sie nickte und nutzte die Gelegenheit, den

Neuankömmling vorzustellen: »Mein Erster Offizier, Victor Howell.«
Als die teils gemurmelten, teils genickten Begrüßungen vorbei waren, fragte Glinn: »Ist es Ihnen recht, wenn ich die Vorstellung der anderen übernehme?«
»Natürlich, gern«, sagte Captain Britton. Sie hatte eine klare, deutliche Aussprache, ganz versteckt meinte McFarlane jedoch einen Akzent herauszuhören.
»Das ist Dr. Sam McFarlane, der Meteoritenspezialist des Lloyd-Museums.«
Sally Britton streckte ihm die Hand hin. »Freut mich, Sie kennen zu lernen, Dr. McFarlane.« Und da konnte er ihren Akzent einordnen: die raue, gutturale Sprechweise einer gebürtigen Schottin. »Willkommen an Bord.«
»Und das sind Dr. Rachel Amira, meine Mathematikerin, und Eugene Rochefort, unser Chefkonstrukteur.«
Rocheforts Kopf zuckte ruckartig hoch, sein Blick huschte wie gehetzt rundum, blieb kurz an McFarlane hängen und konzentrierte sich dann auf das Tischtuch. Offenbar fühlte er sich nicht recht wohl in seiner Haut.
»Und das ist Dr. Patrick Brambell, unser Schiffsarzt«, schloss Glinn die Vorstellung ab. »Auf allen sieben Meeren zu Hause.«
Brambell bedachte die Tischrunde mit einem spaßigen Lächeln und einer japanisch anmutenden Verbeugung.
»Waren Sie schon mal als Schiffsarzt tätig?«, erkundigte sich Captain Britton.
Ganz der trockene Ire, antwortete Brambell: »Nicht nur das. Ich betrete festes Land nur im äußersten Notfall.«
Britton nickte ihm zu, zog ihre Serviette aus dem Ring und legte sie sich auf den Schoß. Jede Bewegung und jedes Wort schienen bei ihr genau kalkuliert zu sein. Was freilich auch eine Art Schutzwall sein kann, dachte McFarlane. Als er nach seiner Serviette griff, fiel sein Blick auf den silbernen Halter mit der gedruckten Speisekarte: Consommé Olga, Lamm-

rippchen, Huhn Lyonnaise, Tiramisu. Er pfiff leise durch die Zähne.
»Irgendwas an der Speisefolge auszusetzen, Dr. McFarlane?«, fragte Britton.
»Ganz im Gegenteil, ich war auf Eiersalat, Sandwiches und Pistazieneis gefasst.«
»Gutes Essen gehört zur guten alten Bordtradition«, erklärte Captain Britton. »Unser Chefkoch, Mr. Singh, ist einer der besten Küchenchefs auf See. Sein Vater hat in den Tagen der Rajas für die britische Admiralität gekocht.«
»Nichts erinnert den Menschen so sehr daran, dass seine Tage auf Erden gezählt sind, wie ein gutes Lammrippchen«, dozierte Brambell.
»Alles zu seiner Zeit.« Amira sah sich suchend um. »Wo bleibt denn der Getränkesteward? Ich vergehe nach einem Aperitif.«
Glinn räusperte sich. »Tut mir Leid, Rachel, aber Spirituosen sind an Bord nicht gestattet.«
Amira lachte kurz auf. »Nicht gestattet? Sind Sie dem Klub züchtiger Hausfrauen beigetreten?«
Glinn erwiderte gelassen: »Unser Captain erlaubt ein Glas Wein, zum Essen oder davor. Aber keine harten Getränke.«
Amira lief an wie eine reife Tomate. »So.« Sie schielte kurz zu Britton hinüber, sah aber schnell wieder weg.
Glinn wollte ihr über die Verlegenheit weghelfen. »Sie werden feststellen, dass ein guter Bordeaux die auferlegte Enthaltsamkeit leichter ertragen lässt.« Er deutete auf die offene Flasche Château Margaux neben dem Blumengesteck.
Während an Amira noch ihre Verlegenheit nagte, schenkte Captain Britton allen – außer sich selbst – Wein ein. An den Nachbartischen, wo der kleine Disput zu betretenem Schweigen geführt hatte, wurde die Konversation wieder aufgenommen. Der Tischsteward trug die Consommé auf.
»Was ist das für ein Gefühl, so einem großen Schiff vorzuste-

hen?« McFarlane stellte die Frage nicht nur aus Höflichkeit, um die Stille zu überbrücken, etwas an Captain Britton hatte ihn neugierig gemacht. Er hoffte insgeheim, ihre Antwort würde ihm vielleicht einen Hinweis geben, was sie durch ihr liebenswürdiges, aber streng beherrschtes Auftreten kaschieren wollte.

Britton nahm einen Löffel Consommé. »Nun, im Prinzip steuern diese modernen Tanker sich selbst. Ich muss lediglich darauf achten, dass das Zusammenspiel in der Crew klappt, und im Übrigen warten, bis etwas Unvorhergesehenes mein Eingreifen erfordert. Schiffe wie die *Rolvaag* mögen keine Untiefen, keine scharfen Wendemanöver und keine bösen Überraschungen. Wenn ich dafür sorge, dass uns das erspart bleibt, habe ich meinen Job schon erfüllt.«

Sie löffelte stumm ihre Consommé, dann wandte sie sich an Glinn: »Übrigens, ich wollte Sie um einen Gefallen bitten. Unsere Expedition fällt … etwas aus dem Rahmen des Üblichen. In der Crew wird schon getuschelt.«

Glinn nickte. »Ich verstehe. Wenn Sie Ihre Leute morgen zusammenrufen, will ich gern mit ihnen darüber reden.«

Als alle fertig und die leeren Suppenteller abgetragen waren, servierte der Steward den ersten Hauptgang. Der süßliche Duft von Curry und Tamarinde stieg McFarlane in die Nase. Er langte kräftig zu und merkte erst ein, zwei Sekunden später, dass ihm der Schweiß auf die Stirn trat. Himmel, so etwas Scharfes hatte er lange nicht gegessen. Er trank schnell einen großen Schluck Wasser hinterher.

Brambell, der Schiffsarzt, sah das anscheinend anders. »Hmm«, murmelte er genießerisch, »köstlich, diese Lammrippchen.«

Als er halbwegs wieder Luft bekam, fragte McFarlane Captain Britton: »Wie oft sind Sie schon ums Hoorn gefahren?«

»Fünfmal. Aber immer im Hochsommer, da ist die Gefahr geringer, in Schlechtwetter zu geraten.«

McFarlane sah sie besorgt an. »Aber ein Schiff von dieser

Größe und Kraft hat doch wohl nichts von einem Sturm zu befürchten, oder?«
Britton lächelte verhalten. »Die Region ums Kap Hoorn hat ihre eigenen Gesetze. Stürme mit Windstärke fünfzehn sind nichts Ungewöhnliches. Und von den berüchtigten *Williwaws* haben Sie ja bestimmt schon gehört.«
McFarlane nickte.
»Nun, es gibt einen anderen, weniger bekannten, aber noch gefährlicheren Wind dort unten. Die Einheimischen nennen ihn den *panteonero*, den Friedhofswind, weil er ganze Schiffsbesatzungen direkt ins Grab fegen kann. Er weht manchmal mehrere Tage ohne Unterlass mit über hundert Knoten.«
Nun wollte McFarlane es genau wissen. »Aber die *Rolvaag* trotzt doch auch so einem Sturm, oder nicht?«
»Solange das Schiff dem Ruder gehorcht, besteht natürlich keine Gefahr. Nur, der Friedhofswind hat schon viele manövrierunfähige Schiffe in die Tiefe gedrückt, besonders unten in den ›Heulenden Sechzigern‹. So heißt der Streifen offenes Wasser ab dem sechzigsten Breitengrad zwischen Südamerika und der Antarktis, für Seeleute die Hölle auf Erden. Der einzige Ort, an dem sich Wind und Wellen tagelang im Kreis drehen können, ohne aufs Festland weiterzuziehen. Da können sich die Wellen bis zu sechzig Meter hoch türmen.«
»Du liebe Güte«, sagte McFarlane erschrocken. »Haben Sie das auch schon mal erlebt?«
Britton schüttelte den Kopf. »Nie, und ich habe auch nicht die Absicht, es je zu erleben.« Sie zögerte, legte die Serviette beiseite und fragte McFarlane: »Sagt Ihnen der Name Captain Honeycutt etwas?«
McFarlane überlegte. »Ein englischer Seefahrer?«
Sie nickte. »Ist 1607 von London aus mit vier Schiffen in See gestochen, Richtung Pazifik. Dreißig Jahre vorher hatte Drake das Kap Hoorn umrundet, dabei allerdings fünf seiner sechs Schiffe verloren. Honeycutt wollte beweisen, dass man

die Route befahren kann, ohne ein Schiff zu verlieren. Als sie sich der Straße von Le Maire näherten, sind sie in schwere See geraten. Alle haben Honeycutt beschworen abzudrehen, aber er hielt unbeirrt Kurs. Auf der Höhe von Kap Hoorn kam ein furchtbarer Sturm auf. Gigantische Sturzwellen – die Chilenen nennen sie *tigres* – brachten zwei seiner Schiffe in Minutenschnelle zum Kentern. Die beiden anderen verloren den Mast und trieben etliche Tage hilflos gen Süden, über die Eisgrenze hinaus.«

»Was meinen Sie mit Eisgrenze?«

»Den Beginn der Eisbildung. Dort trifft das Wasser des südlichen Ozeans auf das Schelfeis rund um die Antarktis. Die Ozeanologen sprechen von der Antarktischen Annäherung. Dort sind Honeycutts Schiffe irgendwann nachts seitlich auf eine Eisinsel geprallt.«

»Wie die *Titanic*«, warf Amira ein.

»Nein«, sagte Britton, »kein Eis*berg*, eine Eis*insel*. Der Eisberg, auf den die *Titanic* aufgelaufen ist, war ein Eiswürfel, verglichen mit den riesigen Eisflächen südlich der Grenze des ewigen Eises. Die Eisinsel, mit der Honeycutts Schiffe kollidiert sind, dürfte etwa dreißig mal sechzig Kilometer gemessen haben.«

»Sechzig Kilometer?«, fragte McFarlane ungläubig.

»Es liegen Berichte von noch viel größeren vor. Man kann sie aus dem Weltraum sehen. Riesige Platten, die vom antarktischen Schelfeis abgebrochen sind.«

»Großer Gott«, murmelte Amira.

»Nun, von den etwas über hundert Seelen auf Honeycutts Schiffen, die diese Stürme überlebt hatten, haben es vielleicht dreißig geschafft, sich auf die Eisinsel zu retten. Sie haben aus angespültem Treibholz ein kleines Feuer entzündet. Das mussten sie allerdings ständig umschichten, weil das Eis darunter wegzuschmelzen drohte. Innerhalb von zwei Tagen ist die Hälfte der Männer an Unterkühlung und Erschöpfung gestorben. Sie fingen an zu halluzinieren. Einige

faselten von einer riesigen zottigen Gestalt mit schneeweißem Haar und roten Zähnen, die angeblich einige Männer aus der Crew verschleppt hatte.«
»Gütiger Himmel«, sagte Brambell, ohne sich von dieser Gruselgeschichte den Appetit verderben zu lassen, »das ist ja genau wie in Poes ›Geschichte des Arthur Gordon Pym‹.«
»Stimmt genau«, bestätigte Britton. »In der Tat hat sich Poe an die Geschichte von Honeycutt und seiner Crew angelehnt. Die Kreatur soll den Verschleppten angeblich die Ohren, Zehen, Finger und Knie abgebissen haben, den Rest haben die Überlebenden weit verstreut auf dem Eis gefunden.«
McFarlane bemerkte, dass die Unterhaltung an den Nachbartischen verstummt war.
»Innerhalb der beiden nächsten Wochen sind die Matrosen gestorben, einer nach dem anderen«, fuhr Britton fort. »Bald waren nur noch zehn übrig. Sie litten unter quälendem Hunger und griffen zu dem einzigen Mittel, das ihnen blieb.«
Amira verzog angewidert das Gesicht und ließ laut klappernd ihre Gabel fallen. »Ich ahne schon, was jetzt kommt.«
»Ja. Sie waren gezwungen, ›Langschweine‹ zu essen, wie Seeleute das umschreiben. Im Klartext: ihre eigenen toten Kameraden.«
»Reizend«, sagte Brambell. »Wie ich gehört habe, soll es, gut durchgekocht, besser als Schweinefleisch schmecken. Reichen Sie mir bitte mal das Lamm herüber?«
»Ungefähr eine Woche später sah einer von ihnen bei schwerer See ein Wrack schlingernd auf sie zutreiben. Es war das Heck eines ihrer eigenen Schiffe, das im Sturm auseinander gebrochen war. Die Männer gerieten in Streit, Honeycutt und ein paar andere wollten hinüberschwimmen und auf dem Wrack Zuflucht suchen, aber es hatte kaum Tiefgang, daher befürchteten die meisten, dass der nächste Sturm es zerschmettern würde. Am Ende hatten nur Honeycutt, sein Steuermann und ein einfacher Seemann das Herz, durch das eisige Wasser zu dem Wrack zu schwimmen. Der Steuer-

mann starb an Unterkühlung, bevor er an Bord klettern konnte, Honeycutt und der Seemann schafften es. Am Abend sahen sie ihre Eisinsel zum letzten Mal, sie hatte sich in der Dünung gedreht und trieb südwärts, auf die Antarktis zu. Bevor sie im Dunst verschwand, glaubten sie, wieder die zottige Gestalt zu erblicken, wie sie über die Zurückgebliebenen herfiel und sie in Stücke riss. Drei Tage später wurden sie mit ihrem Wrack auf die Riffs rund um die Diego-Ramirez-Insel geworfen, südwestlich vom Kap Hoorn. Honeycutt ertrank, der Seemann schaffte es bis zur Küste. Dort lebte er von Schellfisch, Moos, Kormoran-Guano und Tang. Er achtete darauf, dass sein Torffeuer nie erlosch, für den unwahrscheinlichen Fall, dass irgendein Schiff vorbeikäme. Sechs Monate später entdeckte ein spanisches Schiff das Signal und nahm ihn an Bord.«

»Mein Gott, muss der Mann sich gefreut haben, als er das Schiff sah«, meinte McFarlane.

Britton wiegte den Kopf. »Ja und nein. England befand sich damals im Kriegszustand mit Spanien. Er verbrachte die folgenden zehn Jahre in einem Kerker in Cádiz. Als er freigelassen wurde, kehrte er in seine Heimat nach Schottland zurück. Dort heiratete er ein Mädchen, das zwanzig Jahre jünger war als er, und arbeitete fortan als Farmer – weit, weit weg vom Meer.«

Britton machte eine Pause, strich das Tischleinen mit den Fingerspitzen glatt und sagte leise: »Dieser einfache Seemann war William McKyle Britton, mein Urahn.«

Sie trank einen Schluck Wasser, tupfte sich mit der Serviette die Lippen ab und gab dem Steward das Zeichen, den nächsten Gang zu servieren.

Rolvaag

27. Juni, 15.45 Uhr

McFarlane lehnte an der Reling des Hauptdecks und genoss die trägen, kaum merklichen Rollbewegungen des Schiffes. Das *Ice Ship* fuhr unter Ballast, was bedeutete, dass die nicht benötigten Rohöltanks zu knapp einem Drittel mit Meerwasser geflutet waren. Links von ihm ragten die Deckaufbauten auf, ein geschlossener weißer Block, der nur durch die Fenster und die gerade noch zu erkennenden Seitenflügel der Brücke ein wenig aufgelockert wurde. Hundertfünfzig Kilometer westlich, knapp über dem Horizont, lag Myrtle Beach, eingerahmt von der flachen Küstenlinie South Carolinas.

Auf dem Hauptdeck hatten sich die etwas mehr als fünfzig Männer der Schiffsbesatzung versammelt – eine buntgewürfelte Schar aus Afrikanern, Portugiesen, Franzosen, Engländern, Amerikanern, Chinesen und Indonesiern, entsprechend lebhaft war das Sprachengewirr.

Irgendwo klang helles Lachen auf. McFarlane wandte sich um und sah Amira bei einer Gruppe Afrikaner sitzen. Die Männer – vom Gürtel aufwärts nackt – lachten und schäkerten mit ihr. McFarlane beschlich der Verdacht, dass Amira, die einzige anwesende Mitarbeiterin der EES, für Glinn Punkte sammeln wollte.

Die Sonne – jetzt noch in einer Höhe mit den pfirsichfarbenen Puffwolken am Horizont – schickte sich an, in das glatte, kaum von Wellengang gekräuselte Meer einzutauchen.

Eine Tür flog auf, Glinn erschien, gefolgt von Captain Britton, dem Ersten Offizier und weiteren Offizieren. Für den Weg zum Hauptdeck benutzten sie den zentralen Laufsteg, der – auf beiden Seiten von Rohrleitungen flankiert – gut dreihundert Meter weit vom Bug bis zum Heck führte.

McFarlanes Interesse an Britton war neu erwacht. Amira – offenbar noch unter dem Eindruck des Tadels, den sie sich eingehandelt hatte – war nach dem Dinner sehr gesprächig gewesen. Sie hatte ihm die Geschichte ihres Captains erzählt: die von dem Riff vor Spitzbergen, auf das Britton vor zwei Jahren einen Tanker gesetzt hatte. Die Tanks waren leer gewesen, die Schäden am Schiff jedoch beträchtlich. Britton war zu der Zeit – so die Feststellung des Seegerichts – betrunken gewesen. Obwohl nicht nachgewiesen wurde, dass ihre Trunkenheit zu der Havarie geführt hatte – offenbar hatte der Rudergänger etwas falsch gemacht –, bekam sie danach einfach kein Kommando mehr. Kein Wunder, dass sie zugegriffen hat, als Glinn ihr den Strohhalm hinhielt, dachte er. Glinn überließ nichts dem Zufall, schon gar nicht die Entscheidung, wer bei der Expedition das Kommando über die *Rolvaag* hatte. Wer weiß, was er sonst noch über diese Frau wusste.
Die Art, wie Amira sich über die Sache mokierte, gefiel ihm allerdings absolut nicht. »Mein Gott, wieso soll das ganze Schiff darunter leiden, dass sie ein Alkoholproblem hat?«, hatte sie zu ihm gesagt. »Und ich wette, bei der Mannschaft kommt das auch nicht gut an.«
Glinn war inzwischen an der Stelle des Laufstegs angelangt, von der aus er die auf dem Hauptdeck versammelte Crew direkt im Blick hatte. Die Hände auf dem Rücken verschränkt, wandte er sich an die Männer.
»Ich bin Eli Glinn, Präsident der Effective Engineering Solutions«, begann er mit ruhiger, fester Stimme. »Die meisten von Ihnen sind in Grundzügen bereits über unsere Expedition unterrichtet. Ihr Captain hat mich gebeten, heute ein bisschen mehr ins Detail zu gehen. Das werde ich tun, und anschließend bin ich gern bereit, mir Ihre Fragen anzuhören.« Er ließ den Blick über die Männer schweifen.
»Unser Ziel ist die Südspitze von Südamerika, wo wir für das Lloyd-Museum einen großen Meteoriten ausgraben wollen.

Wenn unsere Informationen zutreffen, handelt es sich um den größten Meteoriten, der je aus der Erde geborgen wurde. Wie viele von Ihnen wissen, haben wir für ihn im Tankraum einen speziellen Lastenschlitten als Halterung gebaut. Der Plan ist sehr einfach: Wir werfen im Bereich der Kap-Hoorn-Inseln Anker, meine Crew wird – mit Unterstützung durch einige von Ihnen – den Meteoriten ausgraben, zur *Rolvaag* transportieren und in den Tankraum verladen. Dann werden wir ihn zum Lloyd-Museum schippern, um ihn dort abzuliefern.«

Er machte eine kleine Pause.

»Einige von Ihnen fragen sich möglicherweise besorgt, ob das überhaupt legal ist. Nun, wir haben die Schürfrechte auf der Insel erworben, und da der Meteorit im Prinzip ein Brocken Erz ist, verstoßen wir gegen kein Gesetz. Natürlich könnte es theoretisch Probleme geben, weil Chile nämlich nicht weiß, *was* wir ausgraben wollen. Aber ich versichere Ihnen, das ist sehr unwahrscheinlich. Die Kap-Hoorn-Inseln sind unbewohnt, die nächste Ansiedlung ist Puerto Williams, achtzig Kilometer weit entfernt. Und für den Fall, dass die chilenischen Behörden Wind davon bekommen, was wir auf der Insel treiben, sind wir darauf vorbereitet, einen angemessenen Preis für den Meteoriten zu zahlen. Sie sehen also, es gibt keinen Grund zu Besorgnissen oder gar Ängsten.« Wieder eine kleine Pause, dann hob er den Kopf. »Irgendwelche Fragen?«

Etliche Hände flogen hoch.

Glinn nickte einem stämmigen Öler zu, der ganz vorn stand.

»Was ist das eigentlich für ein Meteorit?«, fragte der Mann unter zustimmendem Gemurmel der anderen.

»Es dürfte sich um eine Masse aus Nickel-Eisen handeln, mit einem Gewicht von ungefähr zehntausend Tonnen. Ein reaktionsarmer Klumpen Metall.«

»Und was ist an dem Klumpen so wichtig?«

»Wir glauben, dass es der größte je von Menschen entdeckte Meteorit ist.«

Wieder wurden Hände gereckt.
»Was passiert, wenn wir erwischt werden?«
»Wie ich schon sagte«, erwiderte Glinn, »ist das eine hundertprozentig legale Operation.«
Ein Mann mit rotem Wuschelkopf und wucherndem Bart, dem blauen Kittel nach Schiffselektriker, drängte sich nach vorn. »Mir gefällt das gar nicht«, verkündete er in breitem Yorkshire-Dialekt. »Wenn diese beknackten Chilenen uns schnappen, während wir uns mit ihrem Felsbrocken davonmachen, kann alles Mögliche passieren. Wenn das Ganze angeblich so hundertprozentig legal ist, weshalb kaufen wir ihnen den beschissenen Stein dann nicht einfach ab?«
Glinns graue Augen ruhten unbewegt auf ihm. »Darf ich um Ihren Namen bitten?«
»Lewis.«
»Nun, Mr. Lewis, weil es den Chilenen aus politischen Gründen unmöglich wäre, ihn an uns zu verkaufen. Außerdem verfügen sie nicht über die nötige Erfahrung und die technische Ausrüstung, um ihn auszugraben und abzutransportieren. Er würde also eingebuddelt da unten liegen bleiben, womöglich bis in alle Ewigkeit. In Amerika kann er dagegen als Studienobjekt dienen. Er wird in einem Museum ausgestellt, jeder kann ihn sich also ansehen. Er ist kein chilenisches Kulturerbe, er gehört der ganzen Menschheit. Im Übrigen hätte er überall abstürzen können, sogar über Yorkshire.«
Allgemeines Gelächter. McFarlane registrierte zufrieden, dass Glinn offensichtlich mit seiner geradlinigen Offenheit das Vertrauen der Männer gewann.
»Sir«, fragte ein schlanker junger Mann, »was hat es mit dieser Abwurfvorrichtung auf sich?«
»Das ist lediglich eine Vorsichtsmaßnahme«, antwortete Glinn. »In dem unwahrscheinlichen Fall, dass der Meteorit sich aus der Verankerung löst – sagen wir: bei schwerem Sturm –, wäre es der einfachste Weg, Ballast abzuwerfen, wenn wir ihn im Ozean versenken. Im Prinzip das, was die

Seefahrer im neunzehnten Jahrhundert immer getan haben, wenn sie ihre Ladung bei schwerer See nämlich in den Ozean gekippt haben. Die Wahrscheinlichkeit, dass wir das tun müssen, ist allerdings äußerst gering. Trotzdem haben wir uns durch die Abwurfklappe die Option geschaffen, lieber den Meteoriten als das Schiff und die Besatzung zu verlieren.«

»Und wer bedient die Klappe?«

»Mein Chefingenieur Eugene Rochefort, mein Chefkonstrukteur Manuel Garza und ich kennen uns damit aus.«

»Was ist mit dem Kapitän?«

»Wir hielten es für besser, den Kreis der Entscheidungsbefugten auf das Personal der EES zu begrenzen«, erwiderte Glinn. »Schließlich ist es unser Meteorit.«

»Aber *unser* verdammtes Schiff!«, rief jemand.

Das Gemurmel schwoll an, es klang eindeutig nach Murren. Captain Britton stand mit versteinerter Miene reglos hinter Glinn.

Glinn ließ sich nicht beirren. »Die Regelung ist mit dem Kapitän abgesprochen. Wir haben die Abwurfklappe eingebaut und wissen, wie sie zu bedienen ist. In dem unwahrscheinlichen Fall, dass wir von ihr Gebrauch machen müssen, hat das mit äußerster Sorgfalt und präzisem Timing zu geschehen, sonst könnte das Schiff mit dem Felsen untergehen.« Er sah die Männer an. »Noch weitere Fragen?«

Bedrücktes Schweigen.

»Mir ist klar, dass das für Sie keine normale Heuer ist«, fuhr Glinn fort. »Eine gewisse Sorge – von mir aus auch Angst – ist natürlich. Ich habe Ihnen gesagt, dass unsere Handlungsweise legal ist, aber ich würde Ihnen etwas vormachen, wenn ich behaupten wollte, dass die Chilenen das genauso sehen. Aus all diesen Gründen wird jeder von Ihnen einen Bonus von fünfzigtausend Dollar erhalten, wenn unsere Mission erfolgreich verläuft.«

Alle schnappten nach Luft, dann redeten fünfzig Männer auf einmal aufgeregt aufeinander ein. Glinn hob die Hand und wartete, bis wieder Stille eingetreten war. »Wenn jemandem bei dieser Expedition mulmig zumute ist, steht es ihm frei zu gehen. Wir sorgen für seine Rückreise nach New York und zahlen ihm eine Abfindung.«

Sein Blick suchte die Reihen der Männer ab und blieb am Schluss an Lewis, dem Elektriker, hängen.

Lewis starrte zurück, dann verzog er das Gesicht zu einem breiten Grinsen. »Sie haben mich gekauft, Kumpel.«

Glinn nickte. »Wir haben alle viel zu tun. Wenn jemand noch etwas sagen oder fragen will, soll er's jetzt tun.« Als sich niemand rührte, nickte er abermals, drehte sich um und ging.

Rolvaag

16.20 Uhr

Die Crew hatte sich in kleine Gruppen aufgeteilt, die zu ihren Arbeitsbereichen zurückkehrten. Nur Amira stand noch – zusammen mit ihren neuen schwarzen Freunden – an der Steuerbordreling; anscheinend unterhielten sie sich prächtig, die Matrosen schlugen sich vor Lachen auf die Schenkel. McFarlane machte sich auf den Weg zum Offizierskasino, das – wie alle Gemeinschaftsräume, die er bisher gesehen hatte – sehr groß und elegant eingerichtet war. Der eigentliche Anziehungsmagnet für ihn war aber die Kanne mit frischem Kaffee, die dort zu jeder Tages- und Nachtzeit bereitstand. Er schenkte sich einen Becher voll ein und nahm den ersten Schluck.

»Etwas Sahne vielleicht?«

Er sah auf, Captain Britton stand lächelnd neben ihm. Die leichte Brise hatte ihre Frisur gezaust, ein paar Strähnen waren unter der Uniformkappe herausgerutscht und schmiegten sich verspielt an ihren langen, schlanken Hals.

»Nein, danke, ich mag ihn lieber schwarz.«

Sie schenkte sich ebenfalls Kaffee ein, gab einen Löffel Zucker dazu und nahm einen Schluck. Und dann standen sie schier endlose Sekunden stumm nebeneinander.

»Was ich Sie fragen wollte …« Auf die Schnelle fiel McFarlane nichts Besseres ein, also blieb er beim Kaffee. »Die Kanne ist immer fast voll und der Kaffee immer ganz frisch. Gibt's eine Erklärung für dieses Wunder?«

»Das ist kein Wunder. Die Stewards stellen alle halbe Stunde eine neue Kanne hin, egal, wie voll die alte noch ist. Achtundvierzig Kannen am Tag.«

»Bemerkenswert«, meinte McFarlane kopfschüttelnd. »Wie das ganze Schiff.«

»Wären Sie an einer Führung interessiert?«
McFarlane sah sie unschlüssig an. Sie hatte bestimmt Besseres zu tun. Andererseits, gegen eine kleine Abwechslung war nichts einzuwenden, das Bordleben verkam schnell zur Routine. Er trank den Becher aus und stellte ihn ab. »Klingt nach einer super Idee.«
Britton ging voraus. Vom Hauptdeck kam ihnen Rachel Amira entgegen. Sie blieb verdutzt stehen und musterte die beiden neugierig. Captain Britton nickte ihr kühl zu und schritt weiter den Flur hinunter. Als McFarlane sich verstohlen umdrehte, sah er Amira immer noch da stehen, wo sie sich begegnet waren, und ihnen affektiert lächelnd nachstarren.
Durch eine große Doppeltür gelangten sie in die Schiffsküche, in der Mr. Singh das Zepter über seine Köche, die Stewards und eine ganze Batterie von blitzblanken Kesseln schwang. In den riesigen Kühlräumen hingen dicht an dicht Lamm- und Rinderhälften an den Haken, die Truhen waren bis oben mit Geflügel und Ziegenfleisch gefüllt.
Sie warfen einen Blick in den Billardraum und die Schwimmhalle und fuhren ein Deck tiefer, wo Britton ihm die Mannschaftsmesse und die Spielhalle zeigte. Sie führte ihn eine Treppe hinunter – einen Niedergang, wie McFarlane lernte – und zeigte ihm die Quartiere der Crew, jedes mit einem eigenen kleinen Bad. Das einzig Störende war das jetzt viel lautere Dröhnen der Turbinen. Der Korridor schien kein Ende zu nehmen – Meter um Meter dasselbe Bild: links Bullaugen, rechts die Kabinentüren.
»Das Schiff ist gigantisch groß«, sagte McFarlane, »und wirkt trotzdem so leer.«
Britton lachte. »Das finden Landratten immer. Sehen Sie, so ein Schiff wird im Grunde von Computern gesteuert. Bei der Navigation stützen wir uns auf geophysikalische Satellitendaten, das Schiff hält automatisch den vorgegebenen Kurs, und sogar wenn eine Kollision droht, wird das auf dem Monitor elektronisch angezeigt. Vor dreißig Jahren waren Schiffs-

elektriker an Bord eine Art Handlanger, heute heißen sie Elektronikspezialisten und wissen sehr wohl, dass ohne sie nichts läuft.«

»Ich finde das alles sehr beeindruckend. Nur ... also, nichts gegen die *Rolvaag*, aber ich frage mich, weshalb Glinn sich für diese Expedition einen Tanker und nicht einen Erzfrachter oder ein Container-Schiff ausgesucht hat? Das wäre doch, weiß Gott, viel billiger gewesen.«

»Ich glaube, das kann ich Ihnen erklären«, erwiderte Britton. Sie öffnete ein großes Schott und winkte McFarlane hinter sich her. Das Bild änderte sich abrupt, statt teppichbelegter Flure und holzverkleideter Wände gab es ringsum nur noch Stahl und Aluminium. Sie stiegen ein paar Stufen hinunter und kamen zu einem Schott mit der Aufschrift LADEKONTROLLRAUM. Der Raum dahinter war bis in den letzten Winkel mit elektronischen Anzeigen voll gestopft, überall blinkten gelbe und rote Lämpchen.

Britton deutete auf das große Diagramm im Zentrum. »Hier können wir ablesen, wie sich die Ladung des Schiffs auf die einzelnen Tankkammern verteilt, und den Ballast, die Pumpen und die Regulatoren überwachen.«

Sie führte McFarlane nach hinten, wo ein Matrose vor einem Pult mit Monitoren saß. »Dieser Computer berechnet die günstigste Verteilung der Ladung, daneben sehen Sie die aktuellen Daten aus den Tankkammern – Druckverhältnis, Temperatur und so weiter. Und das alles wird von einem einzigen Mann überwacht. Und hier ...« – sie legte die Hand auf das Gehäuse des nächsten Monitors – »... hier verbirgt sich der Grund dafür, warum Glinn einen Tanker haben wollte. Der Meteorit, hinter dem Sie her sind, ist verflixt schwer, und entsprechend kniffelig wird seine Verladung. Das Schiff bekäme vermutlich starke Schlagseite, wenn wir den Felsbrocken einfach so in eine der Ladekammern hievten. Aber mit Hilfe dieses computergesteuerten Systems wird der Meerwasserballast automatisch auf die anderen Ladekammern verteilt, so dass die *Rolvaag* auch bei einer plötzlichen Gewichtsverlagerung immer senkrecht über dem Kiel liegt. Ohne dieses System würden wir möglicherweise nach der Beladung kieloben treiben.«

Sie bedeutete McFarlane mitzukommen, ganz hinten in den Kontrollraum. »Und da wir gerade von Computern sprechen – haben Sie eine Ahnung, was das ist?« Sie zeigte auf ein frei stehendes, schlankes, bis auf den Diskettenschlitz völlig glattes Prozessorgehäuse aus schwarzem Stahl. Auf einem kleinen Schild stand DATENZUGRIFFSICHERUNG. »Glinns Leute haben das im Trockendock installiert. Es sieht ganz anders aus als die übrige Schiffselektronik. Oben auf der Brücke gibt es noch so einen Prozessor, nur etwas kleiner. Keiner meiner Offiziere kann sich einen Reim darauf machen, wozu das Ding da ist.«

McFarlane fuhr mit der Hand über das Gehäuse. »Keine Ahnung. Ob es was mit der Abwurfklappe zu tun hat?«

»Ja, das habe ich auch schon gedacht.« Sie verließen den Ladekontrollraum, gingen ein Stück den stahlverkleideten Gang hinunter und blieben vor dem Lift stehen. Britton drückte den Rufknopf. »Aber eine Ahnung sagt mir, dass man damit auch andere Schlüsselsysteme des Schiffs steuern kann. Oder sogar *über*steuern.«

»Möchten Sie, dass ich Glinn danach frage?«

Britton winkte ab. »Machen Sie sich keine Mühe, ich frage ihn schon selber. Aber da rede ich nun über die *Rolvaag* und finde kein Ende, obwohl mich doch eigentlich viel mehr interessiert, wie man Meteoritenjäger wird.«

Der Lift kam, sie fuhren nach unten. McFarlane sah sie an. Britton war eine Frau mit betont guter Körperhaltung. Selbst wenn sie die Schultern strafft und das Kinn ein wenig reckt, wirkt das bei ihr nicht militärisch steif, dachte er, eher wie der Ausdruck eines stillen Stolzes. Sie wusste also, dass er Meteoritenjäger war. Ob sie auch von Masangkay und dem Fiasko mit dem Tornassuk-Meteoriten gehört hatte? Wir haben etwas gemeinsam … Er konnte sich gut vorstellen, was das für ein Gefühl war, wieder Uniform zu tragen, auf einer Kommandobrücke zu stehen und sich zu fragen, was die anderen wohl hinter ihrem Rücken tuscheln mochten.

»Ich bin in Mexiko in einen Meteoritenschauer geraten«, beantwortete er schließlich ihre Frage.

»Unglaublich! Und das haben Sie überlebt?«

»Es gibt nur einen einzigen überlieferten Fall, bei dem einmal jemand von einem Meteoriten getroffen wurde – eine hypochondrisch veranlagte Frau, sie lag gerade im Bett. Der Meteorit wurde beim Durchschlagen der oberen Stockwerke abgebremst, so hat sie nur ein paar Prellungen davongetragen. Aber Sie glauben gar nicht, wie schnell sie auf den Beinen war.«

Britton lachte. Ein angenehm warmer Klang.

»Tja, da habe ich die Nase wieder in die Schulbücher gesteckt und bin Geologe geworden. Mit dem Spezialgebiet planetarische Geologie. Aber ich war wohl nicht zum Stubenhocker und nüchternen Wissenschaftler geboren.«

»Was studiert man denn als Meteoritologe?«

»Zunächst mal langweiliges Zeugs: Geologie, Chemie, Astronomie, Physik und Infinitesimalrechnung. Die wirklich spannende Phase kommt dann erst später.«

»Spannender als die Ausbildung zum Kapitän hört sich das allemal an. Und womit haben Sie sich dann in der spannenden Phase beschäftigt?«

»Der Höhepunkt war für mich die Untersuchung eines Marsmeteoriten. Ich habe versucht, die Auswirkung kosmischer Strahlung auf seine chemische Zusammensetzung zu analysieren. Aber viel weiter als bis zur Altersbestimmung bin ich nicht gekommen.«

Die Tür des Lifts glitt auf. »Ein echter Marsmeteorit«, staunte Britton, als sie ausstiegen.

McFarlane zuckte die Achseln. »Es hat mich schon immer gereizt, Meteoriten zu finden, das ist so ähnlich wie eine

Schatzsuche. Und ich fand es spannend, die Dinger zu untersuchen. Geplauder bei einem Glas Sherry und Fachsimpeleien im Kollegenkreis waren mir dagegen zuwider. Folgerichtig hat man mir die Befähigung zum Lehramt abgesprochen, und damit war meine akademische Laufbahn nach fünf Jahren beendet. Seither habe ich immer als … nun, ich glaube, man nennt das: als Selbstständiger gearbeitet. Sie können auch sagen: als Einzelgänger und Eigenbrötler.«

Er stockte, weil ihm sein Expartner einfiel und er sich eingestehen musste, dass er mit seiner Formulierung an der Wahrheit vorbeigeredet hatte.

»Alles, was ich über Meteoriten weiß, ist, dass sie vom Himmel fallen«, sagte Britton. »Woher kommen sie? Ich meine, wenn sie mal nicht vom Mars kommen?«

»Marsmeteoriten sind äußerst selten. Meistens handelt es sich um Gesteinsbrocken aus dem inneren Asteroidengürtel. Oder bei den kleineren um Stücke, die kurz nach der Entstehung des Sonnensystems von einem Planeten abgebrochen sind.«

»Der, hinter dem Sie her sind, ist aber nicht gerade klein.«

»Nun, die meisten schon. Aber sie müssen auch nicht sonderlich groß sein, um einen großen Einschlagkrater zu schlagen. Die Auftreffenergie des Tunguska-Meteoriten, der 1908 in Sibirien eingeschlagen ist, entspricht zum Beispiel der einer Zehn-Megatonnen-Wasserstoffbombe.«

»Zehn Megatonnen?«

»Und das sind noch kleine Brötchen. Manche Meteoriten haben die Erde mit einer kinetischen Energie von über einhundert Millionen Megatonnen getroffen. Solche Einschläge haben regelmäßig das Ende einer geologischen Ära markiert, sie haben zum Beispiel zum Aussterben der Dinosaurier geführt. Und sie hätten, wenn es uns schon gegeben hätte, auch das menschliche Leben ausgelöscht.«

Britton lotste ihn durch ein Gewirr von Gängen, bis ihn die Befürchtung beschlich, dass er allein hier nie wieder herausfinden würde.

»Ist ein Meteorit wie der andere?«
»O nein. Aber die meisten, die auf der Erde aufgeschlagen sind, waren gewöhnliche Chondriten.«
»Chondriten?«
»Im Grunde nur alte graue Steine.« McFarlane zögerte. »Und dann gibt es noch Eisennickel-Meteoriten – zu denen gehört vermutlich der auf der Isla Desolación. Aber die mit Abstand interessantesten sind die curieschen Chondriten.«
Er brach so abrupt ab, dass Britton ihn mit großen Augen neugierig ansah.
»Die sind schwierig zu erklären«, sagte er ausweichend. »Und es könnte Sie langweilen.« Er erinnerte sich nur zu gut, dass fragende Blicke aus großen, schönen Augen ihn schon immer fasziniert hatten.
»Stellen Sie mich auf die Probe. Ich habe eine Ausbildung in Navigation mit Hilfe der Gestirne hinter mir.«
»Nun, curiesche Chondriten sind im Prinzip Verklumpungen aus unverfälschtem, nicht gealtertem kosmischem Staub, aus dem auch unser Sonnensystem geformt ist. Das macht sie so interessant. Weil man sich von ihnen Hinweise auf die Entstehung des Sonnensystems erhofft. Und weil sie sehr alt sind, älter als die Erde.«
»Und wie alt wäre das?«
»Etwa viereinhalb Milliarden Jahre.« Er glaubte, echtes Interesse in ihren Augen zu lesen.
»Das ist ja erstaunlich.«
»Und es gibt eine Theorie, der zufolge es einen noch erstaunlicheren Typ von Meteorit …«
Wieder brach er abrupt ab, er wollte sich keinen Rückfall in die Zeit erlauben, in der er seiner alten fixen Idee nachgejagt war, nicht gerade jetzt. Also ging er stumm neben Captain Britton her, wohl wissend, dass sie ihn wieder aus großen fragenden Augen ansah.
Der Flur endete vor einem verriegelten Schott. Britton schob die Riegel zurück und öffnete es. Ein Schwall Lärm schlug

ihnen entgegen – das dröhnende Stampfen Gott weiß wie vieler Pferdestärken. McFarlane folgte Britton auf einen schmalen Laufsteg. Gut fünfundzwanzig Meter unter ihm röhrten zwei riesige Turbinen. Dabei war in dem großen Maschinenraum weit und breit niemand zu sehen, anscheinend funktionierte auch hier alles durch Computer gesteuert. Als McFarlane sich an einen Pfosten lehnte, wurde er von der Vibration regelrecht durchgeschüttelt.

Britton lächelte amüsiert. »Tanker werden von Dampfmaschinen angetrieben, nicht von Dieselmotoren wie andere Schiffe.« Sie musste gegen den Lärm anschreien. »Trotzdem, einen Dieselmotor für die Notstromversorgung haben wir natürlich. Auf modernen Schiffen kann man sich's nicht leisten, plötzlich ohne Strom zu sein. Da wäre alles tot: die Computer, die Navigation, die automatische Feuerlöschanlage. Das Schiff würde hilflos dahintreiben – DIW, wie wir das nennen: *dead in the water.*«

Sie passierten geduckt ein Schott am Ende des Maschinenraums. Britton verriegelte es hinter sich und führte McFarlane einen Flur hinunter, der vor einem Lift endete. McFarlane genoss die Stille, die sie plötzlich umgab, wie eine lang vermisste Wohltat.

Während sie auf den Lift warteten, sah Captain Britton ihn mit einem merkwürdig abschätzenden Blick an. Plötzlich begriff er, dass sie mehr im Sinn gehabt haben musste als diese harmlose Führung durch ihr Schiff.

»Mr. Glinn hat vorhin eine recht geschickte kleine Ansprache gehalten«, sagte sie. »Wissen Sie, eine Schiffs-Crew kann sehr abergläubisch sein. Sie können sich gar nicht vorstellen, wie schnell aus Gerüchten und Spekulationen unter Deck Fakten werden. Ich denke, Glinn hat mit seinen Erläuterungen allen Gerüchten und Vermutungen für eine Weile einen Riegel vorgeschoben.«

Nach einer längeren Pause fuhr sie fort: »Ich nehme an, er weiß viel mehr, als er gesagt hat. Trotzdem bin ich über-

zeugt … nein, sagen wir lieber: Ich glaube, dass er vielleicht weniger weiß, als er sich anmerken lässt.« Ihr Blick schien McFarlane festzunageln. »Habe ich Recht?«
McFarlane zögerte. Er hatte keine Ahnung, was Lloyd oder Glinn ihr gesagt – oder, was wichtiger war: verschwiegen hatten. Seiner Meinung nach war es für das Wohl und Wehe dieses Schiffs besser, wenn sie möglichst viel wusste. Er empfand eine Art Seelenverwandtschaft mit ihr. Sie hatten beide schwere Fehler begangen und waren beide im Motodrom des Lebens mehr herumgewirbelt worden als so manch anderer. Seine innere Stimme sagte ihm, dass er Sally Britton vertrauen konnte. »Sie haben Recht. Die Wahrheit ist, dass wir so gut wie nichts über den Meteoriten wissen. Zum Beispiel, wie ein derart riesiger Gesteinsbrocken den Aufschlag überstehen konnte, ohne zu zerbersten. Und warum er nicht längst vom Rost zerfressen wurde. Die wenigen Daten, die wir über seine elektromagnetischen Kräfte und sein Gravitationsfeld haben, scheinen widersprüchlich zu sein. Sie können einfach nicht stimmen, das ist physikalisch unmöglich.«
»Ich verstehe.« Britton sah ihm in die Augen. »Ist er gefährlich?«
»Es gibt keinen Grund, das anzunehmen.« Nach kurzem Zögern fügte er hinzu: »Allerdings auch keinen, es auszuschließen.«
Langes Schweigen.
»Was ich meine, ist: Stellt er ein Risiko für mein Schiff oder meine Crew dar?«
McFarlane nagte an der Unterlippe. »Ein Risiko? Er ist verteufelt schwer. Es wird sehr schwierig sein, ihn auszugraben und wegzuschaffen. Aber sobald wir ihn erst mal im Lastenschlitten haben, dürfte er meiner Meinung nach ungefährlicher sein als eine Ladung leicht entflammbaren Öls.« Er sah sie an. »Und da ist noch etwas. Glinn gehört, glaube ich, zu den Leuten, die nichts dem Zufall überlassen.«
Britton ließ sich das einen Augenblick durch den Kopf gehen,

dann nickte sie. »So schätze ich ihn auch ein. Zu vorsichtig, um sich einen Fehler zu erlauben.« Sie drückte den Rufknopf des Lifts. »Es ist ein beruhigendes Gefühl, solche Leute an Bord zu haben. Denn sollte ich noch einmal ein Schiff auf ein Riff setzen, dann gehe ich mit ihm unter.«

Rolvaag

3. Juli, 14.15 Uhr

Weit im Westen war gerade noch die brasilianische Küste mit der Mündung des Amazonas auszumachen, die *Rolvaag* schickte sich an, den Äquator zu überqueren. Und so nahm nun am Bug des Schiffes ein althergebrachtes Zeremoniell seinen Lauf, das seit Jahrhunderten zur christlichen Seefahrt gehörte wie Skorbut und der Klabautermann.

Etliche Decks tiefer und fast dreihundert Meter achtern war Dr. Patrick Brambell dabei, seinen letzten Bücherkarton auszupacken. Die Äquatorüberquerung war für ihn ein alter Hut; er hatte sie als Schiffsarzt jedes Jahr mindestens einmal erlebt, und die Bräuche, denen dabei gefrönt wurde, waren ihm ohnehin zutiefst zuwider. Das vulgäre Gelächter, wenn die alten Fahrensleute den Neulingen »Neptuns-Tee« einflößten – einen Aufguss aus gekochten Socken und Schutzhandschuhen, an denen noch der Fischschleim klebte – einfach ekelhaft. Nein, da widmete er sich lieber seinen geliebten Büchern.

Mit dem Auspacken seiner umfangreichen Bibliothek war er beschäftigt, seit die *Rolvaag* in Elizabeth abgelegt hatte. Bücher auszupacken machte ihm fast so viel Vergnügen, wie sie zu lesen, und er nahm sich für beides viel Zeit. Er schlitzte mit dem Skalpell das Klebeband auf, klappte den Deckel hoch und nahm liebevoll das oberste Buch heraus – Burtons »Anatomie der Melancholie«. Seine Finger liebkosten den feinen Halbledereinband, bevor er das Buch in das letzte freie Regal in seiner Kabine stellte. Dann war das »Orlando Furioso« an der Reihe, danach Huysmans »Gegen den Sturm«, Coleridges »Vorlesungen über Shakespeare«, Dr. Johnsons Essays im »Rambler« und Newmans »Apologia pro Vita Sua«. Medizinische Bücher enthielt seine Reisebibliothek nicht; das Dut-

zend Bände, die man mit einigem Wohlwollen als Fachliteratur bezeichnen konnte, stand längst in der Suite, die er als Praxis benutzte. Denn Brambell war in erster Linie Büchernarr und erst in zweiter Arzt.
Schließlich war der Karton leer, Brambell seufzte zufrieden. Als er sein Werk betrachtete, hörte er Schritte auf dem Flur. Er lauschte mit angehaltenem Atem und hoffte, dass sie nichts mit ihm zu tun hätten. Umsonst, jemand klopfte kurz und energisch an die Tür des Wartezimmers.
Er seufzte abermals, diesmal allerdings absolut nicht zufrieden, sah sich rasch in der Kabine um und entdeckte die chirurgische Gesichtsmaske, die sich schon oft als probates Mittel erwiesen hatte, wenn es darum ging, Leichtkranken und Simulanten Beine zu machen.
Er zog die Maske über, schlüpfte leise aus der Kabine und ging auf Zehenspitzen den Flur hinunter, bis zum Wartezimmer. Dort wartete Glinn auf ihn, mit zwei dicken Aktenordnern unter dem Arm.
»Ach, Sie sind wohl gerade mitten in einer Behandlung?«
»Nein«, nuschelte Brambell unter der Maske, »Sie sind der Erste, der sich bei mir sehen lässt.«
Glinn schielte auf die Gesichtsmaske, dann nickte er. »Schön, dann haben Sie also einen Moment Zeit?«
»Sicher.« Brambell führte Glinn ins Behandlungszimmer. Der Mann war ihm ein lebendes Rätsel – kultiviert, ohne sich kultureller Kurzweil hinzugeben, und redegewandt, ohne seine Eloquenz zur Schau zu stellen. Und dann diese verschleierten grauen Augen und das ständige Bemühen, die Schwachstellen anderer Menschen aufzudecken und die eigenen zu verbergen …
Er drückte die Tür hinter sich zu. »Bitte nehmen Sie Platz, Mr. Glinn.« Und mit einem kurzen Wink auf die Ordner: »Ich vermute, das sind die Krankengeschichten? Kommen spät, aber glücklicherweise habe ich sie ja bis jetzt nicht gebraucht.«

Glinn machte es sich auf einem Stuhl bequem. »Ich habe ein paar Mappen aussortiert, die möglicherweise Ihrer besonderen Aufmerksamkeit bedürfen. Ansonsten handelt es sich um Routinefälle.«

»Ich verstehe.«

»Fangen wir mit der Crew an. Victor Howell hat einen Kryptorchismus des Skrotums.«

»Merkwürdig, dass das nie korrigiert wurde.«

Glinn sah auf. »Vermutlich hat ihm die Vorstellung nicht behagt, dass jemand da unten am Hoden das Messer ansetzt.«

Brambell nickte gleichgültig.

Glinn blätterte den Ordner durch. »Ein paar Fälle von Diabetes, ein chronischer Bandscheibenvorfall – ja, und einer hat die Addinsonsche Krankheit.«

»Hört sich nach einer recht gesunden Crew an.« Brambell hoffte, dass der leidige Aktenkram damit abgehakt war. Aber nein, Glinn schlug den zweiten Ordner auf.

»So, und hier haben wir die psychologischen Profile.« Er reichte Brambell eine Liste.

Brambell überflog die Namen. »Was ist mit den Mitarbeitern der EES?«

»Bei unseren Leuten gehen wir nach einem etwas anderen System vor. Die Krankenblätter werden Ihnen im Bedarfsfall zur Verfügung gestellt. Und nur dann.«

Brambell schluckte das stumm, er wusste, dass eine Diskussion mit Glinn sinnlos war.

Glinn entnahm dem Ordner zwei Mappen, legte sie Brambell auf den Schreibtisch und lehnte sich zurück. »Es gibt nur eine einzige Ausnahme. Bei einem Mann, um den ich mir Sorgen mache. Ernsthafte Sorgen.«

»Und wer könnte das sein?«

»McFarlane.«

Brambell zog die Gesichtsmaske herunter. »Unser berühmter Meteoritenjäger?«, fragte er erstaunt. Andererseits, wenn er's genau bedachte: Der Mann hatte tatsächlich etwas, das nach Ärger roch.

»Ich werde Ihnen regelmäßig Berichte über ihn zustellen«, sagte Glinn.

Brambell hob die Augenbrauen.

»McFarlane ist eine der Schlüsselpersonen bei diesem Unternehmen«, fuhr Glinn fort. »Und er gehört nicht zu denen, die ich ausgewählt habe. Er hat, gelinde gesagt, einen dubiosen beruflichen Werdegang. Daher bitte ich Sie, die erwähnten Berichte aus fachlicher Sicht zu beurteilen.«

Brambell starrte widerwillig auf die Ordner. »Wer ist Ihr Maulwurf?«, fragte er in der Hoffnung, dass Glinn gekränkt reagieren würde.

»Das möchte ich lieber vertraulich behandeln.«

Brambell zog die beiden Ordner näher zu sich heran, blätterte sie durch und las halblaut: »Skeptisch, was die Expedition und ihre Erfolgsaussichten angeht. Motivation unklar. Sehr kritisch gegenüber dem wissenschaftlichen Establishment. Nicht glücklich mit seinen Management-Aufgaben. Neigt zu Einzelgängertum.« Er legte die Ordner beiseite. »Ich kann da nichts Ungewöhnliches erkennen.«

Glinn deutete mit dem Kopf auf den zweiten, dickeren Ordner. »Darin steht alles, was zu McFarlanes persönlichem Background gehört. Der Ordner enthält unter anderem auch den Bericht über einen einige Jahre zurückliegenden unerfreulichen Vorfall auf Grönland.«

Brambell seufzte. Er steckte die Nase nicht gern in anderer Leute Probleme, doch genau darum hatte Glinn ihn vermutlich als Schiffsarzt eingestellt. »Ich sehe mir das später an.«

»Sehen wir's uns lieber jetzt an.«

»Vielleicht könnten Sie das Wichtigste kurz für mich zusammenfassen?«

»Sehr gern.«

Die Rolle des Zuhörers gefiel Brambell schon besser, er lehnte sich zurück und faltete die Hände vor dem Bauch.

»Vor Jahren hatte McFarlane einen Partner namens Masangkay. Sie haben sich zum ersten Mal zusammengetan, um Atakamit aus Chile zu schmuggeln. Weswegen sie übrigens dort auf der Fahndungsliste stehen. Später ist es ihnen dann gelungen, weitere kleine, aber bedeutende Meteoriten aufzuspüren. Es war eine gute, erfolgreiche Zusammenarbeit. McFarlane hatte bei seiner letzten Tätigkeit in einem Museum Ärger mit der Leitung bekommen und arbeitete seitdem auf eigene Faust. Er hat einen ausgesprochenen Riecher dafür, wo Meteoriten liegen können. Nur: Freiberufliche Meteoritenjäger brauchen jemanden, der ihnen den nötigen finanziellen Rückhalt verschafft. Masangkay hatte im Gegensatz zu McFarlane einen guten Draht zu Museen, er konnte sich auf eine lange, erfolgreiche Zusammenarbeit mit ihnen stützen. Dann heiratete McFarlane Masangkays Schwester, das Verhältnis zu Masangkay, seinem Schwager, wurde noch enger. Bis sich die Beziehung im Lauf der Jahre abkühlte. Mag sein, dass McFarlane Masangkay um sein Ansehen in Museumskreisen beneidete oder Masangkay McFarlane um dessen angeborene Spürnase bei der praktischen Arbeit. Wie auch immer, hauptsächlich störte Masangkay wohl die Lieblingstheorie seines Partners.«

»Und was war das für eine Theorie?«

»McFarlane glaubte fest daran, dass man eines Tages einen *interstellaren* Meteoriten finden würde – also einen, der aus einem anderen Sonnensystem stammt und den Weg durch die unendliche Leere des Weltalls zur Erde genommen hat. Alle wollten ihm das ausreden, weil es mathematisch unmöglich sei und alle bislang gefundenen Meteoriten aus unserem Sonnensystem stammten. Doch McFarlane war von seiner Idee besessen. Das trug ihm den Ruf ein, ein Querkopf zu sein, und das wiederum gefiel dem konservativen Masangkay überhaupt nicht …

Etwa drei Jahre bevor es zum Zerwürfnis zwischen den beiden kam, war ein größerer Meteorit in der Nähe von Tornassuk auf

Grönland eingeschlagen. Der Orbit war durch Satelliten verfolgt und in der letzten Phase sogar von einem Videoamateur festgehalten worden, so dass der vermutliche Aufschlagort mit Hilfe seismografischer Messungen relativ genau trianguliert werden konnte. Das Naturgeschichtliche Museum in New York, das eng mit der dänischen Regierung zusammenarbeitete, beauftragte Masangkay, nach dem Meteoriten zu suchen, und Masangkay zog seinerseits McFarlane hinzu …
Sie haben den Tornassuk gefunden, aber die Suche gestaltete sich zeit- und kostenaufwändiger als erwartet. Das New Yorker Museum zog die Verhandlungen über eine Nachfinanzierung hinaus. Erschwerend kamen immer hitzigere Dispute zwischen den beiden Meteoritenjägern hinzu. McFarlane extrapolierte aus den Satellitendaten die Umlaufbahn des Meteoriten und kam zu der Überzeugung, sie sei hyperbolisch gewesen, was bedeutet hätte, dass er von irgendwoher jenseits unseres Sonnensystems gekommen sein musste. Er hielt den Tornassuk für genau den interstellaren Meteoriten, nach dem er sein Leben lang gesucht hatte. Masangkay wollte davon nichts hören; er zerbrach sich Tag und Nacht den Kopf wegen der Finanzierung des Projekts. Sie warteten und warteten, und als sich absolut nichts tat und kein Geld kam, brach Masangkay auf, um Vorräte einzukaufen und Kontakt mit den dänischen Behörden aufzunehmen. McFarlane blieb allein zurück – dummerweise mit dem Funktelefon.
Den Rest kann ich mir nur so erklären: Bei McFarlane muss es, als er eine Woche einsam und allein auf Grönland herumsaß, wohl zu einer Art psychologischem Kurzschluss gekommen sein. Er verrannte sich in den Gedanken, dass das New Yorker Museum das Budget nicht aufstocken würde und ihnen am Schluss jemand den Meteoriten vor der Nase wegschnappen und, in kleine Stücke zerteilt, auf dem Schwarzmarkt verkaufen könnte. So griff er schließlich zum Funktelefon und setzte sich mit einem reichen japanischen Sammler in Verbindung. Mit anderen Worten: Er legte seinen Partner

herein. Als Masangkay zurückkam – mit den Vorräten und, wie der Zufall so spielt, einer zusätzlichen Geldspritze aus New York –, waren die Japaner bereits da gewesen. Sie hatten es ziemlich eilig gehabt, den Tornassuk auszugraben und wegzuschaffen. Masangkay fühlte sich betrogen, und die gesamte wissenschaftliche Welt war wütend auf McFarlane; sie hat ihm bis heute nicht verziehen.«

Brambell nickte schläfrig. Eine gute Vorlage für einen Abenteuerroman. Jack London hätte was daraus machen können. Oder noch besser Joseph Conrad.

»Deshalb mache ich mir Sorgen wegen McFarlane«, riss ihn Glinn aus seinen Gedanken. »Wir dürfen nicht riskieren, dass uns etwas Ähnliches passiert. Wer den eigenen Schwager betrügt, wird keine allzu großen Skrupel haben, auch Lloyd und die EES zu betrügen.«

Brambell gähnte. »Warum sollte er? Lloyd hat tiefe Taschen und schreibt bereitwillig großzügige Schecks aus.«

»Zugegeben, es geht McFarlane auch um Geld, allerdings nicht nur. Der Meteorit, den wir ausgraben wollen, hat ziemlich ungewöhnliche Proportionen. Wenn McFarlane in ihm, ähnlich wie bei dem Tornassuk, eine Bestätigung für seine fixte Idee sieht ...« Er zögerte. »Stellen Sie sich vor, wir wären gezwungen, von der Abwurfklappe Gebrauch zu machen – was wir natürlich nur in einer extremen Notlage tun würden, in der jede Sekunde zählt. Und da möchte ich nicht erleben, dass jemand versucht, den Notabwurf zu verhindern.«

»Ja, nur – was habe ich denn damit zu tun?«, fragte Brambell.

»Sie haben eine Zeit lang als Psychiater gearbeitet. Darum möchte ich, dass Sie die einzelnen Berichte über McFarlane kritisch beurteilen. Wenn Ihnen etwas auffällt, das Anlass zur Sorge geben könnte – insbesondere Anzeichen für einen abermaligen psychischen Kurzschluss –, lassen Sie mich's bitte wissen.«

Brambell starrte auf die beiden Mappen. Er fragte sich, wo

Glinn seine Informationen herhaben mochte. Vermutlich waren sie für viel Geld gekauft. Was sie aus allgemeinmedizinischer oder gar psychiatrischer Sicht als nicht sehr fundiert erscheinen ließen. Schließlich legte er die Ordner endgültig weg und sah Glinn an. »Ich werde das durchlesen und ihn im Auge behalten. Obwohl ich nicht sicher bin, ob ich bezüglich der Motivation seines Handelns zum selben Schluss komme wie Sie.«

Glinn stand auf, um zu gehen.

»Dieser Tornassuk …«, fiel Brambell ein, »war das ein interstellarer Meteorit?«

»Ach wo. Es war ein ganz gewöhnlicher Stein aus dem Asteroidengürtel. McFarlane lag mit seiner Theorie falsch.«

»Und diese Frau?«

»Welche Frau?«

»McFarlanes Frau, Masangkays Schwester.«

»Sie hat ihn verlassen. Ist zurück auf die Philippinen gegangen und hat wieder geheiratet«, sagte Glinn, drehte sich um und war im nächsten Augenblick gegangen.

Während Brambell seinen Schritten nachlauschte, bis sie draußen auf dem Flur verhallten, fiel ihm ein Satz von Conrad ein. Er sagte ihn laut vor sich hin: »Kein Mensch vermag die verschlungenen Irrwege zu verstehen, die er geht, um dem düsteren Schatten der Selbsterkenntnis zu entrinnen.«

Rolvaag

11. Juli, 7.55 Uhr

McFarlane sah sich neugierig um, er war zum ersten Mal auf dem Brückendeck. Die Brücke, zweifellos der aufregendste Ort auf der *Rolvaag*, nahm die ganze Breite des Schiffs ein. Drei Seiten wurden von breiten, leicht nach außen geneigten, bis zum Dach reichenden Fenstern beherrscht, jedes mit einem eigenen elektrischen Scheibenwischer – oder wie immer das auf einem Schiff heißen mochte. Auf beiden Seiten führten Türen zu den Brückennocks. Zwei weitere Türen gingen nach hinten ab, an der einen stand in Bronzelettern KARTENRAUM, an der anderen FUNKRAUM. Ringsum erstreckte sich, im Büchsenlicht mehr zu ahnen als auszumachen, der vom Sturm aufgewühlte Ozean.

Im Zentrum der Brücke, am Kommandostand, sah er Captain Britton – fast nur ein Schatten im nahezu dunklen Brückenaufbau. Sie sprach etwas in eines der in der Konsole verankerten Bordtelefone, durch die sie direkt mit den wichtigsten Stationen des Schiffs verbunden war, dann gab sie dem Rudergänger leise irgendwelche Anweisungen. Auch er war im Dunkel nicht mehr als eine Schattengestalt, noch dazu eine gespenstisch anmutende, weil das Licht des Radarschirms ihm einen kalten grünen Schimmer aufs Gesicht malte.

Gerade als McFarlane sich zu ihnen gesellte, brach das schwarze Gewölk auf, über den Horizont kroch grau die Ahnung der nahen Morgendämmerung. Draußen stakte ein Matrose in wiegendem Seemannsgang über das Vordeck. Über der weichen Gischt, die der Bug aufwühlte, kreiste mit gierigen Schreien ein Schwarm hungriger Seevögel.

Wie krass doch der Gegensatz zu den glühend heißen Tropen war, die – es war noch nicht ganz eine Woche her – hinter ihnen lagen. McFarlane erinnerte sich an den lähmenden Erschöpfungszustand, von dem alle an Bord befallen schienen, nachdem das *Ice Ship* bei schwüler Hitze und in heftigem Regen den Äquator überquert hatte. Ihm selbst war es genauso gegangen, er hatte gähnend versucht, sich die Zeit mit Shuffleboard an Deck zu vertreiben, um sich dann doch bald wieder in seiner Kabine zu verkriechen und die cremefarbenen Wände anzustarren. Aber je weiter sie nach Süden kamen, desto frischer wurde die Luft, die Wellen gingen höher und schwerer, und das verwaschene Perlmutt des Himmels machte einem klaren, mit Wolken durchsetzten Azurblau Platz. Sofort fühlten sich alle wohler und fieberten geradezu vor Tatendrang.

Die Brückentür wurde geöffnet, zwei Gestalten schoben sich herein: der Dritte Offizier, der die Morgenwache antreten wollte, und Eli Glinn, der stumm neben McFarlane trat.

»Worum geht's eigentlich?«, fragte McFarlane leise.

Im selben Augenblick hörten sie hinter sich etwas klappen und sahen, als sie sich umwandten, Victor Howell aus dem Funkraum kommen.

Der Offizier, der Captain Britton bei der Brückenwache ablösen sollte, flüsterte ihr etwas zu. Sie drehte sich um und bedeutete Glinn durch einen kurzen Blick, dass ihr seine Anwesenheit gemeldet worden war, trug dem Offizier auf, das Ruder Steuerbord voraus zu halten, und blickte zum Horizont, der sich messerscharf gegen die düsteren Wolken abzeichnete.

Je mehr der Himmel sich aufhellte, desto deutlicher war an den Wellenbergen und -tälern zu erkennen, dass sie durch schwere See fuhren. Durch den dichten Vorhang aus dunklen Wolken brach ein Lichtstrahl – der erste Vorbote des neuen Tages. Britton überließ dem Dritten Offizier das Ruder und starrte, die Hände auf dem Rücken verschränkt, durch die breiten Brückenfenster nach vorn. McFarlane versuchte blinzelnd, ihrem Blick zu folgen, und da sah er es ebenfalls: schneebedeckte Berggipfel und helle, im ersten Morgenlicht funkelnde Gletscher.

Captain Britton wandte sich zu ihnen um. »Land in Sicht«,

sagte sie nüchtern, »die Berge der Tierra del Fuego, Feuerland. In wenigen Stunden werden wir durch die Straße von Le Maire in den Pazifischen Ozean einfahren.« Sie reichte McFarlane ein Fernglas.
Er stellte die Schärfe nach, schlagartig rückte die Bergkette näher – rau und abweisend, wie der Festungswall eines vergessenen Kontinents.
Glinn verständigte sich durch einen Blick mit Howell. Der nickte, schickte erst den Techniker, der gerade an einem Gerät herumwerkelte, aufs Backbord-Brückennock und wandte sich dann an den Dritten Offizier. »Machen Sie eine Viertelstunde Kaffeepause, ich übernehme so lange.«
Der junge Offizier sah Captain Britton fragend an. Dass er so kurz nach der Wachablösung schon Pause machen sollte, irritierte ihn. »Soll ich das ins Logbuch eintragen, Ma'am?«, wollte er wissen.
Britton schüttelte den Kopf. »Nicht nötig. Aber sehen Sie zu, dass Sie in einer Viertelstunde wieder hier sind.«
Als der junge Offizier gegangen war, wandte sie sich an Howell. »Steht die Leitung nach New York?«
Howell nickte. »Wir haben Mr. Lloyd auf Stand-by.«
»Sehr gut, stellen Sie ihn durch.«
McFarlane unterdrückte ein ärgerliches Schnaufen. Einmal am Tag müsste doch wirklich reichen, dachte er. Es fiel ihm schwer genug, sich an die täglichen Videokonferenzen zu gewöhnen, bei denen Lloyd das große Wort führte und haargenau über alles unterrichtet werden wollte, was sich an Bord tat oder nicht tat. Er konnte nur bewundern, mit welch stoischer Langmut Glinn das ertrug.
Ein kurzes Knacken in dem über dem Schott in die Wand eingelassenen Lautsprecher, dann war Lloyd dran. »Sam? Hören Sie mich, Sam?«
»Hier ist Captain Britton, Mr. Lloyd.« Sie gab den anderen einen Wink, näher an das Mikrofon am Kommandostand heranzutreten. »Gerade ist die chilenische Küste in Sicht

gekommen. Wir sind noch eine Tagesreise von Puerto Williams entfernt.«

»Großartig!«, dröhnte Lloyd begeistert.

Glinn beugte sich über das Mikrofon. »Mr. Lloyd? Eli Glinn. Wir erledigen morgen die Zollformalitäten. Dr. McFarlane, Captain Britton und ich lassen uns mit einem Boot nach Puerto Williams übersetzen, damit wir den Chilenen die Schiffspapiere vorlegen können.«

»Ist das nötig?«, fragte Lloyd. »Warum müssen Sie zu dritt dort aufkreuzen?«

»Lassen Sie mich kurz die Situation erklären. Das erste Problem könnte sich dadurch ergeben, dass die Leute vom Zoll möglicherweise an Bord der *Rolvaag* kommen wollen.«

»Mein Gott!«, rief Lloyd entsetzt. »Da fliegt der Schwindel mit dem alten Seelenverkäufer doch sofort auf!«

»Könnte sein. Darum wollen wir versuchen, diesen Besuch zu verhindern. Wie ich die Chilenen einschätze, legen sie Wert darauf, die Leute kennen zu lernen, die an Bord etwas zu sagen haben. Schicken wir ihnen die zweite oder dritte Garnitur, kommen sie also mit Sicherheit an Bord.«

»Wie ist das mit mir?«, fragte McFarlane. »Ich gelte in Chile als *persona non grata*, wie Sie sehr wohl wissen. Ich denke, es ist besser, wenn ich mich möglichst bedeckt halte.«

»Tut mir Leid«, erwiderte Glinn, »aber Sie sind die Trumpfkarte, die wir in der Hinterhand haben.«

»Wieso das?«

»Sie sind als Einziger schon mal in Chile gewesen und haben Erfahrung mit kritischen Situationen. Und darauf könnten wir angewiesen sein, falls die Dinge – was ich für sehr unwahrscheinlich halte – eine unvorhergesehene Wende nehmen.«

»Na wunderbar. Ich glaube nicht, dass ich für so ein Risiko gut genug bezahlt werde.«

»O doch, das werden Sie wohl«, warf Lloyd gereizt ein. »Aber, Eli, was ist, wenn die Kerle trotzdem an Bord kommen wollen?«

»Für diesen Fall haben wir einen speziellen Empfangssalon vorbereitet.«

»*Salon*, sagen Sie? Das fehlt gerade noch, dass die sich bei uns häuslich einrichten.«

»Dazu dürften sie wenig Lust haben. Sobald sie an Bord sind, werden sie zum vorderen Kontrollraum für die Tankwaschung eskortiert. Den haben wir mit einem kleinen Kunststofftisch und ein paar Stühlen ausstaffiert, die Heizung ist abgestellt. Übrigens wird es ihnen schon auf dem Weg dorthin im wahrsten Sinne des Wortes stinken: Wir haben nämlich einen Teil des Decks mit einer chemischen Reinigungsflüssigkeit behandelt, die ein wenig nach Exkrementen und Erbrochenem riecht.«

Lloyd lachte. »Geb's Gott, Eli, dass Sie nie wieder militärische Einsätze planen. Aber was ist, wenn sie darauf bestehen, sich die Brücke anzusehen?«

»Für den Fall haben wir auch eine Strategie entwickelt. Verlassen Sie sich drauf, Palmer, wir kriegen das so hin, dass das Thema Zoll nach unserem Besuch in Puerto Williams abgehakt ist. Die Burschen werden nicht den Wunsch haben, an Bord zu kommen, geschweige denn auf die Brücke. Ehe ich's vergesse: Dr. McFarlane, Sie sprechen ab sofort kein Spanisch mehr, so dass Sie das Reden wohl oder übel Captain Britton und mir überlassen müssen.«

Einen Augenblick lang herrschte auf dem Funkkanal Stille, dann sagte Lloyd: »Sie haben vorhin von unserem *ersten* Problem gesprochen. Gibt's noch ein anderes?«

»Ja. Noch eine Kleinigkeit, um die wir uns kümmern müssen, solange wir in Puerto Williams sind.«

»Darf ich erfahren, worum es geht?«

»Ich beabsichtige, die Dienste eines gewissen John Puppup in Anspruch zu nehmen. Wir werden uns bemühen, ihn aufzuspüren und an Bord zu holen.«

Lloyd stöhnte gequält. »Es scheint Ihnen Spaß zu machen, eine Überraschung nach der anderen aus dem Hut zu zau-

bern, Eli. Wer ist dieser Puppup, und wieso brauchen wir ihn?«
»Er ist halb Yaghan und halb Engländer.«
»Und was, zum Teufel, ist ein Yaghan?«
»Die Yaghan-Indianer waren die Ureinwohner der Kap-Hoorn-Inseln. Sie wurden ausgerottet, nur ein paar Mestizen sind übrig geblieben. Puppup ist einer der letzten lebenden Zeugen für die Ausrottung seines Volkes. Schon ziemlich alt, um die siebzig. Er kennt sich mit ein paar Dingen aus, die zum überlieferten Wissen der Ureinwohner gehören.«
Wieder eine kleine Pause, dann meinte Lloyd. »Das hört sich nach ungelegten Eiern an, Eli. Sie sagten, Sie *beabsichtigen*, ihn zu engagieren. Weiß er das schon?«
»Noch nicht.«
»Und wenn er Nein sagt?«
»Er wird keine Möglichkeit haben, Nein zu sagen. Haben Sie noch nie von der alten Marinetradition der Zwangsrekrutierung gehört?«
»Sie wollen also der langen Latte an Gesetzwidrigkeiten auch noch einen Fall von Kidnapping hinzufügen?«, fragte Lloyd verstört.
»Sie haben von Anfang an gewusst, dass das ein Spiel mit hohem Einsatz wird«, erwiderte Glinn ungerührt. »Puppup wird als reicher Mann heimkehren und uns keinen Ärger machen. Das einzige Problem besteht darin, ihn aufzufinden und an Bord zu bringen.«
»Haben Sie noch mehr Überraschungen auf Lager?«
»Nur eine Information. Dr. MacFarlane und ich werden bei der chilenischen Zollbehörde gefälschte Pässe vorlegen. Das ist der sicherste Weg für uns, obwohl es, wie ich zugebe, einen gewissen Verstoß gegen das chilenische Gesetz bedeutet.«
»Augenblick mal«, warf McFarlane ein, »die Aus- oder Einreise mit gefälschten Papieren stellt auch einen Verstoß gegen das amerikanische Gesetz dar.«
»Das wird nie bekannt. Ich habe dafür gesorgt, dass unsere

Personaldaten auf dem Weg von Puerto Williams nach Punta Arenas verloren gehen. Nach Erledigung der Zollformalitäten verwenden wir wieder unsere echten Pässe, in denen natürlich die Visa eingetragen und die Ein- und Ausreisestempel enthalten sind. Zumindest wird es so aussehen.«
Er schaute die anderen der Reihe nach an, als wolle er nach Einwänden fragen. Der Erste Offizier stand am Ruder und sah starr geradeaus, die anderen schienen keine Einwände zu haben.
»Also gut«, ließ sich Lloyd vernehmen. »Aber ich muss schon sagen, dass mich Ihre Vorgehensweise recht nervös macht, Eli. Ich wünsche sofort nach Ihrer Rückkehr von der Zollstation einen aktuellen Lagebericht.«
Der Lautsprecher verstummte abrupt. Britton gab Victor Howell einen Wink, worauf der in den Funkraum verschwand.
»Alle, die mit nach Puerto Williams übersetzen, müssen perfekt ihrer Rolle entsprechen«, sagte Glinn. »Dr. McFarlane kann im jetzigen Outfit bleiben ...« – der Blick, mit dem er den Meteoritenjäger musterte, fiel eher abfällig aus – »... aber Captain Britton sollte etwas – sagen wir: etwas lockerer wirken. Mit ›etwas‹ meine ich: erheblich lockerer.«
»Sie haben von gefälschten Pässen gesprochen«, fiel McFarlane ein. »Ich nehme an, dann werden wir auch falsche Namen verwenden?«
»Richtig. Sie sind Dr. Sam Widmannstätten.«
»Ach, wie reizend.«
»Und Sie?«, wollte Britton wissen.
Und da erlebte McFarlane zum ersten Mal, dass Glinn lachte. Jedenfalls konnte er sich die rachitisch keckernden, ein wenig an Raucherhusten erinnernden Laute, die aus seiner Kehle drangen, nicht anders erklären.
»Ihr dürft mich Ishmael nennen«, kicherte Glinn.

Chile

12. Juli, 9.30 Uhr

Die *Rolvaag* hatte in dem breiten, in den Seekarten als Straße von Goree verzeichneten Kanal zwischen drei aus dem Pazifik aufragenden Inseln Anker geworfen. Kaltes Sonnenlicht verlieh allen Konturen eine unwirkliche Schärfe. McFarlane stand an der Reling des Bootes, mit dem sie übersetzen wollten: ein verlotterter Kahn, der fast noch mehr Rost angesetzt hatte als das Mutterschiff. Als sie abstießen, wurde ihm zum ersten Mal klar, wie riesig der Tanker tatsächlich war. Amira stand – winzig klein – winkend am Heck und rief ihm zu: »Hey, Boss! Geben Sie Acht, dass Sie sich keinen Tripper einfangen!«

Das Boot drehte in der Gischt ab und nahm Kurs auf die Isla Navarino. Es war ein trostloser Flecken, der südlichste von Menschen besiedelte Zipfel der Erde. Die Ostküste von Navarino hatte keine Ähnlichkeit mit dem majestätischen Bergpanorama, an dem sie gestern vorbeigekommen waren. Gleich hinter dem breiten, von Brechern überspülten Strand schien sich eine gefrorene, schneebedeckte Sumpflandschaft bis zum Horizont zu erstrecken. Puerto Williams lag geschützt rund dreißig Kilometer den Beagle-Kanal hinauf. McFarlane fröstelte, er zog sich den Parka enger um die Schultern. Was ihn nervös machte, war nicht der Gedanke an die von Gott und der Welt verlassene Isla Desolación, sondern, dass sie bald in einen chilenischen Hafen einlaufen sollten. Rund fünfzehnhundert Kilometer nördlich von hier gab es eine Menge Leute, die sich mit Sicherheit noch an sein Gesicht erinnern konnten, und wenn sich das Schicksal gegen ihn verschworen hatte, konnte es leicht einen von ihnen hierher verschlagen haben.

Plötzlich spürte er, dass er nicht allein war. Glinn stand neben ihm an der Reling, in einer mit Öl und Schmierfett besudelten karierten Jacke, unter der er mehrere schmuddelige Wollhemden übereinander trug; als Krönung des Ganzen hatte er sich eine orangefarbene Strickmütze über die Ohren gezogen. Auf den gewöhnlich glatt rasierten Wangen sprossen heute borstige Stoppel. Zwischen seinen Lippen steckte eine krumme, offenbar handgedrehte Zigarette, die er allem Anschein nach mit Genuss rauchte.

»Ich glaube nicht, dass wir uns kennen«, sagte McFarlane sarkastisch.

»Oh, dann darf ich mich vorstellen: Ich bin Eli Ishmael, Chefingenieur der Abbaugesellschaft.«

McFarlane musterte ihn kopfschüttelnd. »Diese Maskerade macht Ihnen wohl auch noch Spaß.«

Glinn nahm die zerknautschte Zigarette aus dem Mund, betrachtete sie einen Moment lang und warf sie dann ins eisige Meer. »Ein bisschen Spaß muss nicht zwangsweise inkompatibel mit Erfolgsorientierung sein.«

McFarlane musterte ihn von oben bis unten. »Wo haben Sie die Klamotten eigentlich her? Sie sehen aus wie ein Kohlentrimmer auf Landgang.«

»Ich habe mir, als wir im Trockendock lagen, einige Kostümberater aus Hollywood kommen lassen. Jetzt könnten wir ein paar Spinde mit dem Krempel füllen und sind für alle Eventualitäten gerüstet.«

»Bleibt zu hoffen, dass wir keinen Gebrauch davon machen müssen«, meinte McFarlane. »Und wie lautet nun die genaue Marschorder?«

»Das ist ganz einfach. Wir stellen uns den Leuten vom Zoll vor, zeigen ihnen unsere Schürfkonzession, hinterlegen die übliche Kaution und machen uns auf die Suche nach John Puppup. Am besten sagen Sie gar nichts, aber falls jemand Englisch spricht und Sie etwas gefragt werden, erklären Sie, dass wir eine Gruppe Fachleute sind, die hier nach Eisenerz suchen will. Wenn Sie sich lange genug geziert haben, können Sie zugeben, dass das unser letzter Strohhalm ist, weil unsere Firma kurz vor dem Bankrott steht. Und falls beim Zoll etwas unglücklich läuft, gehorchen Sie einfach Ihrem natürlichen Instinkt.«

McFarlane lachte kurz auf. »Mein natürlicher Instinkt rät mir in solchen Fällen, schleunigst abzuhauen.« Er zögerte einen Moment. »Was ist mit unserem Captain? Glauben Sie, Britton steht das durch?«

»Wie Sie sicher bemerkt haben, ist sie eine Ausnahme unter den Hochseekapitänen.«

Wie aufs Stichwort schwang die Kabinentür auf, Captain Britton trat aufs Deck. Sie trug alte Jeans, eine ausgeleierte Jacke und eine zerknautschte, mit drei goldenen Streifen verzierte Seemannsmütze, um ihren Hals baumelte ein Fernglas. Es war das erste Mal, dass McFarlane sie nicht in ihrer frisch gestärkten Kapitänsuniform sah, und er musste sich im Stillen eingestehen, dass sie einen erfrischenden und zugleich verführerischen Anblick bot.

Glinn schmunzelte. »Darf ich Ihnen ein Kompliment zu Ihrem Aussehen machen?« Noch etwas, das für McFarlane neu war: Er hatte aus Glinns Mund noch nie ein anerkennendes Wort gehört.

Britton lächelte etwas verkniffen. »Dürfen Sie nicht. Es ist mir ein Gräuel, so herumzulaufen.«

Als sie um die Nordspitze von Navarino bogen, tauchten in der Ferne die Umrisse eines Stahlkolosses auf.

»Mein Gott«, staunte McFarlane, »sehen Sie mal – was für ein riesiger Pott! Da müssen wir gehörigen Abstand halten, damit wir in seiner Kielwelle nicht kentern.«

Britton hatte schon das Fernglas vor den Augen. »Nicht nötig«, meinte sie. »Der Pott, wie Sie ihn nennen, macht keine Fahrt.«

Und tatsächlich, der Bug des Schiffes zeigte zwar genau auf ihr Boot, schien aber nicht näher heranzukommen. Die Mastbäume wirkten kahl und windschief. Offensichtlich hatten sie ein mitten im Kanal gestrandetes Geisterschiff vor sich.

Glinn ließ sich von Britton das Fernglas geben. »*Comandante*«, las er vom Bug ab, »ein Frachter. Er muss auf eine Sandbank gelaufen sein.«

»Kaum zu glauben, dass ein Schiff dieser Größe in so ruhigem Gewässer stranden kann«, wunderte sich McFarlane.

»Der Sund liegt nur bei nordwestlichem Wind so ruhig da, heute zum Beispiel«, erklärte ihm Britton. »Wenn der Wind auf West dreht, verwandelt er den Kanal in einen Windtunnel. Möglicherweise hat das Schiff zu allem Übel auch noch einen Maschinenschaden gehabt.«

Sie starrten stumm zu dem Wrack hinüber. Es schien, obwohl die Sicht an diesem Morgen klar war, in eine Dunstglocke gehüllt zu sein. Nichts rührte sich, sogar die Seevögel machten offenbar einen Bogen um den rostigen Schrotthaufen. Irgendwie schlug sich das trostlose Bild allen aufs Gemüt. Der Bootsführer legte Fahrt zu, als wollte er das Wrack so schnell wie möglich passieren.

Schließlich lag es hinter ihnen, sie bogen in den Beagle-Kanal ein. Scharfkantige Felsen ragten drohend und abweisend aus dem Wasser, in den Spalten und Schluchten fanden sich Schneefelder oder Gletscher. Ein scheußlicher, steifer Wind rüttelte das Boot durch.

Glinn deutete nach rechts. »Da drüben liegt argentinisches und links chilenisches Hoheitsgebiet.«

Captain Britton griff nach dem Knauf der Kabinentür. »Ich verkrieche mich lieber nach drinnen.«

Eine Stunde später tauchten aus dem grauen Licht der Hafenbucht die Konturen von Puerto Williams auf: eine Ansammlung ärmlicher Holzhäuser, gelb gestrichen und mit roten Dächern, die sich in eine Senke duckten. Dahinter ragten Berge mit weißen, scharf geschnittenen Gipfeln auf. Im Vordergrund sah man verfallene Piers im Meer. Ein paar hölzerne Schleppkähne und Fischerboote hatten im Hafen festgemacht. Etwas abseits war das Barrio de los Indios auszumachen: aus Brettern zusammengenagelte Hütten mit behelfsmäßigen Blechschloten, über denen sich dünner Rauch kräuselte. Hinter ihnen erstreckte sich die so genannte Marinebasis: eine Reihe von Wellblechgebäuden, das war alles. Nicht weit davon waren an der Pier zwei Tender und ein betagter Zerstörer vertäut.

Binnen weniger Minuten verdunkelte sich der eben noch strahlend helle Morgenhimmel. Als das Boot eine der Holzpiers ansteuerte, stieg ihnen der Geruch von verfaultem Fisch, stinkenden Abwassern und verrottetem Seetang in die Nase. Aus den umliegenden Hütten kamen eilends drei Männer herbei. Gestikulierend, laut rufend und schon mit dem Seil in der Hand versuchten sie, das Boot an eine ganz bestimmte Anlegestelle zu lotsen – allerdings jeder an eine andere. Als es schließlich anlegte, fingen zwei von ihnen lautstark an zu debattieren, wem nun das Trinkgeld zustehe. Glinn schlichtete den Streit, indem er jedem der Männer ein paar Zigaretten zusteckte.

Glinn, Britton und McFarlane stiegen aus dem Boot, kletterten auf die rutschigen Planken und warfen einen Blick auf das gottverlassene Nest, das da vor ihnen lag. Ein paar Schneeflocken verirrten sich auf McFarlanes Parka.

»Wo ist das Zollbüro?«, fragte Glinn einen der Männer auf Spanisch, worauf alle drei wie aus einem Munde antworteten: »Ich bringe Sie hin.«

Die Frauen mischten sich nicht in das Gerangel um den Job als Fremdenführer ein. Sie saßen dicht gedrängt beieinander, jede mit zwei, drei Plastikeimern voller Seeigel, Muscheln und *congrio colorado*, aber auch sie schubsten und drängten sich gegenseitig weg, weil jede die andere ausstechen und den Fremden als Erste einen nicht mehr ganz frischen Schellfisch unter die Nase halten wollte.

»Seeigel«, pries eine Frau mit dem faltigen Gesicht einer

Siebzigjährigen und nur einem einzigen, dafür aber erstaunlich weißen Zahn ihre Ware an. »Ist sehr gut für Mann. Macht ihn hart. *Muy fuerte*.« Sie demonstrierte unter dem zotigen Gelächter der Männer mit hoch gerecktem Unterarm, wie segensreich ihre Seeigel sich angeblich auswirkten.
»Nein, danke, Señora«, wehrte Glinn ab und bahnte sich, immer hinter den drei selbst ernannten Fremdenführern her, einen Weg durch die Marktfrauen.
Sie gingen die Pier hinauf, auf die Marinebasis zu, bis zu einem niedrigen holzverkleideten Haus. Aus dem einzigen Fenster fiel helles Licht, aus dem dünnen Blechrohr auf dem Dach drang der würzige Geruch eines Holzfeuers, neben der Tür hing eine ausgebleichte chilenische Fahne.
Glinn drückte ihren drei Führern Geld in die Hand und stieß die Tür auf. Britton folgte ihm, McFarlane trat als Letzter ein. Er pumpte sich die Lungen mit kalter Luft voll und versuchte, sich mit dem Gedanken zu beruhigen, dass es höchst unwahrscheinlich sei, in dieser abgelegenen Zollstation auf jemanden zu treffen, der sich noch von der Atakama-Geschichte her an sein Gesicht erinnerte.
Der Büroraum entsprach mit dem zerkratzten Tisch, dem schwarzäugigen Beamten dahinter und einem bauchigen Ofen in der Ecke genau dem, was er erwartet hatte. Es war eine Tortur für seine Nerven, freiwillig das Büro einer chilenischen Behörde zu betreten, selbst wenn es am Ende der Welt lag. Er schielte verstohlen auf die verblichenen Fahndungsfotos an der Wand. Bloß keine Panik, redete er sich gut zu.
Der Leiter der Zollstation – in makelloser Uniform, das pomadisierte Haar straff nach hinten gekämmt – ließ eine Reihe von Goldzähnen sehn, als er sie lächelnd mit sanfter, weibisch anmutender Stimme auf Spanisch bat: »Bitte nehmen Sie Platz.« Die demonstrativ guten Manieren, die er zur Schau stellte, wirkten in dieser schäbigen Umgebung ein wenig aufgesetzt.
Die lauten, nach einem hitzigen Streit klingenden Männer-

stimmen aus dem Hinterzimmer verstummten. McFarlane wartete, bis Britton und Glinn sich gesetzt hatten, dann ließ er sich auf einem abgewetzten Stuhl nieder.

»Por favor«, sagte der Amtschef und schob ihnen ein Zedernholzkästchen mit Zigaretten hin. Britton und McFarlane winkten ab, dafür nahm Glinn sich gleich zwei: eine schob er sich zwischen die Lippen, die andere hinters Ohr. *»Más tarde«*, meinte er grinsend. Der Zollchef fischte ein goldenes Feuerzeug aus der Tasche und gab Glinn Feuer.

»Willkommen in Chile«, sagte er auf Englisch, wechselte dann aber zurück ins Spanische. »Sie kommen von dem amerikanischen Erzfrachter *Rolvaag*, nehme ich an?«

»Sí«, bestätigte Britton, zog einen Stapel Papiere und einen Packen Pässe aus ihrer zerknautschten Ledermappe und schob sie dem Mann mit gespielter Nonchalance hin.

»Und suchen nach Eisen?«, fragte der lächelnd.

Glinn nickte.

»Rechnen Sie damit, dieses Erz auf der Isla Desolación zu finden?«

Sein Lächeln wirkt jetzt ein bisschen zynisch und argwöhnisch, schoss es McFarlane durch den Kopf.

»Natürlich«, antwortete Glinn, nachdem er seinen schleimigen Hustenanfall hinter sich hatte. »Wir führen modernstes Bergbaugerät an Bord unseres erstklassigen Erzfrachters. Sie dürfen versichert sein, dass wir bei unserer Operation absolut professionell vorgehen werden.«

Das leicht amüsierte Lächeln des Zollchefs schien anzudeuten, dass er bereits bestens über den verrosteten Seelenverkäufer draußen im Kanal unterrichtet war. Er zog die Papiere zu sich heran und blätterte sie flüchtig durch. »Die Prüfung wird einige Zeit in Anspruch nehmen«, ließ er sie wissen. »Vermutlich werden wir auch noch Ihr Schiff in Augenschein nehmen. Wo ist eigentlich der Kapitän?«

»Ich habe das Kommando über die *Rolvaag*«, sagte Britton.

Der Leiter der Zollstation zog die Augenbrauen hoch. Im

Hinterzimmer hörte man Füße scharren, zwei uniformierte Zöllner, offensichtlich Subalterne, drängten sich neugierig durch die Tür und nahmen auf einer Bank neben dem Ofen Platz.
»Sie sind der Kapitän?«, fragte der Zollchef.
»Sí.«
Der Leiter der Zollstation stieß einen undefinierbaren Grunzlaut aus, blätterte noch einmal in den Papieren, musterte zunächst Britton und dann plötzlich McFarlane. »Und Sie, Señor?«
Glinn übernahm die Antwort. »Das ist Dr. Widmannstätten, unser wissenschaftlicher Berater, er spricht kein Spanisch. Ich bin Chefingenieur Eli Ishmael.«
Der durchdringende Blick des Zollchefs ruhte weiter auf McFarlane. »Widmannstätten«, wiederholte er, als wolle er sich den Namen auf der Zunge zergehen lassen. Seine beiden Mitarbeiter starrten stumm herüber.
McFarlane bekam einen trockenen Mund. Sein Foto war seit mindestens fünf Jahren nicht in chilenischen Zeitungen erschienen. Und er hatte damals einen Bart gehabt. Kein Grund zur Aufregung, sagte er sich. Trotzdem spürte er die ersten feinen Schweißtröpfchen an den Schläfen.
»Nicht sprechen Spanisch?« Die Augen des Zollchefs verengten sich.
Stille. McFarlanes Gedanken rasten. Dann plapperte er den ersten Satz vor sich hin, der ihm in der Eile einfiel: *»Quiero una puta«* – ich will eine Hure.
Die beiden Zöllner brachen in Gelächter aus. »Na bitte, er kann sich doch gut verständigen«, meinte ihr Chef.
McFarlane atmete bedächtig aus, lehnte sich zurück und fuhr sich mit der Zunge über die Lippen.
Glinn hustete wieder schleimig bellend vor sich hin, zog ein schmutziges Taschentuch aus der Hose, tat so, als wische er sich gelblichen Auswurf vom Kinn und murmelte ein verlegenes »'tschuldigung«.

Der Zollchef verfolgte stumm, wie Glinn das Taschentuch wieder verschwinden ließ, rieb fröstelnd die gepflegten Hände aneinander und sagte: »Ich hoffe, Sie holen sich in unserem feuchtkalten Klima keine Grippe.«
»Ach wo«, winkte Glinn ab, »alles in Ordnung.«
McFarlane sah zu ihm hinüber und erschrak. Mein Gott, der Mann hatte ja stark gerötete, blutunterlaufene Augen – er sah wirklich krank aus.
Plötzlich fing auch Britton hinter vorgehaltener Hand zu husten an und erklärte, als sie wieder Luft bekam, dem Zollchef entschuldigend: »Auf unserem Schiff macht eine Erkältung die Runde.«
Die Augenbrauen des Leiters der Zollstation wölbten sich steil. »Wirklich nur eine gewöhnliche Erkältung?«
»Na ja …« Britton zögerte. »Unsere Krankenstation ist schon überbelegt …«
»Nichts Ernstes«, fiel Glinn ihr ins Wort, doch das schleimige Rasseln in seiner Kehle strafte ihn Lügen. »Möglicherweise eine leichte Grippe. Sie wissen ja, wie das auf einem Schiff ist: Einer steckt den anderen an.« Er wollte beruhigend lachen, was aber ein Hustenanfall erstickte. »Im Übrigen würden wir uns natürlich sehr freuen, Sie auf dem Schiff begrüßen zu dürfen. Morgen – oder heute noch, wie es Ihnen am besten passt.«
»Nun«, sagte der Zollchef, »vielleicht erübrigt sich das. Vorausgesetzt, die Papiere hier sind in Ordnung.« Er fing abermals an zu blättern. »Wo ist Ihre Schürflizenz?«
Unter einem neuerlichen Hustenanfall fischte Glinn einige mit Stempeln und Siegeln versehene Papiere aus der Innentasche der Jacke und reichte sie dem Zollchef über den Tisch. Der nahm sie mit spitzen Fingern entgegen und sah sie durch. Dann schüttelte er bedauernd den Kopf. »Ich bin untröstlich, aber das sind die falschen Formulare.«
McFarlane bekam aus den Augenwinkeln mit, dass die beiden Zöllner hinten auf der Bank sich vielsagend ansahen.

»Ach ja?«, fragte Glinn.

»Sie müssen sich zuerst die richtigen Vordrucke aus Punta Arenas besorgen«, belehrte ihn der Zollchef. »Sobald sie vorliegen, bin ich gern bereit, sie abzustempeln. Bis dahin muss ich zur Sicherheit leider Ihre Pässe einbehalten.«

»Es sind die *richtigen* Vordrucke«, mischte sich Britton gereizt ein.

»Lassen Sie mich das erledigen«, sagte Glinn rasch. »Ich glaube, die wollen nur Geld.«

Britton starrte ihn entgeistert an. »Sie meinen Bestechungsgeld?«

Glinn machte eine beruhigende Handbewegung. »Andere Länder, andere Sitten.«

McFarlane fragte sich, ob Britton und Glinn das kleine Wortgefecht wohl vorher abgesprochen hatten.

Glinn wandte sich wieder dem Zollchef zu, der die Szene mit verschlagenem Grinsen verfolgt hatte, und fragte auf Spanisch: »Besteht die Möglichkeit, die ordnungsgemäße Schürflizenz hier zu erwerben?«

»Das ist möglich, aber sehr teuer.«

Glinn schniefte laut, griff nach seiner schäbigen Aktentasche und legte sie auf den Tisch. In den Augen des Leiters der Zollstation und seiner beiden Mitarbeiter flackerte unverhohlene Gier. Glinn löste die Verschluss-Schnallen und klappte die Tasche so auf, dass die mit Gummiband zusammengehaltenen Zwanzig-Dollar-Scheine deutlich zu sehen waren. Er legte einige Bündel auf den Tisch. »Würde das wohl zur Erledigung der leidigen Angelegenheit beitragen?«

Der Zollchef lächelte, lehnte sich zurück und formte aus seinen Fingern ein Zelt. »Ich fürchte, nein, Señor. Schürflizenzen sind nicht billig.«

»Also – wie viel?«

Der Zollchef stellte rasch eine überschlägige Kalkulation an. »Die doppelte Summe dürfte ausreichen.«

Betretenes Schweigen. Glinn langte in die Aktentasche, nahm die restlichen Stapel Geldscheine heraus und legte sie neben die anderen auf den Tisch.
McFarlane spürte, wie sich die Atmosphäre schlagartig entspannte. Der Zollchef raffte die Geldbündel an sich. Die beiden Zöllner auf der Bank grinsten zufrieden. Britton wirkte verärgert, hatte aber offenbar klein beigegeben. Alles hätte in bester Ordnung sein können, wenn nicht während des Feilschens ein Neuankömmling den Raum betreten hätte – ein groß gewachsener, schlanker Mann mit scharf geschnittenen Zügen, kalten schwarzen Augen und großen, spitzen Ohren, die ihm etwas Diabolisches verliehen. Er trug eine saubere, aber schon abgetragene chilenische Marineuniform mit ein paar Goldlitzen auf den Achseln. McFarlane fiel auf, dass seine linke, steif vors Koppel gehaltene Hand verkümmert war. Der Blick des Uniformierten wanderte vom Zollchef zu Glinn und dann weiter zu dem Geld, das mittlerweile in vier gleich hohe Stapel aufgeteilt war.
»Wie wäre es mit einer Quittung?«, fragte Britton spitz.
Der Zollchef spreizte bedauernd die Hände. »Das ist leider bei uns nicht üblich.« Er ließ einen der Geldstapel in der mittleren Schublade seines Schreibtisches verschwinden, legte je einen für die beiden Männer auf der Bank zurecht und hielt dem Marineoffizier den vierten Stapel hin.
Der legte die gesunde Hand über die verkümmerte und machte keine Anstalten, nach dem Geld zu greifen. Dann sagte er laut und scharf: *»Nada!«* Er pflanzte sich so neben dem Schreibtisch auf, dass er die *Rolvaag*-Gruppe fest im Visier hatte. In seinen Augen funkelte Hass. »Ihr Amerikaner meint wohl, ihr könnt alles kaufen«, sagte er in akzentfreiem Englisch. »Aber da irrt ihr euch. Ich bin kein korrupter Beamter wie die hier. Behaltet euer Geld.«
Der Zollchef wedelte mit den Geldscheinen und sagte in ebenso scharfem Ton: »Nimm's schon, du Idiot.«
»Nein.« Der Marineoffizier sprach jetzt Spanisch. »Das ist

ein falsches Spiel, und das wisst ihr auch. Die wollen uns doch nur berauben.«

»Berauben?«, fragte der Zollchef. »Wie meinst du das?«

»Glaubst du etwa, die Amerikaner kämen hierher, um Eisenerz zu schürfen? Dann bist *du* der Idiot. Die sind doch hinter was ganz anderem her!«

»Und was sollte das sein, du Schlauberger von *comandante?*«

»Es gibt kein Eisenerz auf der Isla Desolación. Also können sie nur aus einem Grund hier sein: Gold.«

Der Leiter der Zollstation starrte ihn verdutzt an, dann fing er kehlig an zu lachen und wandte sich an Glinn. »Gold? Sind Sie deswegen hier? Sind Sie hier, um Chile Gold zu stehlen?«

Zu seinem Schrecken las McFarlane in Glinns Miene so deutlich Schuldgefühle und kalte Angst, dass selbst der einfältigste Zöllner den Braten riechen musste.

»Wir sind hier, um Eisenerz zu schürfen«, brachte Glinn nach einer Weile heraus, was sich allerdings nicht sehr überzeugend anhörte.

»Ich muss Sie darauf hinweisen, dass eine Lizenz zum Abbau von Gold erheblich teurer wäre«, sagte der Zollchef.

»Aber wir wollen ja nur Erz schürfen.«

»Ach, kommen Sie«, versuchte der Zollchef ihn aufs Glatteis zu führen, »lassen Sie uns offen darüber reden und keine unnötigen Schwierigkeiten heraufbeschwören. Dieses Märchen von einer Erzader ...« Er lächelte wissend.

Wieder langes, betretenes Schweigen, gefolgt von einem Hustenanfall, und dann sagte Glinn: »Nun, unter diesen Umständen wäre vielleicht eine Gewinnbeteiligung angebracht. Vorausgesetzt, es gibt keine weiteren Probleme wegen der Papiere.«

Der Leiter der Zollstation wartete lauernd. Glinn klappte abermals die Aktentasche auf, nahm ein paar Unterlagen heraus und verstaute sie in seiner Jacke. Dann versenkte er die Hand tief in der Tasche, suchte eine Weile und hatte schließ-

lich die Sperrvorrichtung des doppelten Bodens gefunden. Ein kurzes Klicken, dann tauchte Glinns Hand auf – und mit ihr etwas, das in so grellem Gelb strahlte, dass sich der Glanz auf dem verblüfften Gesicht des Zollchefs widerzuspiegeln schien.
»*Madre de Dios*«, hauchte er.
»Das ist für Sie und Ihre Mitarbeiter«, sagte Glinn. »Fürs Erste. Bei unserer Rückkehr – wenn wir uns offiziell beim chilenischen Zoll abmelden … und alles gut gelaufen ist natürlich … bekommen Sie noch mal doppelt so viel. Falls aber unwahre Gerüchte über illegalen Goldabbau auf der Isla Desolación nach Punta Arenas dringen oder ungebetene Besucher bei uns auftauchen, so dass wir die Abbauarbeiten abbrechen müssen – also, dann ist das natürlich hinfällig.«
Darauf musste er urplötzlich so gewaltig niesen, dass die Rückseite der Aktentasche mit feinen Tröpfchen besudelt war.
Der Zollchef zuckte zurück. »Ja, ja. Ich sorge dafür, dass alles klar geht.«
Der chilenische Comandante rief wütend: »Schaut euch doch an! Scharwenzelt um ihn herum wie ein Haufen Rüden um eine läufige Hündin!«
Die beiden Zöllner drückten sich von der Bank hoch, kamen nach vorn, redeten halblaut auf den Marineoffizier ein und deuteten immer wieder auf die Aktentasche. Aber der Comandante schob sie ärgerlich beiseite. »Ich schäme mich, mit euch dieselbe Luft zu atmen. Ihr würdet glatt eure eigene Mutter verkaufen.«
Der Leiter der Zollstation sagte in eisigem Ton: »Ich glaube, du solltest jetzt lieber wieder auf dein Schiff gehen.«
Vallenar maß einen nach dem anderen mit einem verächtlichen Blick, dann drehte er sich um und verließ in militärisch steifer Haltung die Zollstation.
»Was ist mit ihm?«, fragte Glinn.
»Haben Sie Nachsicht mit dem Comandante«, sagte der Zoll-

chef, zog die Schreibtischschublade auf, nahm einige Vordrucke und den Dienststempel heraus und stempelte die Papiere so zügig ab, als habe er es eilig, seine Besucher loszuwerden. »Er ist der letzte Idealist in einem Land voller Pragmatiker. Aber er ist eben nur ein Nichts. Es wird keine Gerüchte geben und keinerlei Störung Ihrer Arbeit, Sie haben mein Wort darauf.« Er streckte Glinn die Papiere und die Pässe hin.

Glinn nahm alles an sich, wandte sich zum Gehen und blieb dann doch noch einmal stehen. »Noch etwas. Wir haben einen Mann namens John Puppup angeheuert. Haben Sie eine Ahnung, wo wir ihn finden könnten?«

»Puppup?« Der Zollchef starrte ihn entsetzt an. »Diesen Greis? Wofür denn das?«

»Er wurde uns als guter Kenner der Kap-Hoorn-Inseln empfohlen.«

»Ich verstehe nicht, wie Ihnen jemand so einen Unsinn weismachen konnte. Nun, zu Ihrem Pech hat er vor ein paar Tagen von irgendwoher Geld bekommen. Das bedeutet, dass er sich nur im ›El Picoroco‹ herumtreiben kann. Versuchen Sie's am besten dort, in der Callejon Barranca.« Der Zollchef sah ihn mit süßlichem Lächeln an. »Im Übrigen wünsche ich Ihnen viel Glück auf der Isla Desolación. Hoffentlich finden Sie auch Ihr Eisen.«

Puerto Williams

11.45 Uhr

Nachdem sie die Zollstation verlassen hatten, stiegen sie den Hügel zum Barrio de los Indios hinauf. Der in der Karte als Straße eingetragene Weg erwies sich bald als teils verschneite, teils mit gefrorenem Matsch bedeckte Schlammpiste. Alle paar Meter war quer über den Weg ein Knüppeldamm errichtet worden, damit der nächste Regenguss nicht alles wegschwemmte. Die Hütten links und rechts hatten mit Sicherheit nie einen Bauplan gesehen, jeder zimmerte sich seine Behausung aus dem Material zusammen, das gerade zur Hand war, und zog einen windschiefen Zaun herum. Eine Schar kichernder Kinder folgte den Fremden. Einmal kam ihnen ein schwer mit Holz beladener Esel entgegen, McFarlane musste sich durch einen beherzten Sprung zur Seite retten, sonst wäre er in einer Schlammpfütze gelandet.

Er fragte Glinn mit gesenkter Stimme: »Wie viel von der Dressurnummer beim Zoll war eigentlich geplant?«

»Alles, bis auf den Auftritt von Comandante Vallenar und Ihrem kleinen Ausrutscher ins Spanische«, erwiderte Glinn. »Ich würde sagen: improvisiert, aber erfolgreich.«

»Erfolgreich? Obwohl die jetzt glauben, dass wir Gold suchen? So was nenne ich eher ein Desaster.«

Glinn lächelte nachsichtig. »Es hätte nicht besser laufen können. Irgendwann wäre ihnen sowieso klar geworden, dass eine amerikanische Abbaugesellschaft keinen Frachter bis ans Ende der Welt schickt, um Erz zu schürfen. Vallenars wütende Attacke kam mir wie gerufen. Ich dachte schon, ich müsste die Zöllner persönlich mit der Nase drauf stoßen.«

McFarlane schüttelte den Kopf. »Bedenken Sie, was jetzt für Gerüchte kursieren werden.«

»Gerüchte gibt's immer. Nur, nachdem wir unseren drei

Schlaumeiern vom Zoll das Maul mit so viel Gold gestopft haben, werden sie alle Gerüchte im Keim ersticken und wenn nötig die Insel sogar zum Sperrgebiet erklären. Schließlich winkt ihnen ja auch noch eine Erfolgsprämie.«

»Und Comandante Vallenar?«, fragte Britton. »Ich hatte nicht den Eindruck, dass er einfach alles schluckt.«

»Es gibt immer Leute, die sich nicht bestechen lassen. Aber er hat wohl zum Glück nicht viel Einfluss. Wenn ein Marineoffizier auf einen so lausigen Außenposten versetzt wird, muss er irgendwo Dreck am Stecken haben. Und die Leute vom Zoll werden alles daransetzen, Vallenar auf Kurs zu bringen. Als einfachstes Mittel bietet sich dafür eine angemessene Zahlung an. Wir haben den Zöllnern so viel gegeben, dass sie ruhig etwas abzweigen können.« Glinn schürzte nachdenklich die Lippen. »Dennoch wäre es sinnvoll, ein wenig mehr über diesen Comandante Vallenar in Erfahrung zu bringen.«

Am Ende des steilen Aufstiegs, kurz nachdem sie ein Rinnsal aus seifigem Wasser überquert hatten, fragte Glinn einen Vorbeikommenden nach dem Weg und bog dann, der Beschreibung des Einheimischen folgend, in eine enge Seitengasse ab. Über der Ansiedlung lag schmutziger, feuchtkalter Dunst, es roch nach Fisch und Abfall. An fast jeder Hütte hing ein handgemaltes Reklameschild, auf dem Fanta oder chilenisches Bier angepriesen wurde. McFarlane fühlte sich in die Zeit vor fünf Jahren zurückversetzt. Damals hatten Masangkay und er, mit den schweren Atakamiten beladen, zweimal vergeblich versucht, argentinisches Gebiet zu erreichen, und waren am Schluss in Bolivien gelandet, in Ancuaque: einem Nest, das – bei allen äußeren Unterschieden – denselben Geist atmete wie dieses Barrio de los Indios.

Glinn blieb stehen. Am Ende der Gasse duckte sich ein halb eingefallenes Gebäude unter sein rotes Schindeldach. Über dem Schild EL PICOROCO – CERVEZA MÁS FINA blinkte unablässig eine nackte blaue Glühbirne. Aus der offenen Tür drang rhythmische Ranchero-Musik.

McFarlane pfiff leise durch die Zähne. »Ich glaube, allmählich komme ich hinter Ihr System. Hat der Bursche auf der Zollstation nicht was davon gesagt, dass jemand diesem Puppup Geld geschickt hat? Könnte es zufällig sein, dass Sie das waren?«

Glinn sah ihn nur schief an, sagte aber nichts.

Britton musterte das »El Picoroco« abschätzig. »Ich glaube, ich warte lieber draußen.«

McFarlane folgte Glinn in den dämmerigen Schankraum: ein mit Schrunden und Kratzern übersäter Bartresen, ein paar seit ewigen Zeiten nicht mehr sauber gewischte Holztische, an der Wand ein Dartboard mit längst verblichenen Zahlen und eine Hand voll Gäste, die sie neugierig anstarrten. Die rauchige Luft roch, als stünde sie schon Gott weiß wie lange unter der niedrigen Decke.

Glinn ließ sich an der Bar nieder und bestellte zwei Bier, die der Wirt ihnen brachte, warm und mit tropfendem Schaum.

»Wir suchen Señor Puppup«, sagte Glinn.

Der Wirt ließ grinsend sein lückenhaftes Gebiss sehen und deutete mit dem Daumen auf einen Vorhang aus Perlenschnüren. »Puppup? Der ist da hinten.«

Sie folgten ihm in ein kleines Hinterzimmer. Auf dem wackeligen Tischchen stand eine leere Flasche Dewar's, auf der Bank an der Wand lag ein hagerer alter Mann, dessen Kleidung vor Schmutz starrte. Ein schütteres Bärtchen im Fu-Manchu-Stil zierte seine Oberlippe und das Kinn. Die allem Anschein nach aus Teppichresten zusammengenähte Mütze war ihm im Schlaf vom Kopf gerutscht.

»Schläft er oder ist er betrunken?«, wollte Glinn wissen.

Der Wirt brach in schallendes Gelächter aus. »Beides.«

»Wann ist er wieder nüchtern?«

Der Wirt beugte sich über Puppup, kramte aus dessen Taschen ein kleines Bündel schmutziger Geldscheine hervor, zählte sie und steckte sie dem Betrunkenen wieder in die Tasche. »Ich schätze, nächsten Dienstag müsste es so weit sein.«

»Aber er hat auf unserem Schiff angeheuert.«
Der Wirt lachte abermals, diesmal ein bisschen hämisch.
Glinn dachte einen Augenblick nach, zumindest tat er so. »Wir haben den Auftrag, ihn an Bord zu bringen. Wir müssen ihn also irgendwie zum Hafen runter bugsieren. Könnten Sie vielleicht zwei Ihrer Gäste dazu bringen, uns behilflich zu sein?«
Der Wirt nickte, verschwand kurz im Schankraum und tauchte mit zwei stämmigen Männern wieder auf. Ein paar Geldscheine wechselten den Besitzer, und schon hoben die beiden Puppup von der Bank und legten sich seine Arme um die Schultern. Und da hing er dann, kaum mehr als Haut und Knochen, mit nach vorn gekipptem Kopf wie ein Häufchen Elend zwischen den beiden Muskelprotzen.
McFarlane atmete dankbar tief durch, als sie wieder draußen waren. Hier stank es zwar auch, aber zumindest erträglicher als in der Bar. Britton, die ein Stück abseits neben einer Hausmauer auf sie gewartet hatte, kam zu ihnen herüber. Ihre Augen verengten sich zu Schlitzen, als sie Puppup sah.
»Im Augenblick macht er nicht viel her«, sagte Glinn entschuldigend, »aber er wird einen erstklassigen Hafenlotsen abgeben. Er kreuzt seit fünfzig Jahren mit seinem Kanu durch die Gewässer um die Kap-Hoorn-Inseln und kennt sich mit Wind, Wetter, Gezeiten, Strömungen und Untiefen aus.«
Britton zog die Augenbrauen hoch. »Dieser alte Mann?«
Glinn nickte. »Wie ich Lloyd heute Morgen schon gesagt habe: Er ist Halb-Yaghan, ein Abkömmling der Ureinwohner und wahrscheinlich der Letzte, der ihre Sprache, ihre Gesänge und ihre Legenden kennt. Die meiste Zeit paddelt er zwischen den Inseln hin und her. Wenn Sie ihn fragen, wird er vermutlich behaupten, die Kap-Hoorn-Inseln gehören ihm.«
»Wie anrührend«, meinte McFarlane.
Glinn drehte sich zu ihm um. »Ja. Im Übrigen war er es, der den Leichnam Ihres Partners gefunden hat. Und um die ganze Wahrheit zu sagen: Er hat Masangkays Ausrüstung und

seine Gesteinsproben an sich genommen und in Punta Arenas verkauft.«

McFarlane blieb abrupt stehen und starrte auf den Betrunkenen. »Das ist also der Mistkerl, der meinem Partner alle Geräte geklaut hat!«

Glinn legte ihm die Hand auf den Arm. »Er ist bettelarm, da ist es doch verständlich, wenn er sich die Gelegenheit nicht entgehen lässt, die Sachen eines Toten zu Geld zu machen. Er hat sich nichts dabei gedacht. Wenn er nicht wäre, hätte nie jemand erfahren, dass Ihr Freund tot auf der Isla Desolación liegt, und Sie hätten keine Gelegenheit, sein Werk zu Ende zu führen.«

McFarlane wandte sich stumm ab, obwohl er sich im Stillen eingestehen musste, dass Glinn Recht hatte.

»Glauben Sie mir, er wird uns von großem Nutzen sein«, fuhr Glinn fort, während sie den steilen, schlammigen Weg zum Hafen hinunterstiegen. »Und das Beste ist: Er kann nicht in Puerto Williams herumlungern und den Gerüchten, die dort vermutlich bald die Runde machen werden, durch ein paar Schauergeschichten über seine Erlebnisse auf der Isla Desolación neue Nahrung geben.«

Rolvaag

14.50 Uhr

Als das Boot den Beagle-Kanal verlassen hatte und sich der *Rolvaag* näherte, lag der Nebel so schwer und kalt über dem Meer, dass die kleine Gruppe im Ruderhaus Zuflucht suchte. Britton und Glinn ließen sich auf einem Stapel Schwimmwesten nieder und nahmen dabei Puppup in ihre Mitte, der weiter kein Anzeichen von Bewusstsein zeigte. Von Zeit zu Zeit musste einer von ihnen zupacken, wenn der spindeldürre Alte von seiner wackeligen Unterlage zu rutschen und seitlich wegzukippen drohte. Das Einzige, was Britton ein wenig stutzig machte, war, dass er sich meistens ihre Seite aussuchte und jedes Mal versuchte, sich eng an ihren Kolani zu kuscheln.

»Ich glaube, der Bursche simuliert nur«, sagte sie, als sie wieder einmal die Hand des alten Mannes vom Schoß schieben musste.

Glinn lächelte amüsiert. Und erst da fiel McFarlane auf, dass er, seit sie die Zollstation verlassen hatten, nicht mehr von Hustenattacken geschüttelt wurde. Glinn paffte auch keine Zigaretten mehr, seine Augen sahen nicht mehr gerötet aus, er wirkte auf wundersame Weise wieder fit und dynamisch.

Vor ihnen tauchten gespenstisch die Umrisse des *Ice Ship* aus der rauen See auf. Das Boot legte längsseits an und wurde von den Davits hochgehievt. Als sie an Bord waren, zeigte Puppup die ersten Lebenszeichen. Mit McFarlanes Hilfe kam er schließlich schwankend auf die Beine.

»John Puppup?«, fragte Glinn freundlich und streckte ihm die Hand hin. »Ich bin Eli Glinn.«

Puppup schüttelte stumm die angebotene Hand und dann, weil er gerade dabei war, sämtliche Hände, deren er im näheren Umkreis habhaft werden konnte: die des Bootsführers,

des Stewards und zweier verdutzter Matrosen. Captain Britton schüttelte er besonders hingebungsvoll die Hand.
»Alles in Ordnung mit Ihnen?«, fragte Glinn.
Puppup sah sich mit plötzlich wieder klarem Blick um und fuhr sich nachdenklich über den spärlichem Oberlippenbart. Die fremde Umgebung schien ihn weder zu überraschen noch zu beunruhigen. Er zog nur seine schmutzigen Geldscheine aus der Hosentasche, zählte sie und steckte sie zufrieden wieder weg.
»Sie werden sich möglicherweise wundern, Mr. Puppup, wie Sie hierher kommen«, fuhr Glinn fort. »Mr. Davies ...« – er deutete auf den Steward – »... wird Ihnen Ihre Kabine zeigen. Dort können Sie sich waschen; frische Kleidung zum Wechseln liegt ebenfalls bereit.«
Der alte Mann sah ihn nur stumm an.
»Vielleicht spricht er kein Englisch«, murmelte McFarlane.
Da kam er bei Puppup schlecht an. »Das sprech ich genauso gut wie der König, Kumpel – kapiert?« Er hatte einen hohen, melodiösen Tonfall, in den sich alle möglichen Akzente mischten, eindeutig dominiert von Cockney-Englisch.
»Wenn Sie sich eingerichtet haben, will ich gern alle Fragen beantworten, die Sie eventuell haben«, fuhr Glinn fort. »Wir treffen uns morgen früh in der Bibliothek, wenn's recht ist.« Er gab Davies einen Wink.
Puppup drehte sich wortlos um und folgte dem Steward. Und während die anderen sich noch fragend ansahen, erwachte plötzlich mit krächzendem Knacken der Schiffslautsprecher zum Leben, kurz darauf hörten sie Victor Howell mit blechern verzerrter Stimme sagen: »Kapitän auf die Brücke«.
»Was ist da los?«, wollte McFarlane wissen.
Britton zuckte gelassen die Achseln. »Das wird sich gleich herausstellen.«

Vor den großen Fenstern der Brücke waberte undurchdringliches Grau, es war praktisch nichts zu erkennen, nicht einmal das Deck des eigenen Schiffes. McFarlane spürte sofort die knisternde Atmosphäre. Statt der üblichen, auf zwei, höchstens drei Mann beschränkten Brückenwache drängte sich jetzt gut ein halbes Dutzend Schiffsoffiziere um den Kommandostand. Aus dem Funkraum hörte man hektisches Getippe auf einer Tastatur.

»Was liegt an, Mr. Howell?«, fragte Britton ruhig.

Howell blickte von einem der Bildschirme auf. »Radarkontakt«, meldete er. »Unbekanntes Schiff. Antwortet nicht auf unsere Signale. Nach Geschwindigkeit und Radarquerschnitt vermutlich ein Kriegsschiff.« Er beugte sich zur Seite, drückte kopfschüttelnd einige Schalter: »Ist zu schnell, unser FLIR zeigt kein klares Bild.«

»Wie weit weg?«, wollte Britton wissen.

»Sie scheinen zu kreisen, als suchten sie was. Augenblick mal – der Kurs hat sich stabilisiert. Acht Meilen, Peilung eins sechs null konstant, näher kommend. Das ESM zeigt Radarortung an, sie haben uns erfasst.«

Captain Britton trat neben ihn und beugte sich über die Radarhaube. »Die sind auf CBDR. Zeit für CPA?«

McFarlanes Blick huschte ratlos zwischen Britton und Howell hin und her, er wurde aus dem Buchstabensalat nicht schlau.

»Kollisionskurs«, sagte Howell leise.

Britton fragte den Dritten Offizier am Kommandostand: »Machen wir Fahrt?«

Der Offizier nickte. »Beide Maschinen Volldampf voraus, Ma'am. Wir machen Fahrt.«

»Anweisung an Maschinenraum: Fahrt drosseln.«

»Aye, aye, Ma'm.« Der Offizier griff nach einem der schwarzen Telefone.

Ein leichtes Beben lief durch den Schiffsrumpf, als die Maschinen umsteuerten. Sirenengeheul signalisierte Anti-Kollisions-Alarm.

McFarlane schluckte schwer. »Können wir nicht auf Ausweichkurs gehen?«

Britton schüttelte den Kopf. »Dafür sind wir zu groß, sogar bei voller Maschinenkraft rückwärts. Wir können ihnen nur Warnzeichen geben.«
Hoch über ihnen, am Radarmast, stieß das Nebelhorn sein ohrenbetäubendes Heulen aus.
»Kurs unverändert«, sagte Howell, den Kopf tief unter der Radarhaube.
»Ruder bestätigt«, meldete der Dritte Offizier.
»Ruder mittschiffs«, ordnete Britton an und stieß die Tür zum Funkraum auf. »Was Neues, Banks?«
»Nein, Ma'am, keine Antwort.«
McFarlane starrte aus den Bugfenstern. Die Wischerblätter schoben unermüdlich einen Film aus Nebel und Schnee beiseite, der sich im nächsten Moment aber nur umso dicker auf die Scheiben legte. Irgendwo weit hinten versuchten ein paar verlorene Sonnenstrahlen beharrlich, die dicke graue Suppe zu durchdringen.
»Können die uns nicht hören?«, fragte McFarlane.
»Doch, sicher«, antwortete Glinn leise, »die Burschen wissen ganz genau, dass wir hier sind.«
»Kurs unverändert«, murmelte Howell unter der Radarhaube. »Kollision in neun Minuten.«
»Leuchtkugeln in Richtung auf das unbekannte Schiff«, ordnete Britton an.
Howell gab den Befehl weiter. Britton wandte sich an den Wachoffizier. »Wie reagiert das Ruder?«
»Bei der Geschwindigkeit, Ma'am? Wie ein voll gefressenes Hängebauchschwein.«
»Fünf Minuten«, meldete Howell. »Abstand verringert sich immer schneller.«
»Mehr Leuchtkugeln«, befahl Britton, »diesmal *auf* das Schiff halten. Schalten Sie mich auf ICM-Frequenz.« Sie griff nach dem Mikro. »Hier spricht der Tanker *Rolvaag*. Nicht identifiziertes Schiff eine Seemeile achteraus backbord meiner Position: Ändern Sie Ihren Kurs um zwanzig Grad steuerbord, um

eine Kollision zu vermeiden. Ich wiederhole: Kurs um zwanzig Grad steuerbord ändern.« Sie wiederholte die Aufforderung auf Spanisch und drehte dann die Lautstärke des Empfängers auf.

Alle auf der Brücke hielten den Atem an, doch bis auf das statische Rauschen war nichts zu hören. Britton sah den Rudergänger an, dann Howell.

»Drei Minuten«, meldete der Erste Offizier.

Britton griff wieder zum Mikro. »An alle, hier spricht der Kapitän. Vorbereiten auf Kollision Bug steuerbord.«

Mitten in das Heulen des Nebelhorns hinein schrillte die Alarmanlage los, auf der Brücke blinkten sämtliche Lichter.

»Steuerbord unmittelbar vor dem Bug!«, rief Howell.

»Feuerlösch- und Rettungstrupps fertig machen!«, ordnete Britton an, zog einen Handlautsprecher aus der Halterung, rannte zu der Tür, die zum Steuerbord-Brückennock führte, und riss sie auf. Glinn und McFarlane folgten ihr.

Dichter, eiskalter Nebel hüllte sie ein. McFarlane hörte von den unteren Decks aufgeregte Rufe und hastige Schritte. Captain Britton war bis ans hintere Ende des Nocks gelaufen und lehnte sich, den eingeschalteten Handlautsprecher vor dem Mund, über die Reling. Gut dreißig Meter unter ihr tobte die aufgewühlte See.

Plötzlich riss der Nebel auf, er schien in zwei getrennten Schwaden achtern über das Hauptdeck zu driften. McFarlane hatte allerdings den Eindruck, dass er sich steuerbord umso dichter und finsterer vor dem Bug der *Rolvaag* ballte. Und dann tauchte auf einmal ein Wald von Antennen aus der dicken Suppe auf und die halb vom Nebel verschluckten roten und grünen Ankerlichter eines Schiffs. Das Nebelhorn der *Rolvaag* heulte wieder seine Warnung, doch das fremde Schiff hielt bei unverminderter Fahrt mit schäumender Bugwelle weiter auf sie zu. Allmählich zeichneten seine Umrisse sich klarer ab. Es war ein Zerstörer – ein uraltes, von Rost angefressenes Kriegsschiff. Chilenische Flaggen flatterten auf dem

Brückendeck und am Heck, aus den Geschützständen am Vor- und Achterdeck starrten die Mündungen der Zehn-Zentimeter-Geschütze bösartig zu ihnen herüber.
Britton schrie etwas in ihre Flüstertüte. Alarmsirenen schrillten. McFarlane glaubte zu spüren, wie die Platten des Brückennocks unter seinen Füßen bebten, als die Maschinen gegensteuerten, um dem Schiff einen Ausweichkurs aufzuzwingen. Aber die *Rolvaag* war viel zu groß, um schnell genug zu reagieren. Er stemmte die Füße fest auf den Boden, klammerte sich mit beiden Händen an der Reling fest und wartete auf die unvermeidliche Kollision.
Im letzten Augenblick drosselte der Zerstörer seine Fahrt, wich nach Backbord aus und glitt – höchstens sechs, sieben Meter vor ihrem Bug – an ihnen vorbei. An der Reling der Brücke stand in voller Uniform, mutterseelenallein, der Comandante der chilenischen Marine, dem sie heute Morgen in der Zollstation begegnet waren. Der Wind zauste an den goldenen Abzeichen seiner Offiziersmütze. Er schien zum Greifen nahe zu sein, sogar die Gischtspritzer auf seinem Gesicht konnte McFarlane sehen.
Vallenar schenkte ihnen keine Beachtung. Er stützte sich auf ein an der Reling montiertes Maschinengewehr Kaliber 50, aber die Lässigkeit, mit der er das tat, war nur vorgetäuscht. Die Mündung des schweren MG war direkt auf sie gerichtet, genau wie seine schwarzen Augen, und in beidem las McFarlane eine unverhohlene Todesdrohung.
Dann fiel der Zerstörer achtern zurück und wurde vom Nebel verschluckt, der Spuk war vorüber. Die plötzliche Stille hatte etwas Unheimliches, McFarlane spürte, wie ihm ein kalter Schauder über den Rücken lief.

Rolvaag

13. Juli, 6.30 Uhr

McFarlane wälzte sich unruhig im Bett seiner Luxuskabine. Die Laken hatten sich zu einem Knäuel verheddert, das Kopfkissen war nass geschwitzt. Er rutschte zur anderen Betthälfte hinüber, um aus alter Gewohnheit Malous tröstliche Wärme zu suchen. Aber seine Hand tastete ins Leere, es gab keine Malou mehr.

Er setzte sich auf und wartete, bis sein Herzschlag sich so weit beruhigt hatte, dass er die Bilder seines Albtraums von einem Schiff in schwerer See verbannen konnte. Als er sich mit der Hand über die Augen fuhr, merkte er, dass doch nicht alles nur geträumt war: die *Rolvaag* schlingerte tatsächlich, es war nicht das sanfte Wiegen wie sonst, eher ein bockiges Stampfen. Er schob die Bettdecke weg, ging zum Fenster und zog den Vorhang zurück. Im Dämmerlicht kurz vor dem Morgengrauen sah er Schneeregen gegen die Scheibe klatschen, am unteren Fensterrahmen hatte sich eine Eisschicht gebildet.

Die dunkle Kabine bedrückte ihn, er zog sich rasch an. So scheußlich das Wetter auch sein mochte, es drängte ihn an die frische Luft. Verschlafen stolperte er die Stufen zum Hauptdeck hinunter; wegen der Schlingerbewegungen suchte er vorsichtshalber am Handlauf des Niedergangs Halt.

Als er das Schott aufdrückte, blies ihm ein eisiger Wind ins Gesicht. Der kalte Schwall war ein richtiger Muntermacher, außerdem trieb er ihm die Flausen aus. Im Halbdunkel konnte er erkennen, dass die luvwärts gelegenen Luken, die Davits und Container mit Eis überzogen waren, auf dem Deck lag dünner Schneematsch. Deutlich hörte er die schweren Brecher, die das Schiff backbord trafen, und das irgendwie bedrohlich klingende Stampfen der Maschinen.

Ein Stück weiter vorn lehnte sich jemand über die Backbordreling, den Kopf weit nach vorn gebeugt. Als er näher kam, sah er, dass es Amira war, in ihren einige Nummern zu großen Parka gemummt.
»Was machen Sie denn hier?«, fragte er.
Sie wandte sich um. Kein besonders schöner Anblick: Ihr Teint hatte sich leicht ins Grünliche verfärbt, ein paar nasse Strähnen hingen ihr wirr ins Gesicht. »Ich versuche zu kotzen«, sagte sie. »Und was hat Sie aus dem Bett getrieben?«
»Ich konnte nicht schlafen.«
Amira nickte. »Ich hoffe, der verdammte Zerstörer taucht noch mal auf. Wäre mir ein Vergnügen, diesem aufgeblasenen Comandante den Inhalt meines Magens über den Kopf zu kippen.«
McFarlane ging nicht darauf ein. Die Begegnung mit dem chilenischen Kriegsschiff und die Spekulationen über das Motiv des Comandante waren das Thema Nummer eins beim Abendessen gewesen. Lloyd hatte, als er von dem Zwischenfall hörte, vor Wut getobt. Nur Glinn schien keinen Anlass zu sehen, sich wegen Vallenar Sorgen zu machen.
»Nun sehen Sie sich das an!«, riss ihn Amira aus seinen Gedanken. McFarlane folgte ihrem Blick und sah im Dunkeln die Gestalt eines nur mit einem grauen Trainingsanzug bekleideten Joggers an der Backbordreling entlangtraben. Und dann erkannte er in der Gestalt Sally Britton.
»Typisch. Nur sie ist Manns genug, bei diesem Wetter joggen zu gehen«, stichelte Amira.
»Ja, sie ist ziemlich hart im Nehmen.«
»Ich würde das eher verrückt nennen«, meinte Amira boshaft. »Sehen Sie, wie es unter dem Sweatshirt hüpft und wogt?«
McFarlane sagte nichts. Er fühlte sich ertappt, weil er auch gerade hingestarrt hatte.
»Nicht, dass Sie mich missverstehen, ich registriere das aus rein wissenschaftlichem Interesse. Weil ich mich nämlich

frage, wie man bei derart eindrucksvollen Brüsten zu einer brauchbaren statischen Berechnung kommen soll.«
»Was für eine statische Berechnung denn?«
»Die Lieblingsbeschäftigung aller Physiker. Man berücksichtigt dabei alle physischen Gegebenheiten eines Objekts – Temperatur, Druckverhältnisse, Dichte, Elastizität ...«
»Schon gut«, fiel ihr McFarlane ins Wort, »das war anschaulich genug formuliert.«
Amira wechselte rasch das Thema. »Sehen Sie mal, dort drüben liegt wieder ein Wrack.«
In der kalten Winterluft konnte McFarlane in einiger Entfernung die Umrisse eines großen Schiffes ausmachen, dessen Heck offenbar an einem Felsen zerschellt war.
»Wie viele sind's jetzt – vier?«, rätselte Amira.
»Ich glaube, das ist das Fünfte.« Auf der Fahrt von Puerto Williams nach Kap Hoorn waren sie immer häufiger an gestrandeten Schiffen vorbeigekommen, einige davon fast so groß wie die *Rolvaag*. Irgendwie erinnerte die Route fatal an einen Schiffsfriedhof.
»Ah, man gibt sich die Ehre«, murmelte Amira.
Brittons Schritt verlangsamte sich, sie joggte auf der Stelle. Der vom Schneeregen durchweichte Trainingsanzug klebte ihr hauteng auf dem Körper. McFarlane musste unwillkürlich an Amiras statische Berechnung denken.
»Guten Morgen«, grüßte Britton. »Dann kann ich Sie ja gleich informieren: Ich habe vor, ab neun Uhr das Betreten des Decks ohne Schwimmweste zu verbieten.«
»Warum das?,« fragte McFarlane.
»Ein Sturm kommt auf.«
»Kommt auf?« Amira lachte trocken. »Ich würde sagen, wir sind mitten drin.«
Britton beachtete sie gar nicht, sie sah weiter McFarlane an. »Sobald wir aus dem Lee der Isla Navarino sind, müssen wir mit starken Böen rechnen – daher die Schwimmwesten.« Sie nickte McFarlane zu und trabte weiter.

»Danke für die Warnung«, rief er ihr nach, wandte sich, als sie außer Hörweite war, zu Amira um und fragte: »Was haben Sie eigentlich gegen unseren Kapitän?«
Amira zögerte. Erst nach einer Weile erwiderte sie: »Irgendwas an dieser Sally Britton ärgert mich. Sie ist zu perfekt.«
»Ich nehme an, das gehört dazu, wenn jemand das ausstrahlt, was im Allgemeinen mit dem Begriff ›Führungsqualitäten‹ bezeichnet wird.«
»Und dann die Sache mit den Getränken. Sie hat ein Alkoholproblem, und alle anderen müssen dafür büßen. Ich finde das nicht fair.«
McFarlane fühlte sich verpflichtet, das zurechtzurücken. »Die Anordnung war Glinns Entscheidung.«
Sie sah ihn verdutzt an, dann schüttelte sie seufzend den Kopf. »Ja, das sieht Eli wieder mal ähnlich, finden Sie nicht? Ich wette, wenn er die Entscheidung getroffen hat, gibt es irgendwelche zwingend logischen Gründe dafür. Aber die will er natürlich keinem auf die Nase binden.«
Der Wind frischte auf, McFarlane fröstelte. »Also, ich habe für eine Weile genug frische Luft geschnappt. Wollen wir mal probieren, ob wir schon Frühstück bekommen?«
Amira stöhnte gequält auf. »Gehen Sie schon voraus, ich warte lieber noch ein bisschen. Sie wissen ja: Mir liegt was im Magen; aber irgendwann muss es ja rauskommen.«

Nach dem Frühstück machte McFarlane sich auf den Weg zur Bibliothek, Glinn hatte ihn gebeten, sich dort mit ihm zu treffen. Der Raum war riesig, wie alles auf dem Tanker. Die Fensterfront, die sich über die ganze Längswand erstreckte, war mit Schnee bestäubt. Dahinter schien sich – endlos weit – eine schwarze Wasserwüste zu dehnen, über der eine Wand aus Schneegriesel fast waagerecht auf sie zutrieb.
Die Regale enthielten ein breit gefächertes Büchersortiment: nautische Fachliteratur, Enzyklopädien, halb vergessene Bestseller und Lesestoff à la *Reader's Digest*. Während er – um sich

die Zeit zu vertreiben, bis Glinn kam – die Reihen überflog, merkte er, wie sich Unruhe in ihm breit machte. Je näher sie der Isla Desolación kamen – dem Ort, an dem Masangkay gestorben war –, desto aufgewühlter fühlte er sich. Und sie hatten es nicht mehr weit. Noch heute wollten sie das Hoorn umrunden, danach konnte es nicht mehr lange dauern, bis sie irgendwo zwischen den Inseln Anker warfen.
Seine Finger machten bei einem schmalen Band mit dem Titel »Die denkwürdigen Erlebnisse des Arthur Gordon Pym« Halt – das Buch, von dem Brambell am ersten Abend auf See gesprochen hatte, beim Abendessen. Neugierig griff er danach und setzte sich damit auf ein Sofa. Es roch gut nach Buchbinderleinwand und altem Papier.

> Mein Name ist Arthur Gordon Pym. Mein Vater genoss in Nantucket, wo ich geboren bin, als Makler für Schifffahrtspapiere einiges Ansehen. Mein Großvater mütterlicherseits war Anwalt mit einer florierenden Kanzlei. Was er auch anfing, er hatte mit allem Glück, zum Beispiel auch – das war jedenfalls die offizielle Lesart – bei der erfolgreichen Spekulation mit Wertpapieren der Edgarton New-Bank.

McFarlane fand den Anfang enttäuschend trocken und war daher erleichtert, als die Tür aufging und Glinn eintrat. Hinter ihm kam höflich lächelnd und mit angedeuteten Verbeugungen Puppup herein, das lange graue Haar zu einem Zopf gebunden und das schüttere Bärtchen frisch gebürstet. Eine Ähnlichkeit mit dem Trunkenbold, den sie gestern Nachmittag an Bord geschleppt hatten, war kaum noch zu erkennen.
»Entschuldigung, dass Sie warten mussten«, sagte Glinn. »Ich hatte eine kurze Unterredung mit Mr. Puppup. Er scheint bereit zu sein, uns zu unterstützen.«
Puppup grinste und begann sofort wieder mit Händeschüt-

teln, wobei McFarlane überrascht feststellte, dass seine Hand sich erstaunlich trocken und kühl anfühlte.
Glinn winkte McFarlane zur Fensterfront. Durch die wabernden Nebelschwaden konnten sie nordöstlich eine kahle Insel aus dem Wasser ragen sehen, kaum mehr als der zerklüftete, von weißer Brandung umtoste Gipfel eines vom Meer verschlungenen Berges.
»Das ist die Isla Barnevelt«, sagte Glinn. Gleich darauf enthüllte urplötzlich, als wäre über dem vom Sturm gepeitschten Meer ein Vorhang aufgerissen worden, ein Streifen Licht am Horizont die Konturen einer Insel, um deren schroffe Berge Nebel und stiebender Schnee wallten: »Und das dort hinten ist die Isla Deceit, die östlichste der Kap-Hoorn-Inseln.«
Gerade als sich, wiederum dahinter und mehr zu ahnen als zu sehen, die Umrisse anderer Berggipfel abzuzeichnen begannen, war der Lichtstreif wie eine Fata Morgana verschwunden, schwarze Nacht hüllte das Schiff ein.
Glinn riss sich von dem Anblick los und zog ein Papier aus der Tasche. »Diese Nachricht habe ich vor einer halben Stunde erhalten.« Er hielt McFarlane das gefaltete Blatt hin.
Neugierig faltete er den Bogen auf. Ein knapp gehaltener Funkspruch: Zielinsel auf keinen Fall betreten, bevor Sie nicht weitere Instruktionen von mir erhalten haben. Lloyd.
McFarlane gab das Papier Glinn zurück, der es sofort wieder einsteckte. »Lloyd hat mich nicht über seine Pläne informiert. Was hat das Ihrer Meinung nach zu bedeuten? Warum hat er nicht zum Telefon gegriffen oder eine E-Mail geschickt?«
Glinn zuckte die Achseln. »Vielleicht hatte er gerade kein Telefon zur Hand.« Er fasste McFarlane am Arm. »Haben Sie Lust, mit auf die Brücke zu kommen? Von oben ist die Aussicht noch spektakulärer.«
Glinn hatte Recht, der Anblick des aufgewühlten Meeres machte einem hier noch mehr Angst. Schwarze Wellenberge schienen wütend übereinander herzufallen, als wollten sie

einander verschlingen, während zugleich der Sturm über ihnen heulte und ihnen tiefe Furchen in die Kämme grub. Vor McFarlanes Augen kippte der Bug der *Rolvaag* in einen schier bodenlosen Abgrund zwischen zwei Wellenbergen, um sich im nächsten Moment wieder nach oben zu kämpfen und sich, von Kaskaden ablaufenden Meerwassers umspült, der nächsten Herausforderung zu stellen.
Britton wandte sich zu ihnen um, ihr Gesicht sah im gedämpften Schein des künstlichen Lichts verklärt aus. »Wie ich sehe, haben Sie unseren Lotsen mitgebracht.« Der Blick, mit dem sie Puppup musterte, strahlte nicht allzu viel Vertrauen aus. »Ich bin gespannt, welche Fahrrinne er uns empfiehlt, wenn wir so weit sind, das Hoorn zu umrunden.«
Victor Howell, der neben ihr stand, fuhr plötzlich kerzengerade hoch. »Da ist es schon.«
Vor ihnen blitzte – nur wenige Sekunden, so lange der Sturm Atem holte – über der von Brandung umtobten, zerklüfteten Spitze eines gewaltigen Felsmassivs in der Ferne ein kreisender Lichtstrahl auf.
»Cabo de Hornos«, murmelte Glinn. Dann wandte er sich an Captain Britton. »Aber ich bin wegen etwas anderem gekommen. Wir sollten darauf gefasst sein, dass wir jeden Augenblick Besuch bekommen …«
»Captain!«, rief der über den Radarschirm gebeugte Dritte Offizier dazwischen, »das Slick 32 meldet Radarkontakt mit einem Flugobjekt, Annäherung von Nordosten.«
»Kurs?«
»Null vier null konstant, Ma'am. Direkt vor uns.«
Die Luft auf der Brücke war spannungsgeladen. Victor Howell eilte zum Radarschirm und sah dem Mann über die Schulter.
»Entfernung und Geschwindigkeit?«, wollte Britton wissen.
»Sechzig Kilometer, nähert sich mit etwa hundertsiebzig Knoten, Ma'am,« meldete Howell.
»Ein Aufklärungsflugzeug?«

Howell richtete sich auf. »Bei diesem Wetter?«
Wie zur Bestätigung schleuderte ihnen eine Sturmböe prasselnden Regen gegen die Scheiben.
»Nun, ein Hobbyflieger mit einer *Cessna* wird es sicher nicht sein«, murmelte Britton. »Könnte es sich um ein vom Kurs abgekommenes Verkehrsflugzeug handeln?«
»Sehr unwahrscheinlich. Gewöhnlich sind hier nur alte Mühlen im Charterdienst unterwegs. Und die bleiben bei so einem Sauwetter wohlweislich am Boden.«
»Eine Militärmaschine?«
Keine Antwort, alle schwiegen vor sich hin.
»Kurs?«, fragte Captain Britton noch einmal, diesmal sehr leise, als ahne sie die Antwort schon.
»Hält weiter direkt auf uns zu, Ma'am.«
Britton nickte zögerlich. »Also gut – akustischen Alarm vorbereiten, Mr. Howell.«
Ehe Howell reagieren konnte, steckte Banks, der Funkoffizier, den Kopf aus der Tür des Funkraums. »Dieser Vogel da draußen – das ist ein Helikopter der Lloyd Holdings.«
»Sind Sie sicher?«, vergewisserte sich Britton.
»Ich habe sein Anrufzeichen verifiziert.«
»Nehmen Sie Kontakt mit dem Hubschrauber auf«, wies Britton ihn an.
Glinn ließ den zusammengefalteten Bogen mit dem Funkspruch, den er schon in der Hand hielt, wieder in der Tasche verschwinden. Er hatte sich die ganze Zeit über nicht von der plötzlichen Hektik anstecken lassen und wirkte auch jetzt gelassen und ruhig. »Ich denke«, sagte er leise zu Britton, »Sie sollten vorsichtshalber den Landeplatz vorbereiten lassen.«
Britton fuhr herum und starrte ihn an. »Bei dem Wetter?«
Und in dem Moment kam Banks wieder aus dem Funkraum geschossen. »Der Helikopter bittet um Landeerlaubnis, Ma'am.«

»Ist denn das zu fassen?«, empörte sich Howell. »Wir haben Windstärke acht!«
»Ich glaube, es bleibt uns nichts anderes übrig«, sagte Glinn.

Während der nächsten Minuten herrschte auf dem Deck hektische Betriebsamkeit. Wer nicht unbedingt an anderer Stelle gebraucht wurde, half bei den Vorbereitungen für die Hubschrauberlandung mit. Als sich McFarlane und Glinn Seite an Seite dem zum hinteren Teil des Decks führenden Schott näherten, versperrte ihnen ein grimmig dreinblickendes Besatzungsmitglied den Weg und hielt ihnen wortlos Schwimmwesten hin. McFarlane streifte die unförmige Weste über und hakte die Halteriemen fest. Der Matrose zog kurz daran, brummte zufrieden und entriegelte das Schott.
Die Windböe traf McFarlane so jäh und heftig, dass er fürchtete, über die Reling getrieben zu werden. Wie alle auf Deck beschäftigten Besatzungsmitglieder hakte er deshalb die Sicherungsleine seiner Weste an der Laufreling fest und kämpfte sich, gegen den Sturm gestemmt, langsam auf den Landeplatz zu. Obwohl die Maschinen so weit gedrosselt waren, dass das Schiff auch in schwerer See gerade noch Kurs halten konnte, schwankte das Deck bedrohlich hin und her. Der Landeplatz wurde von starken Scheinwerfern angestrahlt, die grell rot gestrichene Fläche war sogar im fast waagerecht einfallenden Schneeregen noch deutlich zu erkennen.
»Da ist er!«, schrie jemand.
McFarlane starrte mit zusammengekniffenen Augen in den Schneesturm. In einiger Entfernung zeichneten sich die Umrisse einer riesigen Chinook ab, die Positionslichter schienen gespenstisch aus der Dunkelheit zu ihnen herüber zu blinzeln. Sooft eine Böe den Hubschrauber traf, fing er regelrecht zu trudeln an. Plötzlich heulte irgendwo eine Sirene, blinkende Warnleuchten warfen einen orangefarbenen Schimmer auf die Aufbauten der *Rolvaag*. McFarlane hörte am lauten Klopfen der Rotoren, wie schwer der Hubschrauber gegen den

Sturm ankämpfen musste. Howell stand breitbeinig am Rand des Landeplatzes; er hatte zwar immer noch das Funkgeschirr umgeschnallt, vertraute aber wohl unter den gegebenen Umständen eher dem Handlautsprecher, durch den er dem Hubschrauberpiloten unablässig irgendwelche Kurskorrekturen zurief.

Die *Chinook* schwebte in Landeposition über ihnen, die kreisenden Rotoren ließen unbarmherzig nassen Schnee über der Besatzung der *Rolvaag* niedergehen. Der Bauch des Hubschraubers näherte sich schlingernd dem von einer Seite auf die andere schwankenden Deck. Einen bangen Augenblick lang glaubte McFarlane, der Pilot würde es nie schaffen, dann setzte die Maschine nach einem missglückten ersten Landeversuch auf. Ein paar Matrosen huschten geduckt zu der Chinook, um die Reifen mit Holzkeilen zu sichern. Die Ladetür glitt auf, ein Dutzend mit Gepäck und Bürogeräten beladene Männer und Frauen kletterten stolpernd ins Freie.

Und dann kam *er* – unverwechselbar, in Stiefeln, den vom Sturm geblähten Südwester auf dem Kopf, in gefüttertes Regenzeug gemummt: Palmer Lloyd. Als er Glinn und McFarlane entdeckte, winkte er ihnen enthusiastisch zu. Ein Besatzungsmitglied rannte herbei, um ihm eine Schwimmweste und die Sicherungsleine anzulegen, aber Lloyd winkte ab. Er wischte sich den Schneeregen aus dem Gesicht, stürmte auf Glinn und McFarlane zu und fasste sie an den Händen. »Gentlemen«, schrie er mit strahlendem Siegerlächeln gegen den Sturm an, »ich gebe eine Runde Kaffee aus.«

Rolvaag

11.15 Uhr

McFarlane drückte den Knopf für das mittlere Brückendeck. Er war oft dort vorbeigekommen und hatte sich immer gefragt, warum Glinn die Räume dort nicht nutzte, ja sie sogar wie eine Art verbotene Zone behandelte. Jetzt, als der Lift ihn lautlos nach oben trug, war ihm die Antwort klar: Glinn hatte die ganze Zeit über gewusst, dass Lloyd nachkommen würde.

Die Tür glitt auf, McFarlane stolperte mitten in ein Szenario hektischer Aktivität: Telefone klingelten, Faxgeräte ratterten, Drucker keuchten, Sekretärinnen aus Lloyds persönlichem Arbeitsstab wieselten hin und her, hingen am Telefon, tippten mit flinken Fingern etwas ins Keyboard – kurzum, sie trugen unermüdlich dazu bei, den Profit der Lloyd Holdings zu mehren.

Ein Mann in hellem Sommeranzug bahnte sich seinen Weg durch das Chaos. Übergroße Ohren, schlaffer Mund, geschürzte Lippen – McFarlane wusste sofort, dass er Penfold vor sich hatte, Lloyds persönlichen Assistenten. Und Penfold hatte ihn offenbar ebenfalls erkannt und kam auf ihn zu. Das heißt, streng genommen kam er nie auf jemanden zu, das wäre ihm viel zu plump erschienen; er näherte sich seinem Ziel vielmehr stets in einem irreführenden Zickzackkurs an.

»Dr. McFarlane?«, fragte Penfold in seinem nervösen, hohen Singsang. »Hier entlang, bitte.«

Er führte McFarlane in das kleine, mit schwarzen Ledersofas und einem goldgefassten Glastisch ausstaffierte Besucherzimmer. Aus dem Büro nebenan dröhnte Lloyds sonore Bassstimme.

»Bitte, nehmen Sie Platz«, bat Penfold, »Mr. Lloyd wird gleich hier sein.« Er zog sich zurück, McFarlane ließ sich auf einem knarrenden Sofa nieder und blätterte in den ausliegenden Magazinen – *Scientific American*, *New Yorker* und *New Republic*, jeweils die neueste Ausgabe. Aber er nahm den Text und die Fotos gar nicht richtig wahr, weil ihm etwas ganz anderes durch den Kopf ging.

Weshalb war Lloyd so plötzlich gekommen? War etwas schief gegangen?

»Sam!« Lloyd stand unter der Tür, groß und massig und gut gelaunt – eine geballte Ladung Selbstvertrauen. McFarlane erhob sich höflich, Lloyd kam mit ausgestreckten Armen auf ihn zu, fasste ihn an den Schultern und drückte ihn herzlich. »Es ist schön, Sie wieder in meiner Nähe zu haben. Ich kann Ihnen gar nicht sagen, wie aufregend es für mich ist, hier zu sein. Kommen Sie, gehen wir rein zu mir.«

McFarlane folgte Lloyds breitem, mit feinem Valentino-Zwirn bekleideten Rücken. Das Chefbüro war recht spärlich ausgestattet: eine Fensterfront, durch die das klare Licht der Antarktis hereinfiel, zwei schlichte Schwingsessel, auf dem Schreibtisch ein Telefon, ein Laptop, zwei leere Gläser und eine zum Atmen geöffnete Flasche Château Margaux.

Lloyd deutete auf die Flasche. »Lust auf ein Glas?«

McFarlane nickte grinsend. Lloyd schenkte ihnen ein, ließ sich in den Sessel hinter dem Schreibtisch fallen und hob sein Glas. *»Cheers!«*

Sie stießen an, McFarlane nahm einen Schluck. Er war kein Weinkenner, aber bei diesem rubinroten Tropfen merkte selbst ein ungeübter Gaumen, dass ihm Gutes widerfuhr.

»Ich hasse Glinns Geheimniskrämerei«, beklagte sich Lloyd ungehalten. »Warum sagt er mir nicht, dass auf der *Rolvaag* Alkoholverbot herrscht? Und lässt kein Wort über Brittons Vergangenheit fallen? Ich verstehe nicht, wie er so jemandem die Führung der *Rolvaag* anvertrauen kann. Er hätte mich unbedingt in Elizabeth darüber informieren müssen. Gott sei Dank, dass es bisher keine Probleme gegeben hat.«

»Sie ist ein ausgezeichneter Kapitän«, sagte McFarlane. »Man

merkt ihr die Erfahrung an. Sie kennt ihr Schiff in- und auswendig, das trägt ihr bei der Mannschaft großen Respekt ein. Ihr macht so schnell keiner ein X für ein U vor.«
Lloyd hörte ihm aufmerksam zu. »Nun, das höre ich gern ...« Weiter kam er nicht, das Telefon klingelte. »Was gibt's?«, raunzte er ungehalten in den Hörer. »Ich bin in einer Besprechung.« Er lauschte seiner Sekretärin einen Augenblick. McFarlane nutzte die Pause, um über Lloyds letzte Bemerkung nachzudenken. In gewisser Weise hatte Lloyd Recht, die Geheimniskrämerei war Glinn zur zweiten Natur geworden. Oder es steckte instinktives Misstrauen dahinter.
»Ich rufe den Senator zurück«, sagte Lloyd. »Und jetzt bitte keine Anrufe mehr.« Er stand auf, ging zum Fenster, verschränkte die Hände auf dem Rücken und blickte auf das von Schneeregen verschleierte Panorama, das sich ihm bot. »Gigantisch«, murmelte er fast ehrfürchtig. »Mein Gott, Sam, in spätestens einer Stunde sind wir da!« Er riss sich von dem Anblick los. »Ich habe einen Entschluss gefasst. Eli muss ich es noch sagen, aber Sie sollen es zuerst erfahren.« Einen Atemzug lang Schweigen. »Ich habe vor, die Fahne zu hissen.«
McFarlane starrte ihn an. »Sie haben was vor?«
»Ich werde heute Nachmittag als Erster meinen Fuß auf die Isla Desolación setzen.«
McFarlane spürte ein beunruhigendes Kribbeln im Magen. »Ganz allein? Nur Sie?«
»Ja, nur ich. Und diese komische Nummer Puppup, natürlich. Er muss mich zu dem Meteoriten führen.«
McFarlanes ungutes Gefühl verstärkte sich. »Nur Sie?«, wiederholte er. »Sie wollen bei der Entdeckung des Meteoriten niemanden dabeihaben?«
»Nein, keinesfalls. Warum auch, zum Teufel? Peary hat es bei seinem letzten Vorstoß zum Pol genauso gemacht. Glinn wird das wahrscheinlich nicht passen, aber es ist nun mal meine Expedition. Ich gehe allein, das muss er verstehen.«

McFarlane saß wie angewurzelt da. Und dann sagte er in sonderbar ruhigem Ton: »Nein. Sie gehen nicht allein.«
Lloyd starrte ihn an.
»Ich lasse mich nicht ausbooten«, erklärte McFarlane.
Lloyds Blick nagelte ihn fest. »Sie?«
McFarlane erwiderte den durchdringenden Blick stumm.
Lloyd stieß ein schepperndes Lachen aus. »Ich erkenne Sie kaum wieder, Sam. Wenn ich daran denke, wie Sie sich bei unserer ersten Begegnung in der Kalahari hinter einem Busch verkrochen haben – da hätte ich wirklich nicht gedacht, dass Ihnen solche Dinge etwas bedeuten.« Plötzlich erstarrte sein Lächeln. »Was machen Sie, wenn ich Nein sage?«
McFarlane stand auf. »Ich weiß nicht. Wahrscheinlich irgendeine übereilte Dummheit.«
Lloyds massige Gestalt schien noch mehr in die Höhe und Breite zu wachsen. »Soll das eine Drohung sein?«
McFarlane hielt seinem Blick Stand. »Ich denke, ja.«
Lloyd sah ihn unverwandt an. »Soso.«
»Sie haben mich ausgesucht. Sie wussten, wovon ich mein Leben lang geträumt habe.« McFarlane suchte Lloyds Miene nach Spuren von Veränderungen ab. Der Mann war es nicht gewöhnt, dass jemand sich ihm widersetzte. »Ich war da draußen in der Kalahari, um die Vergangenheit abzuschütteln. Und dann sind Sie gekommen und haben mich an meinen Traum erinnert. Sie haben ihn mir hingehalten, wie man einem Kaninchen eine Karotte hinhält. Und Sie wussten, dass ich anbeißen würde. Nun bin ich hier und lasse mich nicht beiseite schubsen. Ich will dabei sein, genau wie Sie.«
Die beiden starrten sich stumm an. Die Luft schien elektrisch geladen zu sein. Draußen läutete ein Telefon, jemand hackte auf den Tasten eines Keyboards herum.
Lloyds Züge entspannten sich. Er fuhr sich mit der Hand über den kahlen Schädel, dann spielten seine Finger mit dem Kinnbärtchen. »Wenn ich Sie mitnehme, was ist dann mit

Glinn? Oder mit Amira? Oder Britton? Dann will jeder dabei sein.«

»Nein, es geht nur um uns beide. Sie und ich – wir beide haben es uns verdient. Ein Wort von Ihnen genügt, dann ist die Sache entschieden.«

Lloyds Augen ließen ihn nicht los. »Ich glaube, der McFarlane, den ich bisher noch nicht kannte, gefällt mir. Ich habe Ihnen die Nummer mit dem harten Zyniker nie so ganz abgekauft. Aber eines sage ich Ihnen, Sam: Wehe, wenn hinter Ihrem Interesse abartige Überlegungen stecken. Muss ich noch deutlicher werden? Ich will nicht, dass noch einmal so was passiert wie bei dieser Tornassuk-Sache.«

McFarlane spürte Wut in sich hochkochen. »Diese Bemerkung will ich lieber nicht gehört haben.«

»Sie haben sie aber gehört. Spielen Sie hier nicht den Zimperlichen.«

McFarlane wartete ab. Sollte Lloyd ruhig ins Leere laufen. Und tatsächlich, nach ein paar Sekunden lächelte Lloyd ein wenig gequält. »Es ist schon einige Jahre her, dass mir jemand so die Stirn geboten hat. Irgendwie erfrischend. Der Teufel soll sie holen, Sam – aber gut, wir gehen gemeinsam. Nur, es ist Ihnen sicher klar, dass Glinn alles versuchen wird, um uns einen Strich durch die Rechnung zu machen.« Er warf rasch einen Blick auf die Uhr und trat wieder ans Fenster. »Bei so was kann er störrisch sein wie ein Bock.«

Als hätten sie den Auftritt abgesprochen – was wohl, wie McFarlane allerdings erst später klar wurde, tatsächlich der Fall war –, kam plötzlich Glinn herein, gefolgt von Puppup, der offenbar Freude an der Rolle des stummen, allzeit auf den Spuren seines Herrn wandelnden Vasallen gefunden hatte. Wie immer dienerte er geflissentlich nach allen Seiten, dann hielt er sich, zwei Finger auf den Mund gelegt, stumm im Hintergrund. Das vergnügte Glitzern in seinen schwarzen Augen verriet eine verstohlene Vorfreude, deren Grund vermutlich nur er kannte.

»Pünktlich auf die Minute, wie immer«, dröhnte Lloyd, als er Glinn die Hand schüttelte. »Hören Sie, Eli, ich habe eine Entscheidung getroffen. Es wäre mir recht, wenn sie Ihre Billigung fände, aber ich habe da meine Zweifel. Deshalb will ich Sie lieber gleich vorwarnen: Ich lasse mich von keiner Macht im Himmel und auf Erden umstimmen – ist das klar?«
»Aber sicher doch«, sagte Glinn und machte es sich in einem der Schwingsessel bequem.
»Es hat keinen Sinn, darüber mit mir zu diskutieren. Meine Entscheidung ist unwiderruflich.«
»Wunderbar. Ich wollte, ich könnte mitkommen.«
Einen Augenblick lang starrte Lloyd ihn an, als habe es ihm die Sprache verschlagen. Dann funkelte helle Wut in seinen Augen. »Sie verdammter Mistkerl! Sie haben das Schiff mit Wanzen gespickt!«
»Machen Sie sich nicht lächerlich. Ich wusste von Anfang an, dass Sie darauf bestehen würden, dem Meteoriten als Erster Ihre Aufwartung zu machen.«
»Das kann nicht sein. Ich habe es ja bis heute selbst nicht gewusst.«
Glinn winkte ab. »Hören Sie, wenn wir die Erfolgsaussichten und Misserfolgsrisiken einer Aktion abwägen, analysieren wir natürlich auch die Persönlichkeitsprofile der Hauptbeteiligten. Verlassen Sie sich drauf, wir wissen, was jeder Einzelne von Ihnen tun wird. Und zwar noch, bevor er's selber weiß.« Er schielte zu McFarlane hinüber. »Sam hat sicher darauf bestanden, Sie zu begleiten?«
Lloyd nickte verblüfft.
»Ich verstehe. Das Boot am Achtersteven dürfte am geeignetsten sein, es ist klein und wendig. Ich habe mit Mr. Howell abgesprochen, dass er Sie übersetzt. Wasserdichte Beutel mit dem Nötigsten sind bereits gepackt – Nahrungsmittel, Wasser, ein Benzinkocher, Zündhölzer, Taschenlampen, Leuchtraketen, Gegensprech-Funkgeräte und so weiter. Ich vermute, Sie wollen Puppup als Führer mitnehmen?«

»Stets zu Diensten, Chef«, erbot sich Puppup wie ein englischer Butler an.
Lloyd ließ seinen Blick von Glinn zu Puppup und wieder zurück schweifen. Ein paar Sekunden verstrichen, dann zog er eine Grimasse. »Ich hab's nicht gern, wenn jemand in mir liest wie in einem aufgeschlagenen Buch. Gibt es überhaupt etwas, das Sie überraschen kann?«
»Sie bezahlen mich nicht dafür, dass ich mich überraschen lasse, Mr. Lloyd. Ihnen bleiben nur ein paar Stunden Tageslicht, Sie müssen also ablegen, sobald die *Rolvaag* den Franklin-Kanal erreicht hat. Es gilt zu überlegen, ob Sie nicht lieber bis morgen früh warten wollen.«
Lloyd schüttelte den Kopf. »Nein, meine Zeit hier unten ist knapp bemessen.«
Glinn nickte, als habe er auch damit gerechnet. »Puppup hat mir von einer Bucht mit Kieselstrand auf der Leeseite der Insel erzählt. Sie können mit dem Motorboot direkt auf dem Kies aufsetzen und mühelos wieder ablegen.«
Lloyd seufzte. »Sie verstehen sich wirklich darauf, dem Leben auch den letzten Hauch Romantik zu nehmen.«
»Nein.« Glinn stand auf. »Ich nehme ihm nur ein paar Unsicherheiten.« Er trat ans Fenster. »Wenn Ihnen nach Romantik zumute ist, werfen Sie einen Blick nach draußen.«
Gerade in dem Moment, als Glinn und McFarlane sich zu ihm gesellten, tauchte vor ihnen eine kleine, trostlos düstere Insel auf – schwärzer als das Meer, das sie umgab.
»Das, Gentlemen, ist die Isla Desolación.«
McFarlanes erwartungsvolle Neugier wurde zunehmend von Beklommenheit verdrängt. Ein schmaler Streifen Licht wanderte über die schroffen Felsen, verschwand und tauchte, in Nebelschwaden gehüllt, als Phantom wieder auf. Unablässig schlugen gewaltige Brecher gegen das felsige Ufer. An der Nordspitze der Insel sah er zwei schmale, spitz zulaufende Felsen: das typische Merkmal eines vulkanischen Kamins. Nach Süden erstreckte sich ein tiefes Schneefeld. Das vom

ständigen Wind glatt polierte, vereiste Zentrum funkelte wie ein riesiger Türkis.

Lloyd sagte ergriffen: »Mein Gott, da ist sie. Unsere Insel am Ende der Welt, Eli. Unsere Insel – und mein Meteorit.«

McFarlane hörte hinter sich unpassendes leises Gekicher. Als er sich umdrehte, sah er, dass Puppup hinter ihnen stand und sich, als wolle er sie versiegeln, wieder zwei Finger über die Lippen gelegt hatte.

»Was ist los?«, fragte Lloyd scharf.

Aber Puppup gab ihm keine Antwort. Er kicherte nur weiter vor sich hin, als er sich, den Blick fest auf Lloyd gerichtet, unter ständigem Katzbuckeln rückwärts durch die Tür drückte.

Isla Desolación

12.45 Uhr

Vor knapp einer Stunde hatte der Tanker seinen mächtigen Rumpf in den Franklin-Kanal geschoben, der eigentlich eher eine zergliederte, von schroffen Felsen umschlossene Bucht war. Und nun saß McFarlane in einem offenen Boot und hielt sich mit beiden Händen krampfhaft am Dollbord fest. Der bullige Parka und die darüber geschnallte Rettungsweste ließen ihn ein wenig wie einen plumpen Maikäfer aussehen. Die schwere See, die sogar die *Rolvaag* zum Schlingern gebracht hatte, warf das Motorboot wie eine Nussschale hin und her. Victor Howell, der Erste Offizier, stand am Ruder. Sein Gesicht spiegelte die Anstrengung wider, die es ihn kostete, das Boot auf Kurs zu halten. John Puppup war nach vorn in den Bug gekrochen, und dort kauerte er nun – schneebestäubt, die Hände um die Klampen geklammert, den Blick der Insel zugewandt, wie ein aufgeregter kleiner Junge, der einem Abenteuer entgegenfiebert. Er hatte, als die *Rolvaag* in den Kanal eingelaufen war, als Lotse fungiert und mit seinen spärlichen, gemurmelten Anweisungen das ohnehin risikoreiche Manöver zu einem wahren Vabanquespiel gemacht.

Das Boot bockte und wurde hin und her geworfen, aber je näher sie in den Windschatten der Isla Desolación kamen und je mehr die Brandung abebbte, desto schwächer wurden die Schlingerbewegungen. Die drohend aufragenden Klippen machten dem Namen der Insel alle Ehre: Trostlose schwarze Felsen ragten wie bizarr verkrümmte Finger aus den weißen Schneeverwehungen. Eine kleine, in den Schatten des Riffs geschmiegte Bucht kam in Sicht. Puppup bedeutete Howell, darauf zuzuhalten. Drei Meter vor dem groben Kiesstrand stellte Howell den Motor ab und riss die Propellerwelle hoch, das Boot setzte mit leisem Knirschen auf. Puppup sprang wie

ein Kletteraffe heraus, McFarlane folgte ihm, drehte sich um und hielt Lloyd die Hand hin.
»Gott im Himmel, so alt bin ich nun auch wieder nicht«, wehrte Lloyd ab, griff nach dem Packsack und sprang an Land.
»Ich bin um drei wieder da«, schrie Howell ihnen zu, ließ den Motor aufheulen und steuerte das Boot rückwärts aus der Bucht.
McFarlane sah ihm nach, wie es sich – auf den Wellen tanzend – immer weiter entfernte. Dabei bemerkte er, dass eine zinkfarbene Schlechtwetterfront auf sie zutrieb. Eine böse Vorahnung beschlich ihn, er mummte sich fester in seine Jacke. Die *Rolvaag* ankerte zwar nicht einmal einen Kilometer entfernt, das wusste er, trotzdem hätte er sie lieber in Sichtweite gehabt.
»Also, Sam – wir haben zwei Stunden«, rief ihm Lloyd mit breitem Grinsen zu. »Machen wir das Beste daraus. Zuerst soll Puppup mal ein Foto von uns schießen, wie wir die Insel in Besitz nehmen.« Er kramte eine kleine Kamera aus der Tasche und sah sich suchend um. »Nanu, wo ist er denn hin?«
McFarlanes Blick suchte den schmalen Strand ab – keine Spur von dem Alten. Lloyd formte aus den Händen einen Trichter und rief laut nach ihm.
»Hier oben, Chef«, kam es aus den Klippen. Und tatsächlich, als McFarlane den Kopf in den Nacken legte, sah er die schmächtige Gestalt, eingerahmt vom sich dunkel verfärbenden Himmel, hoch oben in den Felsen kauern. Puppup winkte ihnen zu und deutete mit der anderen Hand auf einen schmalen Pfad in den Felsen.
»Er ist schon ein wunderlicher Knirps«, murmelte Lloyd kopfschüttelnd. »Wenn er sich bloß noch daran erinnert, wo mein Meteorit liegt.«
Sie staksten über den groben Kies auf die Klippen zu. Der Strand war mit großen, vom Sturm auf die Küste geworfenen Eisbrocken bedeckt. Die Luft roch nach Salz und fauligem

Moos. McFarlanes Blick nahm skeptisch an der steilen schwarzen Basaltwand Maß. Er atmete tief durch, dann begann er mit dem Aufstieg durch den schmalen, schluchtartigen Pass. Die Kletterpartie war schwieriger, als es von unten ausgesehen hatte; festgefrorener Schnee machte den Fels tückisch glatt, die letzten fünf Meter führten über pures Eis. Ein Stück unter sich hörte er Lloyds keuchende Atemzüge, aber für einen Mann von sechzig Jahren hielt er sich wacker, und so kamen sie schließlich beide fast gleichzeitig oben an.

»Gut«, rief Puppup, »sehr gut« – und kasperte applaudierend auf den Felsen herum.

McFarlane ging in die Hocke und stützte die Hände auf die Knie. Die kalte Luft brannte ihm in den Lungen, unter dem Parka war er schweißgebadet. Neben ihm ruhte sich Lloyd keuchend von der Strapaze aus, die Kamera und das geplante Siegerfoto hatte er völlig vergessen.

McFarlane stemmte sich hoch und sah, dass vor ihnen eine von Steinen übersäte Hochebene lag. Rund hundert Meter dahinter begann das Schneefeld, das sich bis zur Mitte der Insel erstreckte. Der Himmel war mittlerweile von düsteren Wolken verhangen, der Schneefall wurde stärker.

Ohne ein Wort zu sagen, richtete Puppup sich plötzlich auf und marschierte schnellen Schritts weiter. Lloyd und McFarlane hatten, als sie dem Alten folgten, alle Mühe, den Anschluss nicht zu verlieren. Innerhalb weniger Minuten wurde aus dem Schneefall dichtes Schneegestöber, das die Landschaft vor ihnen in eine weiße Wüste verwandelte. Puppup konnten sie, obwohl er gerade mal sechs, sieben Meter entfernt war, nur noch verschwommen erkennen – eine kleine, auf und ab hüpfende Gestalt. Je weiter sie vorankamen, desto eisiger wurde der Wind, der Schnee trieb nahezu horizontal auf sie zu. McFarlane war nachträglich froh, dass Glinn darauf bestanden hatte, sie mit Polarstiefeln und dick gefütterten Parkas auszustaffieren.

Schließlich erreichten sie den Kamm der Hochebene. Der Wind hatte sich gedreht – und mit ihm die Schneefront, so dass sie nun einen Blick in das Tal und auf das Schneefeld werfen konnten. Es sah von hier oben viel größer aus: eine geschlossene, verlockend schöne blau-weiße Fläche wie ein riesiger Gletscher. Hinter dem von Hügeln umgebenen Tal ragten die beiden vulkanischen Felskegel wie die Fänge eines urzeitlichen Fabeltiers auf.

»Tolle Aussicht, was, Chef?«, fragte Puppup.

»Ja«, bestätigte Lloyd. »Sagen Sie – dieses große Schneefeld, hat das einen Namen?«

»Sicher.« Puppup nickte eifrig. »Sie nennen es ›Das, was Hanuxa erbrochen hat.‹«

»Sehr malerisch«, murmelte Lloyd, während er versuchte, sich die dünne Eisschicht abzureiben, die sich auf seinem Spitzbart abgesetzt hatte. »Und die beiden Felskegel?«

»Das sind Hanuxas Klauen.«

»Einleuchtend. Aber wer ist Hanuxa?«

»Eine Legendenfigur der Yaghan-Indianer«, antwortete Puppup, offenbar nicht bereit, mehr preiszugeben.

McFarlane musterte ihn mit zusammengekniffenen Augen. Er erinnerte sich, in Masangkays Tagebuch etwas von alten Yaghan-Legenden gelesen zu haben. Ob wohl eine davon Masangkay hierher gelockt hatte?

»Alte Legenden haben mich schon immer fasziniert«, sagte er möglichst beiläufig. »Würden Sie uns etwas mehr darüber erzählen?«

Puppup zuckte die Achseln, nickte wieder auf seine drollige Art und antwortete grinsend: »Ich hab's nicht mit dem alten Aberglauben, ich bin Christ.« Dann drehte er sich abrupt um und marschierte in solchem Tempo auf das Schneefeld zu, dass Lloyd und McFarlane in leichten Trab verfallen mussten, um mit ihm Schritt halten zu können.

Das Schneefeld lag, am Rand von zerbrochenen Findlingen und Felsschutt begrenzt, in einer tiefen Bodenfalte. Als sie es

erreichten, wurde der Wind zum Sturm. Er blies so heftig, dass sie sich tief gebeugt gegen ihn anstemmen mussten.
»Kommt endlich!«, hörten sie Puppup rufen.
Er führte sie parallel an dem Schneefeld entlang, das wie eine mannshohe Verwehung neben ihnen aufragte. Hin und wieder blieb er stehen, um die Schneewand aus der Nähe zu betrachten. Schließlich schien er die richtige Stelle gefunden zu haben. »Hier«, sagte er zufrieden, schlug mit der Stiefelspitze eine Stufe in die senkrechte Schneemauer, fing ein Stück weit zu klettern an und trat die nächste Stufe in den Schnee.
McFarlane folgte ihm, hangelte sich vorsichtig von einem Tritt zum nächsten und versuchte dabei, das Gesicht möglichst nicht dem immer schneidenderen Wind auszusetzen.
»Puppup soll langsamer machen!«, japste Lloyd hinter ihm.
Aber Puppup schritt nur umso schneller aus und fing dabei plötzlich in hohem, singendem Tonfall zu erzählen an. »Hanuxa war der Sohn von Yekaijiz, dem Gott des Nachthimmels. Yekaijiz hatte zwei Söhne, Hanuxa und dessen Zwillingsbruder Haraxa, den der Vater besonders ins Herz geschlossen hatte. Da konnte es nicht ausbleiben, dass Hanuxa immer eifersüchtiger auf seinen Bruder wurde. Er sann auf einen Weg, wie er dessen Kraft und Einfluss erlangen könnte.«
»Aha«, warf Lloyd schnaufend ein, »die alte Geschichte von Kain und Abel.«
Im Zentrum des Feldes glitzerte blankes, blaues Eis, der Schnee war wohl vom Wind weggefegt worden. Es ist schon seltsam, hier, mitten im Nichts, auf der Suche nach einem riesigen, mysteriösen Felsen und dem Grab seines früheren Partners und Freundes durch eine Winterlandschaft wie aus Kinderträumen zu wandern und dabei einem alten Mann zuzuhören, der Legenden über die Isla Desolación erzählt, ging es McFarlane durch den Kopf.
»Die Yaghan glauben nämlich, dass das Blut die Quelle des Lebens und der Kraft ist«, fuhr Puppup fort. »Und so tötete Hanuxa eines Tages seinen Bruder. Er schlitzte Haraxa die

Kehle auf und trank sein Blut – ja, so war es. Und da nahm seine Haut die Farbe des Blutes an, und Haraxas Kraft ging auf ihn über. Aber Yekaijiz, der Vater, kam ihm dahinter und beschloss, Hanuxa ins Innere der Insel zu verbannen. Er schloss ihn in einem unterirdischen Kerker ein. Und wenn sich in stürmischen Nächten, in denen die Brandung gischtend tobt, jemand zu nahe an die Insel heranwagt, kann er grelle Lichtblitze zucken sehen und hören, wie Hanuxa mit wütendem Heulen versucht, aus seinem Kerker zu entkommen.«

»Wird er je entkommen?«, fragte Lloyd.

»Weiß ich nicht, Chef. Aber wenn, wär's ein Unheil.«

Das Schneefeld fiel nun leicht ab und endete schließlich an einer Wechte. Sie mussten sich – einer nach dem anderen – fast zwei Meter abwärts hangeln und die restliche Strecke rutschend und schlitternd zurücklegen, bis sie wieder festen Boden unter den Füßen hatten. Der Wind schwächte allmählich ab, der Schnee fiel jetzt in dicken, weichen Flocken, die aber nicht liegen blieben. In etwa hundert Meter Entfernung machte McFarlane einen großen Findling aus.

Plötzlich fing Puppup zu rennen an, genau auf den Findling zu, Lloyd folgte ihm. McFarlane zögerte, und als er endlich losging, bewegte er sich, als habe er auf einmal schwere Gewichte an den Beinen.

Hinter dem Findling sah er eine verkrumpelte Decke auf dem Boden liegen, nicht weit davon verstreute Tierknochen, darunter auch zwei Schädel, um einen war noch das von Wind und Wetter zerschlissene Seil geschlungen. Ein paar Blechdosen lagen herum, eine große Segeltuchplane, ein durchnässter Schlafsack und zwei zerborstene Packgeschirre. Und auch unter der Segeltuchplane beulte sich irgendetwas. McFarlane lief ein kaltes Schaudern über den Rücken.

»Mein Gott«, sagte Lloyd leise und deutete mit dem Kopf auf die Tierknochen, »das müssen die Maulesel Ihres ehemaligen Partners gewesen sein. Sie waren an dem Felsen festgebunden und sind verhungert.«

Er wollte nach dem Segeltuch greifen, aber McFarlane fiel ihm in den Arm und hielt ihn zurück. Er bückte sich und hob es selber an, schüttelte den Schnee ab und riss es mit einem Ruck beiseite. Aber es waren nicht Masangkays sterbliche Überreste, die zum Vorschein kamen, sondern nur ein paar Werkzeuge, Kleidungsstücke und etwas Proviant, wahrscheinlich der Inhalt der beiden zerborstenen Packgeschirre. McFarlanes Blick blieb an einigen Blechdosen mit Ölsardinen hängen. Sie waren aufgeplatzt, überall lagen gefrorene Fische herum. Und dabei hat Nestor die verdammten Dinger so gemocht, ging ihm durch den Kopf.

Und plötzlich holte ihn die Erinnerung an eine Episode ein, die sich vor fünf Jahren etliche tausend Meilen nördlich von hier abgespielt hatte …

Nestor und er kauerten mit ihren bis zum Rand mit Atakamiten voll gestopften Rucksäcken in einem tiefen Abwassergraben neben einer unbefestigten Landstraße. Knapp zwei Meter von ihnen entfernt rumpelten Militärlastwagen mit schwer bewaffneten Suchtrupps vorbei und deckten sie mit einem Hagel aus Schotter und Splitt zu. Dennoch fühlten sie sich im Bewusstsein des nahen Erfolgs wie berauscht, sie alberten übermütig herum und schlugen sich triumphierend auf die Schultern. Obwohl sie halb verhungert waren, trauten sie sich nicht, ein Feuer zu entzünden; sie hatten Angst, entdeckt zu werden. Masangkay langte in seinen Rucksack, kramte eine Büchse Sardinen heraus und bot McFarlane etwas davon an.

»Soll das ein Witz sein?«, flüsterte McFarlane angeekelt. »Dieses Zeug schmeckt doch noch scheußlicher, als es riecht.«

»Deshalb bin ich ja so scharf darauf«, flüsterte Masangkay zurück. *»Anoy ekk yung kamay mo!«*

McFarlane verstand kein Wort, aber statt ihm das Kauderwelsch zu erklären, fing Masangkay an zu lachen, erst leise, dann immer lauter und rebellischer. Und irgendwie war sein Lachen in dieser mit Ängsten und Hoffnungen überfrachteten Situation unwiderstehlich ansteckend. Auf einmal – er wusste nicht, warum – brach auch McFarlane in schallendes Gelächter aus. Und so saßen sie da, hielten ihre Rucksäcke mit der wertvollen Beute fest umklammert und wollten sich schier ausschütten vor Lachen, während die Armeelastwagen auf der Suche nach ihnen die staubige Landstraße auf und ab patrouillierten.

McFarlane gab sich einen Ruck und kehrte zurück in die Gegenwart. Aber was war das für eine Gegenwart? Er kauerte inmitten aufgeplatzter Ölsardinendosen und allem möglichen Krempel im Schnee und fühlte sich hundeelend. Rings um ihn sah es aus wie auf einer Müllhalde. Ein trostloser Ort – zu trostlos, als dass hier ein Mensch einsam und allein sterben durfte. Er spürte ein leichtes Brennen in den Augen und kurz darauf den salzigen Geschmack einer Träne im Mundwinkel.

»Also, wo ist denn nun der Meteorit?«, hörte er Lloyd ungeduldig fragen.

»Der – was?«, fragte Puppup zurück.

»Mann – das Loch, das Masangkay gegraben hat.«

Puppup deutete vage in das Schneegestöber.

»Bring mich hin, verdammt noch mal!«

Lloyd und Puppup stapften los, McFarlane stemmte sich hoch und trottete hinter ihnen her. Nach einem Kilometer machte Puppup Halt und deutete nach vorn. McFarlane trat ein paar Schritte vor und starrte in die Grube, die Masangkay ausgehoben hatte. Komisch, irgendwie hatte er sie sich größer vorgestellt. Die Seitenwände waren eingebrochen, Schnee war in das Loch geweht.

Lloyd griff nach seinem Arm und drückte ihn. »Stellen Sie sich mal vor, Sam«, hörte McFarlane ihn flüstern, »hier liegt er, direkt unter unseren Füßen.« Und nachdem er gegen den Kloß im Hals angeschluckt hatte: »Wenn wir ihn nur sehen könnten.«

McFarlane hatte das Gefühl, dass er es Lloyd schuldig gewesen wäre, diese Empfindungen zu teilen. Aber wenn er in

sich hineinhorchte, waren da nur Trauer und eine lähmende, gespenstische Stille.
Lloyd nahm den Rucksack ab, öffnete ihn und zog eine Thermosflasche und drei Plastikbecher heraus. »Einen Schluck Kakao?«
»Warum nicht.«
Lloyd grinste schief. »Eli, der verdammte Geizkragen, hätte uns ruhig eine Flasche Cognac einpacken können. Aber was soll's, das Zeug ist wenigstens schön heiß.« Er schenkte drei Becher voll, gab jedem einen und hielt seinen hoch. »Auf den Desolación-Meteoriten!«, sagte er mit belegter Stimme.
»Masangkay«, murmelte McFarlane.
»Wie?«
»Den *Masangkay*-Meteoriten.«
»Das ist gegen die Spielregeln«, widersprach Lloyd. »Meteoriten werden immer nach dem Ort benannt, an dem sie ...«
Die lähmende Stille, die McFarlane gerade noch in sich gespürt hatte, war plötzlich wie weggewischt. »Scheiß drauf, was üblich ist. Er hat ihn gefunden, nicht Sie oder ich. Und es hat ihn das Leben gekostet.«
Lloyd sah ihn nur groß an. Ein bisschen spät, sich auf ethische Grundsätze zu besinnen, las McFarlane in seinem Blick. Und hörte Lloyd sagen: »Reden wir später drüber und trinken erst mal auf den Meteoriten, egal, wie das Ding nun heißt.«
Sie stießen an und tranken ihre Becher in einem Zug aus. Das Licht fing schon zu verblassen an, am Rand ihrer kleinen Welt mischte sich Grau in das alles beherrschende Weiß. McFarlane spürte, wie sich Friede und wohlige Wärme in ihm ausbreiteten; er musste wohl seinen Ärger mit heruntergeschluckt haben.
Irgendwie hatte die kleine Zeremonie etwas rührend Unbeholfenes an sich gehabt, aber das war wohl mit allen feierlichen Augenblicken so. Und dies war ein großer Moment gewesen, trotz des Umstandes, dass sie bis jetzt nirgendwo Masangkays Leiche entdeckt hatten. Eine unerklärliche

Scheu hielt ihn ab, die Augen zu heben und die Umgebung abzusuchen, und er schreckte auch davor zurück, Puppup zu fragen, wo der Tote gelegen habe.
Lloyds forsche Stimme riss ihn aus seinem Grübeln. »So, jetzt muss Puppup aber endlich das Foto von uns schießen!«
McFarlane baute sich brav neben Lloyd auf, der Alte ließ sich die Kamera in die Hand drücken. Als der Verschluss klickte, reckte sich Lloyd plötzlich und richtete den Blick starr auf den kleinen Hang vor ihnen.
»Dort drüben«, flüsterte er McFarlane zu und deutete über Puppups Schulter auf einen graubraunen Fleck im Schnee, etwa dreißig Meter von ihnen entfernt.
Sie gingen stumm darauf zu und starrten auf die schneebedeckten Reste eines Skeletts und einzelne Knochen, die verstreut herumlagen. Das Einzige, woran McFarlane den Toten wiedererkannte, war der wie zu einem Grinsen nach oben geschobene Unterkiefer. In der Nähe lag eine Schaufel, der Stiel fehlte. Ein Fuß steckte noch im Stiefel.
»Masangkay«, flüsterte Lloyd mit tonloser Stimme.
McFarlane sagte nichts. Er und Masangkay hatten so viele schöne und schwere Stunden geteilt. Und nun war von seinem einstigen Freund und Schwager nur ein Haufen Knochen in der Einöde geblieben.
Woran mochte Masangkay gestorben sein? An Erschöpfung? An einem Herzanfall? Verhungert konnte er kaum sein, bei den Mauleselskeletten lagen ja genug Nahrungsmittel herum. Doch wieso waren die Knochen in der Gegend verstreut? Waren das Vögel gewesen? Oder Raubtiere? Die Insel schien durch und durch lebensfeindlich zu sein. Und Puppup hatte sich nicht mal die Mühe gemacht, Masangkay zu begraben.
Lloyd drehte sich zu Puppup um. »Haben Sie eine Ahnung, was ihn getötet hat?«
Puppup zog nur schniefend die Nase hoch.
»Lassen Sie mich raten – Hanuxa.«

»Wenn Sie an Legenden glauben, ja. Aber wie gesagt, Chef, ich tue das nicht.«

Lloyd sah ihn einen Moment streng an, dann wandte er sich seufzend ab und legte den Arm um McFarlane. »Es tut mir sehr Leid, Sam. Das muss furchtbar für Sie sein.«

Sie standen noch eine Weile in stillem Gedenken da, dann wurde Lloyd unruhig. »Wird langsam Zeit loszugehen. Drei Uhr hat Howell gesagt. Ich würde die Nacht nicht gern auf dieser trostlosen Insel verbringen.«

»Augenblick noch«, sagte McFarlane. »Wir müssen ihn erst beerdigen.«

Lloyd stutzte, dann nickte er. »Natürlich.«

Er übernahm es, die Knochen zusammenzutragen, McFarlane suchte inzwischen mit klammen Fingern im Schnee nach Steinen und Felsbrocken, die sie dann gemeinsam über Masangkays sterblichen Überresten aufschichteten.

Puppup hielt sich abseits und sah ihnen nur stumm zu. »Wollen Sie nicht mithelfen?«, fuhr Lloyd ihn an.

»Nein, Chef. Ich bin, wie schon gesagt, Christ. Und in der Bibel steht geschrieben: Lasset die Toten die Toten begraben.«

»Aber so sehr Christ, dass Sie ihm nicht die Taschen geleert hätten, sind Sie nun auch wieder nicht, wie?«, fragte McFarlane scharf.

Puppup verschanzte sich – ein albernes, schuldbewusstes Grinsen auf den Lippen – hinter seinen verschränkten Armen.

Eine Viertelstunde später waren sie fertig. McFarlane bastelte aus zwei Stöcken ein schlichtes Kreuz, steckte es bedächtig in den Steinhügel, trat einen Schritt zurück, stäubte sich den Schnee von den Handschuhen und murmelte fast lautlos: »*Canticum graduum de profundis clamavi ad te Domine.* Ruhe in Frieden, alter Freund.«

Dann nickte er Lloyd zu. Sie wandten sich, während der Himmel immer dunkler wurde und die ersten Böen an ihnen zerrten, nach Osten, auf das Schneefeld zu.

Isla Desolación

16. Juli, 8.42 Uhr.

McFarlane ließ den Blick über die neue Schotterstraße schweifen, die sich wie eine schwarze Schlange durch den frisch gefallenen Schnee wand. Kopfschüttelnd rang er sich ein bewunderndes Lächeln ab. In den drei Tagen, die seit seinem ersten Besuch vergangen waren, hatte sich die Insel bis zur Unkenntlichkeit verändert.

Es gab einen harten Stoß, der heiße Kaffee schwappte auf seine wattierten Hosen. »Himmeldonnerwetter!«, schrie er, hielt den Schaumstoffbecher so weit wie möglich von sich weg und wischte an der Hose herum.

Der Fahrer, ein stämmiger Bursche namens Evans, grinste ihn aus der Fahrerkabine an. »Tut mir Leid. Diese Cats sind manchmal ziemlich bockig.«

Obwohl der Caterpillar 785 mit seinem bulligen gelben Gehäuse und den übermannsgroßen Reifen von außen wie ein Ungetüm aussah, war in der Kabine nur Platz für einen, und so hatte sich McFarlane wohl oder übel mit verschränkten Beinen auf die Abdeckplatte daneben quetschen müssen, unmittelbar über dem fauchenden Dieselmotor. Nicht, dass es ihm etwas ausgemacht hätte – nein, heute konnte ihm nichts die gute Laune verderben. Denn heute würden sie den Meteoriten freilegen.

Er ließ die vergangenen zweiundsiebzig Stunden im Geiste Revue passieren. Vom Augenblick der Landung an, noch in der Nacht, hatte Glinn nach dem von ihm ausgeklügelten Drehbuch Regie geführt, und daraus war ein wahres Feuerwerk von Aktivitäten geworden. Alles lief so reibungslos und effizient ab, als wäre es wer weiß wie oft geprobt worden. Bis zum Morgengrauen hatten schwere Arbeitsgeräte den nicht für neugierige Augen bestimmten Teil der Ausrüstung und sogar einen Teil der Container-Labors von Bord geschleppt und in Fertigbau-Hangars auf der Insel untergebracht. Gleichzeitig hatte eine EES-Arbeitskolonne unter Leitung von Garza und Rochefort den Strand platt gewalzt, störende Felsen weggesprengt und die breite Schotterstraße angelegt, auf der sie sich jetzt befanden – von der Bucht, um das Schneefeld herum bis dahin, wo der Meteorit lag.

Als der Cat 785 das Schneefeld in weitem Bogen umfuhr und sich dem Ort des Geschehens näherte, traute McFarlane seinen Augen nicht. Gut eineinhalb Kilometer vom Fundort des Meteoriten entfernt war eine ganze Heerschar von Arbeitern dabei, mit Hilfe schweren Geräts eine Grube auszuheben. Den ganzen Hügel hinauf schienen über Nacht Dutzende von Baracken aus dem Boden geschossen zu sein. Auf der einen Seite der Grube türmte sich eine Abraumhalde auf, nicht weit davon war die Auffanggrube für das Sickerwasser angelegt worden.

»Was machen die denn da drüben?«, schrie McFarlane dem Fahrer zu und deutete auf den Hügel.

»Das ist die Abbaustelle.«

»Ja, das sehe ich. Aber was wird da abgebaut?«

Evans grinste. *»Nada.«*

McFarlane guckte verdutzt, dann fing er zu lachen an. Wer immer die Aktivitäten auf dem Hügel beobachtete, musste glauben, dass sie tatsächlich hier waren, um nach Erz zu schürfen. Die Erdarbeiten an der Stelle, an der der Meteorit lag, konnten nur eine untergeordnete Bedeutung haben – wahrscheinlich eine aufgegebene Probebohrung.

Er blickte nach vorn. Das Hanuxa-Schneefeld war ein funkelndes Wintermärchen. Man hätte glauben können, es habe alles Licht in sich aufgesogen und in eine Farbkomposition aus Blau und Türkis verwandelt. Dahinter ragten Hanuxas Klauen auf; unter der frischen Schneeschicht sahen sie freilich nicht ganz so bedrohlich aus wie sonst.

McFarlane hatte letzte Nacht kein Auge zugetan, trotzdem

fühlte er sich hellwach, wie aufgedreht. Noch knapp eine Stunde und sie würden die Antwort auf all ihre Fragen wissen. Dann sahen sie ihn vor sich. Und konnten ihn berühren.

Wieder bockte der Cat störrisch. McFarlane hielt sich rasch mit einer Hand am Schutzgitter fest, trank seinen Kaffee aus, zerknüllte den Schaumstoffbecher und ließ ihn in den Taschen seines Parkas verschwinden. Das schwere Arbeitsgerät sah auf den ersten Blick genauso heruntergekommen aus wie die *Rolvaag*. Aber das war eine gewollte Irreführung, von seinem luftigen Platz auf der Abdeckplatte konnte er deutlich erkennen, dass es eine nagelneue, hochmoderne Maschine war.

Der Straßenbelag wurde glatter, der Cat fuhr schneller. Sie kamen an einem anderen Schlepper und einem Bulldozer vorbei, der auf dem Rückweg zur Küste war; die Fahrer winkten Evans wie einem alten Bekannten zu. McFarlane hatte den Eindruck, dass sie nicht zum ersten Mal zusammen arbeiteten. »Steht ihr alle auf Glinns Lohnliste?«, fragte er Evans.

Evans nickte. »Einer wie der andere.« Das freundliche Grinsen, mit dem er jeden Satz begleitete, schien ihm zur zweiten Natur geworden zu sein. »Allerdings nicht fest. Ein paar von uns sind Ölbohrarbeiter, andere sind für Brückenbaufirmen tätig – und was weiß ich, wo alles. Wir haben sogar ein Gruppe von der Big Dig in Boston dabei. Aber wenn die EES uns ruft, lässt jeder alles liegen und stehen und kommt angerannt.«

»Und warum?«

Evans' Grinsen ging in die Breite. »Ganz einfach, weil sie den fünffachen Lohn zahlen.«

McFarlane verzog das Gesicht. »Irgendwie habe ich den Eindruck, dass ich den falschen Arbeitsplatz erwischt habe.«

»Och«, machte Evans, »ich glaube nicht, dass Sie zu kurz kommen, Dr. McFarlane.«

»Ist das die größte Aufgabe der EES, an der Sie bislang mitgearbeitet haben?«
»Ach wo.« Evans gab Gas, der Cat machte einen Satz nach vorn. »Eher eine kleine, allenfalls Mittelklasse.«
Sie fuhren auf eine frisch in den gefrorenen Boden gebrochene flache Mulde zu. Das Areal war fast einen halben Hektar groß, an den Seiten ragten riesige Masten auf, an denen nach unten gerichtete Infrarotstrahler montiert waren. Nicht weit davon standen einige Planierraupen, sauber nebeneinander aufgereiht, als warteten sie auf den nächsten Einsatz. Ingenieure und ihre Mitarbeiter beugten sich über Pläne, waren mit irgendwelchen Messungen beschäftigt oder hingen mit einem Ohr am Funkgerät, um Informationen auszutauschen oder Anweisungen entgegenzunehmen. Weiter hinten kroch ein fast wohnwagengroßes Schneemobil mit dicken Schaufelrädern auf das Schneefeld zu, offenbar, um mit Hilfe der an seitlichen Schwenkarmen befestigten hochsensiblen Geräte Bodenmessungen vorzunehmen. Ein Stück abseits war – klein und verloren – der Steinhügel zu sehen, den Lloyd und McFarlane über Masangkays sterblichen Überresten errichtet hatten.
Am Rand der Mulde brachte Evans seinen Cat zum Stehen. McFarlane sprang herunter und ging auf eine Baracke zu, in der, wie auf einem Schild zu lesen stand, die Einsatzleitung untergebracht war. In der Baracke waren Lloyd und Glinn an einem Tisch in der Nähe der provisorischen Küchenzeile in eine Diskussion vertieft, aus ihren Bechern stieg verlockender Kaffeduft. In der kleinen Küche lud Amira frisch gebrutzelten Schinkenspeck auf einen Teller. John Puppup hielt, wie eine Katze zusammengerollt, in der Ecke ein Nickerchen.
»Wird auch Zeit, dass Sie langsam eintrudeln«, sagte Amira, als sie mit dem Teller aus der Küche kam. »Stundenlang im Bett herumzuliegen! Dabei sollen Chefs ihren Assistentinnen immer ein gutes Beispiel geben.« Sie träufelte Ahornsirup auf ein Stück Schinkenspeck, verteilte ihn mit dem Zeigefinger und schob sich den Happen in den Mund.

Lloyd wärmte sich die Hände an seinem Kaffeebecher. »Bei Ihren Essgewohnheiten müssten Sie schon lange tot sein, Rachel«, stichelte er.
Amira lachte. »Das Gehirn verbraucht beim Denken mehr Kalorien pro Minute als der Körper beim Joggen. Was, glauben Sie, hält mich wohl so schlank und sexy?«
McFarlane fragte dazwischen: »Wie lange wird es dauern, bis der Meteorit freigelegt ist?«
Glinn lehnte sich zurück, zog seine goldene Taschenuhr heraus und ließ den Deckel aufspringen. »Eine halbe Stunde. Wir schaben die Erdschicht fürs Erste nur so weit ab, dass Sie Ihre Tests durchführen können. Dr. Amira wird Ihnen dabei assistieren und bei der Analyse auch.«
McFarlane nickte. Das hatten sie schon ausführlich besprochen, aber es gehörte zu Glinns Gewohnheiten, alles noch einmal durchzukauen. Immer misstrauisch, dachte er.
»Wir müssen ihn natürlich taufen«, sagte Amira, schob sich noch ein Stück Schinkenspeck in den Mund und fragte kauend: »Hat jemand Champagner dabei?«
»Bedauerlicherweise ähnelt dieses Unternehmen eher einem Abstinenzlertreffen als einer wissenschaftlichen Expedition«, murrte Lloyd stirnrunzelnd.
McFarlane grinste. »Wie wär's, wenn Sie Ihre Thermosflasche mit heißem Kakao auf dem Ding zerschellen lassen?«
Glinn langte nach seiner Aktentasche, zog eine Flasche Perrier-Jouët heraus und stellte sie auf den Tisch.
»Fleur de Champagne«, flüsterte Lloyd ehrfurchtsvoll, »meine Lieblingssorte. Eli, Sie krummer Hund, Sie haben mir mit keinem Wort verraten, dass wir Champagner an Bord haben.«
Glinn beschränkte sich auf ein verkniffenes Lächeln.
»Apropos Taufe – hat sich schon jemand einen Namen ausgedacht?«, wollte Amira wissen.
»Sam möchte, dass wir ihn Masangkay-Meteorit nennen«,

antwortete Lloyd. Und fügte nach einer kleinen Kunstpause hinzu: »Ich neige dazu, der üblichen Namensgebung zu folgen und ihn Desolación-Meteorit zu nennen.«
Betretenes Schweigen.
»Wir brauchen einen Namen«, drängte Amira.
McFarlane sah Lloyd fest an und sagte: »Nestor Masangkay hat sein Leben dafür gegeben, diesen Meteoriten zu finden. Ohne ihn wären wir gar nicht hier. Andererseits, Sie finanzieren diese Expedition, also steht Ihnen das Recht zu, dem Gesteinsbrocken einen Namen zu geben.«
Lloyd sah sie der Reihe nach an. Dann sagte er ungewohnt ruhig: »Wir wissen ja nicht mal, ob Nestor Masangkay diese Ehrung gewollt hätte. Man sollte an alten Traditionen nicht rütteln, Sam. Nennen wir ihn also den Desolación-Meteoriten. Aber der Museumssaal, in dem er ausgestellt wird, soll nach Nestor benannt werden. Wir errichten eine Gedenktafel, auf der seine Entdeckung beschrieben wird. Wäre das ein akzeptabler Kompromiss?«
McFarlane dachte einen Moment nach, dann nickte er.
Glinn reichte die Flasche an Lloyd weiter und stand auf. Sie zogen ihre Parkas über und traten aus der Baracke in die strahlend helle Morgensonne.
Unterwegs hielt sich Glinn an McFarlanes Seite. »Es wird Ihnen sicher klar sein, dass wir Ihren Freund irgendwann exhumieren müssen«, sagte er und deutete mit dem Kopf auf den Grabhügel.
»Warum?«, fragte McFarlane überrascht.
»Wir müssen die Todesursache wissen. Dr. Brambell wird Nestors sterbliche Überreste untersuchen.«
»Wozu?«
»Tut mir Leid. Es dürfen keine Fragen offen bleiben.«
McFarlane widersprach leidenschaftlich, gab seinen Widerstand aber bald auf. Wie üblich war gegen Glinns Logik nichts auszurichten.
Schließlich standen sie am Rand des von den Planierraupen

umgegrabenen Areals. Nestors Loch war verschwunden, die Planierraupen hatten es zugeschüttet.
»Wir haben die Erde bis auf eine Tiefe von etwa einem Meter über dem Meteoriten abgetragen und dabei von jeder Schicht Proben genommen«, erklärte Glinn. »Nun werden wir den verbliebenen Boden abtragen. Das heißt, bei den letzten Zentimetern arbeiten wir mit Besen und Spachteln. Auf die Weise kriegt der Meteorit nicht mal einen Kratzer ab.«
Lloyd nickte zufrieden. »Gut so.«
Rochefort, der zusammen mit Garza bei den aufgereihten Planierraupen gestanden hatte, kam zu ihnen herüber. Von der ungewohnten Arbeit in Wind und Wetter hatte er einen krebsroten Kopf.
»Fertig?«, fragte Glinn.
Rochefort nickte. Die Fahrer hatten ihre Plätze in der Kabine eingenommen, die im Leerlauf arbeitenden Dieselmotore bliesen stinkenden Qualm in die Luft.
»Keine Probleme?«, vergewisserte sich Lloyd.
»Nein.«
Glinn nahm Blickkontakt mit Garza auf und signalisierte ihm mit hochgerecktem Daumen, dass es losgehen könne. Garza beschrieb mit der zur Faust geballten rechten Hand einen Kreis, die Fahrer legten den Vorwärtsgang ein, ließen die Planierraupen langsam vorwärts rollen und senkten die Schaufelblätter so weit ab, dass sie greifen konnten.
Einige Männer in weißen Kitteln und mit Beuteln für Bodenproben in der Hand folgten dem Fahrzeug zu Fuß. Von Zeit zu Zeit bückten sie sich, um Proben der gelockerten Erde und des Gesteins zu nehmen. Nach McFarlanes Schätzung wurden beim ersten Durchgang etwa fünfzehn Zentimeter Erde abgetragen.
Lloyd verzog gequält das Gesicht. »Ich darf gar nicht daran denken, dass diese riesigen Schaufeln meinem Meteoriten womöglich zu nahe kommen.«
»Keine Sorge«, beruhigte ihn Glinn. »Die Schürftiefe ist

millimetergenau eingestellt, ihrem Augapfel kann nichts passieren.«
Der zweite Durchgang begann. Diesmal gesellte sich Amira zu den Männern, die der Phalanx der Planierraupen folgten. Sie zog ein auf Rädern montiertes Protonenmanometer hinter sich her. Am Ende der Strecke blieb sie stehen, drückte einige Knöpfe auf der Frontplatte des Geräts, riss den schmalen Papierstreifen mit den Messwerten ab und ging damit, ihr Messwägelchen im Schlepptau, zu der Gruppe um Glinn hinüber.
Glinn nahm den Ausdruck an sich. »Aha, da haben wir ihn ja«, sagte er und hielt Lloyd den Zettel hin.
Lloyd riss ihm den Streifen förmlich aus der Hand, McFarlane drängte sich neben ihn, weil er mitlesen wollte. Eine leicht unregelmäßige Linie zeigte die Oberfläche der Erdschicht an, darunter war ein großer halbkreisförmiger, auffallend dunkler Schatten zu erkennen. Lloyds kräftige Hände fingen zu zittern an. McFarlane konnte es ihm nachfühlen, er hatte es auch nicht glauben wollen. Aber nun gab es keinen Zweifel mehr. Mein Gott, dachte er, da unten liegt tatsächlich etwas.
»Noch knapp vierzig Zentimeter«, bemerkte Amira.
Glinn nickte. »Wir gehen jetzt wie bei einer archäologischen Ausgrabung vor«, sagte er. Und zu Lloyd und McFarlane gewandt: »Wir haben den Aushub absichtlich nicht an der Stelle vorgenommen, an der Masangkay gegraben hat. Auf diese Weise gewinnen wir nämlich Proben von bisher unberührtem Erdreich.«
Die Gruppe folgte ihm über das Feld. Amira druckte an verschiedenen Stellen die Messergebnisse aus, bohrte ein paar Pflöcke in den Boden und verband sie mit weißem Markierband, so dass sich am Schluss ein Muster aus Quadraten von jeweils zwei Metern Seitenlänge ergab. Einige Labormitarbeiter begannen vorsichtig den Boden in diesem Areal mit Spachteln abzutragen.
»Wieso ist der Boden nicht gefroren?«, fragte McFarlane.

Glinn deutete mit dem Kopf auf die vier Masten. »Wir bestrahlen das Gebiet mit Infrarotlicht.«

Lloyd schüttelte staunend den Kopf und meinte anerkennend: »Sie haben wirklich an alles gedacht.«

»Dafür bezahlen Sie uns«, erwiderte Glinn trocken.

Die Männer in den Laborkitteln hatten inzwischen ein sauber abgegrenztes Viereck ausgehoben, das mit jedem Spatenstich tiefer wurde. Hin und wieder sammelten sie Proben von Mineralien, Steingrieß und Sand ein. Einer von ihnen unterbrach seine Arbeit und hielt ein ausgezacktes Mineral hoch, an dem oben etwas Sand klebte.

Glinn war mit einem Schritt bei ihm. »Das ist interessant.« Er wandte sich zu Amira um. »Was ist das?«

»Jetzt haben Sie mich kalt erwischt«, antwortete sie. »Seltsam. Ich würde sagen, es sieht wie Glas aus.«

»Fulgurit«, warf McFarlane ein.

»Was?«

»Fulgurit«, wiederholte McFarlane. »Es entsteht, wenn ein schwerer Blitzschlag auf feuchten Sand trifft. Der Sand schmilzt und wird zu Glas.«

»Sehen Sie!« Lloyd blickte mit einem triumphierenden Lächeln in die Runde. »Darum habe ich den Mann dabei!«

»Hier liegt noch so ein Ding«, rief einer aus der Spatenkolonne. Gemeinsam mit ein paar anderen hob er vorsichtig den Boden rings um die Fundstelle aus und steckte das Stück Glas wie einen Setzling wieder in den Sand.

McFarlane ging in die Knie und zog es mit spitzen Fingern heraus. »Meteoriten sind ferromagnetisch«, erklärte er. »Dieser hier scheint eine Menge Blitze angezogen zu haben.«

Beim Abtragen des Bodens stießen die Männer auf weitere Stücke Fulgurit, sie wurden in Papiertaschentücher gehüllt und in einer Holzschachtel gesammelt. Amira hatte gerade wieder eine Messung vorgenommen. »Noch fünfzehn Zentimeter«, sagte sie.

»Mit den Pinseln weiterarbeiten«, ordnete Glinn an.

Zwei Männer kauerten sich an den Rand der ausgehobenen Grube. In dieser Tiefe hatte sich die Erde so mit Wasser voll gesogen, dass sie, statt trockenen Sand wegzufegen, mit dem Pinsel zähen Schlamm beiseite bürsten mussten. Trotzdem wurde das Loch langsam, aber sicher tiefer. Alle hielten den Atem an.

»Nächste Messung«, murmelte Glinn.

»Noch zweieinhalb Zentimeter«, meldete Amira.

McFarlane beugte sich vor. Und da traf einer der groben Plastikpinsel plötzlich auf eine harte Oberfläche. Die beiden Männer stiegen aus der Grube und hoben mit dem Spaten von oben so viel wie möglich von dem zähen Schlamm aus, bis nur noch eine dünne Schicht auf dem Meteoriten lag.

»Wegspülen«, ordnete Glinn an. Sogar ihm bebte jetzt vor Aufregung die Stimme.

»Na los, beeilt euch!«, schrie Lloyd.

Jemand kam mit einem Schlauch angerannt. Glinn richtete die Düse auf den Meteoriten und drehte sie auf. Und als er sie nach ein paar Minuten wieder zudrehte, war auch der letzte Schlammklumpen weggeschwemmt.

Sie standen wie gebannt da, bis zum Anschlag gespannt. Plötzlich landete mit dumpfem Klatschen eine Champagnerflasche in der Grube.

Leider eine schlecht gezielte Flasche – sie schlug nicht auf dem Meteoriten, sondern daneben auf, im nassen Erdreich.

Isla Desolación

9.55 Uhr

Palmer Lloyd stand am Rand der akkurat in die Erde gestochenen Grube und starrte auf die bloß gelegte Oberfläche des Meteoriten. Einen Moment setzte ihm der Verstand aus, so unglaublich war der Anblick. Erst ganz allmählich kam er wieder zu sich – registrierte den Pulsschlag in den Schläfen, merkte, wie seine Lungen sich füllten, und spürte, wie ihm die kalte Luft auf der Haut brannte. Und doch blieb eine nie zuvor gekannte Verblüffung zurück. Er blickte auf etwas, sah es und konnte es trotzdem nicht fassen.

»Margaux«, murmelte er. Seine Stimme verlor sich in der schneebedeckten Einöde.

Er hatte die meisten größeren Eisenmeteoriten mit eigenen Augen gesehen, war zum Hoba gepilgert, zum Ahnighito, zum Willamette – und wie sie alle hießen. Und obwohl jeder ein wenig anders geformt war, hatten sie doch eines gemeinsam: die zernarbte schwarz-braune Oberfläche. Alle Eisenmeteoriten sehen einander ähnlich.

Dieser Meteorit war dagegen *scharlachrot*. Nein, korrigierte er sich, nicht scharlachrot, das trifft es nicht. Es war die tiefe, samtene Farbe eines polierten Karneols, nur eine Spur satter. Oder … und dann hatte er's auf einmal: Es war genau die Farbe eines guten Bordeaux-Weins. Die des Château Margaux zum Beispiel, mit dem er sich auf der *Rolvaag* leider begnügen musste.

Eine Autorität vermittelnde Stimme unterbrach die Stille. »Ich darf alle bitten, vom Rand der Grube zurückzutreten.« Das war Glinn. Lloyd musste sich nicht einmal umdrehen.

Doch niemand rührte sich vom Fleck.

»Treten Sie zurück!«, wiederholte Glinn die Aufforderung in etwas schärferem Ton.

Diesmal wich der Kreis der Neugierigen zögernd ein paar Schritte zurück. Als plötzlich Sonne auf die Grube fiel, konnte Lloyd den Meteoriten im wahrsten Sinne des Wortes in einem neuen Licht sehen. Was ihm abermals den Atem verschlug. Denn jetzt hatte der Meteorit auf einmal eine verblüffende Ähnlichkeit mit Gold. Die ins Scharlachrot spielende glatte Oberfläche schien alles Licht in sich aufzunehmen, so dass der Kontrast mit der dunkleren Umgebung dem Betrachter einen zauberhaft schönen und zugleich unheimlichen Effekt vorgaukelte: die Illusion, der Meteorit leuchte von innen heraus.

Ein Zauberstein. *Sein* Zauberstein.

Unbändige Freude durchflutete ihn. Freude darüber, dass dieses einmalige Stück Fels zu seinen Füßen lag. Und darüber, dass die Pfade seines Lebens ihn hierher geführt hatten. Bislang war ihm der Gedanke, den größten Meteoriten aller Zeiten in sein Museum zu schaffen, Anreiz genug gewesen. Aber nun lag die Latte höher. Es war kein Zufall, dass gerade er hier stand. Denn wer außer ihm hätte die visionäre Kraft und die finanziellen Ressourcen gehabt, die Bedeutung dieses einmaligen Steins zu erkennen?

»Mr. Lloyd«, hörte er Glinn sagen, »ich habe darum gebeten, vom Rand der Grube zurückzutreten.«

Stattdessen schob Lloyd den rechten Fuß ein wenig vor.

»Palmer!«, rief Glinn mit erhobener Stimme, »lassen Sie sich ja nicht einfallen …«

Aber Lloyd hatte schon zum Sprung angesetzt. Da stand er dann, die Füße fest auf das Metall gestemmt, breitbeinig auf dem Meteoriten. Um nur einen Atemzug später auf die Knie zu fallen und die Finger fast zärtlich über die Oberfläche gleiten zu lassen. Wären da nicht die dicken Handschuhe gewesen, hätte man denken können, er streichle ihn.

Einem plötzlichen Impuls folgend, beugte er sich herab und schmiegte die Wange an den Stein.

Atemlose Stille. Bis McFarlane von oben fragte: »Wie fühlt er sich an?«
Lloyd richtete sich auf. »Kalt«, antwortete er und spürte, wie ihm eine Träne über die vor Kälte fast taube Wange rann. »Sehr, sehr kalt.«

Isla Desolación

13.55 Uhr

McFarlane starrte auf den Laptop, den er auf den Knien hielt. Der Cursor blinkte ihn ungeduldig von einem fast leeren Bildschirm an. Er seufzte und rekelte sich auf der Suche nach einer bequemeren Sitzposition auf dem Metall-Klappstuhl zurecht. Am einzigen Fenster der Baracke blühten Eisblumen. Das Wetter war schlechter geworden, es schneite. Ein Glück, dass der Kohleofen so viel wohlige Wärme ausstrahlte.

Er gab per Mausklick einen Befehl ein, dann klappte er den Laptop fluchend zu. Auf dem Tisch nebenan fing der Drucker an zu rattern. Von innerer Unruhe getrieben, ließ er im Geiste noch einmal die Ereignisse des heutigen Morgens Revue passieren. Der Augenblick ehrfurchtsvoller Stille, als alle staunend in das Loch gestarrt hatten, dann Lloyds impulsiver Sprung und dazu Glinns erschrockener Protest … Er hatte Lloyd beim Vornamen gerufen; zum ersten Mal, soweit McFarlane sich erinnerte. Danach die triumphale Taufzeremonie, der Schwall von Fragen, mit dem die Mitarbeiter Glinn, Lloyd und McFarlane eindeckten, und das alles beherrschende Gefühl der Ratlosigkeit, weil sie keine Antworten wussten.

Am liebsten wäre er Lloyd nachgesprungen. Alles in ihm drängte danach, dieses Gebilde anzufassen, um sich davon zu überzeugen, dass es nicht nur ein Trugbild war. Aber ein wenig hatte er sich auch vor dem Felsen gefürchtet. Etwas, das in so intensivem Rot leuchtete, passte irgendwie nicht in diese eintönige Landschaft. Ein Fremdkörper – abstoßend und faszinierend zugleich. In ihm war eine Hoffnung erwacht, die er längst begraben geglaubt hatte.

Die Barackentür flog auf: Amiras – von heulendem Wind und

stiebendem Schnee begleiteter – Auftritt. »Fertig mit Ihrem Bericht?«, fragte sie, knöpfte den Parka auf und klopfte den Schnee ab.
McFarlane deutete mit dem Kopf auf den Drucker. Amira nahm das frisch ausgedruckte Blatt, warf einen Blick darauf und stieß ein bellendes Lachen aus. »Der Meteorit ist rot«, las sie vor und warf McFarlane das Blatt Papier auf den Schoß. »Das liebe ich an euch Männern – diese lakonische Kürze.«
»Warum soll ich einen Haufen Spekulationen anstellen, nur damit das Blatt voll wird? Bevor wir nicht ein Stück davon haben und es untersuchen können, kann ich keine Aussage darüber machen, worum es sich bei dem Gebilde genau handelt.«
Amira zog sich einen Stuhl heran und setzte sich neben ihn. Er hatte den Eindruck, dass ihre Nonchalance nur gespielt war; in Wirklichkeit glaubte er ein Lauern in ihrem Blick zu entdecken. »Sie beschäftigen sich seit Jahren mit Meteoriten«, fuhr Amira fort. »Darum bezweifle ich, dass Ihre Spekulationen nutzlos wären.«
»Was halten Sie denn davon?«, fragte McFarlane.
»Lassen Sie mich Ihnen in die Karten gucken, dann zeige ich Ihnen meine.«
Er starrte auf die unregelmäßige Maserung in dem aus Treibholz gezimmerten Tisch und folgte den Linien mit dem Zeigefinger. Es war dieselbe unvollkommene Vollkommenheit wie bei einem Küstenverlauf, einer Schneeflocke oder einer Scheibe Nussbrot, die eine Ahnung davon vermitteln, wie kompliziert alles ist: das Universum, ein Atom, ein Stück Holz.
Aus den Augenwinkeln sah er, dass Amira ein Blechröhrchen aus der Tasche zog, die Kappe aufdrehte und eine halb gerauchte Zigarre herausschüttelte. »Bitte nicht«, sagte er schnell, »ich möchte bei dem Wetter nicht ins Freie flüchten müssen.«

Amira schob die Zigarre in das Röhrchen zurück. »Okay«, sagte sie, »Sie wollten wissen, was ich denke? Ich denke, Sie machen aus Ihrem Herzen eine Mördergrube.«
McFarlane fuhr verblüfft herum.
»Stimmt doch, oder? Sie hatten mal eine Lieblingstheorie – etwas, woran Sie geglaubt haben, ungeachtet aller Lästereien Ihrer Vorgesetzten und Kollegen. Und als Sie meinten, Sie hätten endlich den Beweis für die Richtigkeit Ihrer Theorie gefunden, da ... nun, sagen wir: da hat Ihnen das eine Menge Ärger eingebracht. Im Überschwang der Gefühle haben Sie Ihre sonst so kühle Besonnenheit verloren und Ihren Freund und Partner hereingelegt. Und am Schluss stellte sich heraus, dass Ihr vermeintliches Beweisstück wertlos war.«
McFarlane sah sie groß an. »Ich wusste gar nicht, dass Sie neben all den anderen Studienfächern auch noch Psychiatrie belegt haben.«
Amira beugte sich zu ihm hinüber und sagte eindringlich: »Also gut, ich kenne die Story. Aber das Entscheidende ist: Jetzt haben Sie bekommen, wonach Sie all die Jahre gesucht haben. Sie haben nicht nur irgendein Indiz, sondern *den Beweis* gefunden. Aber Sie wollen es sich nicht eingestehen. Weil Sie befürchten, es könnte wieder eine Bruchlandung werden.«
McFarlane erwiderte ihren eindringlichen Blick einige Sekunden lang stumm. Und spürte, wie sein aufkommender Ärger dahinschmolz. Er saß in sich zusammengesunken da, während seine Gedanken sich überschlugen. Konnte es sein, dass sie Recht hatte?
Amira lachte. »Nehmen Sie zum Beispiel die Farbe. Sie wissen mit Sicherheit, warum Metalle nie dunkelrot sind?«
»Nein.«
»Die Farbe von Objekten wird von der Wechselwirkung mit den Photonen des Lichts bestimmt.« Sie kramte in der Tasche ihres Parkas und zog etwas Rundes heraus, das in zerkrumpeltes Zellophanpapier gewickelt war. »Jolly Rancher?«

»Was, zum Teufel, ist ein Jolly Rancher?«
Sie warf ihm das Bonbon zu, kramte nach einem zweiten für sich und hielt die Pastille zwischen Daumen und Zeigefinger hoch. »Jedes Objekt, wenn es nicht gerade pechschwarz ist, absorbiert bestimmte Wellenlängen des Lichts und streut andere aus. Nehmen Sie dieses grüne Bonbon. Es ist grün, weil es die grünen Wellenlängen des Lichts streut und für das Auge sichtbar macht, die anderen dagegen absorbiert. Ich habe ein bisschen nachgerechnet und bin auf kein einziges Metall gestoßen, das rotes Licht weiterleitet. Auch auf keine Legierung. Anscheinend *können* Metalle oder Legierungen einfach nicht dunkelrot sein. Gelb, weiß, orange, lila, grau – aber nicht rot.« Sie warf sich das grüne Bonbon in den Mund, biss einmal kräftig zu und fing an zu kauen.
McFarlane legte seines auf den Tisch. »Und? Was wollen Sie damit sagen?«
»Sie wissen genau, was ich sagen will. Das Ding da draußen besteht aus einem fremden Element, das wir noch nie gesehen haben. Spielen Sie uns also nichts vor. Ich weiß, was Sie denken: Das ist er, mein interstellarer Meteorit.«
McFarlane hob abwehrend die Hand. »Gut, es stimmt, der Gedanke ist mir durch den Kopf gegangen.«
»Und?«
»Alle je gefundenen Meteoriten bestehen aus bekannten Elementen – Nickel, Eisen, Kohlenstoff, Silizium. Sie sind alle in unserem eigenen Sonnensystem geformt worden, und zwar aus der primordialen Staubwolke, in die unsere Sonne einst gehüllt war.« Er stockte, offenbar darauf bedacht, jedes Wort sorgfältig zu wählen. »Wie ich sehe, wissen Sie, dass ich früher Spekulationen über die Möglichkeit angestellt habe, dass ein Meteorit von irgendwo außerhalb unseres Sonnensystems kommen könnte. Ein zusammengeballtes Etwas, das zufällig eine Flugbahn eingeschlagen hat, auf der es vom Gravitationsfeld der Sonne eingefangen wurde. Ein *interstellarer* Meteorit.«

Amira lächelte wissend. »Aber die Mathematiker haben Ihnen gesagt, das sei unmöglich. Eins zu einer Quintillion.«
McFarlane nickte.
»Ich habe das auf dem Schiff nachgerechnet. Die Mathematiker haben sich geirrt, sie sind von falschen Annahmen ausgegangen. Die Wahrscheinlichkeit beträgt eins zu einer Milliarde.«
McFarlane lachte. »Milliarde oder Quintillion – was macht das schon für einen Unterschied?«
»Eins zu einer Milliarde – pro Jahr.«
McFarlanes Grinsen erlosch.
»Sie haben richtig gehört«, sagte Amira. »Über Milliarden von Jahren gerechnet, wird die Chance, dass tatsächlich ein interstellarer Meteorit auf der Erde gelandet ist, größer als eins zu eins. Wir haben es also nicht mit einer Möglichkeit, sondern mit einer *Wahrscheinlichkeit* zu tun. Ihre hübsche Theorie kann Auferstehung feiern. Und das verdanken Sie mir. Es ist Ihnen hoffentlich klar, dass Sie in meiner Schuld stehen?«
Sekundenlang Stille, nur das Heulen und Rütteln des Windes war zu hören. Dann fasste sich McFarlane ein Herz. »Soll das heißen, Sie glauben wirklich, dass dieser Meteorit aus irgendeinem Metall oder einer Legierung besteht, die es in unserem Sonnensystem nirgendwo gibt?«
»Aber ja. Und Sie glauben es ebenfalls. Deshalb haben Sie keinen Bericht geschrieben.«
Als McFarlane fortfuhr, schien er mehr mit sich selbst als mit Amira zu reden. »Wenn es dieses Metall tatsächlich irgendwo in unserem Sonnensystem gäbe, hätten wir zumindest Spuren davon gefunden. Schließlich haben sich Sonne und Planeten aus demselben Staub geformt. Also muss es aus dem Weltall kommen.« Er sah hoch. »Eine zwingende Schlussfolgerung.«
Sie grinste. »Exakt das glaube ich auch.«
Eine Zeit lang saßen sie beide stumm da, jeder in seine Gedanken versunken.

Dann sagte Amira: »Wir müssen uns eine Probe davon besorgen. Das richtige Werkzeug dafür hätte ich, einen Hochgeschwindigkeitsbohrer, für Diamanten bestimmt. Ich denke, fünf Kilo Gestein wären fürs Erste genug. Das ist ein ganz schöner Brocken, finden Sie nicht?«
McFarlane nickte. »Aber wir sollten unsere Vermutung einstweilen für uns behalten. Lloyd und die anderen werden jeden Augenblick zur Tür reinkommen.«
Wie aufs Stichwort hörten sie draußen etwas stampfen, die Tür flog auf, und Lloyd trat ein, in seinem dicken Parka noch bäriger als sonst. Hinter ihm folgten Glinn, Rochefort und Garza. Penfold, Lloyds Assistent, drückte sich als Letzter durch die Tür, zitternd wie Espenlaub, die wulstigen Lippen blau gefroren.
»Kalt wie ein Hundearsch da draußen«, dröhnte Lloyd, stampfte ein paarmal mit den Füßen auf und hielt die Hände an den Ofen. Er sah aus wie die gute Laune in Person. Verglichen mit ihm, wirkten die drei Männer vom EES-Team wie verkniffene Buchhalter.
Penfold baute sich mit dem Funkgerät in der Hand in einer Ecke der Baracke auf. »Sir«, erinnerte er Lloyd, »wir müssen den Landeplatz festlegen. Wenn der Helikopter nicht innerhalb der nächsten Stunde startet, können Sie nicht mehr rechtzeitig zur Aktionärsversammlung in New York sein.«
»Ja, ja – Augenblick noch, ich will erst mal hören, was uns Sam zu sagen hat.«
Penfold machte eine Leidensmiene und faselte etwas ins Funkgerät.
Glinns ernste graue Augen musterten McFarlane durchdringend. »Ist der Bericht fertig?«
McFarlane nickte und deutete mit dem Kopf auf den Ausdruck auf dem Tisch.
Glinn warf kurz einen Blick darauf. »Ich bin nicht zum Scherzen aufgelegt, Dr. McFarlane.«
Es war das erste Mal, dass McFarlane bei Glinn eine gewisse

Irritation beobachtete, was ihn vermuten ließ, dass der Meteorit in gewisser Weise eine böse Überraschung für ihn gewesen war. Und das bei jemandem, der Überraschungen absolut nicht mag, dachte er und sagte: »Mr. Glinn, ich kann einen Bericht nicht lediglich auf Spekulationen aufbauen. Für eine fundierte Aussage müssen wir Untersuchungsergebnisse haben.«

»Ich sage Ihnen hier, was wir müssen«, polterte Lloyd. »Wir müssen zusehen, dass wir das Ding aus dem Boden holen und in internationale Gewässer bringen, bevor die Chilenen Wind von unserer Entdeckung kriegen. Ihre Untersuchungsergebnisse haben Zeit bis später.« McFarlane hatte den Eindruck, dass das so etwas wie der Schlusspunkt einer Diskussion sein sollte, die Glinn und Lloyd geführt hatten.

»Dr. McFarlane«, versuchte Glinn zu vermitteln, »möglicherweise kann ich die Sachlage ja etwas vereinfachen. Nur, eines muss ich vorab wissen: Ist der Meteorit gefährlich?«

»Wir wissen, dass er nicht radioaktiv ist. Ich vermute, dass er in der einen oder anderen Weise giftig sein könnte. Das ist bei den meisten Metallen so.«

»Wie giftig?«

McFarlane zuckte die Achseln. »Mr. Lloyd hat ihn angefasst und lebt noch.«

»Er war auch der Letzte, der das getan hat«, erwiderte Glinn. »Ich habe strikte Anweisung gegeben, dass niemand mehr in direkten Kontakt mit dem Meteoriten kommen darf – unter keinen Umständen.« Er überlegte einen Moment. »Und sonst? Könnte er Viren in sich tragen?«

»Er liegt dort seit Millionen Jahren, somit hätten sich irgendwelche fremden Mikroben längst ausgebreitet. Trotzdem wäre es angebracht, Bodenproben zu nehmen und Moose, Flechten und andere Pflanzen aus der näheren Umgebung zu untersuchen, um zu sehen, ob es auffällige Veränderungen gibt.«

»Wonach müsste man dabei suchen?«

»Mutationen, vielleicht. Oder Spurenelemente von Toxinen oder Teratogenen.«
Glinn nickte. »Ich werde mit Dr. Brambell darüber sprechen. Dr. Amira, fällt Ihnen was ein zur metallurgischen Beschaffenheit? Es handelt sich doch um ein Metall, oder?«
Amira zermalmte knirschend ein Stück Bonbon zwischen den Zähnen. »Ja, sehr wahrscheinlich, weil es ferromagnetisch ist. Es oxidiert nicht, genau wie Gold. Nur, ich kann mir nicht erklären, wie ein Metall rot sein kann. Dr. McFarlane und ich haben gerade darüber gesprochen, dass wir eine Probe davon nehmen müssen.«
»Ein Probe?«, explodierte Lloyd.
Betretenes Schweigen, bis McFarlane sagte: »Natürlich, das ist das übliche Verfahren.«
»Sie haben vor, ein Stück aus meinem Meteoriten herauszuschneiden?«
McFarlane suchte Blickkontakt mit Glinn. »Gibt es da ein Problem?«
»Und ob es da ein Problem gibt!«, polterte Lloyd los. »Es geht um ein Objekt, das für ein Museum bestimmt ist. Wir werden den Meteoriten dort ausstellen. Ich will nicht, dass er zerhackt oder angebohrt wird.«
»Es gibt keinen größeren Meteoriten, der nicht zerteilt worden wäre. Wir wollen lediglich eine etwa fünf Kilo schwere Probe aus dem Kern entnehmen, das dürfte Jahre lang für alle nur denkbaren Untersuchungen ausreichen.«
Lloyd schüttelte den Kopf. »Kommt nicht in Frage.«
»Wir müssen es tun«, beharrte McFarlane vehement. Es gibt keine Möglichkeit, den Meteoriten genau zu analysieren, ohne dass wir Teile davon eindampfen, schmelzen, anschleifen und in ein Ätzbad legen. Gemessen an der Größe des Meteoriten, ist so eine kleine Probe wie ein Tropfen aus einem Fass.«
»Und es handelt sich schließlich nicht um die Mona Lisa«, warf Amira halblaut ein.

Lloyd fuhr herum und starrte sie böse an. »Das ist ein unsachliches Argument.« Dann lehnte er sich seufzend zurück. »An dem Meteoriten herumzuschnippeln, das ... ja, das ist ein Sakrileg. Können wir ihm nicht sein Geheimnis lassen?«
»Auf keinen Fall«, erwiderte Glinn. »Wir müssen mehr über ihn wissen, bevor ich die Genehmigung zum Abtransport gebe. McFarlane hat völlig Recht.«
Lloyd lief rot an. »*Sie* geben die Genehmigung zum Abtransport? Hören Sie gut zu, Eli: Ich bin bisher auf alle Ihre Spielregeln eingegangen und habe mich voll hinter Sie gestellt. Aber eines wollen wir mal klarstellen: *Ich* bin der Mann, der hier alles bezahlt. Das ist *mein* Meteorit. Sie haben sich vertraglich verpflichtet, ihn zum Lloyd-Museum zu bringen. Sie brüsten sich doch immer damit, dass Sie nie eine Pleite erleben. Aber wenn dieses Schiff ohne diesen Meteoriten nach New York zurückkehrt, dann ist das eine Pleite – habe ich Recht?«
Glinns graue Augen fixierten ihn. Dann sagte er in ruhigem, fast nachsichtigem Ton: »Mr. Lloyd, Sie kriegen Ihren Meteoriten schon. Ich will lediglich dafür sorgen, dass beim Transport niemand unnötige Gesundheitsschäden davonträgt. Und das wollen Sie doch sicher auch nicht?«
Lloyd zögerte. »Natürlich nicht.«
McFarlane war verblüfft, wie schnell Glinn es geschafft hatte, den Mann in die Defensive zu drängen.
»Dann bleibt mir lediglich, alle Beteiligten zu bitten, mit äußerster Vorsicht vorzugehen«, sagte Glinn.
Lloyd fuhr sich mit der Zunge über die Lippen. »Ich frage mich, warum sich plötzlich alles so zuspitzt? Weil der Meteorit rot ist? Was haben Sie gegen die Farbe Rot? Mir gefällt sie ausgezeichnet. Das Einzige, was bei unserem Unternehmen Mangelware ist, ist die Zeit. Oder haben Sie alle unseren Freund auf dem Zerstörer vergessen?«
»Mr. Lloyd!« Penfold hielt sein Funkgerät hoch, wie ein Bittsteller die Bettelschale. »Der Helikopter – bitte!«

»Zum Teufel damit«, schrie Lloyd und kehrte ihm demonstrativ den Rücken zu. Erst nachdem er ein paarmal tief durchgeatmet hatte, sagte er: »Also gut, in Gottes Namen, nehmen Sie Ihre Probe. Aber decken Sie das Loch ab, ich will nicht, dass man etwas sieht. Und beeilen Sie sich. Wenn ich wieder in New York bin, möchte ich hören, dass der gottverdammte Metallbrocken sich bewegt hat.«

Damit stampfte er, Penfold im Schlepptau, aus der Baracke, die Tür flog mit einem Knall hinter ihnen ins Schloss.

Einen Moment lang saßen alle wie versteinert da. Dann stemmte Amira sich aus ihrem Klappstuhl hoch. »Kommen Sie, Sam, gehen wir das Scheißding anbohren.«

Isla Desolación

14.15 Uhr

Nach der Wärme in der Baracke fühlte sich der Wind messerscharf an. McFarlane dachte sehnsüchtig an die heiße Kalahari, als er Amira schlotternd vor Kälte zum Gerätelager folgte.

Der Container war länger und breiter als die anderen und machte, so schäbig er auch von außen aussah, innen einen sauberen, tadellos aufgeräumten Eindruck. Gespeist vom Hauptgenerator in der Baracke nebenan, glühten und blinkten die Kontrollanzeigen der Monitore und Diagnosegeräte. Amira steuerte auf einen großen Metalltisch zu, auf dem ein zusammengeklapptes Dreibein und ein offensichtlich für die Entnahme von Gesteinsproben bestimmter Hochgeschwindigkeitsbohrer lagen.

Amira fuhr beinahe zärtlich mit der Hand darüber. »Sind solche Hightech-Geräte nicht einfach zum Verlieben? Sehen Sie sich das Riesending an – schon mal so was gesehen?«

»Nicht in dieser Größe«, gab McFarlane zu.

Amira klappte das Gehäuse auf, überzeugte sich davon, dass alles in Ordnung war, schob den Stecker eines etliche Meter langen Kabels in die Steckdose und überprüfte die Funktionstüchtigkeit mit Hilfe des internen Diagnoseprogramms.

»Hier – gucken Sie sich mal das an.« Sie hob ein langes, hinten keulenförmig verdicktes, vorn mit einer Führung versehenes Metallstück an und deutete auf die Aushöhlung. »Allein in der Bohrerspitze stecken zehn Karat Industriediamanten.« Sie schulterte den Bohrer, wandte sich zur Tür und meinte grinsend: »Da juckt's einen doch in den Fingern, unseren Burschen anzubohren, oder nicht?«

Amira ging voran, McFarlane trug das Dreibein und rollte hinter ihnen das Kabel aus. Über der Grube mit dem freigelegten Meteoriten war inzwischen ein provisorischer Sichtschutz errichtet worden, der ein bisschen einer Marktbude glich. Hinter den Brettern tauchten Batterien von Halogenleuchten das Loch in grelles, kaltes Licht. Glinn stand mit dem Funkgerät in der Hand am Rand der Grube und wartete bereits auf sie.

Von weißem Licht angestrahlt, leuchtete der Meteorit fast purpurrot; McFarlane musste unwillkürlich an eine frische Wunde denken. Amira streifte die Handschuhe ab, ließ sich von McFarlane das Dreibein geben, klappte es auf und verankerte den Bohrer in der Halterung. Sie zeigte auf den dicht hinter der Spitze des Diamantbohrers eingebauten Filter. »Das Ding hat eine enorme Saugkraft, es filtert sämtliche Staubpartikel heraus. Es kann also nichts passieren, selbst wenn das Metall des Meteoriten gefährliche Substanzen enthalten sollte.«

»Trotzdem lasse ich das ganze Gebiet räumen«, sagte Glinn und gab die Anweisung sofort über Funk durch. »Denken Sie daran: Abstand halten. Und dass Sie mir den Meteoriten auf keinen Fall anfassen.« Er steckte den Kopf aus der Bretterbude und scheuchte gestikulierend ein paar Arbeiter weg, die sich noch in der Nähe aufhielten.

McFarlane verfolgte, wie Amira den Bohrer einschaltete und das Dreibein fest auf den Meteoriten setzte. »Sieht aus, als hätten Sie Übung damit«, murmelte er.

»Das können Sie laut sagen. Eli hat mich durch einige Dutzend Trockenläufe gescheucht.«

»Wie – haben Sie das etwa vorgeübt?«

»Jeden einzelnen Schritt.« Amira nahm eine Fernbedienung aus der Tasche und stellte sie auf die technischen Daten des Bohrers ein. »Und wir haben nicht nur das geübt. Eli plant alle unsere Projekte, als ging's um den D-Day. Die Invasion, Sie wissen schon. Alle müssen alles üben, bis es ihnen zum Hals heraushängt, denn im Ernstfall muss es nun mal auf Anhieb klappen.« Sie trat einen Schritt zurück und hauchte sich warmen Atem auf die eisigen Hände. »Mann, Sie hätten mal die riesige Eisenkugel sehen sollen, die wir immer wieder ausgraben und durch die Botanik karren mussten! Dicke Berta haben wir das Ding genannt. Ich kann Ihnen sagen, ich hatte schon im Voraus eine Mordswut auf den Meteoriten.«

»Und wo haben Sie das alles geübt?«

»Auf der Bar-Cross-Ranch bei Bozeman, oben in Montana. Mal ehrlich, Sie haben doch nicht im Ernst geglaubt, dass Eli uns ohne gründliches Training losschickt, oder?«

Sie beugte sich über den Koffer, den Glinn offenbar mitgebracht hatte, nahm eine kleine Blechdose heraus, schraubte den Verschluss auf und beträufelte den Meteoriten mit einer schwarzen, klebrigen Flüssigkeit, die sich langsam auf der roten Oberfläche verteilte. Dann tunkte sie einen Pinsel in die Dose und bestrich die Spitze des Bohrers ebenfalls mit der klebrigen Substanz. Schließlich nahm sie noch eine hauchdünne Lage Gummi aus dem Koffer und presste sie auf die versiegelte Stelle.

»Wir wollen vermeiden, dass womöglich Meteoritenstaub in die Luft entweicht«, erklärte sie McFarlane. »Es dauert einen Augenblick, bis der Kleber fest genug ist.« Sie kramte das Röhrchen mit der angerauchten Zigarre aus der Parkatasche, steckte aber angesichts der vorwurfsvollen Blicke, mit denen Glinn und McFarlane ihr Vorhaben stumm kommentierten, das Feuerzeug wieder weg und knackte ersatzweise Erdnüsse auf.

McFarlane musterte sie kopfschüttelnd. »Erdnüsse, Bonbons, Zigarren … Haben Sie noch mehr Gewohnheiten, die Ihre Mutter missbilligen würde?«

Ihre Augen blitzten ihn an. »Affengeilen Sex, Rock 'n' Roll, Extrem-Ski und Blackjack mit hohem Einsatz.«

McFarlane lachte. Dann fragte er: »Sind Sie nervös?«

»Eher unheimlich aufgeputscht. Und Sie?«

Er musste erst nachdenken. Es kam ihm fast so vor, als würde er seine Aufregung langsam zulassen. Vielleicht, damit es ihm leichter fiel zu glauben, dass das, was dort unten in der Grube lag, wirklich genau das war, wonach er all die Jahre gesucht hatte.

»Ja«, sagte er schließlich, »aufgeputscht, so könnte man's nennen.«

Glinn zückte seine goldene Taschenuhr und ließ den Deckel aufspringen. »Es wird Zeit.«

Amira wandte sich wieder dem Bohrer zu. Sie drückte zwei, drei Funktionstasten. Ein Rumpeln setzte ein, so tief, dass die Luft in der engen Holzbude zu vibrieren schien. Sie überprüfte die Position der Bohrerspitze, trat einen Schritt zurück und korrigierte den Aufsetzpunkt per Fernbedienung. Aus dem Rumpeln wurde ein Heulton. Wieder fingerte sie auf der Fernbedienung herum, der Heulton schwoll kurz an und gleich darauf auf eine erträgliche Lautstärke ab.

»Fünf mal fünf«, sagte sie zu Glinn.

Glinn langte in den offenen Koffer, nahm drei Schutzmasken heraus und warf Amira und McFarlane je eine zu. »Wir gehen nach draußen und steuern das Ganze per Fernbedienung.«

McFarlane zog sich die Maske über den Kopf, das Gummi klebte widerlich kalt an seinen Wangen. Er hätte sich eine Kapuze gewünscht, der Wind schnitt unbarmherzig in seine Ohren und in seinen Nacken. Hier draußen hörte sich das hohe Wimmern des Bohrers wie ein zorniger Hornissenschwarm an.

»Mehr Abstand«, sagte Glinn, »mindestens dreißig Meter.«

Sie gingen weiter weg. Schneeflocken wirbelten durch die Luft und deckten den Boden mit einer dünnen weißen Schicht zu. Die Bretterbude ließ sich kaum noch ausmachen, aber das grelle Licht, das aus der offenen Tür drang, war ein untrüglicher Orientierungspunkt.

»Falls sich herausstellt, dass das Ding ein Raumschiff ist, könnte jemand da drin mächtig sauer werden, wenn unser Bohrer den Diamantkopf in die Kommandozentrale steckt«, versuchte Amira unter der Schutzmaske zu witzeln.

Glinn verzog keine Miene. »Fangen wir an. Sobald der Bohrer einen Millimeter unter der Versiegelung ist, unterbrechen wir und prüfen, ob irgendwelche Gase austreten.«
Amira nickte, richtete die Fernbedienung auf den Bretterverschlag und drückte die Starttaste. Der Motor heulte auf, dann war er plötzlich nur noch gedämpft zu hören.
Nach einigen Sekunden sagte Amira: »Komisch, ich komme einfach nicht tiefer.«
»Bohrer kurz anheben«, ordnete Glinn an.
Amira gab das Kommando per Tastendruck weiter, einen Augenblick heulte der Elektromotor auf, dann normalisierte sich das Geräusch. »Scheint in Ordnung zu sein.«
»Umdrehungen pro Minute?«
»Zwölftausend.«
»Auf sechzehntausend erhöhen, Bohrer wieder absenken.«
Der Motor des Bohrers heulte kurz auf, dann war wieder das übliche Bohrgeräusch zu hören – dumpf und halb erstickt. Plötzlich ein scharfes Knirschen – und dann nichts mehr.
Amira schielte auf die Fernbedienung. Die roten Ziffern auf der LED-Anzeige zeichneten sich deutlich ab. »Der Bohrer hat ausgesetzt«, sagte sie.
»Irgendeine Vermutung, warum?«
»Scheint sich heiß gelaufen zu haben. Vielleicht ist mit dem Motor was nicht in Ordnung. Obwohl, den haben die Techniker ja gerade erst überprüft.«
»Ziehen Sie den Bohrer raus, damit er abkühlen kann. Dann versuchen wir's noch einmal mit dem doppelten Drehmoment.«
Ein paar Minuten untätigen Wartens. McFarlane starrte wie gebannt auf die offene Tür des Bretterverschlags. Amira spielte nervös mit der Fernbedienung herum. Dann wurde es ihr zu dumm, sie richtete die Fernbedienung nach vorn und drückte die Starttaste.
Das übliche Wimmern, nur, dass es sich jetzt ein bisschen

kehliger anhörte, aber irgendwie ungesund. Dann wurde die Tonlage tiefer, ein Zeichen, dass der Bohrer arbeitete.

»Läuft sich schon wieder heiß, das verdammte Ding«, schimpfte Amira und drückte heftig ein paar Tasten. Verbissen versetzte sie der Fernbedienung einen Schlag.

Der Heulton veränderte sich abrupt, das dominierende Geräusch war plötzlich ein rätselhaftes Knacken. Durch die offene Tür der Baubude drang ein flackernder roter Lichtschein. Lautes Splittern, als wäre etwas gebrochen. Und dann nur noch unheimliche Stille.

»Was ist denn jetzt los?«, fragte Glinn scharf.

Amira reckte sich und versuchte, durch die Kunststoffgläser der Schutzmaske etwas zu erkennen. Als sie merkte, dass das nichts brachte, ging sie entschlossen auf den Bretterverschlag zu.

Sie kam nur zwei Schritte weit, dann hatte Glinn sie am Arm gepackt. »Nicht, Rachel! Zuerst müssen wir eine Erklärung finden, was da passiert sein kann.«

Amira fügte sich seufzend und griff wieder zur Fernbedienung. »Die Leuchtdioden spielen verrückt«, schimpfte sie. »Lauter Symbole und Buchstabengruppen, die ich noch nie gesehen habe. Das heißt – warten Sie mal ... Hier steht: Fehlercode 47.« Sie sah auf und schnaubte ärgerlich. »Na wunderbar. Das Handbuch liegt wahrscheinlich in Montana.«

Glinn zauberte ein schmales Heft aus einer der vielen Taschen seines Parkas und fing an zu blättern. Plötzlich stutzte er. »Fehlercode 47, haben Sie gesagt?«

»Ja.«

»Unmöglich.«

Amira sah ihn groß an. »Ich erinnere mich nicht, dass ich dieses Wort je aus Ihrem Mund gehört hätte, Eli.«

Glinn klappte das Handbuch zu. »Der Bohrer ist durchgebrannt«, sagte er mit belegter Stimme.

»Durchgebrannt? Bei der Power, die das Ding entwickelt? Das glaube ich nicht.«

»Sollten Sie aber«, sagte er kühl und ließ das Handbuch in den unergründlichen Tiefen seines Parkas verschwinden.
Sie sahen sich stumm an. Der Tanz der Schneeflocken kam ihnen auf einmal wie Hohn und Spott vor.
»Dann müsste ja der Meteorit härter als Diamant sein«, wandte Amira ein. Es klang wie ein trotziges Aufbegehren.
Glinn stapfte wortlos auf die Bretterbude zu. Amira und McFarlane folgten ihm.
Gleich hinter der Tür schlug ihnen der Gestank von verbranntem Gummi entgegen. Rings um den Bohrer waberte Qualm, seine Unterseite sah verschmort aus, die Leuchtanzeigen waren erloschen. Amira versuchte, per Hand ein paar der Kontrollanzeigen zu aktivieren, musste aber bald achselzuckend feststellen: »Er reagiert überhaupt nicht mehr.«
»Wahrscheinlich ist die Sicherung durchgebrannt«, meinte Glinn. »Versuchen Sie, ihn so rauszuziehen.«
McFarlane packte mit zu, Zentimeter um Zentimeter hievten Amira und er den riesigen Bohraufsatz aus dem beißenden Qualm nach oben. Aus der gezahnten Bohrerspitze war ein unförmiger, geschmolzener Metallklumpen geworden.
»Heiliger Himmel«, stöhnte Amira, »das war mal ein Fünftausend-Dollar-Diamant-Carborundum-Bohrer!«
McFarlane schielte verstohlen zu Glinn hinüber. Doch der schien dem Bohrer keine Beachtung zu schenken; sein Blick verlor sich in ungewisser Ferne. Wie in Trance löste er die Klettverschlüsse der Schutzmaske und streifte sie ab.
»Und was jetzt?«, fragte Amira.
Glinn gab sich einen Ruck. »Wir nehmen den Bohraufsatz mit aufs Schiff und untersuchen ihn dort gründlich.« Und dann, als wäre er schon wieder weit weg, fügte er wie in einem Selbstgespräch hinzu: »Und da wäre noch etwas, das wir möglichst schnell auf die *Rolvaag* schaffen sollten.«

Isla Desolación

15.05 Uhr

Vor der Bretterbude nahm McFarlane die Schutzmaske ab und legte sich die Kapuze des Parkas wie einen Schal um den Hals. Der Wind fegte eisig über die planierte Fläche und wirbelte den Schnee über den gefrorenen Boden. Die Dämmerung hatte bereits eingesetzt, noch eine halbe Stunde, dann war es dunkel. Lloyd befand sich wohl inzwischen auf dem Rückflug nach New York.

Schnee knirschte, Glinn und Amira kamen von dem Container zurück, in dem das Gerätelager untergebracht war. Amira trug in jeder Hand eine fluoreszierende Sturmlaterne, Glinn zog einen Aluminiumschlitten hinter sich her.

McFarlane sah fragend auf den großen blauen Plastikbehälter, der auf dem Schlitten lag. »Was ist das?«

Man merkte Glinn an, dass er die Frage am liebsten ignoriert hätte. »Ein Transportbehälter«, erwiderte er schließlich wortkarg. Fügte dann aber hinzu: »Masangkays sterbliche Überreste müssen in der Pathologie untersucht werden.«

McFarlanes Magen krampfte sich zusammen. »Ist das unbedingt notwendig?«

»Ich weiß, das ist nicht leicht für Sie. Aber wir haben es hier mit einer unbekannten Größe zu tun. Und wir von der EES mögen nun mal keine Unbekannten.«

Als sie sich dem Steinhügel näherten, der Masangkays Grab markierte, ließ das Schneegestöber nach. Hanuxas Klauen zeichneten sich als tiefgraue Finger vor dem fast schwarzen Himmel ab. Dahinter konnte McFarlane gerade noch ein kleines Stück ihrer vom Sturm gepeitschten Landebucht ausmachen. Weit weg, am Horizont, reckten sich die schroffen Felsgrate der Isla Wollaston gen Himmel. Es war kaum zu glauben, wie schnell sich das Wetter hier unten ändern konnte.

Der Wind hatte das Grab mit Schnee bedeckt, aus dem Stein-Grabhügel war ein geschlossener weißer Buckel geworden. Glinn zog das Holzkreuz heraus, dann lockerte er mühsam die festgefrorenen Steine und rollte sie beiseite. Er drehte sich kurz zu McFarlane um und sagte: »Ich kann es gut verstehen, wenn Sie lieber nicht dabei sein wollen.«
McFarlane schluckte. Er hätte sich gern gedrückt, aber wenn es nun sein musste, wollte er sich auch nützlich machen. »Nein. Ich helfe Ihnen schon.«
Den Grabhügel aufzuschichten war viel zeitaufwändiger gewesen, als ihn abzutragen. Es dauerte nicht lange, bis sie auf die ersten Knochen stießen. Glinn arbeitete nun langsamer und vorsichtiger weiter. McFarlane starrte in das Grab – auf den gespaltenen Schädel, die ausgebrochenen Zähne, die an verrottende Seile erinnernden Knorpelreste und das zum Teil schon mumifizierte Gewebe. Es fiel ihm schwer, sich vorzustellen, dass das, was dort unten lag, einmal sein Freund und Partner gewesen war. Etwas schnürte ihm die Kehle zu, er rang nach Atem wie bei einem Erstickungsanfall.
Die Dunkelheit senkte sich rasch über die Insel. Als die letzten Steine weggeräumt waren, stellte Glinn die beiden Sturmlaternen links und rechts vom Grab auf, sammelte mit einer Pinzette die Knochen auf und legte sie in den Plastikfächern des Transportbehälters ab. Einige Knochenteile hingen noch aneinander, durch Knorpelgewebe, Hautreste und verkohltes Fleisch zusammengehalten; doch die meisten erweckten den Anschein, als seien sie gewaltsam auseinander gerissen worden.
»Ich bin keine Pathologin«, sagte Amira, »aber für mich sieht der arme Kerl aus, als wäre eine Horde Raubtiere über ihn hergefallen.«
Glinn sagte nichts, seine Pinzette pendelte, wie von einem Roboterarm geführt, zwischen dem Grab und den Fächern des Transportbehälters hin und her. Und dann erstarrte er plötzlich mitten in der Bewegung.

»Was ist los?«, wollte Amira wissen.
Glinn zupfte mit der Pinzette vorsichtig an einem Stück Leder. Es dauerte ein Weile, bis er den Stiefel aus dem gefrorenen Boden befreit hatte und näher inspizieren konnte. »Der ist nicht einfach verrottet«, stellte er fest, »er ist verbrannt. Das ist mir schon an ein paar Knochen aufgefallen. Die haben auch ausgesehen, als wären sie angekokelt.«
»Haben Sie den Verdacht, dass er wegen seiner Ausrüstung ermordet wurde?«, fragte Amira. »Ich meine, es wäre ja einfacher gewesen, die Leiche zu verscharren, aber es hat schon genug Mordfälle gegeben, bei denen der Täter versucht hat, sein Opfer zu verbrennen.«
McFarlane sagte: »In dem Fall wäre Puppup ein Mörder.« Er merkte selber, wie verbittert sich seine Stimme anhörte.
Glinn las mit der Pinzette ein Zehenglied auf und examinierte es im Lichtschein der Sturmlaternen wie ein kleines Juwel. »Sehr unwahrscheinlich«, meinte er. »Aber das ist eine Frage, die uns unser lieber Doktor beantworten muss.« Er legte das Knochenstück in den Plastikbehälter, drehte sich dann abermals zum Grab um und nahm wieder etwas mit der Pinzette auf, ungefähr an der Stelle, an der der Stiefel im Boden gesteckt hatte. Er wischte die Erde und das Eis weg und hielt den Gegenstand ins Licht der Laternen.
»Eine Gürtelschnalle«, sagte Amira.
»Was?« McFarlane fuhr herum und starrte betroffen auf den purpurfarbenen, in eine teilweise geschmolzene Silberfassung eingelassenen Halbedelstein.
Dann wich er zurück.
Er konnte es nicht fassen. Hier, ausgerechnet hier musste er sie wiedersehen …
Vor Jahren, nachdem sie mit den Atakamiten ein Bombengeschäft gemacht hatten, war er auf die Idee gekommen, zur Feier ihres Erfolges zwei silberne Gürtelschnallen anfertigen zu lassen, beide mit einem eingelassenen kleinen Stück Atakamit. Er selbst hatte die Schnalle irgendwann verloren, aber

Nestor hatte seine offensichtlich bis zu dem Tag getragen, an dem er gestorben war – trotz allem, was sie später entzweit hatte. McFarlane wunderte sich selbst, wie viel ihm diese kleine Geste bedeutete.
Wortlos sammelten sie Masangkays spärliche Habseligkeiten ein, dann klappte Glinn den blauen Transportbehälter zu, Amira nahm die beiden Sturmlaternen, sie stapften durch den Schnee zurück zum Lager.
McFarlane blieb noch einen Augenblick, er wollte endgültig Abschied nehmen. Und so stand er da und starrte eine Weile auf den Haufen achtlos beiseite geworfener Steine, die vorher ein Grabhügel gewesen waren. Dann drehte er sich um und folgte Amira und Glinn.

Punta Arenas

17. Juli, 8.00 Uhr

Comandante Vallenar stand in seiner Kabine am winzigen Aluminiumwaschbecken, paffte eine *puro* und seifte sich das Gesicht mit parfümierter Rasiercreme ein. Er verabscheute den billigen Sandelholzgeruch ebenso wie den mit zwei Klingen bestückten gelben Plastikrasierer. Typisch amerikanischer Schund. Wer, außer den Amis, leistete sich die Verschwendung, einen Wegwerfrasierer mit zwei Klingen auszurüsten, wo es doch eine genauso getan hätte? Aber bei der Marine musste man eben nehmen, was einem der Quartiermeister zuteilte. Die Alternative wäre eine Nassrasur mit dem Messer gewesen, und die barg auf einem Schiff gewisse Risiken.

Er spülte die Klinge kurz ab, bevor er sie an der linken Wange ansetzte. Weil er mit der verkrüppelten linken Hand Schwierigkeiten hatte, fing er immer mit dieser Seite an, da konnte er die Klinge sicherer führen.

Die *Almirante Ramirez*, in den Fünfzigern billig von der britischen Navy erworben, war der älteste Zerstörer der chilenischen Flotte. Nach Jahrzehnten haarsträubender hygienischer Verhältnisse, rücksichtslosen Gebrauchs chemischer Lösungsmittel, nie sanierter Abwasserrohre und unzähligen Litern verschütteten Dieselöls hatte sie einen unverwechselbaren Gestank angenommen, der vermutlich erst auszurotten war, wenn sie eines Tages unterging.

Irgendwo draußen schrillte eine Dampfpfeife, verscheuchte den Vogelschwarm, der schreiend um die *Almirante Ramirez* kreiste, und übertönte für einen Moment den Lärm des Straßenverkehrs. Vallenar gönnte sich einen Blick durch das rostige Bullauge auf die Piers und die Stadt, die gleich dahinter anfing. Es war ein strahlender, prächtiger Tag, mit einem kristallklaren Himmel und einer steifen kalten Brise von Westen.

Der Comandante setzte die Rasur fort. Es war ihm schon immer ein Gräuel gewesen, in Punta Arenas zu ankern. Ein miserabler Liegeplatz, speziell bei Westwind. Wie gewöhnlich wimmelte es rings um den Zerstörer von Fischerbooten, die Schutz in dessen Lee suchten. Typisch südamerikanische Disziplinlosigkeit. Kein Funken Respekt vor der Würde eines Kriegsschiffs.
Es klopfte an der Kabinentür. »Comandante?« Die Stimme von Timmer, seinem Fernmeldeoffizier.
»Herein!«, rief Vallenar, ohne sich umzudrehen. Im Spiegel sah er Timmer hereinkommen, gefolgt von einem Mann in Zivil: wohlgenährter Schmerbauch, dickes Portemonnaie, die Selbstzufriedenheit in Person.
Vallenar nahm sich Zeit, die Klinge ein paarmal übers Kinn zu führen, dann erst wandte er sich um und sagte verbindlich lächelnd: »Danke, Mr. Timmer, Sie können gehen. Und sind Sie so freundlich, einen der Männer vor der Tür zu postieren.«
Nachdem Timmer weg war, musterte Vallenar seinen Besucher ausgiebig. Sein lässiges Lächeln zeugte von argloser Ahnungslosigkeit. Aber wovor sollte er sich auch fürchten?, dachte Vallenar ohne Bitterkeit. Vor einem Mann, der sich zwar Comandante schimpfte, jedoch das älteste Kriegsschiff der Flotte kommandierte, das im abgelegensten Hafen Chiles stationiert war? Kein Wunder, dass der Zivilist mit frech gerecktem Kinn und stolz geschwellter Brust vor ihm stand und sich einem Comandante ohne Machtbefugnisse haushoch überlegen fühlte.
Vallenar nahm einen letzten Zug an seiner Zigarre und warf die Kippe durch das offene Bullauge. Er legte den Einwegrasierer weg, holte mit der gesunden Hand eine Schachtel Zigarren aus der Schreibtischschublade und bot dem Fremden eine an. Der warf angewidert einen Blick auf die billigen *puros* und lehnte dankend ab. Vallenar war nicht wählerisch, er nahm eine.

Der Mann grinste herablassend und starrte dreist auf den verstümmelten Arm des Comandante. Vallenar beäugte genauso ungeniert das pomadisierte Haar und die sorgfältig manikürten Fingernägel des Schmerbäuchigen. »Nehmen Sie bitte Platz, mein Freund«, sagte er. »Ich bitte um Nachsicht, wenn ich mich während unserer Unterhaltung weiterrasiere.«
Der Mann ließ sich auf dem Besucherstuhl nieder und schlug affektiert die Beine übereinander.
»Man hat mir gesagt, dass Sie mit gebrauchten elektronischen Geräten handeln – Computer, Drucker, Kopierer und dergleichen«, begann Vallenar. »Stimmt das?«
»Gebrauchte und neue Geräte«, erwiderte der Mann.
»Ich nehme die Korrektur zur Kenntnis.« Dann trat eine Pause ein, weil Vallenar sich über der Oberlippe rasierte. »Vor etwa vier oder fünf Monaten, es muss im März gewesen sein, sollen Sie ein Gerät gekauft haben, das gewöhnlich von Goldsuchern und Geologen benutzt wird. Ein tomographisches Echolot mit langen, stangenförmigen Sensoren und einem integrierten Keyboard. Bin ich da richtig unterrichtet?«
»*Mi Comandante*, ich wickle so viele Geschäfte ab, dass ich mich unmöglich an jedes Schrottteil erinnern kann, das mir jemand anschleppt.«
Vallenar drehte sich um. »Von Schrott habe ich nichts gesagt. Aber Sie handeln mit solchen Geräten, nicht wahr? Mit gebrauchten und neuen, haben Sie gesagt.«
Der Gebrauchtwarenhändler zuckte die Achseln und hob grinsend die Hände. Es war die Art Grinsen, die Vallenar schon zigmal gesehen hatte – bei engstirnigen Bürokraten, Behördenleitern und Geschäftsleuten. Ein Grinsen, das deutlich ausdrückte: Bevor du mir nicht meine *mordida* hinblätterst, kann ich mich an nichts erinnern. Zuletzt war er damit vor einer Woche auf der Zollstation in Puerto Williams konfrontiert gewesen.
Und doch hegte er keinen Zorn auf den Schmerbäuchigen, der tat ihm eher Leid. Er war nicht unmoralisch geboren

worden, sondern hatte sich die Spielregeln der Korruption erst im Lauf seines Krämerlebens angeeignet. Ein Symptom für den allenthalben um sich greifenden Verfall der Sitten.
Vallenar kam um den Schreibtisch herum und hockte sich auf die Tischkante, dicht neben den Dicken. Beim Versuch, dem Mann zuzulächeln, merkte er, dass ihm der Rasierschaum schon auf der Haut zu trocknen begann. Der Dicke zwinkerte ihm unverfroren zu, legte die manikürten Hände auf die Schreibtischplatte und rieb grinsend Daumen und Zeigefinger aneinander – eine Geste, die überall auf der Welt verstanden wird.
Vallenars Hand schoss blitzschnell vor, und ehe der Schmerbäuchige wusste, wie ihm geschah, schnitt schon die Doppelklinge des Rasierers in den halbmondförmigen Nagel seines Mittelfingers. Der Mann japste nach Luft und sah den Comandante erschrocken an. Vallenar erwiderte den Blick mit Unschuldsmiene, bis er plötzlich mit einem kräftigen Ruck am Rasierer den Nagel kappte. Der Mann schrie auf.
Vallenar schüttelte den blutigen Fingernagel aus dem Rasierer, kehrte zum Waschbecken zurück und setzte, ungerührt vom lauten Gejammer des Gebrauchtwarenhändlers, in aller Ruhe seine Rasur fort. Es störte ihn nur, dass die Klingen jetzt etwas unregelmäßiger griffen, offenbar hatte sich ein Stück Fingernagel verklemmt. Er spülte den Rasierer aus, trocknete sich die Wangen ab und nahm am Schreibtisch Platz.
Der Dicke war aufgesprungen und hielt sich lamentierend den blutenden Finger. Vallenar kramte in der Hosentasche, beugte sich über den Schreibtisch, wickelte dem Mann sein Taschentuch um den Finger und sagte freundlich: »Bitte, setzen Sie sich doch wieder.«
Der Dicke ließ sich zitternd und leise wimmernd auf den Besucherstuhl sinken.
»Sie tun uns beiden einen Gefallen, wenn Sie meine Fragen präzise und schnell beantworten. Also, haben Sie ein Gerät, wie ich es Ihnen beschrieben habe, verkauft?«

»Ja, Comandante«, antwortete der Gebrauchtwarenhändler hastig.
»Und wem?«
»Einem amerikanischen Künstler.« Er hielt den verwundeten Mittelfinger umklammert.
»Was für einem Künstler?«
»Einem Bildhauer. Er wollte eine moderne Skulptur daraus machen und in New York ausstellen. Es war verrostet, man hätte es sowieso nicht mehr gebrauchen können.«
Vallenar schmunzelte. »Einem amerikanischen Bildhauer. Wie hieß er?«
»Das hat er mir nicht gesagt.«
Vallenar nickte grinsend. Der Schmerbäuchige brannte geradezu darauf, die Wahrheit zu sagen. »Natürlich nicht. Und nun erzählen Sie mir bitte, Señor … ach, ich habe gar nicht nach Ihrem Namen gefragt. Wie taktlos von mir.«
»Tornero, *mi Comandante*. Rafael Tornero Perea.«
»Señor Tornero, sagen Sie mir bitte – von wem haben Sie das Gerät gekauft?«
»Von einem Mestizen. Wie er heißt, weiß ich nicht.«
Vallenar runzelte die Stirn. »Sie wissen nicht, wie er heißt? Es gibt nur noch wenige Mestizen, und in Punta Arenas muss man sie fast mit der Lupe suchen.«
»Ehrlich, Comandante, ich kann mich nicht an den Namen erinnern.« In den Augen des Dicken spiegelte sich panische Angst, er kramte so verzweifelt in seinem Gedächtnis, dass ihm Schweißtröpfchen von den pomadisierten Augenbrauen liefen. »Er war nicht aus Punta Arenas, er stammte aus dem Süden. Es war ein ungewöhnlicher Name.«
Eine schlagartige Erleuchtung überkam Vallenar. »Hieß er Puppup? Juan Puppup?«
»Ja! Danke, Comandante, dass Sie meinem Gedächtnis auf die Sprünge geholfen haben. Puppup – so hieß er.«
»Hat er gesagt, wo er es gefunden hat?«
»Ja, auf der Isla de Hornos. Aber das habe ich ihm nicht

abgenommen. Wer findet dort schon was Wertvolles?« Er schien es eilig zu haben, sein Wissen an den Mann zu bringen, es sprudelte nur so aus ihm heraus. »Der will nur einen besseren Preis rausschlagen, hab ich mir gedacht.« Seine Miene hellte sich auf. »Ach – jetzt fällt's mir wieder ein: Es war auch noch eine Hacke dabei. Und ein merkwürdig geformter Hammer. Die eine Seite des Hammerkopfs war länger und gebogen. Der Amerikaner hat das ganze Zeug aufgekauft. Sogar den Lederbeutel mit Steinen.«
Vallenar beugte sich vor. »Haben Sie die Steine mit eigenen Augen gesehen?«
»Ja, Sir. Ich habe natürlich nachgeguckt, was in dem Beutel drin ist.«
»Haben sie wie Gold ausgesehen?«
»Aber nein! Sie waren völlig wertlos.«
»So? Müssten Sie nicht Geologe sein, um das beurteilen zu können?«
Obwohl Vallenar ganz ruhig mit ihm sprach, fing der Dicke gleich wieder ängstlich zu zappeln an. »Comandante, ich hab sie Señor Alonso Torres gezeigt, der hat in der Calle Colinas einen Laden für Schmucksteine. Ich dachte, es wäre vielleicht ein wertvolles Erz. Aber er hat mir gesagt, sie wären nichts wert, die Steine könnte ich alle wegwerfen.«
»Und woher wollte er das wissen?«
»Er kennt sich mit so was aus, Comandante. Er ist Experte, wenn es um Steine und Minerale geht.«
Vallenar trat an das vom Salzwasser rostig gewordene Bullauge seiner Kabine. »Hat er gesagt, was für Steine es waren?«
»Nein. Er hat gesagt, sie hätten keinen Namen.«
Der Comandante wandte sich zu dem Schmerbäuchigen um. »Wie haben sie denn ausgesehen?«
»Wie Steine eben aussehen: hässlich.«
Vallenar schloss die Augen und versuchte, seinen Zorn zu beherrschen. Es wäre ungehörig gewesen, auf dem eigenen Schiff einem Gast gegenüber die Geduld zu verlieren.

Tornero murmelte: »Es könnte sein, dass ich noch einen in meinem Geschäft habe.«
Vallenar riss die Augen auf. »Ach ja?«
»Señor Torres hat einen Stein behalten, er wollte ihn noch genauer untersuchen. Später, nachdem der Amerikaner das Gerät und die anderen Sachen bei mir gekauft hatte, hat er ihn mir wiedergegeben. Ich hab ihn eine Zeit lang als Briefbeschwerer benutzt. Weil ich im Stillen immer noch gehofft habe, er könnte vielleicht doch etwas wert sein – Torres hin oder her. Vielleicht finde ich ihn ja wieder.«
Plötzlich verklärte ein Lächeln Comandante Vallenars Gesicht. Er zündete sich vor lauter Begeisterung die Zigarre an, die er sich die ganze Zeit nur zwischen die Lippen gesteckt hatte. »Ich würde den Stein, von dem Sie gesprochen haben, gern erwerben.«
»Tja, also … wenn Sie so daran interessiert sind, wäre es mir eine Ehre, Ihnen den Stein zu geben. Von Kaufen wollen wir dann allerdings nicht reden, Comandante.«
Vallenar deutete eine leichte Verbeugung an. »In diesem Fall wäre es mir ein Vergnügen, gleich mit in Ihren Laden zu kommen, um das Geschenk entgegenzunehmen.« Er tat noch einen tiefen Zug an seiner Zigarre und komplimentierte den Gebrauchtwarenhändler mit ausgesuchter Höflichkeit aus seiner Kabine in den stinkenden Hauptflur der *Almirante Ramirez*.

Rolvaag

9.35 Uhr

Der Bohraufsatz lag vor ihnen auf dem Tisch, die verkohlte Spitze war auf eine dicke Lage Plastik gebettet. Die Deckenstrahler tauchten das Metall und die aufgereihten Geräte in bläuliches Licht. McFarlane hatte sich einen Chirurgenkittel übergezogen, nun schob er sich die Maske vors Gesicht. Der Seegang im Kanal war ungewöhnlich ruhig, die *Rolvaag* machte keine Schlingerbewegungen. Man hätte meinen können, irgendwo in einem fensterlosen Laborraum auf dem Festland zu sein.

»Skalpell, Doktor?«, scherzte Amira.

McFarlane schüttelte den Kopf. »Nein. Ich glaube, wir haben den Patienten verloren, Schwester.« Was sich durch die Gesichtsmaske wie das Menetekel einer Grabesstimme anhörte. Glinn stand mit verschränkten Armen hinter ihnen und verfolgte das Geschehen stumm.

McFarlane schwenkte den Arm des biokularen elektronischen Mikroskops über den Tisch. Der Bildschirm der angeschlossenen Workstation zeigte die gigantisch vergrößerte Bohrerspitze: das aus Albträumen geborene Armageddon mit tief eingeschnittenen Schluchten und geschmolzenen Kämmen. Amira legte eine leere CD in das integrierte Aufzeichnungsgerät.

McFarlane zog sich einen Drehsessel heran und stellte die beiden Okulare auf seinen Augenabstand ein. Er ließ den stark vergrößerten Bildausschnitt langsam über das Objekt wandern und suchte Millimeter um Millimeter der Bohrerspitze nach winzigen Splittern ab, die möglicherweise von der Oberfläche des Meteoriten stammen konnten. Doch der sehnlich erwartete leuchtend rote Minipartikel wollte sich nirgendwo zeigen, auch nicht, als er auf UV-Licht umschaltete. Mit

einem kurzen Seitenblick nahm er wahr, dass Glinn neben ihn getreten war und wie gebannt auf den Bildschirm starrte.
Minute um Minute verstrich – nichts. McFarlane seufzte. »Gehen Sie auf hundertzwanzigfach«, murmelte er.
Amira stellte die gewünschte Vergrößerung ein. Die Mondlandschaft sprang McFarlane regelrecht an, sie sah nun noch bizarrer aus. Und wieder krochen die Minuten quälend langsam dahin, während er abermals sorgfältig einen Sektor nach dem anderen absuchte.
Amira war genauso frustriert wie er. »Irgendwas *muss* doch hängen geblieben sein!«, sagte sie, als wolle sie den Bildschirm beschwören. »Und wenn's ein noch so winziger Staubpartikel ist. Bitte!«
McFarlane lehnte sich ernüchtert zurück. »Womöglich kann das Mikroskop ihn aus irgendeinem Grund nicht sichtbar machen.«
»Was die Vermutung nahe legen würde, dass der Meteorit von einer undurchdringlichen Kristallstruktur überzogen ist«, konstatierte Amira.
»Aus gewöhnlichem Metall besteht er jedenfalls nicht, das steht fest.« McFarlane klappte die beiden Okulare zusammen und schob sie in die Halterung.
»Was nun?«, fragte Glinn leise.
McFarlane schwenkte seinen Sessel herum, zog sich die Gesichtsmaske herunter und dachte nach. Ihm kam ein Gedanke: »Bleibt noch immer die elektronische Mikrosonde.«
»Und was ist das?«
»Eine beliebte Untersuchungsmethode in der planetarischen Geologie. Wir haben die nötige Ausrüstung an Bord. Man legt eine Materialprobe in eine Vakuumkammer und beschießt sie mit einem extrem schnellen Elektronenstrahl. Gewöhnlich werden die dabei produzierten Röntgenstrahlen gemessen. Man kann den Elektronenstrahl aber auch so stark erhitzen, dass ein Teil der Materialprobe verdampft und als hauchdünner Film auf einer Goldplatte kondensiert. Damit

gewinnt man eine kleine, für weitere Untersuchungen jedoch ausreichende Materialprobe.«
»Wer sagt uns, dass der Elektronenstrahl es schafft, das Meteoritengestein zu verdampfen?«
»Die aus einer Glühfaser abgefeuerten Elektronen können fast bis auf Lichtgeschwindigkeit beschleunigt und mikrometergenau auf das Objekt ausgerichtet werden. Glauben Sie mir, da werden mit Sicherheit ein paar Atome abgesprengt.«
Glinn sagte nichts. Man sah ihm förmlich an, wie er die möglichen Risiken und den Informationsbedarf gegeneinander abwägte.
»Also gut, probieren wir's«, gab er schließlich grünes Licht. »Aber denken Sie dran: Niemand darf in direkten Kontakt mit dem Meteoriten kommen.«
McFarlane zog die Stirn in Falten. »Das Problem liegt in der praktischen Durchführung. Normalerweise bringt man die Sonde zum Untersuchungsobjekt, aber das Ding wiegt an die dreihundert Kilo, das kann man sich nicht einfach auf den Buckel binden. Außerdem ist es schwierig, eine einwandfrei arbeitende Vakuumkammer über dem Meteoriten zu errichten.«
Glinn zog ein Handfunkgerät aus dem Gürtel. »Garza? Ich benötige acht Männer auf dem Hauptdeck, sofort. Und für den nächsten Transport heute Vormittag eine Hebevorrichtung und ein Fahrzeug, jeweils mit dreihundert Kilo Tragkraft.«
»Und sagen Sie ihm, dass wir eine starke Stromquelle brauchen«, warf McFarlane ein.
»Sorgen Sie dafür, dass ein geerdetes Massekabel zur Verfügung steht. Es muss auf bis zu zwanzigtausend Watt ausgelegt sein«, gab Glinn an Garza weiter.
McFarlane nickte und pfiff durch die Zähne. »Das dürfte ausreichen.«
»Garza wird gleich hier sein«, sagte Glinn kurz angebunden. »In einer Stunde muss alles für den Transport bereit sein,

mehr Zeit kann ich Ihnen nicht geben.« Er drehte sich abrupt um und stürmte aus dem Raum. Obwohl er die Tür sofort hinter sich schloss, schwappte ein Schwall eisige Luft in den Raum.

McFarlane wechselte rasch einen Blick mit Amira. »Er wird wohl langsam nervös.«

»Er hasst es, etwas nicht zu wissen«, sagte Amira. »Bei Ungewissheit dreht er durch.«

»Sie haben's nicht leicht mit ihm, wie?«

Amira verzog gequält das Gesicht. »Sie ahnen nicht, wie Recht Sie haben.« McFarlane sah sie neugierig an, aber sie zog sich nur die Maske herunter und streifte die Handschuhe ab. »Kommen Sie, fangen wir schon mal an, die Mikrosonde für den Transport zu zerlegen.«

Isla Desolación

13.45 Uhr

Bis kurz nach Mittag waren die Vorbereitungen für das Experiment an der Fundstelle des Meteoriten weitgehend abgeschlossen. In der Bretterbude über der Grube hatten die Halogenleuchten die Luft fast unerträglich aufgeheizt. McFarlane stand neben Glinn am Rand und blickte fasziniert auf das satte Rot des Meteoriten, das selbst in dieser grellen Beleuchtung geheimnisvoll zu glühen schien. Die Mikrosonde – ein langer, nahtloser Stahlzylinder – war auf ihrer gefederten Halterung verankert. Auch die dickwandige Vakuumglocke mit der Glühfaser und dem Steckkontakt lag bereit, daneben einige in Plastik eingeschweißte winzige Goldplatten und die für die Bündelung des Elektronenstrahls notwendigen Elektromagneten.

McFarlane wandte sich an Glinn. »Ich brauche jemanden, der den Meteoriten auf einer Fläche von vierzig mal vierzig Zentimeter absolut staubfrei säubert, sonst bekommen wir Verunreinigungen.«

Glinn nickte. »Wird erledigt. Sagen Sie – wenn Sie Ihre Proben haben, wie geht es dann weiter?«

»Dann beginnen wir mit den Tests. Mit etwas Glück müssten wir in der Lage sein, die elektrischen, chemischen und physikalischen Eigenschaften zu bestimmen.«

»Wie lange dauert das?«

»Achtundvierzig Stunden. Die Zeit, die wir für Ruhepausen und zum Essen brauchen, nicht mitgerechnet.«

Glinns Lippen wurden zu einem schmalen Strich. Er warf wie gehetzt einen Blick auf seine goldene Taschenuhr. »Mehr als zwölf Stunden können wir uns nicht leisten«, stellte er fest. »Beschränken Sie sich also auf die unumgänglich notwendigen Tests.«

Eine Stunde später waren sie fertig, es konnte losgehen. Die Vakuumkammer war auf der Oberfläche des Meteoriten befestigt worden – ein Arbeitsschritt, der besondere Sorgfalt und Vorsicht erfordert hatte. In dieser Kammer lagen nun, kreisförmig um die Glühfaser angeordnet, auf Unterlegscheiben aus Glas, zehn winzige Goldplättchen, an der Außenseite der Glocke waren mehrere Elektromagneten angebracht. Teile der Stahlummantelung der elektronischen Mikrosonde waren aufgeklappt und ließen das Gewirr aus Drähten und Schläuchen sehen. McFarlane atmete tief durch. »Rachel, bitte schalten Sie die Vakuumpumpe ein.«

Ein leises Schwirren zeigte an, dass die Luft aus der Glocke gesogen wurde. McFarlane kontrollierte die Anzeigen der Mikrosonde. »Na, wer sagt's denn – alles dicht versiegelt. Wir sind schon bei fünf Mikrobar Unterdruck.«

Glinn stellte sich neben ihn und verfolgte gespannt die Anzeigen.

»Elektromagneten einschalten«, sagte McFarlane.

»Eingeschaltet«, bestätigte Amira.

»Licht dimmen.«

In der Bretterbude wurde es dunkel. Nur durch die Ritzen drang etwas Tageslicht, die LED-Anzeigen der Mikrosonde glühten rot.

»Ich gebe jetzt etwas Saft auf den Elektronenstrahl«, flüsterte McFarlane.

In der Vakuumkammer war ein schwacher bläulicher Lichtstrahl zu erkennen. Das flackernde, rotierende Spektrallicht, das er auf den Meteoriten warf, ließ die karmesinrote Oberfläche schwarz aussehen. Die Wände des Bretterverschlags schienen plötzlich zu tanzen und zu flirren.

McFarlane drehte an zwei Rundskalen der Mikrosonde, die Magnetfelder um die Vakuumglocke veränderten sich. Der Lichtstrahl rotierte und flatterte nicht mehr, er wurde schmaler und heller, bis er schließlich als blauer, mit der Spitze auf den Meteoriten zielender Pfeil erschien.

»Wir sind auf dem Ziel«, sagte McFarlane. »Ich gehe jetzt fünf Sekunden auf volle Leistung.«

Er hielt den Atem an. Der Augenblick der Wahrheit. Glinns insgeheime Sorge, dass der Meteorit irgendwie gefährlich sein könnte, war durchaus berechtigt. Wie berechtigt, würde sich jetzt gleich herausstellen.

Er drückte den Timer. Ein greller Lichtstrahl leuchtete in der Vakuumglocke auf. An der Stelle, wo er auf den Meteoriten traf, verfärbte er sich ins Violette und tanzte auf und ab.

Die fünf Sekunden waren um, rings um sie wurde es wieder dunkel. McFarlane hatte das Gefühl, von einer gewaltigen Anspannung befreit zu sein.

»Licht!«, rief er.

Als die Lampen angingen, kniete McFarlane am Rand der Grube und starrte gespannt auf die winzigen Goldscheiben.

Es verschlug ihm den Atem. Auf jedem Goldplättchen hatte sich ein Hauch Rot abgelagert – so schwach, dass er kaum zu erkennen war. Und das war noch nicht alles. Wo der Elektronenstrahl auf den Meteoriten getroffen war, sah er – oder zumindest glaubte er das – auf der sonst überall glatten Oberfläche eine fast nur zu ahnende Vertiefung.

Er richtete sich auf.

»Also?«, drängte Glinn. »Was hat sich getan?«

McFarlane grinste. »Der Bursche ist doch nicht so hart, wie wir gedacht haben.«

Isla Desolación

18. Juli, 9.00 Uhr

Schnee knirschte unter ihren Schritten, als McFarlane und Amira über die planierte Fläche gingen. Alles war wie vorher: die aufgereihten Container, Baracken und Hütten, der unebene, gefrorene Boden. Nur ich bin nicht mehr derselbe, dachte McFarlane. Er war hundemüde und doch in einer Hochstimmung, die ihn innerlich rotieren ließ.

Sie gingen schweigend nebeneinander her, in der klaren, kalten Luft schienen alle Geräusche unnatürlich laut widerzuhallen: das Abrollen ihrer Stiefel auf dem frisch gefallenen Schnee, das ferne Rumpeln von Arbeitsgeräten, ihre raspelnden Atemzüge. McFarlane war es recht so, es half ihm, seine Gedanken zu ordnen und die Spekulationen zu verscheuchen, die ihm seit den Experimenten der letzten Nacht durch den Kopf spukten.

Er hielt Amira die Tür zum Zentrallabor auf. Drin trafen sie auf Stonecipher, den zweiten Projektingenieur, der sich inmitten fächerförmig ausgebreiteter Disketten und Leiterplatten an einem offenen Computergehäuse zu schaffen machte. Er sah auf. »Mr. Glinn möchte Sie sprechen. Beide.«

»Wo ist er denn?«, fragte McFarlane.

»Ein paar Stockwerke tiefer. Ich bringe Sie hin.«

Nicht weit von dem um den Meteoriten gezogenen Bretterverschlag war eine zweite Hütte errichtet worden, noch windschiefer als die erste. Die Holztür flog auf, Garza kam heraus. Er trug unter der Kapuze einen Schutzhelm und hielt einen Stapel weiterer Helme in den Armen. Als er sie kommen sah, warf er jedem von ihnen einen zu.

»Nur hereinspaziert«, sagte er und winkte sie in die halbdunkle Bruchbude. McFarlane sah sich verwundert um – ein Haufen altes Werkzeug und ein paar Holzbehältnisse mit Nägeln, mehr gab es hier nicht.

»Was soll das?«, fragte er.
Garza grinste. »Das werden Sie gleich sehen.« Er rollte ein paar von den Behältern beiseite, legte eine in den Boden eingelassene Stahlplatte frei und hob sie hoch.
McFarlane schnaufte überrascht. Unter der Falltür verbarg sich eine Treppe, die in einen hell ausgeleuchteten, mit stählernen Seitenverschalungen versehenen Tunnel führte. »Wie in so einem Film mit Hauen und Stechen«, murmelte er.
Garza lachte. »Nun, die Methode hat sich schon bei Tutanchamun bewährt. Der Tunnel zu seiner Schatzkammer war ebenfalls unter der Hütte eines Arbeiters versteckt.«
Sie stiegen, einer hinter dem anderen, die engen Stufen hinunter und kamen in einen von einer Doppelreihe Neonröhren ausgeleuchteten, fachmännisch ausgebauten und mit T-Trägern abgestützten unterirdischen Schacht. Es war so frostig kalt, dass ihr Atem wallende Nebelschwaden hinterließ, als sie hinter Garza hertrotteten. Hier und da hingen Eiszapfen von den Deckenverstrebungen, an den Seitenverkleidungen hatte sich Raureif abgesetzt. McFarlane stockte der Atem, als er plötzlich vor sich etwas Hellrotes leuchten sah.
Garza blieb stehen. »Was Sie hier vor sich haben, ist ein kleines Stück von der Unterseite des Meteoriten.«
Unter den Meteoriten waren quadratische, an den Seitenverstrebungen und einer Stahlplatte auf dem Boden verschraubte Hebeblöcke geschoben worden. Garza tätschelte einen davon beinahe liebevoll mit der Hand. »Das sind die kleinen Heinzelmännchen, die unseren Meteoriten hochheben werden. Wir warten nur auf das Startzeichen. Zunächst heben sie ihn genau sechs Zentimeter an, dann wird er verkeilt, wir bringen die Hebeblöcke erneut in Position, und danach geht's weiter. Sobald wir genug Platz haben, fangen wir an, eine Lafette für unseren Burschen zu bauen. Das wird in dem engen Stollen und bei der Saukälte ein hartes Stück Arbeit, aber anders geht es nicht.«
Rochefort war dazugekommen. Sein durchgefrorenes Ge-

sicht sah wie marmoriert aus, die Nase hatte einen deutlichen Blaustich. »Wir haben bei den Hebeblöcken fünfzig Prozent Überkapazität einkalkuliert«, erklärte er ihnen. »Die Bodenarmierung ist auf eine höhere Tragfähigkeit als die Erdmasse ausgelegt. Wir sind also auf der sicheren Seite.« Seine verkniffene Miene gab zu verstehen, dass er jeden Zweifel an seinen Berechnungen als persönlichen Affront betrachten würde.

Garza führte die kleine Gruppe an der freigelegten Unterseite des Meteoriten entlang, weiter den Tunnel hinunter, bis er sich nach etwa dreißig Metern zu einem großen unterirdischen Depot öffnete, in dem weitere Hebeblöcke, Doppel-T-Träger und Stahlplatten für die Wandverschalung lagerten, alles sorgfältig gestapelt. Ganz hinten in der Lagerhalle stand Glinn und besprach etwas mit einem Techniker.

»Du meine Güte«, staunte McFarlane, »ich kann's gar nicht glauben, dass Sie das alles in so wenigen Tagen ausgebaut und mit schwerem Gerät bestückt haben!«

Garza zuckte die Achseln. »Das musste sein. Wir wollten schließlich nicht, dass Unbefugte spitzkriegen, was wir hier alles lagern. Wenn jemand, der etwas von Technik versteht, auch nur einen Blick hier rein wirft, weiß er sofort, dass wir kein Erz abbauen. Und auch kein Gold. In dieser Halle wollen wir, sobald wir die Ausmaße und Konturen unseres Burschen genau genug kennen, die Transportlafette für den Meteoriten bauen. Sehen Sie – dort hinten liegt schon alles bereit: Lichtbogenschweißgeräte, Acetylenleuchten, alles, was wir für Nietverbindungen brauchen … na ja, und altbewährtes Werkzeug zur Holzbearbeitung natürlich auch.«

Glinn kam zu ihnen herüber, er nickte McFarlane zu, dann wandte er sich an Amira. »Setzen Sie sich doch, Rachel. Sie sehen müde aus.« Er deutete auf einen Stapel T-Träger, der etwa die Höhe einer Bank hatte.

»Ja, das bin ich allerdings.« Amira lächelte matt. »Aber vor allem verblüfft.«

Eine Bemerkung, die Glinn in seiner Ungeduld schlicht überhörte. »So – und nun bin ich gespannt, was Sie mir zu berichten haben.«
»Eine schriftliche Fassung gibt es noch nicht«, sagte McFarlane. »Sie müssen sich also wohl oder übel mit einem mündlichen Briefing zufrieden geben.« Er zog ein zerfleddertes Notizbuch mit Eselsohren aus der Tasche und überflog die Eintragungen. »Ich möchte von vornherein klarstellen, dass wir noch ganz am Anfang stehen. Mehr war in den zwölf Stunden, die Sie uns gegeben haben, nicht machbar.«
Glinn nickte wortlos.
»Lassen Sie mich noch etwas vorweg sagen: Die Ergebnisse unserer Tests ergeben nicht allzu viel Sinn. Zunächst haben wir versucht, die Haupteigenschaften des Metalls zu bestimmen: Schmelzpunkt, Dichte, elektrischer Widerstand, Wertigkeit und so weiter. Als Erstes haben wir die Materialprobe erhitzt, um den Schmelzpunkt festzustellen. Wir sind auf über fünfzigtausend Grad Kelvin gekommen. Mit dem Resultat, dass sich das Goldsubstrat verflüchtigt hat, die aus dem Meteoriten gewonnene Materialprobe dagegen fest geblieben ist.«
Glinn, der mit halb geschlossenen Augen da saß, murmelte vor sich hin: »Aha, deshalb hat er den Aufschlag unbeschadet überstanden.«
»Genau«, bestätigte Amira.
»Dann wollten wir mit einem Massenspektrometer das Atomgewicht feststellen, was uns aber wegen des hohen Schmelzpunkts nicht gelungen ist. Selbst mit Hilfe der Mikrosonde haben wir's nicht geschafft, die Materialprobe so lange in gasförmigem Zustand zu halten, bis wir den Test abschließen konnten.«
McFarlane blätterte ein paar Seiten weiter. »Ähnlich war es mit dem spezifischen Gewicht. Die Materialprobe war zu klein, um es zu bestimmen. Das Metall scheint chemisch inaktiv zu sein. Wir haben es mit allem beschossen, was wir im

Labor finden konnten: mit Lösungsmitteln, Säuren, reaktiven Substanzen, und zwar sowohl bei normaler Raumtemperatur als auch bei extrem hohen Temperaturen – jeweils unter Druck. Das Metall verhält sich absolut reaktionsträge. Wie ein Edelgas. Nur, es ist eben ein Festkörper. Keine Valenzelektronen.«

Glinn sagte nur: »Fahren Sie fort.«

»Dann haben wir die Materialprobe unter Strom gesetzt, um die elektromagnetischen Eigenschaften zu erforschen. Und dabei sind wir auf etwas Sensationelles gestoßen: Der Meteorit scheint ein Raumtemperatur-Superleiter zu sein. Er leitet Elektrizität ohne jeden Reibungsverlust weiter. Sobald man Strom eingespeist hat, fließt der bis in alle Ewigkeit weiter, es sei denn, man unterbricht den Stromkreislauf.«

Glinn verzog immer noch keine Miene.

»Dann haben wir ihn mit einem Neutronenstrahl beschossen. Das ist ein Standardtest, wenn man das Material nicht kennt. Die Neutronen veranlassen das Material, Röntgenstrahlen auszusenden, anhand deren wir feststellen können, wie es in seinem Inneren aussieht. Aber in diesem Fall sind die Neutronen einfach verschwunden. Als wären sie verschluckt worden. Und genauso war's, als wir es mit einem Protonenstrahl versucht haben.«

Glinn zog die Augenbrauen hoch – ein erstes Anzeichen von Verblüffung.

»Das ist so, als würde man eine 44er Magnum auf ein Stück Papier abfeuern und dann feststellen, dass das Geschoss im Papier verschwunden ist«, meinte Amira.

Glinn wandte sich zu ihr um. »Irgendeine Erklärung?«

Sie schüttelte den Kopf. »Ich habe versucht, die Ursache durch eine quantenmechanische Analyse herauszufinden. Ohne Erfolg. Es scheint schlichtweg unmöglich zu sein.«

McFarlane blätterte sich weiter durch sein Notizbuch. »Zuletzt haben wir es mit Röntgenbeugung versucht.«

»Erklären«, verlangte Glinn.

»Man durchleuchtet das Material, und dann macht man eine Aufnahme von dem Beugungsmuster, das sich ergibt. Eine Computer-Umkehranalyse zeigt die Kristallstruktur, die zu der Beugung geführt hat. Bei uns kam allerdings ein äußerst merkwürdiges Beugungsmuster heraus, regelrecht brüchig. Rachel hat ein Rechenprogramm geschrieben, das uns Aufschluss über die Kristallstruktur geben soll.«

»Das Programm läuft noch«, warf Amira ein. »Das heißt, hoffentlich. Möglicherweise hat es sich inzwischen selbst blockiert. Der Rechenvorgang ist ziemlich komplex.«

»Und da ist noch etwas«, sagte McFarlane. »Wir haben eine Analyse der Zerfallsprodukte vorgenommen in der Hoffnung, so den im Umfeld des Meteoriten gefundenen Coesit zeitlich bestimmen zu können. Und nun haben wir eine ziemlich genaue Vorstellung, wann der Meteorit auf der Erde aufgeschlagen ist: vor zweiunddreißig Millionen Jahren nämlich.«

Glinns Blick huschte über den gefrorenen Boden, als hoffe er, dort die Bestätigung für das zu finden, was er gerade gehört hatte. Schließlich fragte er sehr, sehr leise: »Schlussfolgerungen?«

McFarlane zögerte. »Nun, sie können noch nicht als gesichert gelten.«

»Das ist mir klar.«

McFarlane atmete tief durch. »Sagt Ihnen der Begriff ›Insel der Stabilität‹ im Periodensystem etwas?«

»Nein.«

»Die Wissenschaft sucht seit Jahren nach immer schwereren, im Periodensystem höher einzuordnenden Elementen. Die meisten, die bisher gefunden wurden, sind sehr kurzlebig. Sie zerfallen bereits nach wenigen milliardenstel Sekunden und gehen in einem anderen Element auf. Aber es gibt eine Theorie, der zufolge weit oben im Periodensystem eine Gruppe von Elementen mit größerer Stabilität existieren könnte. Mit anderen Worten: Elemente, die nicht zerfallen. Die so genannte Insel der Stabilität. Niemand weiß, welche Eigenschaften diese Elemente genau hätten, aber sie wären extrem anders als alle uns bekannten Elemente und überaus schwer. Künstlich lassen sie sich nicht erzeugen, auch mit den modernsten Teilchenbeschleunigern nicht.«

»Und Sie meinen, dass wir es hier mit einem solchen Element zu tun haben?«

»Ich würde sagen: Ich bin mir ziemlich sicher.«

»Wie könnte ein solches Element entstehen?«

»Nur bei dem gewaltigsten Ereignis, das es im Universum gibt: einer Hypernova.«

*»Hyper*nova?«

»Ja. Sie ist viel größer als eine Supernova. Zu einer Hypernova kommt es, wenn ein gigantischer Stern in ein schwarzes Loch abstürzt. Oder wenn zwei Neutronensterne kollidieren und so ein neues schwarzes Loch bilden. Eine Hypernova erzeugt etwa zehn Sekunden lang so viel Energie wie der gesamte Rest des bekannten Universums zusammengenommen. Und damit könnte sie genug Energie haben, um dieses extrem anders geartete Element hier zu erzeugen. Und ihre Energie könnte auch ausreichen, um diesen Meteoriten mit einer solchen Geschwindigkeit in den Weltraum zu schleudern, dass er durch die unermesslichen Weiten zwischen den Sternen getragen wird und schließlich auf der Erde aufschlägt.«

»Also ein interstellarer Meteorit«, murmelte Glinn mit tonloser Stimme.

McFarlane entging nicht, dass Glinn und Amira sich durch einen kurzen, aber eindringlichen Blick verständigten. Er wappnete sich innerlich für das, was nun kommen musste. Doch dann nickte Glinn nur und sagte: »Sie haben mehr Fragen aufgeworfen, als Antworten gegeben.«

McFarlane zuckte die Achseln. »Weil Sie uns nur zwölf Stunden Zeit gelassen haben.«

Ein paar Sekunden Schweigen.

Dann fuhr Glinn fort: »Kommen wir auf die wichtigste Frage zurück. Ist der Meteorit gefährlich?«

»Es steht nicht zu befürchten, dass sich jemand infizieren könnte«, antwortete Amira. »Er ist weder radioaktiv noch reaktiv, er ist absulut reaktionsträge. Ich halte ihn für ungefährlich. Dennoch würde ich vorsichtshalber keine Experimente mit Elektrizität anstellen. Es handelt sich um einen Raumtemperatur-Superleiter, er dürfte also über gewaltige, für uns fremde elektromagnetische Eigenschaften verfügen.«

»Dr. McFarlane?«, fragte Glinn.

»Es ist eine in sich widersprüchliche Masse«, sagte McFarlane ausweichend. »Etwas spezifisch Gefährliches haben wir nicht entdeckt. Andererseits auch nichts, worauf wir die Aussage stützen könnten, dass er mit Sicherheit ungefährlich ist. Wir haben zurzeit eine zweite Testreihe laufen. Sollten sich dabei neue Erkenntnisse ergeben, erfahren Sie sofort davon. Aber für eine schlüssige Antwort auf alle offenen Fragen braucht man Jahre, nicht zwölf Stunden.«

»Verstehe.« Glinn seufzte, was sich bei ihm eher wie ein schwerer Atemzug anhörte. »Übrigens, auch wir haben zufällig etwas über unseren Meteoriten herausgefunden, was Sie interessieren wird.«

»Und das wäre?«

»Wir hatten das Volumen ursprünglich auf etwa zwölfhundert Kubikmeter geschätzt, bei einem Durchmesser von gut zwölf Metern. Als Garza und sein Team dann für die Ausschachtungsarbeiten die Ausmaße kartographisch erfasst haben, stellte sich heraus, dass er viel kleiner ist als angenommen. Der Durchmesser beträgt gerade mal sechs Meter.«

McFarlane versuchte, die Neuigkeit zu verarbeiten. Irgendwie war er enttäuscht. Mit sechs Metern war ihr Meteorit nicht viel größer als der Ahnighito im Museum von New York.

»Die Bestimmung seiner Masse ist derzeit noch ein wenig schwierig«, fuhr Glinn fort. »Aber alle Anzeichen deuten darauf hin, dass sein Gewicht mindestens zehntausend Tonnen betragen dürfte.«

McFarlane starrte ihn fassungslos an. »Das würde ja bedeuten, dass sein spezifisches Gewicht …«

»Großer Gott«, rief Amira dazwischen, »das läge ja mindestens bei fünfundsiebzig!«

Glinn hob die Augenbrauen. »Und was hieße das?«

»Die beiden schwersten bekannten Elemente sind Osmium und Iridium«, sagte Amira. »Beide haben ein spezifisches Gewicht um die zweiundzwanzig. Mit fünfundsiebzig hätte dieser Meteorit die dreifache Dichte.«

»Und das ist der Beweis«, murmelte McFarlane. Er spürte, dass sein Puls zu rasen anfing.

Glinn sah ihn verwirrt an. »Ich verstehe nicht ganz …«

McFarlane fühlte sich plötzlich wie von einer schweren Last befreit. »Jetzt gibt es keinen Zweifel mehr. Der Bursche ist interstellaren Ursprungs.«

Glinns Miene war unergründlich.

»Es ist völlig ausgeschlossen, dass etwas mit einer derartigen Dichte aus unserem Sonnensystem stammt. Er muss aus dem Universum kommen, aus einer Region, die völlig anders ist als unser Lebensraum: von einer Hypernova.«

Das Schweigen schien sich endlos zu dehnen. Von ferne war gedämpft der Lärm von Presslufthammern und Schweißgeräten zu hören.

Schließlich räusperte sich Glinn und sagte: »Dr. McFarlane …« Und als wollte er sich korrigieren: »Sam, seien Sie mir nicht böse, wenn ich gewisse Zweifel hege. Wir bewegen uns bei unserer Arbeit abseits der Parameter logisch nachvollziehbarer Modelle. Es gibt keinen Präzedenzfall, an dem wir uns orientieren können. Dennoch bitte ich Sie, mir nach gewissenhafter Abschätzung aus naturwissenschaftlicher und aus humanitärer Sicht zu sagen: Ist das Risiko kalkulierbar, wenn wir weitermachen? Oder sollen wir das Unternehmen lieber abbrechen und den Heimweg antreten?«

McFarlane wusste sehr wohl, worauf Glinns Frage abzielte. Und er ahnte auch, dass die Floskel von der »humanitären Sicht« eine versteckte Anspielung auf die Ereignisse von vor fünf Jahren war, als er seinem Freund und Partner Nestor Masangkay genau in diesem Punkt die Wahrheit schuldig geblieben war.

Er wählte seine Worte mit Bedacht. »Dieser Meterorit liegt jetzt seit zweiunddreißig Millionen Jahren hier, ohne dass es erkennbare Probleme gegeben hat. Aber die Wahrheit ist: Wir wissen es nicht. So viel steht fest, es handelt sich um eine wissenschaftliche Entdeckung von höchster Bedeutung. Nur, ist sie die Risiken wert, die wir eingehen?« Er sah Glinn fest in die Augen. »Noch nie ist irgendetwas wirklich Wichtiges ohne Risiko vollbracht worden.«

Glinns Blick schien sich in weiter Ferne zu verlieren. Seine Miene war undurchdringlich, wie immer, aber McFarlane ahnte, dass er ausgesprochen hatte, was Glinn dachte.

Glinn zückte seine Taschenuhr, und nachdem er einen Blick darauf geworfen hatte, traf er seine Entscheidung. »In dreißig Minuten heben wir den Meteoriten an.«

McFarlane fühlte sich plötzlich von Gefühlen überwältigt, bei denen er sich nicht sicher war, ob er sie noch als gespannte Erwartung oder schon als inneren Triumph bezeichnen sollte.

»Wir müssen bei den ersten Hebeversuchen auf der absolut sicheren Seite sein«, warf Garza ein. »Wer nicht unbedingt benötigt wird, hat hier unten nichts zu suchen.«

Der innere Jubel, der McFarlane eben noch erfüllt hatte, verebbte jäh. »Haben Sie nicht vorhin gesagt, dass es bei dem Hebevorgang keine Risiken gibt?«

»Sicher ist sicher«, murmelte Glinn, bedeutete McFarlane, ihm zu folgen, und führte ihn durch den schmalen Tunnel zum Ausgang.

Rolvaag

9.30 Uhr

Dr. Patrick Brambell hatte sich's auf seiner Koje mit Spensers »Die Feenkönigin« gemütlich gemacht. Der Tanker dümpelte friedlich im Sund, die Matratze war herrlich weich und die Klimaanlage so weit aufgedreht, dass sich im Behandlungszimmer wohlige Wärme ausbreitete. Bis auf die kleine Brückenwache waren alle an Land mit den Vorbereitungen für die Hebung des Meteoriten beschäftigt, auf der *Rolvaag* herrschte Ruhe. Es gab nichts, worüber Brambell sich beklagen oder ärgern konnte, abgesehen von dem Umstand, dass ihm der Arm, mit dem er das Buch hielt, eingeschlafen war. Aber das ließ sich leicht beheben – er nahm das Buch in die linke Hand und vertiefte sich weiter in Spensers elegante Daktylen.

Dann brach er ab. Denn es gab doch etwas, das ihn ärgerte: der blaue Transportbehälter, der auf der schimmernden Metall-Liege im Labor nebenan lag. Ein deprimierender Anblick. Und eine Art stummer Vorwurf, denn Glinn wollte den Untersuchungsbericht bis heute Abend haben.

Einen Augenblick lang starrte Brambell finster auf den Behälter. Dann legte er mit einem Seufzer des Bedauerns das Buch weg, schwang sich von der Koje und strich seinen Chirurgenkittel glatt. Obwohl er als Mediziner gefragt war – und als Chirurg praktisch gar nicht –, lief er gern in diesem Kittel herum, oft den ganzen Tag. Erstens verlieh er ihm einen Anstrich von Autorität – mehr als eine Polizeiuniform sogar –, und zweitens verscheuchte es zuverlässig jeden, der sich – sei's aus Neugier oder Wehleidigkeit – in sein Behandlungszentrum verirrte. Als besonders wirksame Abschreckung hatte sich der Kittel erwiesen, wenn er mit ein paar Blutspritzern besudelt war.

Er warf im Vorbeigehen einen Blick auf den Flur der Krankenstation. Alle Türen standen offen, niemand im Wartezimmer, zehn Betten und alle leer – ein überaus zufriedenstellender Zustand. Im Labor wusch er sich zunächst gründlich die Hände, schüttelte mit kreisenden, an das Zeremoniell eines Priesters erinnernden Bewegungen das Wasser ab und ließ die letzten Tropfen vom Heißluftgebläse trocknen. Sein Blick huschte zu dem Regal mit Fachbüchern hinüber, das heißt eigentlich mehr zu den beiden Bildern, die er darüber aufgehängt hatte. Das eine zeigte eine Christusdarstellung, samt flammendem, von Dornen durchbohrtem Herzen, das andere war ein verblasstes Foto zweier in Matrosenanzüge gesteckter Jungen, die einander glichen wie ein Ei dem anderen. Während ihn das Christusbild an den teils widersprüchlichen Verlauf seines Lebens gemahnte, erinnerte das Foto ihn an seinen in New York von einem Straßengangster ermordeten Bruder Simon. Und es war zugleich eine Rechtfertigung dafür, dass er nie geheiratet und Kinder gezeugt hatte.
Er streifte sich Latexhandschuhe über, schaltete mit dem Ellbogen die Ringleuchte ein und zog das Vergrößerungsglas über die Liege. Dann öffnete er den Transportbehälter und starrte missbilligend auf das Durcheinander. Wie er sofort sah, fehlten etliche Knochen, der Rest war ohne jedes Verständnis für Anatomie in den Behälter geworfen worden – wie es gerade kam. Angesichts so viel pietätloser Ignoranz konnte er wirklich nur das ergraute Haupt schütteln.
Brambell nahm die Knochen heraus, einen nach dem anderen, identifizierte sie und legte sie so auf die Liege, dass ihre Anordnung der menschlichen Anatomie entsprach. Abgesehen von einigen Nagespuren fand er keine Anzeichen für Schäden, die von hungrigen Tieren angerichtet sein konnten. Doch dann zog er die Augenbrauen hoch. Die Anzahl der perimortalen Brüche war ungewöhnlich, sogar äußerst ungewöhnlich. Und plötzlich hielt er – ein winziges Knochenstück zwischen zwei Fingern – wie erstarrt mitten in der Bewegung

inne. Schließlich legte er das Knochenstück behutsam auf der Liege ab, trat einen Schritt zurück, verschränkte die Arme vor dem Bauch und starrte auf die sterblichen Überreste, die von diesem Menschen aus Fleisch und Blut geblieben waren.

Seit seinen Kindertagen in Dublin hatte seine Mutter davon geträumt, dass die Zwillinge eines Tages Ärzte würden. Und weil Ma Brambell die unwiderstehliche Überzeugungskraft einer Naturgewalt eigen war, hatten er und sein Bruder Simon tatsächlich Medizin studiert. Simon, der Fleißigere, fand zu Mas Entzücken auf Anhieb eine Anstellung als ärztlicher Leichenbeschauer in New York. Patrick nahm das Studium weniger ernst und verbummelte viel Zeit, weil er sich mehr zur schönen Literatur als zu den Lehrbüchern hingezogen fühlte. Später, nach der Approbation, entdeckte er seine Liebe für Schiffe, insbesondere für große Tanker mit einer kleinen Besatzung und komfortabler Unterbringung. Die *Rolvaag* hatte seine Erwartungen bisher in jeder Hinsicht erfüllt. Keine gebrochenen Nasen, keine Fieberepidemien, kein Tripper. Von ein paar Patienten, die an Seekrankheit litten, einer Sinusitis und dem Überwachungsauftrag, den Glinn ihm wegen dieses Meteoritenjägers erteilt hatte, einmal abgesehen, hatte er sich ganz der Lektüre seiner geliebten Bücher widmen können. Bis jetzt.

Nun aber rührte sich angesichts der vor ihm ausgebreiteten Knochen eine nie gekannte Neugier in ihm. Fröhlich vor sich hin pfeifend, machte er sich zunächst an eine Begutachtung der Effekten: Knöpfe, Kleidungsreste, ein alter Stiefel. Typisch – nur *einer*, nach dem anderen hatte das Bergungsteam wohl nicht sorgfältig genug gesucht. Dieselbe Schlamperei wie bei dem rechten Schlüsselbein, einem Teil des Darmbeins, der linken Unterarmspeiche, einigen Handwurzelknochen und Karpalgelenken. Im Geist stellte Brambell bereits eine Liste der fehlenden Knochen zusammen. Wenigstens war der Schädel da, wenn auch in mehreren Teilstücken.

Er beugte sich tiefer herab. Auch der Schädel war von einem

Netz perimortaler Brüche überzogen. Das Joch über der Augenhöhle war kräftig ausgebildet, ebenso wie die Mandibula – eindeutig der Schädel eines männlichen Toten, den Verwachsungslinien der Knochen nach etwa fünfunddreißig, höchstens vierzig. Relativ klein, etwa eins siebzig, aber kräftig gebaut, den Anheftungsstellen nach mit gut entwickelten Muskeln. Kein Zweifel, der Mann hatte viele Jahre mit körperlicher Arbeit im Freien verbracht. Was genau dem Profil des Geologen Nestor Masangkay entsprach, das er aus Glinns Unterlagen kannte.

Viele seiner Zähne waren an den Wurzeln abgebrochen. Der arme Kerl war offensichtlich im Augenblick seines Todes einer gewaltigen Erschütterung ausgesetzt gewesen. So gewaltig, dass sie ihm sogar den Kiefer gebrochen hatte.

Immer noch die fröhliche Melodie auf den Lippen, widmete er sich dem postkranialen Skelett. Es war wahrhaftig jeder Knochen gebrochen, der nur brechen kann. Er fragte sich, was wohl zu einem so massiven Trauma geführt haben mochte. Der Tote musste einen heftigen Schlag von vorn erhalten haben, und zwar von den Zehen bis zur Korona. Brambell wurde an den armen Fallschirmspringer erinnert, den er während seines Studiums autopsiert hatte. Der Mann hatte seinen Schirm falsch gepackt und war aus knapp über tausend Meter Höhe abgestürzt, mitten auf die Interstate 95.

Und auf einmal verkümmerte das Lied auf seinen Lippen. Sein Atem stockte. Da hatte er sich doch tatsächlich so auf die Knochenfrakturen konzentriert, dass ihm die anderen Verletzungsspuren glatt entgangen waren. Als er nun das Versäumte nachholte, sah er sofort, dass die proximalen Finger- und Zehenglieder die flockigen, verschrumpelten Charakteristika einer schweren Verbrennung aufwiesen. Nahezu alle distalen Phalangen fehlten, die Hitze hatte sie weggebrannt. An den Zehen *und* an den Fingern. Er sah sich die abgebrochenen Zähne genauer an. Wie abgefackelt, sogar der Zahnschmelz war abgesplittert.

Sein Blick kreiste über den Knochen. Schwere Verbrennungen am Scheitelbein, die Knochenstruktur war weich und verschmort. Er beugte sich weiter über die Liege hinunter. Ja, er konnte es sogar riechen. Und was war das? Er fischte die Gürtelschnalle aus den Knochen heraus. Das gottverdammte Ding war *geschmolzen*. Auch der Stiefel war nicht nur verrottet, er war angesengt. Genau wie die Kleidungsfetzen. Glinn musste das bemerkt haben, aber der Mistkerl hatte kein Wort darüber verlauten lassen.
Brambell richtete sich auf. Mit einem gewissen Bedauern stellte er fest, dass es hier kein Geheimnis zu ergründen gab. Es lag auf der Hand, wie der Mann gestorben war. Für ihn war der Fall klar.

Isla Desolación

10.00 Uhr

McFarlane schmolz mit der flachen Hand ein Guckloch in das beschlagene Fenster der Kommunikationszentrale. Über Hanuxas Klauen ballten sich die Wolken so dicht, dass die Kap-Hoorn-Inseln in fahles Dunkel gehüllt waren. Hinter ihm saß Rochefort – angespannter, als er ihn je erlebt hatte – an einer Silicon Graphics Workstation und tippte etwas ein.

Seit einer halben Stunde herrschte überall hektische Aktivität. Die Sichtblende um den Meteoriten war abgebaut worden, die Erdhobel hatten ringsum die verschneite oberste Erdschicht abgetragen, in der weißen Märchenlandschaft gähnte ein hässlicher schwarzbrauner Fleck. Eine kleine Armee von Arbeitern war ausgeschwärmt, aber für Außenstehende war nicht zu erkennen, was sie eigentlich taten. Da half auch der lebhafte Funkverkehr nicht, das technische Kauderwelsch erinnerte höchstens an die babylonische Sprachverwirrung.

Draußen ertönte der schrille Pfiff eines Signalhorns. McFarlane spürte, wie sein Pulsschlag sich beschleunigte.

Die Tür der Hütte wurde aufgestoßen. Amira schob sich breit lächelnd herein, ihr folgte Glinn, der sorgfältig die Tür zudrückte und sich hinter Rochefort aufbaute. »Hebesequenz eingegeben?«, fragte er.

»Ich bin gerade beim letzten Check.«

Glinn hielt sich das Funkgerät vor den Mund. »Mr. Garza? Noch fünf Minuten bis zum Anheben. Bleiben Sie auf dieser Frequenz empfangsbereit.« Er schielte zu Amira hinüber, die sich gerade einen Knopfhörer ins Ohr schob. »Servosteuerung?«

»Online«, sagte Amira.

»Was kriegen wir eigentlich zu sehen?«, wollte McFarlane

wissen. Er malte sich schon aus, wie Lloyd ihn bei der nächsten Videokonferenz mit Fragen löchern würde.
»Nichts«, sagte Glinn. »Höchstens ein paar Risse in der Erde. Wir heben den Burschen ja nur sechs Zentimeter an.« Er nickte Rochefort zu. »Hochfahren auf sechzig Tonnen pro Hebeblock.«
Rocheforts Finger flogen über das Keyboard. »Alle Hebeblöcke greifen. Kein Schlupf.«
Sie spürten ein lautloses Vibrieren im Boden. Glinn und Rochefort starrten gespannt auf den Bildschirm und verfolgten die Daten, die vor ihren Augen vorbeirollten. Beide machten einen ruhigen, zuversichtlichen Eindruck. Ein paar Eingaben, warten, wieder ein paar Eingaben. Alles sah nach gelassener Routine aus. Ganz anders als bei der Art Meteoritensuche, die McFarlane gewohnt war: verstohlenes nächtliches Buddeln auf dem Grundbesitz eines Scheichs, Herzklopfen bis zum Hals, immer in Sorge, sich bei einem allzu hastigen Spatenstich durch metallisches Klirren zu verraten.
»Hebeblöcke hochfahren auf siebzig«, sagte Glinn.
»Siebzig haben wir.«
Langes, zermürbendes Warten.
»Verdammt«, murmelte Rochefort, »da rührt sich nichts. Absolut nichts.«
»Gehen Sie auf achtzig.«
Rochefort drückte ein paar Tasten, wartete, dann schüttelte er den Kopf.
»Rachel?«, fragte Glinn.
»Die programmierte automatische Druckregulierung arbeitet einwandfrei.«
Glinns Miene verfinsterte sich. »Bei siebenundsechzig Tonnen pro Hebeblock hätte sich etwas bewegen müssen.« Er dachte einen Moment nach. »Hochfahren auf hundert.«
Wieder drückte Rochefort ein paar Tasten. McFarlane verfolgte das Mienenspiel der beiden Männer. Kein Zweifel, ihre Nerven waren zum Zerreißen gespannt.

»Immer noch nichts?« In Glinns Stimme lag zum ersten Mal ein besorgter Unterton.
»Der sitzt da unten wie festgewurzelt.« Rochefort sah noch verkniffener aus als sonst.
Glinn stand auf, ging langsam zum Fenster und rieb mit den Fingern den Beschlag weg. Minuten verstrichen, dann endlich drehte er sich um.
»Gut. Wir senken die Hebeblöcke ab, überprüfen Sockel und Unterbau und probieren es noch mal.«
Plötzlich strich wie aus dem Nichts ein eiskalter Windzug durch den Raum. McFarlane bekam eine Gänsehaut.
Rochefort fuhr hoch und starrte wie gebannt auf den Bildschirm. »Abrutsch in Sektor sechs.« Wieder flogen seine Finger über das Keyboard. Das Quietschen verstummte.
»Was, zum Teufel, war das?«, fragte McFarlane.
Glinn sagte kopfschüttelnd: »Sieht so aus, als hätten wir den Meteoriten in dem Sektor ein, zwei Millimeter angehoben. Aber dann hat er sich wieder abgesenkt und den Hebeblock mit nach unten gedrückt.«
»Hier wird wieder eine Verschiebung angezeigt«, rief Rochefort alarmiert.
Glinn lief zu ihm hinüber und starrte auf den Bildschirm. »Er gerät in Schieflage. Hebeblöcke absenken, schnell!«
Rochefort gab hektisch Befehle ein.
Glinn sah ihm stirnrunzelnd über die Schulter. »Und? Tut sich was in Sektor sechs?«
»Die Hebeblöcke blockieren bei hundert Tonnen. Sie lassen sich nicht absenken«, sagte Rochefort. »Der Meteorit scheint sich immer mehr in Richtung Sektor sechs zu neigen.«
»Analyse?«
Rochefort machte eine hilflose Geste. »Demnach ruht zu viel Gewicht auf dieser Seite.«
»Alle Hebeblöcke auf null schalten.«
McFarlane kam sich vor wie in einem surrealen Film. Es gab

kein unterirdisches Rumpeln, die Erde zitterte nicht, die ganze Aufregung schien eigentlich grundlos zu sein.
Rochefort brach die Eingaben ab. »Sämtliche Hebeblöcke im Sektor sechs sind blockiert. Offenbar durch das Gewicht, das auf ihnen lastet.«
»Können wir die anderen auf null schalten?«
»Wenn ich das tue, wird der Meteorit möglicherweise destabilisiert.«
»Destabilisiert?«, wiederholte McFarlane. »Meinen Sie damit, er könnte abkippen?«
Glinn drehte sich kurz zu ihm um, dann wandte er sich an Rochefort. »Vorschläge, Mr. Rochefort?«, fragte er kühl.
Der Chefingenieur rieb nervös den linken Zeigefinger am rechten Daumen. »Die Hebeblöcke reagieren nicht auf Fernsteuerung. Wir müssen also alles so lassen, wie es ist, und dann so rasch wie möglich an den Notventilen im Sektor sechs das Hydrauliköl ablassen, um die Blockade aufzuheben.«
»Wie wollen Sie das machen?«
Ein kurzes Zögern, dann sagte Rochefort: »Per Hand.«
Glinn griff nach dem Funkgerät. »Garza?«
»Roger«, meldete sich Garza.
»Haben Sie das Gespräch verfolgt?«
»Ja.«
»Ihre Meinung?«
»Ich stimme Gene zu. Wir haben das Gewicht unseres Burschen wohl gewaltig unterschätzt.«
Glinn richtete die grauen Augen wieder auf Rochefort. »Und wer sollte Ihrer Meinung nach die Ventile öffnen?«
»Ich. Jemand anderem würde ich das nie zumuten. Sobald wir den Meteoriten wieder in eine stabile Lage gebracht haben, unterfüttern wir ihn mit zusätzlichen Hebeblöcken und versuchen das Ganze noch mal.«
»Sie werden einen zweiten Mann brauchen«, mischte sich Garza über Funk ein. »Ich bin dabei.«
»Kommt nicht in Frage«, sagte Glinn. »Ich lasse doch nicht

meinen Chefingenieur *und* meinen Chefkonstrukteur unter den Meteoriten kriechen. Mr. Rochefort – die Risikoanalyse.«
Rochefort stellte auf seinem Taschenrechner ein paar Berechnungen an. »Die Hebeblöcke sind für sechzehn Stunden Maximalbelastung ausgelegt.«
»Und wenn dieses Maximum überschritten wird? Sagen wir – um hundert Prozent?«
»Dann steigt das Risiko einer Störung.« Rochefort nahm abermals ein paar Berechnungen vor. »Innerhalb der nächsten dreißig Minuten liegt die Wahrscheinlichkeit eines Störfalls allerdings unter einem Prozent.«
»Das ist akzeptabel«, entschied Glinn. »Mr. Rochefort, suchen Sie sich ein paar Männer für Ihr Team aus.« Er warf einen Blick auf seine Taschenuhr. »Sie haben von jetzt an exakt dreißig Sekunden, keine Sekunde mehr. Viel Glück.«
Rochefort stand auf und sah einen nach dem anderen an. Sein Gesicht war leichenblass. Dann wandte er sich an Glinn. »Darf ich Sie daran erinnern, Sir, dass wir uns nie auf unser Glück verlassen? Trotzdem, besten Dank.«

Isla Desolación

10.24 Uhr

Das beherrschende Gefühl war Verlegenheit. Es schien eine Ewigkeit zu dauern, bis sie den kurzen Weg vom Kommunikationszentrum zur Fundstelle zurückgelegt hatten. Obwohl weit und breit niemand zu sehen war, glaubte Rochefort die Blicke von Dutzenden Augenpaaren in seinem Nacken zu spüren.

Er hatte den Meteoriten mit anderthalbmal so vielen Hebeblöcken abgestützt, wie nach der Berechnung notwendig waren; das entsprach der bei der EES üblichen Vorgehensweise und bot einen ausreichenden Sicherheitsfaktor. Aber seine Berechnung war falsch gewesen. Er hätte sich an Glinns Prinzip von der doppelten Sicherheit orientieren und zweihundert Hebeblöcke setzen sollen.

Aber da war ja dieser ständige Zeitdruck. Das dauernde Hin und Her zwischen Glinn und Lloyd musste sich nachteilig auf ihre Arbeit auswirken. Und sein Vorschlag, den Meteoriten mit hundertfünfzig Hebeblöcken abzustützen, war von Glinn anstandslos akzeptiert worden. Nun gut, niemand hatte ihm einen Fehler vorgeworfen, nicht einmal andeutungsweise. Aber das änderte nichts daran, dass es ein Fehler gewesen war. *Sein* Fehler. Und Rochefort konnte das Gefühl, etwas falsch gemacht zu haben, einfach nicht ertragen. Es vergällte ihm das Leben.

Als der Abstieg hinter ihnen lag, hastete er durch den Tunnel. Instinktiv zog er unter den tief hängenden Neonleuchten den Kopf ein. Kondensierter Atem schlug sich auf den Trägern und Querverstrebungen in Form von Kristallornamenten nieder. Woher nahm Evans, der pfeifend hinter ihm hertrottete, bloß die Nerven, hin und wieder bewundernd mit dem Finger darüber zu fahren?

Rochefort war peinlich berührt, aber er machte sich keine Sorgen. Selbst wenn die Hebeblöcke im Sektor sechs versagten – eine nur minimale Wahrscheinlichkeit –, konnte es äußerstenfalls passieren, dass der Meteorit wieder in die Position absackte, in der er Jahrtausende gelegen hatte. Dafür sorgte schon das Trägheitsgesetz. Mehr als die Möglichkeit, noch einmal ganz von vorn anfangen zu müssen, hatten sie also nicht zu befürchten.

Noch einmal ganz von vorn? Sein Mund verzog sich zu einem schmalen Strich. Das bedeutete, verschüttete Schächte freizuschaufeln, womöglich neue graben und armieren zu müssen, bevor sie die Hebeblöcke – und zwar diesmal erheblich mehr – wieder unter dem Meteoriten postieren konnten.

Sie erreichten Sektor eins, bogen im rechten Winkel nach links ab, folgten dem Haupttunnel etwa fünfzehn Meter weit und kamen zu dem Seitentunnel, der in einem Bogen um den Meteoriten herum zu dessen Rückseite führte. Rochefort griff zum Funkgerät und gab durch: »Nähern uns Sektor sechs.«

»Nach der Computerdiagnose sind in diesem Sektor alle Hebeblöcke außer vier und sechs blockiert«, informierte ihn Glinn. »Wir schätzen, dass die Durchführung des Auftrags sechzehn Minuten in Anspruch nehmen wird.«

Zwölf, gab sich Rochefort im Stillen. »Maximal.«

Der Seitentunnel teilte sich in drei Arme, die direkt zu dem Meteoriten führten. Rochefort wählte den mittleren. Sekunden später erreichten sie die leuchtend gelben, deutlich gegen den glutroten Meteoriten abgehobenen Hebeblöcke. Alle fünfzehn schienen völlig in Ordnung zu sein. Sie saßen fest auf den krallenförmigen Stützbeinen und waren zusätzlich durch Querverstrebungen mit der Wandarmierung verankert. An den Kabeln war keine Beschädigung zu erkennen. Obwohl das bei einer Hubkraft von hundert Tonnen kaum vorstellbar war, hatten sich die Blöcke aber offensichtlich nicht einen einzigen Millimeter bewegt.

Leicht irritiert kauerte sich Rochefort neben den ersten

Hebeblock. Über ihm wölbte sich der Bauch des Meteoriten, glatt und so perfekt gerundet, als wäre er mit einer Schleifmaschine bearbeitet worden. Evans kam mit einer Kombizange zu ihm, setzte sie am Hydraulikventil des ersten Hebeblocks an und begann vorsichtig zu drehen.
»Keine Angst, da bricht nichts ab«, fauchte Rochefort ihn an. »Legen Sie einen Zahn zu, wir müssen noch zwölf andere Ventile aufdrehen.«
Evans wuchtete bei jeder Drehung die Zange um neunzig Grad herum. Unterdessen klopfte Rochefort mit dem Hammer auf der Rückseite des Hebeblocks den Deckel über der Druckanzeige auf. Ein rotes Lämpchen zeigte an, dass das Ventil aufgedreht war; theoretisch hätten sie die Hydraulikflüssigkeit also ablassen können.
Ab dem zweiten Hebeblock ging Evans die Sache weniger vorsichtig an. Er und Rochefort arbeiteten jetzt Hand in Hand, wie ein eingespieltes Team. Beim letzten Hebeblock nahm sich Rochefort Zeit für einen Blick auf die Armbanduhr. Sie hatten es in acht Minuten geschafft. Jetzt mussten sie auf dem Rückweg zum Hebeblock eins nur noch per Knopfdruck ein Ventil nach dem anderen öffnen. Auch dabei waren keine Komplikationen zu erwarten, die eingebaute Sicherheitsvorrichtung würde dafür sorgen, dass die Hydraulikflüssigkeit trotz des enormen Drucks langsam und stetig abfloss. Gleichzeitig veranlasste die Kommunikationszentrale computergesteuerte gleichmäßige Absenkung aller übrigen Hebeblöcke, und damit war wieder der Zustand wie vor Beginn des Hebeprozesses hergestellt. Sobald sie dann den Meteoriten durch zusätzliche Hebeblöcke abgestützt hatten, konnten sie einen neuen Versuch starten. Allerdings würde es mindestens einen Tag dauern, bis sie die Blöcke von der *Rolvaag* hierher gebracht, in den Tunnel geschafft, an Ort und Stelle installiert und per Diagnoseprogramm überprüft hatten. Und sie würden wohl auch zusätzliche Tunnels brauchen ...
Rochefort schüttelte verärgert den Kopf. Verdammt, er hätte

von Anfang an mit zweihundert Hebeblöcken arbeiten sollen. Oder noch besser mit dreihundert.

»Ganz schön heiß hier unten«, schnaufte Evans und schob die Kapuze seiner Jacke zurück.

Rochefort sagte nichts. Hitze oder Kälte, das war ihm eins. Sie gingen den Weg zurück, machten an jedem Hebeblock kurz Halt, schoben die Sicherheitsabdeckung hoch und drückten den Knopf zum Ablassen des Hydrauliköls.

Als sie etwa die Hälfte der Strecke zurückgelegt hatten, stutzte Rochefort und blieb stehen. Ein leises Geräusch irritierte ihn.

An sich wäre es wichtig gewesen, den Hydraulikdruck möglichst gleichmäßig abzusenken; aber dieses Geräusch eben war sehr ungewöhnlich gewesen. Sein Blick huschte auf der Suche nach der Ursache an der Reihe von Hebeblöcken entlang. Es musste von einem der vorderen Blöcke gekommen sein. Und da war es wieder: ein leises Zischen, ein halb ersticktes Knacken. Er kniff die Augen zusammen. Beim Hebeblock eins schien etwas nicht zu stimmen, er hing merkwürdig schief unter dem Meteoriten.

Rochefort verlor keine Zeit. »Raus!«, schrie er. *»Sofort!«*

Sie rannten zum Seitentunnel, Rochefort voran, Evans dicht auf seinen Fersen. Schlagartig war ihm klar, dass mehr Gewicht auf den Hebeblöcken lasten musste, als sie bei ihren pessimistischsten Annahmen vermutet hatten – *wesentlich* mehr. Von der Frage, wie viel mehr, hing es ab, ob sie noch rechtzeitig hier wegkamen.

Er hörte hinter sich Evans' stampfende Schritte und sein kehliges Keuchen. Sie sahen den Seitentunnel bereits vor sich, als der erste Hebeblock mit einem scharfen Knacken wegsackte. Und dann ein zweiter, ein dritter – und schließlich einer nach dem anderen. Für Sekundenbruchteile herrschte Stille, gefolgt von stotternden Knalllauten, die entfernt an unregelmäßiges Maschinengewehrfeuer erinnerten. Rochefort konnte sich gerade noch bewusst machen, dass nun alle

Hebeblöcke weggebrochen waren. Dann blendete ihn plötzlich siedend heißes Hydrauliköl, das von allen Seiten auf ihn einströmte, seine Kleidung zerfaserte und ihm die Haut versengte. Ein hässliches, schrilles Knirschen wie von einer großen Sägemaschine, als das System der Stützpfeiler und Verstrebungen im Tunnel einstürzte. Er rannte blindlings weiter, wohl wissend, dass seine Überlebenschancen mit jeder Sekunde dramatisch kleiner wurden.

Dass sie auf null geschrumpft waren, wurde ihm klar, als der Meteorit sich mit dumpfem Dröhnen zur Seite neigte, Stahlträger wie Streichhölzer knickte, Erde, Eis und Schlamm vor sich her schob und jede optische Wahrnehmung in leuchtendem, erbarmungslosem Rot erstickte.

Rolvaag

mittags

Als McFarlane in die Bibliothek der *Rolvaag* kam, fand er dort eine Hand voll verstörter Menschen vor: unter Schock und völlig mutlos. Garza stand an der breiten Fensterfront und starrte reglos über den Franklin-Kanal auf die Isla Deceit. Amira saß, die Knie unters Kinn gezogen, in einem Sessel in der Ecke. Britton und Howell flüsterten leise miteinander. Sogar Brambell war aus seiner Einsiedelei aufgetaucht; er trommelte mit zwei Fingern auf der Sessellehne herum und sah immer wieder ungeduldig auf die Armbanduhr. McFarlane nahm Platz, und genau in diesem Augenblick kam Glinn herein, mit einer dünnen Aktenmappe unter dem Arm. Puppup wieselte wie gewöhnlich dicht hinter ihm her. Auf die Insel mochte der Yaghan keinen Fuß mehr setzen, aber auf dem Schiff folgte er seinem Herrn auf Schritt und Tritt.

Alle Augen richteten sich auf Glinn, als er sich in der Mitte der Bibliothek aufbaute. McFarlane fragte sich, wie abgebrüht jemand sein musste, wenn er nach den Ereignissen des Vormittags so einfach zur Tagesordnung übergehen konnte. Glinn hatte zwei Mitarbeiter verloren, darunter seinen Chefingenieur, trotzdem wirkte er innerlich so unberührt wie immer.

Er ließ seine grauen Augen über die Gruppe schweifen. »Gene Rochefort war von Anfang an bei der EES. Frank Evans ist erst vor relativ kurzer Zeit zu uns gestoßen, aber auch sein Tod ist ein herber Verlust für die Firma. Uns alle hat diese Tragödie erschüttert. Aber ich bin nicht gekommen, um der beiden Toten ehrend zu gedenken. Weder Gene noch Frank hätten das gewollt. Wir haben eine wichtige Entdeckung gemacht, auch wenn wir einen hohen Preis dafür bezahlen mussten. Der Desolación-Meteorit ist erheblich schwerer, als jemand von uns vorhersehen konnte. Nach gründlicher Analyse der Ursachen für das Versagen der Hebeblöcke und einer auf Feinmessungen basierenden Gewichtsanalyse können wir nun die Masse des Meteoriten neu und genauer bestimmen und kommen zu dem Ergebnis, dass sein Gewicht fünfundzwanzigtausend Tonnen beträgt.«

McFarlane überlief es kalt. Bei überschlägiger Berechnung kam er auf ein spezifisches Gewicht von rund einhundertneunzig – einhundertneunzigmal dichter als Wasser! Dann musste ein Kubikmeter Meteoritengestein – Gott im Himmel – ungefähr achtzehn Tonnen wiegen!

Aber es gab zwei Tote. Zwei *weitere* Tote, korrigierte er sich, als sich ihm wieder der schreckliche Anblick der verstreuten Knochen seines Freundes und Expartners aufdrängte.

»Doppelte Vorsicht ist bekanntlich die Devise der EES«, fuhr Glinn fort. »Wir hatten vorsorglich alle errechneten Daten verdoppelt – die Kosten und die Arbeitsstunden ebenso wie die Masse des Meteoriten. Das bedeutet, dass unsere Planung bereits an einem Gewicht orientiert war, das annähernd dem jetzt errechneten entspricht. Wir können also im Prinzip an unserer Planung festhalten. Wir haben die Mittel, den Meteoriten zu heben, zum Schiff zu bringen und im Tankraum zu verstauen.«

McFarlane stutzte. Irgendwie hörte sich das unterschwellig nach Triumph an. »Moment mal«, sagte er. »Immerhin sind zwei Männer gestorben. Es gehört zu unserer Verantwortung …«

»Die Verantwortung liegt nicht bei Ihnen, sondern bei uns«, unterbrach ihn Glinn. »Und wir sind gut versichert.«

»Ich rede nicht von Versicherungspolicen, sondern von zwei Menschen, die bei dem Versuch, den Meteoriten zu heben, ihr Leben lassen mussten.«

»Wir haben jede nur denkbare Vorsicht walten lassen. Die Fehlerwahrscheinlichkeit lag bei unter einem Prozent. Wie Sie neulich selbst gesagt haben, gibt es überall Risiken. Was

die Verluste angeht, liegen wir im Rahmen unserer Planung.«
»Im Rahmen Ihrer *Planung?*« McFarlane traute seinen Ohren nicht. Seine Augen suchten Amiras Blick, dann Garzas, aber er fand in beiden Gesichtern keine Spur eines ähnlichen Zorns, wie er ihn empfand. »Was, zum Teufel, soll das heißen?«
»Bei der Realisierung komplexer technischer Vorhaben treten nun eben Verluste ein, selbst wenn man noch so viel Sorgfalt walten lässt. Bis zum gegenwärtigen Stadium der Expedition hatten wir zwei Verluste *eingerechnet.*«
»Mein Gott, das ist die kaltschnäuzigste Kalkulation, von der ich je gehört habe.«
»Absolut nicht«, sagte Glinn, ohne die Stimme zu heben. »Beim Bau der Golden Gate Bridge kalkulierte man, dass drei Dutzend Menschen ihr Leben lassen würden. Das war weder kaltblütig noch herzlos, es war einfach Teil einer sauberen Planung. Kaltschnäuzig heißt für mich, Menschen in Gefahr zu bringen, ohne vorher eine Risikoabschätzung vorzunehmen. Rochefort und Evans kannten die Risiken und hatten sie akzeptiert.« Sein Blick fixierte McFarlane. »Ich versichere Ihnen, dass auch ich um beide trauere. Nur, ich tue es auf eine Weise, die Sie sowieso nicht verstehen. Ich kann mir keine persönlichen Empfindungen leisten, die mir den Blick für Gegebenheiten trüben oder mich in meiner Entschlossenheit wankelmütig machen könnten.«
Zur allgemeinen Überraschung ergriff Britton das Wort. »Würden Sie mir verraten, Mr. Glinn, wie viele Menschenleben Sie noch einkalkuliert haben, bis wir den Meteoriten zu seinem Bestimmungsort gebracht haben?«
Mit einem Querschuss von dieser Seite hatte Glinn offensichtlich nicht gerechnet. Einen Moment lang sah es aus, als habe seine beherrschte Gelassenheit einen Knacks abbekommen. Dann erwiderte er kühl: »Soweit es in unserer Macht liegt, werden wir alles tun, um zu verhindern, dass irgend-

jemand verletzt wird oder ums Leben kommt. Ihre angedeutete Vermutung, dass wir stillschweigend eine bestimmte Zahl von Toten einkalkuliert hätten, beweist nur, dass Sie nichts von Risikoabschätzung verstehen. Der Punkt ist: Egal, wie sorgsam Sie vorgehen, Verluste kann es immer geben. Nehmen Sie zum Beispiel den Flugverkehr. Trotz des technischen Fortschritts kommt es zu Abstürzen. Die Wahrscheinlichleit lässt sich für jeden einzelnen Flug berechnen. Aber wir steigen dennoch weiter in Flugzeuge. Deswegen bedeutet die Entscheidung, weiter Flüge durchzuführen, natürlich nicht, dass die Zahl der Flugtoten als akzeptabel betrachtet wird. Habe ich mich verständlich ausgedrückt?«

Captain Britton sah ihn nur groß an und sagte von nun an nichts mehr.

Glinn rang sich zu einem versöhnlichen Ton durch. »Ich verstehe Ihre Besorgnis. Ich spüre, dass sie echt ist, und weiß das zu schätzen.« Als er sich an McFarlane wandte, schwang wieder ein scharfer Unterton mit. »Nur, Dr. McFarlane, wenn wir zaudernd und halbherzig vorgehen, wird es uns nicht gelingen, den Meteoriten zu bergen.«

McFarlane lief rot an. »Ich will nicht, dass noch mehr Menschen zu Schaden kommen. Das war von jeher mein Grundsatz bei meiner Arbeit.«

»Das kann ich Ihnen nicht versprechen«, sagte Glinn. »Sie wissen besser als jeder andere, dass dieser Meteorit etwas Besonderes ist. Etwas Einzigartiges. Sie können seinen Wert nicht in Dollar und nicht in Menschenleben messen. Und damit läuft alles auf die Frage hinaus, die ich Ihnen als dem Repräsentanten des Lloyd-Museums jetzt in aller Form stellen muss: Wollen Sie ihn weiterhin haben?«

McFarlane merkte, dass ihn alle gespannt ansahen. Und die erwartungsvolle Stille, die über dem Raum lag, verhalf ihm zu der Erkenntnis, dass er sich zu keiner klaren Antwort durchringen konnte.

Nach ein paar Sekunden nickte Glinn bedächtig. »Wir werden die beiden Leichen bergen und ihnen, wenn wir wieder in New York sind, ein ehrenvolles Begräbnis zuteil werden lassen.«

Brambell räusperte sich und sagte in seinem harten irischen Akzent: »Ich fürchte, Mr. Glinn, Sie werden nicht mehr als zwei Schachteln feuchte Erde zu begraben haben.«

Glinn musterte ihn mit eisigem Blick. »Noch irgendwelche substanziellen Beiträge, Doktor?«

Brambell schlug in aller Seelenruhe die Beine übereinander und erwiderte gelassen: »Ja. Ich kann Ihnen sagen, wie Dr. Masangkay gestorben ist.«

Alle hielten den Atem an. Schließlich fragte Glinn: »So? Wie denn?«

»Er wurde von einem Blitz getroffen.«

McFarlane starrte Brambell entsetzt an. Von einem Blitz getroffen? Im Augenblick seiner sensationellsten Entdeckung? Das hörte sich an wie in einem Schundroman. Andererseits, ganz so abwegig war es nicht. Die röhrenförmig verschmolzenen Sandkörner, die er am Rand der Fundstelle gesehen hatte, sprachen für Brambells Annahme. Und vor allem: Der Meteorit war nun mal ein gigantischer Blitzableiter.«

»Woraus schließen Sie das?«, wollte Glinn wissen.

»Die Art der Knochenverbrennungen entspricht dem Bild, das wir von Blitzschlägen kennen. Ich habe das schon mehrmals gesehen. Nur ein elektrischer Schlag von der Stärke eines Blitzschlags führt zu solchen Abschälungen und Zertrümmerungen der Knochenstruktur. Sehen Sie, ein Blitz versengt nicht nur die Knochen, er bringt auch das Blut zum Kochen, setzt eine ungeheure Menge Dampf frei und führt zu Muskelkontraktionen, bei denen die Knochen zermalmt werden. Die auf den Körper einwirkende Kraft kann mit der Wucht beim Zusammenprall mit einem schweren Truck verglichen werden. Dr. Masangkays Körper ist regelrecht explodiert.«

Das Wort »explodiert« sprach er so genüsslich aus, dass McFarlane ein Schaudern überlief.

»Danke, Doktor«, sagte Glinn trocken. »Ich möchte schnellstmöglich Ihre Analyse der Biota in der Umgebung des Meteoriten haben. Ich lasse Ihnen die achtzig Beutel mit Erdproben, die wir entnommen haben, noch heute zukommen.«
Er schlug seine Aktenmappe auf. »Wenn der Meteorit Blitze anzieht, ist das ein Grund mehr, ihn nicht zu rasch dort unten rauszuholen. Wie ich schon sagte, bleibt es grundsätzlich bei unseren Planungen, wir müssen allerdings ein paar Anpassungen vornehmen. Zum Beispiel die, dass wir den Meteoriten wegen seines enormen Gewichts auf dem kürzesten Weg zum Schiff bringen müssen – also *durch* das Schneefeld, nicht darum herum. Dazu brauchen wir eine gerade, leicht geneigte Gefällestrecke. Das erfordert umfangreiche Erdarbeiten. Außerdem hat Captain Britton mich davon unterrichtet, dass sich ein Wintersturm auf uns zu bewegt. Wenn er seinen derzeitigen Kurs beibehält, müssen wir auch diesen Faktor berücksichtigen. In gewisser Weise kommt es uns also recht, dass der Meteorit vorläufig noch da unten liegt.« Er stand auf. »Ich werde Kondolenzbriefe an die Familie von Gene Rochefort und an die Witwe von Frank Evans vorbereiten. Falls jemand einige persönliche Zeilen hinzufügen möchte, übergeben Sie mir die Schreiben bitte, bevor wir in New York anlegen. Und nun noch ein letzter Punkt.« Er sah McFarlane an. »Sie sagten, der Coesit und die Aufschlagspuren seien vor zweiunddreißig Millionen Jahren entstanden?«
»Richtig«, bestätigte McFarlane.
»Dann möchte ich, dass Sie Proben vom Flutbasalt und vom Pfropf des Vulkans nehmen und sie ebenfalls zeitlich bestimmen. Wir müssen unbedingt mehr über die Geologie dieser Insel herausfinden. Hat Ihre zweite Testreihe neue Erkenntnisse gebracht?«
»Nur neue Rätsel.«
»In diesem Fall müssen wir uns erst recht mit der geologischen Beschaffenheit der Insel beschäftigen.« Er sah kurz in die Runde. »Sonst noch was, ehe wir an die Arbeit gehen?«

»Ja, Chef«, meldete sich Puppup und schnalzte wie ein ungeduldiger Erstklässer mit den Fingern.
»Ja?«, fragte Glinn kurz angebunden.
»Sie haben gesagt, bis jetzt wären zwei gestorben, und es könnte sein, dass noch mehr sterben.«
»Unsinn, ich habe nichts dergleichen gesagt«, fuhr ihm Glinn ungehalten in die Parade. »Gut, wenn wir dann fertig sind …«
»Und wie wär's, wenn wir alle sterben?«, fiel ihm Puppup mit unerwartet kräftiger Stimme ins Wort.
Alle starrten ihn verdutzt an.
»Verdammter Idiot«, murmelte Garza vor sich hin.
Puppup deutete nur stumm auf die Fenster. Alle Blicke folgten seinem ausgestreckten Arm.
Vor der felsigen Küstenlinie der Isla Deceit kaum zu erkennen, schob sich, die Geschütze auf den Tanker gerichtet, etwas Dunkles auf sie zu: der stählerne Bug eines Zerstörers.

Rolvaag

12.15 Uhr

Glinn zog ein Fernglas aus der Tasche und musterte den Zerstörer. Er hatte geahnt, dass Vallenar noch etwas im Schilde führte.

Britton fuhr aus ihrem Sessel hoch und ging zum Fenster. »Der will uns wohl versenken.«

Glinn richtete das Glas auf die Masten, danach auf die Zehn-Zentimeter-Geschütze. Schließlich setzte er es ab. »Das ist ein Bluff.«

»Woher wollen Sie das wissen?«

»Checken Sie Ihr Slick 32.«

Britton drehte sich fragend zu Howell um.

»Slick registriert kein aktives Feuerleitradar.«

Glinn reichte Captain Britton das Glas. »Er hat zwar die Kanonen auf uns gerichtet, aber nicht die Absicht, sie abzufeuern. Sehen Sie selbst – das Feuerleitradar rotiert nicht.«

»Ja, stimmt.« Sie gab ihm das Fernglas zurück. »Mr. Howell, Posten aufstellen, auf dem Vorschiff und achtern.«

»Und Sie, Mr. Garza, sorgen bitte dafür, dass im Empfangsraum alles fertig ist. Nur für alle Fälle.« Glinn steckte das Glas weg und wandte sich zu Puppup um. Der Mestize lümmelte in einem Sessel und spielte lässig mit seinem zotteligen Bart. »Mr. Puppup, ich habe vor, mich ein bisschen auf Deck umzusehen. Wären Sie so freundlich, mich zu begleiten?«

Puppup stand mit unbewegter Miene auf und folgte Glinn. Draußen peitschte ein eisiger Wind die Bucht, das Meer gischtete, Eisbrocken wurden auf das Deck geschleudert.

Glinn schritt rasch aus, der kleine alte Mann folgte ihm dicht auf den Fersen bis zum Bug, wo Glinn, an eine Ankerwinde gelehnt, den Zerstörer am besten im Blick behalten konnte. Nachdem der Comandante seinen ersten Zug getan hatte, kam es nun darauf an, möglichst schnell seine weiteren Absichten zu durchschauen, und dabei setzte Glinn seine Hoffnung auf Puppups Insiderwissen. Das Problem war nur, dass er immer noch nicht recht wusste, wie er den Yaghan einschätzen sollte.

»Hätten Sie 'ne Zigarette?«, fragte Puppup.

Glinn zog eine frische Packung aus der Tasche – Marlboros, eine Rarität in dieser Einöde – und hielt sie Puppup hin. Der riss die Schachtel auf und klopfte eine Zigarette heraus.

»Auch 'n Streichholz?«

Glinn gab ihm Feuer.

»Danke, Chef.« Puppup nahm einen tiefen Zug. »Ziemlich frisch hier draußen heute, wie?«

»Ja, allerdings.« Und nach einer Weile: »Wo haben Sie eigentlich Englisch gelernt, Mr. Puppup?«

»Na, von den Missionaren, wo sonst? Das bisschen, was ich weiß, haben die mir beigebracht.«

»Stammte einer von ihnen zufällig aus London?«

»Ja, alle beide, Sir.«

Glinn ließ eine Weile verstreichen. Der Mann war wirklich ein Buch mit sieben Siegeln für ihn, und das konnte nicht nur an der unterschiedlichen kulturellen Herkunft liegen. Ein schillernderes Individuum als Puppup war ihm nie begegnet. Er versuchte es mit einem kleinen Umweg. »Ein hübscher Ring«, sagte er und deutete auf Puppups kleinen Finger.

Puppup reckte grinsend den Finger hoch. »Finden Sie auch, wie? Pures Gold, eine Perle, zwei Rubis und was weiß ich, was sonst noch alles.«

»Ein Geschenk der Königin Adelaide, nehme ich an?«

Einen Augenblick lang zitterte die Zigarette zwischen Puppups Lippen, aber er hatte sich schnell wieder im Griff. »Ja, richtig geraten.«

»Und was ist aus der Krone der Königin geworden?«

Puppup sah ihn misstrauisch an. »Die ist zusammen mit ihr beerdigt worden. Scheint ein alter Brauch zu sein.«

»War Fuegia Basket demnach Ihre Ururgroßmutter?«
Puppups Blick blieb verschleiert. »Ja, so in etwa.«
»Dann stammen Sie also aus einer berühmten Familie.« Glinn behielt Puppups Augen fest im Blick. Als sie flackernd auswichen, wusste er, dass seine Bemerkung die gewünschte Wirkung gehabt hatte. Trotzdem musste er weiter äußerst behutsam und feinfühlig vorgehen. Bei einem Mann wie John Puppup bekam man nur einmal die Chance, ihn für sich zu gewinnen.
»Ihre Frau muss schon vor langer Zeit gestorben sein.«
Puppup gab keine Antwort.
»An den Blattern?«
Puppup schüttelte den Kopf. »Masern.«
»Ah«, machte Glinn, »mein Großvater ist auch an den Masern gestorben.« Was tatsächlich der Wahrheit entsprach.
Puppup nickte stumm.
»Und das ist nicht das Einzige, was uns verbindet«, fuhr Glinn fort.
Puppup sah ihn mit schiefem Blick an.
»Mein Ururgroßvater war Captain Fitzroy.« Eine Lüge, die ihm glatt über die Lippen kam.
Puppup wandte das Gesicht dem Meer zu, aber Glinn sah trotzdem, dass er irgendwie unsicher geworden war. Es sind immer die Augen, die einen Menschen verraten, dachte er. Es sei denn, er ist ein abgebrühter Lügner, was freilich langjährige Übung voraussetzt.
»Es ist seltsam, wie die Wege von Familien sich mitunter kreuzen«, sagte Glinn bedächtig. »Ich habe einen Holzschnitt, der Ihre Ururgroßmutter als kleines Mädchen zeigt, er hängt bei mir zu Hause im Wohnzimmer.« Wenn er der ethnographischen Literatur trauen konnte, hatten familiäre Bindungen bei den Yaghan einen hohen Stellenwert.
Puppups Schultern verkrampften sich ein wenig.
»John, darf ich den Ring noch mal sehen?«

Ohne Glinn anzuschauen, hielt ihm Puppup die Hand hin. Glinn ergriff sie und hielt sie sanft fest, so wie man eine Kinderhand festhält, wenn man sie wärmen will. Der Ring war ihm gleich bei ihrer ersten Begegnung aufgefallen, im Hinterzimmer der Kneipe in Puerto Williams. Es hatte allerdings ein paar Tage gedauert, bis seine Leute in New York ihm sagen konnten, woher der Ring stammte und was für eine Bewandtnis es damit hatte.

»Das Schicksal geht oft verschlungene Wege, John. Mein Ururgroßvater, Captain Fitzroy, hat Fuegia Basket, Ihre Ururgroßmutter, auf seiner *HMS Beagle* nach London entführt, um sie der Queen vorzustellen.« In jenen Tagen war es üblich gewesen, »Eingeborene« aus den entlegensten Winkeln der Welt an den britischen Hof zu bringen. Fuegia Basket hatte erst Jahre später nach Feuerland zurückkehren dürfen, von der Queen mit der Krone und dem Ring beschenkt. Sie reiste übrigens wieder mit der *Beagle*, gemeinsam mit einem Passagier namens Charles Darwin.

»Und nun habe ich *Sie* entführt«, fügte Glinn lächelnd hinzu. »Ironie des Schicksals, nicht wahr? Aber mit dem Unterschied, dass ich Sie nicht nach England verschleppe. Sie werden in wenigen Tagen wieder zu Hause sein.«

Puppup sah ihn immer noch nicht an. Dennoch glaubte Glinn zu spüren, dass die Tür zu Puppups Ich nicht mehr so fest verriegelt war.

»Was wird aus diesem Ring werden?«, fragte Glinn.

»Ich werd ihn mit ins Grab nehmen.«

»Keine Kinder?« Eine scheinheilige Frage, Glinn wusste längst, dass Puppup der letzte Yaghan war.

Puppup schüttelte den Kopf.

Glinn hielt die Hand noch immer in der seinen. »Gar keine Nachkommen oder nahe Verwandte?«

»Ein paar Mestizen. Aber ich bin der Einzige, der noch unsere Stammessprache spricht.«

»Das muss Sie sehr traurig machen.«

»Es gibt eine alte Yaghan-Legende, und je älter ich werde, desto fester glaube ich, dass sie auf mich gemünzt ist.«
»Und was ist das für eine Legende?«
»Wenn für den letzten Yaghan die Stunde des Todes gekommen ist, wird Hanuxa ihn zu sich unter die Erde holen, und aus seinen Knochen wird ein neues Geschlecht erwachsen.«
Glinn ließ Puppups Hand los. »Und wie holt sich Hanuxa den letzten Yaghan?«
Puppup winkte ab. »Das ist doch sowieso nur dummer Aberglaube. Ich hab die Einzelheiten vergessen.«
Glinn wusste, dass es keinen Zweck hatte, ihn zu bedrängen. Er würde wohl nie herausfinden, ob er wirklich näher an den alten Mann herangekommen war.
»Etwas anderes noch, John«, sagte er. »Ich brauche Ihre Hilfe. Es geht um den Comandante. Dass er hier aufgetaucht ist, könnte unseren Auftrag gefährden. Wissen Sie was über ihn?«
Puppup schüttelte noch eine Zigarette aus der Packung. »Comandante Emiliano Vallenar ist vor fünfundzwanzig Jahren in unsere Gegend gekommen, nach dem Pinochet-Putsch.«
»Warum?«
»Sein Vater war während eines Verhörs aus dem Hubschrauber gestürzt. Ein Allende-Mann. Sein Sohn auch. Darum wurde Vallenar hier unten stationiert, damit sie ihn vom Hals hatten.«
Glinn nickte. Das erklärte vieles. Nicht nur, dass der Comandante beim Flottenkommando in Ungnade gefallen war, sondern auch seinen Hass auf die Amerikaner und vielleicht sogar, weshalb er sich schämte, Chilene zu sein. »Warum darf er trotzdem einen Zerstörer kommandieren?«
»Er weiß gewisse Dinge über gewisse Leute, verstehen Sie? Und er ist ein guter Offizier. Widerspenstig, aber auch sehr vorsichtig.«

Glinn nickte. »Verstehe. Wissen Sie noch mehr über ihn? Ist er verheiratet?«

Puppup leckte das Ende der Zigarette ab und schob sie sich zwischen die Lippen. »Der Comandante ist ein Doppelmörder.«

Glinn ließ sich seine Verblüffung nicht anmerken.

»Er hatte seine Frau nach Puerto Williams geholt. Kein Ort, an dem Frauen sich wohl fühlen. Da ist nichts los, kein Tanz, keine Fiestas. Während des Falkland-Kriegs wurde der Comandante in den Estrecho de Magallanes geschickt. Er sollte dort die argentinische Flotte binden, den Engländern zuliebe. Bei seiner Rückkehr kam er dahinter, dass seine Frau einen Liebhaber hatte.« Puppup nahm einen tiefen Zug. »Der Comandante war schlau. Er wartete, bis er sie auf frischer Tat ertappte. Seiner Frau hat er die Kehle durchgeschnitten. Und dem Mann muss er, nach allem was ich gehört habe, noch Schlimmeres angetan haben. Er ist auf dem Weg ins Krankenhaus von Punta Arenas verblutet.«

»Warum wurde er nicht ins Gefängnis gesteckt?«

»Ach, wissen Sie, hier unten sagt man einem Rivalen nicht einfach, er soll abhauen. Die Chilenen haben einen alten Ehrenkodex.« So wie Puppup das darstellte, hörte es sich nach einer Selbstverständlichkeit an. »Wenn er sie nicht gleich im Schlafzimmer getötet hätte, wäre es vielleicht etwas anderes gewesen, aber so …« Er zuckte die Achseln. »Jeder verstand, dass ein Mann, der seine Frau bei so was erwischt, genau das tut, was der Comandante getan hat. Und dass er sogar sein Kommando behalten hat, nun, dafür gibt's einen anderen Grund. Er ist das, was man einen Mann für alle Fälle nennt.«

Glinn blickte stumm auf den Zerstörer, der jenseits des Kanals reglos im Dunkel zu lauern schien. »Es gibt noch etwas, das ich Sie fragen muss«, sagte er schließlich, ohne den Blick von dem Kriegsschiff zu wenden. »Dieser Händler in Punta Arenas, dem Sie Masangkays Ausrüstung verkauft haben –

würde der sich an Sie erinnern? Könnte er Sie identifizieren, falls es jemand verlangt?«
Puppup dachte einen Augenblick nach, dann antwortete er: »Das weiß ich nicht. Es war ein großer Laden. Andererseits, es gibt nicht viele Yaghan-Indianer in Punta Arenas. Und die Nachfrage nach Sonderangeboten war in letzter Zeit groß.«
Glinn nickte. »Danke, John. Sie haben mir sehr geholfen.«
»Nicht der Rede wert, Chef«, sagte Puppup, und in seinen Augen funkelte wieder vergnügte Bauernschläue.
Glinn zögerte kurz, dann gab er sich einen Ruck. Manchmal wirkte es Wunder, wenn man sich demonstrativ als ehrliche Haut verkaufte und zu einem Schwindel bekannte. Wenn man es richtig anging, konnte es sogar wider alle Vernunft ein Vertrauensverhältnis begründen. »Ich fürchte, ich war vorhin nicht ganz ehrlich zu Ihnen. Ich habe mich nur über Captain Fitzroy schlau gemacht, aber er war kein Vorfahre von mir.«
Puppup kicherte boshaft. »Natürlich nicht. So wenig, wie Fuegia Basket meine Vorfahrin war.«
Glinn sah ihn verdutzt an. »Wie sind Sie dann zu dem Ring gekommen?«
»Ach, wenn so viele sterben wie bei uns Yaghan, bleibt eben eine Menge am letzten Erben hängen. Auf die Weise habe ich alles Mögliche bekommen, auch die Krone und den Ring.«
»Und was ist aus den Sachen geworden?«
»Das meiste hab ich verkauft und das Geld dann versoffen.«
In genau dem Augenblick begriff Glinn, dass keines der vielen Rätsel, die der kleine alte Mann ihm aufgab, gelöst war.
»Wenn das hier alles vorbei ist«, fügte Puppup hinzu, »müssen Sie mich wohl mitnehmen, egal, wohin Sie fahren. Heim kann ich jedenfalls nicht mehr.«
»Warum nicht?«, fragte Glinn leichthin, obwohl er die Antwort nur zu gut kannte.

Rolvaag

23.20 Uhr

McFarlane ging den mit blauem Teppichboden ausgelegten Flur des unteren Brückendecks hinunter. Obwohl er todmüde war, konnte er nicht schlafen. Zu viel war an diesem Tag geschehen: die aufregenden Entdeckungen, die jeder physikalischen Lehre widersprachen, der Tod von Rochefort und Evans und schließlich das erneute Auftauchen des Zerstörers. Seit er die Hoffnung auf Schlaf endgültig aufgegeben hatte, war er ruhelos von Deck zu Deck gewandert.

Schließlich hatten seine Füße – wie von selbst – den Weg hierher gefunden. Aber als er nun an der Tür zu Amiras Kabine stand, musste er sich überrascht eingestehen, dass er insgeheim ihre Nähe suchte. Vielleicht aus der Ahnung heraus, dass ihr zynisches Lachen genau das Aufputschmittel war, das er jetzt brauchte. In ihrer Gegenwart blieben ihm zumindest das laienhafte Geschwätz und die ermüdenden Erklärungen der anderen erspart. Wer weiß, vielleicht hatte sie ja Lust auf einen Kaffee im Kasino oder eine Runde Billard.

Er klopfte. »Rachel?«

Keine Antwort. Ob sie schlief? Bestimmt nicht. Sie hatte ihm schließlich selbst erzählt, dass sie in den letzten zehn Jahren nie vor drei Uhr nachts zu Bett gegangen sei.

Er versuchte es noch einmal. Und war verblüfft, als sich die Tür wie von Geisterhand öffnete. Wahrscheinlich hatte sie sie nicht fest genug zugezogen.

»Rachel? Ich bin's, Sam.«

Von Neugier getrieben, trat er zögernd ein. Er war noch nie in ihrer Kabine gewesen. Anstatt eines ungemachten Betts, mit dem er gerechnet hatte, verstreuter Zigarrenasche und nicht aufgeräumter Kleidungsstücke erwartete ihn eine ge-

radezu mustergültige Ordnung. Einen Augenblick fragte er sich, ob sie die Kabine überhaupt bewohnte. Bis er die Erdnussschalen unter dem Computertisch entdeckte.
Er konnte sich ein Schmunzeln nicht verkneifen. Doch das verkümmerte rasch, als sein Blick zufällig auf den Bildschirm fiel und an seinem Namen hängen blieb.
Im Drucker lagen zwei ausgedruckte Seiten. Er fischte die obere heraus und begann zu lesen.

EES VERTRAULICH
Von: R. Amira
An: E. Glinn
Betrifft: S. McFarlane

Seit dem letzten Bericht haben der Meteorit und die durch die Testergebnisse aufgeworfenen Fragen den Beobachteten immer mehr in ihren Bann gezogen. Er hat weiterhin Vorbehalte gegenüber dem Projekt, ebenso gegenüber Lloyd selbst. Trotz dieser Ambivalenz scheinen die Probleme, vor die der Meteorit uns stellt, eine zunehmende Faszination auf ihn auszuüben. Es gibt kaum noch ein anderes Gesprächsthema zwischen uns, zumindest seit den Ereignissen des heutigen Vormittags. Ich bin nicht sicher, ob er mir rückhaltlos alles sagt, was ihn innerlich bewegt, muss aber bekennen, dass mich die Aufgabe, ihn auszuhorchen, zunehmend bedrückt.
Kurz nachdem der Meteorit freigelegt worden war, habe ich ein Gespräch auf seine frühere Theorie über interstellare Meteoriten gelenkt. Er wollte sich anfänglich bedeckt halten, hat sich jedoch immer mehr in Eifer geredet und mir dargelegt, dass und warum die Theorie durch diesen Meteoriten und seine Beschaffenheit auf verblüffende Weise bestätigt wird. Er wollte jedoch, dass das unter uns bleibt, und hat mich ausdrücklich gebeten, anderen gegenüber nichts von seinen Vermutungen ver-

lauten zu lassen. Wie Sie sicher bei der Diskussion heute Vormittag selbst bemerkt haben, sieht er sich in seiner Überzeugung, dass wir es mit einem Meteoriten interstellarer Herkunft zu tun haben, inzwischen weiter bestärkt.

Eine Tür schlug, McFarlane hörte tiefe Atemzüge, er drehte sich um. Amira war zurückgekommen, anscheinend vom Abendessen. Sie trug ein knielanges Kleid, hatte sich aber für den Rückweg vom Speisesaal den Parka über die Schultern gehängt. Sie stand mit dem Rücken zu ihm an der Tür, hatte ihn also noch nicht bemerkt.

Dann wandte sie sich um. Ein paar Sekunden lang starrten sie sich nur stumm an. McFarlane fühlte sich wie betäubt. Es war, als hätten all die Schocks, die er heute durchlebt und durchlitten hatte, in ihm keinen Platz mehr für irgendwelche Emotionen gelassen.

»Nun«, brachte er schließlich heraus, »ich scheine nicht der einzige Judas auf diesem Schiff zu sein.«

Amira war kreidebleich geworden, hielt aber seinem Blick Stand. »Dringen Sie immer in fremde Räume ein und lesen die Privatpost anderer Leute?«, konterte sie.

McFarlane lächelte kühl und legte den Ausdruck auf den Computertisch. »Tut mir Leid, aber dafür bekommen Sie ein Ungenügend. Es heißt Ambi*valenz*, nicht -velenz. Ich fürchte, da wird Eli hinter Ihrem Namen heute kein Sternchen ins Personalbuch eintragen.« Er ging auf die Tür zu. »Lassen Sie mich bitte vorbei.«

Amira senkte verunsichert die Augen, rührte sich aber nicht von der Stelle. »Moment.«

»Machen Sie bitte den Weg frei.«

Sie deutete mit dem Kopf auf den Drucker. »Nicht, bevor Sie den Rest gelesen haben.«

Er funkelte sie zornig an, hob, offenbar entschlossen, sie grob beiseite zu schieben, die Hand, besann sich aber eines Besse-

ren. »Danke, ich habe genug gelesen. Und nun machen Sie endlich Platz.«
Amira versperrte ihm weiter den Weg. »Lesen Sie erst den Rest, dann können Sie gehen.«
Sie maßen sich lange stumm mit Blicken. Schließlich wandte er sich wortlos um und nahm das zweite Blatt aus dem Drucker.

Ich bin übrigens der gleichen Meinung wie er. Überzeugende, nicht zu widerlegende Indizien sprechen dafür, dass der Meteorit nicht aus unserem Sonnensystem stammt. Ich kann keine Anzeichen dafür erkennen, dass Sam McFarlane sich in eine fixe Idee verrannt hätte oder aus irgendeinem anderen Grund eine Gefahr für diese Expedition darstellen sollte. Im Gegenteil, der Meteorit hat den Wissenschaftler in ihm geweckt. Von den sarkastischen, auf Blockade und mitunter auf reine Geschäftsinteressen ausgerichteten Zügen, die anfangs zu beobachten waren, ist nichts mehr zu merken. Stattdessen sind seine Antriebsfedern nun wissenschaftliche Wissbegier und der tiefe Wunsch, mehr über dieses bizarre Meteorgestein herauszufinden.
Und so wird dieser dritte Bericht mein letzter sein; ich kann guten Gewissens keine weiteren mehr schreiben. Für den Fall, dass sich ein Problem abzeichnet, so werde ich das – schon aus Loyalität gegenüber der Geschäftsführung der EES – selbstverständlich sofort melden.
Fakt ist, dass dieser Meteorit fremdartiger ist, als jemand hätte vorhersehen können; er ist vielleicht sogar gefährlich. Fakt ist aber auch, dass ich McFarlane nicht beobachten und gleichzeitig mit ihm zusammenarbeiten kann. Sie haben mich gebeten, als seine Assistentin zu fungieren. Genau das und nichts anderes möchte ich von nun an sein – zu seinem, meinem und zum Besten unserer Mission.

McFarlane zog den Drehstuhl vor dem Computertisch ein Stück zurück und setzte sich. Ihm zitterten so die Hände, dass das Blatt Papier leise raschelte. Sein Zorn war verflogen, nur so etwas wie ein Aufruhr verwirrter Gefühle war geblieben.
Keiner von beiden sagte ein Wort. Aus der Ferne drangen das Rauschen der Brandung und das gedämpfte Dröhnen der Schiffsmaschinen heran. Schließlich hob McFarlane den Kopf und sah Amira fragend an.
»Es war Elis Idee«, sagte sie. »Sie waren Lloyds Mann, nicht einer von uns. Und es gab ein paar Schwachstellen in Ihrer Vorgeschichte. Dazu kam die Sache mit dem Sandwich, bei der ersten gemeinsamen Besprechung, Sie wissen schon … das roch ein bisschen nach Unberechenbarkeit. Und Leute, die er nicht berechnen kann, machen Eli nervös. Deshalb wollte er, dass ich Sie beobachte und regelmäßig Berichte über Sie schreibe.«
McFarlane sah sie stumm an.
»Mir hat die Idee nicht gefallen. Obwohl, anfangs hat mich am meisten gestört, dass ich Ihre Assistentin spielen sollte. Die Berichte – mein Gott, ich habe gedacht, das ist eben eine lästige Pflicht. Nur, da hatte ich noch keine Ahnung, wie sehr mir das tatsächlich zur Qual würde. Ich kam mir jedes Mal beschissen vor, wenn ich so einen Bericht tippen musste.« Sie stieß einen tiefen Seufzer aus. »Aber während der letzten Tage … ich weiß nicht, wie ich's erklären soll. Und als ich heute den letzten Bericht getippt habe, da wurde mir plötzlich klar, dass ich das nicht mehr über mich bringe. Nicht mal ihm zuliebe.«
Sie starrte auf den Teppichboden. Obwohl sie sich Mühe gab, es zu verbergen, sah er, dass ihr die Lippen zitterten. Und er sah auch die eine Träne, die sich zickzack einen Weg über ihre Wange bahnte.
McFarlane stand auf, ging zu ihr und wischte die Träne weg. Sie schlang die Arme um ihn, zog ihn fest an sich, barg das

Gesicht an seinem Hals und flüsterte mit tonloser Stimme: »Ach Sam, es tut mir so Leid.«
»Ist schon gut.«
Als ihr die zweite Träne über die Wange lief und McFarlane sich nach vorn neigte, um sie wegzuwischen, drehte sie ihm mit einer raschen Kopfbewegung ihr Gesicht zu, so dass ihre Lippen sich trafen.
Er hörte sie stöhnen und merkte, wie sie ihn noch fester an sich zog und die Arme um seinen Nacken geschlungen, langsam rückwärts auf das Sofa drängte. Er spürte den Druck ihrer Brüste und den ihrer Beine an seinen Hüften. Einen Augenblick war er unschlüssig, ob er nicht doch lieber …
Aber es war ohnehin zu spät. Weil es nicht nur ihre Hände gab, die zärtlich seinen Nacken kraulten, und nicht nur ihre Schenkel, die sich um ihn schlossen, sondern inzwischen auch sein wildes Begehren – eine Flutwelle, gegen die er nicht ankonnte und wollte. Er schob die Hände unter ihr Kleid, zog sie an sich und ließ seine Finger über die Innenseite ihrer Schenkel gleiten.
»Ach, Sam«, hörte er sie wieder seufzen, und dann küsste sie ihn wild.

Isla Desolación

19. Juli, 11.30 Uhr

McFarlane blickte auf die schwarzen Lavasäulen, die wie gewaltige Fangzähne vor ihm aufragten. Aus geologischer Sicht handelte es sich dabei um die Überbleibsel eines klassischen vulkanischen Doppelschlotes, von dem nur noch die beiden Basaltkamine Zeugnis ablegten, die Lavahänge hatten Wind und Wetter in Jahrhunderten abgetragen.

Er warf einen Blick nach hinten. Tief unter ihnen und etliche Kilometer entfernt befand sich die Aufschlagstelle – eine flache, schneebedeckte, mit dunklen Flecken gesprenkelte Mulde. Die breiten, für Schwertransporte gebauten Straßen sahen von hier wie Bindfäden aus. Garza leitete die Aufräumarbeiten, unterstützt von Stonecipher, dem zweiten Ingenieur, der auch seinem verklemmten Wesen nach Rocheforts würdiger Nachfolger war.

Rachel schloss zu ihm auf, ihr Atem stand weiß in der eiskalten Luft. Sie blickte stirnrunzelnd auf die beiden Gipfel. »Wie hoch müssen wir noch klettern?«

»Ich will bis zu dem schwarzen Streifen auf halber Höhe. Das Material stammt wahrscheinlich von der letzten Eruption, es kann uns also Aufschluss geben, wann zum letzten Mal Lava ausgetreten ist.«

Ruhelos suchte er den Hang nach einer geeigneten Route, möglichen Hindernissen, Steilstrecken und Geröll ab. Schließlich stapften sie weiter, langsam und stetig, wie geübte Wanderer und traten mit ihren Schneeschuhen eine tiefe Spur in das frisch gefallene Weiß.

Als sie sich dem unteren Rand der beiden Kamine näherten, blieb McFarlane bei einem Stein stehen, der ihm irgendwie sonderbar vorkam. Er schlug mit dem Gesteinshammer zwei kleine Stücke los, legte sie in seinen Probenbeutel und machte sich eine Notiz über den Fundort.

»Steinchen sammeln!«, lästerte Amira. »Ihr Männer seid doch alle große Kinder.«

»Deshalb bin ich ja Geologe geworden. Was hast du denn als Kind gesammelt? Barbie-Puppen?«

Rachel schnaubte verächtlich. »Ich? Mein Lieber, ich hatte eine irre Sammlung: Vogelnester, Schlangenhäute, Skorpione, verdorrte Taranteln, Knochen, einen toten Uhu und alles, was mehr als zwei Beine hatte und tot auf der Straße herumlag.«

»Verdorrte Taranteln?«

»Ja. Ich bin in Portal in Arizona aufgewachsen, am Fuß der Chiricahua Mountains. Im Herbst sind dort die männlichen Taranteln zur Paarung auf die Straßen gekrochen, und da hat sie's dann erwischt. Ich hatte ungefähr dreißig davon, alle auf ein Brett genagelt. Eines Tages hat unsere verdammte Hündin sie alle aufgefressen.«

»Und? Ist sie daran gestorben?«

»Leider nicht. Sie hat sie mitten in der Nacht wieder ausgekotzt, mitten aufs Bett meiner Mutter. Das war sehr lustig.« Sie kicherte, als sie sich daran erinnerte.

McFarlane blieb stehen. Der Anstieg wurde steiler, der Schnee war durch den ständigen Wind stark verharscht. »Komm, wir schnallen die Schneeschuhe ab.« Ihm war trotz der Minustemperaturen heiß geworden, und so öffnete er den Reißverschluss seines Parkas. »Ich schlage vor, wir halten auf den Sattel zwischen den beiden Kaminen zu.« Er befestigte Steigeisen an seinen Stiefeln. Und als sie weitergingen, fragte er: »Was lag denn da alles tot auf der Straße herum?«

»Hauptsächlich herpetologisches Viehzeug, Kriechtiere und Amphibien.«

»Und was hat dich an denen gereizt?«

Rachel schmunzelte. »Dass sie schön trocken, platt und leicht aufzubewahren waren. Ich hatte ein paar ganz ausgefallene Exemplare.«

»Da war deine Mutter sicher hellauf begeistert.«
»Sie hat nichts davon gewusst.«
Sie gingen schweigend weiter. Als sie nach ein paar Minuten den Sattel erreichten, legte McFarlane wieder eine Pause ein. »Drei Wochen auf dem verdammten Schiff haben mir die ganze Kondition versaut«, japste er.
»Davon war heute Nacht nichts zu merken«, meinte Rachel grinsend. Dann lief sie plötzlich rot an und sah weg.
Er sagte nichts. Rachel war ihm immer eine gute Partnerin gewesen, er hatte trotz ihres anfänglichen Doppelspiels das Gefühl, ihr bedingungslos vertrauen zu können. Die Sache von heute Nacht machte die Dinge allerdings komplizierter. Und Komplikationen konnte er jetzt am wenigsten brauchen.
Sie ruhten sich ein paar Minuten aus, die Feldflasche mit Wasser wanderte zwischen ihnen hin und her. Weit hinten am westlichen Horizont zog eine dunkle Wolkenbank auf, der Vorbote eines nahenden Sturms.
»Du kommst mir irgendwie anders vor als die Übrigen in eurem Team«, sagte McFarlane. »Warum nur?«
»Weil ich anders *bin*. Und das ist kein Zufall. Bei der EES sind alle extrem vorsichtig, einschließlich Glinn. Also brauchte er jemanden, der keine Risiken scheut. Und für den Fall, dass es dir entgangen sein sollte: Ich bin auf meinem Fachgebiet ein Ass.«
»Ich hab's bemerkt«, sagte McFarlane, schnallte sich den Rucksack um und maß den Steilhang vor ihnen mit kritischem Blick. »Sieht ein bisschen tückisch aus. Am besten, ich gehe voraus und ...«
Aber Rachel kletterte schon auf das Schneefeld zu, das sich bis zum Fuß der beiden Kamine erstreckte und nicht nur immer steiler, sondern auch, wie an der bläulichen Färbung abzulesen war, immer vereister wurde. »Gehen wir es langsam an!«, rief er ihr nach.
Er wandte sich um. Die Sicht über die zerklüfteten Inseln war von hier oben atemberaubend. Sogar die Berge von Feuerland

konnte er in der Ferne ausmachen. Die *Rolvaag* nahm sich im schwarzen Wasser der Bucht wie ein Spielzeugschiff aus. Von dem Zerstörer war nur der Bug zu erkennen, den Rest verdeckten die Felsklippen irgendeiner kleineren Insel. Die dunkle Sturmfront zog immer schneller auf sie zu, sie bedeckte nun schon einen Großteil des kristallklaren Himmels.
Als er nach vorn schaute, erschrak er, wie weit Rachel schon gekommen war. »He!«, rief er, »warum rennst du denn so?«
»Sag mir lieber, warum du so *trödelst?*«
Und dann passierte es – ein Stein rollte den Hang herunter … und Sekunden später der nächste, der McFarlane nur um Haaresbreite verfehlte. Und gleich darauf rutschte mit lautem Getöse ein Teil des Steilhangs hinter Rachel weg. Auf einmal gähnte im Schnee ein schmutziges Loch. Rachel lag bäuchlings auf dem Boden und versuchte strampelnd, irgendwo Halt zu finden und sich mit den Beinen abzustemmen.
»Bleib ganz ruhig liegen!«, brüllte McFarlane und kletterte, so schnell er konnte, hinter ihr her.
Ein, zwei Minuten später hatte er den breiten Felssims direkt unter ihr erreicht. Er stemmte sich hoch, langte über die Kante, tastete blind nach Rachel und erwischte ihren Unterarm.
»Ich hab dich«, keuchte er, »lass dich fallen.«
»Ich kann nicht!« Er spürte, wie sie sich vor Angst verkrampfte.
»Alles in Ordnung«, redete er ihr beruhigend zu, »ich hab dich ja.«
Mit einem Seufzer ließ sie sich nach unten rutschen. Er fing sie auf, drehte sich, als er ihr Gewicht spürte, um die eigene Achse und bugsierte sie so nach unten, dass ihre Füße festen Halt fanden. Sie landete hart auf dem Fels und brach zitternd auf die Knie. »Du meine Güte«, sagte sie mit brüchiger Stimme, »ich wäre beinahe abgerutscht.«
»Ja, aber nicht sehr weit. Anderthalb Meter, schätze ich, bis zu der Schneewehe da drüben.«
»Wirklich?« Sie sah nach unten und schnitt eine Grimasse.

»Und ich dachte, der ganze Hang rutscht ab. O Mann, da hab ich dich für meinen Lebensretter gehalten, und nun stellt sich heraus … Na ja, trotzdem vielen Dank.«
Sie reckte sich und gab ihm rasch einen Kuss auf den Mund, fast nur hingehaucht. Dann überlegte sie sich's anders, küsste ihn noch einmal, diesmal mit mehr Hingabe. Als sie spürte, dass er den Kuss nicht erwiderte, löste sie sich von ihm. Mit ihren großen dunklen Augen sah sie ihn prüfend an. Er erwiderte ihren Blick stumm, während ein paar hundert Meter unter ihnen sich die ganze Welt erstreckte.
»Traust du mir immer noch nicht, Sam?«, fragte sie leise.
»Doch, ich vertraue dir.«
Sie schmiegte sich an ihn, die Augenbrauen irritiert zusammengezogen. »Was ist es dann? Gibt es eine andere? Die charmante Lady mit dem Kapitänspatent vielleicht? Sogar Eli …« Sie brach abrupt ab und senkte verlegen die Augen.
McFarlane fielen viele Antworten ein, aber die meisten hätten sich belehrend angehört, ein paar sogar frivol. Und so beließ er es bei einem einfältigen Grinsen, schulterte den Rucksack und sagte: »Ich glaube, ich habe da drüben interessantes Gestein entdeckt …«
Rachel starrte zu Boden und murmelte: »Geh die Proben holen. Ich warte hier.«
Er zögerte einen Augenblick, dann kletterte er los. Es war eine Sache von Minuten, bis er den etwas dunkler gefärbten Basaltwulst erreicht und ein paar Proben abgeschlagen hatte. Als er zurückkam, wartete Rachel schon abmarschbereit auf ihn. Ohne ein Wort setzten sie die Klettertour zum Sattel zwischen den beiden Kaminen fort.
Schließlich hielt McFarlane das Schweigen nicht mehr aus. Sie mussten weiter eng zusammenarbeiten, und das ging nur, wenn sie sich aussprachen Er fasste sie am Ellbogen. »Rachel, das heute Nacht war wunderschön. Aber belassen wir's dabei. Jedenfalls fürs Erste.«
Sie sah ihn scharf an. »Was heißt das?«

»Das heißt, wir haben einen Job zu erledigen. Gemeinsam. Und das ist auch so schon kompliziert genug. Darum sollten wir uns lieber ein wenig zurückhalten. Okay?«
Sie zuckte fast unmerklich zusammen. Dann nickte sie. »Okay.« Sie brachte sogar ein kleines Lächeln zu Stande, aber das sollte nur ihre Enttäuschung verbergen. Und ihren Schmerz.
McFarlane nahm sie in die Arme. Wegen des dicken Parkas, den sie trug, meinte er, ein Michelin-Männchen zu umschlingen. Dann legte er ihr den in einen gefütterten Handschuh verpackten Zeigefinger unters Kinn und hob ihren Kopf. »Ist es wirklich okay?«
Sie nickte tapfer. »Es ist nicht das erste Mal, ich kenne das schon. Wird mit jedem Mal leichter.«
»Was soll das heißen?«
Sie zuckte die Achseln. »Nichts weiter. Ich vermute, ich bin in solchen Dingen nicht besonders gut, das ist alles.«
Sie hielten sich fest in den Armen, vom eiskalten Wind gezaust. Und dann gab sich McFarlane einen Ruck und stellte ihr die Frage, die ihm seit der Nacht in ihrer Kabine nicht mehr aus dem Kopf gegangen war. »War mal was zwischen dir und Glinn?«
Sie löste sich aus seinen Armen, in ihrem Blick lag plötzlich vorsichtige Wachsamkeit. Dann seufzte sie, die Spannung fiel von ihr ab. »Ach, zum Teufel, warum soll ich's dir nicht erzählen? Ja, es stimmt, Eli und ich hatten mal was miteinander. Es ist schon ziemlich lange her. Und es war nur eine kleine Affäre. Aber trotzdem ganz nett, denke ich.« Das Lächeln, das um ihre Lippen spielte, war schnell wieder erloschen. Sie wandte sich um, setzte sich, die Beine lang ausgestreckt, in den Schnee und ließ die Augen auf der weißen Landschaft tief unter sich ruhen.
McFarlane setzte sich neben sie. »Was ist passiert?«
Sie sah ihn schief an. »Muss ich dir das wirklich erst sagen? Eli hat mit mir Schluss gemacht.« Sie lächelte kalt. »Und weißt

du was? Es hatte toll zwischen uns geklappt. Es gab keine Probleme. Ich war in meinem Leben nie glücklicher gewesen.« Nach einer kleinen Pause fügte sie hinzu: »Ich glaube, das war's, was ihm Angst gemacht hat. Er konnte sich einfach nicht vorstellen, dass es immer so weitergeht. Darum hat er auf einmal Schluss gemacht, aus heiterem Himmel, einfach so. Denn wenn alles großartig läuft, kann's bekanntlich nicht mehr besser werden. Und das wäre dann ja so was wie Versagen gewesen, nicht wahr? Und ein Mann wie Eli Glinn darf eben nicht versagen.« Ihr Lachen klang eine Spur zu schrill.

»Aber in eurem Denken seid ihr euch in gewisser Weise ähnlich«, sagte McFarlane. »Zum Beispiel gestern, in der Bibliothek. Ich dachte, du würdest ihm widersprechen. Als es um Rocheforts und Evans' Tod ging, meine ich. Hast du aber nicht. Heißt das, dass du ihren Tod ganz in Ordnung findest?«

»Bitte, Sam! Wenn jemand umkommt, ist das nie in Ordnung. Aber so lange ich bei der EES arbeite, hat es bei fast jedem Projekt Tote gegeben. Das liegt bei unserem Job in der Natur der Sache.«

Sie saßen noch eine Weile stumm nebeneinander, jeder wich dem Blick des anderen aus. Dann stemmte Rachel sich hoch, klopfte sich den Schnee von der Kleidung und sagte in einem Ton, der keine Gemütsregung verriet: »Komm. Wer zuletzt unten ankommt, muss die Teströhrchen reinigen.«

Almirante Ramirez

14.45 Uhr

Comandante Emiliano Vallenar stand auf dem Vordeck des Zerstörers und holte den riesigen Tanker mit dem Fernglas näher zu sich heran. Langsam ließ er seinen Blick vom Bug übers Hauptdeck und weiter bis zu den mächtigen Aufbauten wandern. Die *Rolvaag* zu beobachten war wie immer sehr aufschlussreich. Er hatte das Schiff so oft und so lange studiert, dass er allmählich jeden Davit, jeden Ölfleck und jedes Rostloch kannte. Aber es gab so einiges, das ihn misstrauisch machte. Was hatten zum Beispiel die versteckt angebrachten Stabantennen auf einem angeblich für Erztransporte bestimmten Schiff zu suchen? Für ihn sahen sie eher nach einem elektronischen Überwachungssystem aus. Und die hohe Antenne auf der Mastspitze hatte – so wackelig sie auch wirkte – verdächtige Ähnlichkeit mit einem modernen Radargerät.

Er setzte das Glas ab, griff in die Tasche seiner Wetterjacke und zog den Brief heraus, den er von dem Geologen aus Valparaiso erhalten hatte.

> Hochverehrter Señor!
> Bei dem Stein, den Sie mir freundlicherweise zur Begutachtung geschickt haben, handelt es sich um ein etwas ungewöhnliches Stück Siliziumdioxid, auch als gekritzter Quarz bekannt, mit mikroskopischen Einschlüssen von Feldspat, Hornblende und Glimmer.
> Dennoch bedaure ich, Ihnen mitteilen zu müssen, dass die Materialprobe weder unter kommerziellen Aspekten noch für Sammler irgendeinen Wert besitzt. Um Ihre spezielle Frage zu beantworten: Sie enthält keine Spurenelemente von Gold, Silber, anderen wertvollen

Erzen, Mineralien oder sonstigen chemischen Verbindungen. Desgleichen kann Siliziumdioxid auch nicht als Indiz für Öl- oder Gasvorkommen, Ablagerungen von Ölschiefer oder anderen kommerziell nutzbaren Kohlenwasserstoffprodukten betrachtet werden.

Es betrübt mich, wie gesagt, sehr, dass ich Ihnen nur diese – vermutlich enttäuschende – Auskunft geben kann, zumal sie Sie wohl kaum ermutigen dürfte, von den ererbten Schürfrechten Ihres Großonkels Gebrauch zu machen.

Vallenar fuhr mit dem Finger über das Siegel, mit dem der Briefkopf geschmückt war, dann ballte er den Schrieb verächtlich zusammen und steckte ihn in die Tasche. Diese Analyse war nicht mal das Briefpapier wert.

Er richtete das Fernglas abermals auf den Tanker. Schiffe dieser Tonnageklasse sollten hier nicht ankern. Es gab im Bereich der Kap-Horn-Inseln – abgesehen von einem Riff im Franklin-Kanal, das allerdings nur er kannte – lediglich einen sicheren Platz, Surgidero Otter, und der lag hinter der Isla Wollaston, also weit abseits. Hier hätte nur ein völlig ahnungsloser Kapitän Anker geworfen.

Aber dieses Schiff lag eben doch hier vor Anker, und zwar seit etlichen Tagen. Was Vallenar zunächst sehr erstaunt hatte, weil es an ein Wunder zu grenzen schien. Bis er den kleinen Strudel am Heck des Tankers bemerkt hatte. Denn das konnte nur bedeuten, dass sich die Schiffsschraube drehte. Und das wiederum ließ den Schluss zu, dass ein Hilfsaggregat lief. Und zwar *ständig*. Sie benutzten also die eigene Schubkraft, um das Schiff der jeweiligen Strömung im Kanal anzupassen. Außer beim Gezeitenwechsel, da manövrierten sie die *Rolvaag* einfach um dreihundertsechzig Grad herum.

Also mussten sie mit einem computergesteuerten, satellitengestützten System ausgerüstet sein, das sie in die Lage versetzte, alle störenden Einflüsse auszugleichen und die Position des

Schiffes stabil zu halten. Vallenar hatte über diese hochmoderne DPS-Technologie gelesen, gesehen hatte er sie noch nie. Kein Schiff der chilenischen Marine war damit ausgerüstet. Die Installation war irrsinnig teuer, der Ölverbrauch enorm. Trotzdem, die da drüben hatten so ein System. Ausgerechnet auf ihrem allem Anschein nach schrottreifen Tanker.
Er atmete tief durch, richtete das Fernglas auf die Insel und suchte die Schuppen mit den riesigen Arbeitsmaschinen ab, die landeinwärts führende Straße, den Abbaubereich – eine große Wunde im Erdreich, die sich den leicht ansteigenden Hang hinaufzog – und die daneben gelegenen Auffangbecken für das Sicker- und Pumpwasser. Die offensichtlich auch nur Bluff waren. Denn es gab keine hydraulische Absaugvorrichtung, keine Waschrinnen und keine Abflusskanäle. Er war in einem Goldgräbercamp im Norden aufgewachsen und wusste, wie es dort aussah.
Eine innere Stimme sagte ihm, dass die Amerikaner nicht nach Gold schürften. Und selbst einem blutigen Laien wäre auf den ersten Blick klar gewesen, dass sie auch nicht nach Eisenerz gruben. Das Ganze sah mehr nach Diamantenabbau aus. Aber wenn die Amerikaner Diamanten gesucht hätten, wozu wären sie dann mit einem so riesigen Schiff hierher gekommen? Die ganze Operation roch von Anfang bis Ende nach einem groß angelegten Täuschungsmanöver.
Vielleicht hatten die Aktivitäten ja etwas mit den alten Legenden der Yaghan zu tun. Er erinnerte sich vage, dass Juan Puppup, dieser *borracho*, eines Abends in einer Bar so eine Legende erzählt hatte – etwas von einem zornigen Gott und dessen Sohn, der seinen Bruder gemeuchelt hatte. Er hoffte nur, dass er diesen Puppup eines Tages in die Finger kriegte. Dann würde er den Burschen so lange löchern, bis er alles aus dem Mestizen herausgequetscht hatte, was er wusste.
Schritte näherten sich, der Oficial de guardia baute sich vor ihm auf und salutierte. »Comandante, Maschinenraum meldet, alle Maschinen einsatzbereit.«

»Sehr gut, danke. Legen Sie Kurs neun-null-neun an. Und schicken Sie bitte Señor Timmer zu mir.«
Der Offizier von der Brückenwache salutierte abermals und verließ das Vordeck. Vallenar sah ihm stirnrunzelnd nach. Sie hatten neue Order erhalten. Was, wie üblich, lediglich darauf hinauslief, dass sie völlig sinnlos in irgendwelchen einsamen Gewässern patrouillieren sollten.
Er vergrub die gesunde Hand in der Jackentasche und kramte den gerade mal pflaumengroßen Stein heraus, den ihm der Geologe mit seinem Antwortschreiben zurückgeschickt hatte. Vallenar war zutiefst davon überzeugt, dass dieser Stein der Schlüssel zu dem rätselhaften Treiben der Amerikaner war. Die Ausrüstung und die Gesteinsproben des toten Goldgräbers mussten ihnen etwas verraten haben. Ein so wichtiges, so verlockendes Geheimnis, dass sie keine Kosten gescheut hatten, mit einem Haufen hochmoderner Geräte und Maschinen auf diese gottverlassene Insel zu kommen.
Er musste dahinter kommen, was die Amerikaner wussten. Wenn der vertrottelte Geologe von der Universität in Valparaiso ihm dabei nicht helfen konnte, würde er sich eben anderswo umhören. In Australien sollte es sehr tüchtige Geologen geben. Gleich morgen würde er ihnen den Stein zuschicken, per Express. Die kamen bestimmt hinter sein Geheimnis. Und sobald er dann wusste, was die Amerikaner hier wollten, konnte er geeignete Gegenmaßnahmen ergreifen.
»Sir?« Timmers Stimme riss ihn aus seinen Gedanken.
Vallenar sah auf und musterte seinen Oficial de Comunicaciones: blaue Augen, sonnengebleichtes Haar, makellose Uniform, untadelige Haltung. Timmer stellte in Vallenars auf absoluten Gehorsam gedrillten Mannschaft noch eine Ausnahmeerscheinung dar. Seine Mutter war 1945 aus Deutschland nach Chile gekommen, eine wunderschöne, kultivierte, Sinnlichkeit ausstrahlende Frau. Bei ihr hatte Timmer Disziplin gelernt. Und dass man nötigenfalls auch mal hart zupacken musste.

»Stehen Sie bequem«, sagte Vallenar. Timmer schob den linken Fuß ein wenig vor.

Vallenar verschränkte die Hände auf dem Rücken und warf einen Blick auf den wolkenlosen, blauen Himmel. »Wir nehmen Kurs nach Osten. Aber morgen werden wir wieder hier sein. Es ist schlechtes Wetter gemeldet. Und dann habe ich eine Spezialaufgabe für Sie. Die mit gewissen Risiken verbunden ist.«

»Es wird mir eine Ehre sein, sie zu erfüllen, Sir«, schnarrte Timmer.

Comandante Vallenar lächelte. In seiner Stimme lag ein Anflug von Stolz, als er sagte: »Das wusste ich.«

Rolvaag

14.50 Uhr

McFarlane blieb unschlüssig an der Tür zur Krankenstation stehen. Er hatte eine instinktive Abneigung gegen Arztpraxen und Krankenhäuser, weil sie ihn irgendwie an die Vergänglichkeit des Lebens erinnerten. Das Wartezimmer auf der *Rolvaag* wirkte besonders abschreckend, statt eines Regals mit zerlesenen Zeitschriften und billigen Drucken an den Wänden gab es nur ein großes farbiges Poster, auf dem diverse Stadien verbreiteter Hautkrankheiten dargestellt waren.

Es muss ja nicht unbedingt heute sein, dachte er, die Sache hat Zeit. Doch dann gab er sich einen Ruck, ging den Flur hinunter zum Behandlungszimmer und klopfte an.

Captain Britton war bei Brambell, zwischen ihnen lag eine Namensliste. Brambell sah auf, klappte den Aktendeckel zu und fragte: »Ach, Dr. McFarlane – was kann ich für Sie tun?«

McFarlane hätte am liebsten auf der Stelle kehrtgemacht, doch dazu war es jetzt zu spät. »Es geht um Masangkays persönliche Habseligkeiten. Die Dinge, die bei der Leiche gefunden wurden. Wenn Sie Ihre Untersuchungen abgeschlossen haben … ich meine, könnten Sie sie dann freigeben?«

Der Schiffsarzt sah ihn groß an. McFarlane las in seinem Blick kein menschliches Mitgefühl, sondern nur streng berufliches Interesse.

»Warum? Es waren keine Wertsachen dabei.«

McFarlane lehnte am Türrahmen und wartete. Er verspürte absolut keine Lust, irgendwelche Erklärungen abzugeben.

Brambell seufzte. »Nun ja, sobald ich alles fotografiert habe, sehe ich keinen Grund, die Sachen hier zu behalten. Woran sind Sie denn speziell interessiert?«

»Geben Sie mir einfach Bescheid, wenn Sie fertig sind«,

erwiderte McFarlane, nickte Britton zu, drehte sich um und ging. Als er auf dem Flur war, kurz vor dem Ausgang der Krankenstation, hörte er hinter sich Schritte.
»Dr. McFarlane?« Es war Captain Britton. »Nehmen Sie mich mit nach oben? Ich muss zurück auf die Brücke. Wir erwarten die aktuellen Wetterdaten.«
Sie gingen den dunklen Flur hinunter, der nur durch das Sonnenlicht, das durch die Bullaugen fiel, etwas erhellt wurde.
»Ich wollte Ihnen noch mein Beileid ausdrücken. Wie ich gehört habe, war Dr. Masangkay Ihr Freund.« Ihre Stimme hörte sich warm und herzlich an.
»Danke«, sagte McFarlane. Und wunderte sich, wie in ihren Augen selbst auf dem spärlich beleuchteten Flur noch so viel Glanz liegen konnte. Wieder überkam ihn das Gefühl, dass eine Art Seelenverwandtschaft zwischen ihnen bestand. »Sagen Sie doch Sam zu mir«, bat er.
»Okay – Sam.«
Als sie die Stufen zum Hauptdeck hinaufstiegen, fragte Britton: »Drehen Sie eine Runde übers Deck mit mir?«
McFarlane sah sie überrascht an. Sie war weitergegangen, und während er zu ihr aufschloss, gestand er sich ein, dass sie ihn mit ihrer stolzen, beherrschten Haltung und ihrer Art auszuschreiten irgendwie an seine Exfrau Malou erinnerte.
Über dem Heck des Schiffs lag blassgoldenes Licht – ein schöner Kontrast zum tiefblauen Wasser des Kanals. Nachdem sie ein paar Schritte stumm nebeneinander hergegangen waren, blieb Britton stehen und lehnte sich über die Reling.
»Sam, ich stecke in einem Dilemma. Ehrlich gesagt, es gefällt mir gar nicht, was ich über den Meteoriten höre. Ich fürchte, dass er eine Gefahr für das Schiff darstellen könnte. Seeleute haben ein Gespür für so was. Und was ich dort drüben sehe ...« – sie deutete auf die niedrige, schlanke Silhouette des Zerstörers – »... gefällt mir erst recht nicht. Andererseits, so wie ich Glinn bisher erlebt habe, habe ich allen Grund, darauf zu vertrauen, dass er die Sache erfolg-

reich zu Ende bringen wird.« Sie drehte sich halb zu McFarlane um. »Verstehen Sie den Zwiespalt, in dem ich mich befinde? Ich kann nicht gleichzeitig Eli Glinn und meinem eigenen Instinkt vertrauen. Und wenn ich etwas unternehmen will, dann muss es jetzt sein. Ich lasse nichts in meinem Schiff verstauen, solange ich nicht genau weiß, dass es keine Gefahr darstellt.«

Sie spielt tatsächlich mit dem Gedanken abzuspringen, dachte McFarlane verblüfft. »Lloyd wird nicht besonders glücklich sein, wenn Sie ihm Steine in den Weg legen.«

»Die Entscheidungen auf der *Rolvaag* treffe ich, nicht Lloyd. Sehen Sie, als Captain kann ich über solche Besorgnisse nicht mit meinen Offizieren oder gar mit der Mannschaft sprechen. Und erst recht nicht mit den Mitarbeitern der EES. Darum wende ich mich an Sie. Sie sind der Experte, wenn es um Meteoriten geht. Ich muss wissen, ob Sie glauben, dass von diesem Meteoriten eine Gefahr für mein Schiff ausgeht. Ich brauche *Ihre* Meinung, nicht die von Mr. Lloyd.«

McFarlane sah ihr lange in die Augen, dann wandte er sich ab und blickte aufs Meer. »Ich kann Ihre Frage nicht beantworten«, sagte er. »Natürlich ist der Meteorit gefährlich, das haben wir ja schon leidvoll erfahren. Aber ob er eine spezielle Gefahr für das Schiff darstellt? Ich weiß es nicht. Nur, ich fürchte, es ist zu spät, die Sache abzubrechen, selbst wenn Sie es wollten.«

»In der Bibliothek haben Sie sich anders angehört. Sie hatten auch Bedenken, genau wie ich.«

»Ich habe sogar große Bedenken. Aber so einfach liegen die Dinge nicht. Dieser Meteorit ist ein tiefes Mysterium für uns. Wie alles im Universum. Aber das, was sich in ihm verbirgt, ist so wichtig, dass ich glaube, wir haben überhaupt keine andere Wahl, als weiterzumachen. Wenn Magellan alle Risiken nüchtern abgewogen hätte, wäre er nicht zu seiner Reise um die Welt aufgebrochen. Und Kolumbus hätte Amerika nie entdeckt.«

Britton sah ihn eine Weile stumm an, dann fragte sie: »Meinen Sie, dass man die Bedeutung dieses Meteoriten mit Magellan oder Kolumbus vergleichen kann?«

»Ja«, sagte er mit fester Stimme, »auf jeden Fall.«

»Glinn hat Ihnen in der Bibliothek eine Frage gestellt, die Sie nicht beantwortet haben.«

»Weil ich sie nicht beantworten konnte.«

»Warum nicht?«

Wieder sah er ihr lange in die grünen Augen. »Weil mir trotz Rochefort und aller ungelöster Rätsel klar wurde, dass ich den Meteoriten *haben* will. Ich will ihn mehr, als ich je etwas haben wollte.«

Britton starrte eine Weile aufs Meer. Dann löste sie sich von der Reling. »Ich danke Ihnen, Sam«, sagte sie, wandte sich um und schritt rasch Richtung Brücke.

Isla Desolación

20. Juli, 14.05 Uhr

McFarlane und Rachel standen in der kalten Nachmittagssonne am Rand der planierten Mulde, unter der der Meteorit lag. Der östliche Himmel war klar und hell, in der frostigen Luft zeichneten sich die Konturen der Landschaft so scharf ab, dass die Augen schmerzten. Im Westen verhieß der Himmel dagegen nichts Gutes. Der düstere, tief hängende Wolkenschleier, der sich bis zum Horizont erstreckte, zog genau auf sie zu, ein scheußlicher Wind trieb ihnen stiebenden Schnee vor die Füße. Es konnte nur noch Sekunden dauern, bis der Sturm, der bisher nur ein Echoimpuls auf dem Bildschirm gewesen war, über sie herfiel.

Garza kam zu ihnen herüber, er deutete grinsend auf den Himmel. »Hätte nie gedacht, dass ich so viel Gefallen am Anblick einer so fürchterlichen Sturmfront haben könnte.«

»Was haben Sie jetzt vor?«, fragte McFarlane.

Garza sagte augenzwinkernd: »Ausschalen und abdecken, von hier bis zur Küste.«

»Ausschalen und abdecken?«

»Wir graben einen Kanal, decken ihn ab und tarnen ihn mit Erde und Schnee. Eine einfache Technik, die schon den alten Babyloniern bekannt war, nur dass die noch keinen hydraulischen Schaufelbagger und Stahlplatten für die Abdeckung zur Hand hatten. Sobald wir den Meteoriten ein Stück weit bewegt haben, füllen wir hinter ihm den Kanal mit Erde auf und graben gleichzeitig vorn weiter.«

McFarlane konnte wieder nur staunen, was Garza und seine Männer in den zwei Tagen, seit der Meteorit Rochefort und Evans in den Tod gerissen hatte, fertig gebracht hatten. Die Tunnel waren aufgeräumt und neu armiert worden, doppelt so viele Hebeblöcke wie vorher hatten den Meteoriten problemlos auf den bereitstehenden Lastenschlitten gehoben – alles innerhalb von zwei Tagen. Der schwierigste Schritt stand ihnen allerdings noch bevor: Sie mussten den Meteoriten samt der Halterung, in der er ruhte, auf den riesigen, eilends von der *Rolvaag* herüber gebrachten Tieflader hieven.

Garza hörte gar nicht mehr auf zu grinsen, er war aufgekratzt und voller Optimismus. »Gleich können Sie beobachten, wie das schwerste Objekt bewegt wird, das Menschen je transportiert haben.«

McFarlane beschlich der Verdacht, dass sich hinter Garzas großspurigem Gerede vielleicht auch Nervosität verbarg. Er nickte. »Nur zu.«

»Gut, wir werden unseren Burschen jetzt auf den Tieflader betten. Dazu müssen wir für kurze Zeit die Tarnung entfernen. Verstehen Sie jetzt, warum mir der Sturm wie gerufen kommt? Da werden unsere chilenischen Freunde sich schwer tun, uns in die Karten zu schauen.«

Er trat einen Schritt zurück und sprach etwas ins Funkgerät. Stonecipher, der weiter hinten stand, gab dem Kranführer ein Zeichen. McFarlane verfolgte aufmerksam, wie der Kran die schweren Stahlplatten von dem frisch ausgehobenen Graben hob und ein Stück daneben – sauber übereinander gestapelt – ablegte. Der Wind hatte aufgefrischt; er trieb Schnee vor sich her und fauchte heulend um die Hütten. Die letzte Stahlplatte vollführte einen wilden Tanz in der Luft, der Kranführer hatte alle Mühe, sie so zu führen, dass sie vom Sturm nicht gegen den Kranarm geschleudert wurde. »Mehr nach links – noch mehr«, rief Stonecipher ihm über Funk zu. »Jetzt tiefer, noch tiefer – ablegen.« Ein paar bange Sekunden lang hielten alle den Atem an, dann war es geschafft, die Stahlplatte ruhte auf dem Stapel.

McFarlane starrte in den offenen Graben. Zum ersten Mal sah er den Meteoriten in voller Größe. Er lag wie ein blutrotes, asymmetrisches Ei in seinem aus Holz gezimmerten, mit Stahlstreben verstärkten Nest – ein Anblick, bei dem er ein nie gekanntes Glücksgefühl verspürte.

Wie aus weiter Ferne hörte er Rachel zu Garza sagen: »Hab ich's nicht gesagt? Der Junge hat's einfach drauf!«

»Es einfach draufhaben« war einer ihrer Lieblingssprüche. Wenn jemand etwas von seiner Arbeit verstand – sei's ein Techniker, ein Bauarbeiter oder ein Wissenschaftler –, hatte er es bei Rachel »einfach drauf«.

Mit einiger Mühe riss sich McFarlane vom Anblick des Meteoriten los, schielte zu Rachel hinüber und war froh, endlich wieder die hübschen Lachfältchen um ihre Augen zu entdecken, die er während der letzten Tage so schmerzlich vermisst hatte.

Er zwinkerte ihr zu. »Ist er nicht wunderschön?«

Dann konzentrierte er sich wieder auf das, was sich in dem offenen Graben tat. Der mit schweren Flugzeugreifen bestückte Sechsunddreißigachser, der den Meteoriten transportieren sollte, war ein wahres Ungetüm: etwa dreißig Meter lang, mit einer wabenförmigen, keramikbeschichteten Auflagefläche aus Stahl. Am vorderen Ende ragte das massive Gestänge einer großen Winde auf.

Irgendwo im noch abgedeckten Teil des Grabens musste sich Glinn aufhalten; McFarlane hörte, wie er, gegen den immer heftigeren Wind ankämpfend, einigen Arbeitern etwas zurief. Als er McFarlane und Amira entdeckte, kam er zu ihnen herauf. »Haben die letzten Tests etwas Neues ergeben?«, fragte er, ohne die Arbeitskolonne aus den Augen zu lassen.

McFarlane nickte. »Auf mehreren Gebieten.« Mehr sagte er nicht. Ein im Grunde sinnloses Hinhalten, aber irgendwie verschaffte es ihm Genugtuung, Glinn nachfragen zu lassen.

Glinn legte den Kopf schief, als habe er McFarlanes Spielchen durchschaut. »Dürfte ich bitte ein wenig mehr darüber erfahren?«

»Sicher. Wir kennen jetzt den Schmelzpunkt. Das heißt, eigentlich sollte ich wohl eher von Verdampfungspunkt sprechen, denn der Meteorit geht nahtlos vom festen Zustand in einen gasförmigen über.«

Glinn zog fragend die Augenbrauen hoch.
»Eins Komma zwei Millionen Grad Kelvin.«
Glinn schnaufte verblüfft. »Du liebe Güte.«
»Wir sind auch bei der kristallinen Struktur ein Stück weitergekommen. Es handelt sich um ein sehr kompliziertes, asymmetrisch gebrochenes Muster aus ineinander geschachtelten gleichschenkligen Dreiecken. Das Muster wiederholt sich auf verschiedenen Ebenen, von der makroskopischen bis hin zu einzelnen Atomen. Ein Bruchgefüge wie aus dem Lehrbuch. Was übrigens auch die extreme Härte erklärt. Sie scheint elementar begründet zu sein, nicht durch eine Legierung.«
»Gibt es neue Erkenntnisse, wo das Material im Periodensystem einzuordnen wäre?«
»Sehr weit oben. Oberhalb von einhundertsiebenundsiebzig. Möglicherweise ein Element außerhalb der Lichtstrahlenwirkung. Die einzelnen Atome scheinen gigantisch zu sein, jedes mit Hunderten von Protonen und Neutronen.«
»Sonst noch was Neues?«
McFarlane atmete tief die frostige Luft ein. »Ja. Etwas sehr Interessantes. Amira und ich haben uns mit der zeitlichen Bestimmung von Hanuxas Klauen beschäftigt. Die vulkanischen Auswürfe und die erstarrte Lava datieren aus nahezu exakt derselben Zeit, zu der der Meteorit aufgeschlagen ist.«
»Und was schließen Sie daraus?«
»Wir sind bisher davon ausgegangen, dass der Meteorit in unmittelbarer Nähe eines Vulkans aufgeschlagen ist. Jetzt hat es den Anschein, als sei dieser Vulkan erst durch den Aufschlag entstanden.«
In Glinns Blick lag ein leichtes Flackern.
»Er war so schwer und dicht und kam mit einer derartigen Geschwindigkeit, dass er tief in die Erdkruste eingedrungen ist. Und dabei hat er eine Vulkaneruption ausgelöst. Das ist der Grund, warum die Isla Desolación als einzige der Kap-Hoorn-Inseln vulkanisch ist. Nestor hat in seinem Tagebuch einen ›sonderbaren Coesit‹ in dieser Region erwähnt. Und

bei einer erneuten Röntgenbeugung habe ich festgestellt, dass er Recht hatte, er zeigt tatsächlich merkwürdige Abweichungen. Der Aufschlag war so heftig, dass bei dem Gestein in der Umgebung, soweit es nicht verdampft ist, eine Phasenverschiebung stattgefunden hat. Das Material wurde in eine Form von Coesit verwandelt, die meines Wissens bisher nirgendwo beobachtet wurde.«

Er zeigte mit einer weit ausholenden Handbewegung auf Hanuxas Klauen. »Die Wucht der Eruption, die Magmaturbulenzen und der explosionsartige Austritt von Gasen haben den Meteoriten wieder hochgedrückt, schätzungsweise in eine Position mehrere hundert Meter unter der Erdoberfläche. Soweit wir aus den uns bekannten Fakten schlussfolgern können, haben die Erosion und die Hebung der südlichen Kordilleren im Laufe von Jahrmillionen bewirkt, dass der Meteorit allmählich immer weiter zur Erdoberfläche hinaufgeschoben wurde, bis er schließlich aus dem Tal zu Tage getreten ist.«

Nachdenkliches Schweigen, dann gab Glinn sich einen Ruck und bedeutete Garza und Stonecipher, die Arbeit im offenen Graben fortzusetzen.

Garza rief seinen Männern etwas zu. Eine Arbeitskolonne legte ein Netz aus dicken Kevlargurten über den Meteoriten und seine Halterung, eine andere verband den Lastenschlitten und die Winde des Tiefladers durch ein weiteres Gurtgeflecht. Danach zogen sich die Arbeiter ein paar Meter zurück. Zunächst war nur ein metallisches Knirschen zu hören, das rasch in knarrendes Rumpeln überging, dann spürte McFarlane, wie der Boden unter seinen Füßen zu vibrieren begann. Von zwei starken Dieselgeneratoren angetrieben, begann die Winde sich langsam zu drehen, bis die Gurte straff um den Meteoriten lagen. Die Vorarbeit war getan, die Verladung konnte beginnen.

Die Sturmfront befand sich jetzt genau über ihnen, die geballten Wolken verdunkelten den Himmel so, dass das leuch-

tende Rot des Meteoriten kaum noch auszumachen war. Es sah aus, als wäre plötzlich sein inneres Feuer erloschen.
Rachel schielte besorgt auf die Wand aus Schnee, die der Sturm auf sie zutrieb. »O Gott, jetzt geht's los.«
»Alles fertig zur Verladung«, rief Garza.
Glinn mummte sich fester in seinen Parka. »Beim ersten Anzeichen von Blitzschlag brechen wir sofort ab, klar? Also, jetzt mit der Verladung beginnen.«
Plötzlich wurde es merklich dunkler, ein unheimliches Brausen lag in der Luft, der Schnee trieb hart wie Schrotkugeln horizontal durch die Luft. Von einem Moment zum anderen sah McFarlane nur noch schemenhaft, was sich im Tunnel tat. Die Generatoren übertönten das Heulen des Sturms, der Boden bebte, McFarlane spürte, wie seine Bauchdecke sich verkrampfte und ein unerträglicher Druck auf seinen Ohren lastete.
»Herrschaft noch mal«, schimpfte Rachel, »ein historischer Augenblick, und ich kriege nichts davon mit!«
Die Kevlargurte waren zum Zerreißen gespannt, sie fingen unter der Belastung wie Drahtseile zu singen an. Aus dem Halbdunkel hörten sie gespenstisches Knacken und rätselhafte schwirrende Geräusche. Aber wie laut die Generatoren auch aufheulten, der Meteor rührte sich nicht.
Die Spannung erreichte ihren Siedepunkt. Und dann, als das Geschrille und Geheule sich zur Kakophonie gesteigert hatte, glaubte McFarlane im Graben eine kurze Bewegung auszumachen. Aber beschworen hätte er es bei all dem Lärm, der ihm in den Ohren gellte, und bei dem stiebenden Schnee und den schlechten Sichtverhältnissen nicht.
Bis Garza zu ihnen hinaufsah und mit breitem Grinsen den Daumen in die Luft reckte.
»Er bewegt sich!«, brüllte Rachel.
Garza und Stonecipher riefen den Arbeitern immer wieder Anweisungen zu. Die stählernen Laufrollen unter dem Lastenschlitten quietschten und qualmten, eine Arbeitskolonne

war ständig damit beschäftigt, sie und die Auflagefläche des Tiefladers mit Graphit zu besprühen.

Und dann ging alles sehr schnell. Der Tieflader schien einen gequälten Schrei auszustoßen, als der Lastenschlitten mit dem Meteor auf der Ladefläche aufsetzte. Die Kevlargurte hingen schlaff durch, der Lärm der Dieselgeneratoren wurde schwächer. Einen Augenblick lang lag fast gespenstische Ruhe über der Szene.

Dann pfiff Rachel gellend auf zwei Fingern und jubelte: »Wir haben's geschafft!«

»Drei Meter weit«, holte McFarlane sie trocken auf den Boden der Tatsachen zurück. »Und fast fünftausend Kilometer liegen noch vor uns.«

Hinter Hanuxas Klauen zuckten in schneller Folge Blitze über den Himmel, fast unmittelbar danach grollte ohrenbetäubender Donner. Der Wind frischte so stark auf, dass er die Schneedecke aufriss und wie ein weißes Laken in ihre Richtung trieb.

»Das war's!«, rief Glinn der Arbeitskolonne zu. »Mr. Garza, bitte decken Sie den Graben ab.«

Garza musste, als er sich zum Kranführer umwandte, die Kapuze des Parkas festhalten, sonst hätte sie ihm die Sicht versperrt. »Das geht jetzt nicht«, rief er zurück. »Der Wind ist zu stark, er knickt uns glatt den Kran um.«

Glinn nickte. »Dann ziehen Sie das Segeltuch über den Graben, bis der Sturm vorbei ist.«

Die Arbeitskolonne entrollte das in grau-weiß gefleckter Tarnfarbe gehaltene Segeltuch und musste sich wegen des böigen Winds mächtig ins Zeug legen, um es über die offene Grube und den Tieflader zu ziehen. Aber die Mühe lohnte sich, der Graben war nun selbst aus wenigen Metern Entfernung kaum noch auszumachen. Einmal mehr bewunderte McFarlane im Stillen Glinns Umsicht, seine Fähigkeit, in jeder Situation auf alle Möglichkeiten vorbereitet zu sein und immer einen Alternativplan zur Hand zu haben. Zwei, drei

Minuten später war das Segeltuch vollständig ausgerollt und fest verzurrt.
Wieder zuckte ein greller Blitz über den Himmel, diesmal noch näher. Für den Bruchteil einer Sekunde war die Wand aus Schnee, die der Sturm vor sich her trieb, in schwefelgelbes Licht getaucht.
Glinn nickte McFarlane und Rachel zu. »Gehen wir rüber in die Kommandozentrale.« Und als sie, gegen den Wind gestemmt, losmarschierten, rief er Garza zu: »Ich will niemanden hier draußen haben, bis auf die Wachen. Teilen Sie die Posten so ein, dass sie sich alle vier Stunden ablösen.«

Isla Desolación

22.40 Uhr

Adolfo Timmer wartete reglos hinter einer Schneewehe. Er lag schon so lange hier, dass der Sturm ihn mit Schnee bedeckt hatte. Vor ihm, etwas unterhalb, konnte er einen schwachen, hin und her wandernden Lichtschein ausmachen. Inzwischen war es stockdunkle Nacht, die Arbeiten waren anscheinend eingestellt worden, die Arbeiter hatten vermutlich in den Hütten Schutz gesucht. Genau die Situation, auf die er gewartet hatte, um selbst aktiv zu werden.

Timmer stemmte sich hoch. Er konnte es sich sparen, den Schnee von der Kleidung zu klopfen, das besorgte schon der Wind, der immer noch mit unverminderter Stärke wehte. Überhaupt erwies sich der Sturm nachträglich als zuverlässiger Verbündeter: Er hatte aus dem Schnee eine Dünenlandschaft mit hüfthohen Kämmen und tiefen Furchen geformt, die ideale Deckung.

Im Schutz der Dünen ging er langsam auf die planierte Mulde zu, an ihrem Rand machte er Halt und kauerte sich hinter eine Schneewehe. Irgendwo vor ihm fiel gedämpftes Licht in das offene Gelände. Er reckte den Kopf und sah, dass es durch die Ritzen einer etwa sieben, acht Meter entfernten schäbigen Bretterbude drang. Auf der gegenüberliegenden Seite der planierten Mulde reihten sich Hütten aneinander, die kleinen Fenster starrten wie viereckige gelbe Augen in die Dunkelheit. Daneben waren die Umrisse einiger Container und abgestellter Maschinen zu erkennen.

Er kniff die Augen zusammen. Die Sickerbecken und Abwassergräben – das hatte er schon feststellen können – waren eine Finte; sie sollten nur von etwas anderem ablenken. Aber wovon?

Timmer fuhr zusammen. Hinter der Bretterbude war ein

Mann aufgetaucht. Er drückte die Tür auf, warf einen Blick nach innen, machte die Tür wieder zu und setzte seine Runde fort, am Rand der Mulde entlang. Zum Schutz gegen den Wind und das Schneegestöber zog er den Kopf zwischen die Schultern und rieb fröstelnd die Hände aneinander.
Timmer beobachtete ihn aufmerksam. Der Mann vertrat sich mit Sicherheit nicht nur die Füße, weil er im Freien eine Zigarette rauchen wollte, so viel stand fest. Er war zur Wache eingeteilt und absolvierte seinen Rundgang.
Doch was gab es auf einem öden Stück Land mit einer armseligen Bretterbude zu bewachen?
Timmer kroch langsam weiter auf die Bretterbude zu, bis er abermals hinter einer Schneewehe Deckung nehmen konnte. Der Mann kam zurück, ging zur Hütte, stapfte sich die Füße warm und entfernte sich wieder. Er war allein. Das heißt, falls in der Bretterbude keine zweite Wache postiert war.
Timmer robbte um die Schneewehe herum und auf den Schuppen zu, sorgsam darauf bedacht, möglichst schnell ein Stück Holzwand zwischen sich und dem einsamen Posten zu haben. Comandante Vallenar hatte ihm auf der *Almirante Ramirez* ausdrücklich eingeschärft, kein unnötiges Risiko einzugehen. Seien Sie vorsichtig, Señor Timmer, ich möchte Sie heil zurückhaben …
Er hatte keine Ahnung, ob der Posten bewaffnet war, ging jedoch sicherheitshalber davon aus. Er kauerte sich ins Halbdunkel neben der Bretterbude und langte in die Tasche seines Schneeanzugs. Als die Hand wieder auftauchte, hielt sie den Griff eines Messers umklammert; er zog es aus der Scheide, um sich zu vergewissern, dass es nicht festgefroren war. Bei diesen Temperaturen musste man mit allem rechnen. Er fuhr mit dem Daumen prüfend über die Klinge – eiskalt und rasiermesserscharf. Ja, Comandante, dachte er, ich werde sehr, sehr vorsichtig sein. Er schloss die Hand fest um das Messer. Es machte ihm nichts, dass es sich schmerzhaft in die Fingerkuppen grub. Ihm war nur wichtig, die Klinge schön

warm zu halten, damit sie sich glatt und geschmeidig ins Fleisch bohrte.
Er wartete ab, bis der Sturm wieder stärker wurde und der Wind heulend um die nackten Holzwände des Schuppens fegte. Um besser hören zu können, schob er die Kapuze zurück. Und da vernahm er es ganz deutlich: das knirschende Geräusch von Schritten, die durch den Schnee auf ihn zu kamen. Wieder näherte sich eine Gestalt der Bretterbude, kaum zu erkennen im schwachen Licht und bei dem stiebenden Schnee. Timmer schmiegte sich dicht an die Holzwand. Schwere Atemzüge – und gleich darauf ein hohles Klatschen, als der Mann mehrmals die Arme um sich schlang, um sich ein wenig aufzuwärmen.
Timmer setzte mit einem Sprung um die Ecke der Hütte und brachte den Mann mit ausgestrecktem Bein zu Fall. Er lag bäuchlings im Schnee, und bevor er reagieren konnte, kauerte Timmer schon über ihm, drückte ihm das Knie ins Kreuz, riss ihm den Kopf hoch und zerrte ihn ins Dunkel. Das Messer blitzte auf, die Klinge fuhr tief in den Hals des Mannes. Timmer hörte es knirschen, als die zervikale Wirbelarterie durchtrennt wurde. Noch ein leises Gurgeln, dann schoss das Blut heraus. Timmer hielt den Kopf des Mannes nach hinten gebeugt, bis der Strom allmählich versiegte. Erst dann ließ er den Kopf nach vorn kippen, drehte den Toten um und sah sich das Gesicht an. Es war ein Weißer, nicht der Mestize, auf den er, wie der Comandante ihm aufgetragen hatte, ein besonders wachsames Auge haben sollte.
Er klopfte rasch die Taschen des Toten ab: ein Handfunkgerät und eine kleinkalibrige halbautomatische Waffe. Er verstaute beides in seinem Schneeanzug, zerrte den Toten zu einer nahen Wechte, verscharrte ihn darin und häufte zusätzlich Schnee über ihn. Er reinigte sein Messer im Schnee und verwischte, so gut es ging, die Blutspuren. Er hatte zwar nur einen Wachmann gesehen, aber damit war nicht gesagt, dass kein zweiter seine Runden drehte.

Tief geduckt – um im Lichtschein, der durch die Ritzen fiel, kein Ziel abzugeben – ging er um die Hütte herum auf den Rand der planierten Fläche zu, immer den Fußspuren des toten Postens folgend. Wirklich sehr seltsam, dachte er noch, weit und breit nichts als Schnee.

Doch schon beim nächsten Schritt gab der Boden unter seinen Füßen plötzlich nach, sein linker Schneeschuh versank im Nichts. Er zerrte ihn verblüfft frei und wich ein Stück zurück. Erst nach einer Weile kroch er vorsichtig auf Händen und Knien wieder auf die Stelle zu, tastete sie sorgfältig ab und machte eine merkwürdige Entdeckung: Das, was seine Hände unter der dünnen, angewehten Schneedecke fühlten, war keine Erde. Aber es konnte auch keine Bodenspalte sein, dafür war die Ausdehnung zu groß. Unter der dünnen Schneeschicht musste sich eine regelrechte Höhle erstrecken, abgedeckt mit einer straff gespannten, von Pfosten gehaltenen Plane.

Timmer dachte kurz nach, dann machte er kehrt und war kurz darauf wieder im Halbdunkel hinter der Hütte angelangt. Seine Intuition sagte ihm, dass er die Lösung des Rätsels hinter der Tür finden würde, die Frage war nur, ob dort eine böse Überraschung auf ihn wartete. Mit gezücktem Messer huschte er um die Bretterbude herum, öffnete die Tür einen Spalt und warf einen Blick nach innen. Die Hütte war leer. Er schlüpfte hinein, zog leise die Tür hinter sich zu, knipste eine kleine Taschenlampe an und ließ den Lichtstrahl langsam kreisen. Bis auf ein paar Holzbehälter mit Nägeln war nichts zu sehen.

Aber wenn es nur eine leere Hütte war, wieso hatten die Amerikaner dann einen Wachposten abkommandiert?

Dann glaubte er, doch etwas wahrzunehmen, und knipste rasch seine Taschenlampe aus. Unter einem der Holzbehälter war eine Stahlplatte in den Boden eingelassen, durch die Ritzen am Rand drang schwacher Lichtschein.

Timmer schob den Behälter beiseite, tastete die Stahlplatte ab und stellte fest, dass er es mit einer – nur sehr oberflächlich getarnten – Klapptür zu tun hatte. Er kniete sich daneben und lauschte eine Weile. Stille. Schließlich fasste er den Griff und zog die Platte vorsichtig hoch.

Nach den langen Stunden draußen in der Dunkelheit blendete ihn das grelle Licht, das ihm entgegenschlug. Er schloss die Klappe, kauerte sich auf den Boden und dachte nach. Schließlich stand sein Entschluss fest.

Er schnallte die Schneeschuhe ab, versteckte sie im hintersten Winkel der Hütte, hob die Klapptür wieder an, ließ seinen Augen ein paar Sekunden Zeit, sich an die Helligkeit zu gewöhnen, und stieg die schmalen Stufen hinunter. Nach zehn Metern war er unten angekommen – in einem Tunnel. Es war wärmer hier unten, zu warm für die Kleidung, die er trug, aber viel mehr störte ihn die Helligkeit. Er fühlte sich schutzlos allen potenziellen Gefahren ausgeliefert. Zumal das, was er sah, absolut nicht nach einer Goldmine aussah. Es gab überhaupt nichts, was auf eine Abbau- oder Schürfstelle hindeutete.

An der nächsten Verzweigung machte er Halt, um sich zu orientieren. Niemand zu sehen, nichts rührte sich. Er fuhr sich unschlüssig mit der Zunge über die Lippen.

Und dann entdeckte er doch etwas. Weiter vorne wurde der Tunnel breiter. So breit, dass man fast von einer Höhle sprechen konnte. Und in dieser Höhle lag oder stand etwas sehr Langes, sehr Großes. Er näherte sich vorsichtig der Stelle, wo der Tunnel in die Höhle mündete, knipste die Taschenlampe an und richtete den Lichtstrahl auf das rätselhafte Objekt. Ein Fahrzeug von gigantischer Größe.

Timmer ging – mit dem Rücken zur Wand – darauf zu. Es war ein riesiger Tieflader, an die dreißig Meter lang, mit wuchtigen, auf Titanfelgen gezogenen Reifen. Er hatte noch nie ein Fahrzeug mit solchen Reifen gesehen – und schon gar nicht mit so vielen. Sein Blick wanderte langsam höher. Auf seiner Auflagefläche aus Stahl ruhte ein Balkengerüst mit

Querstreben, eine Art Halterung. Und in ihr lag etwas Großes, Rotes. Etwas, das Timmer noch nie gesehen hatte und sogar seine Vorstellungskraft überstieg. Etwas, das in einem unglaublich satten Rot von innen zu leuchten schien.
Wieder sah er sich vorsichtig um, bevor er den Fuß auf eine der Felgen setzte und sich hochzog. Er war etwas außer Atem, als er oben ankam. Es war sehr warm hier unten, und unter dem schweren Schneeanzug staute sich die Hitze. Aber er achtete kaum darauf, er hatte nur noch Augen für dieses seltsame rote Objekt in der riesigen Holzhalterung.
Timmer kletterte auf den Querstreben weiter nach oben. Es gab keinen Zweifel mehr: Er hatte das gefunden, weswegen die Amerikaner auf diese einsame, abgelegene Insel gekommen waren. Aber was war es?
Er durfte keine Zeit verlieren. Nicht einmal so viel Zeit, dass er sich auf die Suche nach dem kleinen Mestizen machen konnte. Denn Comandante Vallenar war sicher begierig darauf, so schnell wie möglich zu erfahren, was die Amerikaner hier in dieser Höhle versteckt hatten.
Und doch zögerte er. Vertat seine Zeit damit, noch weiter nach oben zu klettern. Das rätselhafte Ding, das ihn so in den Bann zog, war fast ätherisch schön. Es sah aus, als habe es keine Oberfläche – als brauche er nur die Hand auszustrecken, und schon könne er tief in sein rubinrot leuchtendes Inneres langen. Während er so darauf starrte, glaubte er, hauchfeine Strukturen im Rot wahrzunehmen, die sich ständig zu verändern, schwerelos zu schweben und, sobald Licht auf sie fiel, zu funkeln schienen. Er bildete sich sogar ein, auf seiner heißen Haut die Kälte zu spüren, die dieses Ding ausströmte.
Es war das Herrlichste, das Überirdischste, was er je gesehen hatte. Timmer konnte nicht anders, er steckte das Messer weg, zog den Handschuh aus und schob seine Hand langsam, fast ehrfürchtig näher auf das geheimnisvolle, wunderschön leuchtende Objekt zu.

Isla Desolación

23.15 Uhr

Sam McFarlane fuhr aus dem Schlaf hoch, sein Herz klopfte wild. Ein Albtraum, hätte er womöglich gedacht, wäre da nicht der Widerhall der Explosion gewesen, von dem die Luft vibrierte. Er kam so vehement auf die Beine, dass der Sessel, in dem er sein Nickerchen gehalten hatte, nach hinten umkippte. Aus den Augenwinkeln nahm er wahr, dass Glinn ebenfalls aufgesprungen war und lauschte. Und genau in dem Moment, als ihre Blicke sich trafen, fing das Licht in der Hütte an zu flackern und erlosch. Einen Augenblick lang war es stockdunkel, dann schaltete sich die Notbeleuchtung ein und tauchte den Raum in schwaches orangefarbenes Schummerlicht.

»Was, zum Teufel, war das?«, fragte McFarlane. Seine Stimme ging fast im Heulen des Windes unter. Die Druckwelle hatte das Fenster eingedrückt, Schnee wirbelte herein, auf dem Boden lagen Holzsplitter und Glasscherben.

Glinn eilte zu dem leeren Fenstersturz und starrte angestrengt in die von Sturm durchtoste Nacht. Dann drehte er sich zu Garza um. »Wer hat Dienst?«

»Hill.«

Glinn griff nach einem Funkgerät. »Hill? Hier ist Glinn. Lagemeldung.« Er nahm den Daumen von der Sprechtaste und horchte. Keine Antwort. »Hill?«, versuchte er es noch einmal, dann wechselte er die Frequenz. »Außenposten? Thompson?« Wieder keine Antwort, nur starkes statisches Rauschen.

Er legte das Funkgerät weg. »Die Funkverbindung ist tot, ich kriege keinen Kontakt.« Dann sah er, dass Garza sich den Schneeanzug überzog: »Wo wollen Sie hin?«

»Rüber zur zentralen Stromversorgung.«

»Nichts da. Wir gehen zusammen.« Knapp und scharf, wie ein militärischer Befehl.
Stapfende Schritte, dann kam Amira hereingestolpert, über und über mit Schnee bestäubt. »Ich komme aus der Kommunikationszentrale«, brachte sie kurzatmig heraus. »Die Stromversorgung ist zusammengebrochen, überall. Nur das Notaggregat arbeitet noch.«
Glinn nickte stumm. Er prüfte das Magazin einer kleinkalibrigen Glock 17, dann schob er sich die Pistole in den Gürtel. McFarlane hatte sich schon bis über die Hüften in den Schneeanzug gezwängt, doch als er in die Ärmel schlüpfen wollte, sah er, dass Glinn ihn stirnrunzelnd beobachtete. »Sparen Sie sich, was Sie sagen wollen, ich komme auf jeden Fall mit.«
Glinn zögerte, dann gab er nach und wandte sich an Amira. »Rachel, Sie bleiben hier und …«
»Aber …«
»Keine Widerrede, Sie werden hier gebraucht. Verriegeln Sie hinter uns die Tür. Ich sorge dafür, dass hier so schnell wie möglich eine Wache postiert wird.«
Wie aufs Stichwort tauchten Thompson, Rocco und Sanders an der Tür auf, mit lichtstarken Stablampen ausgerüstet, Maschinenpistolen über die Schulter gehängt. »Alle vollzählig, Sir, bis auf Hill«, meldete Thompson.
»Gut, danke.« Glinn schnallte sich seine Schneeschuhe an und griff nach einer Stablampe. »Thompson und Rocco, Sie kommen mit uns. Sanders, stellen Sie vor allen Unterkünften und Arbeitsräumen bewaffnete Posten auf.«
Glinn und die anderen waren schon draußen, als McFarlane endlich die Schneeschuhe anhatte und hinter der Gruppe herhetzen konnte. Er zuckte zurück, als die eisige Kälte ihn wie mit Krallen packte. Die paar Stunden Schlaf in der warmen Hütte hatten ihn ganz vergessen lassen, wie scharf sich Schneeflocken anfühlen, wenn sie einem vom Wind horizontal ins Gesicht getrieben werden.
Die Hütte, in der die zentrale Stromversorgung installiert

war, lag nur gut fünfzehn Meter entfernt. Garza schloss auf. Der Gestank verbrannter Kabel hing in der Luft. Thompson und Rocco ließen den Lichtstrahl ihrer Stablampen durch den kleinen Raum huschen. Garza kauerte sich vor einen grauen Metallkasten und zog die Abdeckung auf. Eine beißend scharfe Qualmwolke schlug ihm entgegen. Er fuhr mit dem Finger an den Anzeigen entlang. »Alles verschmort.«

»Geschätzter Zeitbedarf für die Reparatur?«, fragte Glinn.

»Für den Hauptschaltkasten maximal zehn Minuten. Danach kommt aber noch die gezielte Fehlersuche.«

»Gut, fangen Sie an. Und Sie« – er sah Thompson und Rocco an – »halten draußen Wache.«

Garza machte sich ohne viele Worte an die Arbeit. Glinn versuchte noch einmal, Funkkontakt zu bekommen, aber außer Rauschen und Knacken drang nichts aus dem Lautsprecher. Er steckte das Funkgerät weg, stellte sich neben McFarlane und wartete. Und dann war Garza so weit, er kam aus der Hocke hoch, ging zur Schaltkonsole und drückte einige Schalter. Ein kurzes Klicken, leises Summen – aber kein Licht. Unwillig murrend ging er zu einem Schrank, nahm einen handtellergroßen Diagnose-Computer heraus, stöpselte ihn in einen Steckkontakt des Hauptschaltkastens und schaltete ihn ein. Der kleine blaue Bildschirm wurde mit einem Flackern hell.

Nach einer Weile sagte er kopfschüttelnd: »Die Leitung ist an mehreren Stellen durchgeschmort.«

»Was ist mit den Widerständen?«, fragte Glinn.

Garza zuckte resignierend die Schultern. »Es muss ein enormer Impuls gewesen sein, bei dem über eine Milliarde Volt mit einer Stärke bis zu fünfzigtausend Ampere geflossen sind, und das in nicht mal einer Millisekunde. So was hält kein Widerstand und keine Sicherung aus.«

»Eine Milliarde Volt?«, wiederholte McFarlane ungläubig. »Das wäre ja mehr als bei einem Blitzschlag.«

»Völlig richtig«, bestätigte Garza, zog den Minicomputer aus der Steckdose und schob ihn in die Tasche seines Schneeanzugs. »Verglichen mit dem, was sich hier entladen hat, ist ein Blitz ein statischer Rülpser.«

»Und was war es?«

Garza zuckte die Achseln. »Weiß der Himmel.«

Glinn starrte auf die verschmorten Leitungen, dann entschied er: »Gehen wir uns den Meteoriten ansehen.«

Sie stapften hinaus in den Sturm, weg von den Hütten, auf die Fundstelle und das Tunnelsystem zu. Schon von weitem konnten sie das zerfetzte Segeltuch im Wind flattern sehen. Als sie näher kamen, ließ Glinn kurz anhalten. Er schickte Thompson und Rocco in den Tunnel; sie sollten sich dort bis zum Meteoriten vorarbeiten. Dann winkte er, die Pistole in der Hand, Garza und McFarlane hinter sich her.

Sie hielten sich dicht am Rand des offenen Grabens, neben ihnen blähten sich die Fetzen der Segeltuchabdeckung gespenstisch im Wind. Als sie am Ziel angekommen waren, leuchtete Glinn in den Tunnel.

Ein chaotisches Durcheinander, überall lagen Erdklumpen, Steine, zersplittertes Holz und geschmolzene Metallteile herum, der Meteorit dampfte still vor sich hin. Etliche Reifen des Tiefladers hatten Feuer gefangen und waren zu einem Klumpen zusammengeschmort, stinkender Qualm stieg auf.

Glinn leuchtete die Szene mit der Stablampe aus, dann sah er Garza fragend an. »War das eine Bombe?«

»Sieht eher nach einem gigantischen Lichtbogen aus.«

Aus dem Dunkel des Tunnels kam schwankender Lichtschein auf sie zu, gleich darauf tauchten – gegen die Rauchschwaden anwedelnd – Thompson und Rocco auf. Sie machten sich sofort daran, den Reifenbrand unter dem Tieflader mit chemischen Feuerlöschern zu ersticken.

»Fallen Ihnen irgendwelche Schäden an dem Meteoriten auf?«, rief Glinn ihnen zu.

Thompson arbeitete sich näher an den Meteoriten heran,

nach einer Weile rief er zurück: »So wie ich das sehe, hat der nicht mal einen Kratzer abgekriegt, Sir.«
Inzwischen hatte Glinn den nächsten Brandherd entdeckt. »Dort drüben, Thompson, unter dem Tieflader!«
McFarlanes Blick folgte Glinns ausgestrecktem Arm. Anfangs wurde er aus der verklumpten Materie, aus der helle Flammen züngelten, nicht schlau. Erst als Thompson die Stablampe darauf richtete, erkannte er die grausame Wahrheit: eine abgerissene Hand, ein Stück Schulter, verkohltes Fleisch – die Überreste eines menschlichen Körpers.
»Mein Gott«, stöhnte er.
»Sieht so aus, als hätten wir Hill gefunden«, rief Garza den Männern im Graben zu.
»Ja«, antwortete Thompson, »hier liegt seine Pistole.«
Glinn hatte genug gehört. »Thompson, suchen Sie das Tunnelsystem ab. Sobald Sie etwas finden, Meldung an mich. Rocco, Sie fordern einen Trupp an, der Ihnen hilft, die sterblichen Überreste zu bergen.« Dann wandte er sich an Garza. »Lassen Sie das Gelände abriegeln. Teilen Sie jemanden ein, der sofort sämtliche Daten des Überwachungssystems auswerten soll. Nehmen Sie Kontakt mit dem Schiff auf, geben Sie eine Warnmeldung an Captain Britton durch und fordern Sie neue Generatoren an. Ich will, dass die Energieversorgung in sechs Stunden wieder funktioniert.«
»Wir haben keine Verbindung zum Schiff«, wandte Garza ein. »Auf allen Kanälen nur Rauschen.«
Glinn erwischte Thompson gerade noch, bevor er im Tunnel verschwand. »Thompson! Sobald Sie da unten fertig sind, nehmen Sie ein Schneemobil und fahren zur Anlegestelle am Strand. Stellen Sie Kontakt zur *Rolvaag* her, notfalls durch Morsezeichen. Haben Sie den Auftrag an Mr. Garza mitgehört?«
»Ja, Sir«, rief Thompson zurück.
Glinn drehte sich zu McFarlane um. »Holen Sie Amira her. Und bringen Sie alles mit, was Sie an Messgeräten brauchen.

Ich stelle ein Team für die Aufräumungsarbeiten im Tunnel zusammen. Sobald wir damit fertig sind und Hills Leichnam geborgen ist, möchte ich, dass Sie und Amira sich den Meteoriten genau ansehen. Auf eine Feinuntersuchung können wir fürs Erste verzichten; es reicht, wenn Sie zunächst feststellen, was dort unten passiert ist. Und auf keinen Fall den Meteoriten berühren, hören Sie?«

McFarlane starrte in den Graben. Rocco hatte mit den Aufräumungsarbeiten begonnen, er legte wortlos etwas auf einem Stück Segeltuch ab – etwas, das aussah wie eine Lunge.

»Rocco, da gibt's noch was zu löschen«, rief Glinn ihm zu und deutete auf ein schwach flackerndes Feuer am hinteren Ende des Tiefladers.

Rocco ging mit dem Feuerlöscher auf die Brandstelle zu. Dann blieb er wie angewurzelt stehen. Und schließlich hob er langsam den Kopf und starrte zu ihnen hinauf. »Ich glaube, Sir, das ist ein Herz.«

Ein kurzes Zucken um die Mundwinkel war die einzige Regung, die Glinn sich anmerken ließ. »Verstanden. Löschen Sie es, Mr. Rocco, und machen Sie weiter.«

Isla Desolación

21. Juli, 12.05 Uhr

McFarlane quälte sich mühsam über die freie Fläche auf die Hütten zu, jeden Moment darauf gefasst, dass es ihm ergehen würde wie Rachel, die der böige Rückenwind vorhin fast auf die Knie gezwungen hatte.

»Hört dieser verdammte Sturm denn nie auf?«, beklagte sie sich gerade lautstark. McFarlane sagte nichts, ihm wirbelten alle möglichen Gedanken durch den Kopf.

Kurz darauf waren sie bei der Sanitätsbaracke angelangt. Die Luft roch widerlich nach verschmortem Fleisch. Erst als McFarlane sich aus dem Schneeanzug pellte, merkte er verblüfft, dass Garza ein Funkgespräch führte.

Glinn schien genauso erstaunt, er fragte Garza: »Seit wann steht die Funkverbindung wieder?«

»Seit etwa einer halben Stunde. Noch nicht ganz klar, aber es wird langsam besser.«

»Das ist merkwürdig. Wir haben vorhin vom Tunnel aus versucht, mit Ihnen Kontakt aufzunehmen, aber außer Rauschen nichts reingekriegt.«

McFarlane kam sich wie in Trance vor, er konnte vor Müdigkeit kaum einen klaren Gedanken fassen.

Garza nahm das Funkgerät vom Ohr und informierte Glinn: »Ich habe Thompson dran. Er ist an der Anlegestelle und meldet, dass Captain Britton sich weigert, jemanden mit den Geräten zur Küste zu schicken, solange der Sturm sich nicht gelegt hat. Es sei zu gefährlich.«

»Das akzeptiere ich nicht!«, brauste Glinn auf. »Geben Sie mir das Funkgerät.« Er redete erregt auf Thompson ein. »Erklären Sie dem Captain, dass wir totalen Stromausfall haben. Keine Kommunikation, keine Computerauswertung, nichts. Wir brauchen den Generator und das Zubehör *sofort*. Jede

Verzögerung kann Menschenleben kosten. Wenn Sie weiter auf Schwierigkeiten stoßen, verständigen Sie mich, dann kümmere ich mich persönlich darum. Und noch etwas: Brambell soll herkommen, er muss Hills sterbliche Überreste untersuchen.«

McFarlane beobachtete Rocco, wie er, die Hände und Arme bis zu den Ellbogen durch dicke Gummihandschuhe geschützt, verschmorte Körperteile von den Segeltuchfetzen löste und sie in den Tiefkühlschrank legte.

Garza, der das Funkgerät wieder übernommen hatte, drehte sich zu Glinn um. »Da ist noch etwas, Sir. Palmer Lloyd hat beim letzten Funkkontakt mit der *Rolvaag* verlangt, sofort mit McFarlane zu sprechen.«

McFarlane sah auf, die raue Wirklichkeit hatte ihn eingeholt. »Das ist nicht gerade der beste Augenblick für eine Lagesondierung, oder?« Er lachte gequält und wartete auf Glinns zustimmendes Nicken.

Zu seiner Überraschung hörte er, wie Glinn sich stattdessen bei Garza erkundigte: »Können Sie eine Konferenzschaltung herstellen?«

»Ich hole das nötige Gerät aus dem Kommunikationszentrum.«

McFarlane sah Glinn fassungslos an. »Sie haben doch nicht im Ernst vor, sich ausgerechnet jetzt auf sinnloses Palaver einzulassen?«

Glinn hielt seinem Blick stand. »Die Alternative wäre wesentlich unangenehmer.«

Erst viel später wurde McFarlane klar, was Glinn damit gemeint hatte.

Nach wenigen Minuten stand die Konferenzschaltung. Als Garza sein Funkgerät einstöpselte, gab es noch einmal ein kurzes statisches Rauschen, das aber bald nachließ.

McFarlane hatte kein gutes Gefühl. In seinem Kopf entstand eine Theorie, die allerdings noch so unvollständig und lückenhaft war, dass er sie lieber für sich behalten hätte. Nur, daraus wurde wohl nichts, wenn Lloyd ihn nun per Konferenzschaltung ins Kreuzverhör nahm.

Der schrille Pfeifton einer Rückkopplung, dann kam eine zornige Stimme aus dem Lautsprecher. »Hallo? Hallo!« Lloyd, unverkennbar in Rage.

Glinn machte den Anfang. »Hier ist Eli Glinn, Mr. Lloyd. Können Sie mich hören?«

»Ja, schon, aber Sie kommen verdammt schwach rüber.«

»Wir haben leider eine Funkstörung und müssen uns darum kurz fassen. Hier ist eine Menge los, und die Kapazität unserer Batterie ist begrenzt.«

»Wieso denn? Was, zum Teufel, soll das heißen? Warum hat Sam sich nicht zum täglichen Briefing gemeldet? Aus dem verdammten Captain war auch nichts Gescheites rauszukriegen!«

»Wir hatten hier leider einen Zwischenfall. Einer unserer Männer ist tot.«

»Ich denke, es waren zwei Männer? So habe ich McFarlane zumindest verstanden. Ein Jammer, die Sache mit Rochefort.«

»Es gab inzwischen einen neuen tödlichen Unfall. Einer meiner Leute, ein gewisser Hill.«

Abermals ein schriller Pfeifton, dann drang Lloyds Stimme wieder durch, wenn auch schwächer: »… denn passiert?«

»Genaues wissen wir noch nicht. McFarlane und Amira sind gerade von der ersten Untersuchung des Meteoriten zurück.« Glinn winkte McFarlane zu sich heran.

McFarlane hatte ein ungutes Gefühl. »Mr. Lloyd«, begann er, »ich muss vorabschicken, dass das, was ich Ihnen jetzt berichte, noch auf einer Theorie beruht. Und auf einigen Rückschlüssen aus dem, was wir bei der Untersuchung des Meteoriten festgestellt haben. Ich glaube, mit unserer Annahme über die Todesursache von Nestor Masangkay lagen wir falsch.«

»Was soll das heißen?«, dröhnte Lloyd. »Und was hat das mit dem Tod von diesem Hill zu tun?«
»Sehr viel, wenn meine Theorie stimmt. Ich denke, beide sind gestorben, weil sie den Meteoriten angefasst haben.«
Lähmende Stille, bis auf das Knacken im Lautsprecher. Dann sagte Lloyd: »Sam, das ist absurd. Ich habe den Meteoriten schließlich auch berührt.«
»Hören Sie mir erst weiter zu, Mr. Lloyd. Wir haben geglaubt, Nestor Masangkay sei durch einen Blitzschlag getötet worden. Aber Garza konnte feststellen, dass bei der elektrischen Entladung, die zu der Explosion im Tunnel geführt hat, etwa eine Milliarde Volt freigesetzt wurden. So viel Energie kann kein Blitz erzeugen. Ich habe mir den Tieflader und den Meteoriten genau angesehen. Aus der Art der Schäden lässt sich definitiv schließen, dass der Meteorit selbst die Ursache für die elektrische Entladung war.«
»Aber ich habe doch meine Wange auch auf den verdammten Stein gelegt! Und mich gibt's immer noch!«
»Ich weiß momentan nicht, wieso Ihnen nichts passiert ist. Aber für diese Explosion heute Nacht gibt es keine andere schlüssige Erklärung. Es hat sich außer Hill niemand im Tunnel aufgehalten, der Meteorit war vor allen Witterungseinflüssen geschützt, auch andere Einwirkungen von außen können ausgeschlossen werden. Alles deutet darauf hin, dass die Energieentladung aus dem Meteoriten kam, sich durch den Lastenschlitten und einen Teil der Auflagefläche fortgepflanzt hat und schließlich im Tunnel verpufft ist. Ich habe unter dem Tieflader einen Handschuh gefunden – das einzige Stück von Hills Kleidung, das nicht verbrannt oder angesengt war. Vermutlich hatte er den Handschuh ausgezogen, weil er den Meteoriten anfassen wollte.«
»Warum sollte er denn etwas derart Blödsinniges machen?«, fragte Lloyd ungehalten.
»Warum haben *Sie's* gemacht?«, platzte Rachel heraus. »Wer

weiß schon im Voraus, was einer tut, wenn er den Meteoriten zum ersten Mal sieht?«

Lloyd wusste einen Moment lang nichts zu sagen, dann fragte er: »Aber Sie können die Arbeiten fortsetzen, ja?«

Alle sahen Glinn an.

»Der Tieflader und der Lastenschlitten wurden zwar beschädigt, aber Mr. Garza erklärte mir, dass sich das innerhalb von vierundzwanzig Stunden reparieren lässt. Der wunde Punkt ist im Grunde der Meteorit.«

»Wieso? Ist der auch beschädigt?«

»Nein«, erwiderte Glinn, »er sieht völlig unversehrt aus. Ich hatte von Anfang an Order erteilt, mit dem Meteoriten so umzugehen, als wüssten wir, dass er gefährlich ist. Was wir, wenn Dr. McFarlane Recht hat, ja nun tatsächlich wissen. Wir müssen zusätzliche Sicherheitsvorkehrungen für die Schiffsverladung treffen. Andererseits müssen wir uns beeilen, es ist nämlich mit nicht unerheblichen Risiken verbunden, länger als unbedingt nötig hier zu bleiben.«

»Das gefällt mir gar nicht. Sie hätten diese zusätzlichen Sicherheitsvorkehrungen eben von Anfang an einkalkulieren müssen.«

Glinns Augen verengten sich fast unmerklich. »Mr. Lloyd, dieser Meteorit hat unser gesamtes Kalkül über den Haufen geworfen. Die Parameter aus der EES-Analyse stimmen nicht mehr. Das ist bisher noch nie vorgekommen. Ist Ihnen klar, was das normalerweise bedeuten würde?«

Lloyd antwortete nicht.

Glinn sagte es ihm. »Dass wir das Unternehmen sofort abbrechen.«

»Diese Option war nicht ausgemacht!«, brauste Lloyd auf. Die Verbindung war inzwischen so schlecht geworden, dass Glinn Mühe hatte, ihn noch zu verstehen. »Ich will davon nichts hören, haben Sie mich verstanden? Glinn, Sie schaffen dieses verdammte Stück Stein aufs Schiff und bringen es mir her!«

Dann brach die Funkverbindung ab. In der Baracke herrschte bedrückte Stille, alle Augen waren auf Glinn gerichtet. McFarlanes Blick fiel über Glinns Schulter auf Rocco, der in der rechten Hand ein Stück Schädeldecke hielt, aus dem an einem Nervenstrang ein Augapfel hing.
Schließlich hielt Rachel das Schweigen nicht länger aus. »Was machen wir jetzt?«, fragte sie.
»Zunächst müssen wir dafür sorgen, dass wir wieder Strom haben. Dann arbeiten Sie und McFarlane Vorschläge für eine Problemlösung aus.« Glinn drehte sich suchend zu McFarlane um. »Wo ist der Handschuh von Hill?«
»Hier.« McFarlane hielt Glinn den sterilen Beutel mit dem Handschuh hin.
Garza runzelte die Stirn. »Das ist ein Lederhandschuh. Die Männer aus unserem Team tragen Goretex-Handschuhe.«
Glinn und er sahen sich stumm an.
Und in diesem Augenblick rief Rocco aufgeregt aus seiner Ecke: »Mr. Glinn!« Er streckte ihm das Stück der Schädeldecke hin, als warte er darauf, dass jemand einen Schnappschuss von der Trophäe machte.
»Was ist, Mr. Rocco?«
»Frank Hill hatte braune Augen.«
Glinns Blick pendelte zwischen Rocco und dem Knochen hin und her. Die Frage, die ihm auf der Zunge lag, stand ihm deutlich ins Gesicht geschrieben.
Und dann tat Rocco etwas, was in dieser Situation geradezu skurril wirkte: Er fasste einen Zipfel seines T-Shirts und wischte damit behutsam den Augapfel ab.
»Das ist gar nicht Hill«, sagte er sehr leise. »Dieses Auge ist blau.«

Isla Desolación

12.40 Uhr

Glinn strahlte eine erstaunliche Ruhe aus. »Mr. Garza, stellen Sie einen Trupp zusammen und suchen Sie Hill. Benutzen Sie Schneesonden und Wärmesensoren. Aber halten Sie die Augen nach Scharfschützen und versteckten Sprengfallen offen. Sie müssen auf alles gefasst sein.«

Garza verließ die Sanitätsbaracke. Glinn ließ sich von Rocco das zerschmetterte Auge geben, hielt es ins Licht und drehte es hin und her. Dann ging er zu dem Tisch, an dem Rocco gerade arbeitete, und nahm die Leichenteile in Augenschein.

»Mal sehen, was wir da haben«, murmelte er, hob ein Teil nach dem anderen hoch, um es von allen Seiten zu betrachten. McFarlane musste unwillkürlich an wählerische Hausfrauen an der Fleischtheke denken.

Glinn fischte einen Fetzen Kopfhaut heraus, an dem ein dürftiges Haar hing. »Blond«, stellte er fest und konzentrierte die weitere Suche auf Teile des Kopfes. »Hohe Wangenknochen ... kurz geschorenes Haar ... nordische Züge ... noch ziemlich jung, etwa fünfundzwanzig ...« Dann fiel sein Blick auf den rechten Arm des Toten. »Eine Totenkopf-Tätowierung ...«

Eine Viertelstunde verging, alle verfolgten die Prozedur stumm. Als Glinn fertig war und sich die Hände gewaschen hatte, ging er mit großen Schritten in der Baracke auf und ab. Schließlich griff er nach einem Funkgerät. »Thompson?«

»Ja, Sir?«, meldete sich Thompson von der Anlegestelle.

»Wie steht's mit dem Generator?«

»Britton will ihn selbst rüberbringen, sie will die Crew keinem Risiko aussetzen. Sie sagt, Brambell käme nach, sobald der Sturm abgeflaut ist. Nach der aktuellen Seewettermeldung ist in Kürze damit zu rechnen.«

Ein Piepton zeigte an, dass Glinn auf der anderen Frequenz verlangt wurde. Er schaltete um.

Es war Garza, er klang bedrückt. »Wir haben Hill gefunden. In einer Schneeverwehung, mit durchgeschnittener Kehle. Sieht nach einem Profikiller aus. Und noch etwas: In der Hütte, nicht weit vom Einstieg in den Tunnel, haben wir ein Paar Schneeschuhe entdeckt. Gehören nicht zu unserer Ausrüstung, genau wie der Handschuh.«

»Danke, Mr. Garza. Lassen Sie Hills Leichnam bitte in die Sanitätsbaracke bringen. Ich möchte nicht, dass sie in der Kälte erstarrt, das würde Dr. Brambells Untersuchungen nur unnötig erschweren.«

Er legte das Funkgerät weg, drehte sich um und murmelte etwas auf Spanisch – sehr leise, aber McFarlane bekam es trotzdem mit: »Kein kluger Schachzug, mi Comandante. Wirklich nicht.«

Isla Desolación

23. Juli, 0.05 Uhr

Der Sturm legte sich, achtundvierzig Stunden vergingen ohne neuerliche Zwischenfälle. Rings um das Operationsgebiet waren die Sicherheitsmaßnahmen erheblich verstärkt, die Wachen verdreifacht, zusätzliche Kameras installiert und ein Netz von Bewegungsmeldern aufgebaut worden. Gleichzeitig hatte Glinn die Arbeiten an dem unterirdischen Transportweg bis an die Grenzen der Belastbarkeit für Mensch und Material forcieren lassen. Kaum war ein Abschnitt fertig gestellt, rückte der Tieflader mit dem Meteoriten nach, und weiter hinten wurde der Schacht wieder zugeschüttet. Inzwischen hatte die Ausschachtung die fast siebzig Meter dicke Eisschicht im Zentrum des Schneefelds erreicht. Tag und Nacht arbeiteten zwei Teams an dem Schacht: eines Richtung Küste, das andere in Gegenrichtung, von der Küste auf den Meteoriten zu. Aus dem Schacht ragten gewaltige Schläuche wie Dinosaurierrüssel nach oben, die unablässig Ruß und Dieselqualm in die Luft spuckten – ein ausgeklügeltes Entlüftungssystem, ohne das der Einsatz schweren Geräts zu einem Gesundheitsrisiko für die Arbeiter geworden wäre.

Glinn stand in dem Eisschacht und verfolgte den Fortgang der Ausschachtung. Bis jetzt hatten sie trotz der beiden letzten Todesfälle den Zeitplan einhalten können. Der Graben, den sie durch das Eis brachen, war eines der vielen technischen Wunder, die sie seit Beginn der Arbeiten an diesem Projekt vollbracht hatten. Die Wände des Schachts waren mit einer Maserung aus blendend weißen, skurril geformten Kristallen überzogen. Im Licht der Neonröhren und vor dem Hintergrund des unglaublich tiefen Blaus der geschlossenen Eisschicht erinnerte das Bild an ein eigenwilliges, die Sinne

verwirrendes Kunstwerk. Der einzige Kontrast war der Boden des Schachts: völlig eben, aber mit einer Schicht Steinschutt bestreut, damit die Reifen des riesigen Fahrzeuges Halt finden konnten.
Wenn er den Blick nach oben richtete, sah Glinn den Meteoriten in seiner Holzhalterung auf dem Tieflader liegen: ein geheimnisvoller roter Klumpen inmitten einer gespenstisch blauen Röhre. Hinter einem Knick, von Glinn nicht einzusehen, dröhnte und ratterte schweres Arbeitsgerät. Wie aus dem Nichts tauchte der Scheinwerfer der Grubenbahn auf, deren Zugmaschine einen Bandwurm von Loren hinter sich herzog, bis zum Rand mit Eisbrocken beladen. Der Konvoi schlängelte sich um den Meteoriten herum, zockelte an Glinn vorbei und verschwand irgendwo hinter ihm im Dunkel.
Die Entdeckung, dass die bloße Berührung des Meteoriten tödlich sein konnte, erschreckte Glinn mehr, als er sich anmerken ließ. Er hatte zwar schon bei Beginn der Arbeiten angeordnet, den Meteoriten auf keinen Fall anzufassen, aber da war es ihm eher um eine vorsorgliche rechtliche Absicherung gegangen. Nun sagte ihm seine Intuition, dass McFarlane Recht hatte: Die Explosion musste durch eine Berührung ausgelöst worden sein, eine andere plausible Erklärung gab es nicht. Also mussten sie das unabdingbar Notwendige und die Risiken gegeneinander abwägen und eine angemessene Strategie für ihr weiteres Vorgehen entwickeln, was den Einsatz der gesamten Rechnerkapazität in der EES-Zentrale in New York erforderlich machte.
Wieder zog das rote Meteoritengestein seinen Blick magisch an. Es ruhte – scheinbar friedlich, betörend schön wie ein funkelnder Edelstein – in seiner Halterung aus Eichenholz. Und doch hatte es vier Menschen getötet: Masangkay, Rochefort, Evans und den Mann, der ihnen von Vallenar auf den Hals gehetzt worden war. Was Glinn daran erinnerte, dass irgendwo da draußen immer noch der chilenische Zerstörer lauerte.
Er warf einen Blick auf seine Taschenuhr. McFarlane und

Amira mussten jeden Moment hier sein, sie waren immer pünktlich. Und da sah er sie auch schon mit dem Tragebeutel, der die Messgeräte enthielt, aus einem Schneemobil steigen. Glinn ging ihnen entgegen. »Ihnen bleiben rund vierzig Minuten, dann ist der Schacht weit genug vorgetrieben, dass wir den Meteoriten wieder ein Stück weiterbewegen können. Machen Sie das Beste daraus.«
Amira nickte. »Das haben wir auch vor.«
Glinn sah ihr zu, wie sie, während McFarlane mit einer Digitalkamera Aufnahmen von dem Meteoriten machte, die Geräte auspackte und aufbaute. Ein tüchtiges Mädchen, dachte Glinn. McFarlane war wie erwartet dahinter gekommen, dass sie Berichte über ihn schrieb. Und das hatte zum gewünschten Effekt geführt: McFarlane wusste nun, dass er bei allem, was er tat, mit Argusaugen beobachtet wurde, und Amira verkniff sich neuerdings die kritischen Fragen, die sie früher ständig gestellt hatte. Was Glinn begrüßte, weil moralische Bedenken bei der Lösung technischer Probleme nur störten. Und was McFarlane anging: erstaunlich, wie schnell er sich nach der ersten Verärgerung gefangen hatte. Gewiss, irgendwie war er der komplizierte Mensch, als der er in dem von Glinn angeforderten psychologischen Profil beschrieben wurde, aber er hatte sich auch als unerwartet nützlicher Mitarbeiter erwiesen.
Wieder hielt ein Schneemobil im Eisschacht, Sally Britton stieg aus – in Uniform, mit einem langen, wehenden Mantel, lediglich die Kapitänskappe fehlte. Was ihr aber, wie Glinn feststellte, zum Vorteil gereichte. Im künstlichen Licht des Tunnels leuchtete ihr strohblondes Haar besonders schön.
Er schmunzelte verstohlen. Weil er geahnt hatte, dass sie kommen würde. Spätestens seit dem Tod des chilenischen Spitzels hatte er sogar fest damit gerechnet. Und sich, wie er sich insgeheim eingestand, darauf gefreut. Er ging auf sie zu, sie gaben sich die Hand. »Schön, Sie zu sehen, Captain. Was hat Sie in unsere Maulwurfshöhle gelockt?«

Britton sah sich um, ihre klugen grünen Augen schienen alles in sich aufzunehmen. Dann fiel ihr Blick auf den Meteoriten und erstarrte. »Großer Gott!«

Glinn lächelte. »Alle reagieren geschockt, wenn sie ihn zum ersten Mal sehen.« Und dann fügte er leise, aber bestimmt hinzu: »Für große Ziele muss man gewisse Schwierigkeiten in Kauf nehmen, Captain. Immerhin handelt es sich um *die* wissenschaftliche Entdeckung des Jahrhunderts.« An sich scherte er sich nicht um den wissenschaftlichen Wert der Expedition, ihn interessierte lediglich der technische Aspekt, aber wenn es von Nutzen war, schreckte er nicht vor dramatischen Formulierungen zurück.

Britton konnte sich nicht vom Anblick des Meteoriten losreißen. »Ich hatte gehört, dass er rot ist, aber ich hätte mir nie träumen lassen ...« Sie starrte ein, zwei Minuten stumm auf die Fracht des Tiefladers, dann wandte sie sich zu Glinn um. »Es sind wieder zwei Menschen getötet worden. Es hat recht lange gedauert, bis wir die ersten spärlichen Informationen bekommen haben. Und inzwischen sind die Gerüchte ausgeufert. Die Mannschaft ist nervös, sogar meine Offiziere.«

Glinn nickte und wartete darauf, dass sie fortfuhr.

»Ich muss darauf bestehen, genau zu erfahren, was passiert ist – und warum. Der Meteorit kommt nicht an Bord meines Schiffes, ehe ich sicher sein kann, dass er keine Gefahr darstellt.« Sie hörte sich sehr entschieden an, was ihre Körperhaltung noch unterstrich.

Glinn lächelte. Sally Britton, wie sie leibte und lebte. Seine Bewunderung für diese Frau wuchs von Tag zu Tag.

»Ich sehe das genau wie Sie.«

Sie starrte ihn verdutzt an, anscheinend hatte sie energischen Widerspruch erwartet.

»Mr. Glinn, wir haben den Behörden den Tod eines chilenischen Marineoffiziers zu erklären. Irgendwo dort draußen liegt ein Kriegsschiff, das seine Geschütze auf uns gerichtet hat. Drei Ihrer Männer sind tot. Und Sie wollen mir

einen fünfundzwanzigtausend Tonnen schweren Felsbrocken in den Tankraum laden – einen Meteoriten, der Menschen unter sich begräbt oder in Stücke reißt.« Sie brauchte einen Augenblick, um sich so weit zu beruhigen, dass sie in normaler Lautstärke weitersprechen konnte. »Keine Crew ist gegen Aberglauben gefeit. Schon jetzt kursieren die wildesten Gerüchte.«
»Ich kann Ihre Besorgnis sehr gut verstehen. Und ich entschuldige mich dafür, dass ich nicht zu Ihnen aufs Schiff gekommen bin, um Sie zu unterrichten. Aber wir stehen, wie Sie wissen, unter enormem Zeitdruck. Lassen Sie mich also kurz schildern, was passiert ist.«
Britton wartete.
»Vorletzte Nacht, während des Sturms, hatte sich jemand von dem chilenischen Zerstörer bei uns eingeschlichen. Er wurde durch eine elektrische Entladung des Meteoriten getötet. Leider erst, nachdem er einen unserer Männer ermordet hatte.«
Sie sah ihn scharf an. »Es stimmt also? Der Meteorit schleudert Blitze? Ich hatte das nicht glauben wollen. Und ehrlich gesagt, verstehen kann ich es immer noch nicht.«
»Dabei ist es eigentlich ganz einfach. Er besteht aus Metall, und das ist bekanntlich ein guter Leiter. Der menschliche Körper – die Haut – ist gewissermaßen elektrisch geladen. Wenn sie in Berührung mit dem Meteoriten kommt, führt das zu einer Entladung der Elektrizität, die im Inneren des Meteoriten zirkuliert – ähnlich wie bei einem Blitzschlag, nur viel stärker. Das ist zumindest die Theorie, die McFarlane mir überzeugend erklärt hat. Der Chilene ist das Opfer so einer elektrischen Entladung geworden, genau wie Nestor Masangkay, der Mann, der den Meteoriten ursprünglich entdeckt hat. McFarlane und Amira sind gerade dabei, die Gründe näher zu untersuchen. Sie hatten bisher keine Gelegenheit dazu, weil der Transport des Meteoriten zur Küste Priorität hatte.«

»Und was gedenken Sie zu tun, um mein Schiff davor zu bewahren, dass so etwas wieder passiert?«
Glinn lächelte. »Wieder eine gute Frage. Das gehört ebenfalls zu den Problemen, an denen wir arbeiten. Zunächst werden wir alle nur erdenklichen Vorkehrungen treffen, um zu verhindern, dass noch einmal jemand mit dem Meteoriten in direkten Kontakt kommt. Wobei ich hinzufügen muss, dass wir diese Leitlinie von Anfang an aufgestellt hatten, schon bevor wir wussten, dass jede Berührung eine Explosion auslösen kann.«
»Ja gut, aber – woher kommt die Elektrizität.«
Ein kurzes Zögern, dann sagte Glinn: »Auch das gehört zu den Fragen, mit denen Dr. McFarlane sich zurzeit beschäftigt.« Als er spontan ihre Hand fasste, merkte er, wie sie sich in einer instinktiven Abwehrreaktion verkrampfte, aber nicht lange. »Noch einmal, Captain, ich verstehe Ihre Besorgnis. Darum lasse ich ja alle erdenklichen Vorsichtsmaßnahmen walten. Sie müssen einfach darauf vertrauen, dass ich alles tun werde, um jede potenzielle Gefahr für das Schiff auszuschließen. So wie ich darauf vertraue, dass Sie die Disziplin an Bord Ihres Schiffes trotz aller Gerüchte und abergläubischen Ängste aufrechterhalten werden.«
Sie wandte ihm weiter den Kopf zu, sah ihn aber nicht an. Ihr Blick wurde unwiderstehlich von dem großen roten Meteorgestein in Bann gezogen.
»Bleiben Sie noch ein bisschen«, redete Glinn ihr lächelnd zu. »Erleben Sie mit, wie wir das schwerste Objekt, das je von Menschen bewegt wurde, zu Ihrem Schiff transportieren.«
Sie zögerte, ihr Blick huschte zwischen Glinn und dem Meteoriten hin und her. Und dann piepste plötzlich das Funkgerät, das in ihrem Gürtel steckte. Sie entzog Glinn ihre Hand und trat ein Stück beiseite. »Hier Captain Britton.«
Als Glinn sah, wie sich ihr Gesichtsausdruck veränderte, ahnte er schon, worum es ging.

Sie steckte das Funkgerät weg. »Der Zerstörer«, sagte sie. »Er ist wieder da.«
Glinn nickte, ohne dass das Lächeln auf seinem Gesicht erlosch. »Das überrascht mich nicht. Die *Almirante Ramirez* hat einen aus ihren Reihen verloren. Nun will sie sich ihn wieder holen.«

Rolvaag

24. Juli, 15.45 Uhr

Nacht senkte sich über die Isla Desolación. McFarlane stand mit einem Becher Kaffee in der Hand mutterseelenallein auf dem vorderen Brückendeck und verfolgte, wie das Zwielicht langsam dem Dunkel wich. Ein Bilderbuchabend: windstill, klar und kalt. In der Ferne hingen ein paar Wolkenfetzen wie zerzauste, pink- und pfirsichfarbene Pferdeschweife an einem Himmel, der ungewöhnlich klares, scharf abgegrenztes Licht über der Insel ausschüttete. Hinter ihr spiegelten sich im schimmernden Wasser des Franklin-Kanals die letzten Strahlen der untergehenden Sonne. Und noch ein Stück weiter hinten lag Vallenars Zerstörer: grau, feindselig und so von Rost überzogen, dass der Schriftzug *Almirante Ramirez* kaum noch zu entziffern war. Heute Nachmittag hatte er seinen Bug in den Kanal geschoben und ihnen so die Fahrrinne und damit den Rückweg versperrt.

McFarlane nahm noch einen Schluck Kaffee, den Rest kippte er über Bord. Koffein war das Letzte, was er jetzt brauchte. Er war ohnehin innerlich so angespannt, dass das Kribbeln im Bauch sich in ein hässliches Grimmen verwandelt hatte. Es war ihm ein Rätsel, wie Glinn das Problem mit dem Zerstörer lösen wollte. Aber der Chef der EES wirkte ruhig und gelassen – so gelassen, dass es fast nach den Anzeichen eines Nervenzusammenbruchs aussah.

Der Meteorit war auf dem unterirdischen Transportweg Zentimeter um Zentimeter durch das Schneefeld zur Küste vorgerückt und nun auf einer der schroffen Klippen angekommen, die wie eine Wehrmauer über dem Franklin-Kanal aufragten. Damit der Meteorit vom Zerstörer aus nicht zu sehen war, hatte Glinn um ihn herum einen Sichtschutz aus rostigen Wellblechplatten errichten lassen: so windschief, dass man

befürchten musste, das Ding könnte jeden Moment umkippen – wieder eines der Täuschungsmanöver, auf die Glinn sich meisterhaft verstand. Es blieb nur die Frage, wie er den Meteoriten in den Bauch der *Rolvaag* bugsieren wollte. In diesem Punkt gab Glinn sich ausgesprochen wortkarg. McFarlane hatte lediglich gehört, dass es nachts passieren sollte – *heute* Nacht.
Hinter ihm wurde ein Schott aufgestoßen. Er fuhr herum und war überrascht, Glinn zu sehen, der sich, soweit er wusste, fast die ganze Woche nicht an Bord hatte sehen lassen. Nun kam er – etwas grau im Gesicht, aber lässigen, schlendernden Schritts – auf ihn zu, murmelte »Guten Abend«, zog – die zweite Überraschung – ein Päckchen Zigaretten aus der Tasche, steckte sich eine an und nahm einen tiefen Zug.
»Ich wusste gar nicht, dass Sie rauchen. Es sei denn zur Tarnung, wenn Sie gerade in Verkleidung herumlaufen.«
Glinn lächelte. »Eine meiner Torheiten. Ich gestatte mir zwölf Zigaretten im Jahr.«
»Und wann haben Sie das letzte Mal geschlafen?«, fragte McFarlane.
Glinns Blick war auf das an diesem Abend friedliche Meer gerichtet. »Weiß ich nicht mehr genau. Mit dem Schlafen ist es wie mit dem Essen: Wenn Sie erst mal einige Tage darauf verzichtet haben, vermissen Sie's gar nicht mehr.«
Er paffte eine Weile stumm vor sich hin, dann fragte er: »Hat sich bei der Untersuchung des Meteoriten irgendetwas Neues ergeben?«
»Nur unbefriedigendes Stückwerk. Zum Beispiel, dass die Kernladungszahl die vierhundert übersteigt. Und dass sich der Schall in ihm mit einem Zehntel der Lichtgeschwindigkeit fortpflanzt. Er hat eine sehr schwach ausgeprägte innere Struktur. Sie besteht praktisch aus der äußeren und inneren Schicht und einem kleinen Einschluss im Zentrum. Die meisten Meteoriten entstehen, wenn ein Teil eines größeren Körpers abbricht. Hier ist es genau umgekehrt, unser Meteorit scheint durch Zuwachs größer geworden zu sein, möglicherweise

durch den Plasmastrahl einer Hypernova. So ähnlich, wie sich eine Perle um ein Sandkorn bildet. Was auch die an zwei verschmolzene Ellipsen erinnernde Form erklären würde.«
»Hört sich aufregend an. Und die Explosion?«
»Da stehen wir weiter vor einem Rätsel. Wir können uns nicht erklären, wieso er beim Kontakt mit menschlicher Haut mit einer Entladung reagiert, nicht aber bei Kontakten mit anderen Fremdkörpern. Und wir haben auch keine Erklärung dafür, dass Lloyd als Einziger die Berührung unversehrt überlebt hat. Wir müssen zwar erst noch die vielen Daten analysieren, die wir gesammelt haben, aber bisher bleibt im Grunde alles widersprüchlich.«
»Wieso waren unsere Funkverbindungen nach der Entladung unterbrochen? Gibt es da einen Zusammenhang?«
»Ja. So merkwürdig es klingt, der Meteorit hat sich nach der Entladung anscheinend in einer Art Erregungszustand befunden. Er hat Funkwellen ausgestrahlt – eine elektromagnetische Strahlung im Langwellenbereich. Das war die Ursache für die Störung unseres Funkverkehrs. Die Strahlung ist mit der Zeit abgeklungen, nur im Tunnel hat sie den Funkverkehr noch etliche Stunden lang durch Störgeräusche beeinträchtigt.«
»Und jetzt?«
»Jetzt ist alles wieder normal. Zumindest bis zur nächsten Explosion.«
Glinn paffte stumm vor sich. McFarlane hatte den Eindruck, dass er die Zigarette tatsächlich genoss. Nach einer Weile deutete er zur Küste hinüber, auf den windschiefen Sichtschutz. »In wenigen Stunden werden wir den Burschen in den Tankraum verfrachten. Falls Sie irgendwelche Einwände haben, müssen Sie es mir jetzt sagen. Wenn wir erst auf See sind, kann unser aller Leben davon abhängen.«
McFarlane zögerte, von Zweifeln geplagt, ob er angesichts der Faszination, die der Meteorit auf ihn ausübte, überhaupt zu einem objektiven Urteil kommen konnte. Die Vorstellung, den Meteoriten hier lassen zu müssen … nein, das war undenkbar.

»Ich kann nicht exakt voraussagen, was passieren wird«, antwortete er schließlich. »Wir hatten jetzt zwei Wochen Gelegenheit, ihn unter wechselnden Bedingungen zu beobachten. Abgesehen von der offenbar durch Hautkontakt ausgelösten elektrischen Entladung, hat er sich absolut reaktionsträge verhalten, auch beim Kontakt mit Metall, sogar bei der elektronischen Mikrosonde. Daher kann ich mir nicht vorstellen, dass das im Tankraum der *Rolvaag* anders sein wird. Vorausgesetzt, die bisher geltenden Sicherheitsmaßnahmen werden weiterhin strikt beachtet.«
Glinn schloss die Augen, sekundenlang sah er wie ein glückselig lächelnder Buddha aus. »In einer halben Stunde, sobald es völlig dunkel ist, manövrieren wir das Schiff dicht an die Klippen heran und beginnen mit der Verladung. Der Meteorit wird durch einen Förderturm in den Tank abgesenkt. Die Operation wird von Garza und Stonecipher geleitet und bis drei Uhr morgens abgeschlossen sein; bei Morgengrauen befinden wir uns dann bereits in internationalen Gewässern. Geben Sie das an Lloyd weiter, er wartet sicher schon ungeduldig darauf.«
»Und was ist mit *dem* da?« McFarlane deutete mit dem Kopf auf den Zerstörer. »Spätestens bei Beginn der Verladung merken die Jungs doch dort drüben, was gespielt wird. Und dann sind wir für die eine schwimmende Zielscheibe.«
»Wir haben nicht nur die Dunkelheit als Verbündeten, es ist auch Nebel vorhergesagt. Sicherheitshalber werde ich dem Comandante meine Aufwartung machen – und zwar genau in der kritischen Phase. Das wird ihn ablenken.« Der Rest hörte sich nach einem gemurmelten Selbstgespräch an: »… und sich auch sonst positiv auswirken.«
McFarlane traute seinen Ohren nicht. »Das ist Wahnsinn. Der Kerl bringt es fertig, Sie auf der Stelle festzunehmen. Oder sogar umzubringen.«
»Das glaube ich nicht. Nach allem, was ich über ihn weiß, ist Comandante Vallenar ein brutaler Hitzkopf, aber verrückt ist er nicht.«

»Nur für den Fall, dass Sie's noch nicht bemerkt haben: Er hat unsere einzige Passage blockiert.«
Die Dunkelheit lag wie ein undurchdringlicher Schleier über der Insel. Glinn warf einen Blick auf die goldene Taschenuhr, dann griff er zum Funkgerät. »Manuel? Es kann losgehen.«
Urplötzlich flammte eine Batterie starker Scheinwerfer auf, die Klippen wurden in grelles Licht getaucht. Überall wimmelte es von Arbeitern. Die Nacht war erfüllt vom Gedröhne schwerer Maschinen.
McFarlane starrte fassungslos auf das Spektakel. »Du liebe Güte, warum haben sie nicht gleich eine riesige Leuchtreklame installiert – mit dem Text: ›Hier spielt die Musik‹?«
»Vom Zerstörer aus sind die Klippen nicht einzusehen, die Landzunge verdeckt sie«, beruhigte ihn Glinn. »Wenn Vallenar wissen will, was sich da drüben tut – und das will er bestimmt –, muss er seinen Zerstörer ans nördliche Kanalende manövrieren. Manchmal besteht die beste Tarnung darin, ganz auf Tarnung zu verzichten. Außerdem wird Vallenar nicht mit unserer Abreise rechnen.«
»Warum nicht?«
»Weil wir an der angeblichen Schürfstelle wie bisher weiterarbeiten. Zwei Dutzend Männer werden dort mit schwerem Gerät hektischen Aktivismus vortäuschen. Funkverkehr auf allen Kanälen, hin und wieder eine Sprengung. Und kurz vor Morgengrauen werden sie dann endlich fündig – so wird es zumindest für die Chilenen aussehen. Allgemeiner Jubel, die Arbeit wird eingestellt, die Männer gönnen sich eine Pause.«
Glinn schnippte den Zigarettenstummel über Bord. »Was Vallenar nicht weiß: Auf der Leeseite der Isla Desolación wartet das Beiboot der *Rolvaag*. Sobald wir abgelegt haben, nimmt es die Männer auf, das Gerät lassen wir einfach da.«
»Alles?«, fragte McFarlane fassungslos und dachte an den riesigen Kran, die Bulldozer, die Labor-Container …
»Ja, Gerät im Wert von vielen Millionen Dollar. Die Generatoren arbeiten weiter, sämtliche Lichter brennen. Falls

Vallenar mitkriegt, dass wir ablegen, wird er annehmen, dass wir wiederkommen.«

»Und wenn er uns folgt?«

Glinn lächelte. »Wir haben für alle Eventualitäten vorgesorgt und Ausweichrouten eingeplant.« Er griff zum Funkgerät. »Captain? Steuern Sie das Schiff zu den Klippen.«

Sekunden später spürte McFarlane die Vibration der stampfenden Maschinen unter seinen Füßen.

Glinn wandte sich zu ihm um. »Sie spielen in dieser Phase eine entscheidende Rolle, Sam. Ich möchte, dass Sie Kontakt zu Lloyd halten. Decken Sie ihn mit Informationen ein. Hauptsache, Sie sorgen dafür, dass er bleibt, wo er ist. Wenn er jetzt herkäme, könnte sich das verheerend auswirken. So – und nun muss ich mich auf das Treffen mit unserem chilenischen Freund vorbereiten.«

Er wandte sich zum Gehen, hielt inne und sah McFarlane in die Augen. »Ich bin Ihnen noch eine Entschuldigung schuldig.« Und als McFarlane ihn fragend ansah: »Sie wissen schon, was ich meine. Ich hätte mir keinen loyaleren, verlässlicheren wissenschaftlichen Berater wünschen können. Sobald unser Auftrag erfüllt ist, wird Ihre Akte vernichtet.«

McFarlane kämpfte mit einem Zwiespalt der Gefühle. Glinn schien es ernst zu meinen. Andererseits hatte er immer wieder erlebt, dass dieser Mann sich doppelt und dreifach absicherte. War dieses überraschende Geständnis vielleicht auch nur eine Art vorsorgliche Absicherung?

Glinn streckte ihm die Hand hin. McFarlane wollte seinerseits ein Zeichen setzen und legte Glinn, während sie sich die Hände schüttelten, die Linke auf die Schulter.

Erst als der Chef der EES schon gegangen war, wurde ihm klar, dass das dicke Polster, das er unter seiner Hand gespürt hatte, keine wattierte Winterjacke, sondern eine schusssichere Weste gewesen war.

Franklin-Kanal

20.40 Uhr

Glinn stand am Bug des kleinen Bootes und genoss die frische Brise, die ihm ins Gesicht wehte. Die vier Männer, die er mitgenommen hatte, saßen in voller Montur auf dem Boden der Kajüte. Vor ihnen schaukelten die Lichter des Zerstörers auf dem ruhigen Wasser des Sunds. Seine Vorhersage hatte sich als richtig erwiesen, die *Almirante Ramirez* war ein Stück kanalaufwärts gefahren.

Er blickte zurück zur Insel. An der angeblichen Schürfstelle herrschte hektische Aktivität. Sie war von gleißendem Licht ausgeleuchtet, schwere Maschinen rumpelten hin und her. Gerade erbebte die Luft wieder vom dumpfen Widerhall einer Sprengung. Für unbeteiligte Beobachter musste es so aussehen, als läge der Schwerpunkt der Anstrengungen dort, während es sich oben in den Klippen nur um kleinere Arbeiten handeln konnte. Auch der Funkverkehr zwischen Brücke und Schürfstelle, bei dem die Verlegung der *Rolvaag* als Vorsichtsmaßnahme wegen der vom Seewetterdienst ausgegebenen Sturmwarnung erklärt wurde, war Teil der ausgeklügelten Täuschungsmaßnahmen gewesen.

Glinn hatte das Gefühl, mit der feuchten Meeresluft auch die trügerische Ruhe vor dem Sturm in sich aufzusaugen. Dass es ein schweres Unwetter war, was sich da zusammenbraute, wussten nur er, Britton und der Erste Offizier. Es wäre unsinnig gewesen, die Mannschaft und die Techniker der EES in diesem kritischen Stadium damit zu belasten. Nach den Vorhersagen sollte es ein *panteonero* bis zur Stärke fünfzehn werden – der berüchtigte Friedhofswind, der gewöhnlich bei Morgengrauen aufkam. Dabei wehte der Wind anfangs immer aus Südwest, um dann, bei zunehmender Stärke, auf Nordwest zu drehen. Aber wenn es gelang, die *Rolvaag* bis zum Mittag durch die Straße von Le Maire zu bringen, konnten sie im Lee der Tierra del Fuego sein, ehe der Tanz losging. Und dann hatten sie den Sturm im Rücken: ideal für einen riesigen Tanker, aber teuflisch gefährlich für einen Verfolger von der Größe des Zerstörers.

Vallenar musste die Positionslichter des Bootes längst bemerkt haben. Die Entfernung zum Zerstörer betrug nur noch etwa siebzig Meter. Glinn hörte hinter sich ein dumpf platschendes Geräusch, danach in rascher Folge drei weitere. Wenn er in sich hineinhorchte, spürte er die unheimliche Ruhe, die ihn vor solchen Operationen jedes Mal überkam. Es war ein angenehmes und – weil er es lange entbehrt hatte – fast schon nostalgisches Gefühl.

Auf dem Zerstörer flammte ein Suchscheinwerfer auf, der Lichtstrahl erfasste sie. Glinn blieb reglos am Bug stehen, während das Boot seine Fahrt verlangsamte. Wenn sie entgegen aller Vernunft – und seiner festen Überzeugung – das Feuer eröffneten, war das sein Ende. Er atmete tief ein und langsam aus, zweimal, dreimal. Dann wusste er, dass der kritische Moment vorüber war.

Er wurde am Fallreep erwartet und durch übel riechende Flure und über schlüpfrige Metallstege zur Brücke geführt. Vallenar war, abgesehen vom Deckoffizier, allein. Er stand am Fenster, die Zigarre im Mund, die Arme auf dem Rücken verschränkt, den Blick auf die Insel gerichtet. Es war kalt, entweder hatten sie die Heizung abgestellt, oder sie war ausgefallen. Außerdem stank es, wie überall auf dem Schiff, nach Maschinenöl, fauligem Bilgenwasser und Fisch.

Vallenar machte keine Anstalten, sich umzudrehen.

Glinn ließ eine angemessene Zeit verstreichen, ehe er in fließendem Spanisch sagte: »Ich bin gekommen, um Ihnen einen Höflichkeitsbesuch abzustatten, *mi Comandante*.«

Vallenar kehrte ihm weiter den Rücken zu und stieß ein leises Schnauben aus, das Glinn als Ausdruck stiller Belustigung deutete. Die Atmosphäre war so unwirklich, dass er sich fast

wie in einem überirdischen Schwebezustand fühlte, leicht und seltsam beschwingt.
Schließlich zog Vallenar einen Schrieb aus der Jackentasche und faltete ihn auseinander. Glinn konnte den Briefkopf einer renommierten australischen Universität erkennen.
Und dann sagte der Comandante trocken und ohne merkliche Erregung: »Es ist ein Meteorit.«
Er wusste es also. Natürlich hatten sie mit der Möglichkeit gerechnet, sie aber als eher unwahrscheinlich eingestuft. Und nun bestimmte das vermeintlich Unwahrscheinliche auf einmal den weiteren Ablauf der Ereignisse.
Vallenar drehte sich um. Sein schwerer Wollmantel klaffte auseinander, Glinn konnte die alte Luger sehen, die in seinem Koppel steckte. »Ein Meteorit, den Sie meinem Land stehlen.«
»Wir stehlen ihn nicht«, widersprach Glinn. »Wir bewegen uns im Rahmen des internationalen Rechts.«
Vallenar stieß ein bellendes Lachen aus. »Ich weiß. Sie haben das Recht zum Erzabbau erworben. Und der Meteorit ist ja aus Erz. Das ist der Punkt, in dem ich mich geirrt habe: Sie waren tatsächlich auf Erz aus.«
Glinn sagte nichts. Sollte Vallenar ruhig reden und es ihm mit jedem Wort leichter machen, die künftigen Schachzüge des Chilenen noch genauer vorherzusehen.
»Aber, Señor, Sie bewegen sich nicht im Rahmen meines Rechts – des Rechts von Comandante Vallenar.«
»Ich verstehe nicht, was Sie damit sagen wollen.« Glinn stellte sich ahnungslos.
»Sie werden Chile nicht mit diesem Meteoriten verlassen!«
»Nun, zunächst müssten wir ihn ja finden.«
Vallenar stutzte nur einen winzigen Augenblick, aber der reichte aus, um Glinn Gewissheit zu geben, dass der Comandante nicht wusste, wie weit sie schon waren.
»Wie wollen Sie verhindern, dass ich die Behörden in Santiago informiere? Oder haben Sie dorthin auch schon Ihr Bestechungsgeld überwiesen?«

»Informieren Sie, wen Sie wollen«, erwiderte Glinn. »Wir tun nichts Illegales.« Ihm war bekannt, dass Vallenar es vorzog, Schwierigkeiten auf seine Art aus dem Weg zu räumen. Er würde den Teufel tun und eine Behörde einschalten.

Vallenar nahm einen tiefen Zug an seiner Zigarre und blies den Rauch in Glinns Richtung. »Sagen Sie mir, Señor … Ishmael, wenn ich mich recht erinnere?«

»Eigentlich ist mein Name Glinn.«

»Aha. Gut, dann sagen Sie mir bitte, Señor Glinn, warum Sie zu mir aufs Schiff gekommen sind?«

Glinn wusste, dass es jetzt auf eine sorgfältige Formulierung ankam. »Weil ich hoffe, dass wir zu einem Arrangement mit Ihnen kommen können, Comandante.« Er sah die Verärgerung, die sich auf Vallenars Gesicht widerspiegelte, und setzte rasch noch eins drauf: »Ich bin ermächtigt, Ihnen eine Million Dollar in Gold für Ihre Kooperation anzubieten.«

Ein Lächeln spielte um Vallenars Lippen, sein Blick verschleierte sich. »Haben Sie sie dabei?«

»Natürlich nicht.«

Der Comandante paffte lässig seine Zigarre. »Vermutlich glauben Sie, ich sei käuflich – wie alle anderen. Weil ich Südamerikaner bin, ein mieser Latino. Die sind doch immer bereit, für eine *mordida* zu kooperieren.«

»Ich habe die Erfahrung gemacht, dass ausnahmslos alle korrupt sind«, sagte Glinn, »Amerikaner eingeschlossen.« Er sah den Comandante lauernd an. Vallenar würde natürlich ablehnen, das war ihm klar, aber er versprach sich interessante Aufschlüsse von der Art, wie er es tat.

»Wenn Sie diese Erfahrung gemacht haben, müssen Sie ein korruptes Leben geführt haben, umgeben von Huren, Homosexuellen und anderen Individuen von niederer Gesinnung. Ich sage es Ihnen noch einmal: Sie werden Chile nicht mit dem Meteoriten verlassen. Behalten Sie also Ihr verdammtes Geld und stopfen Sie es Ihrer verhurten Mutter in den *coño*.«

Glinn reagierte nicht auf diese schlimmste Beleidigung, welche die spanische Sprache kennt.

Vallenar nahm die Zigarre aus dem Mund. »Da wäre noch was. Ich habe einen meiner Männer auf die Insel geschickt, damit er sich ein wenig umsieht. Er ist nicht zurückgekehrt. Sein Name ist Timmer, er ist mein Fernmeldeoffizier.«

Glinn war überrascht. Er hatte nicht damit gerechnet, dass Vallenar das Thema ansprechen würde. Schließlich gab er so freimütig zu, dass er einen Spion auf die Insel beordert hatte. Außerdem hatte Timmer letztendlich versagt, und so wie er Vallenar einschätzte, war für den Comandante jegliches Versagen unentschuldbar.

»Er hat einem unserer Leute die Kehle durchgeschnitten. Wir haben ihn festgenommen.«

Vallenars Augen verengten sich. Aber er hatte sich rasch wieder im Griff und sagte lächelnd: »Dann sollten Sie ihn mir bitte schleunigst zurückschicken.«

Glinn schüttelte den Kopf. »Tut mir Leid. Er hat ein Verbrechen begangen.«

»Sie schicken ihn mir auf der Stelle zurück, oder ich schieße Ihnen Ihr Schiff in die Luft«, brüllte Vallenar ihn an.

Wieder etwas, das Glinn verwunderte. Von der Situation her war ein derart unbeherrschter Wutausbruch nicht gerechtfertigt. Es ging schließlich nur um einen Subalternoffizier, solche Leute sind ersetzbar. Es musste also mehr dahinter stecken.

»Das wäre unklug, weil Ihr Mann sich nämlich in unserer Arrestzelle befindet.«

In Vallenars Augen lag ein harter Glanz, aber seine Stimme hörte sich wieder kontrolliert an. »Händigen Sie mir Timmer aus, und ich will in Erwägung ziehen, Sie mit dem Meteoriten abreisen zu lassen.«

Glinn wusste, dass das die Unwahrheit war. Vallenar würde sie niemals unbehelligt ziehen lassen, so wenig wie sie in der Lage waren, ihm Timmer wiederzugeben. Von Puppup hatte er erfahren, dass die Besatzung des Zerstörers ihrem Comandante in geradezu blinder Loyalität ergeben war. Bisher hatte Glinn geglaubt, für einen Mann wie Vallenar würden Menschenleben nicht viel zählen, doch nun entdeckte er eine Seite an ihm, auf die er nicht vorbereitet war. In dem Profil seines Teams in New York hatte kein Wort davon gestanden. Er musste, was den Comandante anging, wohl umdenken.

Dennoch, es war ein nützliches Gespräch gewesen. Jetzt war klar, wie viel Vallenar wusste. Und dass seinen Leuten genug Zeit für die Verladung des Meteoriten blieb.

»Ich werde Ihr Angebot unserem Captain übermitteln«, sagte er. »Und ich denke, es müsste sich eine Lösung finden lassen. Bis morgen haben Sie eine Antwort.« Er deutete eine leichte Verbeugung an. »Und nun möchte ich, mit Ihrer Erlaubnis, auf unser Schiff zurückkehren.«

Der Comandante gab sich alle Mühe, seine Verärgerung zu verbergen; er rang sich sogar ein Lächeln ab. »Tun Sie das, Señor. Denn wenn ich Timmer nicht bis morgen Mittag mit eigenen Augen gesehen habe, gehe ich davon aus, dass er tot ist. Und dann ist Ihr Leben – und das aller anderen auf dem Tanker – nicht mal mehr einen Haufen Hundedreck wert.«

Rolvaag

23.50 Uhr

McFarlane wartete in Lloyds leeren Büroräumen auf den nächsten Anruf. Durch das Panoramafenster sah er, dass draußen starker Wind aufgekommen war, von Westen her rollten gischtende Wellen auf sie zu. Das große Schiff lag im Lee der kahlen Basaltklippen, gesichert durch Taue, die von den Ankerklüsen zu Stahlbolzen im nackten Fels liefen. Alles war für die Verladung vorbereitet, sie warteten nur noch auf den für Mitternacht vorhergesagten dichten Nebel.

Das Telefon auf Lloyds Schreibtisch begann ungeduldig zu blinken, McFarlane nahm seufzend ab. Das war nun der dritte Anruf in dieser Nacht. Allmählich hatte er seine Rolle als Kontaktmann und besserer Laufbursche gründlich satt.

»Sam? Ich bin's. Ist Glinn zurück?«

Im Hintergrund hörte McFarlane wieder das ständige dumpfe Gedröhn wie beim letzten Anruf. Er fragte sich wirklich, von wo aus Lloyd eigentlich anrief.

»Ja, er ist vor zwei Stunden zurückgekommen.«

»Was hat er gesagt? Hat Vallenar das Bestechungsgeld angenommen?«

»Nein.«

»Dann hat er ihm bestimmt nicht genug angeboten.«

»Glinn scheint der Ansicht zu sein, dass der Mann für kein Geld der Welt käuflich ist.«

»Blödsinn, jeder hat seinen Preis. Vielleicht ist es jetzt zu spät, aber ich wäre bereit, zwanzig Millionen zu zahlen. Sagen Sie ihm das. Zwanzig Millionen in Gold, wohin er will. Und dazu amerikanische Pässe für ihn und seine Familie.«

McFarlane erwiderte nichts. Sein Gefühl sagte ihm, dass Vallenar sich nichts aus amerikanischen Pässen machte.

»Also – wie sieht jetzt Glinns Plan aus?«

McFarlane schluckte. Das Spiel kotzte ihn von Minute zu Minute mehr an. »Er hat einen Plan, einen todsicheren. Aber er kann uns noch nicht einweihen. Er sagt, absolute Verschwiegenheit sei die Voraussetzung dafür, dass …«

»Blödes Gerede! Holen Sie ihn mir an die Strippe, sofort!«

»Ich habe schon versucht, ihn aufzutreiben, als ich hörte, dass Sie noch einmal anrufen wollen. Er meldet sich weder über das interne Computernetz noch über Funk. Offenbar weiß niemand, wo er gerade steckt.«

»Der Teufel soll ihn holen! Das kommt davon, wenn man jemandem blindlings …«

Starkes Dröhnen übertönte seine Stimme. Dann war sie wieder da, allerdings ganz schwach. »Sam? Sam?«

»Ja, ich bin noch dran.«

»Hören Sie, Sie sind dort unten der Repräsentant von Lloyd. Sagen Sie Glinn, er soll mich sofort anrufen. Und sagen Sie ihm, das ist ein Befehl, und wenn er ihn nicht befolgt, ist er gefeuert; ich schmeiße ihn persönlich über Bord!«

»Ja«, antwortete McFarlane müde.

»Sind Sie in meinem Büro? Können Sie den Meteoriten sehen?«

»Nein, der liegt noch getarnt in den Klippen.«

»Wann wird er aufs Schiff verladen?«

»Sobald der Nebel bis hierher gezogen ist. Man hat mir gesagt, es dauert einige Stunden, den Burschen in den Tank abzusenken, und möglicherweise eine halbe Stunde, ihn zu sichern. Dann legen wir sofort ab. Dem Plan nach sind wir spätestens um fünf Uhr früh weg.«

»Das wird knapp. Und wie ich höre, zieht ein neuer Sturm auf, stärker als der letzte.«

»Sturm?«, fragte McFarlane zurück.

Statt einer Antwort hörte er nur statisches Rauschen. Er wartete, aber die Leitung blieb tot. Nach einer Weile legte er auf. Und während er aus dem Fenster starrte, hörte er Glinns Uhr Mitternacht schlagen.

Und da wurde ihm auf einmal klar, was dieses stetige Dröhnen gewesen war, das er im Hintergrund gehört hatte: das Düsentriebwerk eines Jets.
Lloyd saß in einem Flugzeug.

Almirante Ramirez

25. Juli, Mitternacht

Comandante Vallenar stand auf der Brücke und starrte durch das Doppelfernrohr. Sein Schiff lag am nördlichen Ende des Kanals, von wo aus er einen guten Überblick über alles hatte, was sich auf der Insel tat.

Die Amerikaner hatten ihren Tanker zu den Felsklippen gebracht und mit Ankertauen gesichert. Der Kapitän schien sich mit den hiesigen Wetterkapriolen ja gut auszukennen. Von der Felsbank im Meer, an der die *Almirante Ramirez* Anker geworfen hatte, konnte er natürlich nichts wissen. Darum hatte er die zweitbeste Lösung wählen und sein Schiff im Lee der Insel festmachen müssen, in der Hoffnung, dass der in der Regel ablandige Wind es davor bewahren würde, gegen die Klippen geworfen zu werden. Dennoch blieb das Manöver für einen Tanker dieser Größe sehr gewagt, weil der Wind jederzeit umschlagen konnte. Sicherer wäre es allemal gewesen, die *Rolvaag* in offenes Gewässer zu bringen. Offenbar gab es für den Kapitän also einen zwingenden Grund, in der Nähe der Insel zu bleiben.

Und nach dem musste der Comandante nicht lange suchen. Er richtete das Fernrohr auf die etwa drei Kilometer vom Liegeplatz des Tankers entfernte Abbaustelle im Zentrum der Insel. Die Aktivitäten dort drüben, die wenige Stunden vor Glinns Besuch geradezu hektisch geworden waren, beobachtete er schon lange mit Misstrauen. Da wurde gesprengt, ein gewaltiger Maschinenpark war im Einsatz, es wimmelte von Arbeitern, die Abbaustelle war taghell beleuchtet. Der abgehörte Funkverkehr ließ keinen anderen Schluss zu als den, dass die Amerikaner heute auf etwas gestoßen waren. Etwas sehr Großes.

Aber sie hatten offensichtlich erhebliche Schwierigkeiten mit ihrem Fund. Beim ersten Hebeversuch hatte ihr riesiger Kran den Geist aufgegeben. Nun versuchten sie, das Ding mit Hilfe starker Maschinen aus dem Boden zu ziehen. Was ihnen aber, wie der abgehörte Funkverkehr belegte, bisher nicht gelungen war. Vallenar grinste. Sie waren eben doch nicht die Tausendsassas, für die sie sich hielten. Wenn es in dem Tempo weiterging, würde es Wochen dauern, bis sie den Meteoriten an Bord der *Rolvaag* gebracht hätten.

Aber so weit würde er es natürlich gar nicht erst kommen lassen. Sein Plan stand fest: Sobald er Timmer zurückhatte, würde er den Tanker manövrierunfähig machen und den Behörden melden, was die Fremden vorhatten. Ganz Chile würde ihn als Volksheld feiern. Wenn er den Coup mit dem Meteoriten verhinderte, konnte er sogar damit rechnen, endlich aus Puerto Williams versetzt zu werden. Und dann waren diese korrupten Mistkerle in Punta Arenas die Gelackmeierten. Nur, Erfolg oder Misserfolg hingen, wie immer, vom richtigen Timing ab …

Sein Grinsen verging ihm, als er an Timmer dachte – und daran, dass er eingesperrt in der Arrestzelle des Tankers saß. Dass er jemanden umgebracht hatte, wunderte ihn nicht. Der Junge wusste eben, wann und wie er handeln musste. Vallenar fand es allenfalls merkwürdig, dass er erwischt worden war. Er war sehr gespannt, wie Timmer ihm das erklären würde.

Den Gedanken, dass der Amerikaner ihn belogen hatte und Timmer tot sein könnte, verdrängte er.

Schritte näherten sich, der Oficial de guardia betrat die Brücke. »Comandante? Wir haben neue Order erhalten, zur Basis zurückzukehren.«

Vallenar starrte stumm vor sich hin und dachte nach.

»Sir?«

Vallenar richtete den Blick unverwandt in die Dunkelheit. Die angekündigte Nebelwand rollte auf sie zu. Ohne sich umzudrehen, wies er den Wachoffizier an: »Keine Bestätigung, absolute Funkstille einhalten.«

Ein kaum merkliches Augenzucken war die einzige Reaktion. Der Offizier war viel zu diszipliniert, um einen Befehl in Frage zu stellen. »Ja, Sir.«
Vallenar beobachtete, wie die Nebelfront auf sie zu zog und einen undurchdringlichen Schleier über das Meer und die Insel legte. Erst fingen die Lichter des Tankers an zu flackern, dann, als der Nebel dichter wurde, verschwanden sie ganz. Auch das gleißende Licht im Zentrum der Insel reduzierte sich zu einem schwachen Schimmer, bis es schließlich völlig verschluckt war. Rings um die Brücke des Zerstörers gab es nur noch Finsternis. Vallenar beugte sich über den FLIR-Monitor, auf dem sich der Tanker als verwischte gelbe Silhouette abzeichnete.
Er musste an Glinn denken. Der Mann war unergründlich. Er hatte selbst etwas von einem verschwommenen Schatten an sich. Sein Besuch auf der *Almirante Raminez* war eine Dreistigkeit gewesen. Und letzten Endes ein Misserfolg. Aber er hatte Vallenar trotzdem geärgert.
Er starrte ein paar Sekunden in den Nebel. Dann wandte er sich zu seinem Wachoffizier um und sagte leise, aber mit Nachdruck: »Lassen Sie mir die Vorschriften über Meldungen beim Waffeneinsatz auf See bringen.«

Rolvaag

Mitternacht

Als McFarlane auf die Brücke kam, fand er dort eine Gruppe Offiziere vor, die sich mit sorgenvollen Mienen um den Kommandostand drängten. Vor wenigen Minuten hatte die Alarmsirene geheult – das Signal, dass die Mannschaft sich unverzüglich am Sammelpunkt einfinden solle. Vor den Scheiben ballte sich dichter Nebel, die starken Lichter auf dem Vorschiff waren zu verwaschenen gelben Stecknadelköpfen verkümmert.

»Hat er uns im Visier?«, fragte Britton.

»Zweifellos«, antwortete einer der Offiziere. »Mit aktiviertem Zielradar.«

Brittons Blick fiel auf McFarlane. »Wo steckt Mr. Glinn? Warum reagiert er nicht auf unsere Anrufe?«

»Keine Ahnung. Er ist seit seiner Rückkehr untergetaucht. Ich versuche selber schon die ganze Zeit, ihn zu erreichen.«

Britton wandte sich an Howell. »Ich möchte, dass Sie zwei Suchtrupps losschicken, von mittschiffs zum Bug und nach achtern. Dringlichkeitsstufe eins. Bringen Sie ihn mir so schnell wie möglich zur Brücke.«

»Das wird nicht nötig sein.« Glinn stand neben McFarlane. Er war wie immer lautlos und unbemerkt hereingehuscht, begleitet von zwei Männern mit EES-Firmenlogo auf dem Hemd. McFarlane konnte sich nicht erinnern, sie je gesehen zu haben.

»Eli«, platzte er heraus, »Palmer Lloyd hat schon wieder angerufen, er …«

»Wer sind diese Leute?«, unterbrach ihn Britton. »Und was haben sie auf meiner Kommandobrücke zu suchen?«

»Das sind Mitarbeiter meiner Firma.«

Britton überlegte einen Augenblick, dann sagte sie: »Mr.

Glinn, ich darf Sie – ebenso wie Dr. McFarlane als Repräsentanten von Lloyds Industries – daran erinnern, dass *ich* diesem Schiff vorstehe und damit das letzte Entscheidungsrecht bei allen relevanten Fragen bei mir liegt.«

McFarlane sah, dass Howells Miene und die der anderen Schiffsoffiziere sich verdüsterten. Ärger lag in der Luft.

»Und wie beabsichtigen Sie von diesem Vorrecht Gebrauch zu machen?«

»Indem ich nicht zulasse, dass der Meteorit auf mein Schiff gebracht wird.«

Glinn sah sie nachsichtig an. »Captain, ich hielte es für besser, das unter vier Augen zu besprechen.«

»Nein, Sir.« Sie wandte sich an Howell. »Treffen Sie alle Vorbereitungen für die Evakuierung der Insel. Wir legen in neunzig Minuten ab.«

»Einen Augenblick – mit Ihrer Erlaubnis, Mr. Howell.« Glinns Blick war unverwandt auf Captain Britton gerichtet. »Darf ich fragen, was Sie zu dieser Entscheidung veranlasst?«

»Mein Unbehagen wegen des Meteoriten ist Ihnen bekannt. Bisher konnten Sie sich bei Ihrer Zusicherung, dass keine Gefahr von ihm ausgeht, nur auf Annahmen stützen. Nun hat allerdings der Zerstörer vor fünf Minuten sein Zielradar aktiviert. Wir befinden uns hier wie auf dem Präsentierteller. Selbst wenn dieser Meteorit ungefährlich ist – die sonstigen Umstände sind es nicht. Ein schwerer Sturm zieht auf. Man kann sich nicht einen Meteoriten in den Tankraum laden und so tun, als ginge einen alles andere nichts an, wenn man in die Mündung einer Zehn-Zentimeter-Geschützes starrt.«

»Er wird das Feuer nicht eröffnen. Zumindest noch nicht. Weil er nämlich annimmt, dass wir Timmer in der Arrestzelle eingesperrt haben. Und es scheint ihm sehr viel daran zu liegen, ihn wohlbehalten zurückzukriegen.«

»Alles schön und gut, aber wenn er nun herausfindet, dass Timmer tot ist?«

Glinn ging nicht auf die Frage ein. »Ohne konkreten Plan

die Flucht anzutreten würde mit Sicherheit zu einem Desaster führen. Zumal Vallenar uns nicht ablegen lässt, bevor Timmer nicht wieder bei ihm an Bord ist.«
»Dazu kann ich nur sagen: Lieber jetzt ablegen, als mir einen Meteoriten in den Tankraum hieven zu lassen, der so schwer ist, dass wir unweigerlich an Fahrt verlieren.«
In die Nachsicht, die Glinns Miene signalisierte, mischte sich ein Anflug von Betrübnis.
Jemand rief vom Kommandostand: »Ich habe einen Luftkontakt auf dem Schirm. Kurs null-null-neun, Entfernung fünfzig Kilometer.«
»Weiter verfolgen, Rufzeichen feststellen«, ordnete Britton an, ohne den Blick von Glinn zu wenden.
Einige Sekunden lang herrschte gespanntes Schweigen, dann fragte Glinn unvermittelt: »Haben Sie vergessen, was Sie in Ihrem Vertrag mit der EES unterschrieben haben?«
»Ich habe nichts vergessen, Mr. Glinn. Aber Verträge verlieren ihre Gültigkeit, sobald sie sich nicht mit dem übergeordneten Seerecht vereinbaren lassen. Nach dem Seerecht trifft der Captain die Entscheidungen in allen Fragen, bei denen es um das Wohl und Wehe des Schiffes und der Besatzung geht. Daher werde ich unter den gegebenen Umständen nicht gestatten, dass der Meteorit auf die *Rolvaag* verladen wird.«
»Captain Britton, wenn Sie nicht zu einem Gespräch unter vier Augen mit mir bereit sind, bleibt mir nur, Ihnen zu versichern, dass kein Anlass zur Besorgnis besteht.« Glinn nickte seinen Männern zu.
Einer von ihnen trat vor und setzte sich an einen Prozessor aus schwarzem Stahl, in dem links und rechts das Wort DATENZUGRIFFSICHERUNG eingeprägt war. Der andere nahm mit dem Rücken zu ihm Aufstellung und behielt die Schiffsoffiziere im Auge. McFarlane dämmerte, dass der schwarze Kasten offensichtlich der kleinere Bruder jenes rätselhaften Prozessors war, den Captain Britton ihm einmal im Ladekontrollraum gezeigt hatte.

Sie musterte die beiden Techniker mit finsterer Miene. »Mr. Howell, veranlassen Sie, dass das EES-Personal von der Brücke gewiesen wird.«
»Das wird nicht möglich sein«, warf Glinn mit zutiefst bekümmerter Miene ein.
Sein Tonfall machte Britton stutzig. »Was heißt das?«
»Sehen Sie, die *Rolvaag* ist ein wunderbares Schiff mit modernster Computerausstattung, bei der wir vorsichtshalber die Möglichkeit unvorhergesehener Zwischenfälle wie diesen hier einkalkuliert haben. Unser System steuert den Zentralcomputer. Normalerweise ist diese Steuerung transparent. Aber nachdem wir an diesem neuen Liegeplatz festgemacht hatten, habe ich die automatische Datenbrücke blockiert. Die Codes, mit denen die Blockade aufgehoben werden kann, kennen nur wir. Bevor wir nicht die richtige Kombination eingegeben haben, können Sie keine Befehle an die Maschine oder das Ruder übermitteln.«
Britton starrte ihn an, sprachlos vor Wut.
Howell griff nach einem der Telefone. »Offizierswache auf die Brücke, schnell!«
Britton drehte sich zum Brückenoffizier um. »Geben Sie den Code zur Aktivierung der Turbinen ein.«
Der Offizier tippte eine Reihe von Befehlen ein und wartete gespannt. Nach einer langen Pause sagte er: »Die Maschinen reagieren nicht, Ma'am. Das Eingabeboard ist tot.«
»Diagnoseprogramm«, ordnete Britton an.
»Captain«, mischte sich Glinn ein, »Sie werden nicht darum herumkommen, noch einmal einen Blick in den Wortlaut Ihres Vertrags zu werfen.«
Britton wirbelte herum, ihre Augen funkelten. Sie zischte Glinn etwas zu, allerdings so leise, dass niemand außer dem Chef der EES sie verstehen konnte.
Glinn ging zu ihr. Als sie sich Auge in Auge gegenüberstanden, verfiel auch er in einen heiseren Flüsterton. »Nein. Sie haben sich verpflichtet, das Schiff zurück nach New York

zu bringen. Ich habe lediglich Vorkehrungen getroffen, um falls nötig auf einen Verstoß gegen diese Pflicht – sei es durch Sie oder andere – reagieren zu können.«

Britton biss die Lippen zusammen, ein Zittern überlief sie von Kopf bis Fuß.

»Wenn wir jetzt ablegen, überstürzt und planlos, werden sie uns tatsächlich versenken«, fuhr Glinn in eindringlichem, beschwörendem Ton fort. »Unsere Chancen zu überleben hängen davon ab, dass Sie meinen Rat befolgen. *Ich weiß, was ich tue.*«

Britton sah ihn fest an. »Damit kommen Sie nicht durch.«

»Captain«, redete Glinn weiter auf sie ein, »es gibt nur einen Weg, der uns – *uns allen* – das Überleben garantiert. Vertrauen Sie mir. Unterstützen Sie mich, oder wir werden alle sterben – so einfach ist das.«

»Captain«, rief der Brückenoffizier von hinten, »das Diagnoseprogramm reagiert ebenfalls …« Er brach ab, als er merkte, dass Britton ihn gar nicht hörte.

Eine Offizierswache stürmte auf die Brücke. »Anordnung des Kapitäns«, bellte Howell, »Brücke von allen Angehörigen der EES räumen!«

Die beiden EES-Techniker am Prozessor gingen in Hab-Acht-Stellung.

Britton hob langsam die Hand.

»Captain?« Howell starrte sie ungläubig an und suchte nach Worten.

Aber Britton sagte nur: »Die Leute können bleiben.«

Stille, alle waren wie gelähmt. Schließlich nickte Glinn seinen Männern zu. Einer von ihnen fischte einen dünnen Lederriemen unter dem Hemdkragen hervor und steckte eine Art Schlüssel in den Schlitz an der Vorderseite der Steuerkonsole. Glinn ging zu ihm und gab ein Kennwort und eine kurze Zahlensequenz ein.

Der Brückenoffizier sah auf. »Ma'am, das Eingabeboard reagiert wieder.«

Britton nickte. Dann sagte sie, ohne Glinn anzusehen: »Ich hoffe bei Gott, dass Sie wirklich wissen, was Sie tun.«
»Darauf können Sie sich verlassen, Captain. Ich habe mich mit meiner beruflichen und persönlichen Reputation dazu verpflichtet, den Meteoriten nach New York zu bringen. Und ich habe eine Unmenge Wissen, Können und Material aufgeboten, um in der Lage zu sein, alle erdenklichen Probleme zu lösen – einschließlich dieses Problems. Ich werde … *wir* werden dieses Unternehmen erfolgreich zu Ende führen.«
Falls das irgendeinen Eindruck auf Britton gemacht hatte, so war es ihr zumindest nicht anzusehen. Der Blick, mit dem sie Glinn maß, blieb kühl und reserviert.
Glinn zog sich wieder in seine Ecke in der Nähe der Tür zurück. »Captain, die nächsten zwölf Stunden werden über Erfolg oder Misserfolg unserer Mission entscheiden. Gerade in kritischen Augenblicken kommt es darauf an, dass sich alle dem Kapitän unterordnen. Ich entschuldige mich hiermit, dass ich gegen diese Regel verstoßen musste. Sobald der Meteorit sicher im Zentraltank gelagert ist, wird das nicht wieder vorkommen. Sie werden sehen, morgen Nachmittag sind wir auf dem Rückweg nach New York – mit einer Fracht von unschätzbarem Wert.«
Das Lächeln, das um seine Lippen spielte, sollte Captain Britton wohl Zuversicht vermitteln. Aber McFarlane konnte sich des Eindrucks nicht erwehren, dass es dazu zu dünn und gezwungen wirkte.
Banks riss die Tür des Funkraums auf. »Ich habe den Vogel identifiziert, Ma'am. Ein Helikopter der Lloyds Holdings. Er steht in chiffriertem Funkkontakt mit einer Bodenstation.«
Das Lächeln verschwand schlagartig von Glinns Lippen. Er warf McFarlane einen vorwurfsvollen Blick zu.
Guck mich nicht so an, hätte McFarlane am liebsten gesagt, es wäre deine Sache gewesen, ihn uns vom Hals zu halten.
Der Offizier am Radarschirm rückte seine Kopfhörer zurecht. »Er bittet um Landeerlaubnis, Captain.«

»Voraussichtliche Ankunft?«
»In dreißig Minuten.«
Glinn schien von einer plötzlichen Unruhe befallen zu sein. »Bitte entschuldigen Sie mich, Captain, ich muss mich um ein paar Dinge kümmern.« An der Tür wandte er sich zu McFarlane um. »Sam, wären Sie so freundlich, die nötigen Arrangements für den Empfang von Mr. Lloyd zu treffen?«

Rolvaag,

26. Juli, 0.30 Uhr

McFarlane ging mit einem bedrückenden Déjà-vu-Gefühl auf dem Hauptdeck auf und ab, er wartete auf die Ankunft des Hubschraubers. Die Sekunden, in denen nur das vom Nebel gedämpfte Knattern der Rotoren zu hören war, schienen sich endlos zu dehnen. Seit die Nebelwand sich wie eine Tarnkappe über die *Rolvaag* gelegt hatte, war ein EES-Team in hektischer Eile damit beschäftigt, von einem Arbeitslift aus und mit Hilfe zweier Mastenkräne die vorgefertigten Teile des Förderturms zusammenzubauen und durch Stahlstreben zu verstärken. McFarlane konnte den Fortgang der Arbeiten durch die offenen Ladeklappen gut verfolgen, er sah fasziniert zu, wie schnell der Turm aus dem Tank nach oben wuchs. Am unteren Teil hatten schon die Schweißarbeiten begonnen, ein sprühender Funkenregen ergoss sich über die durch Helme und feuerfeste Westen geschützten Arbeiter. Trotz seiner Größe und Breite wirkte der Turm fast zierlich, McFarlane musste unwillkürlich an ein dreidimensionales Spinnennetz denken. Er konnte sich beim besten Willen nicht vorstellen, wie das EES-Team den irrsinnig schweren Meteoriten, der vorläufig noch versteckt im Bretterverschlag auf den Klippen lag, auf diesen Turm hieven und dann in den Zentraltank absenken wollte.

Der knatternde Rotorenlärm wurde lauter, McFarlane machte sich auf den Weg zum Heck. Kurz darauf tauchte die riesige *Chinook* aus dem Nebel auf, ein Besatzungsmitglied dirigierte die Maschine mit zwei starken Stablampen auf das Landeviereck. Reine Routine, verglichen mit dem waghalsigen Manöver, als Lloyd während des schweren Sturms eingeschwebt war.

McFarlane verfolgte missmutig, wie die überdimensionalen

Reifen des Helikopters aufsetzten. Es stank ihm gewaltig, dass sowohl Lloyd wie auch Glinn ihn neuerdings als Laufburschen missbrauchten. Er war Wissenschaftler, in seinem Vertrag stand nichts davon, dass er als Verbindungsmann fungieren sollte. Es ärgerte ihn, dass er sich so ausnutzen ließ. Die Tür des Hubschraubers wurde aufgeschoben, Lloyd stand im Türrahmen, sein langer schwarzer Kaschmirmantel blähte sich im Wind, den breitkrempigen grauen Hut hatte er vorsichtshalber schon abgenommen. Noch ehe die Rotoren still standen, sprang er aufs Schiffsdeck, was ihm für einen Mann seiner Größe und seines Gewichts mit relativer Anmut gelang. Er stürmte energischen Schritts los, lächelte McFarlane flüchtig zu, drückte ihm mit seinem Schraubstockgriff die Hand und wollte schon weitereilen, als er plötzlich den Turm entdeckte, der aus dem Bauch des Schiffes nach oben ragte. Abrupt blieb er stehen.

»Wo ist Glinn?«, schrie er gegen den abklingenden Lärm der Rotoren an.

»Er müsste inzwischen wieder auf der Brücke sein.«

»Okay, kommen Sie mit.«

Auf der Brücke war den in fahles Licht getauchten Gesichtern die innere Anspannung deutlich anzusehen. Lloyd blieb kurz unter der Tür stehen, um die Szenerie in sich aufzunehmen. Glinn stand am EES-Prozessor und redete leise mit dem Techniker am Keyboard. Lloyd trat an ihn heran, umfasste mit seiner Pranke Glinns schmale Hand und schüttelte sie bewegt. »Der Mann der Stunde!«, dröhnte er. Die schlechte Laune, die er während des Flugs gezeigt hatte, schien verschwunden, er war wieder in Hochstimmung, deutete mit dem Kopf auf die Stahlkonstruktion und sagte bewundernd: »Mein Gott, Eli, der Turm ist ja fantastisch. Sind Sie sicher, dass das Ding ein Gewicht von fünfundzwanzigtausend Tonnen trägt?«

»Es ist für die doppelte Last ausgelegt«, erwiderte Glinn.

»Das hätte ich mir denken können. Wie, zum Teufel, soll das eigentlich funktionieren?«

»Durch kontrollierte Zerstörung.«

»*Zerstörung?* Ich höre wohl nicht recht? Möge uns der Himmel davor bewahren!«

»Wir hieven den Meteoriten auf den Turm. Dann lösen wir eine Serie vorbereiteter Sprengungen aus, durch die der Turm nach und nach immer mehr in sich zusammensackt. Auf die Weise senken wir den Meteoriten langsam in den Zentraltank ab.«

Lloyd musterte skeptisch das Stahlgerüst. »Genial. Haben Sie das Verfahren schon mal in der Praxis ausprobiert?«

»Ganz genau so nicht.«

»Aber Sie sind sicher, dass es klappt?«

Glinn lächelte säuerlich.

»Frage gestrichen. Das fällt in Ihr Fachgebiet, Eli, ich verspreche Ihnen, mich da nicht mehr einzumischen. Ich bin schließlich aus ganz anderen Gründen hier.« Er richtete sich zu voller Größe auf und ließ den Blick einmal in die Runde schweifen, als wolle er sich vergewissern, dass ihm auch alle zuhörten. »Ich sag's frei heraus: Wir haben ein Problem, um das sich bis jetzt niemand gekümmert hat. Aber bevor ich tatenlos zusehe, wie hier in letzter Minute etwas schief geht, nehme ich mir lieber die Schuldigen zur Brust und lasse notfalls auch Köpfe rollen.« Er deutete auf die Nebelwand. »Da draußen parkt ein Kriegsschiff, direkt vor unserem Bug. Die wollen uns ausspionieren. Sie warten nur darauf, dass wir ablegen. Und Sie, Eli, haben nichts dagegen unternommen. Also gut, Schluss mit der Duckmäuserei, jetzt hilft nur noch energisches Handeln. Darum werde ich die Sache persönlich in die Hand nehmen. Ich beabsichtige, an Bord der *Rolvaag* nach New York zurückzureisen. Aber vorher sorge ich dafür, dass die chilenische Marine ihren Cowboy zurückpfeift.« Er wandte sich um und machte Anstalten, zur Tür zu gehen. »In ein paar Minuten habe ich meine Leute in New York auf Trab

gebracht. Eli, ich erwarte Sie in einer halben Stunde in meinem Büro. Inzwischen blase ich einigen Leuten per Telefon gehörig den Marsch. Ich habe Erfahrung darin, wie man mit so miesen politischen Winkelzügen fertig wird.«
Glinn hatte ihn unverwandt angesehen, sich aber, wie üblich, nicht anmerken lassen, was in ihm vorging. »Entschuldigung, Mr. Lloyd, habe ich das so zu verstehen, dass Sie bereits Kontakt mit den chilenischen Behörden aufgenommen haben?«
»Nein, noch nicht. Ich wollte erst genau wissen, was sich hier unten abspielt. Aber jetzt werde ich meine Freunde in Chile einspannen – einflussreiche Freunde, unter anderem den Vizepräsidenten und den amerikanischen Botschafter.«
Glinn trat unauffällig näher an den schwarzen Stahlprozessor heran. »Ich fürchte, das wird nicht möglich sein.«
»Wie meinen Sie das? Was wird nicht möglich sein?«, fragte Lloyd gereizt.
»Dass Sie sich in Belange einmischen, die etwas mit dieser Operation zu tun haben. Sie hätten besser daran getan, in New York zu bleiben.«
Lloyd machte aus seiner Verärgerung keinen Hehl. »Glinn, erzählen Sie mir nicht, was ich kann und was ich nicht kann. Die technischen Dinge überlasse ich Ihnen, aber hier geht es um politisches Fingerspitzengefühl.«
»Ich kann Ihnen versichern, dass ich alles fest im Griff habe, auch das, was Sie unter ›politischem Fingerspitzengefühl‹ verstehen.«
»Ach, wirklich?« Lloyds Stimme bebte. »Und was ist mit dem Zerstörer da draußen? Der ist bis an die Zähne bewaffnet und hat seine Kanonen auf uns gerichtet, falls Sie's noch nicht bemerkt haben sollten. Und Sie, was tun Sie? Sie gucken einfach zu.«
Captain Britton wechselte einen Blick mit Howell, dann sah sie Glinn gespannt an.
»Mr. Lloyd, ich möchte das, was ich Ihnen jetzt sage, nicht noch einmal wiederholen müssen: Sie haben mir einen Auf-

trag erteilt, und den führe ich durch. Ihre Aufgabe beschränkt sich darauf: mich meinem Plan folgen zu lassen. Für nähere Erläuterungen ist jetzt keine Zeit.«

Anstatt auf Glinn einzugehen, wandte sich Lloyd zu Penfold um, der wie ein Häufchen Unglück an der Tür lehnte. »Holen Sie mir Botschafter Throckmorton an die Strippe, er soll eine Konferenzschaltung mit dem Büro des Vizepräsidenten in Santiago herstellen. Ich bin jeden Moment unten.«

Penfold verschwand.

»Mr. Lloyd«, sagte Glinn ruhig, »Sie können von mir aus auf der Brücke bleiben und die weitere Entwicklung verfolgen. Aber das ist auch alles, was Sie tun können.« Er wandte sich an seinen Mann am Computer. »Schalten Sie die Lloyd-Industries-Suite von der Stromversorgung ab und unterbrechen Sie sämtliche Kommunikationsverbindungen zum Festland.«

Einen Moment lang herrschte lähmende Stille. Dann schrie Lloyd: »Sie verdammter Mistkerl!« Er wirbelte herum und wies Captain Britton an: »Ich hebe die Anweisung auf. Mr. Glinn ist mit sofortiger Wirkung all seiner Befugnisse enthoben.«

Doch Glinn beachtete ihn gar nicht. Er griff zum Funkgerät, wechselte die Frequenz und drückte ein paar Tasten. »Mr. Garza? Ich würde jetzt gern Ihren Lagebericht hören.«

Er lauschte eine Weile, dann sagte er: »Ausgezeichnet. Ich denke, wir sollten den Schutz der Nebelwand nutzen und die Insel vorzeitig räumen. Beordern Sie alles Personal, das nicht unbedingt gebraucht wird, aufs Schiff zurück. Aber schärfen Sie den Leuten ein, das Licht brennen und die Motoren laufen zu lassen, genau wie besprochen. Amira soll das vorbereitete Band mit dem Routinefunkverkehr abspielen lassen. Und achten Sie auf dem Rückweg darauf, mit dem Beiboot ständig im Radarschatten der Insel oder der *Rolvaag* zu bleiben.«

Lloyd kochte vor Wut. »Ist Ihnen entfallen, wer hier letzten Endes das Sagen hat, Glinn? Sie sind nicht nur gefeuert, ich stelle hiermit auch alle Zahlungen an die EES ein.« Und zu Britton gewandt: »Sorgen Sie sofort dafür, dass ich in meiner Suite wieder Strom habe.«

Glinn beachtete ihn gar nicht, sondern gab seelenruhig weiter über Funk Anweisungen an Garza durch. Auch Britton rührte keinen Finger. Lloyd lief dunkelrot an, sah sich wild um, als suche er nach einem Verbündeten, doch das Brückenpersonal wich dem Blickkontakt mit ihm aus.

Schließlich drehte Glinn sich zu ihm um und sagte versöhnlich: »Es ist mir nicht entfallen, wer hier letzten Endes die Verantwortung hat, Mr. Lloyd.«

Lloyd schnappte nach Luft, Glinns überraschend freundlicher Ton hatte ihn aus dem Konzept gebracht.

»Sehen Sie, Mr. Lloyd, bei jeder Operation kann nur *einer* die Marschrichtung vorgeben, das wissen Sie besser als jeder andere.« Glinn fuhr in unverändert konziliantem Ton fort: »In unserem Vertrag habe ich Ihnen ein Versprechen gegeben, und das gedenke ich einzuhalten. Falls Sie den Eindruck hatten, dass ich mich Ihnen widersetze, bedenken Sie bitte, dass ich das alles *für Sie* tue. Wenn Sie Kontakt zum chilenischen Vizepräsidenten aufgenommen hätten, wäre alles verloren gewesen. Ich kenne ihn persönlich, wir haben oft auf seiner Ranch in Patagonien Polo gespielt. Er würde nichts lieber tun, als uns Amerikanern eins auszuwischen.«

»Sie haben mit ihm auf seiner Ranch …?«, brachte Lloyd stockend über die Lippen.

Glinn wollte das Eisen schmieden, solange es heiß war. »Sehen Sie, nur ich kenne sämtliche Fakten. Also kann nur ich beurteilen, welcher Weg zum Erfolg führt. Ich gebe mich hier nicht zum Spaß so verschwiegen, Mr. Lloyd, sondern aus einem wichtigen Grund: Bei den jetzt notwendigen Entscheidungen dürfen Eitelkeiten und Eigeninteressen keine Rolle spielen. Bei mir können Sie sicher sein, dass ich kein persönliches Interesse an diesem Meteoriten habe. Aber ich habe versprochen, ihn von A nach B zu bringen, und dabei lasse ich mich von niemandem aufhalten. *Von niemandem.* Ich hoffe, dass Sie jetzt verstehen, warum ich mir die Leitung der Operation nicht nehmen lasse und das, was ich weiß, für mich behalte. Was die Einstellung der Zahlungen angeht – das können wir unter Gentlemen regeln, sobald wir wieder amerikanischen Boden unter den Füßen haben.«

»Glinn, das ist ja alles schön und gut …«

»Ende der Diskussion, Sir«, sagte Glinn mit ruhiger, aber plötzlich stahlharter Stimme. »Ich muss Sie bitten, sich von nun an meinen Weisungen zu fügen. Es hängt allein von Ihnen ab, ob Sie sich still verhalten und hier auf der Brücke bleiben oder sich in Ihr Büro zurückziehen wollen. Wenn es gar nicht anders geht, können Sie sich auch zur Arrestzelle eskortieren lassen. Mir ist jede Lösung recht, für die Sie sich entscheiden.«

Lloyd starrte ihn fassungslos an. »Ja, glauben Sie allen Ernstes, Sie könnten mich in die Arrestzelle schleppen lassen, Sie arroganter Mistkerl?«

Der Blick, mit dem Glinn ihn maß, erübrigte jede Antwort.

Lloyd schluckte, sein Gesicht war rot vor Zorn. Dann fuhr er zu Britton herum. »Und für wen arbeiten *Sie?*«

Britton wich seinem Blick aus, ihre Augen, grün und tief wie der Ozean, ruhten unverwandt auf Glinn. »Ich arbeite für den, der die Autoschlüssel eingesteckt hat.«

Lloyd bebte vor Wut, verkniff sich aber jede übereilte Reaktion. Erst als er ein paarmal mit großen Schritten auf der Brücke auf und ab gegangen war, sah er Britton an und sagte schwer atmend: »Zum letzten Mal: Ich weise Sie an, die Stromversorgung und die uneingeschränkte Nutzung aller Kommunikationsmittel in meiner Suite sicherzustellen.«

Lautlose Stille, niemand rührte sich.

Lloyd drehte sich um, sein Blick fixierte McFarlane. »Und Sie, Sam?«

Eine Sturmböe ließ die Scheiben klirren. McFarlane wusste, dass er sich entscheiden musste. Und zu seiner eigenen Verblüffung stellte er fest, dass sie ihm viel leichter fiel, als er gedacht hatte. »Ich arbeite für den Meteoriten.«

In Lloyds schwarzen Augen lag Stahlglanz. Und dann schien er von einem Augenblick zum anderen in sich zusammenzusacken. Er ließ die Schultern hängen, sein bulliger Körper wurde zu einer schlaffen Fleischmasse, sein Gesicht nahm wieder die normale Farbe an. Er drehte sich langsam um, blieb einen Moment unschlüssig stehen. Dann ging er auf die Tür zu, riss sie auf und tauchte im Nebel unter.

Glinn, der seinen Abgang stumm verfolgt hatte, beugte sich wieder über den Computer und gab seinem Techniker – sehr leise und ruhig – ein paar Anweisungen.

Rolvaag

1.45 Uhr

Captain Britton starrte nach vorn, fest entschlossen, sich nicht anmerken zu lassen, was in ihr vorging. Sie versuchte, ihre Atemzüge und ihren Pulsschlag dem Rhythmus des Schiffes anzupassen. Der Wind war während der letzten Stunden immer mehr aufgefrischt, die ersten Böen rüttelten heulend an allem, was nicht niet- und nagelfest war. Auch der Regen war stärker geworden, dicke Tropfen kamen wie Pistolenkugeln aus der Nebelwand geschossen. Der *panteonero* kündigte sich an.

Sie wandte sich zu der filigranartigen Konstruktion um, die aus dem Bauch des Schiffes ragte. Die Oberkante des Turms reichte noch nicht bis zur Höhe der Klippen heran, trotzdem schienen die Arbeiten abgeschlossen zu sein. Nicht zu wissen, wie es jetzt weitergehen sollte, machte Britten nicht nur unruhig, sie empfand es auch als demütigend. Verstohlen schielte sie zu dem EES-Prozessor hinüber. Bisher hatte sie immer geglaubt, jeden an Bord zu kennen, aber der Mann, der an dem schwarzen Kasten saß, war ihr völlig fremd. Und er schien eine Menge von Supertankern zu verstehen. Ein Gedanke, bei dem ihre Lippen noch schmaler wurden.

Natürlich war sie daran gewöhnt, bei bestimmten Gelegenheiten die Führung der *Rolvaag* vorübergebend abzugeben, zum Beispiel, wenn sie Treibstoff bunkerten oder wenn die Hafenpolizei an Bord kam. Das war normale Routine, alle Kapitäne kannten das. Aber dass plötzlich Fremde auf ihrem Schiff das Kommando übernahmen, sie anwiesen, die *Rolvaag* – unweit von diesem Zerstörer – dicht an die Klippen zu manövrieren, und dann sogar ohne Absprache mit ihr einen Ladevorgang vorbereiteten, das war nicht normal, es war schlichtweg *brüskierend.* Dennoch hatte sie sich fest vorgenommen, sich nicht anmerken zu lassen, wie sehr sie das verärgert und gekränkt hatte. Schließlich waren ihre Gefühle nicht so wichtig. Zumindest nicht, wenn sie daran dachte, was sie draußen auf der stürmischen, nachtdunklen See erwartete.

Ihre Augen huschten zu Glinn hinüber, der seinem Operator von Zeit zu Zeit etwas zuflüsterte. Völlig ruhig und gelassen, obwohl er gerade den mächtigsten Industriemagnaten der Welt rüde gedemütigt hatte.

Der Mann war ihr ein Rätsel. Mehr als einmal hatte sie nachts wach gelegen und sich gefragt, wie es nur möglich war, dass ein Mann, der äußerlich eher unauffällig wirkte und nach dem sie sich auf der Straße nicht einmal umgedreht hätte, sie gedanklich nicht mehr losließ. Sie fragte sich, wie sich seine Disziplin und die unnachsichtige Härte gegenüber anderen miteinander vertrugen. Hatte er tatsächlich eine Strategie oder verließ er sich nur auf seine Begabung, auf unvorhergesehene Ereignisse richtig zu reagieren? Ihrer Erfahrung nach gab es nichts Gefährlicheres als Leute, die immer und überall wussten, was das Richtige war. Andererseits hatte Glinn wirklich immer Recht behalten. Offenbar konnte er alles vorhersehen und in anderen lesen wie in einem offenen Buch. Auch in ihr hatte er sich nicht getäuscht, als es um die berufliche Laufbahn der Sally Britton gegangen war.

Gerade in kritischen Augenblicken kommt es darauf an, dass sich alle dem Kapitän unterordnen … Ob er überhaupt ahnte, was er ihr mit dem – zumindest vorübergehenden – Entzug des Kommandos angetan hatte? Oder war das etwas, was einen Mann wie ihn kalt ließ? Ach, zum Teufel – wieso grübelte sie eigentlich dauernd herum?

Sie spürte, wie ein Zittern durch den Tanker lief, als die Pumpen ansprangen und auf beiden Seiten des Schiffsrumpfes riesige Mengen Meerwasser aus den Ballasträumen ins offene Meer pressten. Langsam, aber stetig begann die *Rolvaag* sich zu heben. Und da wurde es ihr plötzlich klar: Natürlich, auf

die Weise sollte der Turm auf gleiche Höhe mit den Klippen und dem Meteoriten gebracht werden.
Da war er wieder, der Zwiespalt ihrer Gefühle. Einerseits konnte sie ihre Bewunderung für Glinns genial einfachen Plan nicht verhehlen, andererseits fühlte sie sich gedemütigt, weil er sie im entscheidenden Moment zur Statistin degradiert hatte.
Sie stand da wie eine Statue – stumm, das Kinn hochgereckt, mit durchgedrücktem Kreuz. Es war ein seltsames Gefühl, diesmal nur Zuschauerin zu sein, während der altbekannte Prozess ablief: Ballast abzulassen, sich der Hubkraft des Meeres anzuvertrauen, eine Kammer nach der anderen zu öffnen, die Stabilisatoren auszufahren ... Ein gewagtes Manöver im Lee eines Sturms und gefährlich nahe einer Felsküste, wider jegliches Lehrbuchwissen und auch jegliche Erfahrung. Schließlich war die Oberkante des Turms auf gleicher Höhe mit der Wellblechhütte auf den Klippen. Glinn flüsterte dem Operator am Prozessor etwas zu, das Stampfen der Pumpen wurde augenblicklich schwächer.
Plötzlich ein lauter Knall, auf den Klippen flogen das Dach und die Wände der Wellblechhütte weg, die aufsteigende dunkelgraue Rauchwolke riss einen Teil der Nebelschwaden mit, und auf einmal lag der Meteorit für alle sichtbar da – glutrot und geheimnisvoll.
Auf den Klippen sprangen Dieselmotoren an, das komplizierte Zusammenspiel Dutzender Flaschenzüge und Ankerwinden begann. Unter schrillem Quietschen, in Schwaden von Dieselqualm gehüllt, bewegte sich der Meteorit Zentimeter um Zentimeter auf die Rampe zu, die wie eine Brücke zwischen den Klippen und dem Turm lag. Britton musste sich eingestehen, dass das Schauspiel etwas Erhabenes an sich hatte. Dann trat eine kurze Pause ein, durch die *Rolvaag* lief ein Vibrieren, die computergesteuerten Pumpen ließen genau so viel Ballast ab, dass das Zugewicht des Meteoriten ausgeglichen und das Schiff wieder in Trimmlage gebracht wurde.

Auf der Brücke herrschte eine beinahe andächtige Stille. Wieder und wieder dasselbe Spiel: der Meteorit kroch ein Stück weiter auf die Oberkante des Turms zu, machte Halt, die Pumpen sprangen an. Ungefähr zwanzig Minuten lang ging das so, dann war es geschafft: Der rote Koloss ruhte auf der Oberkante des Turms. Britton spürte, dass das Schiff zu hoch im Wasser lag, aber sie hörte die Pumpen bereits arbeiten. Es konnte nur Minuten dauern, bis die Ballasttanks wieder so weit gefüllt waren, dass sie den Kiel tief genug ins Wasser drückten.

Glinn flüsterte dem Operator eine Anweisung zu, dann trat er, nicht ohne Britton beruhigend zuzunicken, an die Glasscheibe auf der Landseite der Brücke.

Und in dem Augenblick merkte Britton, dass Howell, ihr Erster Offizier, hinter ihr stand. Da sie sich nicht umdrehte, musste er sich nahe an ihr Ohr beugen. »Captain, ich wollte Ihnen sagen, dass wir … Also, die Offiziere und ich, wir sind nicht einverstanden damit, wie das hier läuft. Wir halten zu Ihnen. Ein Wort von Ihnen genügt …« Howell brach ab, ohne den Satz zu Ende zu führen, aber Britton hatte die Botschaft auch so verstanden.

Sie stand weiter reglos da wie ein Soldat in Habt-Acht-Stellung. »Ich danke Ihnen, Mr. Howell«, sagte sie leise, mit ruhiger Stimme. »Aber belassen wir's dabei.«

Howell stutzte, dann ging er zum Kommandostand zurück. Britton atmete tief durch. Der Moment, in dem es möglich gewesen wäre zu handeln, war ungenutzt verstrichen. Nun hatten sie sich auf Gedeih und Verderb ausgeliefert. Wenn es Probleme mit dem Meteoriten gab, waren es ihre Probleme. Und das würde so bleiben, bis die *Rolvaag* sicher in New York angedockt hatte.

Wieder fiel ihr Glinn ein. Wie er ihr zugeredet hatte, das Kommando über dieses Schiff zu übernehmen, obwohl er alles über sie wusste. Wie blind er ihr auf der Zollstation in Puerto Williams vertraut hatte. Sie waren ein gutes Team gewesen. Blieb die Frage, ob es richtig gewesen war zu kuschen, als er ihr, wenn auch nur vorübergehend, das Kommando über die *Rolvaag* entzogen hatte. Nur, es war ihr ja gar nichts anderes übrig geblieben.

Während sie noch wie versteinert dastand und grübelte, hörte sie draußen einen dumpfen Knall. Sie sah auf. Ein paar Titanstreben flogen durch die Luft – offensichtlich die erste jener kontrollierten Sprengungen, von denen Glinn gesprochen hatte. Und tatsächlich, der oberste Teil des Turms war verschwunden; nachdem der Qualm sich verzogen hatte, sah sie gerade noch die letzten Bruchstücke ins Meer trudeln. Der Meteorit war auf die nächste Ebene abgesackt. Wieder lief ein Zittern durch das Schiff, als die Pumpen ansprangen, um den Gewichtsverlust durch zusätzlichen Ballast auszugleichen.

Und dann ging es Schlag auf Schlag: die nächste Explosion, wieder brach ein Stück des Turms in sich zusammen, wieder sackte der Meteorit tiefer …

Mit einem Teil ihres Herzens musste Britton sich eingestehen, dass sie Augenzeugin einer großartigen technischen Leistung wurde – perfekt geplant und meisterhaft durchgeführt. Aber da regte sich noch eine andere Stimme in ihr, und die sagte ihr, dass das alles gar nicht so großartig war. Sie brauchte nur den Kopf zu heben und einen Blick nach draußen zu werfen. Die Nebelwand war aufgerissen, der böige Wind trieb die Graupelschauer waagerecht gegen die Scheiben, es konnte nicht mehr lange dauern, bis die graue Tarnkappe vollends verweht war. Und dann war die Jagd eröffnet. Denn Vallenar war kein technisches Problem, das Glinn mit Hilfe von Flaschenzügen, Ankerwindungen und sorgfältig berechneten Sprengladungen lösen konnte.

Und das einzige Pfand, das sie in der Hand hatten, lag tief unten im Rumpf des Schiffes. Aber eben nicht in der Arrestzelle, sondern in Dr. Brambells tiefgekühltem Leichenfach.

Rolvaag

2.50 Uhr

Lloyd ging ruhelos wie ein gefangenes Tier in seinem Studio im hinteren Brückendeck auf und ab. Der Wind war stärker geworden, alle paar Minuten traf eine Böe das Schiff mit solcher Wucht, dass die Fenster bebten und leise in ihren Rahmen klirrten. Was Lloyd allerdings kaum wahrnahm.

Er blieb stehen und starrte durch die offene Tür in seine nur vom schwachen Schein rötlich schimmernder Notlampen erhellte Bürosuite. Die schwarzen Monitore starrten stumm zurück, wie zum Hohn spiegelte sich in ihnen sein auf Zwergenmaß geschrumpftes Konterfei wider.

Von unbändiger Wut erfüllt, stieß er einen der Ohrensessel mit einem kräftigen Tritt um, bevor er seine Wanderung fortsetzte. Es war unglaublich. Glinn – der Mann, dem er dreihundert Millionen Dollar gezahlt hatte – wies ihn von der Brücke seines eigenen Schiffes! Drehte ihm den Strom ab, machte einen blinden, taubstummen Narren aus ihm! Dabei hätte es so vieles gegeben, was er dringend mit seinen Leuten in New York besprechen musste – Geschäfte, bei denen es um eine Menge Geld ging. Aber das war nicht alles. Viel mehr als das Geld schmerzte es ihn, dass Glinn es gewagt hatte, ihn vor den Schiffsoffizieren und seinen eigenen Leuten zu demütigen. Das würde er ihm nie verzeihen, *das* nicht. Er hatte sich Machtkämpfe mit Präsidenten, Regierungschefs, Scheichs, Industriemagnaten und Unterweltbossen geliefert, aber bei Glinn … Dieser Mann war irgendwie anders.

Und dann erstarrte er plötzlich und lauschte. Über das Lärmen der Maschinen, das von der fiktiven Schürfstelle auf der Insel herüberdrang, und über den heulenden Wind hinweg hörte er auf einmal Geräusche, die er, obwohl sie sich fast rhythmisch wiederholten, in seiner Wut bisher gar nicht wahrgenommen hatte. Da war es wieder: das dumpfe Stakkato einer Explosion ganz in der Nähe. Offenbar auf dem Schiff, denn nun spürte er auch das Vibrieren, das durch die Planken unter seinen Füßen lief.

Er stand reglos da, alle Muskeln angespannt, und wartete auf den nächsten Knall. Neugier dämpfte seine Wut. Irgendetwas tat sich auf dem Hauptdeck. Da – schon wieder: erst ein dumpfer Knall, dann das Vibrieren.

Er durchmaß schnellen Schritts seine Suite und eilte den Flur hinunter in das Großraumbüro. Assistenten und Sekretärinnen saßen müßig vor schwarzen Bildschirmen und toten Telefonen und vertrieben sich die Zeit mit Klatsch und Tratsch, der freilich sofort verstummte, als sie Lloyd in den Raum stürmen sahen. Penfold löste sich lautlos aus dem Halbdunkel, eilte hinter ihm her und zupfte ihn am Ärmel. Lloyd wedelte ihn unwirsch beiseite und setzte seinen Sturmlauf fort – vorbei an den Türen der lahm gelegten Fahrstühle, durch die schalldicht isolierte Tür in sein privates Apartment und weiter bis zu dem Bullauge, von dem aus er die Stahlkonstruktion sehen konnte, die aus dem Zentraltank ragte.

Auf dem Deck unter ihm herrschte rege Betriebsamkeit. EES-Personal war bereits mit den letzten Vorbereitungen für das Ablegen beschäftigt. Ladeluken wurden zugeklappt, Schotten geschlossen, Abdichtungen überprüft – aber all das nahm Lloyd nur beiläufig wahr, sein eigentliches Interesse galt der bizarren Turmkonstruktion. Sie war kürzer geworden, erheblich kürzer sogar, und von dunklem Qualm umwallt, der sich mit dem aufsteigenden Nebel zu zerfransten kleinen Wolken formte und meerwärts trieb: ein skurriles Ballett in Zeitlupe. Und während er noch fasziniert nach unten starrte, hörte er schon die nächste Explosion – das heißt eigentlich eher eine Serie von Explosionen, wie stotterndes Maschinengewehrfeuer – und sah, dass der Meteorit abermals ein Stück absackte. Das Beben, das durch den Rumpf der *Rolvaag* lief, war kaum vergangen, als auch schon ein Spezial-

trupp anrückte, kurz den Schutt wegräumte und die nächste Sprengladung anbrachte.
Nun war ihm klar, was Glinn mit kontrollierter Zerstörung gemeint hatte. Seine Leute sprengten den Turm tatsächlich Stück für Stück weg. Und so wütend er auch war, musste Lloyd doch zugeben, dass dies die beste, wenn nicht gar die einzige Möglichkeit darstellte, ein derart schweres Objekt in den Tank zu verfrachten. Angesichts der Brillanz der Idee und der Professionalität der Durchführung blieb ihm schier die Luft weg.
Glinn und McFarlane hatten ihm zugeredet, nicht zu kommen. Er war trotzdem gekommen. So wie er damals, allen Warnungen zum Trotz, auf den gerade erst freigelegten Meteoriten gesprungen war. Nachträglich lief es ihm eiskalt über den Rücken, wenn er daran dachte, wie es diesem – wie hieß er noch? – diesem Timmer ergangen war.
Vielleicht war es ein Fehler gewesen, noch einmal herzukommen. Ein impulsiver Entschluss, der ihm im Grunde gar nicht ähnlich sah. Er hatte sich da in etwas hineingesteigert, der Meteorit war ihm zu einem Herzensanliegen geworden. Und wie J. P. Morgan schon gesagt hatte: »Wenn du etwas zu sehr willst, empfindest du es nicht einmal mehr als Erfolg, wenn du es schließlich bekommst.« Er hatte sich immer an diese Lebensweisheit gehalten und nötigenfalls nicht gezögert, ein Projekt aufzugeben, wie lukrativ es auch sein mochte. Seine Fähigkeit, ein Blatt abzulegen, selbst wenn es eines mit vier Assen war, hatte sich bei all seinen Geschäften ausgezahlt. Nun aber wollte er zum ersten Mal in seinem Leben ein Blatt behalten, obwohl er das Spiel gar nicht machen konnte. Er hatte überreizt, nun konnte er nur noch gewinnen oder verlieren.
Er versuchte, sich zur Vernunft zu zwingen. Mein Gott, er war zu seinen Milliarden schließlich nicht durch unbedachte Starrköpfigkeit gekommen. Und es war nie seine Art gewesen, Zweifel an der Tüchtigkeit der Leute zu hegen, die für

ihn gute Arbeit leisteten. Wenn er in sich hineinlauschte, musste er sich eingestehen, dass Glinn ihn womöglich vor einer Dummheit bewahrte, wenn er ihn von der Brücke schickte – aller Demütigung zum Trotz.
Aber dann kochte wieder Wut in ihm hoch. Was immer der Kerl sich dabei gedacht hatte, er war arrogant und anmaßend gewesen. Seine kühle Gelassenheit, seine Unfehlbarkeit, sein heimlicher Führungsanspruch – das alles reizte ihn. Glinn hatte ihn vor allen anderen lächerlich gemacht, und das konnte ein Palmer Lloyd nie vergessen, geschweige denn vergeben. Wenn all das hier vorüber war, würde er mit dem Mann abrechnen – finanziell und auch sonst.
Aber jetzt kam es erst einmal darauf an, den Meteoriten hier wegzuschaffen. Und Glinn schien der Einzige zu sein, der dazu imstande war.

Rolvaag

3.40 Uhr

»Captain Britton, in zehn Minuten liegt der Meteorit in der Halterung im Zentraltank. Dann gehört das Schiff wieder Ihnen, wir können auslaufen.«

Glinns Worte zerrissen die Stille auf der Brücke. Britton verharrte noch ein, zwei Minuten in der Pose, in der sie wie versteinert dagestanden hatte, seit Glinn und Lloyd aneinander geraten waren, dann drehte sie sich zu ihm um, maß ihn mit einem abschätzenden Blick und wandte sich schließlich an den Zweiten Offizier. »Windgeschwindigkeit?«

»Dreißig Knoten aus Südwest, in Böen auffrischend auf vierzig. Tendenz stärker werdend.«

»Strömung?«

Glinn hörte nicht mehr hin, die nautischen Details waren Brittons Sache. Er beugte sich zu seinem Operator am Prozessor hinunter. »Puppup und Amira sollen auf die Brücke kommen und mir berichten.«

Wieder waren in rascher Folge Explosionen zu hören. Das Schiff krängte nach Backbord, die Pumpen sprangen an, um die Schräglage auszugleichen.

»Eine Schlechtwetterfront zieht auf uns zu, Ma'am«, meldete Howell, »der Nebel taugt nicht mehr lange als Tarnkappe.«

»Sichtweite?«, fragte Britton.

»Knapp zweihundert Meter, zunehmend.«

»Position des Zerstörers?«

»Null-fünf-eins, unverändert zweitausend Meter.«

Eine starke Böe traf das Schiff, gefolgt von einem lauten, hohl widerhallenden Knall, der sich anders anhörte als die Explosionen aus dem Zentraltank. Auch die Erschütterung war ganz anders, McFarlane kam es vor, als hätte es die *Rolvaag* bis ins Mark getroffen.

»Wir hatten soeben Berührung mit den Klippen«, sagte Britton in ruhigem Ton und sah Glinn fragend an.
Glinn schüttelte den Kopf. »Wir können noch nicht ablegen. Wird der Rumpf das aushalten?«
Britton verzog keine Miene. »Eine Weile bestimmt. Hoffe ich jedenfalls.«
Amira kam auf die Brücke, ihre hellwachen Augen erfassten die Situation sofort. »Ist wohl besser, wenn Garza unten bleibt und zusieht, dass unser Bursche fest in seiner Halterung verankert ist, ehe er uns ein Loch in den Rumpf schlagen kann«, flüsterte sie McFarlane zu.
Abermals eine Serie von Sprengungen, der Meteorit sackte wieder ein Stück tiefer.
»Dr. McFarlane«, sagte Glinn, ohne sich umzudrehen, »sobald der Meteorit in der Halterung liegt, sind Sie dran. Sie und Amira beobachten ihn rund um die Uhr. Informieren Sie mich auf der Stelle, wenn sich irgendwelche Messwerte verändern oder etwas mit dem Meteoriten nicht zu stimmen scheint. Ich möchte keine unliebsamen Überraschungen mehr erleben.«
»Geht in Ordnung.«
»Das Labor ist bereit. Und wir haben oben im Tank eine Beobachtungsplattform gebaut. Sagen Sie's mir, wenn Sie sonst noch was brauchen.«
Der Zweite Offizier meldete: »Heftiger Blitzschlag, Entfernung fünfzehn Kilometer.«
Einen Augenblick lang herrschte angespannte Stille, dann sagte Britton zu Glinn: »Machen Sie schneller.«
»Das kann ich nicht«, murmelte Glinn geistesabwesend, wie tief in Gedanken versunken.
»Sichtweite neunhundert Meter«, sagte der Zweite Offizier, »Windgeschwindigkeit vierzig Knoten, weiter zunehmend.«
McFarlane schluckte schwer. Bisher war die Aktion mit der Präzision eines Uhrwerks gelaufen, er hatte gar nicht mehr mit der Möglichkeit irgendwelcher Komplikationen gerech-

net. Was mochte wohl in Glinn vorgehen, da unten in seinen dunklen Büroräumen? Wobei ihm plötzlich einfiel, dass er sein Siebenhundertfünfzigtausend-Dollar-Honorar nach der ausweichenden Antwort, die er Glinn gegeben hatte, vermutlich abschreiben konnte. Merkwürdig, er trauerte dem Geld nicht mal nach. Dass sie den Meteoriten an Bord hatten, war das Einzige, was jetzt noch für ihn zählte, das versprochene Honorar war vergleichsweise unwichtig geworden.

Abermals eine Serie von Explosionen, Bruchstücke der Verstrebungen schlugen auf dem Boden des Tanks auf. Dazu mischte sich das trockene Klicken, mit dem Steinsplitt gegen die Fenster der Brücke geschleudert wurde. Der Wind war so stark geworden, dass er Steinchen und Felssplitter von den Klippen zu ihnen herübertrieb. Der *panteonero* machte Ernst.

»Noch sechzig Zentimeter, dann haben wir's geschafft«, kam Garzas Stimme verzerrt aus Glinns Funkgerät.

»Bleiben Sie dran und geben Sie ständig den Stand der Absenkung durch«, antwortete Glinn.

Puppup kam gähnend auf die Brücke und rieb sich den Schlaf aus den Augen.

»Sichtweite eintausendachthundert Meter«, meldete der Zweite. »Der Nebel lichtet sich rasch, das Kriegsschiff wird jeden Augenblick Sichtkontakt haben.«

In der Ferne hörte McFarlane Donner grollen, der aber übertönt wurde, als die *Rolvaag* mit einem lauten, hohlen Knall zum zweiten Mal die Klippen berührte.

»Tourenzahl Hauptmaschine erhöhen!«, rief Britton, während aus dem Tankraum abermals eine Detonation zu vernehmen war.

»Noch fünfzig Zentimeter«, gab Garza durch.

»Blitzschlag in sieben Kilometer Entfernung«, meldete der Zweite Offizier. »Sichtweite zweitausenddreihundert Meter.«

»Blackout auf dem Deck«, ordnete Glinn an.

Nahezu im selben Moment verloschen an Deck sämtliche

Scheinwerfer, nur der Lichtschimmer von der Brücke warf noch einen gespenstischen Schein auf den nun fast ganz in der Tiefe des Tankraums verschwundenen Meteoriten. Ein Beben lief durch die *Rolvaag*, McFarlane hätte nicht sagen können, ob es noch von der Berührung mit den Klippen oder von der letzten Sprengung kam. Je mehr der Nebel sich lichtete, desto deutlicher sah man, wie aufgewühlt der Kanal inzwischen war. Weiße Gischtkronen tanzten auf und ab, bis der nächste Brecher sie verschluckte. Er starrte wie gebannt auf die nächtliche See hinaus, jeden Moment darauf gefasst, die schlanke Silhouette des Zerstörers auftauchen zu sehen.

Garza meldete über Funk: »Fünfzehn Zentimeter.«

»Fertig machen zum Schließen der Luken«, ordnete Glinn an.

Im Südwesten zuckte ein greller Blitz über den Himmel, beinahe unmittelbar gefolgt von gedämpftem Donnergrollen.

»Sichtweite dreitausendsechshundert Meter. Blitzschlag in dreieinhalb Kilometer Entfernung.«

Rachels Hand hielt McFarlanes Ellbogen umklammert. »Himmel noch mal, das ist verdammt nahe«, murmelte sie.

Und plötzlich tauchte der Zerstörer auf, anfangs nur an den schwach flackernden, wie vom Sturm verwehten Lichtern auf der Steuerbordseite zu erkennen. Als der Nebelschleier sich weiter hob, sah man, dass er keine Fahrt machte. Aber er hatte, als wolle er sie einschüchtern, alle Lichter gesetzt.

Wieder eine Explosion, wieder das Vibrieren, und dann gab Garza durch: »Wir haben ihn in der Halterung.«

»Schotten schließen«, befahl Britton. »Mr. Howell, alle Haltetaue kappen. Kurs eins-drei-fünf setzen.«

Ein Ruck ging durch das Schiff, als die Haltetaue abgesprengt wurden und gegen die Klippen schnellten.

»Ruder exakt fünfzehn Grad«, meldete Howell, »Kurs eins-drei-fünf liegt an.«

Almirante Ramirez

3.55 Uhr

Gerade mal gut einen Kilometer entfernt ging Comandante Vallenar unruhig auf seiner Brücke auf und ab. Sie war unbeheizt, wie er es am liebsten hatte, und nur mit dem Nötigsten ausgestattet. Er starrte durch die Fenster auf das Vorschiff des Zerstörers, das *castillo.* Der Nebel lichtete sich, war aber noch zu dicht, um etwas erkennen zu können. Ungeduld trieb ihn zur Radaranzeige, der Domäne des Oficial de guardia en la mar, wie die korrekte Bezeichnung des wachhabenden Brückenoffiziers lautete. Er beugte sich über dessen Schulter und suchte den Radarschirm ab. Die Umrisse des *Ice Ship* verrieten ihm nichts, was er nicht ohnehin schon gewusst hätte, und lösten keines seiner Rätsel.

Warum war der Tanker immer noch vor der Felsküste vertäut? Bei dem Sturm, der sich da zusammenbraute, wurde das von Minute zu Minute gefährlicher. Konnte es sein, dass sie versuchten, den Meteoriten im Schutz der Dunkelheit auf das Schiff zu schaffen? Nein, ausgeschlossen. Er hatte ja, bevor der Nebel sich zugezogen hatte, selbst gesehen, dass sie im Zentrum der Insel noch alle Hände voll zu tun hatten. Sogar jetzt konnte er dort die Maschinen noch rattern hören. Und der undisziplinierte Funkverkehr war noch genauso lebhaft wie vorher. Dennoch, es wäre dumm gewesen, den Tanker bei diesem Wetter so dicht vor den Klippen festzumachen. Und dieser Glinn war mit Sicherheit kein Dummkopf.

Was ging dort drüben also vor?

Irgendwann hatte er die knatternden Rotorblätter eines Helikopters vernommen, der offenbar irgendwo in der Nähe gelandet und wenig später wieder abgeflogen war. Und er hatte auch Explosionen gehört, wesentlich schwächer als die von den Abbauarbeiten auf der Insel und vermutlich irgendwo in

der Nähe der Klippen. Oder vielleicht sogar von dem Schiff? Hatte es womöglich an Bord einen Unfall oder eine technische Störung gegeben? Oder war es Timmer gelungen, sich eine Waffe zu beschaffen und einen Fluchtversuch zu wagen?
Er löste den Blick von dem grünen Radarschirm des veralteten Geräts und starrte angestrengt in die Dunkelheit. Vorhin war ihm gewesen, als habe er hinter den halb verwehten Nebelfetzen Lichter wahrgenommen. Inzwischen hatte der Nebel sich weiter gelichtet, es war also nur noch eine Frage der Zeit, bis sie Sichtkontakt hatten. Er kniff die Augen zusammen. Nein – die Lichter, falls es welche gegeben hatte, waren erloschen.
Er spürte, wie der Wind sich gegen sein Schiff stemmte, er hörte ihn heulen und pfeifen. Er kannte dieses Geheul. Es war das Klagelied des *panteonero*.
Vallenar hatte bereits mehrere immer drängendere und drohendere Aufforderungen ignoriert, zur Basis zurückzukehren. Er wusste nur zu gut, dass es die korrupten, bestechlichen Staatsdiener waren, die ihn zurückrufen wollten. Bei der Muttergottes, die Kerle würden ihm am Ende noch auf den Knien danken.
Er spürte, wie das Schiff in der schweren See rollte. Er mochte es absolut nicht, wenn es so auf und ab schlingerte, wie ein Korkenzieher. Aber die Anker würden in der – in keiner Seekarte verzeichneten – Unterwasserfelsbank schon halten. Es war der beste, nein, der einzige Ankerplatz im Franklin-Kanal.
Was ging dort drüben vor?
Er dachte gar nicht daran, bis Mittag auf ihre Antwort wegen Timmer zu warten. Beim ersten Büchsenlicht würde er ihnen ein paar Zehn-Zentimeter-Granaten vor den Bug setzen und ihnen dann ein Ultimatum stellen: Liefert ihr Timmer aus oder wollt ihr alle sterben?
Etwas Helles flackerte durch die rissig gewordene Nebelwand. Er drückte das Gesicht an die Scheibe und starrte zu

dem Tanker hinüber. Da war es wieder: Lichter, kein Zweifel. Seine Augen bohrten sich in die Dunkelheit. Nebelschwaden und Graupelschauer verhängten ihm den Blick, aber ganz schwach nahm er sie einen Augenblick lang doch wahr – und dann wieder: eindeutig Lichter. Dann meinte er sogar die Umrisse des riesigen Tankers in der nicht mehr gar so undurchdringlichen Dunkelheit zu erkennen. Und ein Licht – ein einziges.

Diese Mistkerle hatten ihr Schiff abgedunkelt.

Warum? Was hatten sie zu verbergen?

Er trat zurück an den Kommandostand, beugte sich über die Instrumente und versuchte, irgendeine Erkenntnis aus dem verwischten grünen Zerrbild des FLIR zu gewinnen. Seine Intuition sagte ihm, dass sich dort drüben etwas tat. Vielleicht war es an der Zeit, aktiv zu werden.

Er wandte sich an den Ersten Bootsmann und befahl: »Geben Sie Gefechtsalarm.«

Der Bootsmann beugte sich über das Mikrophon der Schiffssprechanlage. »Gefechtsalarm! Gefechtsalarm! Alle Mann auf Gefechtsstation!«

Eine Sirene heulte auf. Sekunden später betrat der Jefe de la guardia en la mar, sein Feuerleitoffizier, die Brücke und salutierte.

Vallenar schloss einen Stahlschrank auf und entnahm ihm ein Infrarotglas, ein noch aus der Sowjetzeit stammendes Modell. Er streifte sich die Froschaugen-Brille über und trat ans Fenster. Die russische Technologie war nicht so gut wie die der amerikanischen ITT-Geräte, aber dafür wesentlich billiger zu haben.

Mit der Brille konnte er jetzt alles deutlicher erkennen. Gestalten huschten über das Deck des Tankers. Kein Zweifel, es wurden Vorbereitungen zum Ablegen getroffen. Nur, erstaunlicherweise schien der Schwerpunkt der Aktivitäten rund um die offenen Ladeluken auf dem Mitteldeck zu liegen. Aus dem Rumpf des Schiffes ragte etwas heraus. Er konnte

sich allerdings keinen Reim darauf machen, was es war. Und plötzlich sah er den Lichtschein mehrerer kleiner Explosionen aus dem offenen Tank zucken.
Verdammt – dieses altmodische Nachtsichtgerät hier hatte noch keinen automatischen Blendschutz, die grellen Lichtblitze verwandelten das Bild in gleißendes Weiß. Vallenar taumelte zurück, riss sich das Okular herunter und rieb sich fluchend die Augen.
»Ziel aufnehmen, laden und sichern«, rief er dem Gefechtsoffizier zu. »Feuervorbehalt.«
Der Offizier starrte ihn entgeistert an. Vallenar starrte – ungeachtet der Lichtblitze, die immer noch vor seinen Augen tanzten – scharf zurück.
Der Offizier riss sich zusammen. »Aye-aye, Sir, Ziel aufnehmen, laden und sichern, Feuervorbehalt.«
Vallenar drehte sich zu seinem Brückenoffizier um. »Fertig machen zum Ankerlichten.«
»Aye, Sir, fertig machen zum Ankerlichten.«
»Treibstoffvorrat?«
»Fünfundfünfzig Prozent, Sir.«
Vallenar schloss die Augen und wartete darauf, dass der Schmerz ein wenig nachließ. Dann fischte er eine Zigarre aus der Jackentasche und zündete sie umständlich an. Erst als sie schön gleichmäßig brannte, trat er wieder ans Fenster und starrte in die Dunkelheit.
Über den Radarschirm gebeugt, meldete der Brückenoffizier: »Das amerikanische Schiff nimmt Fahrt auf.«
Vallenar tat bedächtig einen langen Zug. Vielleicht waren sie ja nun zur Vernunft gekommen und suchten sich einen windgeschützten Liegeplatz weiter oben im Kanal, an dem sie den Sturm aussitzen wollten.
»Der Tanker bewegt sich weg von den Klippen …«
Vallenar sagte nichts, er wartete.
»… dreht jetzt bei. Neuer Kurs null-acht-fünf.«
Das war der falsche Kurs, wenn sie das ruhige Wasser des

Kanals erreichen wollten. Vallenar wartete beklommenen Herzens weiter ab. Geschlagene fünf Minuten vergingen.
»Kurs unverändert null-acht-fünf. Geschwindigkeit jetzt annähernd vier Knoten.«
»Weiter auf dem Radarschirm verfolgen«, murmelte Vallenar. Aus seiner Beklommenheit waren Befürchtungen geworden.
»Ziel dreht weiter ab, Geschwindigkeit fünf Knoten, Kurs eins-eins-fünf ... eins-zwo-null ... eins-zwo-fünf ...«
Für einen Tanker ist diese Beschleunigung beachtlich, ging es Vallenar durch den Kopf. Aber egal, was sie aus ihren Maschinen herausholten, einem Zerstörer konnten sie nicht davonfahren, das war völlig unmöglich.
Er drehte sich um. »Zielansprache: Schwachstellen am Bug, oberhalb der Wasserlinie. Ich will das Schiff manövrierunfähig machen, nicht versenken.«
»Fünf Knoten, Kurs bei eins-drei-fünf stabilisiert.«
Sie wollen aufs offene Meer, dachte Vallenar. Und damit gab es keinen Zweifel mehr: Timmer war tot.
Casseo, der Feuerleitoffizier, räusperte sich und sagte mit belegter Stimme: »Mündungen unter Feuervorbehalt auf die befohlenen Ziele gerichtet, Sir.«
Vallenar versuchte, Besonnenheit auszustrahlen, so wie er es seinen Männern schuldig war. Er durfte nichts von dem preisgeben, was in ihm vorging. Aber er musste sich endlich Klarheit verschaffen. Daran lag ihm mehr denn je, schließlich ging es – wie sagte man in solchen Fällen? – um ein Herzensanliegen.
Er nahm die Zigarre aus dem Mund und fuhr sich langsam mit der Zunge über die trockenen Lippen.
Dann gab er sich einen Ruck: »Feuerbereitschaft herstellen.«

Rolvaag

3.55 Uhr

Glinn atmete tief ein und spürte, wie seine Lungen sich mit frischer Luft voll pumpten. Wie immer vor entscheidenden Augenblicken überkam ihn eine fast unnatürliche Ruhe. Der Bug des Schiffes war aufs offene Meer gerichtet, unter seinen Füßen hörte er die starken Maschinen röhren. Hinter ihnen, etwa zwanzig Grad neben dem Backbordmast, zeichnete sich der Zerstörer als heller Punkt im verwaschenen Grau ab. In fünf Minuten konnte alles erledigt sein. Aber wie immer hing Erfolg oder Misserfolg davon ab, dass sie den richtigen Zeitpunkt wählten.

Er wandte sich suchend um. Puppup hatte sich in eine dunkle Ecke der Brücke verdrückt. Als Glinn ihm durch eine Kopfbewegung ein Zeichen gab, kam er zu ihm herüber.

»Ja, Chef?«

»Halten Sie sich bereit, dem Rudergänger zu assistieren. Möglicherweise müssen wir einige Male abrupt den Kurs ändern. Dann brauchen wir Sie und Ihre Erfahrung mit den Strömungen und der Unterwassertopographie.«

»Der Unterwasser... was?«

»Ihrem Wissen, wo es Riffs oder Untiefen gibt und wo wir genügend Wasser unter dem Kiel haben.«

Puppup nickte mechanisch, doch dann schielte er mit schief gelegtem Kopf auf zu Glinn. »Chef, mein Kanu braucht höchstens zwanzig Zentimeter Wassertiefe. Ich hab mir um solche Dinge nie viel Sorgen machen müssen.«

»Das ist mir klar. Aber mir ist auch klar, dass der Wasserspiegel hier bei Flut bis zu zehn Meter ansteigt. Und wir haben Höchststand, das Wasser wird also bald wieder fallen. Sie wissen, wo es Wracks und verborgene Felsbänke gibt. Also, halten Sie sich bereit.«

»Ist geritzt, Chef.«
Glinn sah dem kleinwüchsigen Mann nach, bis er sich wieder in seine dunkle Ecke verdrückt hatte, dann schielte er zu Britton hinüber, die mit Howell und dem Wachoffizier am Kommandopult stand. Sie war tatsächlich die tapfere, tüchtige Frau, die er von Anfang an in ihr gesehen hatte. Alles an ihr beeindruckte ihn, besonders die Art, wie beherrscht sie auf seinen rüden Eingriff in ihre Machtbefugnisse reagiert hatte. Dazu gehörten eiserne Selbstdisziplin und natürliche Würde, und sie hatte beides. Er fragte sich, ob ihr das angeboren oder das Ergebnis der bitteren Lehren war, die ihr die viel beschworene »Schule des Lebens« erteilt hatte.
Vor kurzem war er in der Schiffsbibliothek zufällig auf ein Bändchen mit Gedichten von W. H. Auden gestoßen. Eigentlich machte er sich nicht viel aus Poesie, er hatte sie immer für nutzloses Wortgeklingel gehalten. Aber dann hatte er in dem schmalen Band das Gedicht »Lobpreis des Kalksteins« gefunden, und das war eine Art Offenbarung für ihn gewesen. Er hatte nicht geahnt, welche Wortgewalt Dichtung entfalten und wie tief sie die Gefühle eines Menschen anrühren kann. Er nahm sich vor, Britton irgendwann darauf anzusprechen, schließlich hatte sie seinerzeit bei ihrer ersten Begegnung durch ihr Auden-Zitat erst den Anstoß zu seinem spontanen Entschluss gegeben, sich auf diese literarische Entdeckungsreise zu begeben.
Das gedämpfte Geheul einer Alarmanlage riss ihn jäh aus seinen Gedanken. Und da hörte er auch schon Britton sagen: »Der Zerstörer hat uns mit seinem Feuerleitradar erfasst. Mr. Howell, geben Sie Alarm. Alle Männer sollen sofort ihre Posten einnehmen.«
Howell wiederholte den Befehl, überall auf dem Schiff heulten die Alarmsirenen.
Glinn trat unauffällig neben seinen Mann an der Steuerkonsole und murmelte: »Ablenken.«
Er spürte Brittons bohrenden Blick im Nacken. »Sein Feuer

ablenken?« In ihrem erregten, mühsam beherrschten Ton schwang Sarkasmus mit. »Darf ich fragen womit?«
»Mit dem Breitband-ECM-System an Ihrem Mast. Er hat offensichtlich vor, seine Schiffsgeschütze oder sogar eine *exocet* auf uns abzufeuern. Aber mit Düppelstreifen und dem CIWS kommen wir denen schon bei.«
»Denken Sie an eine Art Sperrfeuer auf kürzeste Distanz?«, fragte Howell. »Dafür sind wir nicht …«
»Doch«, fiel ihm Glinn ins Wort, »dafür sind wir ausgerüstet. Unter den Backschotten.«
Der EES-Techniker tippte einen Code ein, und Sekundenbruchteile später war am Bug ein lautes, trockenes Knacken zu hören. Glinn beobachtete, wie die abgesprengten Schotten nach oben geschleudert wurden und dann ins Meer stürzten. Fast zeitgleich schoben sich die kurzen Mündungen der mit Uranmunition bestückten Zwei-Zentimeter-Zwillings-Geschützen aus dem Rumpf – Waffen, die es immerhin auf eine Feuergeschwindigkeit von dreitausend Schuss pro Minute brachten.
»Mein Gott«, hauchte Howell, »die sind doch …«
»Stimmt«, bestätigte Glinn trocken. »Das Pentagon stuft sie als geheim ein.« Er wandte sich an Britton. »Sobald wir Sperrfeuer schießen, empfehle ich, den Bug der *Rolvaag* hart steuerbord zu drehen.«
»Ein Ausweichmanöver?«, fragte Howell. »Mit diesem Schiff? Wir brauchen drei Meilen, um es zu stoppen.«
»Das weiß ich. Tun Sie's trotzdem.«
»Mr. Howell«, griff Britton ein, »Bug hart steuerbord.«
Howell drehte sich zu dem Rudergänger um. »Ruder rechts hart steuerbord, Steuerbordmaschine volle Kraft zurück, Backbordmaschine weiter volle Kraft voraus.«
Britton wandte sich an Glinns Techniker. »Bringen Sie sämtliche Gegenmaßnahmen zum Einsatz. Falls er eine Rakete abfeuert, brauchen wir Düppelstreifen und wahrscheinlich auch CIWS.«

Einige Sekunden verstrichen, dann ging ein scharfer Ruck durch den Schiffsrumpf, die *Rolvaag* wurde langsamer und driftete zur Steuerbordseite ab.
»Das geht nie und nimmer gut«, murmelte Howell.
Glinn machte sich nicht die Mühe, darauf zu antworten. Er wusste, dass dieses taktische Manöver seine Wirkung nicht verfehlen würde. Selbst für den unwahrscheinlichen Fall eines Versagens der elektronischen Gegenmaßnahmen war er absolut sicher, dass Vallenar hoch oben auf den Bug zielen würde, weil er so ein Höchstmaß an psychologischer Wirkung erreichen konnte, ohne das Schiff ernsthaft zu beschädigen. Er legte es bestimmt nicht darauf an, die *Rolvaag* zu versenken – zumindest jetzt noch nicht.
Die Sekunden krochen quälend langsam dahin, bis nach etwa zwei Minuten an der Steuerbordseite des Zerstörers ein Feuerwerk aus grellen Lichtblitzen losbrach: die Schiffsgeschütze eröffneten das Feuer. Alle hielten den Atem an. Und dann hörten sie plötzlich weit vor dem Bug der *Rolvaag* eine Detonation, eine Wasserfontäne schoss in den Nachthimmel und zerstäubte im Wind. Das Schauspiel wiederholte sich an anderer Stelle und dann noch einmal, danach trat abrupt Stille ein.
Glinn atmete tief durch, der Angriff war abgewehrt.
Die Offiziere auf der Brücke tauschten blass betroffene Blicke. Glinn konnte es ihnen nachfühlen. Er wusste, dass es für jeden ein traumatisches Erlebnis ist, zum ersten Mal unter Beschuss zu liegen.
»Drüben auf dem Zerstörer tut sich was«, meldete Howell, tief über den Radarschirm gebeugt.
Ohne eine Miene zu verziehen, sagte Glinn leise: »Wenn ich mir einen Vorschlag erlauben darf: seitlich ausmanövrieren, volle Kraft voraus, Kurs eins-acht-null.«
Der Rudergänger reagierte nicht, stattdessen wandte er sich um, sah Captain Britton fragend an und gab zu bedenken. »Da verlassen wir die Fahrrinne und kommen mitten zwi-

schen die Riffs. Es gibt dort nicht eingezeichnete Untiefen und …«

Glinn winkte Puppup zu sich heran. »Wir steuern die Riffseite des Kanals an.«

»Alles klar, Chef.«

Britton seufzte und wies den Rudergänger an: »Führen Sie die Anweisung aus.«

Der Bug des Tankers drehte ab. Gischt schäumte vor dem Schiff auf, weißer Schaum schwappte auf das Deck.

Puppup starrte mit zusammengekniffenen Augen in die Dunkelheit. »Sie da – nehmen Sie den Bug ein Stück nach links.«

»Tun Sie das, Mr. Howell«, sagte Britton knapp.

»Ruder fünf Grad backbord«, gab Howell an den Rudergänger weiter, »Kurs stetig eins-sieben-fünf.«

Ein paar Sekunden lang herrschte angespannte Stille, dann bestätigte der Rudergänger: »Aye, Sir, Kurs stetig eins-sieben-fünf.«

Howell beugte sich über den Radarschirm. »Die nehmen schnell Fahrt auf. Machen jetzt zwölf Knoten, wir nur acht.« Er starrte Glinn finster an. »Und was, zum Teufel, fällt Ihnen jetzt ein? Haben Sie gedacht, wir können den Mistkerl abhängen? Das ist der reinste Irrsinn. In ein paar Minuten sitzt er uns so dicht auf der Pelle, dass er uns mit seinen Zehn-Zentimeter-Geschützen in Grund und Boden bohrt. Dann helfen alle Gegenmaßnahmen nichts mehr.«

»Mr. Howell!«, sagte Britton scharf. Der Erste Offizier schwieg.

Glinn sah seinen Mann am Computer fragend an. »Geladen?«

Der Mann nickte.

»Warten Sie auf mein Zeichen.«

Glinn verfolgte durch das Fenster, wie der Zerstörer mit hoher Geschwindigkeit durch Wasser pflügte. Selbst ein betagtes Kriegsschiff wie die *Almirante Ramirez* brachte es noch auf vierunddreißig Knoten. Es war – zumindest in der Dunkelheit – ein faszinierender Anblick: das Glitzern der Lichter und das Spiel der Wellen, das sich an der Panzerung der Waffentürme widerspiegelte. Man meinte förmlich zu ahnen, wie der Zerstörer nur darauf lauerte, mit gebleckten Zähnen zuzuschnappen.

Glinn wartete, er wollte Vallenar Zeit lassen, noch näher heranzukommen.

»Aufs Heck halten – Feuer!«

Es war ihm eine Genugtuung zu sehen, wie die Spur der Geschossgarbe dicht über der Wasserfläche das Meer riffelte und am Heck des Zerstörers plötzlich zwei Wassersäulen hochstiegen. Fast im selben Moment war der dumpfe Widerhall von Unterwasserdetonationen zu hören. Der Rumpf des Zerstörers schwang herum, das Schiff, längsseits der aufgewühlten See ausgesetzt, begann hilflos zu treiben.

Mit zwei gebrochenen Schrauben war der *Almirante Ramirez* sicher bald ein schmähliches Ende an den Felsen beschieden. Nicht ohne Häme fragte sich Glinn, wie Comandante Vallenar seinen Admirälen wohl den Verlust des Schiffes erklären wollte – vorausgesetzt, er überlebte das Desaster.

Dann brach auf dem Zerstörer die Hölle los, er feuerte aus allen Rohren. In den dumpfen Abschussknall der Zehn-Zentimeter-Geschütze mischte sich das frenetische hohe Pfeifen der Vier-Zentimeter-Schnellfeuerkanonen. Aber nachdem sie ihr Radar und die Steuerung verloren hatte, konnte die *Almirante Ramirez* nur noch in blinder Wut um sich schießen. Und die *Rolvaag* stahl sich mit gelöschten Lichtern auf neuem Kurs in die Dunkelheit davon.

»Eine Spur mehr links, Chef«, murmelte Puppup, den Blick fest ins Dunkel gerichtet, dem Rudergänger zu.

Britton ahnte, wie schwer es Howell fiel, das Gemurmel des alten Mannes ernst zu nehmen, und so entschloss sie sich, die Sache selbst in die Hand zu nehmen, und wies den Rudergänger an: »Ruder fünf Grad steuerbord.«

Der Yaghan kroch mit den Augen förmlich in die Dunkelheit

hinein. Minuten reihten sich aneinander, bis er sich schließlich zu Glinn umwandte, sagte: »Chef, wir haben die Felsen hinter uns«, und ohne jedes weitere Wort wieder im Halbdunkel verschwand.
Das Echo des Geschützdonners hallte von den Bergen und Gletschern wider, irrte eine Zeit lang hin und her und verhallte erst, als die *Rolvaag* ins offene Meer bog und Kurs auf die verschwommene Silhouette des Cabo de Hornos nahm, die sich in der Ferne abzeichnete.
Glinn hörte neben sich Schritte, wandte sich um und sah Brittons Augen auf sich gerichtet – Augen, die ihm ein wenig bohrend vorkamen, aber trotzdem nichts von ihrem wunderschönen Glanz verloren hatten.
»Wie gedenken Sie zu erklären, dass ein chilenisches Kriegsschiff in den eigenen Hoheitsgewässern gesunken ist?«
»Sie haben das Feuer eröffnet, wir haben in Notwehr gehandelt. Abgesehen davon haben unsere Geschosse nur ihre Schrauben beschädigt. Das Versenken besorgt der *panteonero.*«
»Damit werden wir die Vorwürfe von Seiten der Chilenen kaum entkräften können. Wir dürfen von Glück sagen, wenn wir nicht den Rest unseres Lebens im Gefängnis verbringen.«
»Bei allem Respekt, Captain, das sehe ich anders. Was wir getan haben, war legal. *Alles.* Wir hatten eine Schürflizenz erworben, der zufolge wir Erz abbauen durften. Und wir haben Erz abgebaut, selbst wenn es sich dabei zufällig um einen Meteoriten handelt. Der Wortlaut unseres Vertrags mit Chile schließt diese Möglichkeit nicht aus. Man hat uns von Anfang an Schwierigkeiten gemacht, uns zur Zahlung von Bestechungsgeldern genötigt und uns bedroht. Einer unserer Männer ist das Opfer eines feigen Mordes geworden. Und als wir es endlich geschafft hatten und ablegen wollten, hat ein Kriegsschiff der chilenischen Marine das Feuer auf uns eröffnet. Zugegeben, der Kommandant hat eigenmächtig gehandelt, aber es hat zu keiner Zeit eine Warnung von Seiten der chilenischen Regierung, einen offiziellen Kontakt

oder irgendetwas dergleichen gegeben. Ich kann Ihnen versichern, dass wir nach unserer Rückkehr beim State Department geharnischten Protest wegen des unmöglichen Verhaltens der Chilenen einlegen werden.« Er machte eine kleine Pause, um dann mit einem kaum merklichen Lächeln um die Lippen hinzuzufügen: »Sie glauben doch nicht im Ernst, dass unsere Regierung das anders sehen wird, oder?«

Britton sah ihn stumm an, ein paar Sekunden lang. Aber weil es ein Blick aus diesen betörend schönen grünen Augen war, kamen die Sekunden Glinn wie eine Ewigkeit vor.

Dann trat sie dicht an ihn heran und wisperte ihm ins Ohr: »Ist Ihnen eigentlich klar, dass so einer wie Sie in eine geschlossene Anstalt gehört?«

Seltsam, aber irgendwie konnte sich Glinn des Eindrucks nicht erwehren, dass ein Unterton von Bewunderung darin mitschwang.

Rolvaag

4.00 Uhr

Palmer Lloyd saß mutterseelenallein in seinem Studio, den breiten Rücken der Tür zugekehrt, tief in den einzigen Ohrensessel gelümmelt. Das Telefon und den Laptop hatte er mit einem gezielten Schubs seiner handgearbeiteten englischen Schuhe in die äußerste Ecke des kleinen Tisches befördert. Vor der Fensterfront lag ein grünlicher, schwach phosphoreszierender Schimmer über dem aufgewühlten Meer, der einen bizarr geriffelten Lichtschein an die Wände des dunklen Raumes malte, was ihm irgendwie die Illusion vermittelte, an einem verwunschenen Ort auf dem Meeresgrund zu sein.

Er starrte auf den schwachen Lichtschimmer. Reglos, so wie er die ganze Zeit über dagesessen hatte: während der Kanonade, der kurzen Verfolgungsjagd durch den Zerstörer, der Detonationen am Heck des chilenischen Schiffes und der stürmischen Umrundung des Kap Hoorn.

Mit leisem Klicken gingen die Lichter im Studio an. Von einem Augenblick zum anderen verwandelte sich die sturmgepeitschte See vor den Fenstern in eine unförmige schwarze Masse. In seinem Privatbüro erwachten die Bildschirme der nebeneinander aufgereihten Fernsehapparate zum Leben, Dutzende erregter Gesichter redeten stumm aufeinander ein. Weiter hinten, im Großraumbüro, klingelte ein Telefon – dann ein anderes und gleich darauf wieder eins.

Aber Palmer Lloyd rührte sich nicht. Er hätte selbst nicht in Worte fassen können, was er empfand. Während der unfreiwilligen Dämmerstunden waren es Verstimmung, Frustration, das Gefühl der Demütigung und natürlich auch ein bisschen störrische Selbstverleugnung gewesen. Glinn hatte ihn wie einen lästigen Bittsteller von der Brücke gewiesen, ihm den Strom abgedreht und ihn all seiner Machtmittel beraubt. Aber da war noch etwas anderes gewesen – etwas, das er nicht erklären, ja nicht einmal verstehen konnte: ein wachsendes Glücksgefühl, das alle anderen Empfindungen verdrängte. Er ahnte, was ihn so glücklich machte. Die Verladung des Meteoriten, die erfolgreiche Gegenattacke, durch die der chilenische Zerstörer manövrierunfähig geworden war – lauter meisterhaft inszenierte Schachzüge.

In einem unerwarteten Anflug von Selbsterkenntnis gestand er sich ein, dass Glinn Recht daran getan hatte, ihn von der Brücke zu weisen. Er wäre mit seiner Art, sich wie ein Elefant im Porzellanladen aufzuführen, bei diesen sorgsam ausbalancierten Aktionen nur ein Störfaktor gewesen. Und nun war der Strom wieder eingeschaltet worden – klarer hätte die Botschaft, die Glinn ihm übermitteln wollte, gar nicht sein können.

Er dachte an all die Erfolge, auf die er zurückblicken konnte. Und erkannte, dass auch diese Mission ein Erfolg geworden war. Dank Eli Glinn.

Aber wer hatte Glinn angeheuert? Wer hatte sich den richtigen Mann – den Einzigen, der in Frage kam – für diesen Job ausgesucht? Trotz allem, was geschehen war, gratulierte er sich im Nachhinein zu dieser Wahl. Es war eine gute Wahl gewesen, sie hatte zum Erfolg geführt. Der Meteorit lag sicher im Rumpf des Schiffes. Nachdem der Zerstörer schachmatt war, gab es nun nichts mehr, was sie aufhalten konnte. Nicht mehr lange, und sie befanden sich in internationalen Gewässern und nahmen Kurs auf New York. Natürlich würde es in den Staaten neben Jubel einen Aufschrei der Empörung geben. Aber das stand er durch. Solche Auseinandersetzungen bereiteten ihm sogar Vergnügen, vor allem, wenn er im Recht war. Das Glücksgefühl schwoll an, es schnürte ihm fast die Kehle zu. Er gab sich Mühe, ruhig und tief durchzuatmen.

Und plötzlich klingelte das Telefon auf seinem Schreibtisch. Er ignorierte es. Dann klopfte es an der Tür, zweifellos Penfold, die Nervensäge. Er tat so, als habe er nichts gehört. Eine hoch aufsteigende Welle schleuderte einen Schwall Meerwasser, vermischt mit Regen und Graupel, gegen die Fensterscheiben. Und dann stemmte er sich endlich aus dem Sessel hoch, wischte sich ein paar Fussel von der Hose und drückte die Schultern durch. Nicht sofort, aber bald – sogar sehr bald – wurde es Zeit, sich wieder auf der Brücke blicken zu lassen und Glinn zu seinem – zu *ihrem* – Erfolg zu gratulieren.

Almirante Ramirez

4.10 Uhr

Comandante Vallenar starrte in die rabenschwarze Nacht am Kap. Das Schiff rollte so stark, dass er sich nur durch wiegende Gegenbewegungen auf den Beinen halten konnte. Er griff zum Telegraphen, der ihn mit dem Maschinenraum verband. Obwohl er eigentlich nur zu gut wusste, was passiert war … und wer ihnen das eingebrockt hatte.

Er unterdrückte seine Wut und bemühte sich, die Lage kühl zu beurteilen. Der Sechzig-Knoten-*panteonero* in seinem Rücken gab dem bewegungsunfähigen Zerstörer eine Drift von zwei Knoten. Rechnete er die zwei Knoten Abdrift durch die Strömung ein, blieb noch etwa eine Stunde, bis sein Schiff auf die Riffs jenseits der Isla Deceit geworfen wurde.

Er konnte seine Offiziere, die stumm hinter ihm standen, förmlich denken hören. Sie warteten auf den Befehl, das Schiff aufzugeben. Nun, da musste er sie enttäuschen.

Er zwang sich zur Ruhe, nur sein Atem ging vielleicht etwas schneller. Aber davon war nichts zu merken, als er sich an den Deckoffizier wandte. »Schadensabschätzung, Señor Santander.«

»Schwer zu sagen, Comandante. Beide Schrauben haben etwas abgekriegt. Das Ruder ist beschädigt, aber funktionsfähig. Schäden am Rumpf wurden nicht gemeldet. Aber das Schiff hat Antrieb und Steuerung verloren. Wir treiben manövrierunfähig in der Strömung, Sir.«

»Schicken Sie zwei Taucher runter. Sie sollen das genaue Ausmaß der Schäden an den Schrauben feststellen.«

Die Stille war zum Schneiden dick. Vallenar drehte sich um, sehr, sehr langsam. Sein Blick schien die versammelten Offiziere auszuloten.

»Sir, jemanden bei dem Seegang über Bord zu schicken be-

deutet für ihn den sicheren Tod«, gab der Decksoffizier zu bedenken.
Vallenars Augen nagelten ihn fest. Santander war, im Gegensatz zu den anderen, noch relativ neu unter seinem Kommando, er hatte gerade mal sechs Monate hier unten hinter sich. Sechs Monate am Arsch der Welt.
»Sie haben Recht. Das dürfen wir nicht riskieren. Schicken Sie eine Gruppe von sechs Mann hinunter. Auf die Weise bleibt mindestens einer übrig, der uns das Ausmaß der Schäden melden kann.«
Santander starrte ihn entsetzt an.
»Das ist ein Befehl. Wenn Sie sich widersetzen, teile ich Sie als Führer der Gruppe ein.«
Der Deckoffizier schluckte. »Ja, Sir.«
»Im vorderen Stauraum befindet sich auf der Steuerbordseite eine Lattenkiste, gekennzeichnet mit ›Vier-Zentimeter-Geschütze‹. Darin liegt eine Reserveschraube.« Vallenar hatte für viele Notfälle Vorsorge getroffen, auch für den Verlust einer Schraube. Die einzige Möglichkeit, den schlafmützigen, korrupten Versorgungsoffizieren in Punta Arenas zum Trotz das Schiff einsatzbereit zu halten. »Sobald Sie einen Überblick über das Ausmaß der Schäden haben, bauen Sie die benötigten Ersatzteile an der Reserveschraube ab. Wir werden in maximal sechzig Minuten bei den Untiefen der Isla Deceit sein. Wir werden das Schiff nicht aufgeben. Und auch keinen Notruf absetzen. Entweder sorgen Sie dafür, dass die Schrauben sich wieder drehen, oder das Schiff geht unter, mit Mann und Maus.«
»Ja, Sir«, brachte der Deckoffizier mit belegter Stimme heraus.
Die Blicke der anderen Offiziere verrieten nichts von dem, was in ihren Köpfen vorging. Aber Vallenar schenkte ihnen ohnehin keine Beachtung. Ihn interessierte nicht, was sie dachten, ihm kam es nur darauf an, dass sie gehorchten. Und momentan gehorchten sie noch.

Rolvaag

7.55 Uhr

Manuel Garza warf einen Blick von dem schmalen Laufsteg auf den großen roten Stein tief unter ihm. Von hier oben sah er ziemlich klein aus: ein bizarres Ei, in ein Nest aus Stahl und Holz gebettet. Das Netz, mit dem er gesichert war, war Garzas ganzer Stolz. Verdammt gute Arbeit – vielleicht das Beste, was er je in seinem Leben gemacht hatte. Wie schwierig es war, aus derart feinem Material ein reißfestes Netz zu knüpfen, konnte nur jemand vom Fach beurteilen. Gene Rochefort zum Beispiel – ja, er hätte das zu schätzen gewusst und seine sauertöpfische Miene vielleicht sogar zu einem Lächeln verzogen. Schade, dass er es nicht mehr sehen konnte.

Der Schweißtrupp trottete hinter ihm her. Der schwere Schritt so vieler Gummistiefel brachte den Laufsteg in leichte Schlingerbewegungen. Mit den gelben Monturen, dicken Schutzhandschuhen und roten Helmen erinnerten die Männer an den sprichwörtlichen bunt zusammengewürfelten Haufen. Jeder hielt ein Schweißdiagramm in der Hand, auf dem sein Verantwortungsbereich rot markiert war.

Garza blieb stehen. »Okay, ihr wisst, was ihr zu tun habt. Wir müssen den Koloss gut sichern, und zwar bevor die See noch rauer wird.«

Der Vorarbeiter tippte sich grinsend an den Helmrand. Er war, wie seine Männer, fast übermütig gut gelaunt. Kein Wunder, der Meteorit lag in der Halterung, der chilenische Zerstörer ließ sich nicht mehr blicken, und vor allem: Sie waren auf dem Weg nach Hause.

»Und noch was: Seht zu, dass ihr das Ding nicht anfasst.«

Die Männer lachten über Garzas guten Witz. Einige versuchten ihrerseits, vermeintlich witzige Bemerkungen anzubringen: die Vermutung, dass Timmer zur Zeit mit Lichtgeschwindigkeit durchs Weltall raste, und den Vorschlag, schon mal Grüße an die Lieben daheim zu schicken – in Tupperware-Dosen statt per Flaschenpost. Und so standen sie da, quatschten und lachten, und keiner bequemte sich, in den Aufzugskäfig zu steigen, der sie zum Boden des Tankraums bringen sollte.

Da half alles nichts, Garza musste ihnen Beine machen. »Also los, Leute, bewegt euren Arsch.«

Garza hatte eigentlich nicht vorgehabt, mit nach unten zu fahren, vom Laufsteg aus ließ sich die Arbeit viel besser überwachen. Aber irgendwie hatte er plötzlich das Gefühl, dass ihm das als Drückebergerei ausgelegt werden könnte, und so quetschte er sich im letzten Moment mit in den Käfig.

»Kommen Sie mit in die Höhle des Löwen, Mr. Garza?«, flachste einer der Männer.

»Muss ich ja wohl. Wer soll denn sonst aufpassen, dass ihr keinen Pfusch macht?«

Sie fuhren nach unten, wo auf dem Boden des Tanks mehrere Eisenträger zu einer Art Bodenbelag zusammengefügt worden waren. Querstreben sorgten dafür, dass das Gewicht des Meteoriten einigermaßen gleichmäßig verteilt war. Die Männer suchten sich anhand der Markierung auf dem Schweißdiagramm ihren Arbeitsplatz, kletterten an den Verstrebungen entlang und verschwanden im Inneren des Lastenschlittens. Trotzdem dauerte es geraume Zeit, bis Garza den ersten Schweißbrenner zischen hörte. Irgendwie wollte hier unten, in unmittelbarer Nähe dieses rätselhaften glutroten Steins, niemand den Anfang machen. Aber schließlich hörte man überall das schrille Kreischen der Schweißgeräte, als der Brennstrahl sich in Metall fraß. Der aufsteigende grelle Funkenregen zeichnete huschende Schatten an die Wände des Zentraltanks.

Garza ging den Arbeitsbereich ab, um sich zu vergewissern, dass alles nach Plan lief und niemand dem Meteoriten zu nahe kam. Von Zeit zu Zeit, wenn gerade mal einen Augenblick lang Stille herrschte, meinte er, irgendwo etwas tropfen oder plätschern zu hören. Auf der Suche nach einem potenziellen Leck fiel sein Blick auf die Bullaugen, die gut achtzehn Meter über ihm in den stählernen Schiffsrumpf eingelassen waren. Entlang den nach unten laufenden Längsstreben machte er tatsächlich eine Sickerspur aus, auch der Boden des Tankraums schimmerte feucht. Die Erklärung lag auf der Hand, er brauchte nur hinzuhören, wie die Unterströmung immer wieder mit dumpfer Wucht gegen den Rumpf der *Rolvaag* schlug. Nun gut, irgendwo drang bei jedem Schiff etwas Bilgenwasser ein, das war normal. Trotzdem lief ihm bei dem Gedanken, dass zwischen ihm und dem Grund des Ozeans nur drei dünne Metallschichten lagen, ein leichter Schauder über den Rücken.

Er sah schnell weg, wodurch sein Blick wieder an dem Meteoriten hängen blieb. Obwohl er aus der Nähe wesentlich größer aussah, schien er sich doch im weiten Raum des Zentraltanks zu verlieren. Es war ihm immer noch ein Rätsel, wie so ein relativ kleines Objekt so viel wie fünf Eiffeltürme wiegen konnte. Das Faszinierendste an ihm war die mit Worten kaum zu beschreibende Farbe. Er hätte sich gewünscht, ein kleines Stück aus diesem märchenhaft roten Stein herausbrechen zu können – es hätte sich gut in einem Ring für seine Freundin gemacht. Aber er brauchte nur daran zu denken, wie mühsam sie vor ein paar Tagen, nach der Explosion im Tunnel, Timmers sterbliche Überreste zusammengesucht hatten, um die Idee mit dem Ring schnell zu vergessen.

Er warf einen Blick auf die Uhr. Fünfzehn Minuten waren vergangen. Somit blieben ihnen nach der Zeitkalkulation noch zehn. »Wie läuft's bei euch?«, rief er dem Vorarbeiter des Schweißtrupps zu.

Der formte aus den Händen einen Trichter.

»Fast fertig«, brüllte er zurück.

Das Echo irrte hohl im Tank hin und her. Garza spürte, dass das Schiff jetzt stärker schlingerte. Und als er schnupperte,

stieg ihm der Geruch von überhitztem Stahl, Wolfram und Titan in die Nase.
Schließlich war die Arbeit getan, die Schweißbrenner wurden abgestellt. Zwanzig Minuten, nicht schlecht. Garza nickte zufrieden. Das war eben typisch Rochefort. Ihm war es bei allen Konstruktionen stets darauf angekommen, dass sie einfach und möglichst störunanfällig waren. Da blieben solche nachträglichen Schweißarbeiten die Ausnahme. Er mochte als Pedant gegolten haben, aber er war ein hervorragender Ingenieur gewesen. Ein Jammer, dass er nicht mehr miterlebt hatte, wie der Meteorit in den Tank abgesenkt worden war – genau nach seinem Plan. Aber so war das eben, bei nahezu jedem Auftrag gab es Tote. Es war fast wie im Krieg: Wer für die EES arbeitete, tat gut daran, keine allzu engen Bindungen einzugehen.
Mein Gott, jetzt schlingert das Schiff aber mächtig! Das muss eine gewaltige Welle sein, dachte er. Überall knirschte und knackte es, die *Rolvaag* schaukelte und bockte immer mehr. Garza griff nach dem Schutzgitter des Aufzugskäfigs, um nicht den Halt zu verlieren. »Festhalten, Leute!«, konnte er dem Trupp noch zurufen, dann wurde es Nacht.
Als er zu sich kam, merkte er, dass er auf dem Rücken lag. Um ihn herum war es stockdunkel, Schmerzen wüteten in ihm. Was, zum Teufel, war passiert? Er hatte keine Ahnung, wie lange er so dalag. Vielleicht erst seit einer Minute, aber genauso gut konnte eine Stunde vergangen sein. Seine Gedanken rotierten. Es musste eine Explosion gegeben haben. Irgendwo im rabenschwarzen Dunkel schrie jemand. Es stank nach Ozon, heißem Metall und angesengtem Holz. Etwas Warmes, Klebriges rann ihm übers Gesicht. Der klopfende Schmerz kam in Wellen, genau im Rhythmus seines Herzschlags. Aber dann wurde er schwächer, verebbte, zog sich immer tiefer ins Dunkel zurück.
Und das war gut so, denn nun konnte er endlich wieder einschlafen.

Rolvaag

8.00 Uhr

Palmer Lloyd hatte sich für seine Rückkehr auf die Brücke Zeit gelassen. Er wollte sich vorher innerlich stählen. Glinn sollte nicht denken, er hege insgeheim immer noch irgendwelche Ressentiments.

Alle begegneten ihm ausgesprochen höflich und respektvoll. Was Lloyd ein wenig erstaunte, bis ihm klar wurde, dass allgemein eine neue Stimmung herrschte. Der Auftrag war so gut wie erledigt, alle hatten Zeit für ihn. Er war nicht mehr der lästige Störenfried, sondern Palmer Lloyd, Eigentümer des sensationellsten Meteoriten, der je geborgen worden war, Chef des Lloyd-Museums, Präsident der Lloyd Holdings und einer der sieben reichsten Männer der Welt.

Über Brittons goldene Epauletten hinweg konnte er das Monitorbild sehen. Er kannte sich damit aus. Das Kreuz markierte die gegenwärtige Position ihres Schiffes, die Längsachse den geplanten weiteren Verlauf der Reise. Die Achse näherte sich immer mehr dem Kreuzungspunkt mit der geschwungenen, horizontal verlaufenden roten Linie, welche die Grenze der internationalen Gewässer markierte. Das kurze Flackern, das alle paar Sekunden über den Bildschirm lief, zeigte an, dass das Monitorbild anhand der neuesten Satellitendaten aktualisiert wurde.

»Wie lange noch?«, fragte er.

»Acht Minuten«, antwortete Britton. Ihre Stimme klang fest wie immer, die Ereignisse der letzten Stunden waren ihr nicht mehr anzumerken.

Lloyd schielte zu Glinn hinüber, der, die Hände auf dem Rücken verschränkt, mit der für ihn typischen undurchdringlichen Miene neben Puppup stand. Lloyd glaubte allerdings

einen Anflug blasierter Selbstgefälligkeit in seinem Gesicht auszumachen. Wozu er auch allen Grund hatte. Immerhin trennten ihn nur noch wenige Minuten von dem Augenblick, von dem an er für sich in Anspruch nehmen konnte, *die* wissenschaftliche und technische Großtat des Jahrhunderts vollbracht zu haben.
Lloyd ließ den Blick weiter schweifen. Die Brückenwache: abgekämpft, aber stolz; die Männer warteten auf ihre Ablösung. Der Erste Offizier – nun, seine verdrossene Miene verriet nichts, aber das war ja bei Howell immer so. McFarlane und Amira standen stumm nebeneinander. Und eine Überraschung: Sogar Brambell, der gerissene alte Fuchs, hatte sich aus seinem Bau unter Deck auf die Brücke bemüht. Vermutlich wollte er, wie alle anderen, Augenzeuge des bevorstehenden großen Moments werden.
Lloyd richtete sich auf, wartete, bis die Botschaft seiner Körpersprache alle erreicht hatte und die Blicke der anderen auf ihm ruhten, dann wandte er sich an Glinn: »Es ist mir ein Bedürfnis, Ihnen meinen aufrichtigen Glückwunsch auszusprechen, Mr. Glinn.«
Glinn deutete eine Verbeugung an. Die anderen schmunzelten und wechselten verstohlene Blicke.
In diesem Moment ging die Tür zur Brücke auf, ein Steward rollte einen Servierwagen herein. Aus dem Eisbehälter ragte der Hals einer Champagnerflasche, daneben stand ein Rack mit einem Dutzend Kristallgläsern.
Lloyd rieb sich vergnügt die Hände. »Eli, Sie alter Schwindler! Sie mögen ja manchmal ein wenig übervorsichtig sein, aber diesmal ist Ihnen das Timing perfekt gelungen.«
Glinn grinste. »Ich gebe zu, ich habe versehentlich von einer *Flasche* gesprochen. Tatsächlich hatte ich eine *Kiste* mit an Bord genommen. Hier und heute müssen Sie trotzdem mit dieser Flasche vorlieb nehmen. Aber ich verspreche Ihnen, sobald wir in New York angelegt haben, werde ich die restlichen zehn persönlich für Sie entkorken.«

Lloyd schlenderte zum Servierwagen, nahm die Flasche aus dem Kühler und hielt sie strahlend hoch.

»Lassen Sie die bloß nicht wieder fallen, Chef«, murmelte Puppup halblaut.

Lloyd fragte bei Britton nach: »Wie lange noch?«

Sie warf einen Blick auf den Monitor, dann auf Howell, und als der Erste Offizier bestätigend nickte, sagte sie in feierlichem Ton: »Die *Rolvaag* hat soeben internationale Gewässer erreicht.«

Verhaltener Jubel, Lloyd ließ den Korken knallen und schickte sich an, die Gläser zu füllen. Er war fast fertig, als sich Puppup, in jeder Hand ein Glas, vor ihm aufbaute. »Wenn Sie mal so freundlich wären, Chef … Eins für mich und eins für meinen Freund.«

Lloyd füllte die beiden Gläser. Der Yaghan hatte bei dem Unternehmen keine große Rolle gespielt, sich aber dennoch als unverzichtbar erwiesen. In Gedanken merkte er sich vor, ihm nach der Rückkehr in die Staaten einen guten Job zu verschaffen, vielleicht sogar im Lloyd-Museum. Immerhin war er der letzte Yaghan-Indianer, da ließ sich bestimmt ein gewisser Showeffekt erzielen. Was natürlich Fingerspitzengefühl erforderte und nichts mit dem Jahrmarktsrummel zu tun haben durfte, mit dem man im neunzehnten Jahrhundert Eingeborene dem staunenden Publikum vorgeführt hatte. Aber ihm würde schon etwas einfallen …

»Und wer ist dieser Freund?«, fragte er Puppup.

Puppups Grinsen floss in die Breite. Er machte eine Verbeugung, antwortete, ohne mit der Wimper zu zucken: »Hanuxa, Chef«, und nahm erst aus dem linken und dann aus dem rechten Glas einen tiefen Zug.

Während Lloyd ihn noch verblüfft ansah, verschaffte sich Howell über das Stimmengemurmel hinweg Gehör: »Ich habe einen Schiff-Schiff-Kontakt. Entfernung dreißig Seemeilen, Kurs drei-eins-fünf konstant, Geschwindigkeit zwanzig Knoten.«

Das Gemurmel verstummte. Lloyd verspürte ein seltsames Kribbeln in der Magengegend. Er suchte Glinns Blick und erschrak, weil er in den Augen des EES-Chefs noch nie so viel Verblüffung und Beunruhigung gelesen hatte.
»Das muss ja wohl ein Frachter sein?«, fragte er. »Oder?«
Ohne zu antworten, drehte sich Glinn zu seinem Operator am Computer um und flüsterte ihm etwas zu.
»Es ist die *Almirante Ramirez*«, sagte Captain Britton mit belegter Stimme.
»Was?«, platzte Lloyd heraus. »Wie wollen Sie denn das auf dem Radarschirm erkennen?«
Britton sah ihn an. »Mit Sicherheit lässt sich so was nie sagen, aber Zeit und Ort sprechen dafür. Die meisten Schiffe wählen hier unten die Passage durch die Straße von Le Maire, besonders bei solchem Wetter. Aber dieses Schiff kommt mit voller Kraft direkt hinter uns her.«
Lloyds Blick wanderte zurück zu Glinn und seinem Techniker am Computer. Die beiden berieten sich immer noch flüsternd. »Ich dachte, Sie hätten dem verdammten Kerl die Flügel gestutzt?«, fragte er.
Glinn richtete sich auf. Lloyd stellte erleichtert fest, dass seine Miene wieder die alte Gelassenheit und Zuversicht ausstrahlte. »Unser Freund hat sich als unerwartet einfallsreich erwiesen.«
Lloyd sah ihn verwundert an.
»Comandante Vallenar hat es fertig gebracht, sein Schiff zu reparieren, zumindest notdürftig. Eine beachtliche Leistung, die ich nicht für möglich gehalten hätte. Aber es wird ihm nichts nützen.«
Britton fuhr herum. »Und wieso nicht?«
»Werfen Sie einen Blick auf das Computerbild. In internationalen Gewässern wird er seine Verfolgungsjagd sicher nicht fortsetzen.«
»Eine sehr gewagte Annahme, wenn Sie mich fragen. Der Mann ist verrückt. So einer bringt alles fertig.«

»Sie irren sich. Was man dem Comandante auch nachsagt, er ist bis ins Mark Marineoffizier. Ein Mann von Ehre, stolz auf seine Loyalität und seine verschrobenen militärischen Ideale. Und genau darum wird er uns nicht über die rote Linie folgen. Das könnte sein Land in eine peinliche Lage gegenüber den Staaten bringen, die den größten Anteil an der Wirtschafts- und Militärhilfe für Chile haben. Außerdem wird er sich hüten, sich mit seinem angeschlagenen Schiff so weit in einen immer stärker werdenden Sturm zu wagen.«

»Und warum verfolgt er uns dann?«

»Aus zwei Gründen. Erstens ist ihm unsere genaue Position unbekannt, so dass er immer noch hofft, uns vor Erreichen der internationalen Gewässer abzufangen. Zweitens: Unser Comandante liebt große Gesten. Er rennt hinter uns her wie ein Hund, der genau weiß, wie viel Spielraum ihm die Kette lässt und wann er aufgeben muss. Er wird uns bis zur Grenze der chilenischen Hoheitsgewässer verfolgen und dann kehrtmachen.«

»Eine kühne Analyse. Aber trifft sie auch zu?«

»Ja, sie trifft mit Sicherheit zu«, antwortete Glinn im Brustton der Überzeugung.

Lloyd nickte. »Ich habe einmal den Fehler gemacht, Ihnen nicht zu glauben, ich bin geheilt. Wenn Sie behaupten, dass er abdrehen wird, dann tut er's wohl auch.«

Britton sagte nichts. Glinn ging zu ihr und fasste, während er leise auf sie einredete, mit fast intimer Vertraulichkeit ihre Hände. Lloyd bekam nicht mit, was geredet wurde, aber er bemerkte verdutzt, dass Britton rot wurde.

»Ja, gut«, murmelte sie schließlich.

Und in dem Moment hielt Puppup Lloyd wieder seine beiden Gläser hin. »Wär da wohl noch 'n Schlückchen drin? Für mich und meinen Freund – Sie wissen schon.«

Ehe Lloyd antworten konnte, wurde der Tanker plötzlich von einer gewaltigen Explosion erschüttert. Das Schiff schien sich regelrecht aufzubäumen, so wurde es durchgerüttelt, das

Licht auf der Brücke fing an zu flackern, auf allen Monitoren war nur noch grauer Schnee zu sehen.

»Was, zum Teufel, war das?«, rief Glinn erschrocken.

Niemand antwortete. Glinn war wieder zu seinem Operator geeilt und beriet sich flüsternd mit ihm. Aus dem Rumpf drang ein tiefer, vibrierender Ton herauf, fast wie gequältes Stöhnen, das sich kurz darauf wiederholte.

Und dann war der Spuk auf einmal genauso schnell vorbei, wie er gekommen war, das Licht flackerte nicht mehr, die Monitore wurden wieder hell und klar.

Britton wandte sich zu Lloyd um, um endlich seine Frage zu beantworten. »Was es war, wissen wir noch nicht.« Ihr Blick suchte die Instrumente am Kommandostand ab. »Offenbar irgendeine Fehlfunktion. Vielleicht eine Explosion, durch die sämtliche Systeme in Mitleidenschaft gezogen wurden. Mr. Howell, ich möchte umgehend eine genau Schadensfeststellung haben.«

Howell griff zum Telefon und führte zwei, drei kurze Gespräche. Als er den Hörer auflegte, war sein Gesicht aschfahl. »Es kam aus dem Zentraltank – wo der Meteorit liegt. Dort hat sich ein schwerer Unfall ereignet.«

»Was für eine Art Unfall?«, wollte Glinn wissen.

»Anscheinend eine elektronische Entladung, die vermutlich von dem Meteoriten ausgegangen ist.«

Glinn drehte sich zu McFarlane und Amira um. »Kümmern Sie sich darum. Finden Sie heraus, was passiert ist und warum. Und Sie, Dr. Brambell, sollten sich sofort ...«

Aber der Schiffsarzt hatte die Brücke bereits verlassen.

Almirante Ramirez

8.30 Uhr

Vallenar starrte ins Dunkel, als könne er durch seine bohrenden Blicke den Tanker zwingen, sich endlich zu zeigen. »Lagemeldung«, verlangte er mit zusammengebissenen Zähnen vom Brückenoffizier.

»Sir, das ist wegen der elektronischen Störmaßnahmen schwer zu sagen. Ich schätze, das Ziel macht mit Kurs null-neun-null etwa sechzehn Knoten Fahrt.«

»Entfernung?«

»Die kann ich wirklich nicht genau bestimmen, Sir. Etwa um die dreißig Seemeilen, würde ich sagen. Wenn ihr ECM-System nicht vorhin ein paar Minuten lang ausgefallen wäre, würden wir völlig im Dunkeln tappen.«

Vallenar spürte den rhythmischen Wellenschlag, der sein Schiff beutelte: ein ständiges Heben und Senken, das einem den Magen umdrehen konnte. So schlimm hatte er das bis jetzt nur in dem Sturm erlebt, in den er während einer Ausbildungsfahrt südlich von Diego Ramirez geraten war. Er wusste, warum das Schiff so durchgerüttelt wurde: Der Abstand der Wellenkämme wurde immer größer, er musste jetzt ungefähr die doppelte Länge des Zerstörers betragen. Er konnte die schwere See, die auf ihn zu rollte, durch das hintere Fenster sehen: lange, kraftvolle, von schäumender Gischt gekrönte Brecher, die sich irgendwo vor dem Bug in der Dunkelheit verloren. Von Zeit zu Zeit rauschte von achtern eine wahrhaft gigantische Welle heran, ein *tigre*. Dann bäumte sich das Meer turmhoch auf, riss dem Rudergänger das Ruder aus den Händen und drohte den Zerstörer unkontrolliert ausscheren zu lassen. Wenn sie nach Süden abdrehten und die schwere See von vorn nehmen mussten, würde alles noch schlimmer werden.

Er griff in die Tasche, zog eine Zigarre heraus und betrachtete gedankenverloren das feucht gewordene Deckblatt. Er dachte an die beiden toten Taucher, deren starre Körper nun, in Segeltuch gewickelt, in den Staukästen auf dem Achterdeck ruhten, an ihre drei Kameraden, die nicht wieder aufgetaucht waren, und den vierten, der, völlig unterkühlt und zitternd, unter Deck in den letzten Zügen lag. Sie hatten ihre Pflicht getan, nicht mehr und nicht weniger. Hauptsache, das Schiff war wieder seetüchtig. Sie konnten mit den beschädigten Schrauben zwar nur zwanzig Knoten machen, aber das waren immer noch vier mehr als der Tanker. Und einen Vorteil hatte die lange Verfolgungsjagd: Während sie ostwärts jagten, auf die internationalen Gewässer zu, blieb ihm viel Zeit, sich eine Strategie auszudenken.

Er warf einen verstohlenen Blick auf den Brückenoffizier. Unter den Männern hatte sich Angst breit gemacht – wegen des Sturms und weil er die Verfolgungsjagd nicht abbrach. Angst war immer gut, verängstigte Männer gaben sich mehr Mühe.

Und Timmer war die Toten allemal wert.

Er zündete umständlich die Zigarre an, bis sich die rote Glut in den nachtschwarzen Scheiben spiegelte. Bestimmt wussten sie inzwischen da vorn auf dem Tanker, dass er wieder hinter ihnen herjagte. Diesmal würde er vorsichtiger sein und nicht noch einmal auf ihre miesen Tricks hereinfallen.

Ursprünglich hatte er es dabei belassen wollen, den Tanker nur manövrierunfähig zu schießen. Aber damit war es vorbei, schon lange. Denn inzwischen war klar, dass Timmer tot war. Damit war alles anders geworden. Nun kamen sie ihm nicht mehr so billig davon.

Fünf Stunden, vielleicht auch weniger, und sie waren wieder in Reichweite seiner Zehn-Zentimeter-Geschütze. Und falls ihr ECM noch einmal ausfiel: Die *Exocets* waren auf Knopfdruck abschussbereit.

Diesmal beging er bestimmt keinen Fehler.

Rolvaag

9.20 Uhr

Als McFarlane, dicht gefolgt von Amira, den Flur der Krankenabteilung hinunterrannte, wäre er um ein Haar mit Brambell zusammengestoßen. Es war ihm sofort klar, dass sie nicht mehr den verschrobenen, sarkastischen Brambell vor sich hatten, den sie von den abendlichen Dinners kannten. Der Mann, der aus dem Operationsraum kam, wirkte verbissen und gestresst, sogar seine Bewegungen hatten etwas ungewohnt Brüskes, Kantiges.

»Wir sind hier, weil wir …«, wollte McFarlane sagen, aber der Arzt ging, ohne sie überhaupt zu beachten, weiter den Flur hinunter und verschwand hinter einer Tür.

McFarlane und Amira sahen sich groß an. Dann folgten sie Brambell und kamen in einen hell beleuchteten Raum. Der Arzt stand, über einen reglos daliegenden Patienten gebeugt, an einer Krankentrage. Vom Gesicht des Mannes war vor lauter Verbänden kaum etwas zu sehen, das Betttuch war mit Blut getränkt. Brambell zog ihm mit einer hastigen, zornigen Bewegung das Laken übers Gesicht. Dann wandte er sich stumm um und ging zum Waschbecken.

McFarlane holte tief Luft. »Wir müssen mit Manuel Garza sprechen.«

»Ausgeschlossen«, fertigte Brambell ihn barsch ab, streifte die grünen Chirurgenhandschuhe ab und tauchte die Hände ins heiße Wasser.

»Doktor, wir *müssen* Garza fragen, was dort unten passiert ist. Die Sicherheit des Schiffes hängt davon ab.«

Brambell hielt mitten in der Bewegung inne und sah McFarlane zum ersten Mal in die Augen. Sein Blick wirkte verzweifelt und müde. Es war, als wolle er sich hinter seiner Gesichtsmaske verkriechen. Aber McFarlane merkte ihm

trotzdem an, dass er sich die Entscheidung nicht leicht machte.
»Raum drei«, sagte er schließlich und streifte sich ein Paar frische Handschuhe über. »Fünf Minuten.«
Garza lag hellwach in einem kleinen Krankenzimmer. Sein Gesicht sah zerschunden und geschwollen aus, sein Blick wirkte leer und stumpf, sein Schädel war dick mit Bandagen umwickelt. Als die Tür aufging, sah er sie kurz an, wandte sich aber sofort wieder ab. Den Blick auf das Bullauge gerichtet, fragte er flüsternd: »Sie sind alle tot, nicht wahr?«
McFarlane zögerte. »Bis auf einen.«
»Aber der wird auch sterben.« Es war keine Frage, es war eine Feststellung.
Amira drängte sich an McFarlane vorbei und legte Garza die Hand auf die Schulter. »Manuel, ich kann mir denken, wie bitter das für Sie ist, aber wir müssen genau wissen, was in dem Tankraum passiert ist.«
Garza sah sie nicht an, er schürzte die Lippen, seine Augen huschten unruhig hin und her. »Was passiert ist? Was vermuten Sie denn, was passiert sein könnte? Der gottverdammte Meteorit hat wieder verrückt gespielt.«
»Verrückt gespielt?«, wiederholte McFarlane.
»Ja. Er ist explodiert. Wie bei diesem Timmer.«
McFarlane und Amira sahen sich erschrocken an.
»Wer von Ihren Männern hat den Meteoriten berührt?«, fragte Rachel.
Garza drehte den Kopf und starrte sie an. Sie hätten nicht sagen können, ob es ungläubige Überraschung oder dumpfe Wut war, was sie in seinen weit aufgerissenen Augen lasen.
»Niemand hat ihn berührt.«
»Jemand muss es getan haben.«
»Ich sage doch: niemand. Ich habe die Männer die ganze Zeit über nicht aus den Augen gelassen.«
»Manuel …«, begann Amira.
Weiter kam sie nicht, Garza stemmte sich zornig hoch. »Glau-

ben Sie, meine Männer sind verrückt? Es hat ihnen überhaupt nicht gepasst, dass sie so nahe an dieses Monster ranmussten. Sie hatten eine Scheißangst davor. Ich sag's noch mal, Rachel: niemand ist an den Meteoriten auch nur auf Armeslänge herangekommen.« Er verzog schmerzhaft das Gesicht und sank in die Laken zurück.

McFarlane ließ ein paar Sekunden verstreichen, dann drängte er: »Sie müssen uns genau schildern, was Sie gesehen haben. Erinnern Sie sich an den Augenblick, bevor es passiert ist? Können Sie uns etwas darüber sagen? Hat sich irgendetwas Ungewöhnliches ereignet?«

»Nein. Die Männer waren mit der Arbeit fast fertig. Einige hatten die Schweißbrenner bereits abgestellt. Aber alle trugen noch die Schutzkleidung. Wir waren auf dem Sprung, zusammenzupacken und zu gehen. Dann hat das Schiff sich steil aufgebäumt. Es muss eine verdammt hohe Welle genommen haben.«

»Ja, an die erinnere ich mich«, sagte Amira. »Sind Sie ganz sicher, dass niemand ... Ich meine, wenn jemand das Gleichgewicht verliert, streckt er vielleicht ungewollt die Hand aus und ...«

»Sie glauben mir wohl nicht, wie?«, fiel ihr Garza ins Wort. »Dann lassen Sie's eben bleiben. Ich weiß jedenfalls, dass niemand den Meteoriten berührt hat. Überprüfen Sie doch die Bänder der Überwachungskameras, wenn Sie mir nicht trauen.«

»Ist Ihnen an dem Meteoriten etwas aufgefallen? Etwas, das anders war als sonst?«, wollte McFarlane wissen. »Irgendetwas Merkwürdiges?«

Garza dachte einen Augenblick lang nach, dann schüttelte er den Kopf.

McFarlane beugte sich weiter zu ihm hinunter. »Diese Welle, die das Schiff zum Aufbäumen gebracht hat ... Halten Sie es für denkbar, dass die heftige Schlingerbewegung die Explosion ausgelöst hat?«

»Wieso denn? Der Meteorit ist die ganze Zeit bewegt, unsanft herumgestoßen und durchgeschüttelt worden, von der Ausgrabung bis in den Tankraum, und nie ist etwas passiert.«
Amira und McFarlane wechselten stumm einen Blick – das unausgesprochene Eingeständnis, dass Garza Recht hatte.
»Der Stein ist es«, murmelte Garza.
McFarlane sah ihn verblüfft an, er war nicht sicher, ob er sich nicht verhört hätte. »Wie bitte?«
»Ich sage, es ist der gottverdammte Meteorit«, brachte Garza wütend heraus. »Er will unseren Tod. Er will uns alle sterben sehen.«
Und damit drehte er den Kopf zur Seite, starrte auf das Bullauge und ließ sich kein Wort mehr entlocken.

Rolvaag

10.00 Uhr

Ein unheilschwangeres Morgengrauen dämmerte hinter den Scheiben der Brücke heran, das erste Licht des neuen Tages enthüllte den Blick auf die sturmgepeitschte See. Unablässig rollten meterhohe Wellen von Westen auf sie zu. Noch sammelte der *panteonero* wohl Kräfte, doch der heulende Wind schien das Meer schon jetzt regelrecht zu pflügen. Er riss den Wellenbergen den weißen Schaum von den Kronen und trieb ihn wie Wolkenfetzen vor sich her. Das Schiff hob und senkte sich, schlingerte verzweifelt einem Todeskampf gleich.

Glinn stand in seiner gewohnten Pose am Fenster, die Hände auf dem Rücken verschränkt, und starrte auf die entfesselten Naturgewalten. Er fühlte sich von einer heiteren Gelassenheit getragen – ein Gefühl, das ihm seit Beginn der Expedition selten genug vergönnt gewesen war. Immer wieder hatte es böse Überraschungen und gefährliche Wendungen gegeben. Es war, als übe der Meteorit einen unheilvollen Zauber auf sie aus, sogar jetzt noch, hier auf dem Schiff. Howell hatte aus der Krankenstation schlechte Nachrichten mitgebracht: sechs Tote und Garza schwer verletzt.

Und dennoch, die EES hatte obsiegt und eine der großartigsten technischen Leistungen seit Menschengedenken vollbracht. Er würde keine Sekunde zögern, ein solches Projekt noch einmal zu übernehmen.

Er drehte sich um. Am Kommandostand drängte sich eine Gruppe Offiziere um Britton, den Blick auf den Radarschirm gerichtet, auf dem sie die Route des Zerstörers verfolgen konnten. Lloyd hatte sich hinter ihnen aufgebaut, wie ein Fels in der Brandung. Die vom grünlichen Schimmer des Radars beschienenen Gesichter sahen besorgt aus. Offensichtlich hatte seine Beurteilung, wie Vallenar sich verhalten würde, sie nicht überzeugt. Was er ihnen sogar nachfühlen konnte. Aber seine Fähigkeit, in kritischen Phasen die weitere Entwicklung vorauszusehen, hatte ihn noch nie im Stich gelassen. Weil er Vallenar eben kannte. Er war auf der *Almirante Ramirez* gewesen, hatte den Löwen sozusagen in seiner Höhle aufgesucht und dabei ein Bild von der eisernen Disziplin, die auf dem Schiff herrschte, und von dem Comandante gewinnen können: von seiner Erfahrung als Marineoffizier, seinem anmaßenden Stolz und seiner hingebungsvollen Liebe zu seinem Land. So ein Mann setzte die Verfolgungsjagd bestimmt nicht über die Grenze der internationalen Gewässer hinaus fort, nie und nimmer. Nicht wegen eines Meteoriten. Er würde im letzten Moment beidrehen. Und damit war die Krise ausgestanden, sie konnten ungehindert nach Hause zurückfahren.

»Captain«, fragte er, »welchen Kurs gedenken Sie einzuschlagen, um uns aus der Drake-Straße herauszuführen?«

»Sobald die *Ramirez* abgedreht hat, werde ich Kurs drei-drei-null befehlen. Das bringt uns ins Lee der Südspitze Südamerikas und damit aus dem Sturm heraus.«

Glinn nickte zustimmend. »Es wird bald so weit sein.«

Britton sagte nichts, ihr Blick war wieder auf den Monitor gerichtet.

Glinn schlenderte auf den Kommandostand zu und stellte sich neben Lloyd. Über Brittons Schulter konnte er die elektronische Karte auf dem Bildschirm sehen. Der grüne Punkt, der die Position des Zerstörers markierte, näherte sich rasch der Grenze der internationalen Gewässer. Er konnte sich ein Schmunzeln nicht verkneifen. Irgendwie kam er sich vor wie jemand, der im Fernsehen ein Pferderennen verfolgt und als Einziger weiß, wie es ausgehen wird.

»Gab es irgendwelche Funkkontakte mit der *Ramirez?*«

»Nein«, sagte Britton, ohne sich umzudrehen. »Sie haben absolute Funkstille gewahrt. Sogar der eigenen Basis gegenüber. Banks hat einen Funkspruch des dortigen Kommandanten abgehört, in dem Vallenar aufgefordert wurde, sofort zurückzukehren. Das war vor Stunden.«

Natürlich, dachte Glinn. Das entsprach genau dem Bild, das er sich von dem Mann gemacht hatte.

Er nahm sich Zeit, Britton anzuschauen. Die Sommersprossen, die auf ihrer Nase tummelten, und ihre aufrechte Haltung – alles an ihr war unverwechselbar. Sollte sie noch Zweifel an seiner Urteilskraft hegen, dann nicht mehr lange, und sie würde einsehen, dass er Recht gehabt hatte. Er dachte daran, wie viel Courage sie bewiesen hatte, wie kühl und beherrscht sie in kritischen Augenblicken geblieben war und wie sie, selbst als ihr praktisch das Kommando entzogen worden war, nichts von ihrer natürlichen Würde verloren hatte. Er spürte, dass er dieser Frau blindlings vertrauen konnte. Vielleicht war sie die Frau, die er immer gesucht hatte: Aus alter Gewohnheit fing er gleich an, über die geeignete Strategie nachzudenken, mit der er sie gewinnen könnte. Er ließ im Geiste die Möglichkeiten Revue passieren, die Sackgassen, in die er sich verrennen konnte, und den Pfad, der am ehesten Erfolg versprach …

Er schielte auf den Radarschirm. Der grüne Punkt war nur noch wenige Minuten von der roten Grenzlinie entfernt. Nun verspürte er doch einen leichten Anflug von Nervosität. Was ihn ärgerte, weil es die Harmonie seiner inneren Heiterkeit störte.

Nein, nein und nochmals nein – er hatte in seiner Analyse alle Faktoren berücksichtigt. Vallenar würde beidrehen.

Er wandte sich ostentativ ab und ging zu dem nach achtern gelegenen Fenster. Der Anblick war Furcht einflößend. Die Wellen schwappten aufs Deck, rauschten wie eine grüne Sintflut auf die Brücke zu und flossen durch die Speigatts ins Meer zurück. Aber die *Rolvaag* hatte sich dem Rhythmus des Wellengangs angepasst und lag erstaunlich ruhig in der aufgewühlten See. Wozu wohl auch das schwere Gewicht im Zentraltank beitrug.

Er warf einen Blick auf die Uhr. Es musste jeden Moment so weit sein, gleich würde Britton ihnen mitteilen, dass die *Almirante Ramirez* abgedreht hatte.

»Der Zerstörer ändert den Kurs.« Britton wandte sich um und sah ihn verstohlen an.

Glinn verkniff sich ein triumphierendes Lächeln.

»Dreht nordwärts auf null-sechs-null.«

Glinn wartete.

»Kreuzt soeben die rote Linie«, fuhr Britton etwas leiser fort. »Kurs unverändert null-sechs-null.«

Glinn stutzte. »Sein Ruder ist beschädigt, das wirkt sich wahrscheinlich auf die Navigation aus. Aber er hat eindeutig ein Wendemanöver eingeleitet.«

Die Minuten verstrichen. Glinn hielt es nicht mehr aus, ging wieder nach vorn zum Kommandostand und starrte auf den Bildschirm. Der grüne Punkt bewegte sich weiter nach Ostnordost. Er jagte nicht mehr hinter ihnen her, aber man konnte auch nicht sagen, dass er abdrehte. Merkwürdig. In ihm fing etwas an zu nagen. Die ersten Zweifel, wie er sich eingestehen musste.

»Er wird gleich abdrehen«, versuchte er sich murmelnd Mut zu machen.

Die Stille auf der Brücke wurde unerträglich. Der Zerstörer folgte unbeirrt seinem Kurs.

»Geschwindigkeit gleich bleibend«, meldete Howell.

»Los, dreh schon ab!«, flüsterte Glinn beschwörend.

Aber das chilenische Schiff drehte nicht ab, es korrigierte den Kurs lediglich leicht auf null-fünf-null.

»Was, zum Teufel, hat er vor?«, explodierte Lloyd.

Britton richtete sich auf und suchte Glinns Blick. Sie sagte nichts, aber das war auch nicht nötig. Glinn las ihr an den Augen ab, was sie dachte.

Jetzt waren seine Zweifel keine spontane Regung mehr, sie kamen massiv. Noch wehrte er sich dagegen, suchte nach Erklärungen. Und plötzlich hatte er's. »Natürlich. Er hat

nicht nur Probleme mit dem Ruder, auch sein veraltetes Radarsystem wird durch unsere ECM gestört. Der Mann hat keine Ahnung, wo er genau ist.« Er gab seinem Operator einen Wink. »Schalten Sie die ECM ab. Unser Freund muss erst mal seinen Kurs finden.«
Der Operator tippte einen Befehl ein.
»Er ist fünfundzwanzig Seemeilen entfernt«, sagte Howell. »Wir befinden uns innerhalb der Reichweite seiner *Exocets.*«
»Ja, das ist mir klar«, knurrte Glinn unwillig.
Einen Augenblick lang herrschte beklommene Stille. Dann sagte Howell: »Er hat uns auf seinem Ziel-Erfassungs-Radar. Misst unsere Entfernung und peilt unseren Kurs.«
Zum ersten Mal seit seiner Zeit als Ranger verspürte Glinn eine quälende Ungewissheit. »Geben Sie ihm noch ein paar Minuten. Er wird gleich herausfinden, dass wir uns beide in internationalen Gewässern befinden.«
Wieder verrann Minute um Minute.
»Schalten Sie um Himmels willen die ECM wieder ein!«, rief Britton in scharfem Ton.
»Noch einen Augenblick, bitte.«
»*Exocet* abgefeuert«, meldete Howell.
»CIWS aktivieren, auf Automatik schalten«, ordnete Britton an. »Abschuss der Düppelstreifen auf meinen Befehl.«
Selbst die Zeit schien den Atem anzuhalten. Und dann ratterten plötzlich die Gatling-Kanonen los, als das computergesteuerte Erfassungssystem die anfliegende *Exocet* erfasst hatte. Fast unmittelbar darauf gab es auf der Steuerbordseite einen ohrenbetäubenden Knall. Ein Splitter knallte gegen eine der Scheiben und hinterließ ein feines Spinnwebenmuster.
»Ich nehme weiter sein Radarsignal auf«, meldete Howell.
»Mr. Glinn«, schrie Britton, »sagen Sie Ihrem Mann, er soll die ECM reaktivieren!«
»Elektronische Abwehrmaßnahmen reaktivieren«, sagte Glinn mit fast tonloser Stimme. Er stützte sich auf die Konsole, als

habe er einen Schwächeanfall, starrte ungläubig auf die elektronische Karte und rätselte, warum der grüne Punkt da war, wo der Schirm ihn zeigte. Dass Vallenar die Rakete abgefeuert hatte, entsprach seiner Erwartung, er hatte mit einer abschließenden martialischen Geste von Vallenar gerechnet. Aber nachdem der Chilene nun mit dem Säbel gerasselt und seiner Wut Luft gemacht hatte, würde er abdrehen. Bestimmt, es konnte gar nicht anders sein. Er *musste* es tun.

Glinn wartete. Er starrte auf den Bildschirm, als wolle er den Zerstörer durch seine bloße Willenskraft zwingen, das Wendemanöver einzuleiten.

Aber der blinkende grüne Punkt blieb auf seinem Kurs. Er entsprach nicht exakt ihrem Kurs, führte das chilenische Schiff aber immer tiefer in internationale Gewässer.

»Eli?«

Glinn sah auf. Es war Lloyd. Seine Stimme klang ungewohnt ruhig. Glinn riss sich von seinen Gedanken und Spekulationen los und begegnete Lloyds versteinertem Blick.

»Er wird nicht abdrehen, Eli«, sagte Lloyd. »Er wird über uns herfallen. Um uns den Todesstoß zu versetzen.«

Rolvaag

10.20 Uhr

Sally Britton gab sich einen Ruck. Sie versuchte, alles Nebensächliche beiseite zu schieben und sich ganz auf das zu konzentrieren, was unausweichlich auf sie zukam. Ein Blick auf Glinns fassungslose Miene genügte, um sie ihren Zorn vergessen zu lassen. Sie las in seinem Gesicht das Eingeständnis, dass er sich geirrt hatte. Warum, musste sie gar nicht wissen. Und plötzlich empfand sie Mitleid mit ihm, obwohl seine falsche Lagebeurteilung sie alle in große Gefahr gebracht hatte. Aber sie war sich im Klaren, dass auch sie vor nicht allzu langer Zeit eine Situation unverzeihlich falsch beurteilt hatte – auf einer Brücke, ähnlich der, auf der sie jetzt stand.

Sie ging nach hinten, wo an der Rückwand eine große nautische Karte der Kap-Hoorn-Region hing. Während sie die Karte studierte und in Gedanken die Möglichkeiten durchging, die ihnen blieben, spürte sie, wie ihre innere Anspannung nachließ. Vielleicht war ja doch noch nicht alles verloren.

Sie merkte, dass Glinn dicht hinter ihr stand. Als sie sich umdrehte, stellte sie erleichtert fest, dass er nicht mehr ganz so blass aussah. Der Schock, der ihn nahezu gelähmt hatte, war überwunden. Ein Mann wie er gab sich eben nicht so schnell geschlagen, das hätte sie eigentlich wissen müssen.

»Captain, darf ich Sie einen Augenblick stören?« Als sie nickte, trat er neben sie und zog ein Blatt Papier aus der Tasche. »Ich habe hier die detaillierten Angaben über die *Almirante Ramirez*. Die Daten entsprechen dem Stand von vor ungefähr drei Wochen.«

Sie sah ihn an. »Woher haben Sie die?«

»Von meinem Büro in New York.«

»Dann lassen Sie mal hören.«
»Es handelt sich um einen Zerstörer der *Almirante*-Klasse, gebaut von Vickers-Armstrong in Großbritannien für die chilenische Marine. Das Schiff wurde 1957 auf Kiel gelegt und 1960 ausgeliefert. Es hat eine Besatzung von 266 Mann, darunter 17 Offiziere. Die Wasserverdrängung …«
»Ich muss nicht bis ins letzte Detail wissen, wie viele Gänge zum Dinner serviert werden. Es genügt, wenn Sie mir etwas über die Bewaffnung sagen.«
Glinns Augen überflogen das Papier. »Das Schiff wurde in den Siebzigern überholt, dabei wurden die Abschussvorrichtungen für vier Überwasserraketen des Typs *Aerospatiale 38 Exocet* nachgerüstet. Sie haben eine Reichweite von fünfundzwanzig nautischen Meilen. Zum Glück für uns verwenden sie für die Zielerfassung ein Radargerät aus einer der ersten Baureihen, das unser hoch modernes ECM-System nicht ausschalten kann. Damit sind die *Exocets* für den Comandante nutzlos, selbst auf eine Entfernung, bei der Sichtkontakt gegeben ist.«
»Und was hat er sonst noch?«
»Vier Vickers Zehn-Zentimeter-Geschütze, zwei vorn, zwei hinten, die pro Minute vierzig Granaten mit einer Reichweite von zehn Seemeilen abfeuern können. Für die Zielerfassung werden normalerweise zwei radargestützte SRG-102-Feuerleitsysteme verwendet, auf kurze Distanz lässt sich das Ziel aber auch direkt anvisieren.«
»Großer Gott«, stöhnte Britton, »vierzig Schuss pro Minute? Und das pro Geschütz?«
»Außerdem sind sie mit vier Vier-Zentimeter-Bofors mit einer Reichweite von sechseinhalb nautischen Meilen ausgerüstet. Die Feuergeschwindigkeit beträgt dreihundert Schuss pro Minute.«
Britton wurde bleich. »Damit können sie uns innerhalb von Minuten in die Knie zwingen. Wir dürfen sie nicht auf Schussentfernung an unser *Ice Ship* herankommen lassen.«

»Eine nicht radargestützte Zielerfassung dürfte bei dem Wetter schwierig sein. Aber Sie haben Recht, wenn sie aus allen Rohren mit ihrem schweren Kaliber auf uns feuern, halten wir das nicht lange durch. Daher bleibt uns nur eins: Wir müssen mehr Fahrt machen.«

Britton zögerte. »Sie wissen, dass wir die Turbinen bei sechzehn Knoten schon am Limit beanspruchen.« Sie wandte sich an den Ersten Offizier. »Mr. Howell, können wir ein bisschen mehr aus den Maschinen herausholen?«

»Nun, ein Knoten müsste noch drin sein.«

»Sehr gut. Veranlassen Sie das Nötige.«

»Hochfahren auf neunzig«, wies Howell den Rudergänger an.

Britton spürte das dumpfe Rumpeln, mit dem die Maschinen reagierten, als die Leistung auf hundertneunzig Umdrehungen pro Minute erhöht wurde. Das brachte ihnen, wie sie rasch überschlägig berechnete, einen Vorsprung von etwa viereinhalb Stunden, bevor sie wieder in der Reichweite der Geschütze lagen.

Sie wandte sich erneut der Seekarte zu. »Ich habe mir das genau angesehen. Unsere beste Option ist, Kurs Nordost zu nehmen, damit wir so schnell wie möglich in argentinische Hoheitsgewässer kommen. Argentinien befindet sich in erbitterter Dauerfehde mit Chile. Sie würden das Eindringen eines chilenischen Zerstörers auf keinen Fall hinnehmen. Das wäre eine Art kriegerischer Akt für sie.«

Sie sah Glinn erwartungsvoll an, doch Glinn hielt sich bedeckt, sein Blick verriet nichts.

»Als Alternative bietet sich an, Kurs auf den britischen Marinestützpunkt auf den Falkland-Inseln zu nehmen. Gleichzeitig sollten wir einen Funkspruch an unsere Regierung absetzen und melden, dass wir von einem chilenischen Kriegsschiff angegriffen werden. Dann wird Washington hoffentlich politischen Druck auf die chilenische Seite ausüben und ihren wild gewordenen Comandante zurückpfeifen.«

Glinn sah sie lange stumm an. Dann sagte er: »Mir ist inzwischen klar geworden, was Vallenar mit seiner leichten Kursänderung bezweckt hat.«
»Und das wäre?«
»Er hat uns den Weg abgeschnitten.«
Britton warf rasch einen Blick auf die Karte. Die *Ramirez* war jetzt zwanzig Seemeilen nordwestlich von ihnen, auf einem konstanten Kurs, der sie in eine Position von dreihundert Grad zu ihnen brachte. Glinn hatte Recht.
Verdammter Mist.
»Wenn wir Kurs auf Argentinien oder die Falklands nehmen, werden wir etwa hier abgefangen.« Glinns Zeigefinger beschrieb einen kleinen Kreis auf der Karte.
»Gut, dann nehmen wir eben Kurs nach Westen«, erklärte Britton. »Zurück nach Chile. So verrückt, uns im Hafen von Puerto Williams zu versenken, wird er bestimmt nicht sein.«
»Das sehe ich auch so. Das Missliche an unserer Situation ist nur, dass er uns, selbst wenn wir sofort in Richtung Chile abdrehen, ungefähr hier abfangen wird.« Sein Finger beschrieb abermals einen kleinen Kreis auf der Karte.
»Gut, dann laufen wir eben die britische Forschungsstation auf South Georgia Island an.«
»Dann fängt er uns hier ab.«
Britton starrte auf die Karte. Ein eiskalter Schauder lief ihr über den Rücken.
»Sehen Sie, Sally … darf ich Sally zu Ihnen sagen? Sehen Sie, bei seiner Kurskorrektur nach Nordost hat er bereits die Punkte berücksichtigt, an denen wir möglicherweise Zuflucht vor ihm suchen könnten. Wenn uns das früher klar geworden wäre und wir sofort reagiert hätten, wäre uns vielleicht ein Fluchtweg geblieben – zumindest der nach Argentinien. Aber jetzt ist uns selbst diese Route verwehrt.«
Britton hatte das Gefühl, dass ihr ein zentnerschweres Gewicht den Atem abschnürte. »Die U.S. Navy …«
»Das hat mein Kontaktmann bereits geprüft. Eine effektive

militärische Hilfe wäre frühestens in vierundzwanzig Stunden möglich.«

»Aber es gibt auf den Falklands eine britische Marinebasis. Die sind bis an die Zähne bewaffnet.«

»Das haben wir ebenfalls erwogen. Chile war während des Falkland-Krieges mit Großbritannien verbündet. Wenn die Vereinigten Staaten Großbritannien um militärische Hilfe gegen seinen früheren Verbündeten und Schutz in der Marinebasis ersuchen würden … nun, drücken wir's mal so aus: Eine Reaktion darauf würde mehr Zeit erfordern, als wir haben, selbst wenn Lloyd und ich unsere Verbindungen spielen lassen. Der äußerste Südatlantik ist nämlich leider nicht gerade ein Ort, an dem man sich leichtfertig in einen militärischen Konflikt verwickeln lässt. Ich fürchte, wir sind auf uns gestellt.«

Britton sah ihn groß an. Das Grau seiner Augen schien noch eine Spur dunkler geworden zu sein, es unterschied sich kaum von der Farbe des Ozeans, der sie alle umgab. Aber sie ahnte, dass es hinter dem Grau dieser Augen einen Plan gab. Sie wagte nur nicht, ihn danach zu fragen.

»Wir nehmen Kurs nach Süden«, sagte Glinn schließlich ohne dramatische Betonung. »Auf das Eis zu.«

Britton traute ihren Ohren nicht. »Nach Süden? Mitten in die ›Heulenden Sechziger‹? Ins Eis? Und das bei diesem Sturm? Das ist für mich keine Option.«

Glinn sagte leise, mit belegter Stimme: »Sie haben Recht. Es ist keine Option. Es ist unsere einzige Möglichkeit.«

Almirante Ramirez

11.00 Uhr

Als der Morgen herangedämmert war, wusste Vallenar, dass seine Rechnung aufgegangen war. Der Wind hatte sich immer mehr nach Westen gedreht. Den Amerikanern war zu spät klar geworden, dass sie in der Falle saßen. Jetzt konnten sie nur noch nach Süden abdrehen, in die »Heulenden Sechziger«. Sie hatten bereits reagiert, ihr neuer Kurs war eins-acht-null. Und dort unten im Süden würde er sie abfangen. Der Schauplatz für den letzten Akt stand fest: jenseits der Eisgrenze – dort, wo die schwarzen Wasser des antarktischen Ozeans gefroren.

»Von jetzt an übernehme ich das Kommando auf dem Deck«, sagte er leise, aber sehr bestimmt.

»Aye, Sir«, bestätigte der Oficial de guardia.

»Setzen Sie Kurs eins-acht-null«, wies Vallenar ihn an.

Bei diesem Kurs mussten sie die raue See direkt von vorn nehmen – die gefährlichste Position für den Zerstörer, was die Brückenoffiziere auch wussten: Vallenar wartete darauf, dass der Wachoffizier den Befehl wiederholte und an den Rudergänger weitergab. Doch es tat sich nichts.

»Sir?«

Aha, Santander, der Wachoffizier. Vallenar wandte sich ihm nicht zu, er ahnte auch so, worum es ging. Aus den Augenwinkeln sah er, dass der Wachoffizier und der Rudergänger ihn aufsässig anstarrten.

Es war also so weit. Nun gut, besser jetzt als später.

Er musterte Santander mit hochgezogenen Augenbrauen und fragte in scheinbar nachsichtigem Ton: »Haben Sie irgendwelche Probleme mit der Kommandostruktur auf der Brücke?«

»Sir, die Offiziere der *Almirante Ramirez* möchten gern wissen, welchen Auftrag wir eigentlich haben.«

Vallenar hatte sich wieder abgewandt, er sagte nichts. Seine langjährige Erfahrung hatte ihn gelehrt, dass es kaum etwas gab, das Untergebene mehr einschüchterte als eisiges Schweigen. Nachdem eine geraume Weile verstrichen war, fragte er: »Ist es in der chilenischen Marine üblich, dass Offiziere Weisungen ihres Kommandanten hinterfragen?«

»Nein, Sir.«

Vallenar zog eine *puro* aus der Tasche, rollte sie zwischen Daumen und Zeigefinger hin und her, biss das obere Ende ab, schob sich die Zigarre in den Mund und kostete genüsslich den kalten Tabakgeschmack. »Warum tun Sie's dann?«, fragte er in freundlichem Ton.

»Sir, weil … weil es sich offensichtlich um einen überaus ungewöhnlichen Auftrag handelt, Sir.«

Vallenar nahm die Zigarre aus dem Mund und betrachtete sie eingehend. »Ungewöhnlich? Inwiefern?«

Betretenes Schweigen.

»Sir, wir glauben zu wissen, dass wir vergangene Nacht Order erhalten haben, zur Basis zurückzukehren. Von einem Befehl, ein amerikanisches Zivilschiff zu verfolgen, ist uns nichts bekannt.«

Die eigentümliche Betonung des Wortes »Zivilschiff« war Vallenar nicht entgangen. Darin lag ein versteckter Tadel. Santander wollte offenbar zum Ausdruck bringen, dass er die Verfolgung eines unbewaffneten Schiffes für einen feigen, unehrenhaften Akt hielt.

»Sagen Sie mir doch bitte, Señor Santander, ob Sie an Bord eines Schiffes Ihre Befehle von Ihrem Kommandanten oder von irgendeinem Stützpunktkommandanten erhalten, der weit weg auf dem Festland sitzt?«

»Von meinem Kommandanten, Sir.«

»Aha. Und wer ist Ihr Kommandant?«

»Sie, Sir.«

»Dann weiß ich nicht, was es noch zu diskutieren gibt.« Vallenar kramte eine Streichholzschachtel aus der Tasche, nahm

ein Wachshölzchen heraus, riss es an und zündete sich sorgfältig seine Zigarre an.
»Sir, ich bitte um Entschuldigung, aber Ihre Erklärungen sind unbefriedigend. Mehrere unserer Männer haben bei der Reparatur der Schrauben ihr Leben verloren. Wir ersuchen Sie respektvoll, uns mitzuteilen, wie unser Auftrag lautet.«
Das war der Moment, in dem Vallenar sich voll zu ihm umwandte. Er spürte, wie sich die Wut in ihm aufstaute – Wut auf die arroganten Amerikaner und besonders auf diesen Mann, der sich Glinn nannte und sich unter dem Vorwand eines Höflichkeitsbesuchs bei ihm eingeschlichen hatte, damit seine Taucher ungestört Sprengladungen an den Schrauben des Zerstörers anbringen konnten ... Wut über Timmers Tod ... Und jetzt auch noch Wut auf diesen unverschämten Frechling, der es wagte, seine Entscheidungen in Frage zu stellen. Er zog an der Zigarre, pumpte sich den Rauch in die Lungen und merkte, wie das Nikotin sein Blut in Wallung brachte. Als er sich wieder im Griff hatte, warf er das Streichholz weg und nahm die Zigarre aus dem Mund. Dieser Oficial de guardia war ein dummer Grünschnabel. Dass so einer die Frechheit besaß, ihn herauszufordern, überraschte ihn nicht. Er sah die anderen Offiziere der Reihe nach an. Wie erwartet, senkten sie alle rasch den Blick.
Mit einer geschmeidigen Bewegung zog Vallenar seine Pistole und drückte sie Santander an die Brust. Und als er den Mund auftat, um zu protestieren, drückte er ab. Die Wucht des Geschosses schleuderte den Wachoffizier gegen ein Schott. Er starrte ungläubig auf seine klaffende Brustwunde und den Blutstrahl, der im Rhythmus seines Herzschlags horizontal nach vorn schoss. Dann brach er auf die Knie, kippte mit aufgerissenem Mund nach vorn und verdrehte die weit aufgerissenen, aber schon glasigen Augen.
Vallenar schob die Pistole ins Holster zurück. Das einzige Geräusch auf der Brücke waren Santanders röchelnde Atemzüge. Vallenars Blick suchte die Runde der anwesenden Offi-

ziere ab. »Señor Aller, Sie übernehmen mit sofortiger Wirkung die Pflichten des Wachoffiziers – und Sie, Señor Lomas, die von Señor Aller. Der neue Kurs ist Ihnen bekannt, Ausführung.«
Aller und Lomas verständigten sich rasch mit einem Blick, der neue Brückenoffizier gab die Order an den Rudergänger weiter, und der bestätigte: »Rechtes Ruder fest, auf Kurs eins-acht-null gehen.«
Vallenar nahm die Hand von der Waffe. Schlag dem Aufruhr den Kopf ab, dann erstickt der Rest von allein.
Das Schiff begann sich langsam breitseits zur See zu drehen, unterstützt von meterhohen Wellen, die es mit der Wucht jedes Aufpralls ein Stück weiter herumschoben. Als das Rollen und Schlingern immer schlimmer wurde, mussten die Männer auf der Brücke nach einem Haltetau greifen oder sich irgendwo abstützen, um sich auf den Beinen halten zu können.
»Neuer Kurs liegt an«, meldete der Rudergänger mit brüchiger Stimme. »Eins-acht-null konstant.«
»Verstanden«, bestätigte der Brückenoffizier.
Comandante Vallenar beugte sich über den Trichter der Sprechanlage. »Radarwache – geschätzte Zeit, bis der amerikanische Tanker in Reichweite unserer Vickers gelangt?«
Einen Augenblick später kam die Rückmeldung: »Beim gegenwärtigen Kurs und gleich bleibender Geschwindigkeit in drei Stunden und dreißig Minuten, Sir.«
»Sehr gut.« Vallenar richtete sich auf und deutete mit dem Daumen auf den sterbenden Mann zu seinen Füßen. »Señor Sanchez, lassen Sie das entfernen und das Brückendeck anschließend gründlich reinigen.«
Dann wandte er seine Aufmerksamkeit der tobenden See zu.

Rolvaag

11.30 Uhr

Glinn stand reglos in der Nähe des Ruders, dicht neben Britton. Auf ihrer Flucht über den sechzigsten Breitengrad in die »Heulenden Sechziger« hatte die *Rolvaag* sich ihren Weg quer zu den von stürmischem Westwind getriebenen haushohen Wellenbergen gebahnt. In der letzten Stunde, als der Sturm noch an Stärke gewonnen hatte, hätte man meinen können, das Schiff sei von einer Wasserwüste umschlossen, deren Konturen sich – wie Wanderdünen – ständig veränderten, so dass es unmöglich wurde, eine Trennungslinie zwischen Meer und Luft auszumachen. Sturm und See schienen all ihre Kräfte zu vereinen, um das Wasser zu Schaum und Gischt zu schlagen. Sooft der Tanker in ein tiefes Wellental geschleudert wurde, umhüllte ihn jäh gespenstische Stille, doch schon im nächsten Moment wurde er von einem der unablässig ostwärts rollenden Brecher hochgeworfen und war damit wieder dem heulenden Sturm preisgegeben.

Glinn nahm den Sturm allerdings kaum wahr, er war mit seinen Gedanken weit weg. Warum hatte Vallenar bei dieser Verfolgungsjagd so viel aufs Spiel gesetzt – sein Schiff, seine Mannschaft, seine Karriere, die Ehre seines Landes, praktisch alles, sogar sein Leben? Er wusste doch, dass ihre Ladung nur aus einem Stück Felsgestein bestand. Gut, es war ein besonderer Felsen, ein Meteorit, aber letzten Endes eben doch nur Stein. Diese verbissene Hetzjagd machte keinen Sinn.

Er gestand sich ein, dass er sich gründlich verrechnet hatte. Was ein unverzeihlicher Fehler war. Für den Bruchteil einer Sekunde lag ihm sogar das Wort »Versagen« auf der Zunge. Er ließ es sich zwischen Zunge und Gaumen zergehen, als wolle er den bitteren Geschmack kosten. Dann schluckte er es

entschlossen herunter. Es durfte, es *würde* bei dieser Mission kein Versagen geben.
Schuld war nicht Vallenars Computerprofil oder der dicke Aktenordner über ihn in New York. Schuld war allein er. Irgendetwas fehlte, irgendetwas Wichtiges. Und das, was diese Wissenslücke bedingte, musste irgendwo in seinem Gehirn verborgen sein und darauf warten, dass er es hervorkramte. Erst wenn ihm klar war, welches Motiv hinter Vallenars irrsinniger Hetzjagd steckte, konnte er über einen Plan nachdenken, um diesem Wahnsinn ein Ende zu bereiten. Wie weit würde Vallenar sie verfolgen? Über die Eisgrenze hinaus? Er schüttelte den Kopf, als wolle er die Antwort aus sich herausschütteln. Aber da kam nichts.
Er schielte verstohlen zu Britton hinüber. Sie starrte auf den Radarschirm und den blinkenden grünen Punkt, der die *Almirante Ramirez* markierte.
»Der Zerstörer folgt seit einer halben Stunde unserem Kurs. Eins-acht-null, genau hinter uns her«, sagte sie, ohne aufzusehen. »Hält konstant zwanzig Knoten und verkürzt den Abstand immer mehr.«
Glinn wusste nicht, was er sagen sollte. Es war unglaublich, dass Vallenar sein Schiff in eine derart stürmische See steuerte. Selbst die *Rolvaag* hatte es schwer, gegen die über zehn Meter hohen Wellen anzukämpfen, für den wesentlich schlankeren und kleineren Zerstörer musste diese Fahrt ein wahrer Höllenritt sein. Reinster Wahnsinn.
Es war gut möglich, dass die *Ramirez* kenterte, diese Chance bestand durchaus. Nur, auf Annahmen ließ sich kein verlässlicher Plan gründen. Alles hing davon ab, wie viel seemännische Erfahrung Vallenar einbringen konnte. Und eine innere Ahnung sagte Glinn, dass es eine ganze Menge war.
»Gleich bleibenden Kurs und gleich bleibende Geschwindigkeit vorausgesetzt, fängt er uns an der Eisgrenze ab«, fügte Britton hinzu. »Und in Reichweite seiner Geschütze geraten wir voraussichtlich schon früher.«

Glinn nickte. »In knapp über drei Stunden. Etwa mit Beginn der Dämmerung.«
»Glauben Sie, dass er das Feuer tatsächlich eröffnet, wenn er nahe genug heran ist?«
»Daran besteht für mich kein Zweifel.«
»Wir können uns nicht wehren. Er wird uns regelrecht auseinander nehmen«, murmelte Britton.
»Ich fürchte, da haben Sie Recht. Es sei denn, es gelingt uns, ihn in der Dunkelheit abzuschütteln.«
Sie sah ihm in die Augen. »Was ist mit dem Meteoriten?«
»Was soll mit ihm sein?«
Sie sah sich scheu nach Lloyd um und senkte die Stimme. »Wenn wir ihn abwerfen, können wir mehr Fahrt machen.«
Glinn schaute sie lang stumm an. Dann huschten seine Augen zu Lloyd hinüber, der mit gerunzelter Stirn – die Füße auf den Boden gestemmt, das breite Kreuz durchgedrückt – am Fenster der Brücke stand. Dank des Sturms hatte er nichts gehört.
»Hören Sie«, sagte Glinn leise, jedes Wort mit Bedacht wählend, »für einen Notabwurf müssten wir das Schiff zunächst stoppen. Das dauert eine halbe Stunde – genau die Zeit, die er braucht, um uns endgültig abzufangen. Er würde uns versenken, ehe wir die Fallklappe überhaupt geöffnet haben.«
Brittons Stimme war nur noch ein Hauch. »Dann fällt Ihnen also auch keine Lösung mehr ein?«
Er sah ihr in die wunderschön klaren, grünen Augen. »Es gibt kein Problem, für das sich keine Lösung fände.«
Es kostete sie Überwindung, aber schließlich rang Britton sich durch zu sagen: »Kurz bevor wir von der Insel abgelegt haben, da haben Sie mich gebeten, Ihnen zu vertrauen. Ich hoffe, ich kann es. Ich würde es jedenfalls sehr gern.«
Glinn senkte den Blick. Ein paar Sekunden lang fühlte er sich von seinen Gefühlen überwältigt. Sein Blick fiel auf den Radarschirm, auf die gepunktete grüne Linie, welche

die Eisgrenze markierte. Dann sah er Britton wieder in die Augen. »Sie können sich auf mich verlassen, Captain. Ich werde eine Lösung finden. Ich verspreche es Ihnen.«

Sie nickte bedrückt. »Ich schätze Sie nicht so ein, dass Sie leichtfertig etwas versprechen, das Sie nicht einhalten können. Wissen Sie, Mr. Glinn … Eli – es gibt nur eines, was ich mir noch vom Leben erhoffe: dass ich meine Tochter noch einmal sehe.«

Glinn hatte schon eine Antwort auf der Zunge. Aber dann brachte er doch nur einen verblüfften Zischlaut heraus. Plötzlich war ihm alles klar, Brittons persönliches Bekenntnis hatte ihn auf die richtige Spur gebracht. Auf einmal ahnte er, was Vallenar umtrieb.

Er drehte sich abrupt um und verließ wortlos die Brücke.

Rolvaag

12.30 Uhr

Lloyd schritt ruhelos die Breite der Brücke ab. Vor den Fenstern tobte der Sturm mit entfesselter Gewalt, aber er sah gar nicht mehr hin. Noch nie im Leben hatte ihm etwas solche Angst gemacht. Was sich da draußen abspielte, hatte kaum noch etwas mit der gängigen Vorstellung von Meer und Wasser zu tun, es erinnerte eher an eine von Erdbeben erschütterte Gebirgslandschaft. Es war ihm ein Rätsel, wie die *Rolvaag* diesen Gewalten trotzen konnte – und das galt nicht nur für ihr Schiff, sondern für jedes andere. Doch die *Rolvaag* stampfte und schlingerte unbeirrbar weiter gen Süden.

Es war schwierig und kraftraubend, auf der Brücke auf und ab zu gehen, aber er brauchte diese physische Anstrengung, sie lenkte ihn ab. Seit einer geschlagenen Stunde, seit Glinn die Brücke ohne irgendeine Erklärung verlassen hatte, tigerte er schon so hin und her.

Es machte ihn krank, dass das Glück sie urplötzlich verlassen und die Stimmung sich so jäh verändert hatte. Dazu kam das unerträgliche Wechselbad der Gefühle während der letzten zwölf Stunden: erst der vermeintliche Triumph, dann der Eklat mit Glinn und schließlich nur noch das lähmende Gefühl, so etwas wie ein Kaninchen vor der Schlange zu sein. Er ließ den Blick über die anwesenden Offiziere schweifen. Am liebsten hätte er jeden Einzelnen an den Schultern gepackt, um eine Antwort aus ihm herauszuschütteln. Aber sie hatten ihm ja schon alles gesagt, was sie wussten: dass ihnen noch zwei Stunden blieben, bis sie in Reichweite der Waffen der *Ramirez* gelangten.

Er hatte das Gefühl, sich vor Wut innerlich zu verkrampfen. Alles war Glinns Schuld. Seine Arroganz hatte ihnen das eingebrockt. Der Mann gefiel sich darin, stundenlang Optionen gegeneinander abzuwägen, und hielt sich dabei natürlich für unfehlbar. »Denk lange genug nach, dann wird dir schon was Abartiges einfallen«, hatte einmal jemand gesagt. Wenn Glinn ihm nicht strikt verboten hätte, rechtzeitig da und dort eine alte Dankesschuld einzufordern, wären sie gar nicht erst in diese missliche Lage geraten. Nun bekamen sie die Quittung. Sie saßen in der Falle.

Die Tür der Brücke wurde geöffnet, Glinn trat ein und nickte freundlich nach allen Seiten. Diese Nonchalance gab Lloyd den Rest. »Himmeldonnerwetter noch mal, Glinn, wo, zum Teufel, haben Sie denn so lange gesteckt?«

Glinn wandte sich zu ihm um. »Ich habe Vallenars Akte studiert. Ich weiß jetzt, was ihn umtreibt.«

»Mein Gott, wen interessiert schon, was ihn *umtreibt?* Er treibt uns vor sich her, genau auf die Antarktis zu.«

»Timmer war Vallenars Sohn.«

Lloyd stutzte. »Timmer? Der Mann, der bei der Explosion im Tunnel getötet wurde? Das ist absurd. Er soll doch, wie ich gehört habe, blondes Haar und blaue Augen gehabt haben.«

»Vallenar hat ihn mit seiner deutschen Geliebten gezeugt.«

»Ist das wieder so eine Ihrer Vermutungen oder haben Sie diesmal Beweise?«

»Über einen Sohn steht nichts in der Akte, aber es ist die einzig mögliche Erklärung. Deshalb lag ihm so viel an ihm. Und deshalb ist er auch anfangs davor zurückgeschreckt, uns unter Beschuss zu nehmen. Ich hatte ihm erzählt, Timmer säße in unserer Arrestzelle. Aber als wir dann abgelegt hatten, wusste er, dass Timmer tot sein musste. Ich nehme an, er glaubt, dass wir ihn ermordet haben. Deshalb hat er uns bis in internationale Gewässer verfolgt. Und deshalb wird er, so lange er lebt, nie Ruhe geben. Oder, wenn Sie so wollen: solange wir leben.«

Die Wut war verflogen, Lloyd fühlte sich erschöpft. Ausgelaugt und niedergeschlagen. Sich jetzt noch aufzuregen war sinnlos. Und so klang seine Stimme recht beherrscht, als er

fragte: »Und was nützen uns diese psychologischen Erkenntnisse, wenn Sie uns das freundlicherweise verraten wollen?«
Statt zu antworten, erkundigte sich Glinn bei Captain Britton: »Wie weit sind wir noch von der Eisgrenze entfernt?«
»Sie beginnt siebenundsiebzig Seemeilen südlich unserer Position.«
»Können Sie auf dem Radar das Eis bereits erkennen?«
Britton wandte sich stumm an Howell. Der Erste Offizier sagte: »Etwas Treibeis, zehn Seemeilen voraus. Und einige kleine Eisberge. Weiter südlich, hart an der Grenze des Eisgürtels, zeigt das Langstreckenradar eine große Eisinsel an. Das heißt, sie scheint auseinander gebrochen zu sein. Dem Radarbild nach handelt es sich um zwei Eisinseln mit einer schmalen Fahrrinne dazwischen.«
»Kurs?«
»Eins-neun-eins.«
Glinn sagte: »Dann schlage ich vor, dass wir darauf zu halten. Drehen Sie sehr langsam bei, dann dauert es eine Zeitlang, bis Vallenar die Kursänderung bemerkt. Dadurch gewinnen wir vielleicht ein, zwei Meilen.«
Howell sah Captain Britton fragend an.
Sie wandte sich zu Glinn um. »Ein so großes Schiff wie dieses über die Eisgrenze hinaus zu steuern, und das auch noch bei diesem Wetter, ist Selbstmord.«
»Es gibt gute Gründe dafür«, erwiderte Glinn.
»Würde es Ihnen etwas ausmachen, uns zu erklären, welche das genau sind?«, fragte Lloyd scharf. »Oder wollen Sie uns weiter im Dunkeln lassen? Vielleicht wären wir gemeinsam zu besseren Entscheidungen gekommen.«
Glinn sah ihn lange an, dann huschte sein Blick zu Britton und Howell hinüber. »Das muss ich zugeben«, meinte er, »uns bleiben jetzt noch zwei Möglichkeiten: abdrehen und versuchen, den Zerstörer abzuhängen, oder unseren Kurs beibehalten, die Eisgrenze überschreiten und darauf hoffen, dass der Zerstörer uns verliert. Die Wahrscheinlichkeit eines

Scheiterns liegt bei der ersten Option bei fast hundert Prozent, bei der zweiten Option ist sie etwas geringer. Zudem hat die zweite Option den Vorteil, dass wir den Zerstörer zwingen, uns in schwere See zu folgen.«

Lloyd runzelte die Stirn. »Was ist das eigentlich – diese Eisgrenze?«

»Der Breitengrad, an dem das eistragende Wasser rings um die Antarktis auf das wärmere des Atlantiks und Pazifiks trifft. Die Wissenschaft spricht von der antarktischen Annäherung. Eine Region, die für ihre undurchdringlichen Nebelbänke und gefährliche Eisinseln berüchtigt ist.«

»Und Sie schlagen vor, die *Rolvaag* in so eine Region zu steuern? Das hört sich in der Tat nach Selbstmord an.«

»Was wir jetzt brauchen, ist eine Verschleierungstaktik, die uns einen so großen Vorsprung verschafft, dass wir versuchen können, dem Zerstörer im Schutz der Dunkelheit, des Eises und des Nebels auf neuem Kurs zu entkommen.«

»Wir könnten dabei aber auch absaufen, oder?«

»Die Wahrscheinlichkeit, einen Eisberg zu rammen, ist geringer als die, von dem Zerstörer versenkt zu werden.«

»Und wenn es keinen Nebel gibt?«, wandte Howell ein.

»Dann haben wir ein Problem.«

Langes Schweigen lastete über der Brücke, bis Britton in entschlossenem Ton sagte: »Mr. Howell, setzen Sie als neuen Kurs eins-neun-null. Und achten Sie drauf, den Bug sehr langsam herumzubringen.«

Howell schien für den Bruchteil einer Sekunde zu zögern, dann gab er die Weisung an den Rudergänger weiter. Aber sein Blick ruhte starr auf Glinn.

Rolvaag

14.00 Uhr

McFarlane rutschte seufzend auf dem unbequemen Plastikstuhl nach hinten und rieb sich die Augen. Rachel saß neben ihm, knackte Erdnüsse und ließ die Schalen auf den Metallboden der Überwachungsplattform fallen. Der Zentraltank war eine riesige, in Dunkel gehüllte Höhle; das einzige Licht kam von den Monitoren über ihnen.

»Wird dir das nicht langsam zu langweilig, dauernd diese blöden Erdnüsse auszupellen?«, fragte er.

Rachel schien einen Moment darüber nachzudenken, dann sagte sie lapidar: »Nö, eigentlich nicht.«

Sie verfielen wieder in Schweigen. McFarlane merkte, dass die nagenden Kopfschmerzen und das flaue Gefühl in der Magengegend immer schlimmer wurden. Er schloss die Augen. Und genau in diesem Moment wurde das Schlingern und Rollen noch stärker. Er hörte das leise Klicken von Metall und ein konstantes Sickergeräusch. Ansonsten war es in dem großen hohlen Tankraum, der unter ihnen gähnte, geradezu unheimlich still.

Er zwang sich, die Augen zu öffnen. »Lass es noch mal durchlaufen«, bat er Rachel.

Sie seufzte. »Liebe Güte, wir haben es uns doch schon fünfmal angesehen.« Aber dann drückte sie doch mit einem ärgerlichen Knurren die Wiedergabetaste.

Nur eine der drei Überwachungskameras im Tankraum hatte die Explosion überlebt. Rachel ließ das Band im Schnelllauf abspulen und schaltete dann eine Minute vor der Detonation auf die normale Wiedergabegeschwindigkeit um.

Nichts Neues. Garza hatte Recht, niemand hatte den Meteoriten angefasst, keiner der Männer war auch nur in seine Nähe gekommen.

McFarlane lehnte sich leise fluchend zurück und suchte die Umgebung der Beobachtungsplattform ab, als könne er dort eine Erklärung finden – die Stahlwände, den Laufsteg … Schließlich richtete er den Blick nach unten, auf den Meteoriten. Die Explosion hatte die Laufstege rund um die Halterung, die meisten Lichter im Tankraum und die Kommunikationsverbindungen zur Brücke zerstört, der Laufsteg unter den Ladeklappen und die Beobachtungsplattform waren unbeschädigt geblieben. Das Stahlnetz, mit dem der Meteorit in seiner Halterung gesichert war, sah von hier oben im Großen und Ganzen intakt aus, obwohl davon auszugehen war, dass die eine oder andere Verknüpfung defekt sein musste. Auf den Wänden des Tanks waren deutlich die Spritzer zu erkennen, die von geschmolzenem Metall stammten, und da und dort waren an den Eichenholzverstrebungen Beschädigungen auszumachen. Nur der Meteorit selbst schaute aus wie immer.
Welches Geheimnis verbirgt er uns?, fragte sich McFarlane. Was haben wir bisher übersehen?
»Gehen wir noch mal durch, was wir wissen«, sagte er. »Alles scheint sich genauso abgespielt zu haben wie bei der Explosion, bei der Timmer umgekommen ist.«
»Abgesehen davon, dass sie vermutlich noch stärker war«, meinte Rachel. »Eine gewaltige elektrische Entladung. Wir können von Glück sagen, dass nicht die gesamte Elektronik des Schiffs ausgefallen ist. Ich nehme an, der viele Stahl rund um den Meteoriten hat die meiste Energie absorbiert.«
»Und anschließend hat er jede Menge Funkwellen ausgestrahlt«, ergänzte McFarlane, »genau wie bei Timmer.«
Rachel schaltete ihr Handfunkgerät ein, verzog das Gesicht, als sie das starke statische Rauschen hörte, und schaltete das Gerät wieder aus. »Was er offensichtlich immer noch tut«, stellte sie fest.
Wieder saßen sie schweigend da.
»Ich frage mich, ob sich überhaupt etwas ereignet haben muss, um diese Explosion auszulösen«, überlegte Rachel halblaut,

während sie das Band zurücklaufen ließ. »Vielleicht war es ja Zufall.«
McFarlane sagte nichts. Einen Zufall schloss er aus, irgendetwas musste der Auslöser gewesen sein. Und Garzas düsterer Prophezeiung, der Nervosität der Mannschaft und allen kursierenden Gerüchten zum Trotz: Der rote Felsbrocken dort unten war kein denkendes, bösartiges Wesen, das ihnen vorsätzlich Schaden zufügen wollte.
Er fragte sich, ob Masangkay und Timmer ihn womöglich gar nicht angefasst hatten. Die Explosionen konnten ja auch eine andere Ursache gehabt haben. Aber halt – er hatte das nicht bis zu Ende durchgedacht. Der Schlüssel zur Auflösung des Rätsels war die Sache mit Palmer Lloyd. Der hatte die Wange auf den Meteoriten gelegt und war trotzdem mit dem Leben davongekommen, während es Masangkay und Timmer erwischt hatte.
Warum? Was war der Unterschied zwischen einem Hautkontakt mit der Wange und dem mit der Hand?
Er rutschte auf seinem Stuhl ein Stück nach vorn. »Sehen wir's uns noch mal an.«
Rachel drückte wortlos die Starttaste.
Die unzerstört gebliebene Kamera war hoch über dem Meteoriten aufgehängt, knapp unterhalb der Beobachtungsplattform. Sie sahen Garza seitlich der Halterung stehen, das zusammengerollte Schweißdiagramm in der Hand. Die Männer des Schweißtrupps, in regelmäßigen Abständen rund um den Meteoriten verteilt, arbeiteten kniend an verschiedenen Schweißnähten, der grelle weiße Flammenstrahl ihrer Geräte zeichnete sich auf dem Bildschirm als roter Fleck ab. Am rechten unteren Rand des Videos lief die Zeitanzeige mit.
»Dreh mal die Lautstärke höher«, bat er Rachel.
Verdammt, wenn bloß diese schrecklichen Kopfschmerzen nicht wären! Und dieser grässliche Aufruhr im Magen! Typisch Seekrankheit.
Plötzlich tönte Garzas Stimme: »Wie läuft's bei euch?« Und

kurz darauf die Antwort: »Fast fertig.« Danach folgte Stille. Hier und da ein trockenes *Popp*, wenn ein Schweißbrenner abgestellt wurde. Und ein Hintergrundgeräusch: tropfendes Wasser. Dann knackte und ächzte es im Rumpf, das Schiff bäumte sich steil auf. Schließlich noch einmal Garzas Stimme: »Festhalten, Leute!« Und das war's, danach kamen nur noch Rauschen und Schnee auf dem Bildschirm.

McFarlane beugte sich vor. »Zehn Sekunden zurück.«

Das Band lief zurück. »Die Explosion hat sich exakt in dem Augenblick ereignet, als der Schiffsrumpf auf dem Scheitelpunkt dieser riesigen Welle war«, sagte Rachel.

McFarlane nickte. »Ja, aber Garza hat Recht: Der Meteorit ist über eine so weite Strecke transportiert und immer wieder hochgehoben und abgesenkt worden, ohne dass je etwas passiert ist.« Dann fiel ihm ein: »Könnte es sein, dass sich einer der Männer hinter dem Meteoriten aufgehalten hat? An einer Stelle, an der er von der Kamera nicht erfasst wurde?«

»Daran habe ich auch schon gedacht. Aber der Schweißtrupp bestand aus Garza und sechs Männern. In der letzten Einstellung sind alle zu sehen – vollzählig, es fehlt keiner.«

McFarlane stützte das Kinn in die Hand. Etwas machte ihn bei dem Video unruhig, er kam nur nicht dahinter, was es war. Aber vielleicht war er auch nur zu müde, und alles war Einbildung.

Rachel reckte sich und schnippte sich ein paar Erdnussschalen von den Knien. »Tja«, sagte sie, »da sitzen wir hier herum und versuchen schlauer zu sein als Garza. Aber wenn nun alles in bester Ordnung ist?«

McFarlane sah sie verdutzt an.

»Ich meine«, fuhr Rachel fort, »wenn tatsächlich niemand den Meteoriten berührt hat? Wenn er mit etwas ganz anderem in Berührung gekommen ist?«

»Mit etwas anderem?«, wiederholte McFarlane. »Aber ich habe auf dem Video nichts gesehen. Da war sonst nichts, der Tankraum war völlig ...« Er brach abrupt ab. Plötzlich wurde

ihm klar, was ihn bei dem Video irritiert hatte: das ständige Hintergrundgeräusch von sickerndem Wasser. »Noch mal die letzten sechzig Sekunden bitte«, sagte er, »schnell.«
Er starrte auf das Videobild und versuchte herauszufinden, woher das Geräusch kam. Da war es: ganz schwach. Es musste von oben kommen, von der Wand des Tankraums. Wie leises Tropfen. Wenn der Tanker heftig zu schlingern anfing, was passierte dann mit Sickerwasser? Es wurde durch die jähe Bewegung von der Außenwand weg katapultiert und …
»Wasser«, sagte er laut.
Rachel sah ihn stirnrunzelnd an.
»An der Stahlwand des Tankraums ist ständig Wasser nach unten gesickert. Wahrscheinlich durch ein winziges Leck in den Ladeklappen. Guck mal, da drüben kannst du's selber sehen.« Er deutete auf eine schmale feuchte Spur an der Wand. »Die Explosion wurde ausgelöst, als das Wasser in Kontakt mit dem Meteoriten gekommen ist.«
»Das ist ausgeschlossen. Er hat Millionen Jahre in der Erde gelegen, und die war wer weiß wie oft triefnass, durchtränkt von Regen oder Schnee. Er verhält sich ausgesprochen reaktionsträge. Wieso soll er dann in bestimmten Fällen mit Wasser reagiert haben?«
»Ich weiß es nicht. Aber schau's dir selber an.« McFarlane ließ das Band zurücklaufen, um Rachel zu demonstrieren, dass die Explosion genau in dem Augenblick stattgefunden hatte, als durch die Schlingerbewegung des Schiffes Wassertropfen von der Wand auf den Meteoriten geschleudert worden waren.
Rachel schüttelte den Kopf. »Was soll bei diesen Wassertropfen anders sein als bei all dem Wasser, mit dem der Bursche vorher in Berührung gekommen ist?«
Und in dem Moment wurde es McFarlane klar, es war wie eine Eingebung. »Salz«, sagte er. »Das Wasser, das in den Tankraum sickert, ist Salzwasser.«
Rachel schnappte verdutzt nach Luft. »Das *ist* es! Und das er-

klärt auch, warum Masangkay und Timmer durch den Hautkontakt mit ihren Händen die Explosion ausgelöst haben. Ihre Hände waren verschwitzt, und Schweiß ist salzhaltig. Als Lloyd die Wange auf den Meteoriten gelegt hat, war es bitterkalt, er hatte also mit Sicherheit keine verschwitzte Wange. Der Meteorit muss mit Natriumchlorid reagieren. Aber wieso? Es geht doch nur um eine Kochsalzlösung?«

McFarlane sah sie an, dann richtete er den Blick an ihr vorbei auf das dünne Rinnsal Seewasser, das an der Stahlwand herunterrann, den Schlingerbewegungen des Tankers folgte und sich mal ein Stück nach links, mal ein paar Millimeter nach rechts verschob. Im Rhythmus der Schlingerbewegungen des Schiffes …

»Darüber können wir uns später den Kopf zerbrechen«, sagte er, griff nach seinem Funkgerät und schaltete es ein. Aber das Einzige, was er hörte, war das bekannte Rauschen.

»Herrgott noch mal!«, schimpfte er, schaltete das Gerät aus und schob es sich wieder in den Gürtel. »Komm, Rachel, wir müssen hier raus! Schnell, sonst werden wir beim nächsten Wellenberg lebendig gebraten.« Er stand auf, fasste sie am Arm und wollte sie mit sich ziehen.

»Wir können hier nicht weg«, protestierte sie. »Wenn es wieder zu einer Explosion kommt, sprengt sie vielleicht das Sicherungsnetz. Und wenn der Meteorit sich aus der Halterung löst, bedeutet das für uns alle den sicheren Tod.«

»Gerade deshalb müssen wir dafür sorgen, dass er gegen Meerwasser geschützt wird.«

Einen Augenblick lang standen sie da und starrten sich an. Dann fuhren sie, wie vom selben Gedanken getrieben, herum und rannten den Laufsteg hinunter, auf den Tunnel zu, der aus dem Tankraum führte.

Almirante Ramirez

14.45 Uhr

Vallenar stand auf der Brücke und blickte, sein altes Fernglas in der Hand, nach Süden auf die schwere See. Seine Offiziere hatten Mühe, sich bei dem wilden Schlingern und Rollen des Schiffes auf den Beinen zu halten. Ihre Gesichter erinnerten an unbewegte steinerne Masken. Sie hatten Angst. Jetzt zahlte sich seine harte Hand aus, mit der er ihnen Disziplin eingebläut hatte. Santander war die Probe aufs Exempel gewesen, wer überlebt hatte, stand auf seiner Seite. Diese Männer würden ihm durch dick und dünn folgen, nötigenfalls sogar in die Hölle. Und das, dachte er nach einem Blick auf die Karte, war genau der Ort, dem sie immer näher kamen.

Das Schneetreiben und die Graupelschauer hatten aufgehört, der Himmel klarte auf, die Sicht war ausgezeichnet. Der Wind hatte allerdings noch an Stärke zugenommen, die Wellenberge türmten sich höher und höher. Wenn das Schiff in ein Wellental fiel, wurde es von völliger Dunkelheit eingehüllt. Links und rechts ragten schwarze Wasserwände auf, manchmal bis zu zwanzig Meter, man konnte meinen, das Schiff sei auf den Grund eines dunklen Cañons geschleudert worden. Er hatte noch nie eine so entfesselte See erlebt, und die zunehmend klarere Sicht – so gut sie in seine Pläne passte – machte alles noch unheimlicher. Normalerweise hätte er mit dem Bug die Wellen gepflügt, um den Sturm abzuwettern, aber das ging in diesem Fall nicht. Er musste den Kurs beibehalten und die tobende See nahezu breitseits nehmen, sonst würde ihm der viel schwerere amerikanische Tanker entkommen.

Vallenar kannte sein Schiff, er wusste, was es aushielt und was nicht. Er hatte ein Gespür dafür, wann Wind und Wellen zu

stark wurden. Davon konnte, zumindest im Augenblick, noch keine Rede sein. Dennoch bedurfte es ständiger Wachsamkeit und großer seemännischer Erfahrung, um ein Schiff bei diesem Sturm vor dem Kentern zu bewahren. Aber deshalb hatte er ja das Kommando auf der Brücke persönlich übernommen.
In der Ferne sah er einen schäumenden Wellenberg, höher als alle anderen, auf sie zukommen. In aller Ruhe, ohne auch nur die geringste Hast erkennen zu lassen, wies er den Rudergänger an: »Ruder leicht links, Steuerbordmaschine ein Drittel, Backbordmaschine zwei Drittel voraus. Geben Sie mir laufend den Kurs an.«
»Schiff driftet leicht ab«, meldete Aller. »Kurs eins-sieben-fünf, jetzt eins-sieben-null …«
»Eins-sechs-fünf halten.«
Die Welle schickte sich an, das Schiff zu umklammern. Der Bug hob sich, stieg steil in die Höhe und neigte sich seitwärts. Als die Schräglage stärker wurde – der Inklinationskompass zeigte fast dreißig Grad an –, musste auch Vallenar nach Halt suchen, bis der Zerstörer den Kamm der Welle erklommen hatte. Sekundenlang bot sich ihm ein fantastischer Blick – quer über den Ozean, bis zum Horizont. Er hielt sich das Fernglas vor die Augen, um das Meer abzusuchen, ehe das Schiff in das nächste Wellental stürzte. Ein atemberaubendes Panorama aus steil aufragenden Gipfeln und unergründlich tiefen Tälern – eine chaotische Wasserlandschaft, so weit das Auge reichte. Sekundenlang bedrückte ihn die entnervende Erkenntnis der eigenen Endlichkeit, aber als das Schiff in den nächsten Abgrund fiel, ließ die Beklemmung nach.
Er wartete, immer noch den Feldstecher vor den Augen, auf den nahenden Brecher. Und plötzlich stockte ihm der Atem: *Da waren sie* – nur eine dunkle Silhouette vor dem hellen Horizont, größer und näher, als er geglaubt hatte. Er konnte den Blick nicht abwenden. Der Tanker versank in der wilden See, tauchte aber gleich darauf wieder auf. Wie ein Fabelwesen, das über die Schaumkronen eines Wasserbergs ritt.

»Steuerbordmaschine ein Drittel zurück, Ruder hart rechts, Kurs eins-acht-null halten.«
Wieder hob sich die *Ramirez*, das Deck kippte zur Steuerbordseite.
»Treibstoffvorrat?«
»Dreißig Prozent.«
Er wandte sich an seinen Ingeniero de guardia, den wachhabenden Schiffsingenieur: »Ballast aufnehmen.« Die leeren Tankkammern mit Meerwasser aufzufüllen würde sie einen halben Knoten Fahrt kosten, ihnen aber die Stabilität geben, die sie in wenigen Minuten dringend brauchten.
»Ballast in die Tankkammern«, bestätigte der Schiffsingenieur, sichtlich erleichtert.
»Barometer?«, fragte Vallenar den Quartiermeister.
»Knapp über minus drei, weiter fallend.«
Er rief den Gefechtsoffizier auf die Brücke. »Wir haben Blickkontakt mit dem amerikanischen Schiff«, sagte er und drückte ihm das Fernglas in die Hand.
Der Offizier stellte die Sehschärfe nach und bestätigte einen Augenblick später: »Ja, Sir, ich sehe es.«
»Hält Kurs eins-neun-null«, sagte Vallenar und wies den Decksoffizier an: »Berechnen Sie unseren Kurs, wenn wir den Tanker abfangen und auf kurze Distanz unter Beschuss nehmen wollen.«
Die Befehle wurden weitergeleitet, die Rückmeldungen kamen – alles routiniert und militärisch knapp und präzise, wie Vallenar mit Befriedigung feststellte.
Er wandte sich wieder an den Gefechtsoffizier. »Meldung, sobald sie in Reichweite unserer Geschütze sind. Feuer erst auf meinen Befehl eröffnen.«
Der Zerstörer bäumte sich auf, als er die nächste haushohe Welle nahm, dann kippte er mit dem Bug in das nächste tiefe Wellental – das schlürfende Geräusch hörte sich an, als wolle die entfesselte See das Schiff verschlingen. Das Deck krängte nach Steuerbord, der Bug gierte unkontrolliert querab.

»Das Schiff läuft aus dem Kurs, Sir!«
»Mit dem Ruder unterstützen. Kurs halten!«
Gerade als das Schiff sich etwas stabilisiert hatte, sah Vallenar von Westen einen *tigre* auf sie zukommen. »Ruder nachgeben! *Nachgeben!*«
Die *Ramirez* erklomm taumelnd den Kamm der Riesenwelle. Als sie brach, ergoss sich ein Schwall Wasser mit solcher Gewalt über das Oberdeck, dass sogar die Brücke geflutet wurde.
»Ruder hart rechts!«
Das Schiff scherte seitlich aus.
»Ruder greift nicht mehr, Sir!«, schrie der Rudergänger. Das Ruder drehte sich locker in seinen Händen, der starke Seegang musste es aus dem Wasser gehoben haben.
»Backbordmaschine zwei Drittel zurück, Steuerbordmaschine volle Kraft voraus!«
Der Decksoffizier versuchte, den Befehl über den Maschinentelegrafen weiterzuleiten. »Ruder und Maschinen reagieren nicht, Sir!« Das Schiff gierte weiter querab.
Vallenar überkam ein Anflug von Angst – nicht um sich und sein Leben, sondern weil er seine Mission noch nicht erfüllt hatte. Aber dann spürte er, wie sich das Heck des Schiffes senkte und Schrauben und Ruder wieder ins Wasser eintauchten.
Er atmete tief durch, dann beugte er sich, als wäre nichts geschehen, über den Trichter der Sprechanlage und fragte die Radarwache: »Irgendwelche Luftkontakte?« Dass andere Schiffe dem Tanker zu Hilfe eilten, konnte er ausschließen, bei einem Flugzeug war er sich nicht so sicher.
»Kein Luftkontakt im Umkreis von dreihundert Kilometern«, meldete die Radarwache. »Aber südlich voraus Eis.«
»Was für Eis?«
»Zwei große Eisinseln, etwas Treibeis und mehrere kleine Eisberge, Sir.«
Sie laufen direkt ins Eis, dachte Vallenar mit grimmiger Genugtuung. Niemand steuerte einen Tanker bei diesem

Wetter freiwillig auf die Eisgrenze zu, es sei denn, er sah keine andere Möglichkeit mehr. Aber es war eben der einzige Fluchtweg, den er ihnen gelassen hatte. Sie taten genau das, was er erwartet hatte. Vielleicht hofften sie, sie könnten sich zwischen den Eisbergen verstecken, um später im Schutz der Dunkelheit zu entkommen. Aber daraus wurde nichts. Im Gegenteil, der schwere Seegang würde südlich der Eisgrenze abebben, und das war *sein* Vorteil, denn im Eis konnte der Zerstörer seine höhere Wendigkeit ausspielen.

Dort unten wollte er ihnen den Todesstoß versetzen. Es sei denn, das Eis kam ihm zuvor.

»Tanker kommt in die Reichweite unserer Waffen«, meldete der Gefechtsoffizier.

Vallenar ließ den Blick über den vom Sturm gepeitschten Ozean schweifen. Er konnte das amerikanische Schiff jetzt schon mit bloßem Auge als dunklen Fleck in der Wasserwüste ausmachen. Es war ungefähr acht Seemeilen entfernt, gab aber sogar auf diese Distanz ein schönes, lohnendes Ziel ab.

»Reicht die Sicht für gezieltes Feuer?«, fragte er.

»Noch nicht, Sir. Visuelle Zielerfassung ist bei dieser See und auf die Entfernung extrem schwierig.«

»Dann warten wir, bis wir näher heran sind.«

Die Minuten rannen dahin, doch kamen sie dem Tanker stetig näher. Der Himmel verdunkelte sich bereits, nicht mehr lange, und die Sonne ging unter. Der Sturm fegte noch immer mit acht Knoten.

Vallenar spürte die innere Anspannung der Männer auf der Brücke: die unterschwellige alte Angst. Er dagegen blieb kühl bis ins Herz. Von Zeit zu Zeit gab er mit ruhiger, fester Stimme Anweisungen an den Rudergänger oder den Maschinenraum. Die behelfsmäßigen Reparaturen am Ruder und an den Schrauben hielten hervorragend. Seine Männer hatten gute Arbeit geleistet. Ein Jammer, dass so viele dabei umgekommen waren.

Die Nacht senkte sich über den Ozean, die *Rolvaag* fuhr mit gelöschten Lichtern. Er konnte nicht länger warten.
»Señor Casseo, einschießen auf das Ziel. Leuchtspurgranaten – Abstandszünder.«
»Aye, Sir«, bestätigte der Gefechtsoffizier, »Leuchtspur laden, Abstandszünder.«
Vallenar richtete den Blick auf die vorderen Geschütztürme. Er wartete ungeduldig. Und endlich sah er, wie sie sich drehten, wie die Geschützrohre sich etwa fünfundvierzig Grad hoben und schließlich – zeitlich leicht versetzt – zwei Granaten abfeuerten. Flammen züngelten um die Rohre, die Brücke wurde von der Wucht des Rückstoßes erschüttert. Vallenar hob das Glas und verfolgte, wie die Leuchtspur in einem leichten Bogen in den Himmel stieg. Zwei Fehlschüsse, zu kurz, weit hinter das Heck des *Ice Ship*.
Der Zerstörer tauchte in ein Wellental ein, dann hob er sich wieder. Als er den höchsten Punkt erreicht hatte, feuerten die beiden Buggeschütze erneut. Diesmal lag das Feuer besser, wenngleich noch immer zu kurz.
Ein paar Minuten ging das so weiter, dann meldete der Gefechtsoffizier: »Comandante, wir haben uns eingegabelt. Ich glaube, wir können das Ziel jetzt unter Feuer nehmen.«
»Sehr gut. Wirkungsfeuer. Aber ich möchte den Tanker nur manövrierunfähig schießen, er soll Fahrt verlieren, ohne zu sinken, Señor Casseo. Den Gnadenstoß geben wir ihm, wenn wir dichter heran sind.«
Stille, offensichtlich hatte es dem Gefechtsoffizier die Sprache verschlagen.
Schließlich sagte er mit kehliger Stimme: »Ja, Sir.«
Als sie auf dem Kamm der nächsten Welle waren, brachen wieder zwei Schüsse. Vallenar hörte die Granaten heulen und sah, wie die beiden todbringenden orangefarbenen Bogen sich ihren Weg gen Süden bahnten.

Rolvaag,

15.30 Uhr

McFarlane lehnte sich an die Stahlrückwand der Beobachtungsplattform und ließ sich, obwohl es nur ein, zwei Schritte bis zum Plastikstuhl gewesen wären, einfach auf den Boden rutschen. Er war fix und fertig. Seine Beine fühlten sich bleiern schwer an, und in seinen Oberarmen zwickten mehr Muskeln, als er je dort vermutet hätte. Er merkte, dass Rachel sich neben ihn fallen ließ, war aber so zerschlagen, dass er nicht einmal den Kopf hob.

Ohne Funkverbindung zur Brücke und ohne Zeit, Hilfe zu holen, waren sie gezwungen gewesen, sich selbst eine Lösung einfallen zu lassen. Und im Tunnel, hinter den verriegelten Türen der Metallspinde, hatten sie schnell gefunden, was sie brauchten: Dutzende sauber gestapelter, wasserdichter Planen. Und dann hatten sie eine halbe Stunde lang geschuftet wie die Berserker, immer die Angst im Nacken, dass es eine neue Explosion geben könne.

McFarlane hakte sein Funkgerät los. Als er merkte, dass die Verbindung immer noch tot war, steckte er es achselzuckend wieder weg. Dann erfuhr Glinn eben erst später, was hier los war. Die Vorstellung, dass Britton, Glinn und die anderen die ganze Zeit über auf der Brücke ihrer Arbeit nachgegangen waren, ohne auch nur zu ahnen, was sich ein paar Decks unter ihnen zusammenbraute, kam ihm regelrecht absurd vor.

Er fragte sich, wie es oben wohl aussehen mochte. Der Sturm war offensichtlich stärker geworden. Er spürte inzwischen, flach auf dem Boden liegend, jede Schlingerbewegung des Schiffes in den Knochen. Es war nur eine Frage der Zeit, bis das Sickerwasser wieder von der Stahlwand des Tanks weggedrückt wurde und sich abermals ein Sprühregen feiner Tropfen über den Meteoriten ergießen würde.

Rachel lag stumm neben ihm. Er sah, wie sie in die Brusttasche ihres Shirts griff, eine schmale Schmuckschatulle herauszog, sie aufklappte und die beiden CD-ROMs, die darin lagen, mit einem fast verklärten Blick betrachtete. Dann klappte sie die Schatulle wieder zu und steckte sie weg.

»Die hatte ich in dem Tohuwabohu fast vergessen«, erklärte sie ihm. »Aber zum Glück sind sie heil geblieben.«

»Was ist das denn?«, fragte er.

»Auf die habe ich, bevor wir die Insel verlassen haben, sämtliche Daten von unseren Meteoritentests überspielt. Ich will sie mir später noch mal in Ruhe ansehen. Das heißt, falls wir das Abenteuer lebend überstehen.«

McFarlane sagte nichts.

»Er muss eine interne Energiequelle haben«, grübelte sie laut vor sich hin, »sonst könnte er nicht derart starke Stromstöße abgeben. Wenn er lediglich ein Kondensator wäre, wäre seine Energie im Laufe von Jahrmillionen längst verpufft. Da dem nicht so ist, muss er sie ständig neu erzeugen – in seinem Inneren.« Sie klopfte sich mit der flachen Hand auf die Hemdtasche. »Die Antwort steckt irgendwo in diesen Daten.«

»Mich interessiert mehr, aus welcher Umgebung er kommt«, sagte McFarlane. »Ich meine, dass das Ding ausgerechnet auf Salzwasser so stark reagiert, ist doch merkwürdig, oder?« Er seufzte. »Ach, lass uns den verdammten Felsbrocken für eine Weile vergessen.«

Sie sah ihn an. »Das ist ja gerade das Problem. Vielleicht ist es gar kein Felsbrocken.«

»Komm mir nicht wieder mit deiner Raumschiff-Theorie.«

»Nein. Ich vermute, es ist etwas viel Naheliegenderes als ein Raumschiff.«

McFarlane wollte schon antworten, als das Schiff heftig zu rollen begann. Wie ihm schien, hob sich der Bug des Tankers viel steiler als zuvor. »O Mann«, murmelte er, »da oben ist ganz schön was los.«

Rachel nickte. »Und zwar inzwischen ununterbrochen.«

Sie saßen stumm da und lauschten dem Heulen des Sturms und dem Ächzen und Knarren, das durch den Schiffsrumpf lief. Als die *Rolvaag* von der nächsten hohen Welle hochgerissen wurde, drückte die Schwerkraft das Sickerwasser von der Wand des Tankraums weg; es ging wie Sprühregen nieder. McFarlane stemmte sich hastig auf und starrte gespannt auf die Planen, die sie über den Meteoriten gezogen hatten. Da die Stahlwände das Toben des Sturms ein wenig dämpften, konnte er es sogar plätschern hören, als die Tropfen auf den Plastikplanen aufschlugen. Er hielt den Atem an. Aber es passierte nichts – das Meerwasser lief auf dem glatten Material ab und versickerte in der Stahl- und Holzkonstruktion der Halterung.
Rachel atmete erleichtert durch. »Scheint zu funktionieren. Herzlichen Glückwunsch.«
»Glückwunsch? War doch deine Idee.«
»Ja, aber du hast das mit dem Salz entdeckt.«
»Nur weil du keine Ruhe gegeben hast. Außerdem, allein wäre ich sowieso ...« Er stockte und sah sie verdutzt an. »Sind wir eigentlich total übergeschnappt, dass wir nichts Besseres zu tun haben, als uns gegenseitig Komplimente zu machen?«
Unwillkürlich musste er grinsen. Ein Stein war ihm vom Herzen gefallen. Sie wussten jetzt, was zu den Explosionen geführt hatte. Und es war ihnen gelungen, Abhilfe zu schaffen. Er sah Rachel an. Ihr dunkles Haar schimmerte verführerisch. Er verstand gar nicht mehr, wie er es all die Jahre ohne sie ausgehalten hatte. Wie er ohne ihre Geistesblitze, ihre Denkanstöße und ihren Widerspruch zurechtgekommen war. Er konnte sich nicht vorstellen, je wieder allein irgendeiner Arbeit nachzugehen. Wer hätte denn dann seine angefangenen Sätze zu Ende geführt?
Sie rutschte ein Stück nach oben und lehnte sich an die Stahlwand des Schiffsrumpfes. Offenbar hatte sie seinen zärtlichen Blick noch gar nicht bemerkt, so angestrengt horchte sie nach draußen. »Hörst du nichts? Ich könnte schwören, dass das eben eine Detonation war.«

Aber McFarlane hatte Besseres im Sinn. Er kauerte sich neben sie und zog sie in seine Arme. Es war eine Geste stiller Zuneigung, ganz anders als die impulsive Leidenschaft, mit der sie sich in ihrer Kabine geliebt hatten.

Als sie den Kopf an seine Schulter schmiegte, flüsterte er ihr zu: »Weißt du was? Du bist die netteste, gescheiteste und hübscheste Assistentin, die ich je gehabt habe.«

»Soso. Ich wette, das erzählst du allen.«

Er streichelte ihr zärtlich die Wange. Als er ihr den Finger unters Kinn legte, ihren Kopf anhob und sie küsste, hörte er unten auf den Plastikplanen ein Plätschern. Diesmal lauter, es musste eine verdammt hohe Welle gewesen sein.

»Heißt das, dass ich von heute an deinen Verlobungsring tragen soll?«, murmelte sie.

»Nein, aber du darfst dir von Zeit zu Zeit mein Gesteinshämmerchen ausleihen.«

Ihre Lippen trafen sich zu einem leidenschaftlichen Kuss. Sie beide nahmen kaum wahr, dass die *Rolvaag* schlingerte, in ein Wellental geschleudert wurde und sich steil wieder aufrichtete. Bis McFarlane sich plötzlich aus der Umarmung löste und zurücklehnte. In die ungestüme Melodie des Sturms und das Ächzen und Knacken aus dem Tankraum mischte sich ein anderes, sehr eigenartiges Geräusch. Es hörte sich wie ein helles Singen an, schrill und laut wie ein Schuss. Und dann wieder.

Rachel und er sahen sich an. Die Geräusche hörten auf, doch sie hallten ihnen noch in den Ohren wider. Erschrocken hielten sie den Atem an und lauschten. Und da war es wieder – es kam eindeutig von unten, von der Halterung des Meteoriten. Bei jeder Welle, die das Schiff traf, und jeder Schlingerbewegung wurde es beängstigend lauter.

Und dann konnte es keine Zweifel mehr gaben: zwanzig Meter unter ihnen, wo der Meteorit in seinem Bett aus Stahl und Holz ruhte, bahnte sich eine Katastrophe an. Holz splitterte, Nieten wurden abgesprengt, Schweißnähte brachen …

Rolvaag

15.30 Uhr

Britton sah die erste Granate scheinbar gemächlich in einem leichten Bogen über das aufgewühlte Meer trudeln und in einem grellen Lichtblitz weit hinter dem Heck des Tankers verglühen. Kaum eine Sekunde später folgte die zweite – ebenfalls zu kurz.

Lloyd stürzte ans Fenster. »Großer Gott, ist das denn zu fassen? Dieser verdammte Idiot feuert auf uns!«

»Leuchtspur«, sagte Glinn. »Sie schießen sich ein.«

Lloyds Lippen wurden zu einem schmalen Strich.

»Mr. Howell, Ruder hart backbord«, wies Britton den Ersten Offizier an, als die nächsten beiden Granaten hochgingen. Das Feuer lag weiter zu kurz, aber es kam näher.

Alle starrten durch die nach achtern gelegenen Scheiben. Der Zerstörer feuerte Salve um Salve ab, wobei die Leuchtspurmarkierung jedes Mal ein Stück näher rückte. Und schließlich detonierte eine Granate direkt über ihnen – der Nachthimmel schien einen Sternenregen über sie auszuschütten.

»Sie haben sich eingegabelt«, murmelte Glinn. »Von jetzt an werden sie scharfe Munition verwenden und sich langsam an uns heran tasten.«

Lloyd sah ihn unwirsch an. »Was wollen Sie hier eigentlich darstellen? Einen Sportreporter? Wir brauchen einen Plan, keine Kommentare. Es darf nicht wahr sein. Dreihundert Millionen Dollar – und dafür brocken Sie uns diese Scheißsituation ein!«

Britton sagte energisch: »Ruhe auf der Brücke! Mr. Howell, Ruder hart steuerbord. Maschinen auf Minimalleistung.« Sie erlebte, was sie in Krisensituationen immer erlebt hatte: Eine unheimliche Ruhe überkam sie, ihr Verstand arbeitete mit der Präzision eines Uhrwerks.

Sie schielte verstohlen zu Lloyd hinüber, der, die fleischigen Finger ineinander verhakt, mit versteinerter Miene nach Süden starrte. Die Erfahrung, dass man mit Geld doch nicht alles kaufen kann, nicht einmal das eigene Leben, schien ihm schwer zuzusetzen.

Dann suchte ihr Blick Glinn. Sie wartete ungeduldig auf seine Lagebeurteilung. Sie war ihr wichtiger als je zuvor – gerade weil er eingestanden hatte, dass seine letzte Lagebeurteilung eine grobe Fehleinschätzung gewesen war. Das machte ihn in ihren Augen so menschlich.

Hinter den breiten Schultern der beiden Männer erstreckte sich die sturmgepeitschte See. Bei Beginn der Dunkelheit hatten sie die Lichter gelöscht, um der *Ramirez* leichter entwischen zu können. Aber dann war am südlichen Himmel der Mond aufgegangen, groß und fast voll, und hatte all ihre Hoffnungen zunichte gemacht. Es kam ihr vor, als grinse er hämisch auf sie nieder. Im Mondlicht schien das aufgewühlte Meer geheimnisvoll aus seinen tiefsten Tiefen heraus zu leuchten – ein gespenstisches Bild. Unablässig rollten schwere Brecher auf sie zu, überspülten das Deck mit Wasser, rissen das Schiff in tiefe, nachtschwarze Schluchten und schleuderten es auf haushohe, weiß gischtende Wellenberge. Und das würde wohl noch lange so weitergehen, denn gewöhnlich folgte dem *panteonero* eine zermürbende Zeit gefährlicher Winde.

Eine Detonation ließ die Fensterscheiben der Brücke jäh erzittern. Alle schreckten hoch, die Druckwelle kam völlig unerwartet, weil der Sturm den Explosionsknall verschluckt hatte. Und dann ging es Schlag auf Schlag. Britton sah, wie querab zu ihrem Schiff in kurzen Abständen eine Wasserfontäne nach der anderen aufstieg. Es war eindeutig, dass die Einschläge mit jeder Granate dichter an der *Rolvaag* lagen.

Das riesige Schiff kämpfte schlingernd gegen die mörderischen Wellenberge an. Dreh endlich nach steuerbord ab, du Miststück, beschwor sie den Tanker lautlos.

Und genau in diesem Augenblick passierte es: Die *Rolvaag* bockte, am Bug stieg eine hässliche gelbe Wolke auf, heiße Metallstücke flogen in die Luft und zogen einen glühenden Schweif hinter sich her. Fast unmittelbar danach mussten sie den nächsten Treffer hinnehmen, die Detonation hallte wie ein Donnerschlag über das Schiff. Einer der Ladepfosten wurde aus seiner Verankerung gerissen und steil nach oben katapultiert. Als er trudelnd wieder aufschlug, schnellte ein Kabel wie eine überdimensionale Peitschenschnur über das Oberdeck.

Aber das Schlimmste war wohl überstanden, das Feuer wanderte, wie an den Wasserfontänen zu erkennen war, weiter nach Süden, um schließlich ganz zu verstummen.

Alle auf der Brücke starrten ins Leere, die plötzliche Stille wirkte lähmender als der vorangegangene Angriff.

Britton erwachte als Erste aus der Erstarrung. Sie suchte mit dem Fernglas das Vordeck ab. Wie es aussah, hatte mindestens eine Granate das Oberdeck durchschlagen. Als die *Rolvaag* den nächsten Wellenkamm erklomm, konnte sie im Mondlicht deutlich erkennen, dass das Meerwasser nicht seitlich, sondern durch das Einschlagsloch in den Bauch des Schiffes lief.

»Mr. Howell, geben Sie Alarm«, wies sie den Ersten Offizier an. »Stellen Sie einen Trupp zur Schadensfeststellung zusammen. Die Männer sollen Schaumlöscher mitnehmen. Und lassen Sie eine Rettungsleine spannen, vom Vorschiff bis zum Heck.«

»Aye-aye, Ma'am.«

Fast automatisch wandte sie sich zu Glinn um und sah ihn fragend an.

»Maschinen stoppen«, murmelte er. »Befehlen Sie Kurs vor dem Wind. Und schalten Sie die ECM ab. Er soll glauben, dass er uns lahm gelegt hat, dann feuert er vielleicht vorübergehend nicht mehr auf uns. Nach fünf Minuten nehmen wir wieder volle Fahrt auf. Das zwingt ihn, sich erneut einzuschießen. Wir *müssen* es bis zu den Eisinseln schaffen.« Er nickte ihr zu, ging zu seinem Operator und beriet sich flüsternd mit ihm.

Britton wandte sich an den Ersten Offizier. »Mr. Howell, beide Maschinen stopp. Ruder dreißig Grad backbord.«

Die enorme Schubkraft hielt das Schiff eine Weile auf dem alten Kurs, dann kam der Bug langsam herum.

Britton schielte zu Lloyd hinüber. Sein Gesicht war aschfahl geworden, das Feuer der *Ramirez* hatte ihn offensichtlich bis ins Mark erschüttert. Wahrscheinlich hatte er geglaubt, seine letzte Stunde habe geschlagen. Und sich vielleicht schon ausgemalt, wie es wohl wäre, in der dreitausend Meter tiefen, eisigen See zu versinken. Sein Gesicht spiegelte dieselben Ängste wider, die sie von anderen bei ähnlichen Stürmen kannte. Wahrlich kein schöner Anblick.

Sie schaute auf den Radarschirm. Die meiste Zeit über verwischte der starke Seegang das Bild, nur wenn die *Rolvaag* sich steil aufbäumte, wurde es klar. Sie waren noch fünfundzwanzig Seemeilen von den beiden Eisinseln entfernt. Der hohe Wellengang kostete den Zerstörer gut einen Knoten Fahrt, dennoch kam er stetig näher. Es grenzte an ein Wunder, dass das schlanke, relativ kleine Schiff sich überhaupt in dieser rauen See behaupten konnte.

Plötzlich wurde die Tür der Brücke aufgestoßen, McFarlane kam hereingestürzt, dicht gefolgt von Amira. »Der Meteorit«, stammelte er mit verzerrtem Gesicht.

»Was ist mit dem Meteoriten?«, fragte Lloyd scharf.

»Er … er reißt sich los.«

Rolvaag

15.55 Uhr

Glinn hörte gebannt zu, als McFarlane seine Geschichte herunterhaspelte. Ein ungewohntes, nicht gerade angenehmes Schaudern lief ihm über den Rücken. Aber er wäre seinen eigenen Prinzipien untreu geworden, wenn er am Schluss nicht ruhig und ohne Hektik zum Telefon gegriffen hätte. »Krankenstation? Geben Sie mir Garza.«

Kurz darauf meldete sich eine schwache Stimme: »Ja?«

»Hier ist Glinn. Der Meteorit reißt sich aus seiner Halterung los. Schicken Sie Stonecipher und den Reservetrupp runter. Sie übernehmen die Leitung.«

»Ja, Sir.«

»Da ist noch etwas«, warf McFarlane ein. Er atmete immer noch schwer.

Glinn sah ihn fragend an.

»Der Meteorit reagiert mit Salz. Salz war es, nicht Hautkontakte, was die Explosion ausgelöst hat, bei der Garzas Männer ums Leben kamen. Rachel und ich haben Abdeckplanen über das Netz gezogen. Egal, was die Männer dort unten tun, aber sie sollen um Himmels willen darauf achten, dass der Meteorit nicht mit Salzwasser in Berührung kommt. Er strahlt übrigens immer noch Störwellen aus. Der Funkkontakt wird also ziemlich schlecht sein, mindestens noch eine Stunde lang.«

Glinn gab die Information an Garza weiter. Als er fertig war, hörte er ein heiseres Flüstern, und dann hatte er auf einmal Brambells ärgerliche, näselnde Stimme in der Leitung.

»Was soll der Unsinn? Ich verbiete dem Mann, die Krankenstation zu verlassen. Er hat ein Schädeltrauma, eine Gehirnerschütterung, eine Zerrung des rechten Handgelenks und …«

»Sparen Sie sich den Rest, Doktor. Ich brauche Garzas Schadensanalyse, um jeden Preis. Das Überleben des Schiffes hängt davon ab.«

Glinn legte auf und fragte Britton: »Können wir bei dem Wellengang etwas tun, um die Schräglage des Schiffes zu reduzieren?«

Britton schüttelte den Kopf. »Bei der schweren See würde jede Verlagerung des Ballasts nur zu einer gefährlichen Instabilität führen.«

Sooft das Schiff in ein Wellental stürzte, begrub die entfesselte See das Hauptdeck unter sich. Zwei Container hatten sich bereits losgerissen und waren über Bord gespült worden, und dabei würde es sicher nicht bleiben.

»Was ich noch fragen wollte: Was waren das vorhin für Detonationen?«, kam es McFarlane in den Sinn.

»Das chilenische Schiff hat uns unter Feuer genommen«, antwortete Glinn und fragte im Gegenzug: »Haben Sie eine Ahnung, *warum* der Meteorit mit Salz reagiert?«

»Es scheint sich nicht um eine chemische Reaktion zu handeln«, erwiderte McFarlane. »Er hat auch dieses Mal bei der Explosion nicht mal einen Kratzer abgekriegt.«

Glinn sah Amira fragend an.

»Die Explosion war zu stark für eine chemische oder katalytische Reaktion«, bestätigte sie.

»Was kann es dann sein? Eine nukleare Reaktion?«

»Das ist theoretisch zwar möglich, aber höchst unwahrscheinlich. Ich denke eher, dass wir das Problem aus einer falschen Perspektive betrachten.«

Glinn kannte das bei Amira. Sie neigte dazu, Diskussionen unvermittelt in eine andere Richtung zu lenken. Wobei entweder etwas Geniales oder etwas total Idiotisches herauskam. Das war einer der Gründe, warum er sie für die EES verpflichtet hatte. Da es sich meistens lohnte, ihre Ideen und Anregungen aufzugreifen, hakte er nach: »Wieso das?«

»Es ist nur so eine Ahnung. Wir versuchen, das Problem aus unserem Blickwinkel zu verstehen, indem wir von einem

Meteoriten ausgehen. Dabei wäre es enorm wichtig, uns in diese Materie hineinzudenken. Salz hat eine große Bedeutung für den Meteoriten. Es ist entweder gefährlich für ihn ... oder lebensnotwendig.«

Howells Stimme ließ alle aufhorchen. »Captain, die *Ramirez* hat das Feuer wieder aufgenommen. Sie schießen sich ein.«

Der Erste Offizier beugte sich tief über das Doppler-Radar. Einen Augenblick lang herrschte gespannte Stille, dann sah Howell grinsend auf. »Eben hat sich ein Schneesturm zwischen uns und die *Ramirez* geschoben. Die Kerle sind blind wie die Maulwürfe, sie können uns nicht mehr sehen.«

»Nach Steuerbord abdrehen«, ordnete Britton an. »Kurs konstant eins-neun-null.«

Glinn ging zu der elektronischen Karte hinüber und musterte die blinkenden grünen Punkte. Das Schachspiel neigte sich dem Ende zu, auf dem Brett waren nur noch vier Figuren übrig geblieben: zwei Schiffe, der Sturm und das Eis. Von diesen vier Faktoren hing ihr Schicksal ab. Er versuchte, sich die Stellung und das Tempo, in dem sich die beiden Schiffspunkte verschoben, so einzuprägen, dass er das Bild mit geschlossenen Augen vor sich sehen konnte. Dank dieser Vereinfachung wurde ihm klar, dass die tödlichste Bedrohung im Fehlen brauchbarer Alternativen lag. Wie ein Schachmeister spielte er die Züge zu Ende, die ihnen noch blieben. Alle bis auf einen führten ins sichere Verderben. Und die Wahrscheinlichkeit, dass die verbleibende Option von Erfolg war, kam ihm erschreckend gering vor. Um das Spiel erfolgreich zu beenden, musste alles perfekt klappen. Und ein Quantum Glück gehörte auch dazu. Er hasste es, sich auf das Glück verlassen zu müssen. Eine Strategie, die auf das Glück vertraute, endete oft in einem Desaster. Trotzdem, das verhasste Glück war jetzt das, was er am meisten brauchte.

Er schlug die Augen auf und heftete den Blick sofort wieder auf die Karte. Der blinkende grüne Punkt, der die Position der *Rolvaag* markierte, war noch dreißig Minuten von der Eis-

grenze und wenige Minuten mehr von den beiden gigantischen Eisinseln entfernt.
Das Funkgerät piepste, er schaltete es ein.
»Hier ist Garza«, meldete sich eine schwache, vom gewohnten Rauschen überlagerte Stimme. »Im Tankraum. Hier unten brechen bei jeder Schlingerbewegung ein paar Schweißstellen.«
»Ursache?«
»Die letzte Entladung des Meteoriten hat einige entscheidende Verknüpfungen im Sicherungsnetz beschädigt und andere zumindest geschwächt. Rochefort hat die Belastbarkeit der Halterung für eine Krängung von maximal fünfunddreißig Grad ausgelegt, wir sind also noch zehn Grad unter dem Limit …« Einige Sekunden lang nur lautes Rauschen. »… Berechnungen ist der Meteorit allerdings um hundertfünfzig Prozent schwerer, als Rochefort angenommen hatte. Möglicherweise ist die Konstruktion zu schwach ausgelegt.«
»Um wie viel zu schwach?«
»Schwer zu sagen, ohne …« Wieder brach die Verbindung für kurze Zeit ab. »… ist Stonecipher der Meinung, sie könnten vielleicht noch eine Zeit lang halten. Andererseits, wenn es Defekte an den Knotenpunkten gibt, gibt der Rest vielleicht sehr schnell nach.«
»Mir gefallen die schwammigen Formulierungen ›könnten‹ und ›möglicherweise‹ nicht.«
»Präziser kann ich's aber nicht sagen.«
»Wie schnell ist ›sehr schnell‹?«
»Uns bleiben fünf, vielleicht auch zehn Minuten. Möglicherweise etwas mehr.«
»Und dann?«
»Dann rutscht der Meteorit seitlich weg. Und wenn die Neigung zu stark wird, zerschlägt er womöglich die Außenhülle des Tankers.«
»Lassen Sie die entscheidenden Stellen im Sicherungsnetz verstärken.«

In Garzas Schweigen mischte sich statisches Knacken und Rauschen. Glinn ahnte, woran Garza dachte und was er von seiner Anweisung hielt.

»Ja, Sir«, sagte der Chefingenieur schließlich.

»Und lassen Sie ja kein Salzwasser an ihn ran.«

Keine Antwort, das Rauschen wurde stärker.

Und die *Rolvaag* stampfte weiter nach Süden, auf die Eisgrenze zu.

Rolvaag

17.00 Uhr

An der Rückseite der Brücke, zwischen Funk- und Kartenraum, gab es eine kleine Nische, die sich wegen des hohen Fensters als Ausguck anbot. Dort hatte Glinn Posten bezogen, mit dem Fernglas vor den Augen. Der Schneesturm, eine wabernde graue Wolke, zog nach Norden ab. Sechzig Minuten lang hatte er ihnen Sichtschutz geboten, zwanzig weniger, als sie gebraucht hätten. Nun leuchtete der Mond die raue See wieder taghell aus. Ihr Plan war nicht aufgegangen.

Und tatsächlich tauchte die *Ramirez* wie auf ein Stichwort hin aus dem Schneegestöber auf. Sie hatte alle Lichter gesetzt und war gefährlich nahe herangekommen, höchstens vier Seemeilen trennten sie noch von dem Tanker. Ihr Bug, zum Spielball der tobenden See geworden, stieg steil hoch, um im nächsten Moment jäh abzufallen.

Keine Frage, dass Vallenar sie genauso klar ausmachte wie sie den Zerstörer. Und er verlor keine Zeit: die beiden vorderen Geschütze wurden auf die *Rolvaag* ausgerichtet. Sekunden später feuerte die *Ramirez* Phosphorgranaten ab, die in der Luft detonierten und das Meer rings um den Tanker in grellweißes Licht tauchten.

Der Comandante ging methodisch vor, ohne Hast, er wusste, dass sie in der Falle saßen. Glinn warf rasch einen Blick auf seine goldene Taschenuhr. Bei einer Distanz von vier Meilen mussten sie sich nicht erst an das Ziel herantasten, sie konnten drauflosfeuern. Und die *Rolvaag* brauchte noch zwanzig Minuten bis zu den Eisinseln – und viel Glück.

»Wir überfahren die Eisgrenze, Ma'am«, meldete Howell.

Glinn setzte das Glas ab und richtete den Blick aufs Meer. Selbst im Mondschein konnte er sehen, dass sich die Farbe des

Wassers verändert hatte: Aus dem tiefen Grün war klares, bläulich schimmerndes Schwarz geworden. Er ging nach vorn, zum Kommandostand, und suchte den südlichen Horizont mit dem Fernglas ab. Die ersten Eisschollen trieben auf sie zu. Und als die *Rolvaag* auf einen Wellenberg gehoben wurde, konnte er einen erregenden Augenblick lang einen Blick auf die beiden Eisinseln werfen: zwei flache, türkisfarbene Platten, die östliche an die dreißig Kilometer lang, die westliche acht. Sie lagen ruhig im Wasser, Inseln der Stille in der trügerischen See, zu groß, als dass das Meer ihnen seinen wilden Tanz hätte aufzwingen können. Zwischen ihnen befand sich eine schmale, schätzungsweise dreihundert Meter breite Fahrrinne.
»Weit und breit kein Nebel«, stellte Britton fest, als sie, den Feldstecher in der Hand, neben ihn trat.
Glinn sah sie nicht an, er starrte unverwandt nach Süden. Nie zuvor hatte er sich so hundeelend, so hilflos und ohnmächtig gefühlt. Brittons kaum verhohlener Vorwurf traf ihn bis ins Mark. Das Eis war für sie nicht zu der Zuflucht geworden, die er sich – und ihr – versprochen hatte. Im Gegenteil, der Himmel schien gen Süden hin eher noch aufzuklaren. Der helle Mond stand wie ein riesiger Scheinwerfer über dem von Silberglanz bestäubten Meer. Und die Phosphorgranaten verwandelten die Nacht vollends zum Tage.
Sie waren Vallenar ausgeliefert, es gab keine Möglichkeit, sich irgendwo zu verstecken. Und das war Glinn unerträglich – die schmerzlichste Lehre, die das Leben ihm zu erteilen vermochte. Er musste sein ganzes Pflichtgefühl und seine Selbstdisziplin aufbieten, um das Fernglas zu heben und noch einmal die beiden Eisinseln abzusuchen.
Vallenar hatte eine Feuerpause eingelegt. Nachdem er wusste, dass sie ihm nicht entkommen würden, ließ er sich Zeit. Noch einmal ging Glinn im Geiste all die Alternativen durch, die er zuvor schon erwogen und wieder verworfen hatte. Fast verzweifelt versuchte er, irgendeine andere Lösung zu finden. Aber es gab keine.

Und dann zerriss plötzlich ein schrecklicher Heulton die Stille, eine Granate flog knapp an den Aufbauten des Tankers vorbei und schlug ins Meer, ein gigantischer Geysir stieg auf, ein gewaltiger Sprühregen ergoss sich über das Deck. Einen Atemzug später folgte die nächste Granate, dann die dritte … und jede kam dem Ziel ein Stück näher.
Plötzlich fiel Glinn etwas ein – zumindest der Hauch einer Chance. »Captain«, sagte er leise zu Britton, »nehmen Sie die Passage zwischen den beiden Inseln, halten Sie sich so dicht wie möglich an die größere. Damit wir uns richtig verstehen: so dicht wie möglich. Dann steuern Sie das Schiff ins Lee der Insel und warten ab.«
Britton setzte nicht einmal das Fernglas ab. »Auf diese Weise sind wir, sobald er um die Insel herumkommt, wehrlos wie auf dem Präsentierteller. Nein, Eli, das ist kein brauchbarer Plan.«
»Es ist Ihre einzige Chance«, drängte er sie, »vertrauen Sie mir.«
Eine riesige Wasserfontäne stieg an der Backbordseite auf. Und fast unmittelbar danach die nächste. Sie konnten nichts tun, es gab keinen Fluchtweg und keine Möglichkeit für ein Ausweichmanöver. Glinn machte sich auf das Schlimmste gefasst.
Und dann, nach einem unheilschwangeren Augenblick trügerischer Stille, ließ eine fürchterliche Detonation die Luft erbeben. Die Druckwelle schleuderte ihn zu Boden. Scheiben wurden eingedrückt, Scherben flogen durch die Luft, durch die geborstenen Fenster der Brücke fegte der Wind.
Als Glinn auf dem Boden lag, glaubte er halb im Unterbewusstsein noch eine zweite Detonation zu hören, dann umfing ihn Nacht.

Rolvaag

17.10 Uhr

Das Feuer brach ab. Britton lag auf dem Boden, mitten in den Scherben, und lauschte instinktiv zuallererst auf das Geräusch der Maschinen. Sie arbeiteten, doch das Vibrieren hörte sich anders an. Irgendwie verdächtig. Und genau in dem Moment, als sie mit noch zittrigen Knien auf die Beine kam, leuchteten die roten Notlampen auf. Das Schiff schlingerte beängstigend in der rauen See, und nun kamen, weil die zerbrochenen Fenster den Naturgewalten keinen Einhalt mehr gebieten konnten, auch noch das Heulen des Windes, der salzige Spühregen und die deutlich unter null Grad abgesunkene Temperatur dazu. Sie schnipste sich ein paar Glassplitter aus dem Haar und stakte unsicher zum Kommandostand. »Mr. Howell, Lagebericht«, brachte sie mit belegter Stimme heraus.

Der Erste Offizier, der auch gerade wieder auf die Beine gekommen war, hämmerte hektisch auf den Tasten der Anzeigentafeln herum. »Backbordmaschine verliert Kraft.«

»Ruder zehn Grad backbord.«

»Zehn Grad backbord, Ma'am«, wiederholte Howell. »Es sieht aus, als hätten wir zwei Treffer abbekommen, beide auf dem C-Deck. Der eine beim Tankraum sechs, der andere nicht weit vom Maschinenraum.«

»Schicken Sie einen Trupp zur Schadensermittlung los. Ich will wissen, wie schlimm die Schäden sind und ob es Tote oder Verletzte gibt. Ich brauche die Rückmeldung schnell. Mr. Warner, starten Sie die Bilgenpumpen.«

»Bilgenpumpen starten, Ma'am.«

Ein kalter Windstoß fegte durch die Brücke, Gischt sprühte herein. Wegen der rapide sinkenden Temperatur drohte die Feuchtigkeit auf dem Boden und den Anzeigen des Kommandostands zu gefrieren. Aber Britton hatte fürs Erste andere Sorgen.

Lloyd kam auf die Brücke, noch damit beschäftigt, die Wetterjacke von den letzten Glasscherben zu befreien. Die scheußliche Schnittwunde auf seiner Stirn blutete heftig.

»Mr. Lloyd«, sagte Britton, »gehen Sie sofort zur Krankenstation und …«

»Machen Sie sich nicht lächerlich«, unterbrach er sie unwirsch und wischte sich das Blut mit dem Handrücken weg. »Ich bin hergekommen, um zu helfen.« Der Schock der Detonationen hatte offenbar seine alte Energie geweckt.

»Gut«, sagte Britton, »dann holen Sie uns Ölzeug aus den Spinden.« Sie deutete nach hinten.

Ein Funkgerät piepste, Howell meldete sich. »Feuer im Maschinenraum, Ma'am, ein Volltreffer. Die Meldung über Verluste in der Mannschaft steht noch aus.«

»Können wir das Feuer mit Handfeuerlöschern unter Kontrolle bekommen?«

»Negativ. Es breitet sich zu schnell aus.«

»Dann aktivieren Sie das CO_2-System. Und ich möchte, dass die äußere Bordwand mit Wassernebel besprüht wird.«

Sie schielte zu Glinn hinüber, der gerade etwas mit seinem Operator besprach. Als der Mann aufstand und die Brücke verließ, sagte sie: »Mr. Glinn, ich brauche eine Lagemeldung aus dem zentralen Tankraum.«

Glinn wandte sich an Howell. »Rufen Sie Garza.«

Ein paar Sekunden später krächzte es aus dem Wandlautsprecher: »Was ist los, verdammt noch mal?«

»Wir haben zwei Treffer abbekommen. Wie sieht's bei Ihnen aus?«

»Hier sind noch mehr Schweißnähte und Verknüpfungen im Sicherungsnetz gerissen. Wir arbeiten mit Hochdruck daran, aber der Meteorit …

»Nicht aufgeben, Manuel. Sie kriegen das schon hin.«

Lloyd kam mit einem Arm voll Ölzeug zurück und verteilte die Überjacken an die Brückenwache. Britton zog sich ihre über, dann konzentrierte sie sich wieder auf die knapp zwei Seemeilen vor ihnen liegenden Eisinseln. Sie schimmerten blau und sahen im Mondschein wie verwunschene Märcheneilande aus. Aber die Idylle war trügerisch, Wellengang und Gischt nagten und fraßen unaufhörlich an der Basis der sechzig, siebzig Meter hoch aufragenden Steilwände.

»Entfernung des Zerstörers, Mr. Howell?«

»Nur noch drei Seemeilen, schließt weiter auf. Und eröffnet wieder das Feuer, Ma'am.«

Die Granate schlug links neben dem Bug ein, die aufsteigende Wasserfontäne wurde vom *panteonero* fast augenblicklich in die Horizontale gedrückt. Der Zerstörer war jetzt so dicht da, dass Britton den Abschussknall der Geschütze hören konnte. Und dann wurde das Schiff plötzlich durchgeschüttelt – wieder hatte eine Granate getroffen.

»Abpraller auf dem Hauptdeck«, meldete Howell. »Das Feuer im Maschinenraum ist eingedämmt. Aber beide Maschinen sind schwer beschädigt, wir verlieren schnell an Fahrt.«

Britton starrte auf die Anzeige, deren Digitalziffern ihr die Geschwindigkeit anzeigten: vierzehn Knoten, dann dreizehn … das Schiff rollte schwerer und plumper. Sie spürte, dass der Sturm die *Rolvaag* immer fester in seinen Würgegriff nahm. Zehn Knoten … Jeder Brecher schob das Schiff ein Stück zur Seite und drückte es tiefer in die See. Sie hätte nicht gedacht, dass ein so großes Schiff derart zum Spielball des Meeres werden konnte. Ihr Blick haftete wie gebannt auf den Anzeigen.

Die Warnlichter der Maschinen leuchteten. Aber sie konnten ihr nichts sagen, was sie nicht ohnehin schon wusste. Sie hörte es ja: das angestrengte, stotternde, manchmal für Sekunden aussetzende Stampfen aus dem Maschinenraum. Alle auf der Brücke starrten stumm und blass zu ihr herüber. Jede neue schwere Welle drosselte ihre Fahrt um einen Knoten, wenn

nicht gar um zwei. Und die *Ramirez* schloss immer schneller zu ihnen auf.
Lloyd war der Erste, der aussprach, was alle dachten. Er wischte sich mit einer fahrigen Handbewegung das Blut weg, das ihm in die Augenbrauen lief, und sagte leise: »Das war's dann ja wohl, nehme ich an.«
Britton nickte.
Lloyd drehte sich zu McFarlane um. »Wissen Sie, Sam, am liebsten wäre ich jetzt unten im Tankraum. Es muss wohl das Bedürfnis sein, meinem Meteoriten Lebewohl zu sagen. Verrückte Idee, nicht wahr?«
»Nein«, sagte McFarlane, »das finde ich überhaupt nicht verrückt.«
Aus den Augenwinkeln sah Britton, dass Glinn sich zu ihnen umgewandt hatte. Aber er sagte nichts.

Almirante Ramirez

17.15 Uhr

Feuer einstellen«, befahl Vallenar dem Gefechtsoffizier, hob das Fernglas und suchte den angeschossenen Tanker ab. Dicke schwarze Rauchwolken stiegen am Heck auf und trieben über das vom Mond beschienene Meer. Das amerikanische Schiff hatte mindestens zwei bestätigte Treffer einstecken müssen, darunter allem Anschein nach einen in den Maschinenraum. Auch der Mast mit den Funk- und Radaranlagen war offenbar schwer beschädigt worden – eine brillante Leistung bei dieser schweren See. Die *Rolvaag* war manövrierunfähig – genau das hatte er gewollt. Und sie verlor, wie Vallenar deutlich erkennen konnte, erheblich an Fahrt.

Das Schiff hielt weiter auf die Eisinseln zu, eine verzweifelte Anstrengung, vorübergehend Schutz vor seinen Geschützen zu suchen. Die Frau, die dort drüben das Kommando hatte, bewies Mut. Sie wollte das Schiff nicht aufgeben, bevor sie nicht alle Möglichkeiten zum Überleben ausgelotet hatte. Er konnte sie verstehen. Sich hinter einer Eisinsel zu verstecken, anstatt zu kapitulieren, war ein ehrenvolles, wenn auch nutzloses Unterfangen. Denn eine Kapitulation kam natürlich nicht in Frage. Es gab nur noch den Tod.

Er warf einen Blick auf die Uhr. Zwanzig Minuten gab er ihnen, dann würde er den Zerstörer in die Fahrrinne zwischen den beiden Eisinseln steuern und zur *Rolvaag* aufschließen. Das ruhige Fahrwasser im Lee der Insel verschaffte ihm die Plattform, die er für ein gezieltes Feuer brauchte.

Er malte sich im Geiste den letzten Akt aus. Es gab keine Möglichkeit, etwas falsch zu machen. Und auch keinen Trick, durch den die *Rolvaag* ihr Geschick im letzten Augenblick hätte abwenden können. Er würde das Szenario mit Phosphorgranaten ausleuchten und dann ohne Hast vorgehen.

Exekutionen bedürfen immer besonderer Sorgfalt. Aber er würde keine Spielchen mit ihnen treiben, die Dinge nicht unnötig in die Länge ziehen. Er war kein Sadist, und dieser weibliche Kapitän hatte einen ehrenvollen Tod verdient.
Am besten war ein Treffer in den Rumpf des Tankers, entschied er, an der Wasserlinie, möglichst weit hinten, damit er mit dem Heck voraus sank. Es war sehr wichtig, Rettungsaktionen in letzter Minute zu verhindern. Es durfte keine Überlebenden geben, die etwas über die Umstände des Untergangs aussagen konnten. Er würde das erste Rettungsboot, das sie zu Wasser ließen, mit den Vier-Zentimeter-Geschützen unter Beschuss nehmen. Das hielt die Gegenseite von ähnlichen Versuchen ab, sie würden lieber an Bord auf ihr Ende warten. Kurz bevor ein Schiff unterging, drängten sich erfahrungsgemäß alle auf dem Vordeck zusammen, wo er sie dann am besten sehen konnte. Es kam ihm vor allem darauf an, diesen aalglatten, verlogenen *cabrón* sterben zu sehen. Der Mann war an allem schuld. Wenn jemand die Exekution seines Sohnes angeordnet hatte, dann er.
Der Tanker machte nur noch fünf Knoten Fahrt. Er hielt sich in der Fahrrinne dicht an der größeren der beiden Eisinseln. Ungewöhnlich dicht, womöglich war ja das Ruder beschädigt. Die Inseln ragten so hoch und steil auf, dass es aussah, als führe er in einen azurblau schimmernden Hangar ein. Tatsächlich aber drehte er, wie Vallenar gerade noch mitbekam, nach backbord. Ein Kurs, der ihn ins Lee der größeren Insel und damit vorübergehend aus der Reichweite seiner Geschütze führte. Ein Manöver, das ihm letztendlich jedoch nichts nützen würde.
Er setzte das Fernglas ab. »Sonar?«
»Klar bis auf den Grund, Sir.«
Na also. Es gab kein tückisches Unterwassereis, die Insel fiel unter Wasser genauso gerade und steil ab, wie sie oberhalb der Kiellinie aufragte. Der Moment, den letzten Akt einzuläuten, war gekommen.

»Vorsichtig durch die Fahrrinne steuern. Ihrem Kurs folgen.« Er wandte sich an seinen Gefechtsoffizier. »Feuerbereitschaft herstellen, Feuervorbehalt.«
»Aye, Sir.«
Vallenar griff wieder zum Fernglas und suchte abermals die Fahrrinne ab.

Rolvaag

17.20 Uhr

Die *Rolvaag* glitt zwischen den Eisinseln dahin, mitten in eine in Zwielicht getauchte, stille Welt hinein. Der Wind ließ deutlich nach, was sich wegen der zerbrochenen Scheiben auch auf der Brücke angenehm bemerkbar machte. Britton kam die plötzliche Stille ein wenig unheimlich vor, während rings um die Eisinseln unverändert der Sturm tobte. Sie starrte zu den Klippen hinauf, die zu beiden Seiten des Schiffes aufragten – so glatt, als wären sie mit der Axt behauen. Knapp unter der Wasserlinie hatte die Gischt auf der dem Wind zugewandten Seite eine fantastische Höhlenlandschaft ins Eis genagt. Das reine, satte Blau wirkte fast unwirklich. Merkwürdig, dachte sie, wie die Nähe des Todes den Sinn für das Schöne schärft.
Das Schiff war nach der Kursänderung um neunzig Grad noch langsamer geworden. Es glitt jetzt parallel zum Eis mit einem Knoten Fahrt dahin und wurde immer langsamer. Wenn die Maschinen ganz stoppten, würde es ihnen kaum gelingen, sie je wieder zu starten.
Glinn kam vom Seitendeck wieder auf die Brücke zurück. Britton schielte verstohlen zu ihm hinüber und versuchte, seine Miene zu deuten, doch die verriet – wie immer – gar nichts. Es lag ihr auf der Zunge, ihn zu fragen, ob er wirklich glaube, dass ein Schiff von über dreihundert Meter Länge sich längere Zeit vor einem Zerstörer verstecken könne, aber sie verkniff sich die Frage. Er hatte sein Bestes gegeben, mehr konnte er nicht tun. In wenigen Minuten würde die *Ramirez* die Eisinsel umrunden, und das war's dann. Sie versuchte, nicht an ihre Tochter zu denken. Dass sie allein zurückbleiben würde, machte ihr das Herz schwer.
Die Stille im Lee der Insel schien ansteckend zu sein, selbst auf der Brücke hörte man keine Kommandos und keine Voll-

zugsmeldungen mehr. Der Wind war verstummt und die Brandung rings um die Insel nicht mehr als ein sanfter, stetiger Wellenschlag. Gerade mal eine Viertel Seemeile trennte sie von den steilen Eisklippen. Hier und da sahen sie zerklüftet aus, der Regen und die Eisschmelze hatten tiefe Runen hineingegraben. Im Mondlicht machte sie an den senkrecht abfallenden Wänden kleine Rinnsale aus, wie gezähmte Wasserfälle. Das unablässige Knacken und Sirren kündigte an, dass bald wieder ein Stück Eis abbrechen würde – ähnlich dem kleinen Eisberg, der da langsam westwärts trieb. Sie wünschte sich, dabei zu sein, wenn er mehr und mehr schmolz, um irgendwann im Meer zu versinken. Sie wünschte sich, Gott weiß wo zu sein, nur nicht hier.

Glinn kam zu ihr. »Es ist noch nicht aller Tage Abend, Sally«, sagte er so leise, dass nur sie es hören konnte, und sah ihr dabei fest in die Augen.

»Doch«, erwiderte sie ebenso leise, »der Zerstörer hat uns lahm geschossen, wir machen kaum noch Fahrt.«

»Sie werden Ihre Tochter wiedersehen.«

»Bitte, sprechen Sie nicht davon.« Sie musste sich eine Träne aus den Augenwinkeln wischen.

Sie spürte verblüfft, dass Glinn nach ihrer Hand fasste. »Wenn wir das überstanden haben ...« Er zögerte – was ihm gar nicht ähnlich sah –, dann nahm er einen neuen Anlauf. »Ich würde Sie sehr gern wiedersehen, Sally. Darf ich das? Ich könnte ein wenig Anleitung gebrauchen, wie man Poesie besser verstehst. Hätten Sie Lust, meine Lehrmeisterin zu sein?«

»Bitte, Eli, es ist leichter für uns, wenn wir nicht reden.« Sie drückte sanft seine Hand.

Und in diesem Augenblick sah sie, wie sich der Bug der *Ramirez* um die Eisinsel schob.

Sie schlich sich im Kielwasser der *Rolvaag* dicht an der blauen Steilklippe der Eisinsel wie ein Hai an seine wehrlose Beute

heran – weniger als zwei Meilen entfernt, die Geschütztürme mit kühler Berechnung auf sie gerichtet.
Britton starrte aus den nach achtern gelegenen Fenstern auf die Bewaffnung. Die Zeit schien den Atem anzuhalten, selbst ihr eigener Herzschlag wurde langsamer. Jeden Augenblick konnten die Kanonenrohre tödliches Feuer ausspucken. Sie ließ den Blick reihum gleiten. Lloyd, McFarlane, Howell, die anderen Offiziere der Brückenwache – sie alle warteten genau wie sie auf den Tod in dunkler, eiskalter See.
Man hörte den dumpfen Abschussknall einer Serie von Phosphorgranaten, die zum Himmel aufstiegen, in unregelmäßiger Linie detonierten und gleißend helles Licht über ihnen ausgossen. Sie schirmte die Augen mit der Hand ab, als in der gnadenlosen Helligkeit plötzlich alles ringsum seine Farbe veränderte – die Oberfläche des Meeres, das Deck des Tankers, die Eisklippen. Erst als die Leuchtkraft verblasste, konnte sie sich wieder auf den Zerstörer konzentrieren. Die Geschütze der *Ramirez* senkten sich, bis nur noch das todbringende runde Mündungsloch zu sehen war. Das chilenische Schiff hatte den halben Weg durch die Fahrrinne zurückgelegt und verlangsamte seine Fahrt.
Das war also das Ende. Auf diese Distanz musste jeder Schuss ins Schwarze treffen.
Ein lauter Knall wie von einer Explosion, das Echo irrte zwischen den beiden Eisinseln hin und her. Britton war unwillkürlich zurückgezuckt, nun spürte sie, wie sich Glinns Hand auf die ihre legte. Sie murmelte ein stummes Gebet für ihre Tochter und die Bitte um einen gnädigen, raschen Tod.
Aber da waren keine grellen Flammen, die aus den Geschützrohren der *Ramirez* züngelten. Britton suchte irritiert die Umgebung ab, um zu sehen, woher der Knall kam.
Mit lautem Getöse hatten sich direkt über dem Zerstörer große Eisbrocken und Splitter von den Klippen gelöst. Sie wurden mit solcher Wucht nach oben geschleudert, dass sie höher aufstiegen als die vier gen Westen driftenden Rauch-

wolken, die von den Phosphorgranaten übrig geblieben waren. Das Echo des Lärms verebbte – einen Atemzug lang herrschte Stille, dann schien sich die Steilwand der Eisinsel seitlich zu verschieben. Das Antlitz der Klippen über der *Ramirez* verzerrte sich, eine Spalte brach auf und riss einen Teil der Felsen mit sich. Britton sah, wie ein gigantisches, gut dreißig Meter hohes Stück Eis von der Insel brach und sich langsam nach unten neigte, bevor es – wie in Zeitlupe – in die Tiefe stürzte. Dabei zerbarst es in unzählige Teile: ein bizarres und zugleich majestätisches Eisballett. Als die Bruchstücke in die See eintauchten, stieg durch das Gewicht der Eismassen eine gewaltige Wassersäule auf. Eine Kakophonie schrecklichen, immer lauter anschwellenden Lärms gellte Britton in den Ohren, begleitet von einem faszinierenden Farbspiel, als sich in das anfängliche Schwarz der Wassersäule plötzlich Grün und Weiß mischten. Und die Säule stieg höher und höher, brach kurz in sich zusammen, um im nächsten Augenblick abermals in die Luft zu schießen. Aus dem Meer tauchte, von der eigenen Wucht nach oben getrieben, ein riesiger Eisbrocken auf, anscheinend der Kern der abgebrochenen Klippe. Er trieb eine gewaltige Welle vor sich her, genau auf die Breitseite der *Ramirez* zu.

Britton hörte die Dieselmotoren röhrend aufheulen, als der Zerstörer ein Ausweichmanöver versuchte. Aber es war zu spät, die Welle stürzte schon über ihm nieder. Die *Ramirez* gierte, wurde steil nach oben geschleudert und krängte so stark, dass das Rostrot der Bugplatten sichtbar wurde. Sekundenlang schien das Schiff wie an einem unsichtbaren Kran in der Luft zu hängen, bis es, als die riesige Welle gischtend darüber hinwegrollte, zur Steuerbordseite kippte und beide Masten sich fast horizontal auf das Meer zu neigten. Britton schlug das Herz bis zum Hals. Immer noch sah es aus, als könne der Zerstörer sich nicht entscheiden, ob er sich aufrichten oder kentern wollte. Plötzlich schien ein Ruck durch ihn zu gehen – und dann bäumte die *Ramirez* sich auf.

Britton stockte der Atem. Es hat nichts gebracht, dachte sie. O Gott, es hat nicht geklappt.

Die Aufwärtsbewegung verlangsamte sich, als brauche der Zerstörer eine Atempause, dann senkte sich der Kiel ins Wasser. Aber auf einmal lag ein merkwürdiges Geräusch in der Luft, wie lautes Fauchen. Es kam aus den Aufbauten der *Ramirez*, und Sekundenbruchteile später schossen aus dem Rumpf dünne, scharfe Wasserstrahlen in alle Richtungen. Die *Ramirez* kippte um, der schmale Kiel rollte schwerfällig gen Himmel. Wieder ein Fauchen, noch lauter als zuvor, ein Gemisch aus Wasser, Schaum und blubbernden Luftblasen entwich dem Rumpf. Und dann, ohne dass ein größerer Strudel zu sehen war, verschwand die *Ramirez* im Meer. Das ganze Spektakel hatte nicht mal neunzig Sekunden gedauert.

Britton sah die riesige Welle auf die *Rolvaag* zu rasen, doch noch auf halbem Wege zerfloss sie in die Breite und schwächte sich ab.

»Ja, weiter so«, murmelte Glinn.

Die Welle hob den Tanker hoch und drückte ihn hart zur Seite, bis sie sich schließlich verlief.

Britton zog ihre Hand unter der von Glinn weg und hielt sich das Fernglas vor die Augen. Sie konnte kaum glauben, dass es den Zerstörer nicht mehr gab. Nichts war von ihm übrig geblieben – weder Mensch noch Rettungsboot oder Schwimmweste, nicht einmal eine nach oben geschwemmte leere Flasche. Die *Almirante Ramirez* war spurlos verschwunden.

Sie merkte, dass Glinn zur Eisinsel hinüberstarrte, und folgte seinem Blick. Am Rand des Eisplateaus waren vier kleine dunkle Punkte auszumachen: Männer in Taucheranzügen, wie sie durch das Fernglas erkennen konnte. Sie hielten Fackeln in der Hand und reckten mit geballten Fäusten triumphierend die Arme in die Luft. Einer nach dem anderen warf seine Fackel ins Meer, wo sie mit leisem Zischen erlosch.

Glinn griff zu seinem Funkgerät. »Operation erfolgreich beendet. Fertig machen zur Aufnahme des Bootes«, sagte er leise.

Rolvaag

17.40 Uhr

Im ersten Augenblick brachte Palmer Lloyd kein Wort heraus. Er war sich seines bevorstehenden Todes so sicher gewesen, dass es ihm wie ein Wunder vorkam, jetzt hier auf der Brücke zu stehen, zu leben und zu atmen. Schließlich fragte er Glinn: »Warum haben Sie mir nichts davon gesagt?«

»Die Chance, dass wir es schaffen, war zu gering. Ich habe selbst nicht an einen Erfolg geglaubt.« Seine Lippen verzogen sich kurz zu einem ironischen Lächeln. »Ohne eine gute Portion Glück wäre nichts daraus geworden.«

Im Überschwang seiner Gefühle ging Lloyd auf ihn zu und schloss ihn in seine starken Arme. »Gott im Himmel, ich fühle mich wie ein Galeerensträfling nach der Begnadigung. Gibt es eigentlich irgendetwas, das Sie nicht schaffen, Eli?« Tränen standen ihm in den Augen. Er schämte sich ihrer nicht.

»Wir haben es noch nicht geschafft.«

Über so viel Bescheidenheit konnte Lloyd nur lächeln.

Britton fragte Howell: »Nehmen wir Wasser auf?«

»Nicht so viel, dass die Bilgenpumpen überfordert wären, Captain. Solange das Notaggregat arbeitet.«

»Und wie lang ist das?«

»Wenn wir alles bis auf die absolut notwendigen Systeme abschalten, länger als vierundzwanzig Stunden.«

»Ausgezeichnet!«, dröhnte Lloyd. »Dann sind wir doch glimpflich davongekommen. Wir reparieren die Maschinen und machen uns auf den Heimweg.« Das Lächeln, mit dem er zuerst Glinn und dann Britton anstrahlte, verkümmerte schlagartig, als er ihre abweisenden Mienen sah. »Gibt's ein Problem?«

»Wir sind manövrierunfähig, Mr. Lloyd«, erwiderte Britton. »Die Strömung treibt uns in den Sturm.«

»Damit sind wir ja bisher auch fertig geworden. Noch schlimmer kann es doch nicht kommen, oder?«
Niemand beantwortete die Frage.
Britton wandte sich an Howell: »Wie sieht es mit den Funkverbindungen aus?«
»Totalausfall der Fern- und Satellitenverbindungen.«
»Setzen Sie ein SOS ab. Rufen Sie South Georgia auf Notkanal sechzehn.«
Lloyd lief es plötzlich kalt über den Rücken. »Was höre ich da von einem SOS?«
Wieder keine Antwort. Britton fragte Howell: »Wie sind die Maschinenschäden zu beurteilen?«
Howell warf einen Blick auf die Anzeigen am Kommandostand, dann sagte er: »Beide Turbinen irreparabel beschädigt.«
»Treffen Sie alle nötigen Vorbereitungen zum Ausbooten.«
Lloyd traute seinen Ohren nicht. »Verdammt noch mal, wovon reden Sie da? Geht der Kahn etwa unter?«
Brittons grüne Augen fixierten ihn kalt.
»Das Ding, das da unten liegt, ist *mein* Meteorit. Ich denke gar nicht daran, das *Ice Ship* aufzugeben.«
»Niemand gibt das Schiff auf, Mr. Lloyd«, erklärte Britton kühl. »Bei diesem Sturm Rettungsboote auszusetzen, wäre wahrscheinlich ohnehin Selbstmord. Wir treffen lediglich Vorkehrungen für den Fall, dass ein weiteres Verbleiben auf der *Rolvaag* unmöglich wird.«
»Mein Gott, übertreiben Sie nicht gleich so! Wir können den Sturm umfahren und uns zu den Falklands schleppen lassen. Unsere Lage ist also gar nicht so ernst.«
»Wir haben weder Steuerung noch Antrieb. Falls wir in den Sturm geraten, haben wir es mit acht Knoten Windgeschwindigkeit, dreißig Meter hohen Wellen und einer Strömung zu tun, die uns mit acht Knoten genau auf die Bransfield-Straße zu treibt. Und die liegt in der Antarktis, Mr. Lloyd. Unsere Lage *ist* ernst.«

Lloyd starrte sie fassungslos an. Irgendetwas musste ja wohl dran sein an Brittons düsteren Orakeln. Er spürte selbst, wie das Schiff im zunehmenden Wellengang schlingerte. Und der eiskalte Wind pfiff auch wieder durch die Brücke.
»Jetzt hören Sie mir mal gut zu«, sagte er gefährlich leise, »ich mische mich nicht ein, wenn's darum geht, was Sie Ihrer Meinung nach tun müssen oder wie Sie es anstellen wollen, solange ich dabei nicht meinen Meteoriten verliere. Habe ich mich klar ausgedrückt?«
Britton zuckte mit keiner Wimper. Je drohender Lloyd sie ansah, desto finsterer starrte sie zurück.
»Mr. Lloyd, im Moment interessiert mich Ihr Meteorit absolut nicht. Mich interessieren nur mein Schiff und meine Mannschaft. Habe ich mich ebenfalls klar ausgedrückt?«
Lloyd drehte sich Hilfe suchend zu Glinn um, aber der hatte sich wieder hinter seiner maskenhaft starren, ausdruckslosen Miene verschanzt. »Wann könnte ein Hochseeschlepper hier sein?«, hakte er hartnäckig nach.
»Unsere Elektronik ist fast vollständig ausgefallen, aber wir versuchen zurzeit, South Georgia zu rufen. Im Übrigen hängt alles davon ab, wie der Sturm sich weiterentwickelt.«
Lloyd wirbelte ungeduldig herum und fragte Glinn: »Wie sieht es im Augenblick im Tankraum aus?«
»Garza ist dabei, das Sicherungsnetz durch frische Schweißnähte zu verstärken.«
»Und wie lange werden *die* halten?«
Glinn gab ihm keine Antwort.
Das war auch nicht nötig, Lloyd spürte es selbst: Das Schlingern war schlimmer geworden, lang gezogene Wellen warfen das Schiff hin und her. Die *Rolvaag* schien bei jeder Rollbewegung vor Schmerz aufzuschreien – ein Laut, der an ein tiefes, kehliges Stöhnen erinnerte. Zum Teil mochte das Geräusch von der Vibration kommen. Aber Lloyd ahnte, dass der Schrei etwas mit dem Würgegriff zu tun hatte, mit dem die Geisterhand des Meteoriten das Schiff umklammerte.

Rolvaag

17.45 Uhr

Howell steckte den Kopf aus dem Funkraum. »Wir haben South Georgia dran, Ma'am.«

»Sehr gut. Bitte auf die Brücke durchstellen.«

Ein kurzes Knacken, dann meldete eine Stimme mit typisch heimatlichem Akzent, schwach allerdings und von Rauschen überlagert: »South Georgia ruft Tanker *Rolvaag*, bitte melden.«

Britton griff nach dem Mikro und öffnete den Kanal. »South Georgia, dies ist ein Notruf. Wir treiben schwer beschädigt ohne Antrieb mit neun Knoten südsüdostwärts.«

»Verstanden, *Rolvaag*. Geben Sie uns Ihre Position.«

»Position: 61°15'12" Süd, 60°5'33" West.«

»Verstanden. Was haben Sie geladen? Öl?«

Glinn warf Britton einen warnenden Blick zu, sie schaltete das Mikro aus.

»Von jetzt an sagen wir die Wahrheit«, erklärte Glinn. »*Unsere* Version der Wahrheit.«

Sie schaltete das Mikro wieder ein. »South Georgia, unser Tanker wurde zu einem Erztransporter umgerüstet. Wir fahren unter Volllast mit ... mit einem Meteoriten. Auf den Kap-Hoorn-Inseln ausgegraben.«

Eine längere Pause. »*Rolvaag*, ich konnte Sie nicht verstehen. Haben Sie Meteorit gesagt?«

»Richtig. Wir haben einen Fünfundzwanzigtausend-Tonnen-Meteoriten geladen.«

»Meteorit von fünfundzwanzigtausend Tonnen Gewicht«, bestätigte der Mann am Funkgerät in South Georgia emotionslos. »*Rolvaag*, geben Sie bitte Ihren Zielhafen an.«

»Port Elizabeth, New Jersey.« Sie wartete auf die Frage: Was-zum-Teufel-wollen-Sie-denn-dort-unten?

Wieder eine längere Pause. Britton hatte ein flaues Gefühl im Magen. Jeder, der sich halbwegs mit der christlichen Seefahrt und den örtlichen Gegebenheiten auskannte, musste gemerkt haben, dass an der Geschichte etwas faul war. Ihre Position lag zweihundert Seemeilen abseits der Bransfield-Straße, sie steckten in einem verdammt starken Sturm, und doch war dies ihr erster Notruf.

»*Rolvaag*, kennen Sie den aktuellen Seewetterbericht?«

»Ja, kennen wir.« Aber sie hatte keinen Zweifel, dass der Funker ihn dennoch durchgeben würde.

»Der Wind wird bis Mitternacht auf hundert Knoten auffrischen. Wir erwarten Wellengang von bis zu vierzig Metern. Für die gesamte Drake-Straße wurde Sturmwarnung Stärke fünfzehn gegeben.«

»Wir haben bereits Stärke dreizehn«, sagte Britton.

»Verstanden. Können Sie nähere Angaben über die Art der Beschädigung machen?«

Glinn sah sie gespannt an. Er drückte ihr und sich insgeheim die Daumen.

»South Georgia, wir sind ohne Vorwarnung in internationalen Gewässern von einem chilenischen Kriegsschiff angegriffen worden. Wir haben Treffer im Maschinenraum, auf dem Vor- sowie auf dem Hauptdeck erhalten und dadurch Antrieb und Steuerung verloren. Wir treiben manövrierunfähig im Sturm.«

»Großer Gott. Liegen Sie weiter unter Beschuss?«

»Der Zerstörer hat einen Eisberg gerammt und ist vor dreißig Minuten gesunken.«

»Das ist wirklich sehr ungewöhnlich. Warum … äh …«

Solche Fragen gehörten bei einem Notruf eigentlich nicht in ein Funkgespräch. Andererseits, es war eben wahrlich kein alltäglicher Notruf. »Wir haben keine Ahnung, warum. Offenbar hat der chilenische Kapitän aus eigenem Antrieb gehandelt, ohne Weisung seiner Vorgesetzten.«

»Konnten Sie das Kriegsschiff identifizieren?«

»Die *Almirante Ramirez*. Unter dem Kommando von Emiliano Vallenar.«
»Besteht unmittelbare Gefahr für Ihr Schiff?«
»Ja. Unsere Ladung kann jeden Augenblick verrutschen. In dem Fall wird das Schiff kentern.«
»*Rolvaag*, bitte warten Sie einen Moment.«
Diesmal dauerte die Funkpause sechzig Sekunden.
»*Rolvaag*, wir haben verstanden, dass Sie sich in einer prekären Lage befinden. Wir haben zwar hier und auf den Falklands SAR-Kapazitäten, aber wir können keine *Search-and-Rescue*-Aktion starten, solange der Sturm nicht mindestens auf Stärke zehn abflaut. Haben Sie Satellitenkommunikation?«
»Nein. Unsere Elektronik ist weitgehend zerstört.«
»Wir werden Ihre Regierung über Ihre Lage unterrichten. Können wir sonst noch etwas für Sie tun?«
»Schicken Sie uns vor allem so schnell wie möglich Schlepphilfe, sonst laufen wir auf die Bransfield-Riffs auf.«
Irgendein statisches Störgeräusch, dann war die Stimme des Funkers wieder da. »Viel Glück, *Rolvaag*. Und möge Gott mit Ihnen sein.«
»Danke, South Georgia.«

Rolvaag

18.40 Uhr

Als die *Rolvaag* aus dem Windschatten der Eisinseln geriet, trieb sie der Wind erbarmungslos ins Auge des Sturms. Innerhalb von Sekunden waren alle auf der Brücke von gefrierender Gischt durchnässt. Britton wusste, dass das Schiff ohne Antrieb dem Sturm auf Gnade oder Ungnade ausgeliefert war: ein entsetzliches Gefühl von Hilflosigkeit.

Der Sturm nahm von Minute zu Minute zu, bis er schließlich eine Stärke erreichte, die sie nicht für möglich gehalten hatte. Der Mond war von geballten Wolken verdeckt, schon wenige Meter vor der Brücke war nichts mehr zu sehen. Und der Sturm dachte offensichtlich nicht daran, draußen Halt zu machen, sondern drang mit einem Gischtschwall nach dem anderen und dünnen, messerscharfen Eissplittern bis zu ihnen vor.

Am schlimmsten fand Britton das unaufhörliche, entnervende Heulen, das aus allen Richtungen gleichzeitig zu kommen schien. Die Temperatur auf der Brücke war auf sechzehn Grad unter Null gesunken, sie spürte, dass sich in ihrem Haar Eis kristallisierte. Sie ließ sich zwar weiter regelmäßig Meldungen über den Zustand des Schiffes, die Position und den Kurs geben, konnte aber ohne Steuerung wenig damit anfangen. Das Gefühl, zu ohnmächtigem Abwarten verurteilt zu sein, war ihr fast unerträglich. Nach den Rollbewegungen des Schiffes zu schließen, mussten die Wellen inzwischen über dreißig Meter hoch sein; sie trafen die *Rolvaag* mit der Wucht eines Güterzugs. Es gab nichts Gnadenloseres auf diesem Globus als die »Heulenden Sechziger«. Das Einzige, was die *Rolvaag* bis jetzt gerettet hatte, war ihre Größe. Auf dem Kamm jeder Welle fingen die Aufbauten mit leisem Wimmern an zu vibrieren, als ahnten sie, dass die Gewalt der See das Schiff zu verschlingen drohte. Wenn der Tanker sich schräg legte, konnten sie den Neigungswinkel an den Anzeigen am Kommandostand ablesen: zehn, zwanzig, manchmal sogar fünfundzwanzig Grad. Der schlimmste Augenblick war, wenn Britton darauf wartete, dass sich das Schiff wieder aufrichtete. Bisher gelang ihm das jedes Mal: anfangs zögernd, auf dem letzten Drittel sehr schnell, und am Schluss kippte es kurz zur anderen Seite weg – ein Prozess, der sich in einer grausamen Sequenz ständig wiederholte. Und es gab nichts, was sie tun konnte, sie war als Kapitän genauso hilflos wie alle anderen auch.

Angestrengt starrte sie auf das von Scheinwerfern ausgeleuchtete Hauptdeck. Die meisten Container und mehrere Davits waren vom Sturm aus der Verankerung gerissen und über Bord gespült worden; die automatischen Ladeklappen hatten dem Sturm und der Gischt bisher getrotzt. Durch das Einschlagsloch beim Ladepfosten drang weiter Wasser in den Rumpf ein, aber noch wurden die Bilgenpumpen damit fertig. Die *Rolvaag* war ein solide gebautes, hochseetüchtiges Schiff, sie hätte sich auch in noch schwererer See behaupten können, wäre da nicht dieser tonnenschwere Gesteinsklumpen in ihrem Bauch gewesen.

Gegen sieben Uhr hatte der Sturm Stärke fünfzehn erreicht, mit Böen bis zu einhundert Knoten. Wenn das Schiff jetzt auf einen Wellenkamm gehoben wurde, war die Sogwirkung des Windes so stark, dass sich alle irgendwo festklammern mussten, um nicht durch die leeren Fenster in die Nacht hinausgezerrt zu werden. Britton wusste, dass kein Sturm auf Dauer mit solcher Gewalt toben konnte, sie hoffte inbrünstig, dass er bald in sich zusammenbrechen würde. Es *musste* einfach so sein.

Sooft das Schiff auf den Kamm eines Wellenbergs taumelte, konnte sie – etwa acht Seemeilen vor sich – ein paar Sekunden eine Gruppe kleiner Eisberge ausmachen. Dazwischen lag eine Eisinsel, zwar kleiner als die beiden, durch deren Fahrrinne sie sich ihren Weg gebahnt hatten, aber etliche Kilometer maß sie der Länge nach bestimmt. Einerseits würde der Wellengang abnehmen, je tiefer sie ins Eis vorstießen, andererseits bekamen sie es dann natürlich mit den Gefahren der Eisregion zu tun. Vorerst zeigte das Sonar allerdings klares Meer an.

Sie befanden sich etwa hundertfünfzig Seemeilen nordwestlich der südlichen Shetland-Inseln. Hinter den kahlen Felsen, die wie riesige Raubtierzähne aus der arktischen See aufragten und von gefährlichen Riffs und reißenden Strömungen umgeben waren, lag die Bransfield-Straße, und dahinter begann das ewige Eis. Je mehr sie sich der Küste näherten, desto tückischer wurden die Strömungen.

Hundertfünfzig Seemeilen ... wenn es South Georgia gelang, ihnen rechtzeitig Hilfe zu schicken, bis sechs Uhr morgens ... Nun, im Grunde hing alles davon ab, wie sich der verdammte Meteorit im Zentraltank verhielt.

Britton spielte mit dem Gedanken, Glinn zu fragen, wie Garzas Männer da unten vorankämen, doch dann gestand sie sich ein, dass sie es lieber gar nicht wissen wollte. Glinn behielt sein Wissen für sich, genau wie sie. Was ihm wohl in diesen endlos langen Minuten durch den Kopf gehen mochte? An den Rollbewegungen konnte sie erkennen, dass zumindest momentan keine unmittelbare Gefahr für das Schiff bestand. Für die Landratten musste dieser Höllenritt dagegen der blanke Horror sein.

Wieder rollte das Schiff beängstigend. Nur glaubte sie diesmal zu spüren, dass eine Art Ziehen durch das Schiff ging, als sei auf dem Scheitelpunkt der Welle etwas im Rumpf der *Rolvaag* bis zum Zerreißen überdehnt worden. Genau in diesem Moment presste sich Glinn das Funkgerät ans Ohr und lauschte angestrengt.

Er bemerkte ihren fragenden Blick. »Es ist Garza«, rief er ihr zu, »aber ich kann ihn bei dem Sturm nicht verstehen.«

Britton machte Howell ein Zeichen. »Stellen Sie ihn durch. Maximale Lautstärke.«

Urplötzlich dröhnte Garzas Stimme über die Brücke. »Eli? Eli!« Der Lautsprecher ließ seine unverhohlene Panik wie schiere Verzweiflung klingen. Im Hintergrund hörte Britton ein schrilles metallisches Geräusch.

»Ja, ich bin dran.«

»Hier bricht ein Vernetzungspunkt nach dem anderen weg.«

»Macht weiter! Haltet durch!«

Britton wunderte sich, wie ruhig und beherrscht Glinns Stimme klang.

Das Schiff krängte, die Schräglage kam Britton schlimmer vor als je zuvor.

»Eli, das Geflecht löst sich schneller auf, als wir mit dem Schweißen ...« Die *Rolvaag* holte so stark über, dass Garzas Stimme im Geschrill des Metalls unterging.

»Manuel«, redete Glinn beruhigend auf ihn ein, »Rochefort wusste schon, was er tat, als er dieses Netz entworfen hat. Es ist viel stärker, als Sie meinen. Nehmen Sie sich eine Schwachstelle nach der anderen vor.«

Der Veitstanz des Schiffes ging weiter.

»Eli, der Meteorit ... er verschiebt sich! Wir schaffen es einfach nicht, ihn ...« Das Funkgerät wurde stumm.

Das Schiff verharrte den Bruchteil einer Sekunde in völliger Ruhe, ein Zittern lief durch den Rumpf, dann richtete es sich wieder auf. Den kleinen Ruck, der durch die *Rolvaag* ging, hatte wahrscheinlich nur Britton bemerkt. Es war wie ein kurzes Verharren, wie ein instinktives Zögern im Augenblick höchster Bedrohung. Glinn starrte wie gebannt auf den Lautsprecher.

Ein hässliches Knacken, dann war Garza wieder dran. »Eli? Sind Sie da? Ich glaube, der Meteorit hatte sich seitlich verschoben, aber jetzt liegt er wieder fest in seiner Halterung.«

Die Andeutung eines Lächelns huschte um Glinns Lippen. »Sehen Sie, Manuel, alles halb so schlimm. Geraten Sie nicht gleich in Panik. Konzentrieren Sie sich nur auf die wichtigsten Verknüpfungspunkte, vergessen Sie die anderen einfach.

Sichern Sie die Schwachstellen. Und denken Sie dran: das Netz ist auf doppelte Sicherheit ausgelegt.«
»Ja, Sir.«
Das Schiff schlingerte abermals stark – eine unsäglich langsame, von schrillem Wimmern begleitete Bewegung. Und auch diesmal spürte Britton dieses kurze Verharren auf dem Scheitelpunkt der Welle. Aber sie spürte auch, dass sich die Rollbewegungen und die Geräusche des Schiffs verändert hatten: auf eine Weise, die ihr Angst machte.
Sie schielte zu Glinn hinüber, dann zu Lloyd. Sie sah ihnen an, dass sie beide nichts gemerkt hatten. Sie aber war mit ihrem Schiff vertraut, jede Veränderung fiel ihr sofort auf. Wenn der Meteorit sich verlagerte, und sei es nur um wenige Millimeter, spielte das ganze Schiff verrückt. Diesmal hatte es zum Beispiel auf dem Kamm der Welle zu einer Drehbewegung, einer Art Pirouette angesetzt. Oder bildete sie sich das nur ein, weil die Nerven ihr einen Streich spielten?
Sie starrte nach vorn und verfolgte im Licht der Schiffsscheinwerfer, wie die *Rolvaag* eine gewaltige Welle erklomm, sich heftig wand, als wolle sie seine schwere Last abschütteln, und dann jäh in das Wellental stürzte, wo eine schwarze Flutwelle das Deck überspülte, bis das Wasser durch die Speigatts wieder abgeflossen war. Und als die *Rolvaag* sich langsam hochstemmte, fing der unheimliche Felsbrocken im Zentraltank sofort wieder mit seinem Geächze und Gestöhne an.
Einmal hatte sie bei einem schweren Sturm vor den Grand Banks gesehen, wie ein Schiff regelrecht auseinander gebrochen war. Der Rumpf barst mit einem scheußlichen schrillen Geräusch, das strudelnde Schwarzwasser drang sofort in den Bauch des Schiffes ein. Damals war niemand mit dem Leben davongekommen, der Sog des Strudels hatte alle mit in die Tiefe gerissen. Ein Bild, das sie noch heute bis in ihre Träume verfolgte.
Sie schielte verstohlen zu Howell hinüber. Er hatte das kurze Verharren, bevor das Schiff sich wieder aufrichtete, wohl

ebenfalls bemerkt. Sie sah es ihm an, als er sich zu ihr umwandte und sie schreckensbleich, mit aufgerissenen Augen anstarrte. Sie hatte nie so viel Angst in seinem Blick gelesen.
»Captain …«, begann er mit brüchiger Stimme.
Britton winkte rasch ab. Sie wusste, was ihm auf der Zunge lag. Aber es auszusprechen war ihre Pflicht.
Sie suchte Glinns Blick. Der Chef der EES machte einen befremdlich zuversichtlichen, beinahe heiteren Eindruck. Nun, es mochte ja vieles geben, wovon er etwas verstand, der sechste Sinn für den Zustand eines Schiffes gehörte aber anscheinend nicht dazu.
Woher hätte er auch wissen sollen, dass die *Rolvaag* auseinander zu brechen drohte?
Ihr Blick schweifte über die Gesichter auf der Brücke. Lloyd, McFarlane, Amira, Glinn – alle starrten stumm vor sich hin. Howell, Banks und die anderen Offiziere der Brückenwache hatten sich dagegen zu ihr umgewandt. Sie warteten darauf, dass sie etwas unternahm, um ihr Leben zu retten.
Als sie wieder in ein tiefes Wellental stürzten und das Heulen des Windes abrupt aussetzte, nutzte sie die Gelegenheit: »Mr. Lloyd …«
»Ja?« Er kam zu ihr herüber. Vermutlich dachte er, sie brauche seine Hilfe.
Britton ahnte, dass das, was sie vorhatte, nicht leicht werden würde. Sie fasste innerlich Mut und nahm einen neuen Anlauf. »Mr. Lloyd, wir müssen den Meteoriten loswerden.«

Rolvaag

19.00 Uhr

Die Worte gellten McFarlane in den Ohren wider. Sein Magen hatte sich wie bei einer Kolik verkrampft. *Niemals! Niemals!*, war der einzige Gedanke, den er fassen konnte. Nun ließ er die bedrückenden letzten Minuten in Gedanken Revue passieren und versuchte, sie innerlich zu verarbeiten.

»Auf gar keinen Fall!«, hörte er Lloyd sagen. Ernst und so ruhig, dass die Worte fast im Tosen des Meeres untergingen.

»Ich bin als Kapitän für dieses Schiff verantwortlich«, erwiderte Britton ebenso ruhig. »Das Leben meiner Besatzung hängt davon ab. Mr. Glinn, hiermit ordne ich an, dass Sie die Fallklappe betätigen. Das ist ein *Befehl.*«

Nach einem kurzen, kaum merklichen Zögern ging Glinn zu der schwarzen Stahlkonsole der EES hinüber.

»Nein!«, schrie Lloyd, fasste Glinns Arm und hielt ihn wie in einem Schraubstock umklammert. »Wenn Sie diesen Computer anfassen, bringe ich Sie mit bloßen Händen um!«

Glinn schüttelte den Griff mit einer schnellen, geschmeidigen Bewegung ab. Lloyd, einen Augenblick lang aus dem Gleichgewicht gebracht, geriet ins Stolpern, fing sich wieder, stand keuchend da und stierte Glinn finster an.

Abermals schlingerte das Schiff so stark, dass alle nach Halt suchen mussten. Wie erstarrt lauschten sie dem metallisch schrillen Wimmern nach, das wieder vom Bug bis zum Heck durch das Schiff drang.

»Hören Sie das, Mr. Lloyd?«, rief Britton. Sie musste schreien, um das unheimliche Geräusch zu übertönen. »Dieser gottverdammte Gesteinsbrocken dort unten wird mein Schiff auf den Grund des Meeres befördern!«

»Glinn, lassen Sie die Finger von dem Keyboard!«, dröhnte Lloyds drohende Stimme.

Howell fuhr herum. »Haben Sie nicht gehört, was der Captain befohlen hat?«
»Nein«, konterte Lloyd. »Nur Glinn kennt den Code, und er wird den Computer nicht anrühren. Er darf es nicht. Nicht ohne meine Zustimmung. Eli, haben Sie das verstanden? Ich befehle Ihnen hiermit, die Fallklappe nicht zu betätigen!« Er zwängte sich an Glinn vorbei, hastete zur Konsole und versperrte jedem, der sich ihm nähern wollte, den Weg.
Howells Stimme überschlug sich fast. »Offizierswache! Ergreifen Sie den Mann und schaffen Sie ihn raus!«
Aber Britton hob beschwichtigend die Hand. »Mr. Lloyd, geben Sie den Weg frei. Und Sie, Mr. Glinn, handeln bitte nach meiner Anweisung.«
Das Schiff bäumte sich immer steiler auf. Jedes Mal, wenn es eine Welle erklomm, pflanzte sich das unheimliche Knacken durch den ganzen Schiffsrumpf fort, steigerte sich zu einem schrill kreischenden, an berstendes Metall erinnernden Geräusch, bis es dann, sobald die *Rolvaag* sich wieder absenkte, jäh verstummte.
Lloyd hielt mit beiden Armen den EES-Computer umklammert, sein Blick irrte wie gehetzt hin und her und blieb schließlich an McFarlane hängen. »Sam!«
McFarlane hatte den emotionsgeladenen Konflikt stumm, beinahe wie in Trance verfolgt. Er fühlte sich zwischen seinen eigenen zwiespältigen Gefühlen hin- und hergerissen. Auf der einen Seite fürchtete er um sein Leben, auf der anderen war er um nichts auf der Welt bereit, den Meteoriten und mit ihm die zahllosen Geheimnisse, die er in sich barg, herzugeben.
»Sam!« Lloyds Stimme klang fast flehentlich. »Sie sind hier der Mann, der das aus wissenschaftlicher Sicht beurteilen kann. Erzählen Sie den anderen von den Tests, die Sie gemacht haben. Von dem neu entdeckten Element. Von ... von ...« Er verlor den Faden. »Erklären Sie ihnen, dass sie den Meteoriten auf keinen Fall abwerfen dürfen!«
McFarlane spürte, wie seine Kehle sich zuschnürte. Zum

ersten Mal wurde ihm klar, dass es ein unverzeihlicher Fehler gewesen war, den Meteoriten an Bord dieses Schiffes zu bringen und mit ihm in See zu stechen. Wenn die *Rolvaag* jetzt sank, würde der Stein mit ihr abgrundtief im unergründlichen Schlamm des Meeresbodens versinken und nie wieder gefunden werden – ein unermesslicher, unersetzlicher Verlust für die Wissenschaft.

Er räusperte sich. »Lloyd hat Recht. Es handelt sich möglicherweise um die bedeutendste wissenschaftliche Entdeckung, die je gemacht wurde. Sie dürfen ihn nicht abwerfen.«

Britton fuhr herum. »Wir haben keine andere Wahl. Der Meteorit wird so oder so im Meer versinken, egal, was wir tun. Die Frage ist nur, ob wir mit ihm untergehen wollen.«

Rolvaag

19.10 Uhr

McFarlane betrachtete die Gesichter ringsum: Lloyd – zwischen Verzweiflung und Hoffnung hin- und hergerissen. Glinn – verschlossen und unergründlich. Britton – angespannt und konzentriert. Ein Haufen dem Untergang Geweihter, mit rot gefrorenen Gesichtern und blutenden kleinen Schnittwunden von den Eissplittern, die durch die leeren Fensterstöcke eindrangen.

Schließlich fiel Lloyd in seiner Verzweiflung etwas ein: »Wir könnten doch stattdessen das *Ice Ship* aufgeben. Lassen wir's in Gottes Namen ohne uns weitertreiben. Vielleicht übersteht es den Sturm. Jedenfalls müssen wir dann den Meteoriten nicht abwerfen.«

»Bei dieser See Rettungsboote aussetzen? Das grenzt an Selbstmord«, widersprach Britton. »Mein Gott, da draußen sind Temperaturen weit unter null Grad!«

»Aber wir dürfen ihn einfach nicht abwerfen!«, rief Lloyd aus. »Das wäre ein Verbrechen an der Wissenschaft. Wieso verlieren plötzlich alle die Nerven? Wir haben schon ganz andere Situationen gemeistert. Glinn, sagen Sie ihnen, dass sie überreagieren.«

Aber Glinn sagte nichts.

Britton blieb hart. »Ich kenne mein Schiff.«

Lloyd schien unschlüssig, ob er es mit Drohungen oder mit Betteln versuchen sollte. Im roten Schimmer, den die Notbeleuchtung auf sein bleiches Gesicht warf, sah er wie eine Geistererscheinung aus.

Plötzlich fuhr er herum und redete beschwörend auf McFarlane ein: »Sam, es muss doch etwas geben, irgendeinen Ausweg! Erklären Sie ihnen den unschätzbaren Wert, den der Meteorit für die Wissenschaft hat! Den unwiederbringlichen

Verlust, den es für die Menschheit bedeuten würde, wenn wir ...«
McFarlane sah ihn apathisch an. Er war seekrank, Übelkeit und der Gedanke an das eiskalte Wasser setzten ihm zu. Aber in seinem Gehirn hämmerte es unablässig: Nein, wir dürfen ihn nicht verlieren! Dann fiel ihm Nestor ein. Auf einmal begriff er, was es hieß, sterben zu müssen. Und von dem Augenblick an hatte er nur noch entsetzliche Angst – Todesangst. Sein Verstand war wie gelähmt, er konnte keinen klaren Gedanken mehr fassen.
»Sam! Zum Teufel, machen Sie endlich den Mund auf, erklären Sie's ihnen!«
McFarlane wollte etwas sagen, aber der Wind war stärker geworden und wehte ihm die Worte von den Lippen.
»Was? Was haben Sie gesagt?«, schrie Lloyd. »Seid alle mal ruhig, Sam will etwas sagen.«
»Geben Sie den Meteoriten auf«, brachte McFarlane schließlich heraus.
Lloyd starrte ihn fassungslos an. Er suchte vergeblich nach Worten.
»Sie haben den Captain gehört«, sagte McFarlane. »Er wird so oder so auf dem Meeresboden enden. Der Kampf ist verloren.« Das Gefühl der Hilflosigkeit drohte ihn zu überwältigen. Er spürte etwas Warmes, Feuchtes in den Augenwinkeln und brauchte eine Weile, um zu begreifen, dass es Tränen waren. So viel unsägliche Mühe – und alles umsonst ...
Lloyd kehrte McFarlane abrupt den Rücken zu und wandte sich an Glinn. »Eli! Sie haben mich nie im Stich gelassen. Wühlen Sie in Ihrer Trickkiste – bitte! Lassen Sie nicht zu, dass der Meteorit abgeworfen wird!«
Sein Tonfall war pathetisch geworden, flehentlich und beschwörend. Er war bereit, alles aufs Spiel zu setzen, notfalls sogar seine Würde.
Glinn sah ihn nur stumm an. Wieder ein Wellenkamm, das

Schiff krängte. McFarlane folgte Brittons Blick auf den Neigungsmesser. Es gab nichts mehr zu sagen, der Wind hätte ohnehin jedes Wort verweht. Und dann war da wieder dieses unheimliche, gespenstische Geräusch. Die *Rolvaag* neigte sich um dreißig Grad zur Seite und verharrte reglos in dieser Position. Alle klammerten sich irgendwo fest. Und plötzlich war es die Angst, die McFarlane half, den Verlust des Meteoriten zu verschmerzen und wieder klar zu denken. Er wünschte sich nur noch, dass sie dieses Monstrum loswurden.

»Komm hoch«, hörte er Britton murmeln, »mach schon, komm wieder hoch!«

Aber das Schiff verharrte störrisch in seiner Schräglage. Die Brücke hing so schief, dass vor den Fenstern nichts als schwarzes Wasser zu sehen war. McFarlane hatte das Gefühl, dass ihm jeden Augenblick die Beine weggezogen würden. Und dann – ganz plötzlich und von einem Schaudern geschüttelt – richtete das Schiff sich wieder auf.

Angst, Wut und Frustration spiegelten sich in Lloyds Miene wider. Er ließ den EES-Computer los, an dem er sich festgeklammert hatte, sah sich ratlos um und zuckte resignierend die Schultern.

»Also gut«, sagte er schließlich mit erstickter Stimme, »werfen wir ihn ab.«

»Sie haben gehört, was er sagt«, wandte sich Britton an Glinn. »Machen Sie schon. Schnell – sofort!«

Langsam, wie in Trance, setzte sich Glinn an die Konsole. Seine Finger schwebten über den Tasten des Keyboards. Dann drehte er sich zu McFarlane um. »Etwas möchte ich noch wissen, Sam. Wenn der Meteorit mit Salzlösung reagiert, was wird dann passieren, wenn er genau unter Kiel in den Ozean eintaucht?«

Die Frage war McFarlane die ganze Zeit über durch den Kopf gegangen. Er dachte fieberhaft nach.

»Meerwasser ist ein guter Leiter«, sagte er. »Es wird die Wirkung der elektrischen Entladung abschwächen.«

»Sind Sie sicher, dass es nicht wie eine Sprengladung wirkt und das Schiff in die Luft fliegt?«
McFarlane zögerte. »Nein.«
Glinn nickte. »Verstehe.«
Alle warteten darauf, seine Finger nun über das Keyboard fliegen zu sehen. Doch Glinn saß, über die Konsole gebeugt, reglos da. Das Schiff stürzte in ein tiefes Wellental, sie waren jäh von Stille umhüllt.
Endlich sah Glinn auf. Seine Finger schwebten weiter über der Tastatur. »Es ist unnötig«, sagte er ruhig. »Und unberechenbar gefährlich.« Seine schlanken Hände lösten sich vom Keyboard. Er stand auf und drehte sich um. »Das Schiff wird den Sturm überstehen. Rocheforts Arbeit hat sich stets als verlässlich erwiesen. Ich sehe keine Notwendigkeit, die Fallklappe zu betätigen. So wie die Dinge zurzeit liegen, muss ich Mr. Lloyd zustimmen.«
Der Schock verschlug allen die Sprache.
»Wenn der Meteorit in Kontakt mit Meerwasser kommt, könnte die Explosion das Schiff versenken«, fügte Glinn hinzu.
»Ich habe Ihnen doch gerade erklärt, dass das Meerwasser die Wirkung der Entladung dämpft«, widersprach McFarlane.
Glinn schürzte die Lippen. »Das *vermuten* Sie. Aber wir können nicht das Risiko eingehen, dass die Türen der Abwurfklappe beschädigt werden. Wenn sie sich nicht mehr schließen lassen, wird der gesamte Tankraum geflutet.«
Britton sagte: »Das Einzige, was wir mit Sicherheit wissen, ist, dass die *Rolvaag* sinkt, wenn wir den Meteoriten nicht abwerfen. Eli, begreifen Sie denn nicht? Von diesen Wellenkämmen stehen wir kein Dutzend mehr durch.«
Wie aufs Stichwort bäumte die *Rolvaag* sich steil auf und schleuderte auf den nächsten Wellenkamm.
»Sally«, sagte Glinn in einem Ton, in dem normalerweise ängstliche Kinder beruhigt werden, »von Ihnen hätte ich am

allerwenigsten erwartet, dass Sie in Panik geraten. Wir werden die See auswettern, glauben Sie mir.«
Britton sog scharf die Luft ein. »Eli, ich kenne mein Schiff, es ist aus und vorbei, Himmel noch mal. Ist Ihnen das denn nicht selber klar?«
»Absolut nicht«, erwiderte Glinn. »Das Schlimmste ist ausgestanden, vertrauen Sie mir.«
Glauben Sie mir, vertrauen Sie mir – das klang bei dem Seegang wie Hohn und Spott.
Und in diesem Moment hörten sie Garzas Stimme aus dem Lautsprecher, viel schwächer als vorher, von Rauschen überlagert. »Eli! Das Netz löst sich auf! Haben Sie gehört? Es löst sich auf!«
Glinn beugte sich über das Mikro. »Halten Sie durch, Mann! Ich bin gleich bei Ihnen.«
Britton griff nach dem zweiten Mikro. »Mr. Garza? Hier spricht der Kapitän. Kennen Sie sich mit der Fallklappe aus?«
»Ich habe sie gebaut.«
»Dann lösen Sie sie aus.«
Glinn stand seelenruhig da. McFarlane fragte sich, wieso er seine Meinung plötzlich geändert hatte. Ob er am Ende tatsächlich Recht hatte? Konnte das Schiff den Sturm überstehen – mit dem Meteoriten an Bord?
Doch dann las er die nackte Angst in den Gesichtern der Offiziere, merkte, wie das Schiff wieder auf einen Wellenkamm katapultiert wurde, spürte, wie es sich ächzend um die eigene Achse zu drehen begann … Und all das wollte so gar nicht zu der Zuversicht passen, die Glinn ausstrahlte.
»Die Fallklappe kann nur über den EES-Computer auf der Brücke betätigt werden«, sagte Garza. »Eli hat die Codes.«
»Können Sie sie nicht manuell auslösen?«, fragte Britton.
»Nein. Eli? Um Himmels willen, beeilen Sie sich! Es kann nicht mehr lange dauern, bis der Koloss sich losreißt und den Schiffsrumpf durchschlägt!«

»Mr. Garza«, sagte Britton scharf, »weisen Sie Ihre Männer an, sofort zum Sammelpunkt für das Ausbooten zu kommen.«

Glinn griff nach seinem Mikro. »Garza, ich widerrufe die Anordnung. Wir kriegen das Problem da unten in den Griff. Machen Sie sich wieder an die Arbeit.«

»Nein, Sir, auf keinen Fall. Wir hauen ab!« Und damit verstummte der Lautsprecher.

Glinn war aschfahl geworden. Das Schiff stürzte in ein Wellental, wieder wurde es gespenstisch still.

Britton ging zu ihm und legte ihm sanft die Hand auf die Schulter. »Eli, ich weiß, dass Sie Manns genug sind, einen Irrtum einzugestehen. Sie haben die innere Größe dazu. Und in diesem Augenblick sind Sie der Einzige, der uns und das Schiff noch retten kann. Ich beschwöre Sie: Lösen Sie die Fallklappe aus, *bitte!*«

Sie fasste mit der anderen Hand nach der von Glinn. Einen Augenblick lang wirkte er unschlüssig.

Plötzlich kam Puppup auf die Brücke gehuscht, in seinen alten Klamotten, nass bis auf die Haut. In seinen Augen lag ein seltsam erwartungsvoller, fast schon verklärter Glanz. McFarlane lief es kalt über den Rücken.

Glinn drückte Brittons Hand und sagte lächelnd: »Was für ein Unsinn, Sally – das sieht Ihnen gar nicht ähnlich. Begreifen Sie denn nicht, dass das Netz halten wird? Wir haben es für solche Situationen ausgelegt. Es besteht absolut kein Grund, die Fallklappe zu betätigen. Im Gegenteil, unter den gegebenen Umständen wäre das sogar gefährlich.« Er sah die Offiziere der Brückenwache der Reihe nach an. »Ich mache niemandem von Ihnen einen Vorwurf. Ich kann verstehen, dass Sie Angst haben, das ist eine ganz natürliche Reaktion. Aber Sie sollten sich vor Augen halten, dass ich bisher für alle Probleme eine Lösung gefunden habe. Ich versichere Ihnen: Das Netz wird halten, wir werden dem Sturm trotzen. Wir dürfen jetzt nicht aufgeben, nur weil der eine oder andere die Nerven verliert.«

McFarlane spürte, dass auf einmal wieder Hoffnung in ihm keimte. Wenn Glinn nun wirklich Recht hatte? Er hatte bis jetzt jede Situation gemeistert, so verzwickt und aussichtslos sie auch erschienen war. Und als er zu Lloyd hinüberschielte, sah er, dass auch der sich nichts sehnlicher wünschte, als auf Glinn zu vertrauen.

Das Schiff bäumte sich auf. Keiner sagte ein Wort, alle waren viel zu sehr damit beschäftigt, sich irgendwo festzuklammern. Und wieder machten ihnen dieselben Geräusche Angst, die sie nun schon Gott weiß wie oft gehört hatten: das schrille Kreischen reißender Metallverbindungen, das Ächzen und Stöhnen, wenn der Rumpf des Schiffes sich dehnte und streckte ... Nur, dieses Mal waren die Geräusche so laut, dass sie selbst den heulenden Sturm übertönten. Und da wurde es McFarlane endgültig und unwiderruflich klar, dass Glinn dieses Mal Unrecht hatte. Auf dem Kamm der Welle wurde das Schiff durchgeschüttelt wie bei einem Erdbeben, die Notbeleuchtung fing zu flackern an. Und dann – nach einem nicht enden wollenden Augenblick, in dem McFarlane zu spüren glaubte, wie ihm das Blut in den Adern gefror – stürzte die *Rolvaag* vom Kamm der Welle in einen Abgrund lautloser Stille.

»Glinn, Sie verdammter Narr, diesmal haben Sie Unrecht!«, schrie Lloyd, sichtlich von den Ängsten gezeichnet, die er während der letzten Sekunden ausgestanden hatte. »Na los, legen Sie endlich den Hebel um – machen Sie schon!«

Die Art, wie Glinn ihn anlächelte, erinnerte ein wenig an hämisches Grinsen. »Tut mir Leid, Mr. Lloyd. Ich bin nun mal der Einzige, der die Codes kennt, und ich habe mir vorgenommen, Ihren Meteoriten auch diesmal zu retten – wenn es sein muss, sogar gegen Ihren Willen.«

Lloyd stürzte sich mit einem Schrei auf Glinn. Aber der EES-Chef wich ihm geschmeidig aus und warf ihn mit einem blitzschnellen Handkantenschlag zu Boden.

»Mr. Howell«, rief Britton, »alle Männer zu den Sammelpunkten, wir geben das Schiff auf.«

Glinn sah sie ungläubig an, seine Pupillen verengten sich, aber er sagte nichts.
Howell starrte Glinn finster an. »Ihretwegen müssen wir jetzt bei diesem Sturm in die Rettungsboote steigen, Sie Vollidiot. Damit haben Sie das Todesurteil über uns gesprochen.«
»Ich glaube eher, ich bin der Einzige auf dieser Brücke, der hier einen kühlen Kopf behält«, erwiderte Glinn ungerührt.
Lloyd stemmte sich mit schmerzverzerrtem Gesicht hoch, versuchte, wieder auf die Beine zu kommen und würdigte Glinn, als er es schließlich geschafft hatte, keines Blickes mehr.
Glinn drehte sich um und verließ wortlos die Brücke.
»Mr. Howell«, wandte sich Britton an den Ersten Offizier, »setzen Sie auf 406 MHz ein SOS ab. Und sorgen Sie dafür, dass alle Männer die Boote besteigen.« An der Tür der Brücke blieb sie noch einmal stehen. »Falls ich in fünf Minuten nicht wieder da bin, gehen Sie davon aus, dass Sie die Pflichten des Kapitäns übernehmen müssen.«

Rolvaag

19.35 Uhr

Eli Glinn stand auf dem eisernen Laufsteg Nummer drei hoch über dem Zentraltank. Er hörte hinter sich ein knirschendes Geräusch: Puppup verriegelte das Schott, das den Tunnel vom Laufsteg trennte. Irgendwie fühlte er sich dem Yaghan gegenüber zu Dankbarkeit verpflichtet. Puppup war ihm als Einziger treu ergeben, während alle anderen, selbst Sally, ihn bitter enttäuscht hatten.

Er war nach der Hysterie auf der Brücke innerlich aufgewühlt. Sie hätten mehr Vertrauen zu ihm haben müssen, schließlich hatten sich die Dinge durch seine Entscheidung jedes Mal zum Guten gewendet. Draußen gellte ein Alarmhorn, das Echo hallte im Bauch des Schiffes wider. Ein unangenehmes, beinahe unheimliches Geräusch. In den kommenden Stunden würde die raue See viele Männer verschlingen. Was völlig unnötig war, denn die stolze *Rolvaag* würde überleben, dessen war er sich sicher. Und nicht nur sie, auch die Fracht, die sie geladen hatte. Und alle, die an Bord ausharrten. Im Morgengrauen, wenn der Sturm nur noch eine böse Erinnerung war, würden sie irgendwo auf die Schlepper treffen, die South Georgia ihnen schickte, und ein paar Tage später würde die *Rolvaag* mit dem Meteoriten nach New York zurückkehren. Jammerschade, dass dann so viele von ihnen nicht mehr dabei waren.

Sally Britton ging ihm nicht aus dem Sinn. Eine beeindruckende, eine wundervolle Frau. Dass sie am Schluss kein Vertrauen mehr zu ihm gehabt hatte, stimmte ihn traurig. Er würde nie wieder so eine Frau finden, das wusste er. Aber alles, was er jetzt noch für sie tun konnte, war, ihr Schiff zu retten. So etwas wie eine persönliche Beziehung war nach dem heutigen Tag undenkbar geworden.

Er lehnte sich an die Längswand des Tankraums. Merkwürdig, wie lange es dauerte, bis sein Atem wieder ruhig ging. Als die *Rolvaag* seitlich wegkippte, klammerte er sich schnell an der Reling des Laufstegs fest. Zugegeben, diesmal war der Neigungswinkel enorm groß, aber er lag immer noch unter den kritischen fünfunddreißig Grad. Tief unten – wo der Meteorit in seiner Halterung ruhte – hörte er ein metallisches Klirren und Sirren, das ihn irgendwie an zorniges Aufbegehren erinnerte. Schließlich richtete das Schiff sich ächzend wieder gerade.

Eine Tragödie, dass sie ihm nach allem, was er für sie getan hatte, nach all den Erfolgen, deren geistiger Vater er gewesen war, auf einmal nicht mehr vertrauten – gerade jetzt, in der entscheidenden Schlussphase der Expedition. Alle stellten sich gegen ihn. Alle, bis auf Puppup. Er sah den alten Mann dankbar an.

»Woll'n wir da runter, Chef?«

Glinn nickte. »Ich brauche Ihre Hilfe.«

»Na klar, darum bin ich ja da.«

Sie gingen bis ans Ende des Laufstegs. Dort unten lag er, der Meteorit, von Plastikplanen verhüllt und durch das von Rochefort entworfene Netz gesichert. Die Notbeleuchtung warf dämmeriges Licht auf ihn. Der Tankraum sah aus wie immer: trocken und ohne erkennbare Risse in den Außenwänden. Es war eben ein zuverlässiges, in jeder Beziehung besonderes Schiff. Die Idee, den Rumpf durch drei Lagen Stahl zu verstärken, machte sich bezahlt. Und der Meteorit sah selbst unter der Abdeckung noch majestätisch schön aus. Fest und unverrückbar ruhte er in seiner Halterung, Glinn hatte es ja gewusst.

Sein Blick suchte die Längs- und Querstreben ab. Es gab etliche Schadstellen, das musste er zugeben: verbogene Spanten, fehlende Metallstücke, Bruchstellen, die von zu starker Belastung herrührten. Rings um die Halterung lag all das herum, was Zeugnis von den unvorstellbaren Kräften gab, die

auf Rocheforts Konstruktion eingewirkt hatten: abgesprengte Endverbindungen, gerissene Kettenglieder, zersplittertes Holz. Kein Wunder, dass die Halterung bei jedem Schlingern in allen Fugen ächzte. Aber das Sicherungsnetz sah – zumindest an den Schnittpunkten – intakt aus.
Der Fahrstuhl hatte dagegen seinen Geist aufgegeben. Auch gut, dann nahmen sie eben die Treppe.
Der Bug hob sich steil nach oben, das Schiff legte sich auf die Seite. Glinn blieb kurz stehen, hielt sich fest, dann stieg er weiter die Stufen hinunter. Es dauerte länger, als er gedacht hatte. Als sie fast unten waren, krängte das Schiff wieder, und zwar in solchem Ausmaß, dass die Treppe nicht mehr nach unten, sondern waagerecht ins Leere zu führen schien. Glinn krampfte sich am Handlauf fest und wartete, bis die Schieflage aufhörte. Jetzt konnte er ihn schon sehen: unter den Planen lugte das glutrote Gestein des Meteoriten hervor. Das beharrliche Ächzen und Stöhnen der Halterung hörte sich schrecklich an, wie eine infernalische Symphonie, aber es hatte nichts zu bedeuten. Als das Schiff sich erneut schräg legte, zog Glinn rasch die goldene Taschenuhr heraus, ließ sie mit ausgestrecktem Arm an der Kette nach unten durchhängen und schätzte den Neigungswinkel ab. Fünfundzwanzig Grad, weit unter dem kritischen Limit.
Plötzlich hörte er ein leise grollendes Geräusch und glaubte zu sehen, dass ein Zittern durch den Meteoriten lief. Als der Bug der *Rolvaag* steil nach oben schoss, folgte der Meteorit der Bewegung. Glinn war sich nicht sicher, ob das Schiff die Bewegung des Meteoriten auslöste oder umgekehrt. Er hatte den Eindruck, dass der rote Koloss sich leicht seitlich verschob, als wolle er seine Halterung durchbrechen – und richtig, da hörte er es auch schon splittern. Rasch ein Blick auf die Uhr: siebenundzwanzig Grad, achtundzwanzig …
Ein Beben lief durch den Schiffsrumpf, dann kam der Tanker in die Senkrechte. Glinn atmete auf. Achtundzwanzig Grad, noch weit unter der Toleranzgrenze. Der Meteorit schob

sich von selbst in seiner Wiege zurecht, die kurze Bewegung pflanzte sich als Beben durch den ganzen Tankraum fort. Das schrille metallische Quietschen endete abrupt, und auch der heulende Sturm legte eine Atempause ein, als das Schiff jäh in ein Wellental tauchte.

Glinn wusste genau, was er zu tun hatte: die Ankerketten der Halterung straff über den Meteoriten ziehen. Die Vorrichtung war so konstruiert, dass das von einer Person allein erledigt werden konnte, die Knochenarbeit übernahm der eigens für solche Fälle eingebaute Hilfsmotor. Seltsam, dass Garza sich nicht längst darum gekümmert hatte.

Er schaltete den Hilfsmotor ein. Grünes Licht, alles funktionierte einwandfrei. Was er natürlich erwartet hatte. Er schob den Hebel in den Vorwärtsgang: Na also, die mächtigen gummiummantelten Ketten, die sich während der ständigen Bewegungen des Meteoriten gelockert hatten, strafften sich prompt. Warum war Garza das nur nicht eingefallen? Der Grund lag auf der Hand: Er war in Panik geraten und hatte die Nerven verloren. Das sah ihm eigentlich überhaupt nicht ähnlich. Aber innerhalb der letzten Stunde hatten ihn so viele enttäuscht, von denen er das nie für möglich gehalten hätte. Umgekehrt konnte ihm das bestimmt keiner nachsagen.

Die Ketten lagen straff über den Plastikplanen. »Nehmen Sie den Kasten mit«, wies er Puppup an und deutete auf den Werkzeugkasten, der auf dem Boden stand. Anscheinend hatte Garza es sehr eilig gehabt.

Das Schiff bäumte sich auf, die Ketten waren bis zum Äußersten gespannt. Plötzlich ein scharfes ratschendes Geräusch – die Ketten, die er gerade erst nachgezogen hatte, lockerten sich wieder. Er blinzelte angestrengt ins Halbdunkel. Und da sah er, dass er Garza Unrecht getan hatte. Garza *hatte* es versucht. Der stählerne Sperrkopf der Ratsche war abgesprengt worden, folglich war der Gang des Hilfsmotors bei der ersten stärkeren Belastung herausgesprungen. So wie es aussah, konnte er den Hilfsmotor also vergessen.

Als das Schiff sich anschickte, den nächsten Wellenkamm zu erklimmen, hörte er von oben eine Stimme, die nach ihm rief. Er tauchte unter dem Sicherungsnetz hervor und starrte zum Laufsteg hinauf.

Sally Britton. Sie setzte ihre Schritte auf dem schmalen Laufsteg mit einer natürlichen Würde, die ihn schon bei ihrer ersten Begegnung überaus beeindruckt hatte. Es gab eine Art Anmut, die man nicht erlernen konnte. Sie musste einem angeboren und in Jahren und Jahrzehnten in Fleisch und Blut übergegangen sein. Er merkte, dass sein Herz schneller schlug. Sally hatte es sich anders überlegt, sie wollte doch auf dem Schiff ausharren.

»Eli!«, rief sie ihm zu, »das Schiff wird jeden Augenblick auseinander brechen!«

Eine Welle jäher Enttäuschung durchflutete ihn. Sie hatte ihre Meinung nicht geändert. In dem Fall hielt ihr unerwarteter Besuch ihn nur von der Arbeit ab. Er wandte sich wieder der Halterung des Meteoriten zu. Und plötzlich war es ihm klar: Er musste den Bolzen anziehen, der genau über der Mitte der oberen Rundung saß. Sobald der wieder festen Halt gab, konnte der Meteorit sich nicht mehr verschieben, egal, wie stark das Schiff schlingerte. Dazu musste er freilich die Plastikplane ein Stück aufschneiden, etwa zehn, zwölf Zentimeter, aber das war ja schnell getan. Er benutzte die nächste Kette als Trittleiter und kletterte nach oben.

»Eli – *bitte!* Für uns liegt ein Rettungsboot bereit. Lassen Sie den Koloss, wie er ist, und kommen Sie mit!«

Glinn kletterte weiter, Puppup folgte ihm mit dem Werkzeugkasten. Er hatte jetzt keine Zeit für nutzlose Diskussionen, er musste sich auf seine Arbeit konzentrieren.

Als er bei der oberen Rundung des Meteoriten angekommen war, sah er zu seiner Überraschung, dass die Plastikplane bereits aufgeschnitten war. Genau an der richtigen Stelle, er konnte den Kettenbolzen sehen. Und der Bolzen saß tatsächlich locker, genau wie er vermutet hatte. Während das Schiff sich langsam aus einem Wellental nach oben hob, setzte er den Schraubenschlüssel auf den Mutterbolzen, hielt ihn mit einem zweiten Schraubenschlüssel fest und wollte anfangen die Schraubverbindung festzuziehen.

Es bewegte sich nichts. Der Bolzen saß wie festgebacken auf dem Schraubgewinde. Er hatte nicht bedacht – weil er es sich schlichtweg nicht vorstellen konnte –, was für ein ungeheurer Druck auf der Schraubverbindung lastete.

»Halten Sie den Schraubenschlüssel fest«, sagte er zu Puppup. Der alte Mann streckte den schmächtigen Arm aus.

Das Schiff geriet in eine bedrohliche Schräglage.

»Kommen Sie mit mir zur Brücke, Eli!«, rief Britton. »Vielleicht ist es noch nicht zu spät, die Fallklappe auszulösen. Das könnte uns beiden das Leben retten.«

Während er versuchte, den Bolzen zu lockern, sah Glinn einen Augenblick lang zu ihr hoch. Er hörte kein flehentliches Bitten aus ihren Worten heraus, betteln war nicht Sallys Art. Sie appellierte an seine Vernunft. Und genau das konnte er nicht ertragen.

»Sally, die Einzigen, die sterben werden, sind diese Idioten in den Rettungsbooten. Wenn Sie auf mich hören und auf dem Schiff bleiben, werden wir beide überleben.«

Kniend, weit nach vorn gebeugt, versuchte er weiter, den Bolzen zu lockern. Irgendjemand hatte es schon vor ihm probiert, das sah er deutlich an den frischen Schleifspuren. Als die *Rolvaag* von der nächsten Welle hochgerissen wurde, musste er beide Füße fest in die Kettenglieder stemmen, um Halt zu haben. Als das Schlimmste vorbei war, versuchte er wieder mit aller Kraft, die Schraubverbindung zu lockern. Vergeblich.

Und wieder kippte das Schiff seitlich weg.

Britton musste jetzt laut schreien, um das Ächzen des Schiffsrumpfes zu übertönen. »Eli, dieses Dinner mit Ihnen … ich hätte mich so darauf gefreut. Ich verstehe nicht sonderlich viel von Poesie, aber das Wenige, was ich darüber weiß, hätte ich gern mit Ihnen geteilt. Sie ahnen ja gar nicht, *wie* gern.«

Ein Beben lief durch den Meteoriten, Glinn musste sich mit beiden Händen festkrallen, als sich der rote Koloss – dem Neigungswinkel des Schiffs folgend – seitlich verschob.
»Und ich glaube … ich glaube, es wäre der Anfang einer wunderschönen Liebe geworden, Eli.«
Glinn starrte zu ihr hinauf. Er sah an ihren Lippen, dass sie ihm noch mehr zu sagen versuchte, aber die schrillen Schreie, mit denen das Schiff gegen die unaufhörliche Tortur protestierte, übertönten alles. Er konnte den Blick nicht abwenden. Ihr goldblondes Haar hatte sich aufgelöst und fiel ihr wirr auf die Schultern. Er hätte geschworen, dass er sogar im trüben Licht der Notbeleuchtung den seidigen Glanz sehen konnte.
Während er nach oben starrte, bekam er im Unterbewusstsein mit, dass das Schiff diesmal nicht in seine Trimmlage zurückkehrte, es krängte weiter. Sein Blick huschte wie gehetzt zu dem Bolzen, dann zu Puppup. Der Yaghan stand breit grinsend hinter ihm, aus seinem dünnen Bärtchen tröpfelte Wasser. Glinn haderte im Stillen mit sich, dass er sich auf Brittons beschwörendes Zureden eingelassen hatte, anstatt sich auf das einzig wichtige Problem zu konzentrieren.
Das Schiff gierte sehr weit über, das Knirschen und Ächzen im Rumpf war ohrenbetäubend. Er wollte noch einmal seine Taschenuhr zu Hilfe nehmen, um die Schräglage abzuschätzen, doch die Uhr pendelte auf einmal unkontrolliert hin und her. Als er nach der Kette griff, rutschte ihm die Uhr aus den Fingern, fiel nach unten und zerschellte auf dem Meteoriten. Er sah nur noch ein paar Glassplitter und winzige Goldteilchen auf der roten Oberfläche glitzern, der Rest war irgendwo in der Halterung verschwunden.
Von einem Moment zum anderen schien die Gierung noch stärker zu werden. Oder bildete er sich das nur ein? Im Grunde konnte all das, was sich hier abspielte, gar nicht wahr sein. Die Konstruktion war auf doppelte Sicherheit ausgelegt, sie hatten die Berechnungen mehrmals überprüft und alle nur denkbaren potenziellen Störfaktoren einkalkuliert.

Und plötzlich spürte er, wie sich unter ihm der Meteorit bewegte. Auf der belasteten Seite waren die Ketten zum Zerreißen gespannt, die Plastikplanen rutschten weg, das Sicherungsnetz löste sich vor seinen Augen auf. Auf einmal sah er den Meteoriten nackt und bloß in der Halterung liegen. Das Dämmerlicht der Notbeleuchtung gaukelte ihm die Horrorvision einer großen roten Wunde vor. Und das Schiff neigte sich immer weiter zur Seite. Glinn versuchte, eilends nach unten zu klettern, aber er kam nicht schnell genug weg, sein Fuß hatte sich in einem der Kettenglieder verhakt.
Und plötzlich schienen Himmel und Hölle einzustürzen, ein ohrenbetäubendes Getöse brach los. Die Halterung aus Stahl und Eichenholz barst, Splitter flogen in einem Funkenregen durch den Tankraum. Der Meteorit rollte unaufhaltsam weiter – wie ein riesiges Raubtier, das eben noch lautlos gelauert hat und nun zum Sprung ansetzt. Er rollte und rollte und riss ihn mit ins Dunkel. Pechschwarze Nacht hüllte ihn ein, er spürte, wie ihn ein Schwall eisiger Luft traf …

Leises Gläserklingen, gedämpftes Stimmengewirr. Im *L'Ambroise* – dem Treffpunkt der Pariser Kunstszene und Finanzwelt – herrschte Hochbetrieb. Es war ein Abend wie Samt und Seide, draußen, vor der dezenten Fassade des Restaurants, warf ein rauchiger Herbstmond wundersamen Glanz auf das Marais-Viertel. Glinn lächelte Sally Britton zu, die ihm an dem mit feinem Damast gedeckten Tisch gegenübersaß. »Den solltest du unbedingt probieren«, sagte er, als der Weinkellner eine Flasche Veuve Cliquot mit dezentem Zischen öffnete und ihr einschenkte. Er hob sein Glas und trank ihr zu. Sie erwiderte sein Lächeln und zitierte versonnen:

»… bis sich barmherzig
Über alles Unvermögen der Mantel des Vergessens senkt.

Der Sensenmann allein hat den verlor'nen Schrei vernommen,
Für ihn war's Erntezeit, ihm war der Schrei willkommen.«

Über alles … alles Unvermögen?

Während Glinn noch rätselte, ob das wohl ein Vorwurf sein sollte, gellte ihm ein irres Gelächter in den Ohren – Puppups Lachen, aber er konnte den Yaghan nirgendwo sehen. Und dann zerfloss die Szene plötzlich im Schein eines strahlend hellen, wunderschönen Lichts.

Drake-Straße

19.55 Uhr

McFarlane klammerte sich mit einer Hand an der Halteleine des Rettungsboots fest, mit dem freien Arm hielt er Rachel umfasst. Der Albtraum der letzten zwanzig Minuten hatte sich unvergesslich in seine Erinnerung eingegraben. Britton war nach dem Verlassen der Brücke nie wiedergesehen worden. Howell hatte das Kommando übernommen und sie angewiesen, sich zu den Sammelpunkten zu begeben. Auf das qualvolle Warten auf das Einbooten folgten die bangen Sekunden, bis das Boot endlich auf dem tosenden Meer aufsetzte. Das alles war nach Vallenars wahnwitziger Jagd auf sie, nach dem schrecklich Sturm und dem verzweifelten und dann doch vergeblichen Versuch, den Meteoriten zu retten, einfach zu viel gewesen.

Nun kam McFarlane zum ersten Mal dazu, sich in dem Boot umzusehen. Es war wie ein übergroßes Torpedo geformt, mit einer schmalen Einstiegsluke und kleinen Bullaugen an der Seite. Howell stand draußen am Steuer, im nicht überdachten Bug. Im Inneren des Bootes hockten, eng aneinander gedrängt, etwa zwanzig Personen, darunter Lloyd. Einigen hatte das Schicksal besonders übel mitgespielt: Sie waren für andere Rettungsboote eingeteilt worden, aber bei denen waren die Haltetaue der Davits gerissen, so dass sie im Eiswasser treiben mussten, bis Howells Männer sie herausfischen konnten.

Die Hand, mit der McFarlane sich festhielt, krampfte sich um die Halteleine, als ihr Boot unversehens in ein abgrundtiefes Wellental stürzte, hart aufschlug und jäh wieder hochgeschleudert wurde. Ihre gerade mal achtzehn Meter lange Nussschale konnte die Wellen nicht pflügen, wie es die *Rolvaag* vermocht hatte, sie schaukelte und hüpfte wie ein Stück

Treibholz auf und ab. Alle waren erschöpft und durchnässt und fühlten sich in der düsteren Vorahnung bestärkt, dass ihr Schicksal besiegelt sei.
Brambell zwängte sich durch die Reihen. Gott sei Dank, dass sie ihn bei sich hatten. Er bemühte sich nach Kräften um die aus dem Wasser Geretteten, die leblos auf dem Boden des Bootes lagen. Rings um sie schwammen Abfälle und Unrat im Meer. Sie waren alle seekrank und am Ende ihrer Kräfte – ein paar, die es besonders schlimm erwischt hatte, würgten und erbrachen sich schon.
Howell drehte sich – das Funkgerät vor dem Mund – zu ihnen um. Was er zu sagen hatte, war für die Insassen der beiden anderen Boote wie auch für sie bestimmt: »An alle Boote – herhören! Unsere einzige Chance ist, Kurs auf die Eisinsel südöstlich von uns zu nehmen und in ihrem Lee zu warten, bis der Sturm abflaut. Halten Sie bei zehn Knoten Kurs eins-zwo-null und bleiben Sie unbedingt in Sichtkontakt. Schalten Sie die automatische Blinkfeueranlage ein. Und halten Sie den Notrufkanal drei bei.«
McFarlane starrte durch eines der flachen, länglichen Bullaugen. Er konnte kaum glauben, dass sie einen bestimmten Kurs steuerten, ihm kam es eher so vor, als trieben sie orientierungslos in der schäumenden See. Doch dann konnte er ganz schwach die Lichter der beiden anderen Rettungsboote erkennen – sie waren tatsächlich nicht allein. Sooft das Boot auf einer gigantischen Welle taumelte, sah er einen Moment lang die *Rolvaag* und ihre blinkenden Notlichter, eine halbe Seemeile hinter ihnen. Sie wurde wie im Zeitlupentempo vor und zurück geworfen. Er starrte auf das sterbende *Ice Ship.* Es ist kein Boot mehr zu Wasser gelassen worden, ging ihm durch den Kopf, unseres war das letzte. Es kam ihm so unglaubwürdig, so irreal vor, dass ein Schiff von der Größe der *Rolvaag* hilflos schlingernd im tödlichen Würgegriff des Sturms dahintrieb. Wieder rollte eine riesige Welle auf den Tanker zu, aber diesmal ließ die *Rolvaag* sich nicht von ihr

anheben; sie blieb, wo sie war, als wolle sie sich lieber vom Gewicht des Meteoriten in die Tiefe ziehen lassen, als weiter den wilden Tanz mitzuvollführen. Und so schlug die Welle über ihr zusammen, um das Schiff dann langsam mit unglaublicher Wucht in eine bedrohliche Schräglage zu drängen.
McFarlane suchte verstohlen Blickkontakt mit Lloyd. Aber der sah nicht auf, er hatte das bleiche, abgespannte Gesicht abgewandt, als sei ihm alles gleichgültig geworden, sogar der Todeskampf der *Rolvaag*.
Eine Welle brach über ihr Boot herein und drückte es tief ins Wasser. Es schien eine Ewigkeit zu dauern, bis es endlich wieder nach oben kam. McFarlanes Kopf ruckte herum, er konnte, obwohl der Anblick ihn schmerzte, die Augen einfach nicht von dem Tanker wenden. Das riesige Schiff lag reglos auf der Seite und schien immer tiefer zu sinken. Die Welle hatte sich längst verlaufen, also musste es das Gewicht des Meteoriten sein, das es so unaufhaltsam nach unten zog. Schließlich bäumte sich das Heck der *Rolvaag* auf, die beiden Schrauben ragten nutzlos aus dem Meer. Dann schien plötzlich ein schriller Schrei – vielleicht der Lockruf einer Nereide? – den heulenden Sturm zu übertönen, und im nächsten Augenblick brach das Schiff auseinander. Noch einmal reckten sich der Bug und das Heck aus der schäumenden See, dann erstrahlte das Meer an der Stelle, wo die *Rolvaag* versunken war, in hellem, tiefblauem Licht, ein gespenstischer Schein, der vom Abgrund des Meeres zu kommen schien und sich rasch ausbreitete. Eine graue Qualmwolke brach durch die Wasserfläche und formte sich zu einem riesigen Pilz. In diesem Moment stürzte das Rettungsboot in ein tiefes Wellental, McFarlane verlor das *Ice Ship* aus den Augen. Und als das Boot auf den nächsten Wellenkamm geschleudert wurde, war die *Rolvaag* verschwunden.
Sein Magen rebellierte, er lehnte sich zitternd an die Bootswand. Noch einmal Blickkontakt mit Lloyd zu suchen, wagte er nicht. Britton, Glinn und die meisten seiner Mitarbeiter

hatte sich, wie auch Lloyds Angestellte und viele Männer der Besatzung, das Meer geholt. Und mit ihnen den Meteoriten, der jetzt auf den dreitausend Meter tiefen Grund der rauen See sank. Er schloss die Augen und legte den Arm fester um die zitternde Rachel. Ihm ging es nicht viel besser, er hatte noch nie so gefroren, sich so elend gefühlt und solche Angst ausgestanden.
Rachel murmelte ihm etwas Unverständliches zu. Er beugte sich zu ihr. »Was ist? Was hast du gesagt?«
Sie drückte ihm etwas in die Hand. »Nimm das«, sagte sie mit schwacher Stimme.
Es war die CD-ROM mit den Daten über den Meteoriten.
»Warum?«, fragte er.
»Ich möchte, dass du sie aufbewahrst. Pass gut darauf auf. Sie enthält alle Antworten, nach denen wir gesucht haben. Versprich mir, dass du weiter danach suchen wirst, Sam.«
Er schob die Diskette in seine Jackentasche. Das war alles, was ihnen geblieben war: ein paar hundert Megabytes an Daten. Der Meteorit selbst war für immer verloren.
»Versprich's mir«, sagte Rachel noch einmal. Ihre Stimme war nur noch ein halb ersticktes Lallen.
»Ich verspreche es.« Als er die Arme um sie legte, spürte er ihre warmen Tränen an seinen Wangen.
Nicht nur der Meteorit war verloren, auch so viele, die mitgeholfen hatten, ihn zu bergen.
»Wir werden die Antworten gemeinsam finden«, versuchte er ihr Mut zu machen.
Ein Welle brach über ihnen zusammen, eiskaltes Wasser drang in das Boot ein und kippte es scharf zur Seite. Sie wurden zu Boden geschleudert. McFarlane hörte Howell irgendwelche Kommandos rufen, als wieder eine Welle über sie hereinstürzte und das Boot beinahe zum Kentern gebracht hätte. »Mein Arm!«, jammerte jemand, »ich habe mir den Arm gebrochen!«
McFarlane zog Rachel auf die gepolsterte Sitzbank und half

ihr, die Halteleine zu packen. Die See war jetzt wie entfesselt, der Sturm heulte nicht mehr, er brüllte. Immer wieder wurde das Rettungsboot unter Wasser gedrückt.
»Wie weit noch?«, schrie eine verzweifelte Stimme.
»Etwa zwei Meilen«, schrie Howell zurück, der alle Mühe hatte, das Boot auf Kurs zu halten.
Das Wasser lief in Sturzbächen an den Innenseiten der Bullaugen herunter. McFarlane hatte sich, als der Sturm sie wie Pingpongbälle in dem kleinen Boot herumgeschleudert hatte, die Ellbogen, die Knie und die Schultern wund geschlagen. Er spürte vor Kälte seine Zehen nicht mehr. Die Realität vermischte sich mit halb verschütteten Erinnerungen ... zum Beispiel an einen Nachmittag, an dem er, die Füße im Wasser, stundenlang an einem See in Michigan im Sand gesessen hatte. Aber damals hatte er die Kälte gar nicht bemerkt.
Durch den Gummiboden drang immer mehr Wasser herein. Die Brecher, die ohne Unterlass auf das Boot einschlugen, rissen es an den Nähten auf. McFarlane starrte durch das kleine Guckloch des Bullauges. Etwa hundert Meter entfernt konnte er die Lichter der beiden anderen Boote erkennen. Gerade schlug eine gewaltige Welle über einem zusammen. Sie wirbelte das Boot herum und begrub es unter sich. Das Heck wurde hochgeschleudert, die Schrauben protestierten schrill, als sie aus dem Wasser geschoben wurden. Aber die Männer am Ruder schafften es dann doch irgendwie, die beiden Boote vor dem Kentern zu bewahren.
Und plötzlich war eines der Boote verschwunden. Eben noch hatte er seine blinzelnden Lichter gesehen, und dann, von einem Augenblick zum anderen, waren sie vom Meer verschlungen.
»Sichtkontakt mit Boot drei verloren, Sir«, rief der Mann am Bug Howell zu.
McFarlane ließ den Kopf auf die Brust sinken. Wer hatte in dem Boot gesessen? Garza? Stonecipher? Seine Gedanken überschlugen sich. Sie lagen immer tiefer im Wasser. Sie

gingen unter, das war ihm klar. Ein Teil seines Ichs hoffte nur noch, dass es schnell gehen würde, damit die Qual endlich ein Ende hatte. Doch dann riss er den Kopf hoch.

Das Meer schien auf einmal ruhiger zu werden. Sie waren immer noch ein Spielball der See, wurden hin und hergeschleudert, aber die Wucht der schwarzen Wellenberge ließ etwas nach, der Wind legte sich.

»Wir sind im Lee der Eisinsel«, rief Howell ihnen zu. Das Haar hing ihm nass und wirr in die Stirn, die Uniform, die er unter dem Ölzeug trug, hatte sich mit Wasser voll gesogen, eine dünne, halb vom Meerwasser verwischte Blutspur lief ihm von der Stirn übers Gesicht.

»Alle herhören! Unsere Boote laufen voll, sie werden sich nicht mehr lange über Wasser halten können. Wir müssen sofort die Eisinsel ansteuern und versuchen, beim Verlassen der Boote so viel Proviant wie möglich mitzunehmen. Haben das alle verstanden?«

Kaum einer sah auf, die meisten waren so apathisch, dass ihnen alles egal schien. Der Bootsscheinwerfer erfasste die Eisinsel.

»Dort drüben ist ein Eissims, dort setzen wir die Boote auf. Lewis – hier neben mir – wird jetzt Proviant an Sie verteilen und Ihnen, sobald wir da sind, beim Ausbooten helfen, immer zwei auf einmal. Sollte jemand ins Wasser fallen, muss er um Gottes willen zusehen, so schnell wie möglich wieder rauszukommen. Bei den Temperaturen ist man nach fünf Minuten tot. Also – los geht's, halten Sie sich bereit.«

McFarlane zog Rachel schützend an sich, dann drehte er sich zu Lloyd um. Diesmal sah Lloyd ihn an, der hohle Blick seiner eingefallenen Augen verriet, wie sehr er litt.

»Was habe ich getan?«, flüsterte er heiser. »O mein Gott, was habe ich nur getan?«

Drake-Straße

27. Juli, 11.00 Uhr

Der Morgen dämmerte über der Eisinsel heran. McFarlane, der während der Nacht immer wieder in barmherzigen Schlummer gesunken war, kam langsam zu sich. Als er sich aufrichtete, splitterten Eisstückchen von seiner Jacke ab. Er sah sich um, die meisten Überlebenden hatten sich dicht aneinander gedrängt, um sich zu wärmen. Einige schliefen auf dem Rücken, ihre Gesichter waren mit Eis überzogen, ihre weit aufgerissenen Augen starrten blind ins Leere. Andere hockten mit angezogenen Knien da, halb aufrecht und völlig reglos. *Sie müssen tot sein*, dachte McFarlane schläfrig. Etwa hundert waren sie in den drei Rettungsbooten gewesen, aber jetzt konnten es kaum mehr als zwei Dutzend Personen sein. Rachel lag mit geschlossenen Augen vor ihm. Es kostete ihn unsägliche Mühe, sich auf die Knie zu hieven. Er lauschte der gespenstischen Stille nach, die sie umgab. Nur von Zeit zu Zeit war unter ihnen ein lauter Knall zu vernehmen, wie von einem Gewehrschuss – dann hatte die Brandung wieder ein Stück vom Rand der Eisinsel abgenagt. Doch der Wind war verstummt.

Vor ihm erstreckte sich eine türkisfarbene Tafellandschaft aus Eis, an den vom Meer umschlossenen Rändern von Furchen und Schluchten durchzogen. Die rote Linie, die sich im Osten wie ein Streifen Blut am fernen Horizont entlangzog, goss ihr Licht über die wogende See aus. Dort, unerreichbar weit weg, war das Meer mit blauen und grünen Eisbergen gesprenkelt, zu Hunderten glitzerten sie wie Juwelen im zaghaften Licht des neuen Morgens: eine Landschaft aus Wasser und Eis, deren märchenhafte Schönheit bis ans Ende der Welt zu reichen schien.

McFarlane fühlte sich entsetzlich zerschlagen. Seltsam nur,

dass er die Kälte nicht mehr spürte. Er gab sich alle Mühe, hellwach zu werden. Allmählich kehrten die Erinnerungen zurück – die Landung, die nächtliche Klettertour durch eine Eisschlucht auf die Insel, die ungeschickten Versuche, ein Feuer zu entfachen, und das langsame Abgleiten in Lethargie. Natürlich, es hatte auch eine Zeit davor gegeben, aber an die wollte er jetzt lieber nicht denken. Die Welt – *seine* Welt – hatte auf einmal Grenzen bekommen, sie endete dort, wo das Eis aufhörte und das Meer begann.
Hier, hoch oben auf der Eisinsel, gab es die beständigen Bewegungen nicht mehr, nichts rollte und schlingerte, er hatte endlich wieder festen Boden unter den Füßen. Nach dem Schwarz der Nacht und dem Grau des Sturms waren die Pastellfarben eine Wohltat für das Auge: das blaue Eis, das pinkfarbene Meer, der pfirsichrote Himmel. Wohin er auch blickte, überall umgab ihn bizarre, von überirdisch hellem Licht durchdrungene Schönheit.
Er versuchte aufzustehen, aber seine Beine verweigerten ihm den Dienst. Er schaffte es nur, sich ein Stück auf die Knie zu stemmen. Danach war er so erschöpft, dass er alle Willenskraft aufbieten musste, um sich nicht wieder aufs Eis sinken zu lassen. Halb im Unterbewusstsein wurde ihm klar, dass das Schwächegefühl nicht nur von der Erschöpfung kam, es war auch ein Indiz für Unterkühlung. Er musste aufstehen, er musste sich bewegen.
Und er musste die anderen aufwecken. Er fasste Rachel an den Schultern und schüttelte sie. Ihre Lider öffneten sich einen Spalt. Ihre Lippen waren blau gefroren, an ihrem schwarzen Haar haftete Eis.
»Rachel«, krächzte er, »Rachel, bitte steh auf.«
Ihre Lippen bewegten sich, als wolle sie etwas sagen, doch es blieb bei einem stimmlosen Hauch.
»Rachel?« Er beugte sich zu ihr hinunter. Und nun konnte er aus ihrem Gestammel ein paar Worte heraushören.
»Der … der Meteorit …«

»Der liegt auf dem Meeresboden«, sagte er. »Denk nicht mehr an ihn, es ist vorbei.«

Sie schüttelte kraftlos den Kopf. »Nein«, murmelte sie, »nicht, was du denkst.« Dann schloss sie die Augen.

Er fasste sie an den Schultern und schüttelte sie erneut.

»… bin so müde«, hörte er sie murmeln.

»Rachel, schlaf nicht wieder ein. Was wolltest du eben sagen?« Sie war unruhig, irgendeine Zwangsvorstellung schien sie beunruhigen. Er ahnte, wie wichtig es war, sie jetzt zum Reden zu bringen und wach zu halten. Er schüttelte sie abermals. »Der Meteorit, Rachel – was ist mit ihm?«

Sie schlug die Augen einen Spalt auf, ihr Blick tastete sich nach unten. McFarlane folgte ihm, aber da gab es nichts zu sehen.

Sie machte eine fahrige Geste. »Da …« Und wieder huschten ihre Augen nach unten.

Er fasste ihre Hand, zog ihr die triefnassen, halb gefrorenen Handschuhe aus und erschrak. Es fehlte nicht viel, und ihr wären die Hände erfroren, die Fingerspitzen waren schon ganz weiß. Er fing an, ihre Finger zu massieren. Ihre linke Hand öffnete sich, es lag eine Erdnuss darin.

»Bist du hungrig?«, fragte er.

Sie schloss nur erschöpft die Augen. Er versuchte, sie hochzuheben, schaffte es aber nicht. Dann schmiegte er sich fest an sie, sie fühlte sich entsetzlich kalt an. Verzweifelt sah er sich nach Hilfe um und entdeckte Lloyd, der nicht weit von ihnen auf dem Eis kauerte.

»Lloyd!«, krächzte er heiser.

»Ja?«, antwortete eine schwache Stimme.

McFarlane war vor Anstrengung außer Atem. »Wir … wir müssen uns bewegen!«

»Lasst mich in Ruhe«, murmelte Lloyd schläfrig.

McFarlane wandte sich wieder zu Rachel um, merkte aber, dass er kaum seinen Arm bewegen, geschweige denn ihr auf die Beine helfen konnte. Er versuchte noch einmal, sie wach zu rütteln, doch sie reagierte nicht. Er kam sich wie ein Versager vor. Sein Blick glitt über die zusammengekrümmten reglosen Gestalten ringsum. Da war Brambell, der Schiffsarzt, mit einem Buch unter dem Arm. Und Garza, auf dessen Kopfverband Eiskristalle glitzerten. Und Howell – und etwa zwei, drei Dutzend andere. Und keiner von ihnen rührte sich.

Auf einmal fühlte er sich für sie verantwortlich. Er musste irgendetwas tun, um sie vor dem Erfrieren zu bewahren. Er wollte schreien, zu ihnen gehen, sie schütteln, ja, notfalls sogar mit Tritten und Schlägen zum Aufstehen zwingen. Nur, wie sollte er auf die Beine kommen? Es sind zu viele, dachte er resignierend, ich kann sie nicht alle wärmen. Er wusste ja nicht einmal, wie er seine eigene Kälte aus den Knochen kriegen sollte.

Eine Welle von Müdigkeit überschwemmte ihn. Er spürte, wie sich Gleichgültigkeit in ihm breit machte. Wir werden alle sterben, ging es ihm durch den Kopf, aber was soll's? Er versuchte sich auf Rachel zu konzentrieren, damit die Müdigkeit ihn nicht überwältigte. Ihre Augen standen halb offen, waren nach oben verdreht, er konnte nur noch das Weiß sehen. Ihr Gesicht wirkte seltsam grau. Eine Schneeflocke fiel auf ihre Lippen. Es dauerte unsäglich lange, bis sie geschmolzen war.

Bald würde er den Weg gehen, den sie gegangen war. Aber der Gedanke machte ihm keine Angst. Er wehrte sich nicht mehr gegen das Gefühl der Schläfrigkeit, das ihn übermannte. Es war, wie in Mutters Armen einzunicken. Und während der barmherzige Tröster Schlaf ihn immer tiefer in seine Arme zog, hörte er im Geiste wieder Rachels Stimme: Nicht, was du denkst. Nicht, was du denkst …

Eine andere Stimme mischte sich ein – lauter, metallischer. »South Georgia Bravo … Haben Sichtkontakt zu … Gehen tiefer zur Luftrettung …«

Ein helles Licht tauchte über ihm auf. Er hörte ein rhyth-

misch knatterndes Geräusch. Stimmen, ein Lautsprecher. Er wehrte sich mit aller Kraft gegen die Störung. Nein, nicht – lasst mich in Ruhe. Lasst mich schlafen.
Und dann gab es nur noch den Schmerz.

Insel South Georgia

30. Juli, 12.20 Uhr

Palmer Lloyd lag in einem Holzbett in der Krankenbaracke der britischen Forschungsstation. Er starrte auf die Platten an der Decke – auf die verwirrende Maserung, deren Kurven und Bögen sein Blick während der letzten drei Tage unzählige Male nachgespürt hatte. Der Geruch des kalt gewordenen Lunchs auf dem Nachttisch stieg ihm in die Nase. Draußen vor dem winzigen Fenster mit Sicht auf blaue Schneefelder, blaue Berge und blaue Gletscher hörte er den Wind wispern.

Drei Tage waren nun seit ihrer Rettung vergangen. So viele waren nicht mehr bei ihnen – mit der *Rolvaag* untergegangen, auf den Rettungsbooten gestorben, auf der Eisinsel erfroren. »Doch einer aus ihrer Crew konnte überleben, mit Fünfundsiebzig haben sie ihn der See übergeben …« Das alte Matrosenlied aus der Schatzinsel rotierte in seinem Kopf – seit Tagen ging es ihm nicht mehr aus dem Sinn, seit er in diesem Bett aus der Bewusstlosigkeit erwacht war.

Er hatte überlebt. Morgen würde ihn ein Hubschrauber auf die Falklands bringen, und von dort würde er nach New York zurückkehren. Flüchtig ging es ihm durch den Sinn, wie wohl die Medien auf ihr Abenteuer reagieren würden. Aber im Grunde war ihm das egal. So vieles, was früher für ihn eine Rolle gespielt hatte, war jetzt völlig unwichtig geworden. Seine Träume waren ausgeträumt – der Traum von seinem Museum, der Traum von geschäftlichem Erfolg, der Traum, sich um die Wissenschaft verdient zu machen. Es waren Träume von gestern, er hatte sie mit dem Meteoriten auf dem Grund des antarktischen Meeres begraben. Er sehnte nur noch den Tag herbei, an dem er sich auf seine Farm zurückziehen konnte, in die Abgeschiedenheit im Norden des Bun-

desstaates New York. Er würde sich einen steifen Martini mixen, im Schaukelstuhl auf der Veranda sitzen und zusehen, wie das Wild von den Äpfeln in seinem Obstgarten naschte.
Eine Krankenschwester kam herein, räumte das alte Tablett weg und stellte ihm ein neues hin.
Er schüttelte den Kopf, aber sie sagte bestimmt: »Guter Mann, das gehört zu meinen Pflichten.«
In diesem Augenblick klopfte es an der Tür.
McFarlane trat ein. Seine linke Hand und ein Teil seines Gesichts waren bandagiert, er trug eine dunkle Sonnenbrille und schien alle Mühe zu haben, sich auf den Beinen zu halten. Er sah schrecklich elend aus. Er setzte sich auf den knarrenden Klappstuhl, so ziemlich das einzige Möbelstück, für das in dem kleinen Zimmer noch Platz blieb.
Lloyd war überrascht, McFarlane zu sehen. Er hatte ihn während der letzten drei Tage nicht zu Gesicht bekommen und angenommen, der junge Wissenschaftler wolle nichts mehr von ihm wissen. Es gab ohnehin kaum noch jemanden, der etwas mit ihm zu tun haben wollte. Nur Howell hatte sich einmal kurz blicken lassen, allerdings nur, weil er auf einigen Papieren Lloyds Unterschrift brauchte. Sie hassten ihn. Sie ließen ihn alle links liegen.
Lloyd hatte gedacht, McFarlane wolle abwarten, bis die Schwester das Zimmer verließ, aber er saß auch noch, nachdem die Tür hinter ihr zugefallen war, lange stumm da – sehr lange sogar. Und dann nahm er endlich die dunkle Sonnenbrille ab und beugte sich vor.
Sein Anblick erschreckte Lloyd. Es kam ihm beinahe so vor, als würden McFarlanes Augen im Fieberwahn glühen. Sie waren rot und geschwollen, mit tiefen Ringen umgeben. Überhaupt machte der Mann einen ungepflegten Eindruck: ungewaschen, unrasiert und ungekämmt. Amiras Tod und der Verlust des Meteoriten hatten ihn wohl hart getroffen.
»Hören Sie«, sagte er, »Ich muss Ihnen was erzählen.«
Lloyd wartete.

McFarlane beugte sich noch weiter zu ihm hinüber und brachte den Mund nahe an Lloyds Ohr heran. »Die *Rolvaag* ist 61° 32'14" Süd, 59° 30'10" West gesunken.«

»Bitte, Sam, reden wir nicht davon. Nicht jetzt.«

»Doch, jetzt!«, erwiderte McFarlane unerwartet heftig. Er griff in die Tasche und nahm eine Diskette heraus. »Auf dieser Diskette ...«

Lloyd wandte den Kopf ab und starrte auf die Furnierplatten der Zimmerdecke. »Sam, es ist vorüber. Der Meteorit ist untergegangen. Geben Sie's auf.«

»Auf dieser Diskette befinden sich die letzten Daten über ihn, die wir gesammelt haben. Ich habe Rachel etwas versprochen. Und jetzt habe ich die Daten genau studiert.«

Lloyd fühlte sich müde, unsagbar müde. Er wandte den Kopf noch weiter ab und richtete den Blick auf die Gletscher an den Berghängen und auf die vereisten, von Wolken verhangenen Gipfel. Er hasste den Anblick von Eis. Er wollte kein Eis mehr sehen – nie wieder, in seinem ganzen Leben nicht.

»Gestern«, fuhr McFarlane unerbittlich fort, »hat mir einer der Wissenschaftler von der Forschungsstation erzählt, dass sie einige Erdstöße registriert haben. Seebeben, ungewöhnlich dicht unter der Wasserfläche. Dutzende von Seebeben, alle unter drei auf der Richterskala.«

Lloyd sagte nichts. Es war alles so irrelevant geworden. Aber gut, sollte McFarlane ruhig weiterreden.

»Das Epizentrum aller Beben liegt bei 61° 32'14" Süd, 59° 30'10" West.«

Lloyds Augen fingen unruhig zu huschen an. Er wandte langsam den Kopf und sah McFarlane an.

»Ich habe diese Daten ausgewertet«, fuhr McFarlane fort. »Es gibt einen eindeutigen Zusammenhang zwischen den Beben und der Form und vor allem der Struktur des Meteoriten. Die ist nämlich sehr ungewöhnlich.«

Lloyd sagte immer noch nichts, aber er wandte sich auch nicht mehr ab.

»Die Struktur besteht aus mehreren Schichten. Und die Form ist nahezu symmetrisch. Das ist unnatürlich.«
Lloyd richtete sich auf. »Unnatürlich?« Eine innere Alarmglocke schlug an. McFarlane hatte einen psychischen Schock erlitten, er brauchte Hilfe.
»Ich habe von *Schichten* gesprochen. Es gibt eine äußere, eine dickere innere Schicht sowie einen winzigen runden Einschluss genau im Zentrum des Meteoriten. Das ist kein Zufall. Denken Sie darüber nach. Wo sonst finden Sie derartige Strukturen? Die Wissenschaft ist in diesem Punkt zu einer einhelligen Meinung gelangt. Es muss sich um eine Struktur aus dem Universum handeln.«
»Sam, Sie sind erschöpft. Es ist wohl das Beste, wenn ich eine Schwester rufe. Sie wird Ihnen …«
»Rachel hat es herausgefunden«, unterbrach ihn McFarlane aufgeregt, »unmittelbar vor ihrem Tod. Das Beweisstück lag in ihrer Hand. Erinnern Sie sich, wie sie gesagt hat, wir dürften das Problem nicht aus unserer Perspektive, sondern müssten es aus der Perspektive des Meteoriten betrachten? Und am Schluss hat sie die Antwort gewusst: Der Meteorit reagiert mit Salzwasser. Er hat die ganze Zeit über nach Salzwasser *gegiert* – seit Jahrmillionen.«
Lloyd schielte auf den Notrufknopf neben dem Bett. Der Mann war in einer noch schlimmeren Verfassung, als er anfangs geglaubt hatte.
McFarlanes Augen glühten unnatürlich. »Verstehen Sie, Lloyd? Es ist überhaupt kein Meteorit!«
Lloyd spürte die sonderbare, von gespenstischer Stille durchdrungene Spannung, die in der Luft lag. Der Knopf war zum Greifen nahe, er musste nur zusehen, dass er ihn unauffällig drücken konnte, um McFarlane nicht noch mehr aufzuregen. Er hatte ja jetzt schon ein puterrotes Gesicht, er schwitzte, sein Atem ging flach und hastig. Der Mann war völlig ausgelaugt, am Ende seiner Kräfte. Lloyd verspürte ein bedrückendes Schuldgefühl. Den Fluch, der auf den Überlebenden lastet.

»Haben Sie mir zugehört, Lloyd? Ich habe gesagt, es ist kein Meteorit.«

»Was ist es dann, Sam?«, brachte Lloyd mühsam beherrscht heraus und schob verstohlen die Hand zum Notruf.

»Alle diese Erbeben in geringer Tiefe, genau an der Stelle, wo das Schiff gesunken ist …«

»Was ist mit denen?«, fragte Lloyd in sanftem Ton. Er drückte den Knopf – einmal, zweimal, dreimal. Die Schwester musste jeden Augenblick hereinkommen. McFarlane brauchte dringend Hilfe.

»Raten Sie mal, was das Ding tut, das wir da einfach in den Meeresboden *gepflanzt* haben?«

»Was tut es denn?« Lloyd gab sich alle Mühe, seine Stimme ruhig klingen zu lassen. Gott sei Dank hörte er draußen auf dem Flur bereits die Schritte der Schwester.

»Es wächst und keimt und treibt aus.«

Anmerkung der Autoren

Zum Teil stützt sich dieser Roman auf den Verlauf einer realen wissenschaftlichen Expedition. Im Jahr 1906 entdeckte Admiral Robert E. Peary in Nordgrönland den größten Meteoriten der Welt, den er den Ahnighito nannte. Er kam ihm auf die Spur, weil die Eskimos in dieser Gegend kalt geschmiedete eiserne Speerspitzen benutzten, die, wie Pearys Analyse ergab, meteoritischen Ursprungs waren. Schließlich gelang es ihm, den Ahnighito zu bergen und unter immensen Schwierigkeiten auf sein Schiff zu verfrachten, wo die gewaltige Masse Eisen zunächst einmal sämtliche Kompasse zerstörte. Dennoch schaffte er es, den Meteoriten nach New York zu bringen, in das American Museum of Natural History nämlich, wo er bis heute ausgestellt wird. Diese Geschichte erzählt Peary in seinem Buch »Northward over the Great Ice«. Darin schreibt er: »Nie ist mir die schreckliche Urgewalt der Schwerkraft so klar geworden wie bei der Bergung dieses eisernen Kolosses.« Der Ahnighito ist so schwer, dass er auf sechs massiven Eisenpfeilern ruht, die – durch den Boden des Meteoritensaals und das Fundament des Gebäudes hindurch – in den natürlichen Fels unter dem Museum getrieben wurden.

Es erübrigt sich zu sagen, dass Lloyd Industries, die EES, die handelnden Personen und die in diesem Roman erwähnten Schiffe reine Produkte der Fantasie sind. Die meisten Schauplätze der Handlung gibt es dagegen tatsächlich. Wobei für Leser, die im Atlas blättern, angemerkt werden soll, dass die echte Isla Desolación etwa fünfhundert Kilometer nordwestlich der in diesem Buch beschriebenen, nach Größe und Beschaffenheit frei erfundenen Isla Desolación liegt.